MANESSE BIBLIOTHEK DER WELTLITERATUR

THEODOR STORM

MEISTERERZÄHLUNGEN

Herausgegeben von Wilhelm Lehmann

MANESSE VERLAG
ZÜRICH

CIP-Kurztitelaufnahme der Deutschen Bibliothek

Storm, Theodor:
Meistererzählungen / Theodor Storm
Hrsg. von Wilhelm Lehmann
7. Aufl. – Zürich: Manesse Verlag, 1987
(Manesse Bibliothek der Weltliteratur)
ISBN 3-7175-1388-5 Gewebe
ISBN 3-7175-1389-3 Ldr.

NE: Storm, Theodor: [Sammlung]

IMMENSEE

*

Der Alte

An einem Spätherbstnachmittage ging ein alter wohlgekleideter Mann langsam die Straße hinab. Er schien von einem Spaziergange nach Hause zurückzukehren; denn seine Schnallenschuhe, die einer vorübergehenden Mode angehörten, waren bestäubt. Den langen Rohrstock mit goldenem Knopf trug er unter dem Arm; mit seinen dunkeln Augen, in welche sich die ganze verlorene Jugend gerettet zu haben schien und welche eigentümlich von den schneeweißen Haaren abstachen, sah er ruhig umher oder in die Stadt hinab, welche im Abendsonnendufte vor ihm lag. – Er schien fast ein Fremder; denn von den Vorübergehenden grüßten ihn nur wenige, obgleich mancher unwillkürlich in diese ernsten Augen zu sehen gezwungen wurde. Endlich stand er vor einem hohen Giebelhause still, sah noch einmal in die Stadt hinaus und trat dann in die Hausdiele. Bei dem Schall der Türglocke wurde drinnen in der Stube von einem Guckfenster, welches nach der Diele hinausging, der grüne Vorhang weggeschoben und das Gesicht einer alten

Frau dahinter sichtbar. Der Mann winkte ihr mit seinem Rohrstock. «Noch kein Licht!» sagte er in einem etwas südlichen Akzent; und die Haushälterin ließ den Vorhang wieder fallen. Der Alte ging nun über die weite Hausdiele, dann durch einen Pesel, wo große Eichschränke mit Porzellanvasen an den Wänden standen; durch die gegenüberstehende Tür trat er in einen kleinen Flur, von wo aus eine enge Treppe zu den oberen Zimmern des Hinterhauses führte. Er stieg sie langsam hinauf, schloß oben eine Tür auf und trat dann in ein mäßig großes Zimmer. Hier war es heimlich und still; die eine Wand war fast mit Repositorien und Bücherschränken bedeckt; an der andern hingen Bilder von Menschen und Gegenden; vor einem Tische mit grüner Decke, auf dem einzelne aufgeschlagene Bücher umherlagen, stand ein schwerfälliger Lehnstuhl mit rotem Sammetkissen. – Nachdem der Alte Hut und Stock in die Ecke gestellt hatte, setzte er sich in den Lehnstuhl und schien mit gefalteten Händen von seinem Spaziergange auszuruhen. – Wie er so saß, wurde es allmählich dunkler; endlich fiel ein Mondstrahl durch die Fensterscheiben auf die Gemälde an der Wand, und wie der helle Streif langsam weiter rückte, folgten die Augen des Mannes unwillkürlich. Nun trat er über ein kleines Bild in schlichtem schwarzem Rahmen. «Elisabeth!» sagte der Alte leise; und wie er das Wort gesprochen, war die Zeit verwandelt; – er war in seiner Jugend.

Bald trat die anmutige Gestalt eines kleinen Mädchens zu ihm. Sie hieß Elisabeth und mochte fünf Jahre zählen; er selbst war doppelt so alt. Um den Hals trug sie ein rotseidenes Tüchelchen; das ließ ihr hübsch zu den braunen Augen.

«Reinhard!» rief sie, «wir haben frei, frei! den ganzen Tag keine Schule, und morgen auch nicht.»

Reinhard stellte die Rechentafel, die er schon unterm Arm hatte, flink hinter die Haustür, und dann liefen beide Kinder durchs Haus in den Garten und durch die Gartenpforte hinaus auf die Wiese. Die unverhofften Ferien kamen ihnen herrlich zustatten. Reinhard hatte hier mit Elisabeths Hilfe ein Haus aus Rasenstücken aufgeführt; darin wollten sie die Sommerabende wohnen; aber es fehlte noch die Bank. Nun ging er gleich an die Arbeit; Nägel, Hammer und die nötigen Bretter lagen schon bereit. Währenddessen ging Elisabeth an dem Wall entlang und sammelte den ringförmigen Samen der wilden Malve in ihre Schürze; davon wollte sie sich Ketten und Halsbänder machen; und als Reinhard endlich trotz manchem krumm geschlagenen Nagel seine Bank dennoch zustande gebracht hatte und nun wieder in die Sonne hinaustrat, ging sie schon weit davon am andern Ende der Wiese.

«Elisabeth!» rief er, «Elisabeth!» und da kam sie, und ihre Locken flogen. «Komm», sagte er, «nun ist unser Haus fertig. Du bist ja ganz heiß geworden; komm herein, wir wollen uns auf die neue Bank setzen. Ich erzähl' dir etwas.»

Dann gingen sie beide hinein und setzten sich auf die neue Bank. Elisabeth nahm ihre Ringelchen aus der Schürze und zog sie auf lange Bindfäden; Reinhard fing an zu erzählen: «Es waren einmal drei Spinnfrauen – –»

«Ach», sagte Elisabeth, «das weiß ich ja auswendig; du mußt auch nicht immer dasselbe erzählen.»

Da mußte Reinhard die Geschichte von den drei Spinnfrauen stecken lassen, und statt dessen erzählte er die Geschichte von dem armen Mann, der in die Löwengrube geworfen war.

«Nun war es Nacht», sagte er, «weißt du? ganz finstere, und die Löwen schliefen. Mitunter aber gähnten sie im Schlaf und reckten die roten Zungen aus; dann schauderte der Mann und meinte, daß der Morgen komme. Da warf es um ihn her auf einmal einen hellen Schein, und als er aufsah, stand ein Engel vor ihm. Der winkte ihm mit der Hand und ging dann gerade in die Felsen hinein.»

Elisabeth hatte aufmerksam zugehört. «Ein Engel?» sagte sie. «Hatte er denn Flügel?»

«Es ist nur so eine Geschichte», antwortete Reinhard; «es gibt ja gar keine Engel.»

«O pfui, Reinhard!» sagte sie und sah ihm starr ins Gesicht. Als er sie aber finster anblickte, fragte sie ihn zweifelnd: «Warum sagen sie es denn immer? Mutter und Tante und auch in der Schule?»

«Das weiß ich nicht», antwortete er.

«Aber du», sagte Elisabeth, «gibt es denn auch keine Löwen?»

«Löwen? Ob es Löwen gibt! In Indien; da spannen die Götzenpriester sie vor den Wagen und fahren mit ihnen durch die Wüste. Wenn ich groß bin, will ich einmal selber hin. Da ist es viel tausendmal schöner als hier bei uns; da gibt es gar keinen Winter. Du mußt auch mit mir. Willst du?»

«Ja», sagte Elisabeth; «aber Mutter muß dann auch mit und deine Mutter auch.»

«Nein», sagte Reinhard, «die sind dann zu alt, die können nicht mit.»

«Ich darf aber nicht allein.»

«Du sollst schon dürfen; du wirst dann wirklich meine Frau, und dann haben die andern dir nichts zu befehlen.»

«Aber meine Mutter wird weinen.»

«Wir kommen ja wieder», sagte Reinhard heftig; «sag es nur gerade heraus, willst du mit mir reisen? Sonst geh' ich allein; und dann komme ich nimmer wieder.»

Der Kleinen kam das Weinen nahe. «Mach nur nicht so böse Augen», sagte sie; «ich will ja mit nach Indien.»

Reinhard faßte sie mit ausgelassener Freude bei beiden Händen und zog sie hinaus auf die Wiese. «Nach Indien, nach Indien», sang er und schwenkte sich mit ihr im Kreise, daß ihr das rote Tüchelchen vom Halse flog. Dann aber ließ er sie plötzlich los und sagte ernst: «Es wird doch nichts daraus werden; du hast keine Courage.»

– – «Elisabeth! Reinhard!» rief es jetzt von der Gartenpforte. «Hier! Hier!» antworteten die Kinder und sprangen Hand in Hand nach Hause.

So lebten die Kinder zusammen; sie war ihm oft zu still, er war ihr oft zu heftig, aber sie ließen deshalb nicht voneinander; fast alle Freistunden teilten sie, winters in den beschränkten Zimmern ihrer Mütter, sommers in Busch und Feld. – Als Elisabeth einmal in Reinhards Gegenwart von dem Schullehrer gescholten wurde, stieß er seine Tafel zornig auf den Tisch, um den Eifer des Mannes auf sich zu lenken. Es wurde nicht bemerkt. Aber Reinhard verlor alle Aufmerksamkeit an den geographischen Vorträgen; statt dessen verfaßte er ein langes Gedicht; darin verglich er sich selbst mit einem jungen Adler, den Schulmeister mit einer grauen Krähe, Elisabeth war die weiße Taube; der Adler gelobte an der grauen Krähe Rache zu nehmen, sobald ihm die Flügel gewachsen sein würden. Dem jungen Dichter standen die Tränen in den Augen; er kam sich sehr erhaben vor. Als er nach Hause gekommen war, wußte er sich einen kleinen Pergamentband mit vielen weißen Blättern zu verschaffen; auf die ersten Seiten schrieb er mit sorgsamer Hand sein erstes Gedicht. – Bald darauf kam er in eine andere Schule; hier schloß er manche neue Kameradschaft mit Knaben seines Alters; aber sein Verkehr mit Elisabeth wurde dadurch nicht gestört. Von den Märchen, welche er ihr sonst erzählt und wieder erzählt hatte, fing er jetzt an, die, welche ihr am besten gefallen hatten, aufzuschreiben; dabei wandelte ihn oft die Lust an, etwas von seinen eigenen Gedanken hineinzudichten; aber, er wußte nicht weshalb, er konnte immer nicht dazu gelangen. So schrieb er sie genau auf, wie er sie selber gehört hatte. Dann gab er die Blätter an Elisabeth, die sie in einem Schubfach ihrer Schatulle sorgfältig aufbewahrte; und es gewährte ihm eine anmutige Befriedigung, wenn er sie mitunter abends diese Geschichten in seiner Gegenwart aus den von ihm geschriebenen Heften ihrer Mutter vorlesen hörte.

Sieben Jahre waren vorüber. Reinhard sollte zu seiner weiteren Ausbildung die Stadt verlassen. Elisabeth konnte sich nicht in den Gedanken finden, daß es nun eine Zeit ganz ohne Reinhard geben werde. Es freute sie, als er eines Tages sagte, er werde, wie sonst, Märchen für sie aufschreiben; er wolle sie ihr mit den Briefen an seine Mutter schikken; sie müsse ihm dann wieder schreiben, wie sie ihr gefallen hätten. Die Abreise rückte heran; vorher aber kam noch mancher Reim in den Pergamentband. Das allein war für Elisabeth ein Geheimnis, obgleich sie die Veranlassung zu dem ganzen Buche und zu den meisten Liedern war, welche nach und nach fast die Hälfte der weißen Blätter gefüllt hatten.

Es war im Juni; Reinhard sollte am andern Tage reisen. Nun wollte man noch einmal einen festlichen Tag zusammen begehen. Dazu wurde eine Landpartie nach einer der nahe gelegenen Holzungen in größerer Gesellschaft veranstaltet. Der stundenlange Weg bis an den Saum des Waldes wurde zu Wagen zurückgelegt; dann nahm man die Proviantkörbe herunter und marschierte weiter. Ein Tannengehölz mußte zuerst durchwandert werden; es war kühl und dämmerig und der Boden überall mit feinen Nadeln bestreut. Nach halbstündigem Wandern kam man aus dem Tannendunkel in eine frische Buchenwaldung; hier war alles licht und grün, mitunter brach ein Sonnenstrahl durch die blätterreichen Zweige; ein Eichkätzchen sprang über ihren Köpfen von Ast zu Ast. – Auf einem Platze, über welchem uralte Buchen mit ihren Kronen zu einem durchsichtigen Laubgewölbe zusammenwuchsen, machte die Gesellschaft halt. Elisabeths Mutter öffnete einen der Körbe; ein alter Herr warf sich zum Proviantmeister auf. «Alle um mich herum, ihr jungen Vögel!» rief er, «und merket genau, was ich euch zu sagen habe. Zum Frühstück erhält jetzt ein jeder von euch zwei trockene Wecken; die Butter ist zu Hause geblieben, die Zukost müßt ihr euch selber suchen. Es stehen genug Erdbeeren im Walde, das heißt, für den, der sie zu finden weiß. Wer ungeschickt ist, muß sein Brot trocken essen; so geht es überall im Leben. Habt ihr meine Rede begriffen?»

«Jawohl!» riefen die Jungen.

«Ja seht», sagte der Alte, «sie ist aber noch nicht zu Ende. Wir Alten haben uns im Leben schon genug umhergetrieben; darum bleiben wir jetzt zu Haus, das heißt, hier unter diesen breiten Bäumen, und schälen die Kartoffeln, und machen Feuer und rüsten die Tafel, und wenn die Uhr zwölf ist, sollen auch die Eier gekocht werden. Dafür seid ihr uns von euren Erdbeeren die Hälfte schuldig, damit wir auch einen Nachtisch servieren können. Und nun geht nach Ost und West und seid ehrlich!»

Die Jungen machten allerlei schelmische Gesichter. «Halt!» rief der alte Herr noch einmal. «Das brauche ich euch wohl nicht zu sagen, wer keine findet, braucht auch keine abzuliefern; aber das schreibt euch wohl hinter eure feinen Ohren, von uns Alten bekommt er auch nichts. Und nun habt ihr für diesen Tag gute Lehren genug; wenn ihr nun noch Erdbeeren dazu habt, so werdet ihr für heute schon durchs Leben kommen.»

Die Jungen waren derselben Meinung und begannen sich paarweise auf die Fahrt zu machen.

«Komm, Elisabeth», sagte Reinhard, «ich weiß einen Erdbeerenschlag; du sollst kein trockenes Brot essen.»

Elisabeth knüpfte die grünen Bänder ihres Strohhutes zusammen und hing ihn über den Arm. «So komm», sagte sie, «der Korb ist fertig.»

Dann gingen sie in den Wald hinein, tiefer und tiefer; durch feuchte undurchdringliche Baumschatten, wo alles still war, nur unsichtbar über ihnen in den Lüften das Geschrei der Falken; dann wieder durch dichtes Gestrüpp, so dicht, daß Reinhard vorangehen mußte, um einen Pfad zu machen, hier einen Zweig zu knicken, dort eine Ranke beiseite zu biegen. Bald aber hörte er hinter sich Elisabeth seinen Namen rufen. Er wandte sich um. «Reinhard!» rief sie, «warte doch, Reinhard!» Er konnte sie nicht gewahr werden; endlich sah er sie in einiger Entfernung mit den Sträuchern kämpfen; ihr feines Köpfchen schwamm nur kaum über den Spitzen der Farnkräuter. Nun ging er noch einmal zurück und führte sie durch das Wirrnis der

Kräuter und Stauden auf einen freien Platz hinaus, wo blaue Falter zwischen den einsamen Waldblumen flatterten. Reinhard strich ihr die feuchten Haare aus dem erhitzten Gesichtchen; dann wollte er ihr den Strohhut aufsetzen, und sie wollte es nicht leiden; dann aber bat er sie, und dann ließ sie es doch geschehen.

«Wo bleiben denn aber deine Erdbeeren?» fragte sie endlich, indem sie stehenblieb und einen tiefen Atemzug tat.

«Hier haben sie gestanden», sagte er; «aber die Kröten sind uns zuvorgekommen, oder die Marder, oder vielleicht die Elfen.»

«Ja», sagte Elisabeth, «die Blätter stehen noch da; aber sprich hier nicht von Elfen. Komm nur, ich bin noch gar nicht müde; wir wollen weiter suchen.»

Vor ihnen war ein kleiner Bach, jenseits wieder der Wald. Reinhard hob Elisabeth auf seine Arme und trug sie hinüber. Nach einer Weile traten sie aus dem schattigen Laube wieder in eine weite Lichtung hinaus. «Hier müssen Erdbeeren sein», sagte das Mädchen, «es duftet so süß.»

Sie gingen suchend durch den sonnigen Raum; aber sie fanden keine. «Nein», sagte Reinhard, «es ist nur der Duft des Heidekrautes.»

Himbeerbüsche und Hülsendorn standen überall durcheinander; ein starker Geruch von Heidekräutern, welche abwechselnd mit kurzem Grase die freien Stellen des Bodens bedeckten, erfüllte die Luft. «Hier ist es einsam», sagte Elisabeth; «wo mögen die andern sein?»

An den Rückweg hatte Reinhard nicht gedacht. «Warte nur; woher kommt der Wind?» sagte er und hob seine Hand in die Höhe. Aber es kam kein Wind.

«Still», sagte Elisabeth, «mich dünkt, ich hörte sie sprechen. Rufe einmal dahinunter.»

Reinhard rief durch die hohle Hand: «Kommt hieher!» – «Hieher!» rief es zurück.

«Sie antworten!» sagte Elisabeth und klatschte in die Hände.

«Nein, es war nichts, es war nur der Widerhall.»

Elisabeth faßte Reinhards Hand. «Mir graut!» sagte sie.

«Nein», sagte Reinhard, «das muß es nicht. Hier ist es prächtig. Setz dich dort in den Schatten zwischen die Kräuter. Laß uns eine Weile ausruhen; wir finden die andern schon.»

Elisabeth setzte sich unter eine überhängende Buche und lauschte aufmerksam nach allen Seiten; Reinhard saß einige Schritte davon auf einem Baumstumpf und sah schweigend nach ihr hinüber. Die Sonne stand gerade über ihnen; es war glühende Mittagshitze; kleine goldglänzende, stahlblaue Fliegen standen flügelschwingend in der Luft; rings um sie her ein feines Schwirren und Summen, und und manchmal hörte man tief im Walde das Hämmern der Spechte und das Kreischen der andern Waldvögel.

«Horch», sagte Elisabeth, «es läutet.»

«Wo?» fragte Reinhard.

«Hinter uns. Hörst du? Es ist Mittag.»

«Dann liegt hinter uns die Stadt; und wenn wir in

dieser Richtung gerade durchgehen, so müssen wir die andern treffen.»

So traten sie ihren Rückweg an; das Erdbeerensuchen hatten sie aufgegeben, denn Elisabeth war müde geworden. Endlich klang zwischen den Bäumen hindurch das Lachen der Gesellschaft; dann sahen sie auch ein weißes Tuch am Boden schimmern, das war die Tafel, und darauf standen Erdbeeren in Hülle und Fülle. Der alte Herr hatte eine Serviette im Knopfloch und hielt den Jungen die Fortsetzung seiner moralischen Reden, während er eifrig an einem Braten herumtranchierte.

«Da sind die Nachzügler», riefen die Jungen, als sie Reinhard und Elisabeth durch die Bäume kommen sahen.

«Hieher!» rief der alte Herr, «Tücher ausgeleert, Hüte umgekehrt! Nun zeigt her, was ihr gefunden habt.»

«Hunger und Durst!» sagte Reinhard.

«Wenn das alles ist», erwiderte der Alte und hob ihnen die volle Schüssel entgegen, «so müßt ihr es auch behalten. Ihr kennt die Abrede; hier werden keine Müßiggänger gefüttert.» Endlich ließ er sich aber doch erbitten, und nun wurde Tafel gehalten; dazu schlug die Drossel aus den Wacholderbüschen.

So ging der Tag hin. – Reinhard hatte aber doch etwas gefunden, waren es keine Erdbeeren, so war es doch auch im Walde gewachsen. Als er nach Hause gekommen war, schrieb er in seinen alten Pergamentband:

Hier an der Bergeshalde
Verstummet ganz der Wind;
Die Zweige hängen nieder,
Darunter sitzt das Kind.

Sie sitzt in Thymiane,
Sie sitzt in lauter Duft;
Die blauen Fliegen summen
Und blitzen durch die Luft.

Es steht der Wald so schweigend,
Sie schaut so klug darein;
Um ihre braunen Locken
Hinfließt der Sonnenschein.

Der Kuckuck lacht von ferne,
Es geht mir durch den Sinn:
Sie hat die goldnen Augen
Der Waldeskönigin.

So war sie nicht allein sein Schützling; sie war ihm auch der Ausdruck für alles Liebliche und Wunderbare seines aufgehenden Lebens.

Da stand das Kind am Wege

Weihnachtabend kam heran. – Es war noch nachmittags, als Reinhard mit andern Studenten im Ratskeller am alten Eichentisch zusammensaß. Die Lampen an den Wänden waren angezündet, denn hier unten dämmerte es schon; aber die Gäste waren sparsam versammelt, die Kellner lehnten müßig an den Mauerpfeilern. In einem Winkel des Gewölbes saßen ein Geigenspieler und ein Zithermädchen mit seinen zigeunerhaften Zügen; sie hatten ihre Instrumente auf dem Schoße liegen und schienen teilnahmslos vor sich hin zu sehen.

Am Studententisch knallte ein Champagnerpfropfen. «Trinke, mein böhmisch Liebchen!» rief ein junger Mann von junkerhaftem Äußern, indem er ein volles Glas zu dem Mädchen hinüberreichte.

«Ich mag nicht», sagte sie, ohne ihre Stellung zu verändern.

«So singe!» rief der Junker und warf ihr eine Silbermünze in den Schoß. Das Mädchen strich sich langsam mit den Fingern durch ihr schwarzes Haar, während der Geigenspieler ihr ins Ohr flüsterte; aber sie warf den Kopf zurück und stützte das Kinn auf ihre Zither. «Für den spiel' ich nicht», sagte sie.

Reinhard sprang mit dem Glase in der Hand auf und stellte sich vor sie.

«Was willst du?» fragte sie trotzig.

«Deine Augen sehen.»

«Was gehen dich meine Augen an?»

Reinhard sah funkelnd auf sie nieder. «Ich weiß wohl, sie sind falsch!» – Sie legte ihre Wange in die flache Hand und sah ihn lauernd an. Reinhard hob sein Glas an den Mund. «Auf deine schönen, sündhaften Augen!» sagte er und trank.

Sie lachte und warf den Kopf herum. «Gib!» sagte sie, und indem sie ihre schwarzen Augen in die seinen heftete, trank sie langsam den Rest. Dann griff sie einen Dreiklang und sang mit tiefer, leidenschaftlicher Stimme:

Heute, nur heute
Bin ich so schön;
Morgen, ach morgen
Muß alles vergehn!
Nur diese Stunde
Bist du noch mein;
Sterben, ach sterben
Soll ich allein.

Während der Geigenspieler in raschem Tempo das Nachspiel einsetzte, gesellte sich ein neuer Ankömmling zu der Gruppe.

«Ich wollte dich abholen, Reinhard», sagte er. «Du warst schon fort; aber das Christkind war bei dir eingekehrt.»

«Das Christkind?» sagte Reinhard, «das kommt nicht mehr zu mir.»

«Ei was! Dein ganzes Zimmer roch nach Tannenbaum und braunen Kuchen.»

Reinhard setzte das Glas aus der Hand und griff nach seiner Mütze.

«Was willst du?» fragte das Mädchen.

«Ich komme schon wieder.»

Sie runzelte die Stirn. «Bleib!» rief sie leise und sah ihn vertraulich an.

Reinhard zögerte. «Ich kann nicht», sagte er.

Sie stieß ihn lachend mit der Fußspitze. «Geh!» sagte sie. «Du taugst nichts; ihr taugt alle miteinander nichts.» Und während sie sich abwandte, stieg Reinhard langsam die Kellertreppe hinauf.

Draußen auf der Straße war es tiefe Dämmerung; er fühlte die frische Winterluft an seiner heißen Stirn. Hie und da fiel der helle Schein eines brennenden Tannenbaums aus den Fenstern, dann und wann hörte man von drinnen das Geräusch von kleinen Pfeifen und Blechtrompeten und dazwischen jubelnde Kinderstimmen. Scharen von Bettelkindern gingen von Haus zu Haus, oder stiegen auf die Treppengeländer und suchten durch die Fenster einen Blick in die versagte Herrlichkeit zu gewinnen. Mitunter wurde auch eine Tür plötzlich aufgerissen, und scheltende Stimmen trieben einen ganzen Schwarm solcher kleinen Gäste aus dem hellen Hause auf die dunkle Gasse hinaus; anderswo wurde auf dem Hausflur ein altes Weihnachtslied gesungen; es waren klare Mädchenstimmen darunter. Reinhard hörte sie nicht, er ging rasch an allem vorüber, aus einer Straße in die andere. Als er an seine Wohnung gekommen, war es fast völlig dunkel geworden; er stolperte die Treppe hinauf und trat in seine Stube. Ein süßer Duft schlug ihm entgegen; das heimelte ihn an, das roch wie zu Haus der Mutter Weihnachtsstube. Mit zitternder Hand zündete er sein Licht an; da lag ein mächtiges Paket auf dem Tisch, und als er es öffnete, fielen die wohlbekannten braunen Festkuchen heraus; auf einigen waren die Anfangsbuchstaben seines Namens in Zucker ausgestreut; das konnte niemand anders als Elisabeth getan haben. Dann kam ein Päckchen mit feiner gestickter Wäsche zum Vorschein, Tücher und Manschetten, zuletzt Briefe von der Mutter und von Elisabeth. Reinhard öffnete zuerst den letzteren; Elisabeth schrieb:

«Die schönen Zuckerbuchstaben können dir wohl erzählen, wer bei den Kuchen mitgeholfen hat; dieselbe Person hat die Manschetten für dich gestickt. Bei uns wird es nun Weihnachtabend sehr still werden; meine Mutter stellt immer schon um halb zehn ihr Spinnrad in die Ecke; es ist gar so einsam diesen Winter, wo du nicht hier bist. Nun ist auch vorigen Sonntag der Hänfling gestorben, den du mir geschenkt hattest; ich habe sehr geweint, aber ich hab ihn doch immer gut gewartet. Der sang sonst immer nachmittags, wenn die Sonne auf sein Bauer schien; du weißt, die Mutter hing oft ein Tuch über, um ihn zu geschweigen, wenn er so recht aus Kräften sang. Da ist es nun noch stiller in der Kammer, nur daß dein alter Freund Erich uns jetzt mitunter besucht. Du sagtest einmal, er sähe seinem braunen Überrock ähnlich. Daran muß ich nun immer denken, wenn er zur Tür hereinkommt, und es ist gar zu komisch; sag es aber nicht zur Mutter, sie wird dann leicht verdrießlich. – Rat, was ich deiner Mutter zu Weihnachten schenke! Du rätst es nicht? Mich selber! Der Erich zeichnet mich in schwarzer Kreide; ich habe ihm schon dreimal sitzen müssen, jedesmal eine ganze Stunde. Es war mir recht zuwider, daß der fremde Mensch mein Gesicht so auswendig lernte. Ich wollte auch nicht, aber die Mutter redete mir zu; sie sagte, es würde der guten Frau Werner eine gar große Freude machen.

Aber du hältst nicht Wort, Reinhard. Du hast keine Märchen geschickt. Ich habe dich oft bei deiner Mutter verklagt; sie sagt dann immer, du habest jetzt mehr zu tun als solche Kindereien. Ich glaub es aber nicht; es ist wohl anders.»

Nun las Reinhard auch den Brief seiner Mutter, und als er beide Briefe gelesen und langsam wieder zusammengefaltet und weggelegt hatte, überfiel ihn unerbittliches Heimweh. Er ging eine Zeitlang in seinem Zimmer auf und nieder; er sprach leise und dann halbverständlich zu sich selbst:

Er wäre fast verirret
Und wußte nicht hinaus;
Da stand das Kind am Wege
Und winkte ihm nach Haus!

Dann trat er an sein Pult, nahm einiges Geld heraus und ging wieder auf die Straße hinab. – Hier war es mittlerweile stiller geworden; die Weihnachtsbäume waren ausgebrannt, die Umzüge der Kinder hatten aufgehört. Der Wind fegte durch die einsamen Straßen, Alte und Junge saßen in ihren Häusern familienweise zusammen; der zweite Abschnitt des Weihnachtsabends hatte begonnen. –

Als Reinhard in die Nähe des Ratskellers kam, hörte er aus der Tiefe herauf Geigenstrich und den Gesang des Zithermädchens; nun klingelte unten die Kellertür, und eine dunkle Gestalt schwankte die breite, matt erleuchtete Treppe herauf. Reinhard trat in den Häuserschatten und ging dann rasch vorüber. Nach einer Weile erreichte er den erleuchteten Laden eines Juweliers; und, nachdem er hier ein kleines Kreuz von roten Korallen eingehandelt hatte, ging er auf demselben Wege, den er gekommen war, wieder zurück.

Nicht weit von seiner Wohnung bemerkte er ein kleines, in klägliche Lumpen gehülltes Mädchen an einer hohen Haustür stehen, in vergeblicher Bemühung sie zu öffnen. «Soll ich dir helfen?» sagte er. Das Kind erwiderte nichts, ließ aber die schwere Türklinke fahren. Reinhard hatte schon die Tür geöffnet. «Nein», sagte er, «sie könnten dich hinausjagen; komm mit mir! Ich will dir Weihnachtskuchen geben.» Dann machte er die Tür wieder zu und faßte das kleine Mädchen an der Hand, das stillschweigend mit ihm in seine Wohnung ging.

Er hatte das Licht beim Weggehen brennen lassen. «Hier hast du Kuchen», sagte er, und gab ihr die Hälfte seines ganzen Schatzes in ihre Schürze, nur keine mit den Zuckerbuchstaben. «Nun geh nach Hause und gib deiner Mutter auch davon.» Das Kind sah mit einem scheuen Blick zu ihm hinauf; es schien solcher Freundlichkeit ungewohnt und nichts darauf erwidern zu können. Reinhard machte die Tür auf und leuchtete ihr, und nun flog die Kleine wie ein Vogel mit ihren Kuchen die Treppe hinab und zum Hause hinaus.

Reinhard schürte das Feuer in seinem Ofen an und stellte das bestaubte Tintenfaß auf seinen Tisch; dann setzte er sich hin und schrieb, und schrieb die ganze Nacht Briefe an seine Mutter, an Elisabeth. Der Rest der Weihnachtskuchen lag unberührt neben ihm; aber die Manschetten von Elisabeth hatte er angeknüpft, was sich gar wunderlich zu seinem weißen Flausrock ausnahm. So saß er noch, als die Wintersonne auf die gefrorenen Fensterscheiben fiel und ihm gegenüber im Spiegel ein blasses, ernstes Antlitz zeigte.

Daheim

Als es Ostern geworden war, reiste Reinhard in die Heimat. Am Morgen nach seiner Ankunft ging er zu Elisabeth. «Wie groß du geworden bist», sagte er, als das schöne schmächtige Mädchen ihm lächelnd entgegenkam. Sie errötete, aber sie erwiderte nichts; ihre Hand, die er beim Willkommen in die seine genommen, suchte sie ihm sanft zu entziehen. Er sah sie zweifelnd an; das hatte sie früher nicht getan; nun war es, als trete etwas Fremdes zwischen sie. – Das blieb auch, als er schon länger da gewesen und als er Tag für Tag immer wiedergekommen war. Wenn sie allein zusammensaßen, entstanden Pausen, die ihm peinlich waren und denen er dann ängstlich zuvorzukommen suchte. Um während der Ferienzeit eine bestimmte Unterhaltung zu haben, fing er an, Elisabeth in der Botanik zu unterrichten, womit er sich in den ersten Monaten seines Universitätslebens angelegentlich beschäftigt hatte. Elisabeth, die ihm in allem zu folgen gewohnt und überdies lehrhaft war, ging bereitwillig darauf ein. Nun wurden mehrere Male in der Woche Exkursionen ins Feld oder in die Heiden gemacht; und hatten sie dann mittags die grüne

Botanisierkapsel voll Kraut und Blumen nach Hause gebracht, so kam Reinhard einige Stunden später wieder, um mit Elisabeth den gemeinschaftlichen Fund zu teilen.

In solcher Absicht trat er eines Nachmittags ins Zimmer, als Elisabeth am Fenster stand und ein vergoldetes Vogelbauer, das er sonst nicht dort gesehen, mit frischem Hühnerschwarm besteckte. Im Bauer saß ein Kanarienvogel, der mit den Flügeln schlug und kreischend nach Elisabeths Finger pickte. Sonst hatte Reinhards Vogel an dieser Stelle gehangen. «Hat mein armer Hänfling sich nach seinem Tode in einen Goldfinken verwandelt?» fragte er heiter.

«Das pflegen die Hänflinge nicht», sagte die Mutter, welche spinnend im Lehnstuhle saß. «Ihr Freund Erich hat ihn heut mittag für Elisabeth von seinem Hofe hereingeschickt.»

«Von welchem Hofe?»

«Das wissen Sie nicht?»

«Was denn?»

«Daß Erich seit einem Monat den zweiten Hof seines Vaters am Immensee angetreten hat?»

«Aber Sie haben mir kein Wort davon gesagt.»

«Ei», sagte die Mutter, «Sie haben sich auch noch mit keinem Worte nach Ihrem Freunde erkundigt. Er ist ein gar lieber, verständiger junger Mann.»

Die Mutter ging hinaus, um den Kaffee zu besorgen; Elisabeth hatte Reinhard den Rücken zugewandt und war noch mit dem Bau ihrer kleinen Laube beschäftigt. «Bitte, nur ein kleines Weilchen», sagte sie; «gleich bin ich fertig.» – Da Reinhard wider seine Gewohnheit nicht antwortete, so wandte sie sich um. In seinen Augen lag ein plötzlicher Ausdruck von Kummer, den sie nie darin gewahrt hatte. «Was fehlt dir, Reinhard?» fragte sie, indem sie nahe zu ihm trat.

«Mir?» fragte er gedankenlos und ließ seine Augen träumerisch in den ihren ruhen.

«Du siehst so traurig aus.»

«Elisabeth», sagte er, «ich kann den gelben Vogel nicht leiden.»

Sie sah ihn staunend an; sie verstand ihn nicht. «Du bist so sonderbar», sagte sie.

Er nahm ihre beiden Hände, die sie ruhig in den seinen ließ. Bald trat die Mutter wieder herein.

Nach dem Kaffee setzte diese sich an ihr Spinnrad; Reinhard und Elisabeth gingen ins Nebenzimmer, um ihre Pflanzen zu ordnen. Nun wurden Staubfäden gezählt, Blätter und Blüten sorgfältig ausgebreitet und von jeder Art zwei Exemplare zum Trocknen zwischen die Blätter eines großen Folianten gelegt. Es war sonnige Nachmittagsstille; nur nebenan schnurrte der Mutter Spinnrad, und von Zeit zu Zeit wurde Reinhards gedämpfte Stimme gehört, wenn er die Ordnungen der Klassen der Pflanzen nannte oder Elisabeths ungeschickte Aussprache der lateinischen Namen korrigierte.

«Mir fehlt noch von neulich die Maiblume», sagte sie, als der ganze Fund bestimmt und geordnet war.

Reinhard zog einen kleinen weißen Pergamentband aus der Tasche. «Hier ist ein Maiblumenstengel für dich», sagte er, indem er die halbgetrocknete Pflanze herausnahm.

Als Elisabeth die beschriebenen Blätter sah, fragte sie: «Hast du wieder Märchen gedichtet?»

«Es sind keine Märchen», antwortete er und reichte ihr das Buch.

Es waren lauter Verse, die meisten füllten höchstens eine Seite. Elisabeth wandte ein Blatt nach dem andern um; sie schien nur die Überschriften zu lesen. «Als sie vom Schulmeister gescholten war.» «Als sie sich im Walde verirrt hatten.» «Mit dem Ostermärchen.» «Als sie mir zum erstenmal geschrieben hatte»; in der Weise lauteten fast alle. Reinhard blickte forschend zu ihr hin, und indem sie immer weiter blätterte, sah er, wie zuletzt auf ihrem klaren Antlitz ein zartes Rot hervorbrach und es allmählich ganz überzog. Er wollte ihre Augen sehen; aber Elisabeth sah nicht auf und legte das Buch am Ende schweigend vor ihn hin.

«Gib es mir nicht so zurück!» sagte er.

Sie nahm ein braunes Reis aus der Blechkapsel. «Ich will dein Lieblingskraut hineinlegen», sagte sie und gab ihm das Buch in seine Hände. – –

Endlich kam der letzte Tag der Ferienzeit und der Morgen der Abreise. Auf ihre Bitte erhielt Elisabeth von der Mutter die Erlaubnis, ihren Freund an den Postwagen zu begleiten, der einige Straßen von ihrer Wohnung seine Station hatte. Als sie vor die Haustür traten, gab Reinhard ihr den Arm; so ging er schweigend neben dem schlanken Mädchen her. Je näher sie ihrem Ziele kamen, desto mehr war es ihm, er habe ihr, ehe er auf so lange Abschied nehme, etwas Notwendiges mitzuteilen – etwas, wovon aller Wert und alle Lieblichkeit seines künftigen Lebens abhänge, und doch konnte er sich des erlösenden Wortes nicht bewußt werden. Das ängstigte ihn; er ging immer langsamer.

«Du kommst zu spät», sagte sie, «es hat schon zehn geschlagen auf St. Marien.»

Er ging aber darum nicht schneller. Endlich sagte er stammelnd: «Elisabeth, du wirst mich nun in zwei Jahren gar nicht sehen – – wirst du mich wohl noch ebenso lieb haben wie jetzt, wenn ich wieder da bin?»

Sie nickte und sah ihm freundlich ins Gesicht. – «Ich habe dich auch verteidigt», sagte sie nach einer Pause.

«Mich? Gegen wen hattest du das nötig?»

«Gegen meine Mutter. Wir sprachen gestern abend, als du weggegangen warst, noch lange über dich. Sie meinte, du seiest nicht mehr so gut, wie du gewesen.»

Reinhard schwieg einen Augenblick; dann aber nahm er ihre Hand in die seine, und, indem er ihr ernst in ihre Kinderaugen blickte, sagte er: «Ich bin noch ebenso gut, wie ich gewesen bin; glaube du das nur fest! Glaubst du es, Elisabeth?»

«Ja», sagte sie. Er ließ ihre Hand los und ging rasch mit ihr durch die letzte Straße. Je näher ihm der Abschied kam, desto freudiger ward sein Gesicht; er ging ihr fast zu schnell.

«Was hast du, Reinhard?» fragte sie.

«Ich habe ein Geheimnis, ein schönes!» sagte er und sah sie mit leuchtenden Augen an. «Wenn ich nach zwei Jahren wieder da bin, dann sollst du es erfahren.»

Mittlerweile hatten sie den Postwagen erreicht; es war noch eben Zeit genug. Noch einmal nahm Reinhard ihre Hand. «Leb wohl!» sagte er, «leb wohl, Elisabeth. Vergiß es nicht.»

Sie schüttelte mit dem Kopf. «Leb wohl!» sagte sie. Reinhard stieg hinein und die Pferde zogen an.

Als der Wagen um die Straßenecke rollte, sah er noch einmal ihre liebe Gestalt, wie sie langsam den Weg zurückging.

Ein Brief

Fast zwei Jahre nachher saß Reinhard vor seiner Lampe zwischen Büchern und Papieren in Erwartung eines Freundes, mit welchem er gemeinschaftliche Studien übte. Man kam die Treppe herauf. «Herein!» – Es war die Wirtin. «Ein Brief für Sie, Herr Werner!» Dann entfernte sie sich wieder.

Reinhard hatte seit seinem Besuch in der Heimat nicht an Elisabeth geschrieben und von ihr keinen Brief mehr erhalten. Auch dieser war nicht von ihr; es war die Hand seiner Mutter. Reinhard brach und las, und bald las er folgendes:

«In deinem Alter, mein liebes Kind, hat noch fast jedes Jahr sein eigenes Gesicht: denn die Jugend läßt sich nicht ärmer machen. Hier ist auch manches anders geworden, was dir wohl erstan weh tun wird, wenn ich dich sonst recht verstanden habe. Erich hat sich gestern endlich das Jawort von Elisabeth geholt, nachdem er in dem letzten Vierteljahr zweimal vergebens angefragt hatte. Sie hat sich immer nicht dazu entschließen können; nun hat sie es endlich doch getan; sie ist auch noch gar so jung. Die Hochzeit soll bald sein, und die Mutter wird dann mit ihnen fortgehen.»

Immensee

Wiederum waren Jahre vorüber. – Auf einem abwärts führenden schattigen Waldwege wanderte an einem warmen Frühlingsnachmittage ein junger Mann mit kräftigem, gebräuntem Antlitz. Mit seinen ernsten grauen Augen sah er gespannt in die Ferne, als erwarte er endlich eine Veränderung des einförmigen Weges, die jedoch immer nicht eintreten wollte. Endlich kam ein Karrenfuhrwerk langsam von unten herauf. «Holla! guter Freund», rief der Wanderer dem nebengehenden Bauer zu, «geht's hier recht nach Immensee?»

«Immer gerad aus», antwortete der Mann und rückte an seinem Rundhute.

«Hat's denn noch weit bis dahin?»

«Der Herr ist dicht davor. Keine halbe Pfeif' Tobak, so haben's den See; das Herrenhaus liegt hart daran.»

Der Bauer fuhr vorüber; der andere ging eiliger unter den Bäumen entlang. Nach einer Viertelstunde hörte ihm zur Linken plötzlich der Schatten auf; der Weg führte an einem Abhang, aus dem die Gipfel hundertjähriger Eichen nur kaum hervorragten. Über sie hinweg öffnete sich eine weite, sonnige Landschaft. Tief unten lag der See, ruhig, dunkelblau, fast ringsum von grünen, sonnbeschienenen Wäldern umgeben; nur an einer Stelle traten sie auseinander und gewährten eine tiefe Fernsicht, bis auch diese durch blaue Berge geschlossen wurde. Quer gegenüber, mitten in dem grünen Laub der Wälder, lag es wie Schnee darüberher; das waren blühende Obstbäume, und daraus hervor auf dem hohen Ufer erhob sich das Herrenhaus, weiß mit roten Ziegeln. Ein Storch flog vom Schornstein auf und kreiste langsam über dem Wasser. – «Immensee!» rief der Wanderer. Es war fast, als hätte er jetzt das Ziel seiner Reise erreicht; denn er stand unbeweglich und sah über die Gipfel der Bäume zu seinen Füßen hinüber ans andere Ufer, wo das Spiegelbild des Herrenhauses leise schaukelnd auf dem Wasser schwamm. Dann setzte er plötzlich seinen Weg fort.

Es ging jetzt fast steil den Berg hinab, so daß die untenstehenden Bäume wieder Schatten gewährten, zugleich aber die Aussicht auf den See verdeckten, der nur zuweilen zwischen den Lücken der Zweige hindurchblitzte. Bald ging es wieder sanft empor, und nun verschwand rechts und links die Holzung; statt dessen streckten sich dichtbelaubte Weinhügel am Wege entlang; zu beiden Seiten desselben standen blühende Obstbäume voll summender, wühlender Bienen. Ein stattlicher Mann in braunem Überrock kam dem Wanderer entgegen. Als er ihn fast erreicht hatte, schwenkte er seine Mütze und rief mit heller Stimme: «Willkommen, willkommen, Bruder Reinhard! Willkommen auf Gut Immensee!»

«Gott grüß dich, Erich, und Dank für dein Willkommen!» rief ihm der andere entgegen.

Dann waren sie zueinander gekommen und reichten sich die Hände. «Bist du es denn aber auch?» sagte Erich, als er so nahe in das ernste Gesicht seines alten Schulkameraden sah.

«Freilich bin ich's, Erich, und du bist es auch; nur siehst du noch fast heiterer aus, als du schon sonst immer getan hast.»

Ein frohes Lächeln machte Erichs einfache Züge bei diesen Worten noch um vieles heiterer. «Ja, Bruder Reinhard», sagte er, diesem noch einmal seine Hand reichend, «ich habe aber auch seitdem das große Los gezogen, du weißt es ja.» Dann rieb er sich die Hände und rief vergnügt: «Das wird eine Überraschung! Den erwartet sie nicht, in alle Ewigkeit nicht!»

«Eine Überraschung?» fragte Reinhard. «Für wen denn?»

«Für Elisabeth.»

«Elisabeth! Du hast ihr nicht von meinem Besuch gesagt?»

«Kein Wort, Bruder Reinhard; sie denkt nicht an dich, die Mutter auch nicht. Ich hab' dich ganz im Geheim verschrieben, damit die Freude desto größer sei. Du weißt, ich hatte immer so meine stillen Plänchen.»

Reinhard wurde nachdenklich; der Atem schien ihm schwer zu werden, je näher sie dem Hofe kamen. An der linken Seite des Weges hörten nun auch die Weingärten auf und machten einem weitläufigen Küchengarten Platz, der sich bis fast an das

Ufer des Sees hinabzog. Der Storch hatte sich mittlerweile niedergelassen und spazierte gravitätisch zwischen den Gemüsebeeten umher. «Holla!» rief Erich, in die Hände klatschend, «stiehlt mir der hochbeinige Ägypter schon wieder meine kurzen Erbsenstangen!» Der Vogel erhob sich langsam und flog auf das Dach eines neuen Gebäudes, das am Ende des Küchengartens lag und dessen Mauern mit aufgebundenen Pfirsich- und Aprikosenbäumen überzweigt waren. «Das ist die Spritfabrik», sagte Erich; «ich habe sie erst vor zwei Jahren angelegt. Die Wirtschaftsgebäude hat mein Vater selig neu aufsetzen lassen; das Wohnhaus ist schon von meinem Großvater gebaut worden. So kommt man immer ein bißchen weiter.»

Sie waren bei diesen Worten auf einen geräumigen Platz gekommen, der an den Seiten durch die ländlichen Wirtschaftsgebäude, im Hintergrunde durch das Herrenhaus begrenzt wurde, an dessen beide Flügel sich eine hohe Gartenmauer anschloß; hinter dieser sah man die Züge dunkler Taxuswände, und hin und wieder ließen Syringenbäume ihre blühenden Zweige in den Hofraum hinunterhängen. Männer mit sonnen- und arbeitsheißen Gesichtern gingen über den Platz und grüßten die Freunde, während Erich dem einen und dem andern einen Auftrag oder eine Frage über ihr Tagewerk entgegenrief. – Dann hatten sie das Haus erreicht. Ein hoher, kühler Hausflur nahm sie auf, an dessen Ende sie links in einen etwas dunkleren Seitengang einbogen. Hier öffnete Erich eine Tür, und sie traten in einen geräumigen Gartensaal, der durch das Laubgedränge, welches die gegenüberliegenden Fenster bedeckte, zu beiden Seiten mit grüner Dämmerung erfüllt war; zwischen diesen aber ließen zwei hohe, weit geöffnete Flügeltüren den vollen Glanz der Frühlingssonne hereinfallen und gewährten die Aussicht in einen Garten mit gezirkelten Blumenbeeten und hohen steilen Laubwänden, geteilt durch einen graden breiten Gang, durch welchen man auf den See und weiter auf die gegenüberliegenden Wälder hinaussah. Als die Freunde hineintraten, trug die Zugluft ihnen einen Strom von Duft entgegen.

Auf einer Terrasse vor der Gartentür saß eine weiße, mädchenhafte Frauengestalt. Sie stand auf und ging den Eintretenden entgegen; aber auf halbem Wege blieb sie wie angewurzelt stehen und starrte den Fremden unbeweglich an. Er streckte ihr lächelnd die Hand entgegen. «Reinhard!» rief sie, «Reinhard! Mein Gott, du bist es! – Wir haben uns lange nicht gesehen.»

«Lange nicht», sagte er und konnte nichts weiter sagen; denn als er ihre Stimme hörte, fühlte er einen feinen körperlichen Schmerz am Herzen, und wie er zu ihr aufblickte, stand sie vor ihm, dieselbe leichte zärtliche Gestalt, der er vor Jahren in seiner Vaterstadt Lebewohl gesagt hatte.

Erich war mit freudestrahlendem Antlitz an der Tür zurückgeblieben. «Nun, Elisabeth», sagte er, «gelt! den hättest du nicht erwartet, den in alle Ewigkeit nicht!»

Elisabeth sah ihn mit schwesterlichen Augen an. «Du bist so gut, Erich!» sagte sie.

Er nahm ihre schmale Hand liebkosend in die seinen. «Und nun wir ihn haben», sagte er, «nun lassen wir ihn so bald nicht wieder los. Er ist so lange draußen gewesen; wir wollen ihn wieder heimisch machen. Schau nur, wie fremd und vornehm er aussehen worden ist.»

Ein scheuer Blick Elisabeths streifte Reinhards Antlitz. «Es ist nur die Zeit, die wir nicht beisammen waren», sagte er.

In diesem Augenblick kam die Mutter, mit einem Schlüsselkörbchen am Arm, zur Tür herein. «Herr Werner!» sagte sie, als sie Reinhard erblickte; «ei, ein eben so lieber als unerwarteter Gast.» – Und nun ging die Unterhaltung in Fragen und Antworten ihren ebenen Tritt. Die Frauen setzten sich zu ihrer Arbeit, und während Reinhard die für ihn bereiteten Erfrischungen genoß, hatte Erich seinen soliden Meerschaumkopf angebrannt und saß dampfend und diskutierend an seiner Seite.

Am andern Tage mußte Reinhard mit ihm hinaus; auf die Äcker, in die Weinberge, in den Hopfengarten, in die Spritfabrik. Es war alles wohl bestellt: die Leute, welche auf dem Felde und bei den Kesseln arbeiteten, hatten alle ein gesundes und zufriedenes Aussehen. Zu Mittag kam die Familie im Gartensaal zusammen, und der Tag wurde dann, je nach der Muße der Wirte, mehr oder minder gemeinschaftlich verlebt. Nur die Stunden vor dem Abendessen, wie die ersten des Vormittags, blieb Reinhard arbeitend auf seinem Zimmer. Er hatte seit Jahren, wo er deren habhaft werden konnte, die im Volke lebenden Reime und Lieder gesammelt, und ging nun daran, seinen Schatz zu ordnen und wo möglich mit neuen Aufzeichnungen aus der Umgegend zu vermehren. – Elisabeth war zu allen Zeiten sanft und freundlich; Erichs immer gleichbleibende Aufmerksamkeit nahm sie mit einer fast demütigen Dankbarkeit auf, und Reinhard dachte mitunter, das heitere Kind von ehedem habe wohl eine weniger stille Frau versprochen.

Seit dem zweiten Tage seines Hierseins pflegte er abends einen Spaziergang an dem Ufer des Sees zu machen. Der Weg führte hart unter dem Garten vorbei. Am Ende desselben, auf einer vorspringenden Bastei, stand eine Bank unter hohen Birken; die Mutter hatte sie die Abendbank getauft, weil der Platz gegen Abend lag und des Sonnenuntergangs halber um diese Zeit am meisten benutzt wurde. – Von einem Spaziergange auf diesem Wege kehrte Reinhard eines Abends zurück, als er vom Regen überrascht wurde. Er suchte Schutz unter einer am Wasser stehenden Linde; aber die schweren Tropfen schlugen bald durch die Blätter. Durchnäßt, wie er war, ergab er sich darein und setzte langsam seinen Rückweg fort. Es war fast dunkel; der Regen fiel immer dichter. Als er sich der Abendbank näherte, glaubte er zwischen den schimmernden Birkenstämmen eine weiße Frauengestalt zu unterscheiden. Sie stand unbeweglich und, wie er beim Näherkommen zu erkennen meinte, zu ihm hingewandt, als wenn sie jemanden erwarte. Er glaubte, es sei Elisabeth. Als er aber rascher zuschritt, um sie zu erreichen und dann mit ihr zusammen durch den Garten ins Haus zurückzukehren, wandte sie sich langsam ab und verschwand in die dunkeln Seitengänge. Er konnte das nicht reimen; er war aber fast zornig auf Elisabeth, und dennoch zweifelte er, ob sie es gewesen sei; aber er scheute sich, sie danach zu fragen; ja, er ging bei seiner Rückkehr nicht in den Gartensaal, nur um Elisabeth nicht etwa durch die Gartentür hereintreten zu sehen.

Meine Mutter hat's gewollt

Einige Tage nachher, es ging schon gegen Abend, saß die Familie, wie gewöhnlich um diese Zeit, im Gartensaal zusammen. Die Türen standen offen; die Sonne war schon hinter den Wäldern jenseits des Sees.

Reinhard wurde um die Mitteilung einiger Volkslieder gebeten, welche er am Nachmittage von einem auf dem Lande wohnenden Freunde geschickt bekommen hatte. Er ging auf sein Zimmer und kam gleich darauf mit einer Papierrolle zurück, welche aus einzelnen sauber geschriebenen Blättern zu bestehen schien.

Man setzte sich an den Tisch, Elisabeth an Reinhards Seite. «Wir lesen auf gut Glück», sagte er, «ich habe sie selber noch nicht durchgesehen.»

Elisabeth rollte das Manuskript auf. «Hier sind Noten», sagte sie, «das mußt du singen, Reinhard.»

Und dieser las nun zuerst einige Tiroler Schnaderhüpferl, indem er beim Lesen je zuweilen die lustige Melodie mit halber Stimme anklingen ließ. Eine allgemeine Heiterkeit bemächtigte sich der kleinen Gesellschaft. «Wer hat doch aber die schönen Lieder gemacht?» fragte Elisabeth.

«Ei», sagte Erich, «das hört man den Dingern schon an; Schneidergesellen und Friseure, und derlei luftiges Gesindel.»

Reinhard sagte: «Sie werden gar nicht gemacht; sie wachsen, sie fallen aus der Luft, sie fliegen über Land wie Mariengarn, hierhin und dorthin, und werden an tausend Stellen zugleich gesungen. Unser eigenstes Tun und Leiden finden wir in diesen Liedern; es ist, als ob wir alle an ihnen mitgeholfen hätten.»

Er nahm ein anderes Blatt: «Ich stand auf hohen Bergen ...»

«Das kenne ich!» rief Elisabeth. «Stimme nur an, Reinhard, ich will dir helfen.» Und nun sangen sie jene Melodie, die so rätselhaft ist, daß man nicht glauben kann, sie sei von Menschen erdacht worden; Elisabeth mit ihrer etwas verdeckten Altstimme dem Tenor sekundierend.

Die Mutter saß inzwischen emsig an ihrer Näherei; Erich hatte die Hände ineinander gelegt und hörte andächtig zu. Als das Lied zu Ende war, legte Reinhard das Blatt schweigend beiseite. – Vom Ufer des Sees herauf kam durch die Abendstille das Geläute der Herdenglocken; sie horchten unwillkürlich; da hörten sie eine klare Knabenstimme singen:

Ich stand auf hohen Bergen,
Und sah ins tiefe Tal ...

Reinhard lächelte: «Hört ihr es wohl? So geht's von Mund zu Mund.»

«Es wird oft in dieser Gegend gesungen», sagte Elisabeth.

«Ja», sagte Erich, «es ist der Hirtenkaspar; er treibt die Starken heim.»

Sie horchten noch eine Weile, bis das Geläute oben hinter den Wirtschaftsgebäuden verschwunden war. «Das sind Urtöne», sagte Reinhard; «sie schlafen in Waldesgründen; Gott weiß, wer sie gefunden hat.»

Er zog ein neues Blatt heraus.

Es war schon dunkler geworden; ein roter Abendschein lag wie Schaum auf den Wäldern jenseit des Sees. Reinhard rollte das Blatt auf, Elisabeth legte an der einen Seite ihre Hand darauf und sah mit hinein. Dann las Reinhard:

Meine Mutter hat's gewollt,
Den andern ich nehmen sollt;
Was ich zuvor besessen,
Mein Herz sollt es vergessen;
Das hat es nicht gewollt.

Meine Mutter klag ich an,
Sie hat nicht wohl getan;
Was sonst in Ehren stünde,
Nun ist es worden Sünde.
Was fang ich an!

Für all mein Stolz und Freud
Gewonnen hab ich Leid.

Ach, wär das nicht geschehen,
Ach, könnt ich betteln gehen
Über die braune Heid!

Während des Lesens hatte Reinhard ein unmerkliches Zittern des Papiers empfunden; als er zu Ende war, schob Elisabeth leise ihren Stuhl zurück und ging schweigend in den Garten hinab. Ein Blick der Mutter folgte ihr. Erich wollte nachgehen; doch die Mutter sagte: «Elisabeth hat draußen zu tun.» So unterblieb es.

Draußen aber legte sich der Abend mehr und mehr über Garten und See, die Nachtschmetterlinge schossen surrend an den offenen Türen vorüber, durch welche der Duft der Blumen und Gesträuche immer stärker hereindrang; vom Wasser herauf kam das Geschrei der Frösche, unter den Fenstern schlug eine Nachtigall, tiefer im Garten eine andere; der Mond sah über die Bäume. Reinhard blickte noch eine Weile auf die Stelle, wo Elisabeths feine Gestalt zwischen den Laubgängen verschwunden war; dann rollte er sein Manuskript zusammen, grüßte die Anwesenden und ging durchs Haus an das Wasser hinab.

Die Wälder standen schweigend und warfen ihr Dunkel weit auf den See hinaus, während die Mitte desselben in schwüler Mondesdämmerung lag. Mitunter schauerte ein leises Säuseln durch die Bäume; aber es war kein Wind, es war nur das Atmen der Sommernacht. Reinhard ging immer am Ufer entlang. Einen Steinwurf vom Lande konnte er eine weiße Wasserlilie erkennen. Auf einmal wandelte ihn die Lust an, sie in der Nähe zu sehen; er warf seine Kleider ab und stieg ins Wasser. Es war flach, scharfe Pflanzen und Steine schnitten ihn an den Füßen, und er kam immer nicht in die zum Schwimmen nötige Tiefe. Dann war es plötzlich unter ihm weg, die Wasser quirlten über ihm zusammen, und es dauerte eine Zeitlang, ehe er wieder auf die Oberfläche kam. Nun regte er Hand und Fuß und schwamm im Kreise umher, bis er sich bewußt geworden, von wo er hineingegangen war. Bald sah er auch die Lilie wieder; sie lag einsam zwischen den großen blanken Blättern. – Er schwamm langsam hinaus und hob mitunter die Arme aus dem Wasser, daß die herabrieselnden Tropfen im Mondlicht blitzten; aber es war, als ob die Entfernung zwischen ihm und der Blume dieselbe bliebe; nur das Ufer lag, wenn er sich umblickte, in immer ungewisserem Dufte hinter ihm. Er gab indes sein Unternehmen nicht auf, sondern schwamm rüstig in derselben Richtung fort. Endlich war er der Blume so nahe gekommen, daß er die silbernen Blätter deutlich im Mondlicht unterscheiden konnte; zugleich aber fühlte er sich wie in einem Netze verstrickt; die glatten Stengel langten vom Grunde herauf und rankten sich an seine nackten Glieder. Das unbekannte Wasser lag so schwarz um ihn her, hinter sich hörte er das Springen eines Fisches; es wurde ihm plötzlich so unheimlich in dem fremden Elemente, daß er mit Gewalt das Gestrick der Pflanzen zerriß und in atemloser Hast dem Lande zuschwamm. Als er von hier auf den See zurückblickte, lag die Lilie wie zuvor fern und einsam über der dunkeln Tiefe. – Er kleidete sich an und ging langsam nach Hause zurück. Als er aus dem Garten in den Saal trat, fand er Erich und die Mutter in den Vorbereitungen einer kleinen Geschäftsreise, welche am andern Tage vor sich gehen sollte.

«Wo sind denn Sie so spät in der Nacht gewesen?» rief ihm die Mutter entgegen.

«Ich?» erwiderte er; «ich wollte die Wasserlilie besuchen; es ist aber nichts daraus geworden.»

«Das versteht wieder einmal kein Mensch!» sagte Erich. «Was tausend hattest du denn mit der Wasserlilie zu tun?»

«Ich habe sie früher einmal gekannt», sagte Reinhard; «es ist aber schon lange her.»

Elisabeth

Am folgenden Nachmittag wanderten Reinhard und Elisabeth jenseit des Sees, bald durch die Holzung, bald auf dem hohen vorspringenden Uferrande. Elisabeth hatte von Erich den Auftrag erhalten, während seiner und der Mutter Abwesenheit Reinhard mit den schönsten Aussichten der nächsten Umgegend, namentlich von der andern Uferseite auf den Hof selber, bekannt zu machen. Nun gingen sie von einem Punkt zum andern. Endlich wurde Elisabeth müde und setzte sich in den Schatten überhängender Zweige, Reinhard stand ihr gegenüber an einen Baumstamm gelehnt; da hörte er tiefer im Walde den Kuckuck rufen, und es kam ihm plötzlich, dies alles sei schon einmal ebenso gewesen. Er sah sie seltsam lächelnd an. «Wollen wir Erdbeeren suchen?» fragte er.

«Es ist keine Erdbeerenzeit», sagte sie.

«Sie wird aber bald kommen.»

Elisabeth schüttelte schweigend den Kopf; dann stand sie auf, und beide setzten ihre Wanderung fort; und wie sie so an seiner Seite ging, wandte sein Blick sich immer wieder nach ihr hin; denn sie ging schön, als wenn sie von ihren Kleidern getragen würde. Er blieb oft unwillkürlich einen Schritt zurück, um sie ganz und voll ins Auge fassen zu können. So kamen sie an einen freien, heidebewachsenen Platz mit einer weit ins Land reichenden Aussicht. Reinhard bückte sich und pflückte etwas von den am Boden wachsenden Kräutern. Als er wieder aufsah, trug sein Gesicht den Ausdruck leidenschaftlichen Schmerzes. «Kennst du diese Blume?» sagte er.

Sie sah ihn fragend an. «Es ist eine Erika. Ich habe sie oft im Walde gepflückt.»

«Ich habe zu Hause ein altes Buch», sagte er; «ich pflegte sonst allerlei Lieder und Reime hineinzuschreiben; es ist aber lange nicht mehr geschehen. Zwischen den Blättern liegt auch eine Erika; aber es ist nur eine verwelkte. Weißt du, wer sie mir gegeben hat?»

Sie nickte stumm; aber sie schlug die Augen nieder und sah nur auf das Kraut, das er in der Hand hielt. So standen sie lange. Als sie die Augen gegen ihn aufschlug, sah er, daß sie voll Tränen waren.

«Elisabeth», sagte er, «hinter jenen blauen Bergen liegt unsere Jugend. Wo ist sie geblieben?»

Sie sprachen nichts mehr; sie gingen stumm nebeneinander zum See hinab. Die Luft war schwül, im Westen stieg schwarzes Gewölk auf. «Es wird Gewitter», sagte Elisabeth, indem sie ihren Schritt beeilte. Reinhard nickte schweigend, und beide gingen rasch am Ufer entlang, bis sie ihren Kahn erreicht hatten.

Während der Überfahrt ließ Elisabeth ihre Hand auf dem Rande des Kahnes ruhen. Er blickte beim Rudern zu ihr hinüber; sie aber sah an ihm vorbei in die Ferne. So glitt sein Blick herunter und blieb auf ihrer Hand; und diese blasse Hand verriet ihm, was ihr Antlitz ihm verschwiegen hatte. Er sah auf ihr jenen feinen Zug geheimen Schmerzes, der sich so gern schöner Frauenhände bemächtigt, die nachts auf krankem Herzen liegen. – Als Elisabeth sein Auge auf ihrer Hand ruhen fühlte, ließ sie sie langsam über Bord ins Wasser gleiten.

Auf dem Hofe angekommen, trafen sie einen Scherenschleiferkarren vor dem Herrenhause; ein Mann mit schwarzen niederhängenden Locken trat emsig das Rad und summte eine Zigeunermelodie zwischen den Zähnen, während ein eingeschirrter Hund schnaufend daneben lag. Auf dem Hausflur stand in Lumpen gehüllt ein Mädchen mit verstörten schönen Zügen und streckte bettelnd die Hand gegen Elisabeth aus.

Reinhard griff in seine Tasche; aber Elisabeth kam ihm zuvor und schüttete hastig den ganzen Inhalt ihrer Börse in die offene Hand der Bettlerin.

Dann wandte sie sich eilig ab, und Reinhard hörte, wie sie schluchzend die Treppe hinaufging.

Er wollte sie aufhalten, aber er besann sich und blieb an der Treppe zurück. Das Mädchen stand noch immer auf dem Flur, unbeweglich, das empfangene Almosen in der Hand. «Was willst du noch?» fragte Reinhard.

Sie fuhr zusammen. «Ich will nichts mehr», sagte sie; dann den Kopf nach ihm zurückwendend, ihn anstarrend mit den verirrten Augen, ging sie langsam gegen die Tür. Er rief einen Namen aus, aber sie hörte es nicht mehr; mit gesenktem Haupte, mit über der Brust gekreuzten Armen schritt sie über den Hof hinab.

Sterben, ach sterben
Soll ich allein!

Ein altes Lied brauste ihm ins Ohr, der Atem stand ihm still; eine kurze Weile, dann wandte er sich ab und ging auf sein Zimmer.

Er setzte sich hin, um zu arbeiten, aber er hatte keine Gedanken. Nachdem er es eine Stunde lang vergebens versucht hatte, ging er ins Familienzimmer hinab. Es war niemand da, nur kühle grüne Dämmerung; auf Elisabeths Nähtisch lag ein rotes Band, das sie am Nachmittag um den Hals getragen hatte. Er nahm es in die Hand, aber es tat ihm weh, und er legte es wieder hin. Er hatte keine Ruhe, er ging an den See hinab und band den Kahn los; er ruderte hinüber und ging noch einmal alle Wege, die er kurz vorher mit Elisabeth zusammen gegangen war. Als er wieder nach Hause kam, war es dunkel; auf dem Hofe begegnete ihm der Kutscher, der die Wagenpferde ins Gras bringen wollte; die Reisenden waren eben zurückgekehrt. Bei seinem Eintritt in den Hausflur hörte er Erich im Gartensaal auf und ab schreiten. Er ging nicht zu ihm hinein; er stand einen Augenblick still und stieg dann leise die Treppe hinauf nach seinem Zimmer. Hier setzte er sich in den Lehnstuhl ans Fenster; er tat vor sich selbst, als wolle er die Nachtigall hören, die unten in den Taxuswänden schlug; aber er hörte nur den Schlag seines eigenen Herzens. Unter ihm im Hause ging alles zur Ruh, die Nacht verrann, er fühlte es nicht. – So saß er stundenlang. Endlich stand er auf und legte sich ins offene Fenster. Der Nachttau rieselte zwischen den Blättern, die Nachtigall hatte aufgehört zu schlagen. Allmählich wurde auch das tiefe Blau des Nachthimmels von Osten her durch einen blaßgelben Schimmer verdrängt; ein frischer Wind erhob sich und streifte Reinhards heiße Stirn; die erste Lerche stieg jauchzend in die Luft. – Reinhard kehrte sich plötzlich um und trat an den Tisch; er tappte nach einem Bleistift, und als er diesen gefunden, setzte er sich und schrieb damit einige Zeilen auf einen weißen Bogen Papier. Nachdem er hiermit fertig war, nahm er Hut und Stock, und das Papier zurücklassend, öffnete er behutsam die Tür und stieg in den Flur hinab. – Die Morgendämmerung ruhte noch in allen Winkeln; die große Hauskatze dehnte sich auf der Strohmatte und sträubte den Rücken gegen seine Hand, die er ihr gedankenlos entgegenhielt. Draußen im Garten aber priesterten schon die Sperlinge von den Zweigen und sagten es allen, daß die Nacht vorbei sei. Da hörte er oben im Hause eine Tür gehen; es kam die Treppe herunter, und als er aufsah, stand Elisabeth vor ihm. Sie legte die Hand auf seinen Arm, sie bewegte die Lippen, aber er hörte keine Worte. «Du kommst nicht wieder», sagte sie endlich. «Ich weiß es, lüge nicht; du kommst nie wieder.»

«Nie», sagte er. Sie ließ die Hand sinken und sagte nichts mehr. Er ging über den Flur der Tür zu; dann wandte er sich noch einmal. Sie stand bewegungslos an derselben Stelle und sah ihn mit toten Augen an. Er tat einen Schritt vorwärts und streckte die Arme nach ihr aus. Dann kehrte er sich gewaltsam ab und ging zur Tür hinaus. – Draußen lag die Welt im frischen Morgenlichte; die Tauperlen, die in den Spinngeweben hingen, blitzten in den ersten Sonnenstrahlen. Er sah nicht rückwärts; er wanderte rasch hinaus; und mehr und mehr versank hinter ihm das stille Gehöft, und vor ihm auf stieg die große weite Welt. – – –

Der Alte

Der Mond schien nicht mehr in die Fensterscheiben, es war dunkel geworden; der Alte aber saß noch immer mit gefalteten Händen in seinem Lehnstuhl und blickte vor sich hin in den Raum des Zimmers. Allmählich verzog sich vor seinen Augen die schwarze Dämmerung um ihn her zu einem breiten dunkeln See; ein schwarzes Gewässer legte sich hinter das andere, immer tiefer und ferner, und auf dem letzten, so fern, daß die Augen des Alten sie kaum erreichten, schwamm einsam zwischen breiten Blättern eine weiße Wasserlilie.

Die Stubentür ging auf und ein heller Lichtstrahl fiel ins Zimmer. «Es ist gut, daß Sie kommen, Brigitte», sagte der Alte. «Stellen Sie das Licht nur auf den Tisch.»

Dann rückte er auch den Stuhl zum Tische, nahm eins der aufgeschlagenen Bücher und vertiefte sich in Studien, an denen er einst die Kraft seiner Jugend geübt hatte.

AUF DEM STAATSHOF

*

Ich kann nur einzelnes sagen; nur was geschehen, nicht wie es geschehen ist; ich weiß nicht, wie es zu Ende ging, ob es eine Tat war oder nur ein Ereignis, wodurch das Ende herbeigeführt wurde. Aber wie es die Erinnerung mir tropfenweise hergibt, so will ich es erzählen.

*

Die kleine Stadt, in der meine Eltern wohnten, lag hart an der Grenze der Marschlandschaft, die bis ans Meer mehrere Meilen weit ihre grasreiche Ebene ausdehnt. Aus dem Nordertor führt die Landstraße eine Viertelstunde Weges zu einem Kirchdorf, das mit seinen Bäumen und Strohdächern weithin auf der ungeheuren Wiesenfläche sichtbar ist. Seitwärts von der Straße, hinter dem weiß getünchten Pastorate, geht quer durchs Land ein Fußsteig über die «Fennen», wie hier die einzelnen, fast nur zur Viehweide benutzten Landflächen genannt werden; von einem Heck zum andern, oder auf schmalem Steg über die Gräben, durch welche überall die «Fennen» voneinander geschieden sind.

Hier bin ich in meiner Jugend oft gegangen; ich mit einer Andern. Ich sehe noch das Gras im Sonnenscheine funkeln und fernab um uns her die zerstreuten Gehöfte mit ihren weißen Gebäuden in der klaren Sommerluft. Die schweren Rinder, welche wiederkäuend neben dem Fußsteige lagen, standen auf, wenn wir vorübergingen, und gaben uns das Geleite bis zum nächsten Heck; mitunter in den Trinkgruben erhob ein Ochse seine breite Stirn und brüllte weit in die Landschaft hinaus.

Zu Ende des Weges, der fast eine halbe Stunde dauert, unter einer düsteren Baumgruppe von Rüstern und Silberpappeln, wie sie kein anderes Besitztum dieser Gegend aufzuweisen hat, lag der «Staatshof». Das Haus war auf einer mäßig hohen Werfte nach der Weise des Landes gebaut; eine sogenannte «Heuberg», in welcher die Wohnungs- und Wirtschaftsräume unter einem Dache vereinigt sind; aber die «Graft», welche sich rings umherzog, war besonders breit und tief, und der weitläufige Garten, der innerhalb derselben die Gebäude umgab, war vor Zeiten mit patrizischem Luxus angelegt.

Das Gehöft war einst nebst vielen andern in Besitz der nun gänzlich ausgestorbenen Familie van der Roden, aus der während der beiden letzten Jahrhunderte eine Reihe von Pfennigmeistern und Ratmännern der Landschaft und von Bürgermeistern meiner Vaterstadt hervorgegangen ist. – Neunzig Höfe, so hieß es, hatten sie gehabt und sich im Übermut vermessen, das Hundert voll zu machen. Aber die Zeiten waren umgeschlagen; es war unrecht Gut dazwischen gekommen, sagten die Leute; der liebe Gott hatte sich ins Mittel gelegt, und ein Hof nach dem andern war in fremde Hände übergegangen. Zur Zeit, wo meine Erinnerung beginnt, war nur der Staatshof noch im Eigentum der Familie; von dieser selbst aber niemand übriggeblieben als die alternde Besitzerin und ein kaum vierjähriges Kind, die Tochter eines früh verstorbenen Sohnes. Der letzte männliche Sprosse war als fünfzehnjähriger Knabe auf eine gewaltsame Weise ums Leben gekommen; auf der «Fenne» eines benachbarten Hofbesitzers hatte er ein einjähriges Füllen ohne Zaum oder Halfter bestiegen, war dabei von dem scheuen Tiere in die Trinkgrube gestürzt und ertrunken.

Mein Vater war der geschäftliche Beistand der alten Frau Ratmann van der Roden. – Gehe ich rückwärts mit meinen Gedanken und suche nach den Plätzen, die von der Erinnerung noch ein spärliches Licht empfangen, so sehe ich mich als etwa vierjährigen Knaben mit meinen beiden Eltern auf einem offenen Wagen über den ebenen Marschweg dahinfahren; ich fühle plötzlich den Sonnenschein mit einem kühlen Schatten wechseln, der an der einen Seite von ungeheuren Bäumen auf den Weg hinausfällt; und während ich meinen kleinen Kopf über die Lehne des Wagenstuhls recke, um den breiten Graben zu sehen, der sich neben den Bäumen hinzieht, biegen wir gerade in die Schatten hinein und durch ein offenstehendes Gittertor. Ein großer Hund fährt wie rasend an der Kette aus seinem beweglichen Hause auf uns zu; wir aber kutschieren mit einem Peitschenknall auf den Hof hinauf bis vor die Haustür, und ich sehe eine alte Frau im grauen Kleide, mit einem feinen blassen Gesicht und mit besonders weißer Fraise auf der Schwelle stehen, während Knecht und Magd eine Leiter an den Wagen legen und uns zur Erde helfen. Noch rieche ich auf dem dunkeln Hausflur den strengen Duft der Alandwurzel, womit die Marschbewohner zur Abwehr der Mücken allabendlich zu räuchern pflegen; ich sehe auch noch meinen Vater der alten Dame die Hand küssen; dann aber verläßt mich die Erinnerung, und ich finde mich erst nach einigen Stunden wieder, auf Heu gebettet, eine warme sommerliche Dämmerung um mich her. Ich sehe an den aus Heu und Korngarben gebildeten Wänden empor, die um mich her zwischen vier großen Ständern in die Höhe ragen; so hoch, daß der Blick durch ein wüstes Dunkel hindurch muß, bis er aufs neue in eine matte Dämmerung gelangt, die zwischen zahllosen Spinngeweben aus einem Dachfensterchen hereinfällt. Es ist das sogenannte «Vierkant», worin ich mich befinde. Der zum Bergen des Heues bestimmte Raum im Innern des Hauses, wovon das Hofgebäude in unseren Marschen die eigentümlich hohe Bildung des Daches und seinen Namen «Heuberg» oder «Hauberg» erhalten hat. – Es ist volle Sonntagsstille um mich her. Aber ich bin hier nicht allein; in der gedämpften Helligkeit, die durch die offene Seitenwand aus der angrenzenden Loodiele hereinfällt, steht ein Mädchen meines Alters; die blonden Härchen fallen über ein blaues Blusenkleid. Sie streckt ihre kleinen Fäuste über mir aus und bestreut mich mit Heu; sie ist sehr eifrig, sie stöhnt und bückt sich wieder und wieder. «So», sagt sie endlich und atmet dabei aus Herzensgrunde, «so, nun bist du bald begraben!» Und wie ich eine Weile regungslos da liege, sehe ich durch die lose mich bedeckenden Halme, wie sie ihr Köpfchen zu mir niederbeugt, und wie sie dann plötzlich kehrt macht und sich zu einer alten Bäuerin hinarbeitet, die mit einem Strickstrumpf in der Hand uns gegenüber sitzt. «Wieb», sagt sie, indem sie der Alten die Hand von der Wange zieht, «Wieb, ist er tot?»

Was die Alte hierauf geantwortet, dessen entsinne ich mich nicht mehr; wohl aber, daß wir bald darauf durch einen dunkeln Gang auf den Hausflur und von dort eine breite Treppe hinauf in die oberen Räume des Hauses geführt wurden; in ein großes Zimmer mit goldgeblümten Tapeten, in welchem viele Bilder von alten, weiß gepuderten Männern und Frauen an den Wänden hingen. Meine Eltern und die übrigen Gäste sind eben von einer gedeckten Tafel aufgestanden, die sich mitten im Zimmer unter einer großen Kristallkrone befindet. Bald sitze ich in eine Serviette geknüpft der kleinen Anne Lene gegenüber; Wieb steht dabei und serviert uns von den Resten. Ich befinde mich sehr wohl; nur zuweilen stört mich ein Krächzen, das aus der Ferne zu uns herüber dringt. «Höre!» sag ich und hebe meine kleinen Finger auf. Die alte Wieb aber kennt das schon lange. «Das sind die Raben», sagt sie, «sie sitzen im Baumgarten, wir wollen sie nachher besuchen.» – Aber ich vergesse die

Raben wieder; denn Wieb teilt zum Dessert noch die Zuckertauben von einer Konditortorte zwischen uns; nur scheint es nicht ganz unparteiisch herzugehen, denn Anne Lene erhält immer die Hahnenschwänze und die Kragentauben.

Etwas später sehe ich die Gesellschaft auf den geschlungenen Gartenwegen zwischen den blühenden Büschen promenieren; die alte Dame mit der Fraise, welche am Arme meines Vaters geht, beugt sich zu mir nieder und sagt, indem sie mir den Kopf aufrichtet: «Du mußt dich immer hübsch gerade halten, Kind!» – Ich glaube noch jetzt, daß von dieser kleinen Ermahnung sich der fast scheue Respekt herschreibt, den ich, solange sie lebte, vor dieser Frau behalten habe. – Doch schon faßt Wieb mich bei der Hand und führt uns weit umher auf den sonnigen Steigen; zuletzt bis zur Graft hinunter, an der ein gerader Steig entlangführt. So gelangen wir zu einem Gartenpavillon, in welchem die Gesellschaft bei offenen Türen am Kaffeetische sitzt. Wir werden hereingerufen, und da ich zögere, nimmt meine Mutter einen Zuckerkringel aus dem silbernen Kuchenkorb und zeigt mir den. Aber ich fürchte mich; ich habe gesehen, daß das hölzerne Haus auf dünnen Pfählen über dem Wasser steht; bis endlich doch die vorgehaltene Lockspeise und die bunten Schäferbilder, die drinnen auf die Wände gemalt sind, mich bewegen hineinzutreten.

Mir ist, als hätte ich es mit einem besonders angenehmen Gefühl mit angesehen, wie Anne Lene von meiner Mutter auf den Schoß genommen und geküßt wurde. Späterhin mögen die Männer, wie es dort gebräuchlich ist, zur Besichtigung der Rinder auf das Land hinausgegangen sein; denn ich habe die Erinnerung, als sei bald eine Stille um mich gewesen, in der ich nur die sanfte Stimme meiner Mutter und andere Frauenstimmen hörte. Anne Lene und ich spielten unter dem Tische zu ihren Füßen; wir legten den Kopf auf den Fußboden und horchten nach dem Wasser hinunter. Zuweilen hörten wir es plätschern; dann hob Anne Lene ihr Köpfchen und sagte: «Hörst du, das tut der Fisch!» Endlich gingen wir ins Haus zurück; es war kühl, und ich sah die Büsche des Gartens alle im Schatten stehen. Dann fuhr der Wagen vor; und in dem Schlummer, der mich schon unterwegs überkam, endete dieser Tag, von dem ich bei ruhigem Nachsinnen nicht außer Zweifel bin, ob er ganz in der erzählten Weise jemals dagewesen, oder ob nur meine Phantasie die zerstreuten Vorfälle verschiedener Tage in diesen einen Rahmen zusammengedrängt hat.

*

Späterhin, als sich allmählich die Hilfsbedürftigkeit des Alters einstellte, zog die Frau Ratmann van der Roden mit ihrer Enkelin in die Stadt und ließ den Hof unter der Aufsicht des früheren Bauknechtes Marten und seiner Ehefrau, der alten Wieb. Vor dem Hause, welches sie einige Straßen von dem unseren entfernt bewohnte, standen granitne Pfeilersteine, die durch schwere eiserne Ketten miteinander verbunden waren. Wir Jungen, wenn wir auf unserem Schulwege vorübergingen, unterließen selten, uns auf diese Ketten zu setzen und, mit Tafel und Ranzen auf dem Rücken, einige Male hin- und herzuschaukeln. Aber ich entsinne mich noch gar wohl, wie wir auseinanderstoben, wenn einer von uns das Gesicht der alten Dame hinter den Geranienbäumen am Fenster gewahrte, oder gar, wenn sie mit einer gemessenen Bewegung den Finger gegen uns erhoben hatte.

Desungeachtet ließ ich mir gern, was öfters geschah, vom Vater eine Bestellung an sie auftragen. Ich weiß nicht mehr, war es das kleine zierliche Mädchen, das mich anzog, oder war es die alte Schatulle, deren Raritäten ich in besonders begünstigter Stunde mit ihr beschauen durfte; die goldenen Schaumünzen, die seidenen buntbemalten Fächer oder oben auf dem Aufsatz der Schatulle die beiden Pagoden von chinesischem Porzellan, die schon vom Flur aus durch die Fenster der Stubentür meine Augen auf sich zogen. Am Sonnabendnachmittag stellte ich mich regelmäßig ein, um die Frau Ratmann mit der kleinen Anne Lene zum Sonntag auf den Kaffee einzuladen, was bis zur letzten Zeit vor ihrem Absterben ebenso regelmäßig von ihr angenommen wurde. Am Tage darauf präzise um drei Uhr hielt dann die schwere Klosterkutsche vor unserer Haustreppe; unsere Mägde hoben die alte Dame und ihr Enkelchen aus dem Wagen, und meine Mutter führte sie in das Festzimmer des Hauses, das schon von dem Dufte des Kaffees und des sonntäglichen Gebäckes erfüllt war. Wenn dann die Enveloppen und Tücher abgelegt waren und die beiden Damen sich gegenüber an dem sauber servierten Tische Platz genommen hatten, durften auch wir Kinder uns an ein Nebentischchen setzen, und erhielten unsern Anteil an den «Eiermahnen» und «Bieschen», oder wie sonst die schönen Sachen heißen mochten. Mir ist indessen, wenn ich dieser Sonntagnachmittage gedenke, als sei ich niemals unglücklicher in den Versuchen gewesen, meinen Kaffee aus der Ober- in die Untertasse umzuschütten; und ich fühle noch die strengen Blicke, die mir die alte Dame von ihrem Sitze aus hinübersandte, während meine Mutter mir meine kleine Gespielin zum Muster aufstellte, von der ich mich nicht entsinne, daß sie jemals beim Trinken die Serviette oder ihr weißes Kleid befleckt hätte.

Ein solcher Sonntagnachmittag, nachdem schon einige Jahre in dieser Weise vorübergegangen waren, ist mir besonders im Gedächtnis geblieben. – Ich hatte mich in dem angenehmen Bewußtsein des Feiertages in unserem Hofe umhergetrieben und war endlich in das Waschhaus gelangt, das am Ende desselben lag. Auch hier hatte sich der Sonntag bemerklich gemacht; die föhrenen Tische waren gescheuert, die holländischen Klinker, womit der Boden gepflastert war, sahen so feucht und frisch gespült aus; dabei war eine so liebliche Kühle, daß ich mich fast gedankenlos an einen Tisch lehnte und auf das träumerische Gackeln der Hühner lauschte, das aus dem anstoßenden Hühnerhofe zu mir hereindrang. Nach einer Weile hörte ich drunten im Wohnhause aus der im Erdgeschoß befindlichen Küche das Kaffeegeschirr herauftragen, das

Klirren der Tassen und Kaffeelöffel; und endlich vernahm ich auch von der Straße her das Anfahren der Kutsche und bald darauf das Aufschlagen der Haustür. Aber das süße Gefühl, die Nachmittagsfeier so ganz unangebrochen vor mir zu haben, ließ mich immer noch zögern, ins Haus hinabzugehen. Da vernahm ich das Summen des Fliegenschwarms, der in der Sonne an der offenen Tür gesessen. – Anne Lene war unbemerkt herangetreten. Noch sehe ich sie vor mir, die kleine leichte Gestalt, wie sie ruhig auf der Schwelle stand, den Strohhut am Bande in der Hand hin- und herschwenkend, während die Sonne auf das goldklare Haar schien, das ihr in kleinen Locken um das Köpfchen hing. Sie nickte mir zu, ohne weiter heranzutreten, und sagte dann: «Du solltest hereinkommen!»

Ich kam noch nicht; meine Augen hafteten noch an dem weißen Sommerkleidchen, an der himmelblauen Schärpe und zuletzt an einem alten Fächer, den sie in der Hand hielt. «Willst du nicht kommen, Marx?» fragte sie endlich, «Großmutter hat gesagt, wir sollten einmal die Menuett wieder miteinander üben.»

Ich war das wohl zufrieden. Wir hatten vor einigen Wochen in der Tanzschule diese altfränkischen Künste auf den gemeinsamen Wunsch der Frau Ratmann und meines Vaters mit besonderer Sorgfalt eingeübt. Wir gingen also hinein; ich machte meine Reverenz vor Anne Lenes Großmutter und trank, um mich schon jetzt meiner zierlichen Partnerin würdig zu zeigen, meinen Kaffee mit besonderer Behutsamkeit. Späterhin, als mein Vater ins

Zimmer getreten war und sich mit seiner alten Freundin in geschäftliche Angelegenheiten vertiefte, nahm meine Mutter uns mit in die gegenüberliegende Stube und setzte sich an das aufgeschlagene Klavier. Sie hatte den Don Juan aufs Tapet gelegt. Wir traten einander gegenüber, und ich machte mein Kompliment, wie der Tanzmeister es mich gelehrt hatte. Meine Dame nahm es huldvoll auf, sie neigte sich höfisch, sie erhob sich wieder, und als die Melodie erklang: «Du reizest mich vor allen; Zerlinchen, tanz mit mir», da glitten die kleinen Füße in den Korduanstiefelchen über den Boden, als ginge es über eine Spiegelfläche hin. Mit der einen Hand hielt sie den aufgeschlagenen Fächer gegen die Brust gedrückt, während die Fingerspitzen der andern das Kleid emporhoben. Sie lächelte; das feine Gesichtchen strahlte ganz von Stolz und Anmut. Meine Mutter, während wir hin- und herchassierten, uns näherten und verneigten, sah schon lange nicht mehr auf ihre Tasten; auch sie, wie ihr Sohn, schien die Augen nicht abwenden zu können von der kleinen schwebenden Gestalt, die in graziöser Gelassenheit die Touren des alten Tanzes vor ihr ausführte.

Wir mochten auf diese Weise bis zum Trio gelangt sein, als die Stubentür sich langsam öffnete und ein dickköpfiger Nachbarsjunge hereintrat, der Sohn eines Schuhflickers, der mir an Werkeltagen bei meinem Räuber- und Soldatenspiel die vortrefflichsten Dienste leistete. «Was will der?» fragte Anne Lene, als meine Mutter einen Augenblick innehielt. – «Ich wollte mit Marx spielen», sagte der Junge und sah verlegen auf seine groben Nagelschuhe.

«Setze dich nur, Simon», erwiderte meine Mutter, «bis der Tanz aus ist; dann könnt ihr alle miteinander in den Garten gehen.» Damit nickte sie zu uns hinüber und begann das Trio zu spielen. Ich avancierte; aber Anne Lene kam mir nicht entgegen; sie ließ die Arme herabhängen und musterte mit unverkennbarer Verdrossenheit den struppigen Kopf meines Spielkameraden.

«Nun», fragte meine Mutter, «soll Simon nicht sehen, was ihr gelernt habt?»

Allein die kleine Patrizierin schien durch die Gegenwart dieser Werkeltags-Erscheinung in ihrer idealen Stimmung auf eine empfindliche Weise gestört zu sein. Sie legte den Fächer auf den Tisch und sagte: «Laß Marx nur mit dem Jungen spielen.»

Ich fühle noch jetzt mit Beschämung, daß ich, dem schönen Kinde zu gefallen, wenn auch nicht ohne ein deutliches Vorgefühl von Reue, meinen plebejischen Günstling fallenließ. «Geh nur, Simon», sagte ich mit einiger Beklemmung, «ich habe heute keine Lust zu spielen!» Und der arme Junge rutschte von seinem Stuhle und schlich sich schweigend wieder von dannen.

Meine Mutter sah mich mit einem durchdringenden Blick an; und sowohl ich wie Anne Lene, als diese späterhin in ein näheres Verhältnis zu unserem Hause trat, haben noch manche kleine Predigt von ihr hören müssen, die aus dieser Geschichte ihren Text genommen hatte. Damals aber hatten die kleinen tanzenden Füße mein ganzes

Knabenherz verwirrt. Ich dachte nichts als Anne Lene; und als ich ihr am Montage darauf ein vergessenes Arbeitskörbchen ins Haus brachte, hatte ich es zuvor ganz mit Zuckerplätzchen angefüllt, deren Ankauf mir nur durch Aufopferung meiner ganzen kleinen Barschaft möglich geworden war.

*

Etwa ein Jahr später kam ich eines Nachmittags auf der Heimkehr von einer Ferienreise an Anne Lenes Wohnung vorüber. Da die Haustür offen stand, so fiel es mir ein, hineinzugehen, um eine Kleinigkeit, die ich unterwegs für sie eingehandelt hatte, schon jetzt in ihre Hand zu legen. Ich trat in den Flur und blickte durch die Glasscheiben der Stubentür; aber ich gewahrte niemanden. Es war eine seltsame Einsamkeit im Zimmer; der weiße Sand lag so unberührt auf der Diele, und drüben der Spiegel war mit weißen Damasttüchern zugesteckt. Während ich dies betrachtete und eine unbewußte Scheu mich hinderte hineinzutreten, hörte ich in der Tiefe des Hauses eine Tür gehen, und bald darauf sah ich meinen Vater mit einem schwarzgekleideten Kinde an der Hand auf mich zukommen. Es war Anne Lene; ihre Augen waren vom Weinen gerötet, und über der schwarzen Florkrause erschienen das blasse Gesichtchen und die feinen goldklaren Haare noch um vieles zärtlicher als sonst. Mein Vater begrüßte mich und sagte dann, indem er seine Hand auf den Kopf des Mädchens legte: «Ihr werdet jetzt Geschwister sein; Anne Lene wird als meine Mündel von nun an in unserem Hause leben, denn ihre Großmutter, deine alte Freundin, ist gestorben.»

Ich hörte eigentlich nur den ersten Teil dieser Nachricht, denn die bestimmte Aussicht, nun fortwährend in Gesellschaft des anmutigen Mädchens zu sein, erregte in meiner Phantasie eine Reihe von heiteren Vorstellungen, die mich den Ort, an welchem wir uns befanden, vollständig vergessen machten. Ich merkte es kaum, als Anne Lene ihre Arme um meinen Hals legte und mich küßte, während ihre Tränen mein Gesicht benetzten.

Einige Tage darauf fand das Leichenbegängnis statt, mit aller Feierlichkeit patrizischen Herkommens, so wie die Verstorbene es bei Lebzeiten in allen Punkten selbst verordnet hatte. Ich befand mich mit meiner Mutter und Anne Lene im Sterbehause. Noch sehr wohl erinnere ich mich, wie das Geläute der Glocken, die gedämpfte Redeweise, in der alle die schwarzen Leute miteinander verkehrten, und die kolossalen, florbehangenen Wachskerzen, welche brennend vor dem Sarge hinausgetragen wurden, ein angenehmes Feiertagsgefühl in mir erregten, das dem unwillkürlichen Grauen vor diesem Gepränge vollkommen die Waage hielt.

Am andern Tage begann der werktätige Gang des Lebens wieder. Anne Lene war nun zwar mit mir in einem Hause, aber die Zeit unseres Beisammenseins bestand nicht mehr wie sonst nur in sonntäglichen Spielstunden. Meine Hausarbeiten für das Gymnasium wurden von meinem Vater noch strenger überwacht als sonst, und Anne Lene war außer ihren Schulstunden meist unter der Aufsicht der Mutter beschäftigt. Während meiner Freistunden nahmen die eigentlichen Knabenspiele einen immer größern Raum ein, und ich habe meine kleine Freundin nie bewegen können, unsere Räuberspiele mitzumachen oder auch nur in dem türkischen Zelte Platz zu nehmen, das ich von alten Teppichen in der Spitze eines Birnbaumes aufgeschlagen hatte.

Nur eine Freude blieb uns fast während unserer ganzen Jugend gemeinschaftlich. – Die Ländereien des Staatshofes waren seit dem Tode der alten Frau Ratmann an einen benachbarten Hofbesitzer verpachtet, während man das Wohnhaus mit der Werfte unter der Aufsicht der alten Wieb und ihres Mannes ließ. Da der Hof nur eine halbe Stunde von der Stadt lag, so war uns ein für alle Mal erlaubt, Sonntags nach Tische dort hinaus zu gehen. Und wie oft sind wir diesen Weg gegangen! Auf der ebenen Marschlandstraße bis zum Dorfe und dann seitwärts über die Fennen von einem Heck zum andern, bis wir die dunkle Baumgruppe des Hofes erreicht hatten, die schon beim Austritt aus der Stadt auf der weiten Ebene sichtbar war. Wie oft beim Gehen wandten wir uns um und maßen die Strecke, die wir schon zurückgelegt hatten, und sahen zurück nach den Türmen der Stadt, die im Sonnendufte hinter uns lagen! Denn mir ist, als habe an jenen Sonntagnachmittagen immer die Sonne geschienen und als sei die Luft über dieser endlosen grünen Wiesenfläche immer voll von Lerchengesang gewesen.

Den alten Eheleuten auf dem Hofe war im untern Stock des Hauses ein früher von der Familie bewohntes Zimmer zur Benutzung angewiesen; allein sie bewohnten nach eigener Wahl nach wie vor das Gesindezimmer, da dieses mit dem Stall und den übrigen Wirtschaftsräumen in Verbindung stand. Gewöhnlich kam uns der alte Marten in sonntäglich weißen Hemdärmeln schon vor dem Tore entgegen und reichte uns in seiner schweigsamen Art die Hand; er konnte es nicht lassen, nach seinen jungen Gästen auszusehen. Hatten wir uns etwas verspätet, so trafen wir ihn wohl schon auf unserem Wege draußen auf den Fennen, seinen unzertrennlichen Begleiter, den Springstock, auf der Schulter; und während Anne Lene auf dem Fußbrett um die Hecken ging, lehrte er mich nach Landesweise über die Gräben zu «setzen». Im Zimmer drinnen pflegte dann auf dem langen blankgescheuerten Tische schon der Kaffeekessel seinen Duft zu verbreiten, und die alte Wieb, wenn sie mir die Hand gegeben und ihrem Lieblingskinde die heißen Haare von der Stirn gestrichen hatte, schenkte uns viele Tassen ein, so viele, als wir immer trinken konnten, und dann noch eine «fürs Nötigen», wie sie sagte. Wenn wir uns auf diese Weise erquickt hatten und das Geschirr wieder abgeräumt war, holte die Alte ihr Rad aus dem Winkel hinter der Tragkiste hervor und begann zu spinnen. Sie ließ dann wohl den Faden durch Anne Lenes Finger gleiten und zeigte uns die Glätte und Feinheit desselben; denn, wie sie mir später einmal vertraute, es sollte aus dem Flachse, den sie Sonntags spann, das Brautlinnen für ihre junge Herrschaft gewebt werden. – Aber es duldete uns nicht lange neben ihr; wir ruhten nicht, bis sie uns ihr großes Schlüsselbund eingehändigt hatte, in dessen Besitz wir dann die dunkle Treppe nach dem obern Stockwerk hinaufstiegen und eine nach der andern die Türen zu den verödeten Zimmern aufschlossen, in denen die feuchte Marschluft schon längst an Decken und Wänden ihren Zerstörungsprozeß begonnen hatte. Wir betraten diese Räume mit einer lüsternen Neugierde, obgleich wir wußten, daß nichts darin zu sehen sei als die halberloschenen Tapeten und etwa in dem einen Seitenzimmer das leere Bettgestell der verstorbenen Besitzer. Wenn wir zu lange blieben, rief die Alte uns wohl herunter und schickte uns in den Garten, der vor dem Hause lag. Aber die Einsamkeit, die oben in den verlassenen Zimmern herrschte, war auch dort. Wohin man sehen mochte, zwischen den hohen Sträuchern hing das Gespinst der Jungfernrebe; über den mit Gras bewachsenen Steigen in den rotblühenden Himbeerbüschen hatten die Wespen ihre pappenen Nester aufgehangen. Obwohl seit Jahren keine pflegende Hand dort gewaltet, so wuchs doch alles in der größten Üppigkeit durcheinander, und mittags in der schwülen Sommerzeit, wenn Jasmin und Caprifolien blühten, lag die alte Hauberg wie im Duft begraben. – Anne Lene und ich drangen gern aufs Geratewohl in diesen Blütenwald hinein, um uns den Reiz eines gefahrlosen Irregehens zu verschaffen; und nicht selten glückte es, daß wir uns nach der feuchten Laube im Winkel des Gartens hinzuarbeiten meinten, und statt dessen unerwartet vor dem alten Pavillon standen, welcher jetzt zur zeitweisen Aufbewahrung von Sommerfrüchten diente. Dann sahen wir durch die erblindeten Fensterscheiben nach dem zärtlichen Schäferpaar hinüber, das noch immer, wie vor Jahren, auf der Mitte der Wand im Grase kniete, und rüttelten vergebens an den Türen, welche von der alten Wieb sorgfältig verschlossengehalten wurden; denn der Fußboden drinnen war unsicher geworden, und hier und dort konnte man durch die Ritzen in den Dielen auf das darunter stehende Wasser sehen.

So verging die Zeit. – Anne Lene war, ehe ich mich dessen versehen, ein erwachsenes Mädchen geworden, während ich noch kaum zu den jungen Menschen zählte. Ich bemerkte dies eigentlich erst, als sie eines Tages mit veränderter Frisur ins Zimmer trat. Seitdem sie selbst für ihre Kleidung sorgte, war diese fast noch einfacher als zuvor; besonders liebte sie die weiße Farbe, so daß mir diese in der Erinnerung von der Vorstellung ihrer Persönlichkeit fast unzertrennbar geworden ist. Nur einen Luxus trieb sie; sie trug immer die feinsten englischen Handschuhe, und da sie dessenungeachtet sich nicht scheute, überall damit hinzufassen, so mußte das getragene Paar bald durch ein neues ersetzt werden. Meine bürgerlich sparsame Mutter schüttelte vergebens darüber den Kopf. Aus dem nachgelassenen Schmuckkästchen ihrer Großmutter nahm sie an ihrem Konfirmationstage ein kleines Kreuz von Diamanten, das sie seitdem an einem schwarzen Bande um den Hals trug. Sonst habe ich niemals einen Schmuck an ihr gesehen.

*

Die Zeit rückte heran, wo ich zum Studium der Arzneiwissenschaft die Universität besuchen sollte. – In Anne Lenes Gesellschaft machte ich meinen Abschiedsbesuch bei unsern alten Freunden auf dem Staatshof. Wir kamen eben von einer Fenne, wo der Pächter, wie es dort gebräuchlich ist, seine Rapssaaternte auf einem großen Segel ausdreschen ließ. Nach der Sitte des Landes, die bei der schweren Arbeit den Leuten in jeder Weise gestattet, sich die Brust zu lüften, waren wir mit einem ganzen Schauer von Schimpf- und Neckworten überschüttet worden; weder meine rote Schülermütze noch meine damals allerdings «ins Kraut geschossene» Figur war verschont geblieben. Auch Anne Lene hatte ihren Teil bekommen; aber man wußte kaum, waren es Spottreden oder unbewußte Huldigungen; denn alles bezog sich am Ende doch nur auf den Gegensatz ihres zarten Wesens zu der derben und etwas schwerfälligen Art des Landes. Und in der Tat, wenn man sie betrachtete, wie der Sommerwind ihr die kleinen goldklaren Locken von den Schläfen hob und wie ihre Füße so leicht über das Gras dahin schritten, so konnte man kaum glauben, daß sie hier zu Haus gehöre. Das kleine Kreuz, welches an dem schwarzen Bändchen an ihrem Halse funkelte, mochte bei den Arbeitern diesen Eindruck noch vermehren helfen.

Als wir auf die Werfte kamen, fanden wir die

alte Wieb in Zank mit einer Bettlerin vor der Haustür stehen, die sie vergeblich abzuweisen suchte. Die leidenschaftlichen Gebärden dieses noch ziemlich jungen Weibes waren mir wohl bekannt; sie ging auch in der Stadt alle Sonnabend von Tür zu Tür und zehrte dabei seit Jahren an dem Gedanken, daß sie von dem alten Ratmann van der Roden, dem in seiner Amtsführung die obervormundschaftlichen Angelegenheiten übertragen waren, um ihr mütterliches Erbteil betrogen sei. Sie war infolge derartiger Äußerungen schon mehrfach zur Strafe gezogen; und jetzt schien sie, nach dem beiderseitigen Betragen zu urteilen, fest entschlossen, auch der alten Dienerin der van der Rodenschen Familie diese verhaßte Geschichte vorzutragen.

Die Streitenden rührten sich bei unserer Ankunft in ihrem Eifer nicht von der Stelle, und da wir nach dem Flur zwischen beiden hindurch mußten, so nahm Anne Lene ihr Kleid zusammen, um nicht an das der Bettlerin zu streifen.

Aber diese vertrat ihr den Weg. «Ei, schöne Mamsell», sagte sie, indem sie einen tiefen Knix vor ihr machte und mit einer abscheulichen Koketterie ihre durchlöcherten Röcke schwenkte, «haben Sie keine Angst, meine Lumpen sind alle gewaschen! Freilich die seidenen Bändchen sind längst davon, und die Strümpfe, die hat dein Großvater selig mir ausgezogen; aber wenn dir die Schuhe noch gefällig sind?»

Und bei diesen Worten zog sie die Schlumpen von den nackten Füßen und schlug sie aneinander, daß es klatschte. «Greif zu, Goldkind», rief sie, «greif zu! Es sind Bettelmannsschuhe, du kannst sie bald gebrauchen.»

Anne Lene stand ihr völlig regungslos gegenüber; Wieb aber, deren Augen mit großer Ängstlichkeit an ihrer jungen Herrin hingen, griff in die Tasche und drückte der Bettlerin eine Münze in die Hand. «Geh nun, Trin'», sagte sie, «du kannst zur Nacht wiederkommen; was hast du nun noch hier zu suchen?»

Allein diese ließ sich nicht abweisen. Sie richtete sich hoch auf, indem sie mit einem Ausdruck überlegenen Hohnes auf die Alte herabsah. «Zu suchen?» rief sie und verzog ihren Mund, daß das blendende Gebiß zwischen den Lippen hervortrat. «Mein Muttergut such' ich, womit ihr die Löcher in eurem alten Dache zugestopft habt.»

Wieb machte Miene, Anne Lene ins Haus zu ziehen.

«Bleib Sie nur, Mamsell», sagte das Weib und ließ die empfangene Münze in die Tasche gleiten, «ich gehe schon; es ist hier doch nichts mehr zu finden. Aber», fuhr sie fort, mit einer geheimnisvollen Gebärde sich gegen die Alte neigend, «auf deinem Heuboden schlafe ich nicht wieder. Es geht was um in eurem Hause, das pflückt des Nachts den Mörtel aus den Fugen. Wenn nur das alte hoffärtige Weib noch mit darunter säße, damit ihr alle auf einmal euren Lohn bekämet!»

Auf Anne Lenes Antlitz drückte sich ein Erstaunen aus, als sei sie durch diese Worte wie von etwas völlig Unmöglichem betroffen worden. «Wieb», rief sie, «was sagt sie? Wen meint sie, Wieb?»

Mich übermannte bei dem Anblick meiner jungen hilflosen Freundin der Zorn; und ehe das Weib zu einer Antwort Zeit gewann, packte ich sie am Arm und zerrte sie den Hof hinunter bis hinaus auf den Weg. Aber noch als ich das Gittertor hinter ihr zugeworfen hatte und wieder auf die Werfte hinaufging, hörte ich sie ihre leidenschaftlichen Verwünschungen ausstoßen. «Geh nach Haus, Junge», schrie sie mir nach, «dein Vater ist ein ehrlicher Mann; was läufst du mit der Dirne in der Welt umher!»

Drinnen im Gesindezimmer fand ich Anne Lene vor ihrer alten Wärterin auf den Knien liegen, den Kopf in ihren Schoß gedrückt. «Wieb», sprach sie leise, «sag mir die Wahrheit, Wieb!»

Die Alte schien um Worte verlegen. Sie schalt auf die Bettlerin und redete dies und das von allgemeinen Dingen, indem sie ihre rauhe Hand liebkosend über das Haar ihres Lieblings hingleiten ließ. «Was wird es sein», sagte sie, «dein Großvater und dein Urgroßvater waren große Leute; die Armen sind immer den Reichen heimlich feind!»

Anne Lene, die bis dahin ruhig zugehört hatte, erhob den Kopf und sah sie zweifelnd an. «Es mag doch wohl anders gewesen sein, Wieb», sagte sie traurig, «du mußt mich nicht belügen!»

Was weiter zwischen den beiden gesprochen worden, weiß ich nicht; denn ich verließ nach diesen Worten das Zimmer, da ich glaubte, die Alte werde das Gemüt des Mädchens leichter zur Ruhe sprechen, wenn sie allein sich gegenüber wären. – Aber nach einigen Tagen war das Diamantkreuz von Anne Lenes Hals verschwunden, und ich habe dieses Zeichen alten Glanzes niemals wieder von ihr tragen sehen.

*

Ich mochte etwa ein Jahr lang in der Universitätsstadt gewesen sein, als ich durch einen Brief meines Vaters die Nachricht von Anne Lenes Verlobung mit einem jungen Edelmann erhielt. Er teilte mir die Sache mit, ohne ein Wort der Billigung oder Mißbilligung von seiner Seite hinzuzufügen. – Der Bräutigam war mir wohl bekannt; seine Familie stammte aus unserer Stadt, und er selbst hatte sich kurz vor meiner Abreise wegen einer Erbschaftsangelegenheit dort aufgehalten. Da er sich meines Vaters als Geschäftsbeistandes bediente und keine weiteren Bekanntschaften in der Stadt hatte, so war er in unserem Hause ein oft gesehener Gast geworden. – Mir waren die blanken braunen Augen dieses Menschen vom ersten Augenblick an zuwider gewesen; und auch jetzt noch schienen sie mir nichts Gutes zu versprechen. Doch sagte ich mir selbst, daß diese Meinung keine unparteiische sei. Ich war von dem Herrn Kammerjunker als ein junger bürgerlicher Mensch von vornherein mit einer mir sehr empfindlichen Oberflächlichkeit behandelt worden; er hatte in meiner Gegenwart in der Regel getan, als ob ich gar nicht vorhanden sei; was aber das Schlimmste war, ich hatte zu bemerken geglaubt, daß er meiner jungen Freundin nicht in gleichem Grade wie mir mißfallen wollte.

Obgleich die seit meiner Knabenzeit in mir keimende Neigung für Anne Lene, da sie keine Erwiderung gefunden, niemals zur Entfaltung gekommen war, so wurde ich doch jetzt durch die Nachricht ihrer Verbindung mit einem mir so verhaßten Manne auf das heftigste erschüttert und, ich darf wohl sagen, beunruhigt. Meine Phantasie ließ nicht nach, mir die kleinsten Züge seines Wesens wieder und wieder vor Augen zu führen; und besonders mußte ich mich eines übrigens geringfügigen Vorfalles erinnern, der mich gegen die Natur dieses Menschen in völligen Widerspruch setzte.

Es war im Spätsommer; unsere Familie saß in der Ligusterlaube beim Nachmittagskaffee, wozu außer dem alten Syndikus auch der Kammerjunker sich eingefunden hatte. Die Herren mochten, ehe ich hinzukam, geschäftliche Sachen erörtert haben; denn das alte Porzellanschreibzeug meines Vaters stand neben dem übrigen Geschirr auf dem Tische. Anne Lene ging in stiller Geschäftigkeit ab und zu; bald um im Hause die Bunzlauer Kanne aufs neue zu füllen, bald um die Wachskerze für die Tonpfeife des Syndikus anzuzünden, die über dem Plaudern immer wieder ausging. Das Gespräch der beiden älteren Herren hatte sich mittlerweile auf städtische Angelegenheiten gewandt, welche für den Fremden wenig Interesse boten. Er hatte die Arme vor sich auf den Tisch gestreckt und schien seinen eigenen Gedanken nachzugehen; nur wenn draußen zwischen den sonnigen Beeten das Kleid des jungen Mädchens sichtbar wurde, hob er die Augenlider und sah nach ihr hinüber. Es war in diesem lässigen Anschauen etwas, das mich in einen ohnmächtigen Zorn versetzte; zumal als ich sah, wie

Anne Lene die Augen niederschlug und sich, wie um Schutz zu suchen, an meiner Mutter Seite auf das äußerste Ende der Bank setzte. Der Kammerjunker, ohne sie weiter zu beachten, haschte eine Mücke, die eben an ihm vorüberflog. Ich sah, wie er sie an den Flügeln sorgsam zwischen seinen Fingern hielt; wie er den Kopf herabneigte und die hilflosen Bewegungen des Geschöpfes mit Aufmerksamkeit zu betrachten schien. Nach einer Weile nahm er die neben ihm liegende Schreibfeder, tauchte sie in das Tintenfaß und begann nun nacheinander Kopf und Brustschild seines kleinen Opfers in langsamen Zügen damit zu bestreichen. Bald aber änderte er sein Verfahren; er zog die Feder zurück und führte sie wie zum Stoße wiederholt gegen die Brust der Kreatur, welche mit den feinen Füßen die auf sie eindringende Spitze vergebens abzuwehren strebte. Seine blanken Augen waren ganz in dies Geschäft vertieft. Endlich aber schien er dessen überdrüssig zu werden; er durchstach das Tier und ließ es vor sich auf den Tisch fallen, indem er zugleich eine Frage meines Vaters beantwortete, die seine Aufmerksamkeit erregt haben mochte. – Ich hatte wie gebannt diesem Vorgange zugesehen, und Anne Lene schien es ebenso ergangen; denn ich hörte sie aufatmen, wie jemand, der von einem auf ihm lastenden Druck mit einem Male befreit wird.

Einige Tage darauf vermißten wir Anne Lene bei der Mittagstafel, was sonst niemals zu geschehen pflegte. – Als ich, um sie zu suchen, in den Garten trat, begegnete mir der Kammerjunker, der wie gewöhnlich mit einem halben Kopfnicken an mir vorbeipassierte. Da ich Anne Lene nicht gewahrte, so ging ich in den untern Teil des Gartens, in welchem mein Vater eine kleine Baumschule angelegt hatte. Hier stand sie mit dem Rücken an einen jungen Apfelbaum gelehnt. Sie schien ganz einem innern Erlebnis zugewendet; denn ihre Augen starrten unbeweglich vor sich hin, und ihre kleinen Hände lagen fest geschlossen auf der Brust. Ich fragte sie: «Was ist denn dir begegnet, Anne Lene?» Aber sie sah nicht auf; sie ließ die Arme sinken und sagte: «Nichts, Marx; was sollte mir begegnet sein?» Zufällig aber hatte ich bemerkt, daß die Krone des kleinen Baumes wie von einem Pulsschlage in gleichmäßigen Pausen erschüttert wurde, und es überkam mich eine Ahnung dessen, was hier geschehen sein könne; zugleich ein Reiz, Anne Lene fühlen zu lassen, daß sie mich nicht zu täuschen vermöge. Ich zeigte mit dem Finger in den Baum und sagte: «Sieh nur, wie dir das Herz klopft!»

Diese Vorfälle, welche damals bei der kurz danach erfolgten Abreise des Kammerjunkers bald von mir vergessen waren, ließen nun nicht ab, mich zu beunruhigen, bis sie endlich von den Leiden und Freuden des Studentenlebens aufs neue in den Hintergrund gedrängt wurden.

*

Ich habe nicht von mir zu reden.

Etwa zwei Jahre später um Ostern kehrte ich als junger Doctor promotus in die Heimat zurück. Schon vorher hatte man mir geschrieben, daß das fortdauernde Sinken der Landpreise den Verkauf des Staatshofes nötig machen werde, und daß Anne Lene aus einer immerhin noch reichen Erbin wahrscheinlich ein armes Mädchen geworden sei. Nun erfuhr ich noch dazu, daß auch ihre Verlobung sich aufzulösen scheine. Die Briefe des Bräutigams waren allmählich seltener geworden und seit einiger Zeit ganz ausgeblieben. Anne Lene hatte das ohne Klage ertragen; aber ihre Gesundheit hatte gelitten, und sie befand sich gegenwärtig schon seit einigen Wochen zu ihrer Erholung draußen auf dem Staatshof, wo man eins der kleineren Zimmer in dem oberen Stockwerk für sie instand gesetzt hatte.

Obwohl ich seit ihrem Brautstande nicht an sie geschrieben, so konnte ich doch nicht unterlassen, noch am Tage meiner Ankunft zu ihr hinaus zu gehen. – Es war schon spät nachmittags, als ich den Staatshof erreichte. Die alte Wieb fand ich draußen auf dem Wege an einem Heck stehend, von wo ein Fußsteig über die Fennen nach dem Deiche zu führte. Sie hatte mich nicht kommen sehen, da sie den Rücken gegen den Weg kehrte, und als ich unvermerkt ihre harte Hand erfaßte, vermochte sie mich erst nicht zu erkennen. Bald aber trat ein Ausdruck der Freude in das alte Gesicht, und sie sagte: «Gott sei Dank, daß du da bist, Marx! So eine treue Seele tut uns gerade not!»

«Wo ist Anne Lene?» fragte ich. Die Alte zeigte mit der Hand ins Land hinaus und sagte bekümmert: «Da geht sie wieder in der Abendluft!»

Etwa auf dem halben Wege nach dem Haffdeiche, der hier nördlich von dem Hofe die Landschaft gegen das Meer hin abschließt, sah ich eine weibliche Gestalt über die Fennen gehen. «Setz nur den Kessel ans Feuer, Wieb», sagte ich, «ich will sie holen, wir kommen bald zurück.» – Nach einer Weile hatte ich Anne Lene erreicht. Als ich ihren Namen rief, stand sie still und wandte den Kopf nach mir zurück. Ich fühlte plötzlich, wie viel von ihrem Bilde in meiner Erinnerung erloschen sei. So lieblich hatte ich sie mir nicht gedacht; und doch war sie dieselbe noch; nur ihre Augen schienen dunkler geworden, und die Linien des zarten Profils waren ein wenig schärfer gezogen als vor Jahren. Ich faßte ihre beiden Hände. «Liebe Anne Lene», sagte ich, «ich bin eben angekommen; ich wollte dich noch heute sehen!»

«Ich danke dir, Marx», erwiderte sie, «ich wußte, daß du dieser Tage kommen würdest.» – Aber ihre Gedanken schienen nicht bei diesem Willkommen zu sein; denn sie wandte die Augen sogleich wieder von mir ab und begann auf dem Fußsteige weiter zu gehen. «Begleite mich noch ein wenig», fuhr sie fort, «wir gehen dann zusammen nach dem Hof zurück.»

«Aber es wird kalt, Anne Lene!»

«O, es ist nicht so kalt», sagte sie, indem sie das große Shawltuch fester um die Schultern zog. – So gingen wir denn weiter. Ich suchte allerlei Gespräch; aber keines wollte gelingen. Es wurde schon abendlich; ein feuchter Nordwest wehte vom Meer über die Landschaft, und vor uns auf dem Haffdeiche sah man gegen den braunen Abendhimmel einzelne Fuhrwerke wie Schattenspiel vorbeipassieren. Nach einer Weile bemerkte ich einen Mann an der Seite des Deiches herabsteigen und uns auf dem Fußwege entgegen gehen. Es war der Postbote, der zweimal in der Woche für die Hofbesitzer die Briefe aus der Stadt holte. Ich fühlte, wie Anne Lene ihren Schritt beeilte, da er in unsere Nähe kam. «Hast du etwas für mich, Carsten?» fragte sie und suchte dabei in ihrer Stimme vergebens eine innere Unruhe zu verbergen.

Der Bote blätterte in seiner Ledertasche zwischen den Briefen umher. «Für dieses Mal nicht, liebe Mamsell!» sagte er endlich mit einer verlegenen Freundlichkeit, indem er die aufgehobene Klappe wieder über seine Tasche fallen ließ. Er mochte ihr diese Antwort schon oft gegeben haben. Anne Lene schwieg einen Augenblick. «Es ist gut, Carsten», sagte sie dann, «du kannst erst mit uns gehen und Abendbrot essen.» – Sie schien das Ziel ihrer Wanderung erreicht zu haben; denn sie kehrte bei diesen Worten um, und wir gingen mit dem Boten nach dem Hofe zurück. Die Dämmerung war schon stark hereingebrochen. Von dem Ackerstücke, an welchem wir vorüberkamen, vernahm man die kurzen Laute der Brachvögel, die unsichtbar in den Furchen lagen; mitunter flog ein Kiebitz schreiend vor uns auf, und auf den Weiden stand das Vieh in dunkeln unkenntlichen Massen beisammen. – Wir hatten auf dem Rückwege, als geschehe es im Einverständnis, kein Wort miteinander gewechselt; als wir schon fast im Dunkeln auf der Werfte angelangt waren, ergriff Anne Lene meine Hand. «Gute Nacht, Marx», sagte sie, «verzeihe mir; ich bin müde, ich muß schlafen; nicht wahr, du kommst recht bald einmal wieder zu uns heraus!» Mit diesen Worten trat sie in die Haustür, und bald hörte ich, wie sie die Treppe nach ihrem Zimmer hinaufging.

Ich begab mich zu den alten Hofleuten, die in Gesellschaft des Boten am warmen Ofen bei ihrem Abendtee saßen. Wieb entfernte sich einen Augenblick, um Anne Lene ein Licht hinaufzubringen; dann nötigte sie mich an ihrer Mahlzeit teilzunehmen, und ich mußte erzählen und erzählen lassen. Darüber war es spät geworden, so daß ich nicht mehr zur Stadt zurückgehen mochte. Ich bat meine alte Freundin, mir eine Streu in ihrer Stube aufzuschütten, und schlenderte, während dies geschah, in den Garten hinaus. Da ich in das Bosquet an der nördlichen Seite kam, bemerkte ich, daß Anne Lene noch Licht in ihrem Zimmer hatte. Ich lehnte mich an einen Baum und blickte hinauf. Es schien alles still darinnen. Plötzlich aber entstand hinter den Fenstern eine starke Helligkeit, die eine Zeitlang in die kahlen Büsche des Gartens hinausleuchtete und dann allmählich wieder verschwand. Mich überkam, während ich so im Dunkeln stand, eine unbestimmte Besorgnis, und, ohne mich lange zu bedenken, ging ich durch die Hintertür ins Haus und die Treppe nach Anne Lenes Zimmer hinauf.

Die Tür war nur angelehnt. Anne Lene saß an einem Tischchen mit den Füßen gegen den Ofen, in welchem ein helles Feuer brannte. Unter der Schnur eines Päckchens, das auf ihrem Schoße lag, zog sie einen Brief hervor; sie entfaltete ihn und schien aufmerksam darin zu lesen. Nach einer Weile bewegte sie die Hand ein wenig, so daß das Papier von der Flamme des neben ihr auf dem Tische stehenden Lichtes ergriffen wurde. Ihr Gesicht trug dabei einen solchen Ausdruck von Trostlosigkeit, daß ich unwillkürlich ausrief: «Anne Lene, was treibst du da?»

Sie blieb ruhig sitzen, ohne sich nach mir umzuwenden, und ließ den Brief in ihrer Hand verbrennen.

«Sie sind kalt», sagte sie, «sie sollen heiß werden!»

Ich war mittlerweile ins Zimmer getreten und hatte mich neben ihren Stuhl gestellt. Plötzlich, wie von einem raschen Entschluß getrieben, stand sie auf und legte beide Hände fest um meinen Hals; sie wollte zu mir sprechen, aber ihre Tränen brachen unaufhaltsam hervor, und so drückte sie den Kopf gegen meine Brust und weinte eine lange Zeit, in welcher ich nichts tun konnte, als sie still in meinen Armen halten. «Nein, Marx», sagte sie endlich und mühte sich, ihrer Stimme einen festeren Klang zu geben, «ich verspreche es dir, ich will nicht länger auf ihn warten.»

«Hast du ihn denn so sehr geliebt, Anne Lene?»

Sie richtete sich auf und sah mich an, als müsse sie erst nachsinnen über diese Frage. Dann sagte sie langsam: «Ich weiß es nicht – das ist auch einerlei.»

Ich blieb noch eine Weile bei ihr, und allmählich wurde sie ruhiger. Sie versprach mir, Mut zu fassen, mir und unserer Mutter zuliebe; sie wollte arbeiten, sie wollte in der kleinen Wirtschaft der alten Wieb die Anfänge des Landhaushaltes lernen, damit sie einmal als Wirtschafterin ihr Brot verdienen könne. Sie sah dabei fast mitleidig auf ihre kleinen Hände, deren Schönheit sie der Not des Lebens opfern wollte. Nur zur Rückkehr nach der Stadt vermochte ich sie nicht zu bewegen. «Nein, nicht unter Menschen!» sagte sie und sah mich bittend an, «laß mich hier, Marx, so lange es mir noch gestattet ist; aber komm oft einmal heraus zu uns!»

So verließ ich sie an diesem Abend; aber ich ging von nun an häufig den Weg über die Fennen nach dem Staatshof. – Anne Lene schien ihr Versprechen halten zu wollen; ich fand sie mehrere Male beim Sahnen in der Milchkammer, oder am Butterfasse, wo sie abwechselnd mit der alten Wieb den Stempel führte; ja, sie ließ es sich nicht nehmen, die Butter zum Kneten in die Mulde zu tun, ganz wie sie es von ihrer alten Wärterin gesehen hatte; sie schien es auch nicht zu merken, daß diese hinterher ganz im geheim die letzte Hand an ihre Arbeit legte. Allein man fühlte leicht, daß die Teilnahme an diesen Dingen nur eine äußerliche war; eine Anstrengung, von der sie bald in der Einsamkeit ausruhen mußte.

*

Es war schon in der heißen Sommerzeit, als einige junge Leute aus unserer Stadt mit ihren Schwestern und Bekannten eine Landpartie nach dem Staatshofe hinaus zu machen wünschten. Man bat mich um meine Vermittlung bei Anne Lene; und mit einiger Mühe erhielt ich ihre Einwilligung. – So waren denn eines Sonntagnachmittags die verwilderten Gänge des Gartens wieder einmal von geputzten Leuten belebt, und man sah zwischen den Büschen die weißen Kleider und die bunten Schärpen der Mädchen. Die alte Wieb mußte den großen Kaffeekessel hervorsuchen; dann wurden die mitgebrachten Körbe ausgepackt und alles vor der Haustür dem Garten gegenüber serviert. Als der Kaffee vorüber war, stiegen die besten Kletterer unter uns in den Gipfel der beiden alten Linden, die zu den Seiten des Hoftors standen, indem jeder das Ende eines ungeheuren Taues mit sich hinaufnahm. Bald war zwischen den höchsten Ästen eine Schaukel festgeknüpft, und die Mädchen wurden eingeladen, sich hineinzusetzen. «Komm, Anne Lene», rief ein junger, robust aussehender Mensch, indem er fast mitleidig auf ihre feine Gestalt herabsah, «setz dich hinein; ich will dir einmal eine ordentliche Motion machen!»

Anne Lene bedankte sich, aber ein munteres schwarzäugiges Mädchen ließ sich williger finden; und bald schwenkte Claus Peters die Schaukel, bis die kleine Juliane wie ein Vogel zwischen den Zweigen saß und endlich flehentlich um Gnade schrie. – Claus Peters war der Sohn eines reichen Brauers, und es hieß, sein Vater werde ihm den Staatshof kaufen, sobald er zum Aufstrich komme, und ihm eine glänzende Wirtschaft einrichten. Auch schien er in seinen Gedanken sich schon als den künftigen Besitzer zu betrachten; denn, als wir später in Begleitung des Hofmanns zwischen den Baulichkeiten umhergingen, fand er überall etwas zu tadeln und sprach von den Verbesserungen, die hier vorgenommen werden müßten, während der alte Marten mit einem mißvergnügten Brummen nebenher ging.

Es war allmählich spät geworden. Als wir von unserer Umschau zurückkehrten, fanden wir die Mädchen vor der Haustür versammelt und Anne Lene unter ihnen.

Zwei derselben hatten ihre Hände gefaßt, als könnte sie nur mit zärtlicher Gewalt hier zurückgehalten werden. «Ja, wenn wir Musik hätten!» sagte die eine. – «Musik!» rief Peters, indem er an den dicken Goldberlocks seine Uhr aus der Tasche zog, «ihr sollt bald Musik haben; in einer halben Stunde bin ich wieder da!»

Er war zu Pferde herausgekommen und rief nun ins Haus nach dem Hofmann. «Bring mir den Braunen, Marten; aber brauch deine Beine!» Der Alte knurrte etwas vor sich hin, aber er tat doch, wie ihm geheißen, und bald ritt Peters im Galopp zum Tore hinaus. Wir andern gingen ins Haus und besichtigten oben den Tanzsaal. Es kam uns eine dumpfe Luft entgegen, als wir die Tür des alten Prunkgemaches geöffnet hatten.

Die goldgeblümten Tapeten waren von der Feuchtigkeit gelöst und hingen teilweise zerrissen an den Wänden; überall stachen noch die Stellen hervor, wo vor Zeiten die Familienporträts gehangen hatten. Wir gingen wieder hinab und trugen einen Tisch und einige Gartenbänke in das leere Zimmer; dann öffneten wir die Fenster, durch welche es von den draußen stehenden Bäumen schon herein zu dunkeln begann, und die Mädchen umfaßten sich und tanzten miteinander. «Wartet!»

rief ich, «wir wollen einen Kronleuchter machen!» Denn oben an der Zimmerdecke gewahrte ich noch die Krampe, an der einst die Kristallkrone über der Festtafel des Hauses gehangen hatte. Bald waren zwei Holzleisten aufgefunden und kreuzweis übereinander genagelt.

Anne Lene ging mit den Mädchen in den Garten hinab; und aus dem Fenster sah ich, wie sie Blumen von den Jasminbüschen und von den rotblühenden Himbeersträuchen brachen. «Pflückt nur», sagte Anne Lene, als eins der Mädchen fragend zu ihr umschaute, «es blüht hier doch für sich allein.» Aber sie selber stand dabei; sie pflückte nichts. – Nach einer Weile kamen alle wieder herauf und machten sich daran, meinen Kronleuchter eins ums andere mit weißen und roten Blüten zu bewinden; dann, nachdem an jedem Ende eine Kerze befestigt und angezündet war, wurde das Kunstwerk aufgehängt. Die wenigen Lichter konnten den weiten Raum nicht erhellen; aber draußen war schon der Mond aufgegangen und schien durch die Fenster; und es war anmutig, wie die Blumenleuchte mitten in dem öden Zimmer schwebte und wie der Duft erregt wurde, wenn die Mädchen untendurch tanzten. Plötzlich hörten wir ein Pferd auftraben und einen lauten Peitschenknall.

«Da kommt die Musik!» hieß es; und alle drängten an die Fenster. – Draußen unter den Bäumen hielt Peters; eine kleine dürre Gestalt klebte hinter ihm auf dem Pferde, Geige und Bogen in der Hand.

Bei näherem Hinschauen erkannte ich wohl, daß es der alte Drees-Schneider war, ein vielgewandtes

Männchen, das bald mit der Nadel, bald mit dem Fiedelbogen für seinen Unterhalt sorgte, und das die harte Zeit gelehrt hatte, sich manchen derben Spaß gefallen zu lassen. – «Nun, Drees, spiel eins auf!» rief Peters, «mach dein Kompliment vor den Damen!» Aber sowie der Alte die Hand vom Sattel ließ und seine Geige unters Kinn stützte, rührte Peters das Pferd mit den Sporen, daß es auschlug; und der Alte schwankte und griff wieder hastig nach dem Sattel. Anne Lene stand vor mir; ich sah in der schwachen Beleuchtung, wie die Röte ihr in die Schläfen hinaufstieg.

«Drees!» rief sie, «komm herab, Drees!» – Der Alte machte Anstalt hinabzuklimmen; aber der Reiter lachte und gab seinem Pferde die Sporen. «Marten», sagte Anne Lene zu dem Hofmann, der mit seiner alten Frau vor der Tür stand, «halte das Pferd, Marten!» – «Oho, Anne Lene!» rief Peters; allein er machte doch keinen Versuch, seine Späße fortzusetzen, und ließ es geschehen, daß Marten dem alten Drees herunterhalf.

Gleich darauf waren alle oben im Saal, und nachdem Peters dem alten Musikanten seine Angst durch einige Gläser Wein vergütet hatte, setzte dieser sich auf ein kleines Faß und begann seine Stücke aufzustreichen. Die Paare traten an, und bald wurde unsere Blumenleuchte vom Wirbel der Tanzenden hin- und herbewegt. Ich suchte Anne Lene, aber sie mußte unbemerkt hinausgegangen sein, und da für mich keine Tänzerin übriggeblieben war, so verließ ich ebenfalls den Saal, in der Meinung, sie unten bei den alten Hofleuten anzutreffen.

Als ich in das Gesindezimmer trat, sah ich indessen nur die alte Wieb, welche eifrig an ihrem Strickstrumpf arbeitete. Sie zog eine Nadel aus dem Brustlatz und störte damit in der Lampe, die den ziemlich großen Raum nur spärlich erhellte. Dann sah sie zu mir auf und sagte: «Ihr seid ja gewaltig lustig, Marx! Claus Peters spielt wohl schon den Herrn im Staatshof?»

«Er wird es bald genug sein», antwortete ich, «das ist nicht mehr zu ändern!»

Die Alte schwieg eine Weile, und ihre Gedanken schienen sich von dem alten Besitztum der Familie zu dem letzten Nachkommen derselben hinzuwenden. «Marx», sagte sie, indem sie den Strickstrumpf auf den Tisch legte, «warum bist du auch so lange fort gewesen?»

«Was hätte ich denn ändern können, Wieb?»

«Und die zwei langen Jahre! – Wenn nur der Unglücksmensch nicht gekommen wäre!» fuhr sie fort, wie zu sich selber redend. «Sie war dazumal noch die reiche Erbtochter; heißt das, sie war so in der Leute Mäulern; aber schon als die alte Frau in die Ewigkeit ging, ist nichts übrig gewesen als die schweren Hypotheken. Gott besser's! Nun soll gar der Hof verkauft werden. – Nicht meinetwegen, Marx, nicht meinetwegen; Marten und ich helfen uns schon durch, die übrigen paar Jahre.»

«Es ist wohl so am besten, Wieb», sagte ich; «vielleicht bleibt noch ein Restchen übrig für Anne Lene, so daß sie nicht ganz verarmt ist.»

Die alte Frau wischte sich mit der Schürze über

die Augen. «Es ist grausam», sagte sie kopfschüttelnd, «so eine Familie!»

Von oben schallte das Scharren der Tanzenden; im anstoßenden Stalle hörte ich, wie täglich um diese Zeit, den Hofmann den Karren und die übrigen Geräte für die Nacht an ihren Platz bringen.

Als ich aufsah, stand Anne Lene in der Tür. Sie war blaß, aber sie nickte freundlich nach uns hin und sagte: «Willst du nicht tanzen, Marx? Ich bin oben gewesen; die kleine Juliane sucht dich mit ihren braunen Augen schon in allen Ecken!»

«Du scherzest, Anne Lene; was geht mich Juliane an?»

«Nein, nein, Marx! Nimm dich in acht; Claus Peters tanzt schon den zweiten Tanz mit ihr.»

«Aber Anne Lene!» – Ich trat zu ihr. «Willst du mit mir tanzen?»

«Weshalb denn nicht?»

«Aber eine Menuett, Anne Lene!»

«Eine Menuett, Marx! – Und», fügte sie lächelnd hinzu, «nicht wahr, Freund Simon darf dabei sein?»

Als wir gehen wollten, faßte die Alte Anne Lenes Hand. «Kind», sagte sie besorgt, «der Doktor hat's dir ja verboten!»

Aber Anne Lene erwiderte: «O, gute Wieb, es schadet nicht; ich weiß das besser als der Doktor!» Und mein Verlangen mit ihr zu tanzen war so groß, daß ich mir diese Versicherung gefallen ließ.

Als wir oben in den Saal getreten waren, ging ich in die Ecke zu dem kleinen Drees und bestellte eine Menuett. Er blätterte in seinen Büchern herum; aber er hatte den alten Tanz nicht mehr darin;

wir mußten uns mit einem Walzer begnügen. Claus Peters trat an den Tisch, schenkte ihm das Glas voll und stieß mit ihm an. «Aufgespielt, Drees!» rief er, «aber kratze nicht so, es kommen feine Leute an den Tanz.»

Der Alte setzte sein Glas an den Mund. «Nun, Herr Peters», sagte er, indem er den jungen Menschen mit seinen kleinen scharfen Augen ansah, «auf daß es uns wohl gehe auf unsern alten Tagen!»

«Weshalb sollte es uns nicht wohl gehen, Drees?» erwiderte Peters, indem er der kleinen Juliane die Hand bot und sich mit ihr an die Spitze der Tanzkolonne stellte.

Ich trat mit Anne Lene in die Reihe. Der Alte begann seine Geige zu streichen und nickte uns freundlich zu, als wir im Tanz an ihm vorüberkamen. – Ich glaube noch jetzt, daß er damals vortrefflich spielte; denn er war nicht ungeschickt in seiner Kunst, und eingedenk mancher kleinen Freundlichkeit, die er von uns empfangen, mochte er nun sein Bestes versuchen.

Wir hatten lange nicht zusammen getanzt, Anne Lene und ich. Aber es war nicht vergessen; ich fühlte bald, sie tanzte noch wie sonst. Es ging so leicht zwischen den übrigen Paaren hin; ihre Augen glänzten; sie lächelte, und ihr Mund war geöffnet, so daß die weißen Zähne hinter den feinen roten Lippen sichtbar wurden; ich glaubte es zu fühlen, wie die Lebenswärme durch ihre jungen Glieder strömte. Bald sah ich nichts mehr von allem, was sich um uns her bewegte; ich war allein mit ihr; diese festen klingenden Geigenstreiche hatten uns von der Welt geschieden; sie lag verschollen, unerreichbar weit dahinter.

Dann pausierten wir. An dem offenen Fenster, wo wir standen, floß das Mondenlicht mit dem dürftigen Kerzenschein zu einer unbestimmten Dämmerung zusammen. Anne Lene stand atmend neben mir, sie schien mir ungewöhnlich blaß. «Wollen wir aufhalten?» fragte ich sie.

«Weshalb, Marx? Es tanzt sich heut so schön!»

«Aber du verträgst es nicht?»

«O doch! – Was liegt daran!»

Wir tanzten schon wieder, als sie die letzten Worte sprach. Wir tanzten noch lange. Als aber Anne Lene mit der Hand nach dem Herzen griff und zitternd mit dem Atem rang, da bat ich sie, mit mir in den Garten hinab zu gehen. Sie nickte freundlich, und wir gingen aus dem Saal nach ihrem Zimmer, um ein Umschlagtuch für sie zu holen. – Ich fühlte wohl damals schon, daß die Sorge um Anne Lenes Gesundheit mich nicht allein zu jener Bitte veranlaßt hatte; denn als wir die Treppe zu dem dunkeln Flur hinabstiegen, war mir, als wenn ich mit einem glücklich geraubten Schatz ins Freie flüchtete.

Mir ist aus jenen Stunden noch jeder kleine Umstand gegenwärtig; ich glaube noch durch die Fensterscheiben der altmodischen Haustür das Mondlicht zu sehen, das draußen wie Schnee auf den Steinfliesen vor dem Hause lag; im Heraustreten hörten wir drinnen in der Gesindestube die alte Wieb den Schrank verschließen, in welchem sie das Brautlinnen ihres Lieblingskindes aufgespeichert hatte. – Es war eine laue Nacht; über unsern Köpfen surrten die Nachtschmetterlinge, die den erleuchteten Fenstern des oberen Stockwerks zuflogen; die Luft war ganz von jenem süßen Duft durchwürzt, den in der warmen Sommerzeit die wolligen Blütenkapseln der roten Himbeere auszuströmen pflegen. Anne Lene knüpfte ihr Schnupftuch um den Kopf; dann gingen wir, wie wir es oft getan, um die Ecke des Hauses und über die Werfte nach dem Baumgarten zu. Wir sprachen nicht; ich wollte Anne Lene bitten, ihre Augen wieder nach der Welt zurückzuwenden und nicht mehr in den Schatten der Vergangenheit zu leben; aber das beunruhigende Bewußtsein einer eigennützigeren Bitte, die ich für günstigere Zeiten im Grunde meines Herzens zurückbehielt, raubte mir den Atem und ließ kein Wort über meine Lippen kommen. Das Herz klopfte mir so laut, daß ich immer fürchtete, es werde auch ohne Worte meine innersten Gedanken kund machen. Wir gingen durch die kleine Pforte in den Baumgarten hinein, zwischen die schimmernden Stämme der ungeheuren Silberpappeln, deren Laubkronen keinen Lichtstrahl durchließen. Die dürren Zweige, welche überall den Boden bedeckten, knickten unter unsern Füßen; und über uns, von dem Geräusche aufgestört, flogen die Raben von ihren Nestern und rauschten mit den Flügeln in den Blättern. Anne Lene ging schweigend und in sich verschlossen neben mir; ihre Gedanken mochten dort sein, von wo ich sie so sehnlich zurückzurufen wünschte. – So waren wir bis zur Graft hinabgekommen, welche auch hier die Grenze des eigentlichen Hofes bildete.

Zwischen den Bäumen, welche jenseits des Wassers standen, sah man wie durch einen dunkeln Rahmen in die weite mondhelle Landschaft hinaus, in welcher hie und da die einzelnen Gehöfte wie Nebelflecken aus der Ebene ragten. Es war so still, daß man nichts hörte als das Säuseln des Schilfs, das in den Gräben stand. «Sieh, Anne Lene», sagte ich, «die Erde schläft; wie schön sie ist!»

«Ja, Marx!» erwiderte sie leise, «und du bist noch so jung!»

«Bist du denn das nicht mehr?»

Sie schüttelte langsam den Kopf. «Komm», sagte sie, «es ist hier feucht.» – Und wir gingen weiter durch eine verfallene Umzäunung in den seitwärts vom Hause liegenden Gemüsegarten und unten an dem Wasser entlang nach den Bosquetpartien, die vor dem Hause lagen. Hier waren wir auf unserem alten Spielplatz; es waren noch dieselben Büsche, zwischen denen wir einst als Kinder in die Irre gegangen waren; nur hingen ihre Zweige noch tiefer in den Weg als damals. Wir gingen auf dem breiten Steige neben der Graft, die sich im Schatten der Bäume breit und schwarz an unserer Seite hinzog. Man hörte das leise Rupfen des Viehes, welches jenseits auf der Fenne im Mondschein grasete, und drüben von der Rohrpflanzung her scholl das Zwitschern des Rohrsperlings, des kleinen wachen Nachtgesellen. Bald aber horchte ich nur dem Geräusch der kleinen Füße, die in einiger Entfernung so leicht vor mir dahinschritten.

In diese heimlichen Laute der Nacht drang plötzlich von der Gegend des Deiches her der gellende Ruf eines Seevogels, der hoch durch die Luft dahinfuhr. Da mein Ohr einmal geweckt war, so vernahm ich nun auch aus der Ferne das Branden der Wellen, die in der hellen Nacht sich draußen über der wüsten geheimnisvollen Tiefe wälzten und von der kommenden Flut dem Strande zugeworfen wurden. Ein Gefühl der Öde und Verlorenheit überfiel mich; fast ohne es zu wissen, stieß ich Anne Lenes Namen hervor und streckte beide Arme nach ihr aus.

«Marx, was ist dir?» rief sie und wandte sich nach mir um, «hier bin ich ja!»

«Nichts, Anne Lene», sagte ich, «aber gib mir deine Hand; ich hatte das Meer vergessen, da hörte ich es plötzlich!»

Wir standen auf einem freien Platze vor dem alten Gartenpavillon, dessen Türen offen in den zerbrochenen Angeln hingen. Der Mond schien auf Anne Lenes kleine Hand, die ruhig in der meinen lag. Ich hatte nie das Mondlicht auf einer Mädchenhand gesehen, und mich überschlich jener Schauer, der aus dem Verlangen nach Erdenlust und dem schmerzlichen Gefühl ihrer Vergänglichkeit so wunderbar gemischt ist. Unwillkürlich schloß ich die Hand des Mädchens heftig in die meine; doch mit der Scheu, die der Jugend eigen, sah ich in demselben Augenblick zu Boden. Als aber Anne Lene ihre Hand schweigend in der meinen ließ, wagte ich es endlich, zu ihr emporzusehen. Sie hatte ihr Gesicht zu mir gewandt und sah mich traurig an; mitleidig, ich weiß noch jetzt nicht, ob mit mir oder mit sich selbst. Dann entzog sie sich mir sanft und trat auf die Schwelle des Pavillons.

Ich sah durch die Lücken des Fußbodens das vom Mond beleuchtete Wasser glitzern und faßte Anne Lenes Kleid, um sie zurückzuhalten. «Sorge nicht, Marx!» sagte sie, indem sie hineintrat und ihre leichte Gestalt auf den losen Brettern wiegte. «Holz und Stein bricht nicht mit mir zusammen.» – Sie ging an das gegenüberliegende Fenster und sah eine Weile in die helle Nacht hinaus, dann hob sie mit der Hand ein Stück der alten Tapete empor, das neben ihr an der Wand herabhing, und betrachtete im Mondlicht die halb erloschenen Bilder. «Es hat ausgedient», sagte sie, «die schönen Schäferpaare wollen sich auch empfehlen. Es mag ihnen doch allmählich aufgefallen sein, daß die saubern, weiß toupierten Herren und Damen so eines nach dem andern ausgeblieben sind, mit denen sie einst zur Sommerzeit so muntere Gesellschaft hielten. – Einmal», und sie ließ die Stimme sinken, als rede sie im Traume, «einmal bin ich auch noch mit dabeigewesen; aber ich war noch ein kleines Kind, Wieb hat es mir oft nachher erzählt. – Nun fällt alles zusammen! Ich kann es nicht halten, Marx; sie haben mich ja ganz allein gelassen.»

Mir war, als dürfe sie so nicht weiter reden. «Laß uns ins Haus gehen», sagte ich, «die andern werden bald zur Stadt zurückwollen.»

Sie hörte nicht auf mich; sie ließ die Arme an ihrem Kleide herabsinken und sagte langsam: «Er hat so unrecht nicht gehabt; – wer holt sich die Tochter aus einem solchen Hause!»

Ich fühlte, wie mir die Tränen in die Augen schossen. «O, Anne Lene», rief ich und trat auf die Stufen, die zu dem Pavillon hinanführten, «ich – ich hole sie! Gib mir die Hand, ich weiß den Weg zur Welt zurück!»

Aber Anne Lene beugte den Leib vor und machte mit den Armen eine hastige abwehrende Bewegung nach mir hin. «Nein», rief sie, und es war eine Todesangst in ihrer Stimme, «du nicht, Marx; bleib! es trägt uns beide nicht.»

Noch auf einen Augenblick sah ich die zarten Umrisse ihres lieben Antlitzes von einem Strahl des milden Lichts beleuchtet; dann aber geschah etwas und ging so schnell vorüber, daß mein Gedächtnis es nicht zu bewahren vermocht hat. Ein Brett des Fußbodens schlug in die Höhe; ich sah den Schein des weißen Gewandes, dann hörte ich es unter mir im Wasser rauschen. Ich riß die Augen auf; der Mond schien durch den leeren Raum. Ich wollte Anne Lene sehen, aber ich sah sie nicht. Mir war, als renne in meinem Kopfe etwas davon, das ich um jeden Preis wieder einholen müßte, wenn ich nicht wahnsinnig werden wollte. Aber während meine Gedanken diesem Unding nachjagten, hörte ich plötzlich vom Hause her die Tanzmusik. Das brachte mich zur Besinnung; ich stieß einen gellenden Schrei aus und sprang neben dem Pavillon hinab ins Wasser. Die Graft war tief; aber ich war kein ungeübter Schwimmer; ich tauchte unter, und meine Hände griffen zwischen dem schlüpfrigen

Kraut umher, das auf dem Grunde wucherte. Ich öffnete die Augen und versuchte zu sehen; aber ich fühlte nur wie über mir ein trübes Leuchten. Meine Kleider, deren ich keines abgeworfen, zwangen mich, auf die Oberfläche zurückzukehren. Hier suchte ich wieder Atem zu gewinnen, und wiederholte dann noch einmal meinen Versuch. – Es war vergebens. Bald stand ich wieder auf dem abschüssigen Uferrande und blickte ratlos über die Graft entlang. Da fühlte ich eine Hand sich schwer auf meine Schulter legen, und eine Stimme rief: «Marx, Marx, was macht ihr da? Wo ist das Kind?» Ich erkannte, daß es Wieb war. «Dort, dort!» schrie ich und streckte die Hände nach dem Graben zu. Die Alte faßte mich unter den Arm und zog mich gewaltsam an den Rand der Graft hinunter. Endlich brachte ich es heraus; und wir liefen an dem Wasser entlang, bis an die Laube in der Gartenecke, wo die großen alten Erlen ihre Zweige in die Flut hinabhängen lassen. Wir haben sie dann endlich auch gefunden; die Augen waren zu und die kleine Hand war fest geschlossen.

Ich gab der alten Wieb einige Anordnungen zu dem, was jetzt geschehen mußte, dann zog ich den Braunen aus dem Stall und jagte nach der Stadt, um einen Arzt zu holen; denn ich traute meiner jungen Kunst in diesem Falle nicht. Wir waren bald zurück; aber die Schatten der Vergänglichkeit, die schon so früh in dieses junge Leben gefallen waren, ließen sie nun nicht mehr los.

Als wir einige Stunden später zur Stadt zurückkehrten, war die Marsch so feierlich und schweigend, und die Rufe der Vögel, die des Nachts am Meere fliegen, klangen aus so unermeßlicher Ferne, daß mein unerfahrenes Herz verzweifelte, jemals die Spur derjenigen wieder zu finden, die sich nun auch in diesen ungeheuren Raum verloren hatte.

*

Der jetzige Besitzer des Staatshofes ist Claus Peters. Er hat die alte Hauberg niederreißen lassen und ein modernes Wohnhaus an die Stelle gesetzt. Die Wirtschaftsgebäude liegen getrennt daneben. – Er hat recht gehabt, es geht ihm wohl; er liefert die größten Mastochsen zum Transport nach England, in seinen Zimmern stehen die kostbarsten Möbel, und er und seine Juliane glänzen von Gesundheit und Wohlbehagen. Ich aber bin niemals wieder dort gewesen.

*

Es war ein altes Buch, eine Art Album; aber lang und schmal wie ein Gebetbuch, mit groben gelben Blättern. Er hatte es während seiner Schülerzeit in einer kleinen Stadt vom Buchbinder anfertigen lassen, und später überall mit sich umhergeschleppt. Verse und Lebensannalen wechselten miteinander, wie sie durch äußere oder innere Veranlassung entstanden waren. In den letzteren pflegte er sich selbst als dritte Person aufzuführen; vielleicht, um bei gewissenhafter Schilderung das Ich nicht zu verletzen; vielleicht – so schien es mir –, weil er das Bedürfnis hatte, durch seine Phantasie die Lücken des Erlebnisses auszufüllen. Es waren meistens unbedeutende Geschichtchen oder eigentlich gar keine; ein Gang durch die Mondnacht, eine Mittagsstunde in dem Garten seiner Eltern waren oftmals der ganze Inhalt; in den Versen mußte man über manche Härte und über manchen falschen Reim hinweg. Dennoch, weil ich ihn liebte und da er es mir erlaubt hatte, las ich gern in diesen Blättern.

Auch hieher ins Feldlager hatte er das Buch im

Ranzen mitgeführt; im nächtlichen Gefechte hatte es ihn begleitet, es hatte den Krieg mitgemacht; die letzten Seiten waren mit Zeichnungen von Schanzen und Fortifikationen angefüllt.

Unsere Kompanie war auf Vorposten gewesen; jetzt lagen wir wieder in unserer Hütte. Sie war dicht und trocken; der draußen fallende Regen drang nicht herein.

Er hatte sein Putzzeug hervorgenommen und säuberte den Rost von unseren Büchsen; ich saß auf meinem Ranzen und studierte seine sämtlichen Werke, jenes seltsam geformte Tagebuch, das zugleich unsere ganze Feldbibliothek ausmachte. Und wie ich, sooft ich auch darin geblättert, doch jedesmal etwas gefunden, was ich zuvor übersehen hatte, so wurden jetzt zum erstenmal meine Augen durch ein eingelegtes Buchenblatt gefesselt. Daneben stand geschrieben:

Ein Blatt aus sommerlichen Tagen,
Ich nahm es so beim Wandern mit,
Auf daß es einst mir könne sagen,
Wie laut die Nachtigall geschlagen,
Wie grün der Wald, den ich durchschritt.

«Das Blatt ist braun geworden», sagte ich.
Er schüttelte den Kopf. «Lies nur die andere Seite.»
Ich wandte um und las:

Es mochte ein Student sein; vielleicht ein junger Doktor, der auf dem schmalen Fußsteige über die Heide ging. Die Kugelbüchse, welche er am ledernen Riemen über der Schulter trug, schien ihm schwer zu werden; denn jezuweilen im Weiterschreiten nahm er sie in die Hand oder hängte sie von einer Schulter auf die andere. Seine Mütze hatte er abgenommen; die Nachmittagssonne glühte in seinen Haaren. Um ihn her war alles Getier lebendig, was auf der Heide die Junischwüle auszubrüten pflegt; das rannte zu seinen Füßen und arbeitete sich durchs Gestäude, das blendete und schwärmte ihm vor den Augen und begleitete ihn auf Schritt und Tritt. Die Heide blühte, die Luft war durchwürzt von Wohlgerüchen.

Nun stand der Wanderer still und blickte über die Steppe, wie sie sich endlos nach allen Richtungen hinauszog; starr, einförmig, mit rotem Schimmer ganz bedeckt. Nur vor sich in nicht gar weiter Ferne sah er einen Waldzug, an dessen Ende ein Faden weißen Rauches in die klare Luft hinaufstieg. Das war alles.

In seiner Nähe, zur Seite des Steiges, lag ein niedriger Hügel, voll Brombeerranken und wilder Rosenbüsche, ein Grabmal unbekannten Volkes, wie hier viele sind. Er stieg hinauf und übersah auch von diesem höheren Standpunkte noch einmal die unermeßliche Fläche; aber er gewahrte nichts, als nur am Saume des Waldes eine einsame Kate, aus deren Dach der Rauch emporquoll, den er zuvor gesehen hatte. Er riß einen Büschel Heide aus dem harten Boden und senkte sein Auge in den feinen Stern der Blüte; dann nahm er seine Büchse herunter und streckte sich in die warmen Kräuter, den Kopf in die Hand gestützt, die Blicke vor sich hinsendend, bis seine Gedanken in der heißen, zitternden Luft zergingen.

Und wie nun so auch der Hall des eigenen Schrittes, der bisher mit ihm gewandelt, aufgehört hatte, und er nichts vernahm, als die Heide entlang das Zirpen der Heuschrecken und das Summen der Bienen, welche an den Kelchen hingen, mitunter in unsichtbarer Höhe über sich den Gesang der Heidelerche, da überkam ihn unbezwingliche Sommermüdigkeit. Die Schmetterlinge, die blauen Argusfalter, gaukelten auf und ab, dazwischen schossen rosenrote Streifen vom Himmel zu ihm hernieder; der Duft der Eriken legte sich wie eine zarte Wolke über seine Augen.

Der Sommerwind kam über die Heide und weckte eine Kreuzotter, die sich nicht weit davon im Staube sonnte. Sie löste ihre Spirale und glitt über den harten Boden; das Kraut rauschte, als sie den schuppigen Leib hindurchzog. Der Schlafende wandte den Kopf, und halb erwachend sah er in das kleine Auge der Schlange, die neben seinem Kopfe hinkroch. Er wollte die Hand erheben, aber er vermochte es nicht; das Auge des Gewürmes ließ nicht von ihm. So lag er zwischen Traum und Wachen. Nur wie durch einen Schleier sah er endlich die Gestalt eines Mädchens auf sich zukommen, kindlich fast, doch kräftigen Baues, das Haar in dicken blonden Zöpfen. Sie bog die Ranken zur Seite und setzte sich neben ihm auf den Boden. Das Auge der Schlange ließ ihn los und verschwand; er sah nichts mehr. Dann kam der Traum. Dann war er wieder der Hans im Märchen, wie er es oft als Knabe gewesen war, und lag im Grase vor der Schlangenhöhle, um die verzauberte Prinzessin zu erlösen. Die Schlange kam heraus und rief:

Aschegraue Wängelein,
Weh dem armen Schlängelein!

Da küßte er die Schlange, und da war's geschehen. Die schöne Prinzessin hielt ihn in ihren Armen, und – wunderlich war es – sie trug ihr Haar in zwei aschblonden Zöpfen und ein Mieder wie eine Bauerndirne.

Das Mädchen hatte ihre Hände um die Knie gefaltet und sah unbeweglich über die Heide hinaus. Nur das heimliche Rauschen und Wimmeln in der unendlichen Pflanzendecke, hie und da ein Vogelruf aus der Luft oder unten vom Moor herauf, dazwischen das Atmen des Schlafenden, sonst kein Laut. So verging eine Spanne Zeit. Endlich neigte sie sich über ihn; die langen Flechten fielen auf seine Wangen. Er schlug die Augen auf; und wie er so das junge Antlitz über dem seinen schweben sah, da sagte er noch halb im Traume: «Prinzessin, was hast du für blaue Augen!»

«Ganz blaue!» sagte sie, «die sind von meiner Mutter!»

«Von deiner Mutter? – Hast du denn eine Mutter?»

«Du bist nicht klug!» sagte das Mädchen, indem sie aufsprang; «sie hat vor vier Wochen den Vogt geheiratet. Seitdem bin ich beim Großvater.

Nun wurde er völlig wach. «Ich bin irre gegangen», sagte er, «in der eigenen Heimat. Du mußt mir auf den Weg helfen, du – wie heißt du denn?»

«Regine!» sagte sie.

«Regine ... und ich heiße Gabriel!»

Sie sah ihn groß an.

«Nein, nicht der Engel Gabriel!»

«Lache nur nicht!» sagte sie, «den kenne ich besser als dich!»

«Der Tausend! So bist du wohl des Schulmeisters Enkelkind?»

Sie sagte: «Mein Vater war Schulmeister, er ist im vorigen Frühjahr gestorben.»

Beide schwiegen einen Augenblick; dann stand Gabriel auf und bedeutete ihr, wie er noch bis zum nächsten Morgen jenseit der Fähre in der Stadt sein müsse. Sie zeigte mit der Hand nach dem Walde. «Dort wohnt mein Großvater», sagte sie, «du kannst erst Vesper mit uns essen; nachher weise ich dir den Weg.» Als Gabriel das zufrieden war, trat sie von dem schmalen Fußpfade auf die Heide hinüber und schlug die Richtung nach dem Walde ein. Die Blicke des jungen Mannes folgten unwillkürlich ihren Füßen, wie sie behend und sicher über die harten Stauden dahinschritten, während bei jedem Tritt die Grillen vor ihr aufflogen. So gingen sie mitten durch den Sonnenschein, der wie ein Goldnetz über den Spitzen der Kräuter hing; mitunter rieselte ein warmer Hauch über die Steppe und erregte den Duft der Blüten um sie her. Schon hörten sie dann und wann im Walde das Rufen der Buchfinken und in den Wipfeln der hohen Buchen das scheue Flattern der Waldtauben. Gabriel aber, des Reisezieles gedenkend, hub an zu singen:

Es liegen Wald und Heide
Im stillen Sonnenschein.
Wir hätten gerne Frieden;
Doch ist es nicht beschieden,
Gestritten soll es sein.

Nun gilt es zu marschieren
In festem Schritt und Tritt;
Der Krieg ist losgelassen,
Er schreiet durch die Gassen,
Er nimmt uns alle mit!

So leb denn wohl, lieb Mutter!
Die Trommel ruft ins Glied.
Mir aber in Herzensgrunde
Erklingt zu dieser Stunde
Ein deutsches Wiegenlied.

«Krieg?» sagte Regine, indem sie stehenblieb und sich nach dem Sänger umwandte.

Gabriel nickte.

«Sprich nicht davon zum Großvater», sagte sie, «er glaubt doch nicht daran.»

«Und du?» fragte Gabriel. «Was glaubst du selber denn?»

«Ich? – – Was geht uns Dirnen der Krieg an!»

Der junge Mann sagte nichts darauf, und beide setzten schweigend ihre Wanderung fort. Aus der formlosen Masse des Waldes trat nun das Laub der

Buchen und Eichbäume in scharfen Umrissen hervor, und bald gingen sie im Schatten des Geheges entlang, bis sie das Ende desselben erreicht hatten. Hier, wo auch die Heide aufhörte, stand im Schein der Nachmittagssonne eine kleine Kätnerwohnung. Eine Katze, die sich auf dem niedrigen Strohdache gesonnt hatte, sprang bei ihrer Ankunft auf den Boden und strich spinnend um die halb geöffnete Haustür. Sie traten in eine schmale Vordiele, welche an den Wänden hin mit leeren Bienenkörben und mancherlei Gartengeräte ganz besetzt war. Zu Ende derselben klinkte Regine eine Tür auf, und Gabriel sah über ihre Schulter in ein kleines Zimmer; aber es war nichts darinnen als einsamer Sonnenschein, der an den Messingknöpfen des Ofens spielte, und der Pendelschlag einer alten Schwarzwälder Wanduhr.

«Wir müssen nach dem Immenhof», sagte das Mädchen.

Gabriel lehnte seine Büchse in eine Ecke des Zimmers; dann gingen sie in den Garten, der unmittelbar unter den Fenstern lag. – Aus der Haustür waren sie unter das Laubdach eines mächtigen Kirschbaumes getreten, der seine Zweige über das Haus breitete; ein gerader Steig zwischen schmalen Gemüsebeeten führte sie durch den Garten und aus diesem heraus auf eine kleine Wiese, von welcher ein viereckiges Plätzchen durch dichte Buchenhekken abgezäunt war. Die kleine Pforte, welche den Eingang zu demselben verschloß, war niedrig genug, daß Gabriel über sie hinweg das Innere übersehen konnte. Als sie herangetreten waren, gewahrte er gegenüber an der Laubwand, schon in halbem Schatten, ein hölzernes Bienenhäuschen, worauf die Strohkörbe neben und in doppelter Reihe übereinander standen. Seitwärts auf einem Bänkchen saß ein Greis in der Bauerntracht dieser Gegend; die Sonne schien auf seine gänzlich weißen Haare. Eine Drahtmaske, ein leerer Korb und anderes Geräte lagen neben ihm auf der Erde; in der Hand hielt er einen Melissenstengel, den er aufmerksam zu betrachten schien. Im schärferen Hinsehen bemerkte Gabriel, wie das Kraut von einzelnen Bienen umschwärmt wurde, während andere von den Blättern auf die Hände des alten Mannes hinüberkrochen.

«Ist das dein Großvater?» fragte er das Mädchen.

«Es ist eigentlich mein Urgroßvater», sagte sie; «er ist schon undenkbar alt.»

Sie zog das Pförtchen zurück.

«Bist du es, Regine?» fragte der Greis.

«Ja, Großvater.»

«Die Königin hat gestern abend umsonst gesungen», sagte er. «Nun muß ich morgen wieder auf den Posten.» Indem wandte er den Kopf und sah nach den Ankommenden hinüber. «Treten Sie nur herein, junger Herr», sagte er. «Mit dem Schwärmen hat es heut ein Ende.»

Sie traten hierauf in den innern Raum. Regine nahm den leeren Korb und die übrigen Geräte, deren es nun für heute nicht mehr bedurfte, und ging damit ins Haus zurück. Der Alte strich behutsam die Bienen von seiner Hand. «Sie haben Menschenverstand», sagte er, «man soll nur die Geduld haben.» Dann legte er das Kraut vor dem nächsten Stock ins Gras und reichte Gabriel die Hand.

Dieser mußte sich neben ihm auf die Bank setzen, und der Greis erzählte ihm von seinen Bienen, wie er sie schon als Knabe gehegt, wie er später, nun schon vor über siebzig Jahren, diesen Zaun gepflanzt habe, und wie sie darauf ihm so reichen Gottessegen zugetragen, daß er seinen Hausstand damit habe einrichten können; und weiter dann von seiner Hochzeit, von Taufen und Todestagen, von seinen Kindern, von Enkeln und Enkelkindern, und die Bienen gehörten allenthalben mit dazu. – Die Worte des alten Mannes hörten sich wie ein rieselndes Wasser; ein Stilleben nach dem andern entfaltete sich aus diesen milden Reden; Gabriel hatte den Kopf in die Hand gestützt und blickte nach den Bienen, die nur noch einzeln über die grünen Wände herüber kamen. Mitunter auch hörte er jenseit des Gartens im Hause die Türen gehen, mitunter schlüpfte eine Grasmücke durch die Blätter und sah ihn mit neugierigen Augen an. So dauerte es eine Weile. Regine war wieder von außen herangetreten, sie lehnte mit dem Ellbogen über die Pforte und hörte schweigend zu; wie aus einem Rahmen schaute das frische Mädchenantlitz zwischen den Blättern hervor.

Das Gewimmel in den Lüften hatte sich allgemach beruhigt, der grüne Raum war nun fast ganz verschattet. Gabriel schaute nach dem Mädchen hinüber; der Alte erzählte langsam weiter. Manches Mal freilich schien er die Zeiten zu verwechseln, die Söhne mit den Enkeln, die Enkel mit den

Enkelkindern. Dann sagte das Mädchen wohl: «Ihr irrt Euch, Großvater; es war mein Ohm, es war meine Mutter, von der Ihr sprecht.» Der Alte aber sagte dann strenge: «Ich kenne sie alle; ich bin nicht so vergessen.»

Endlich, als es kühler zu werden begann, stand er auf. «Wir wollen ins Haus gehen», sagte er, «es wird Abend; die Tiere sind auch schon zu Quartier.» Dann, nachdem sie miteinander hinausgegangen waren, schob er sorgfältig den Riegel vor die kleine Pforte.

Als sie ins Zimmer traten, spielte nur noch oben an den Balken ein schwaches Sonnenschillern; die Levkojen auf dem Fensterbrette verbreiteten schon den stärkern Duft des Abends. Ein Tisch, mit grobem Leintuch bedeckt, war zwischen die beiden Fenster gerückt; die glatten Schnitte Schwarzbrotes, die gelbe Butter, die Gläser mit frischer Milch nahmen sich sauber darauf aus. Der Alte setzte sich in den Lehnstuhl an das eine Fenster, und Gabriel mußte ihm gegenüber an dem andern Platz nehmen, während Regine, die kleine Wirtschaft besorgend, aus und ein ging.

Dann aßen sie von den einfachen Speisen, und Gabriel sah von Zeit zu Zeit durch die kleinen Scheiben in den Garten hinaus. Der Alte hatte seine Brille aufgesetzt; er nahm mit der Messerspitze ein kleines Nachtgeziefer aus seiner Milch und legte es sorgfältig auf den Tisch. «Es wird noch wieder fliegen», sagte er, «man muß der Kreatur in ihren Nöten beistehen.»

Schon mehrmals hatte Gabriel es vor dem Fenster in dem alten Kirschbaum krachen hören. Als er nun hinausblickte, sah er noch eben zwei flinke Füßchen zwischen den Zweigen verschwinden, und gleich darauf flogen einzelne Vögel krächzend über den Garten hin. Aus der Ferne, es mochte im Walde sein, tönten die einförmigen Schläge der Holzaxt.

«Es ist wohl weit bis zu den nächsten Dörfern?» sagte er.

«Wohl fast eine Stunde», erwiderte der Alte, «das Haus steht recht in Gottes Hand! – Seit die Schulmeisterin wieder gefreit hat, ist nun das Mädchen bei mir.» – Er wies mit der Hand nach einem Brettchen über der Tür, auf welchem Gabriel neben andern Kleinigkeiten eine Anzahl wohlerhaltener Bücher gewahrte. «Die hat sie alle noch vom Vater», sagte der Alte, «aber sie ist nicht für das Lesen; sie hat keine Ruhe im Hause. Nur wenn am Sonnabend der Bettelfritz mit seinen Hexengeschichten herüberkommt; – das hat kein Ende, wenn die beiden hinterm Ofen beisammensitzen.»

Indem trat das Mädchen in die Stube und schüttete einen Haufen roter Glaskirschen aus ihrer Schürze auf den Tisch. «Die Drosseln sind wieder vom Walde herübergewesen!» sagte sie.

«Du mußt die Diebe einsperren», erwiderte Gabriel, der einen leeren Käfig am Fensterkreuz gewahrte. Das Mädchen winkte ihm heimlich mit den Augen; der Alte aber drohte mit dem Messer nach ihr hin. «Das ist ein Schelm!» sagte er, «sie läßt sie immer wieder fliegen.» – Gabriel sah sie an. Sie lachte; das Blut war ihr in die Wangen gestiegen. Als er aber die Augen nicht wieder von ihr wandte, nahm sie den einen ihrer blonden Zöpfe zwischen die Zähne und lief zur Stube hinaus. Gabriel hörte, wie sie draußen die Haustür hinter sich zuschlug.

«Sie ist eben wie ihr Vater selig», sagte der alte Mann und lehnte sich still in den Stuhl zurück.

Es war schon abendlich geworden, vom Garten dunkelten die Bäume stark herein. Gabriel erzählte nun, wie er schon morgen mit dem Frühesten in der Stadt sein müsse, und fragte nach den Steigen und Richtwegen, die er etwa einzuschlagen habe.

«Der Mond wird bald aufgehen», sagte der Alte, «bei Nachtzeit ist jetzt das beste Wandern.»

Sie sprachen noch eine Weile fort. Als es aber dunkler wurde, verstummte der Alte allgemach und sah mit gespannten Augen durch die trüben Scheiben in den Garten hinaus. Und wie Gabriel die friedliche Gestalt des Greises so sich gegenüber sah – aus der tiefen Dämmerung, die nach und nach die Kammer erfüllt hatte, noch kaum hervorsehend –, da schwieg auch er. So wurde es immer stiller; die alte Wanduhr hatte allein das Wort behalten.

Endlich, da Regine noch immer nicht zurückkehrte und schon die Mondhelle von jenseit des Gartens heraufkam, stand er auf, um von dem Mädchen Abschied zu nehmen. Er ging in den Garten; aber er sah dort nichts von ihr. Da hörte er es zwischen den Erbsenbeeten rauschen; und hier fand er sie, ein Körbchen neben sich, das schon zur Hälfte mit den gepflückten Schoten angefüllt war.

«Es ist spät, Regine», sagte er, indem er zwischen die Ranken zu ihr hineintrat, «ich werde gehen müssen; ich möchte mit Sonnenaufgang in der Stadt sein.»

Regine pflückte weiter, ohne aufzusehen. «Es ist nicht gar so weit», sagte sie, und bückte sich, und langte zwischen den Stangen durch nach den tiefsthängenden Schoten.

«Kommst du denn auch nach drüben?» fragte Gabriel.

«Ich? – – Ich nicht; ich komme nicht so weit. Nur einmal war ich fort; mein Vater hatte eine Schwester im Norden, wir fuhren fast den ganzen Tag. Aber mir gefiel's nicht dort; ich verstand die Ausrede der Leute nicht, und wenn ich mit ihnen sprach, fragten sie mich allezeit, wo ich zu Haus sei.»

«Aber du hast es einsam hier; so alle Tage mit dem alten Mann!»

Sie nickte. «Im Dorfe drunten ist's lustiger! Sie haben dem Alten auch öfters zugeredet, der Vogt und meine Mutter; aber er zieht nicht fort von hier; er sagt, er könne die Luft nicht vertragen zwischen den Häusern in der Dorfstraße.»

Gabriel hatte sich zu ihr gesetzt und half ihr pflücken. Regine schüttelte mitunter das Körbchen, das schon den Vorrat nicht mehr fassen wollte. Die Dämmerung nahm immer zu; sie suchten mit den Händen nach den Schoten, die sie kaum noch sehen konnten und die endlich immer wieder über den Rand des voll gehäuften Korbes hinabglitten. Aber sie ließen nicht ab; sie pflückten langsam weiter, als sei es ihnen damit angetan. – Da hörte Gabriel einen Ton, dumpf, als käme er aus der Erde; und der Boden unter ihm schütterte kaum merklich. – Er neigte das Ohr gegen die Erde und horchte. Da war es wieder; und bald noch einmal. Was geschah drüben, daß jetzt zur Nachtzeit die Kanonen gingen? – – Regine schien nichts davon gehört zu haben; denn sie hob den Kopf ein wenig und sagte: «Es schlägt zehn Uhr im Dorf.» Gabriel sprang auf; eine sehnsüchtige Ungeduld befiel ihn, es litt ihn nicht länger in der ahnungslosen Stille dieses Ortes. «Regine», sagte er laut, «wenn ich nun wiederkäme!»

Sie wandte rasch den Kopf zu ihm empor, und er sah bei der Dämmerung in ihre großen glänzenden Augen.

Dann hörten sie die Schritte des alten Mannes auf dem Gartensteig, und Gabriel trat ihm entgegen, um ihm zu danken und zu sagen, daß er gehen wolle. Als aber dieser ihm noch einmal den nun einzuschlagenden Richtweg bedeuten wollte, stand Regine auf und sagte ruhig: «Laßt nur, Großvater; ich gehe mit zur Fähre.»

Der Großvater nickte und reichte Gabriel die Hand; dann aber, ihn noch einmal an der Kugelbüchse zurückhaltend, auf die er schon in der Kammer unterweilen einen scharfen Blick geworfen hatte, sagte er mit schlauem Lächeln: «Wir sehen uns noch wieder, junger Herr; Sie kommen schon zurück – – – morgen oder übermorgen.» – Darauf trat er unter die Haustür, und Gabriel folgte Reginen durch den Garten. Als sie auf die Wiese hinausgekommen waren, schien ihnen der Mond ins Angesicht. Am Immenhof führte der Pfad vorüber; aber es war still geworden darinnen; nur ein Nachtschmetterling flog surrend über das schlafende Königreich der Bienen. Kaum einige tausend Schritte vor ihnen lag der Wald mit seiner schwarzen geheimnisvollen Masse. Als sie die feuchten Schatten erreicht hatten, welche weithin über die Wiesen fielen, konnte Gabriel eine kurze Leiter aus Fichtenstämmen erkennen, welche zwischen dichten Gebüschen in das höher gelegene Gehege hinaufführte. Sie bogen das Gezweig beiseite und traten von der Leiter in das Innere des Waldes. Ein Fußpfad, jetzt kaum erkennbar in der Dämmerung, führte sie seitwärts hart am Waldessaum entlang, so daß sie zwischen den einzelnen Bäumen und Gebüschen auf die draußen im Mondschein liegenden Wiesen hinaussehen konnten. Regine ging voran. Das Mondlicht spielte zwischen den Zweigen herein und hing sich wie Tropfen an die dunkeln Blätter; mitunter streifte ein voller Strahl den blonden Mädchenkopf, der dann auf einen Augenblick klar aus dem Dunkel hervortrat, um sogleich wieder darin zu verschwinden. Gabriel ging schweigend hinter ihr her; er hörte nichts als das Rauschen ihrer Füße in dem überjährigen Laube und das Arbeiten der Käfer in den Baumrinden; kein Luftzug; nur das feine elektrische Knistern in den Blättern rührte sich kaum hörbar. Nach einer Weile kam aus dem Dunkel des Waldes etwas angerannt und trabte ihnen zur Seite. Gabriel sah zwei Augen in seiner Nähe blitzen. «Was ist das?» fragte er.

Ein Rehkalb sprang in den Weg. «Das ist mein Kamerad!» rief das Mädchen; dann lief sie pfeilschnell auf dem Steige fort; das Tier hinter ihr drein.

Gabriel blieb zurück und lehnte sich an einen Baum; er hörte es zwischen den Büschen rauschen, er hörte das Mädchen in die Hände klatschen, dann alles in der Ferne verschwinden. Es wurde still um ihn her; nur die geheimnisvolle Musik der Sommernacht wurde wieder seinem Ohre vernehmbarer. Er hielt den Atem an, er lauschte, er horchte den tausend feinen Stimmen, wie sie auftauchten und wieder hinschwanden; bald in unbegreiflicher Ferne, dann zum Erschrecken nahe, unbegreifbar leise, verhallend und immer wieder erwachend; er wußte nicht, waren es die Quellen, die durch den Wald zu den Wiesen hinabliefen, oder war es die Nacht selbst, die so melodisch rann. Der Morgen, an dem er das Haus verlassen hatte, der Abschied von seiner Mutter lag hinter ihm wie eine längst vergangene Zeit.

Endlich kam das Mädchen zurück. Sie legte die Hand auf seine Büchse. «Es ist so zahm», sagte sie, «wir rennen oft zusammen!»

Das Klirren des Gehenkes weckte ihn. «Komm nur», sagte er, «und weise mir den Weg!» Sie schwieg einen Augenblick; dann, dem Gaste gehorsam, bog sie von dem Steige, auf dem sie bisher gewandert waren, quer in den Wald hinein. Jeder betretene Pfad hörte hier auf; Baumwurzeln krochen am Boden hin und fingen den Fuß des Wanderers; niederhängende Zweige schlugen ihm ins Gesicht oder zupften ihn an der Büchse; es wurde so finster, daß er die Gestalt des Mädchens, welche waldkundig und unversehrt durch die Zweige schlüpfte, nicht mehr erkennen konnte. Nur manchmal, wenn er, plötzlich von unsichtbaren Dornen geritzt, einen ungeduldigen Aufruf nicht zu unterdrücken vermochte, hörte er vor sich ihr schadenfrohes Gelächter. Endlich aber harrte sie seiner und reichte ihm schweigend die Hand zurück. So gingen sie weiter. Ein Plätschern scholl aus der Ferne; Gabriel lauschte. «Es ist das Fährboot», sagte sie, «dort unten liegt die Bucht.» Bald konnte er deutlich das Geräusch von Ruderschlägen unterscheiden; dann traten die Bäume plötzlich auseinander, und sie sahen frei ins Land hinaus, das in den sanften Umrissen der Mondbeleuchtung zu ihren Füßen lag. Die Wiesen waren ganz von silbergrauem Tau bedeckt; darüber lief der Fußpfad wie ein dunkler Strich zur Bucht hinab. Die Brücke des Mondspiegels streckte sich zitternd über das Wasser; das Fährboot, von der andern Seite kommend, trat eben wie ein Schatten in den hellen Schein. Gabriel blickte nach dem jenseitigen Ufer hinab; aber er sah nur Duft und Dämmerung.

«Nicht weiter», sagte das Mädchen und zog ihre Hand aus der seinen; «hier über die Wiesen geht der Weg zur Fähre; du kannst nicht fehlen.»

Sie selber standen noch im Schatten; aber bei der Fülle des Lichtes, die draußen webte, konnte er ihre ganze Gestalt erkennen und jedes Regen ihrer Gliedmaßen. Sie hatte im Laufen ihre Flechten aufgebunden, die nun wie ein Kranz auf ihrem Scheitel lagen. Sie erschien ihm auf einmal so stolz und jungfräulich; er konnte die Augen nicht von ihr lassen, als sie in den Mondschein hinauswies und ihm die Wege zeigte, die er gehen sollte.

«So leb denn wohl, Regine!» sagte er und reichte ihr die Hand.

Aber sie trat vor ihm zurück und sagte zögernd: «Sag mir noch eines; ... weshalb mußt du in den Krieg?»

«Weißt du es nicht, Regine?»

Sie schüttelte den Kopf. «Großvater spricht nicht davon», sagte sie und sah wie ein Kind an ihm herauf.

Er verlor sich stumm in ihren Augen; eine Nachtigall schlug plötzlich neben ihnen aus den Büschen, die Blätter säuselten. Sie stand ihm gegenüber, ohne Regung, kaum belebt von lindem Atmen; nur in ihren Augen, im tiefsten Grunde, rührte sich die Seele; er wußte nicht, was so ihn anschaute.

«Sprich nur!» sagte sie endlich.

Er ergriff einen Zweig, der ihr zu Häupten hing, und brach ein Blatt herab. «Es ist für diese Erde», sagte er, «für dich, für diesen Wald – – – damit hier nichts Fremdes wandle, kein Laut dir hier begegne, den du nicht verstehst, damit es hier so bleibe, wie es ist, wie es sein muß, wenn wir leben sollen – unverfälschte, süße, wunderbare Luft der Heimat!»

Sie strich mit der Hand über ihre Haare, als wenn ein Schauer sie berühre. «Geh!» sagte sie leise, «gute Nacht!»

«Gute Nacht; – – – wo find' ich dich denn wieder?»

Sie legte die Hände um seinen Nacken und sagte: «Ich bleibe hier zu Haus!»

Er küßte sie. «Gute Nacht, Regine!»

Sie löste ihre Hände von seinem Halse. Dann schritt er in die Mondnacht hinaus; und als er nach einer Weile am Ende der Wiese zurückblickte, da war es ihm, als stehe die schöne kindliche Gestalt noch immer an der Stelle, wo er von ihr gegangen, unbeweglich im schwärzesten Tore des Waldes.

*

Ich hatte das Buch zusammengelegt und sah durch die Hüttenreihen in den grauen Tag hinaus. Gabriel trat zu mir und lehnte die blank geputzte Büchse an meine Schulter. Sie blitzte mich an. Ich aber, des Gelesenen gedenkend, fragte ihn: «Und was bedeutet nun das welke Blatt?»

«Noch einmal!» rief er, «es ist grün, so grün wie Juniblätter!»

«Und du bist niemals wieder dort gewesen?»

«Pagina hundertunddreizehn!» sagte er lächelnd.

Ich schlug noch einmal nach. Schon wieder Verse!

Pagina 113

Und webte auch auf jenen Matten
Noch jene Mondesmärchenpracht,
Und ständ' sie noch im Blätterschatten
Inmitten jener Sommernacht,
Und fänd' ich selber wie im Traume
Den Weg zurück durch Moor und Feld –
Sie schritte doch vom Waldessaume
Niemals hinunter in die Welt.

«Und wenn sie doch hinunterschritte!» sagte ich. «Dann wollen wir die Büchse laden! Der Wald und seine Schöne sind in Feindeshänden.»

*

Eine Dämmerstunde

Es war das Arbeitszimmer eines Beamten. Der Eigentümer, ein Mann in den Vierzigern, mit scharf ausgeprägten Gesichtszügen, aber milden, lichtblauen Augen unter dem schlichten, hellblonden Haar, saß an einem mit Büchern und Papieren bedeckten Schreibtisch, damit beschäftigt, einzelne Schriftstücke zu unterzeichnen, welche der danebenstehende alte Amtsbote ihm überreichte. Die Nachmittagssonne des Dezembers beleuchtete eben mit ihrem letzten Strahl das große, schwarze Tintenfaß, in das er dann und wann die Feder tauchte. Endlich war alles unterschrieben.

«Haben Herr Amtsrichter sonst noch etwas?» fragte der Bote, indem er die Papiere zusammenlegte.

«Nein, ich danke Ihnen.»

«So habe ich die Ehre, vergnügte Weihnachten zu wünschen.»

«Auch Ihnen, lieber Erdmann.»

Der Bote sprach einen der mitteldeutschen Dialekte; in dem Tone des Amtsrichters war etwas von der Härte jenes nördlichsten deutschen Volksstammes, der vor wenigen Jahren, und diesmal vergeblich, in einem seiner alten Kämpfe mit dem fremden Nachbarvolke geblutet hatte. – Als sein Untergebener sich entfernte, nahm er unter den Papieren einen angefangenen Brief hervor und schrieb langsam daran weiter.

Die Schatten im Zimmer fielen immer tiefer. Er sah nicht die schlanke Frauengestalt, die hinter ihm mit leisen Schritten durch die Tür getreten war; er bemerkte es erst, als sie den Arm um seine Schulter legte. – Auch ihr Antlitz war nicht mehr jung; aber in ihren Augen war noch jener Ausdruck von Mädchenhaftigkeit, den man bei Frauen, die sich geliebt wissen, auch noch nach der ersten Jugend findet. «Schreibst du an meinen Bruder?» fragte sie, und in ihrer Stimme, nur etwas mehr gemildert, war dieselbe Klangfarbe wie in der ihres Mannes.

Er nickte. «Lies nur selbst!» sagte er, indem er die Feder fortlegte und zu ihr emporsah.

Sie beugte sich über ihn herab; denn es war schon dämmerig geworden. So las sie, langsam, wie er geschrieben hatte:

«Ich bin wieder gesund und arbeitsfähig – glücklicherweise; denn das ist die Not der Fremde, daß man den Boden, worauf man steht, sich in jeder Stunde neu erschaffen muß. So schlecht es immer sein mag, darin habt ihr es doch gut daheim; und wer wäre nicht gern geblieben, wenn er nur ein Stück Brot und jenes unentbehrliche ‚sanfte Ruhekissen' des alten Sprichworts sich hätte erhalten können.»

Sie legte schweigend die Hand auf seine Stirn, während er, der ihren Augen gefolgt war, das Blatt umwandte. Dann las sie weiter:

«Der guten und klugen Frau, die du vorige Weihnachten bei uns hast kennen lernen, bin ich so glücklich gewesen, durch die Vermittlung eines Vergleichs mit ihrem Gutsnachbarn einen wirklichen Dienst zu leisten; der schöne, so sehr von ihr begehrte Wald ist seit kurzem endlich in ihren Besitz gelangt. Hätten wir morgen für deinen Freund Harro nur eine Tanne aus diesem Walde! Denn hier ist viele Meilen in die Runde kein Nadelholz zu finden. Was aber ist ein Weihnachtsabend ohne jenen Baum mit seinem Duft voll Wunder und Geheimnis?»

«Aber du», sagte der Amtsrichter, als seine Frau gelesen hatte, «du bringst in deinen Kleidern den Duft des echten Weihnachtsabends!»

Sie langte lächelnd in den Schlitz ihres Kleides und legte ein großes Stück braunen Weihnachtskuchen vor ihm auf den Tisch. «Sie sind eben vom Bäcker gekommen», sagte sie, «prob nur; deine Mutter backt sie dir nicht besser!»

Er brach einen Brocken ab und prüfte ihn genau; aber er fand alles, was ihn als Knaben daran entzückt hatte; die Masse war glashart, die eingerollten Stückchen Zucker wohl zergangen und kandiert. «Was für gute Geister aus diesem Kuchen steigen», sagte er, sich in seinen Arbeitsstuhl zurücklehnend; «ich sehe plötzlich, wie es daheim in dem alten, steinernen Hause Weihnacht wird. – Die Messingtürklinken sind womöglich noch blanker als sonst; die große gläserne Flurlampe leuchtet heute noch heller auf die Stuckschnörkel an den sauber geweißten Wänden; ein Kinderstrom um den andern, singend und bettelnd, drängt durch die Haustür; vom Keller herauf aus der geräumigen Küche zieht der Duft des Gebäckes in ihre Nasen, das dort in dem großen kupfernen Kessel über dem Feuer prasselt. – Ich sehe alles; ich sehe Vater und Mutter – Gott sei gedankt, sie leben beide! –, aber die Zeit, in die ich hinabblicke, liegt in so tiefer Ferne der Vergangenheit! – – Ich bin ein Knabe noch! – Die Zimmer zu beiden Seiten des Flurs sind erleuchtet; rechts ist die Weihnachtsstube. Während ich vor der Tür stehe, horchend, wie es drinnen in dem Knittergold und in den Tannenzweigen rauscht, kommt von der Hoftreppe herauf der Kutscher, eine Stange mit einem Wachslichtendchen in der Hand. – ‚Schon anzünden, Thoms?' Er schüttelt schmunzelnd den Kopf und verschwindet in die Weihnachtsstube. – Aber wo bleibt denn Onkel Erich? – – Da kommt es draußen die Treppe hinauf; die Haustür wird aufgerissen. Nein, es ist nur sein Lehrling, der die lange Pfeife des ‚Herrn Ratsverwandters' bringt; ihm nach quillt ein neuer Strom von Kindern; zehn kleine Kehlen auf einmal stimmen an: ‚Vom Himmel hoch, da komm' ich her!' Und schon ist meine Großmutter mitten zwischen ihnen, die alte, geschäftige Frau, den Speisekammerschlüssel am kleinen Finger, einen Teller voll Gebäckes in der Hand. Wie blitzschnell das verschwindet! Auch ich erwische meinen Teil davon, und eben kommt auch meine Schwester mit dem Kindermädchen, festlich gekleidet, die langen Zöpfe frisch geflochten. Ich aber halte mich nicht auf; ich springe drei Stufen auf einmal die Treppe nach dem Hofe hinab.»

Es war allmählich dunkel geworden; die Frau des Amtsrichters hatte leise einen Aktenstoß von einem Stuhl entfernt und sich an die Seite ihres Mannes gesetzt.

«Drüben in dem Seitengebäude ist das Arbeitszimmer meines Vaters. Auf die Vordiele dort fällt heute kein Lichtschein aus dem Türfenster der Schreiberstube; der alte Tausendkünstler ist von meiner Mutter drinnen bei den Weihnachtsgeheimnissen angestellt. Aber ich tappe mich im Dunkeln vorwärts; denn gegenüber in seinem Zimmer höre ich die Schritte meines Vaters. Er arbeitet schon nicht mehr. Ich öffne leise die Tür; wie deutlich sehe ich ihn vor mir, ihn selbst und das große, verräucherte Gemach, in dem der harte Schlag der alten Wanduhr pickt! Mit einer feierlichen Unruhe geht er zwischen den mit Papieren bedeckten Tischen umher, in der einen Hand den Messingleuchter mit der brennenden Kerze, die andere vorgestreckt, als solle jetzt alles Störende ferngehalten werden. Er öffnet die Schublade seines kleinen Stehpults und nimmt die große goldene Tabatiere aus der Fischhautkapsel, einst ein Geschenk der Urgroßmutter an ihren Bräutigam, dann nach des Urgroßvaters Tode eine Ehren- und Vertrauensgabe an ihn. Aber er ist noch nicht fertig; aus dem Geldkörbchen werden blanke Silbermünzen für die Dienstboten hervorgesucht, eine Goldmünze für den Schreiber. ‚Ist Onkel Erich schon da?' fragt er, ohne sich nach mir umzusehen. – ‚Noch nicht, Vater! Darf ich ihn holen?' – ‚Das könntest du ja tun.' Und fort renne ich durch das Wohnhaus auf die Straße, um die Ecke am Hafen entlang, und während ich drunten aus der Dämmerung das Pfeifen des Windes in den Tauen der Schiffe höre, habe ich das alte Giebelhaus mit dem Vorbau erreicht. Die Tür wird aufgerissen, daß die Klingel weithin durch Flur und Pesel schallt. – Vor dem Ladentisch steht der alte Kommis, der das Detailgeschäft leitet. Er sieht mich etwas grämlich an. ‚Der Herr ist in seinem Comptoir', sagt er trocken; er liebt die wilde naseweise Range nicht. Aber, was geht's mich an. – Fort mach' ich hinten zur Hoftür hinaus, über zwei kleine finstere Höfe, dann in ein uraltes seltsames Nebengebäude, in welchem sich das Allerheiligste des Onkels befindet. Ohne Unfall komme ich durch den engen dunkeln Gang und klopfe an eine Tür. – ‚Herein!' Da sitzt der kleine Herr in dem feinen braunen Tuchrock an seinem mächtigen Arbeitspult; der Schein der Comptoirlampe fällt auf seine freundlichen kleinen Augen und auf die mächtige Familiennase, die über den frischgestärkten Vatermörder hinausragt. – ‚Onkel, ob du nicht kommen wolltest!' sage ich, nachdem ich Atem geschöpft habe. – ‚Wollen wir uns noch einen Augenblick setzen!' erwidert er, indem seine Feder summierend über das Folium des aufgeschlagenen Hauptbuches hinabgleitet. – Mir wird ganz behaglich zu Sinne, ich werde nicht ein bißchen ungeduldig; aber ich setze mich auch nicht; ich bleibe stehen und besehe mir die Englands- und Westindienfahrer des Onkels, deren Bilder an der Wand hängen. Es dauert auch nicht lange, so wird das Hauptbuch herzhaft zugeklappt, das Schlüsselbund rasselt und: ‚Sieh so', sagt der Onkel, ‚fertig wären wir!' Während er sein spanisches Rohr aus der Ecke langt, will ich schon wieder aus der Tür; aber er hält mich zurück. ‚Ah, wart doch mal ein wenig! Wir hätten hier wohl noch so etwas mitzunehmen.' Und aus einer dunkeln Ecke des Zimmers holt er zwei wohlversiegelte, geheimnisvolle Päckchen. – Ich wußte es wohl, in solchen Päckchen steckte ein Stück leibhaftigen Weihnachtens; denn der Onkel hatte einen Bruder in Hamburg, und er trat nicht mit leeren Händen an den Tannenbaum. So nie gesehenes, märchenhaftes Zuckerzeug, wie er mitten in der Bescherung noch mir und meiner Schwester auf unsere Weihnachtsteller zu legen pflegte, ist mir später niemals wieder vorgekommen.

Bald darauf steige ich an der Hand des Onkels die breite Steintreppe zu unserm Hause hinauf. Ein paar Augenblicke verschwindet er mit seinen Päckchen in die Weihnachtsstube; es ist noch nicht angezündet, aber durch die halbgeöffnete und rasch wieder geschlossene Tür glitzert es mir entgegen aus der noch drinnen herrschenden ahnungsvollen Dämmerung. Ich schließe die Augen, denn ich will nichts sehen, und trete in das gegenüberliegende, festlich erleuchtete Zimmer, das ganz von dem Duft der braunen Kuchen und des heute besonders fein gemischten Tees erfüllt ist. Die Hände auf dem

Rücken mit langsamen Schritten geht mein Vater auf und nieder. ‚Nun, seid ihr da?' fragt er stehenbleibend. – Und schon ist auch Onkel Erich bei uns; mir scheint, die Stube wird noch einmal so hell, da er eintritt. Er grüßt die Großmutter, den Vater; er nimmt meiner Schwester die Tasse ab, die sie ihm auf dem gelblackierten Brettchen präsentiert. ‚Was meinst du', sagt er, indem er seinen Augen einen bedenklichen Ausdruck zu geben sucht, ‚es wird wohl heute nicht viel für uns abfallen!' Aber er lacht dabei so tröstlich, daß diese Worte wie eine goldene Verheißung klingen. Dann, während in dem blanken Messingkomfort der Teekessel saust, beginnt er eine seiner kleinen Erzählungen von den Begebenheiten der letzten Tage, seit man sich nicht gesehen. War es nun der Ankauf eines neuen Spazierstocks oder das unglückliche Zerbrechen einer Mundtasse, es floß alles so sanft dahin, daß man ganz davon erquickt wurde. Und wenn er gar eine Pause machte, um das bisher Erzählte im behaglichsten Gelächter nachzugenießen, wer hätte da nicht mitgelacht! Mein Vater nimmt vergeblich seine kritische Prise; er muß endlich doch mit einstimmen. Dies harmlose Geplauder – es ist mir das erst später klar geworden – war die Art, wie der tätige Geschäftsmann von der Tagesarbeit ausruhte. Es klingt mir noch lieb in der Erinnerung, und mir ist, als verstände das jetzt niemand mehr. – Aber während der Onkel so erzählt, steckt plötzlich meine Mutter, die seit Mittag unsichtbar gewesen ist, den Kopf ins Zimmer. Der Onkel macht ein Kompliment und bricht seine Geschichte ab; die Tür und die gegenüberliegende Tür werden weit geöffnet. Wir treten zögernd ein; und vor uns, zurückgestrahlt von dem großen Wandspiegel, steht der brennende Baum mit seinen Flittergoldfähnchen, seinen weißen Netzen und goldenen Eiern, die wie Kinderträume in den dunkeln Zweigen hängen.» – –

«Paul», sagt die Frau, «und wenn wir ihn noch so weit herbeischaffen sollten, wir müssen wieder einen Tannenbaum haben. Der arme Junge hat sich selbst einen Weihnachtsgarten gebaut; er ist nur eben wieder fort, um Moos aus dem Eichenwäldchen zu holen.»

Der Amtsrichter schwieg einen Augenblick. – «Es tut nicht gut, in die Fremde zu gehen», sagte er dann, «wenn man daheim schon am eigenen Herd gesessen hat. – Mir ist noch immer, als sei ich hier nur zu Gaste, und morgen oder übermorgen sei die Zeit herum, daß wir alle wieder nach Hause müßten!»

Sie faßte die Hand ihres Mannes und hielt sie fest in der ihrigen, aber sie antwortete nichts darauf.

«Gedenkst du noch an einen Weihnachten?» hub er wieder an, «ich hatte die Studentenjahre hinter mir und lebte nun noch einmal, zum letztenmal, eine kurze Zeit als Kind im elterlichen Hause. Freilich war es dort nicht mehr so heiter, wie es einst gewesen; es war Unvergeßliches geschehen, die alte Familiengruft unter der großen Linde war ein paarmal offen gewesen; meine Mutter, die unermüdlich tätige Frau, ließ oft mitten in der Arbeit die Hände sinken und stand regungslos, als habe sie sich selbst vergessen. Wie unsere alte Margreth sagte, sie trug ein Kämmerchen in ihrem Kopf, drin spielte ein totes Kind. – Nur Onkel Erich, freilich ein wenig grauer als sonst, erzählte noch seine kleinen freundlichen Geschichten, und auch die Schwester und die Großmutter lebten noch. Damals war jener Weihnachtsabend; ein junges schönes Mädchen war zu der Schwester auf Besuch gekommen. Weißt du, wie sie hieß?»

«Ellen», sagte sie leise und lehnte den Kopf an die Brust ihres Mannes.

Der Mond war aufgegangen und beleuchtete ein paar Silberfäden in dem braunen seidigen Haar, das sie schlicht gescheitelt trug, schmucklos in einer Flechte um den Schildpattkamm gelegt.

Er strich mit der Hand über dies noch immer selten schöne Haar. «Ellen hatte auch beschert bekommen», sprach er weiter; «auf dem kleinen Mahagonitische lagen Geschenke von meiner Mutter und was von ihren Eltern von drüben aus dem Schwesterlande herübergeschickt war. Sie stand mit dem Rücken gegen den brennenden Baum, die Hand auf die Tischplatte gestützt; sie stand schon lange so; ich sehe sie noch;» – und er ließ seine Augen eine Weile schweigend auf dem schönen Antlitz seiner Frau ruhen; – «da war meine Mutter unbemerkt zu ihr getreten; sie faßte sanft ihre Hand und sah ihr fragend in die Augen. – Ellen blickte nicht um, sie neigte nur den Kopf; plötzlich aber richtete sie sich rasch auf und entfloh ins Nebenzimmer. Weißt du es noch? Während meine Mutter leise den Kopf schüttelte, ging ich ihr nach; denn seit einem kleinen Zank am letzten Abend waren wir vertraute Freunde. Ellen hatte sich in der Ofenecke auf einen Stuhl gesetzt; es war fast dunkel dort; nur eine vergessene Kerze mit langer Schnuppe brannte in dem Zimmer. ‚Hast du Heimweh, Ellen?' fragte ich. – ‚Ich weiß es nicht!' – Eine Weile stand ich schweigend vor ihr. ‚Was hast du denn da in der Hand?' – ‚Willst du es haben?' – Es war eine Börse von dunkelroter Seide. ‚Wenn du sie für mich gemacht hast', sagte ich; denn ich hatte die Arbeit in den Tagen zuvor in ihren Händen gesehen und wohl bemerkt, wie Ellen sie, sobald ich näher kam, in ihrem Nähkästchen verschwinden ließ. – Aber Ellen antwortete nicht und gab mir auch nicht ihr Angebinde. Sie stand auf und putzte das Licht, daß es plötzlich ganz hell im Zimmer wurde. ‚Komm', sagte sie, ‚der Baum brennt ab, und Onkel Erich will noch Zuckerzeug bescheren!' Damit wehte sie sich mit ihrem Schnupftuch ein paarmal um die Augen und ging in die Weihnachtsstube zurück, und als wir dann später am Pochbrett saßen, war sie die Ausgelassenste von allen. Von meinem Weihnachtsgeschenk war weiter nicht die Rede. – – Aber weißt du, Frau?» – und er ließ ihre Hand los, die er bis dahin festgehalten – «die Mädchen sollten nicht so eigensinnig sein; das hat mir damals keine Ruh gelassen; ich mußte doch die Börse haben, und darüber –»

«Darüber, Paul? – Sprich nur dreist heraus!»

«Nun, hast du denn von der Geschichte nichts gehört? darüber bekam ich nun auch noch das Mädchen in den Kauf.»

«Freilich», sagte sie, und er sah bei dem hellen Mondschein in ihren Augen etwas blitzen, das ihn an das übermütige Mädchen erinnerte, das sie einst gewesen, «freilich weiß ich von der Geschichte, und ich kann sie dir auch erzählen; aber es war ein Jahr später, nicht am Weihnachts-, sondern am Neujahrsabend, und auch nicht hüben, sondern drüben.»

Sie räumte das Tintenfaß und einige Papiere beiseite und setzte sich ihrem Manne gegenüber auf den Schreibtisch. «Der Vetter war bei Ellens Eltern zum Besuch, bei dem alten prächtigen Kirchspielvogt, der damals noch ein starker Nimrod war. – Ellen hatte noch niemals einen so schönen und langen Brief bekommen als den, worin der Vetter sich bei ihnen angemeldet; aber so gut wie mit der Feder wußte er mit der Flinte nicht umzugehen. Und dennoch, tat es die Landluft oder der schöne Gewehrschrank im Zimmer des Kirchspielvogts, es war nicht anders, er mußte alle Tage auf die Jagd. Und wenn er dann abends durchnäßt mit leerer Tasche nach Hause kam und die Flinte schweigend in die Ecke setzte – wie behaglich ergingen sich da die Stichelreden des alten Herrn. – ‚Das heißt Malheur, Vetter; aber die Hasen sind heuer alle wild geraten!' – oder: ‚Mein Herzensjunge, was soll die Diana einmal von dir denken!' Am meisten aber – – du hörst doch, Paul?»

«Ich höre, Frau.»

«Am meisten plagte ihn die Ellen; sie setzte ihm heimlich einen Strohkranz auf, sie band ihm einen Gänseflügel vor den Flintenlauf; eines Vormittags –

weißt du, es war Schnee gefallen – hatte sie einen Hasen, den der Knecht geschossen, aus der Speisekammer geholt, und eine Weile darauf saß er noch einmal auf seinem alten Futterplatz im Garten, als wenn er lebte, ein Kohlblatt zwischen den Vorderläufen. Dann hatte sie den Vetter gesucht und an die Hoftür gezogen. ‚Siehst du ihn, Paul? da hinten im Kohl; die Löffel gucken aus dem Schnee!' – Er sah ihn auch; seine Hand zitterte. ‚Still, Ellen! Sprich nicht so laut! Ich will die Flinte holen!' Aber als kaum die Tür nach des Vaters Stube hinter ihm zuklappte, war Ellen schon wieder in den Schnee hinausgelaufen, und als er endlich mit der geladenen Flinte heranschlich, hing auch der Hase schon wieder an seinem sichern Haken in der Speisekammer. – Aber der Vetter ließ sich geduldig von ihr plagen.»

«Freilich», sagte der Amtsrichter und legte seine Arme behaglich auf die Lehne seines Sessels, «er hatte ja die Börse noch immer nicht!»

«Drum auch! die lag noch unangerührt droben in der Kommode, in Ellens Giebelstübchen. Aber – wo die Ellen war, da war der Vetter auch; heißt das, wenn er nicht auf der Jagd war. Saß sie drinnen an ihrem Nähtisch, so hatte er gewiß irgendein Buch aus der Polterkammer geholt und las ihr daraus vor; war sie in der Küche und backte Waffeln, so stand er neben ihr, die Uhr in der Hand, damit das Eisen zur rechten Zeit gewendet würde. – So kam die Neujahrsnacht. Am Nachmittage hatten beide auf dem Hofe mit des Vaters Pistolen nach goldenen Eiern geschossen, die Ellen vom Weihnachtsbaum ihrer Geschwister abgeschnitten; und der Vetter hatte unter dem Händeklatschen der Kleinen zweimal das goldene Ei getroffen. Aber war's nun, weil er am andern Tage reisen mußte, oder war's, weil Ellen fortlief, als er sie vorhin allein in ihrem Zimmer aufgesucht hatte – es war gar nicht mehr der geduldige Vetter –, er tat kurz und unwirsch und sah kaum noch nach ihr hin. – Das blieb den ganzen Abend so; auch als man später sich zu Tische setzte. Ellens Mutter warf wohl einmal einen fragenden Blick auf die beiden, aber sie sagte nichts darüber. Der Kirchspielvogt hatte auf andere Dinge zu achten, er schenkte den Punsch, den er eigenhändig gebraut hatte; und als es drunten im Dorfe zwölf schlug, stimmte er das alte Neujahrslied von Johann Heinrich Voß an, das nun getreulich durch alle Verse abgesungen wurde. Dann rief man ‚Prost Neujahr!' und schüttelte sich die Hände, und auch Ellen reichte dem Vetter ihre Hand; aber er berührte kaum ihre Fingerspitzen. – So war's auch, da man sich bald darauf gute Nacht sagte. – Als das Mädchen droben allein in ihrem Giebelstübchen war – und nun merk auf, Paul, wie ehrlich ich erzähle! – da hatte sie keine Ruh zum Schlafen; sie setzte sich still auf die Kante ihres Bettes, ohne sich auszukleiden und ohne der klingenden Kälte in der ungeheizten Kammer zu achten. Denn es kränkte sie doch; sie hatte dem Menschen ja nichts zuleid getan. Freilich, er hatte sie gestern noch gefragt, ob sie den Hasen nicht wieder im Kohl gesehen; und sie hatte dazu den Kopf geschüttelt. – War es etwa das, und wußte er denn, daß er den Hasen schon vor drei Tagen selbst hatte mit verzehren helfen? – – Sie wollte den schönen Brief des Vetters einmal wieder lesen. Aber als sie in die Tasche langte, vermißte sie den Kommodenschlüssel. Sie ging mit dem Lichte hinab in die Wohnstube, und von dort, als sie ihn nicht gefunden, in die Küche, wo sie vorhin gewirtschaftet hatte.

Von all dem Sieden und Backen des abends war es noch warm in dem großen dunkeln Raume. Und richtig, dort lag der Schlüssel auf dem Fensterbrett. Aber sie stand noch einen Augenblick und blickte durch die Scheiben in die Nacht hinaus. – So hell und weit dehnte sich das Schneefeld; dort unten zerstreut lagen die schwarzen Strohdächer des Dorfes; unweit des Hauses zwischen den kahlen Zweigen der Silberpappeln erkannte sie deutlich die großen Krähennester; die Sterne funkelten. Ihr fiel ein alter Reim ein, ein Zauberspruch, den sie vor Jahr und Tag von der Tochter des Schulmeisters gelernt hatte. Hinter ihr im Hause war es so still und leer; sie schauerte; aber trotz dessen wuchs in ihr das Gelüste, es mit den unheimlichen Dingen zu versuchen. So trat sie zögernd ein paar Schritte zurück. Leise zog sie den einen Schuh vom Fuße, und die Augen nach den Sternen und tief aufatmend sprach sie: ‚Gott grüß dich, Abendstern!' – – Aber was war das? Ging hinten nicht die Hoftür? Sie trat ans Fenster und horchte. – Nein, es knarrte wohl nur die große Pappel an der Giebelseite des Hauses. – Und noch einmal hub sie leise an und sprach:

Gott grüß dich, Abendstern!
Du scheinst so hell von fern,
Über Osten, über Westen,
Über alle Krähennesten.
Ist einer zu mein Liebchen geboren,
Ist einer zu mein Liebchen erkoren,
Der komm, als er geht,
Als er steht,
In sein täglich Kleid!

Dann schwenkte sie den Schuh und warf ihn hinter sich. Aber sie wartete vergebens; sie hörte ihn nicht fallen. Ihr wurde seltsam zumute, das kam von ihrem Vorwitz! Welch unheimlich Ding hatte ihren Schuh gefangen, eh er den Boden erreicht hatte? – Einen Augenblick noch stand sie so; dann mit dem letzten Restchen ihres Mutes wandte sie langsam den Kopf zurück. – Da stand ein Mann in der dunkeln Tür, und es war Paul; er war richtig noch einmal auf den unglücklichen Hasen ausgewesen!»

«Nein, Ellen», sagte der Amtsrichter, «du weißt es wohl; das war es denn doch diesmal nicht; er hatte nur, wie du, auch keine Ruh gefunden; – aber nun hielt er den kleinen Schuh des Mädchens in der Hand; und Ellen hatte sich am Herd auf einen Stuhl gesetzt, mit geschlossenen Augen, die Hände gefaltet vor sich in den Schoß gestreckt. Es war kein Zweifel mehr, daß sie sich ganz verloren gab; denn sie wußte wohl, daß der Vetter alles gehört und gesehen hatte. – Und weißt du auch noch die Worte, die er zu ihr sprach?»

«Ja, Paul, ich weiß sie noch; und es war sehr grausam und wenig edel von ihm. ‚Ellen', sagte er, ‚ist noch immer die Börse nicht für mich gemacht?' – Doch Ellen tat ihm auch diesmal den Gefallen nicht; sie stand auf und öffnete das Fenster, daß von draußen die Nachtluft und das ganze Sterngefunkel zu ihnen in die Küche drang.»

«Aber», unterbrach er sie, «Paul war zu ihr getreten, und sie legte still den Kopf an seine Brust; und noch höre ich den süßen Ton ihrer Stimme, als sie so, in die Nacht hinaus nickend, sagte: ‚Gott grüß dich, Abendstern!'»

Die Tür wurde rasch geöffnet; ein kräftiger, etwa zehnjähriger Knabe trat mit einem brennenden Licht ins Zimmer. «Vater! Mutter!» rief er, indem er die Augen mit der Hand beschattete. «Hier ist Moos und Efeu und auch noch ein Wachholderzweig!»

Der Amtsrichter war aufgestanden. «Bist du da, mein Junge!» sagte er und nahm ihm die Botanisiertrommel mit den heimgebrachten Schätzen ab.

Frau Ellen aber ließ sich schweigend von dem Schreibtisch herabgleiten und schüttelte sich ein wenig wie aus Träumen. Sie legte beide Hände auf ihres Mannes Schultern und blickte ihn eine Weile voll und herzlich an. Dann nahm sie die Hand des Knaben. «Komm, Harro», sagte sie, «wir wollen Weihnachtsgärten bauen!»

Der Weihnachtsabend begann zu dämmern. – Der Amtsrichter war mit seinem Sohne auf der Rückkehr von einem Spaziergange; Frau Ellen hatte sie auf ein Stündchen fortgeschickt. Vor ihnen im Grunde lag die kleine Stadt; sie sahen deutlich, wie aus allen Schornsteinen der Rauch emporstieg; denn dahinter am Horizont stand feuerfarben das Abendrot. – Sie sprachen von den Großeltern drüben in der alten Heimat; dann von den letzten Weihnachten, die sie dort erlebt hatten.

«Und am Vorabend», sagte der Vater, «als Knecht Ruprecht zu uns kam mit dem großen Bart und dem Quersack und der Rute in der Hand!»

«Ich wußte wohl, daß es Onkel Johannes war», erwiderte der Knabe, «der hatte immer so etwas vor!»

«Weißt du denn auch noch die Worte, die er sprach?»

Harro sah den Vater an und schüttelte den Kopf.

«Wart nur», sagte der Amtsrichter, «die Verse liegen zu Haus in meinem Pult; vielleicht bekomm ich's noch beisammen!» Und nach einer Weile fuhr er fort: «Entsinne dich nur, wie erst die drei Rutenhiebe von draußen auf die Tür fielen und wie dann die rauhe borstige Gestalt mit der großen Hakennase in die Stube trat! Dann hub er langsam und mit tiefer Stimme an:

Von drauß vom Walde komm ich her,
Ich muß euch sagen, es weihnachtet sehr!

Allüberall auf den Tannenspitzen
Sah ich goldene Lichtlein sitzen.
Und droben aus dem Himmelstor
Sah mit großen Augen das Christkind hervor.
Und wie ich so strolcht' durch den dichten
Da rief's mich mit heller Stimme an; [Tann,
«Knecht Ruprecht», rief es, «alter Gesell,
Hebe die Beine und spute dich schnell!
Die Kerzen fangen zu brennen an,
Das Himmelstor ist aufgetan,
Alt' und Junge sollen nun
Von der Jagd des Lebens einmal ruhn;
Und morgen flieg ich hinab zur Erden,
Denn es soll wieder Weihnachten werden!»
Ich sprach: «O lieber Herre Christ,
Meine Reise fast zu Ende ist;
Ich soll nur noch in diese Stadt,
Wo's eitel brave Kinder hat.»
«Hast denn das Säcklein auch bei dir?»
Ich sprach: «Das Säcklein, das ist hier;
Denn Apfel, Nuß und Mandelkern
Fressen fromme Kinder gern!»
«Hast denn die Rute auch bei dir?»
Ich sprach: «Die Rute, die ist hier!
Doch für die Kinder nur, die schlechten,
Die trifft sie auf den Teil, den rechten!»
Christkindlein sprach: «So ist es recht,
So geh mit Gott, mein treuer Knecht!»
Von drauß vom Walde komm ich her;
Ich muß euch sagen, es weihnachtet sehr!
Nun sprecht, wie ich's hierinnen find?
Sind's gute Kind, sind's böse Kind?

Aber», fuhr der Amtsrichter mit veränderter Stimme fort, «ich sagte dem Knecht Ruprecht:

Der Junge ist von Herzen gut,
Hat nur mitunter was trotzigen Mut!»

«Ich weiß, ich weiß!» rief Harro triumphierend; und den Finger emporhebend, und mit listigem Ausdruck setzte er hinzu: «Dann kam so etwas!»

«Was dich in großes Geschrei brachte; denn Knecht Ruprecht schwang seine Rute und sprach:

Heißt es bei euch denn nicht mitunter:
Nieder den Kopf und die Hosen herunter?»

«O», sagte Harro, «ich fürchtete mich nicht; ich war nur zornig auf den Onkel!»

Über der Stadt, die sie jetzt fast erreicht hatten, stand nur noch ein fahler Schein am Himmel. Es dunkelte schon; aber es begann zu schneien; leise und emsig fielen die Flocken, und der Weg schimmerte schon weiß zu ihren Füßen.

Vater und Sohn waren eine Weile schweigend nebeneinander hergegangen. – «Am Abend darauf», hub der Amtsrichter wieder an, «brannte der letzte Weihnachtsbaum, den du gehabt hast. Es war damals eine bewegte Zeit; sogar das Zuckerwerk zwischen den Tannenzweigen war kriegerisch geworden: unsere ganze Armee, Soldaten zu Pferde und zu Fuß! – Von alledem ist nun nichts mehr übrig!» setzte er leiser und wie mit sich selber redend hinzu.

Der Knabe schien etwas darauf erwidern zu wollen, aber ein anderes hatte plötzlich seine Gedanken in Anspruch genommen. – Es war ein großer bärtiger Mann, der vor ihnen aus einem Seitenwege auf die Landstraße herauskam. Auf der Schulter balancierte er ein langes stangenartiges Gepäck, während er mit einem Tannenzweig, den er in der Hand hielt, bei jedem Schritt in die Luft peitschte. Wie er vorüberging, hatte Harro in der Dämmerung noch die große rote Hakennase erkannt, die unter der Pelzmütze hinausragte. Auch einen Quersack trug der Mann, der anscheinend mit allerhand eckigen Dingen angefüllt war. Er ging rasch vor ihnen auf.

«Knecht Ruprecht!» flüsterte der Knabe, «hebe die Beine und spute dich schnell!»

Das Gewimmel der Schneeflocken wurde dichter, sie sahen ihn noch in die Stadt hinabgehen; dann entschwand er ihren Augen; denn ihre Wohnung lag eine Strecke weiter außerhalb des Tores.

«Freilich», sagte der Amtsrichter, indem sie rüstig zuschritten, «der Alte kommt zu spät; dort unten in der Gasse leuchteten schon alle Fenster in den Schnee hinaus.»

Endlich war das Haus erreicht. Nachdem sie auf dem Flur die beschneiten Überkleider abgetan, traten sie in das Arbeitszimmer des Amtsrichters. Hier war heute der Tee serviert; die große Kugellampe brannte, alles war hell und aufgeräumt. Auf der saubern Damastserviette stand das feinlackierte Teebrett mit den Geburtstagstassen und dem rubinroten Zuckerglase; daneben auf dem Fußboden in dem Komfort von Mahagonistäbchen mit blankem Messingeinsatz kochte der Kessel, wie es sein muß, auf gehörig durchgeglühten Torfkohlen; wie daheim einst in der großen Stube des alten Familienhauses, so dufteten auch hier in dem kleinen Stübchen die braunen Weihnachtskuchen nach dem Rezept der Urgroßmutter. – Aber während die Mutter nebenan im Wohnzimmer noch das Fest bereitete, blieben Vater und Sohn allein; kein Onkel Erich kam, ihnen feiern zu helfen. Es war doch anders als daheim.

Ein paarmal hatte Harro mit bescheidenem Finger an die Tür gepocht, und ein leises «Geduld»! der Mutter war die Antwort gewesen. Endlich trat Frau Ellen selbst herein. Lächelnd – aber ein leiser Zug von Weh war noch dabei – streckte sie ihre Hände aus und zog ihren Mann und ihren Knaben, jeden bei einer Hand, in die helle Weihnachtsstube.

Es sah freundlich genug aus. Auf dem Tische in der Mitte, zwischen zwei Reihen brennender Wachskerzen, stand das kleine Kunstwerk, das Mutter und Sohn in den Tagen vorher sich selbst geschaffen hatten, ein Garten im Geschmack des vorigen Jahrhunderts mit glattgeschorenen Hekken und dunkeln Lauben; alles von Moos und verschiedenem Wintergrün zierlich zusammengestellt. Auf dem Teiche von Spiegelglas schwammen zwei weiße Schwäne; daneben vor dem chinesischen Pavillon standen kleine Herren und Damen von Papiermaché in Puder und Kontuschen. – Zu beiden Seiten lagen die Geschenke für den Knaben;

eine scharfe Lupe für die Käfersammlung, ein paar bunte Münchener Bilderbogen, die nicht fehlen durften, von Schwind und Otto Speckter; ein Buch in rotem Halbfranzband; dazwischen ein kleiner Globus in schwarzer Kapsel, augenscheinlich schon ein altes Stück. «Es war Onkel Erichs letzte Weihnachtsgabe an mich», sagte der Amtsrichter; «nimm du es nun von mir! Es ist mir in diesen Tagen aufs Herz gefallen, daß ich ihm die Freude, die er mir als Kind gemacht, in späterer Zeit nicht einmal wieder gedankt –; nun haben sie mir den alten Herrn im letzten Herbst begraben!»

Frau Ellen legte den Arm um ihren Mann und führte ihn an den Spiegeltisch, auf dem heute die beiden silbernen Armleuchter brannten. Auch ihm hatte sie beschert; das erste aber, wonach seine Hand langte, war ein kleines Lichtbild. Seine Augen ruhten lange darauf, während Frau Ellen still zu ihm emporsah. Es war sein elterlicher Garten; dort unter dem Ahorn vor dem Lusthause standen die beiden Alten selbst, das noch dunkle volle Haar seines Vaters war deutlich zu erkennen.

Der Amtsrichter hatte sich umgewandt; es war, als suchten seine Augen etwas. Die Lichter an dem Moosgärtchen brannten knisternd fort; in ihrem Schein stand der Knabe vor dem aufgeschlagenen Weihnachtsbuch. Aber droben unter der Decke des hohen Zimmers war es dunkel; der Tannenbaum fehlte, der das Licht des Festes auch dort hinaufgetragen hätte.

Da klingelte draußen im Flur die Glocke, und die Haustür wurde polternd aufgerissen. «Wer ist denn das?» sagte Frau Ellen; und Harro lief zur Tür und sah hinaus.

Draußen hörten sie eine rauhe Stimme fragen: «Bin ich denn hier recht beim Herrn Amtsrichter?» Und in demselben Augenblicke wandte auch der Knabe den Kopf zurück und rief: «Knecht Ruprecht; Knecht Ruprecht!» Dann zog er Vater und Mutter mit sich aus der Tür.

Es war der große bärtige Mann, der den beiden Spaziergängern vorhin oberhalb der Stadt begegnet war; bei dem Schein des Flurlämpchens sahen sie deutlich die rote Hakennase unter der beschneiten Pelzmütze leuchten. Sein langes Gepäck hatte er gegen die Wand gelehnt. «Ich habe das hier abzugeben!» sagte er, indem er auch den schweren Quersack von der Schulter nahm.

«Von wem denn?» fragte der Amtsrichter.

«Ist mir nichts von aufgetragen worden.»

«Wollt Ihr denn nicht näher treten?»

Der Alte schüttelte den Kopf. «Ist alles schon besorgt! Habt gute Weihnacht beieinander!» Und indem er noch einmal mit der großen Nase nickte, war er schon zur Tür hinaus.

«Das ist eine Bescherung!» sagte Frau Ellen fast ein wenig schüchtern.

Harro hatte die Haustür aufgerissen. Da sah er die große dunkle Gestalt schon weithin auf dem beschneiten Wege hinausschreiten.

Nun wurde die Magd herbeigerufen, deren Bescherung durch dieses Zwischenspiel bis jetzt verzögert war; und als mit ihrer Hilfe die verhüllten Dinge in das helle Weihnachtszimmer gebracht waren, kniete Frau Ellen auf dem Fußboden und begann mit ihrem Trennmesser die Nähte des großen Packens aufzulösen. Und bald fühlte sie, wie es von innen heraus sich dehnte und die immer schwächer werdenden Bande zu sprengen strebte; und als der Amtsrichter, der bisher schweigend dabei gestanden, jetzt die letzten Hüllen abgestreift hatte und es aufrecht vor sich hingestellt hielt, da war's ein ganz mächtiger Tannenbaum, der nun nach allen Seiten seine entfesselten Zweige ausbreitete. Lange schmale Bänder von Knittergold rieselten und blitzten überall von den Spitzen durch das dunkle Grün herab; auch die Tannäpfel waren golden, die unter allen Zweigen hingen.

Harro war indes nicht müßig gewesen, er hatte den Quersack aufgebunden; mit leuchtenden Augen brachte er einen flachen, grünlackierten Kasten geschleppt. «Horch, es rappelt!» sagte er; «es ist ein Schubfach darin!» Und als sie es aufgezogen, fanden sie wohl ein Schock der feinsten weißen Wachskerzchen.

«Das kommt von einem echten Weihnachtsmann», sagte der Amtsrichter, indem er einen Zweig des Baumes herunterzog, «da sitzen schon überall die kleinen Blechlampetten!»

Aber es war nicht nur ein Schubfach in dem Kasten; es war auch obenauf ein Klötzchen mit einem Schraubengang. Der Amtsrichter wußte Bescheid in diesen Dingen; nach einigen Minuten war der Baum eingeschroben und stand fest und aufrecht, seine grüne Spitze fast bis zur Decke streckend. – Die alte Magd hatte ihre Schüssel mit Äpfeln und

Pfeffernüssen stehen lassen; während die andern drei beschäftigt waren, die Wachskerzen aufzustecken, stand sie neben ihnen, ein lebendiger Kandelaber, in jeder Hand einen brennenden Armleuchter emporhaltend. – Sie war aus der Heimat mit herübergekommen und hatte sich von allen am schwersten in den Brauch der Fremde gefunden. Auch jetzt betrachtete sie den stolzen Baum mit mißtrauischen Augen. «Die goldenen Eier sind denn doch vergessen!» sagte sie.

Der Amtsrichter sah sie lächelnd an: «Aber, Margreth, die goldenen Tannäpfel sind doch schöner!»

«So, meint der Herr? Zu Hause haben wir immer die goldenen Eier gehabt.»

Darüber war nicht zu streiten; es war auch keine Zeit dazu. Harro hatte sich indessen schon wieder über den Quersack hergemacht. «Noch nicht anzünden!» rief er, «das Schwerste ist noch darin!»

Es war ein fest vernageltes hölzernes Kistchen. Aber der Amtsrichter holte Hammer und Meißel aus seinem Gerätkästchen; nach ein paar Schlägen sprang der Deckel auf, und eine Fülle weißer Papierspäne quoll ihnen entgegen. – «Zuckerzeug!» rief Frau Ellen und streckte schützend ihre Hände darüber aus. «Ich wittere Marzipan! Setzt euch; ich werde auspacken!»

Und mit vorsichtiger Hand langte sie ein Stück nach dem andern heraus und legte es auf den Tisch, das nun von Vater und Sohn aus dem umhüllenden Seidenpapier herausgewickelt wurde.

«Himbeeren!» rief Harro, «und Erdbeeren, ein ganzer Strauß!»

«Aber siehst du es wohl?» sagte der Amtsrichter, «es sind Waldbeeren; so welche wachsen in den Gärten nicht.»

Dann kam, wie lebend, allerlei Geziefer; Hornissen und Hummeln und was sonst im Sonnenschein an stillen Waldplätzen umherzusummen pflegt, zierlich aus Dragant gebildet, mit goldbestäubten Flügeln; nun eine Honigwabe – die Zellen mochten mit Liqueur gefüllt sein –, wie sie die wilde Biene in den Stamm der hohlen Eiche baut; und jetzt ein großer Hirschkäfer, von Schokolade, mit gesperrten Zangen und ausgebreiteten Flügeldecken. «Cervus lucanus!» rief Harro und klatschte in die Hände.

An jedem Stück war, je nach der Größe, ein lichtgrünes Seidenbändchen. Sie konnten der Lockung nicht widerstehen; sie begannen schon jetzt den Baum damit zu schmücken, während Frau Ellens Hände noch immer neue Schätze ans Licht förderten.

Bald schwebte zwischen den Immen auch eine Schar von Schmetterlingen an den Tannenspitzen; da war der Himbeerfalter, die silberblaue Daphnis und der olivenfarbige Waldargus, und wie sie alle heißen mochten, die Harro hier vergebens aufzujagen gesucht hatte. – Und immer schwerer wurden die Päckchen, die eins nach dem andern von den eifrigen Händen geöffnet wurden. Denn jetzt kam das Geschlecht des größern Geflügels; da kam der Dompfaff und der Buntspecht, ein Paar Kreuzschnäbel, die im Tannenwald daheim sind; und jetzt – Frau Ellen stieß einen leichten Schrei aus – ein ganzes Nest voll kleiner schnäbelaufsperrender

Vögel; und Vater und Sohn gerieten miteinander in Streit, ob es Goldhähnchen oder junge Zeisige seien, während Harro schon das kleine Heimwesen im dichtesten Tannengrün verbarg.

Noch ein Waldbewohner erschien; er mußte vom Buchenrevier herübergekommen sein; ein Eichhörnchen von Marzipan, in halber Lebensgröße, mit erhobenem Schweif und klugen Augen. «Und nun ist's alle!» rief Frau Ellen. Aber nein, ein schweres Päckchen noch! Sie öffnete es und verbarg es dann ebenso rasch wieder in beiden Händen. «Ein Prachtstück!» rief sie; «aber nein, Paul; ich bin edelmütiger als du; ich zeig's dir nicht!»

Der Amtsrichter ließ sich das nicht anfechten; er brach ihr die nicht gar zu ernstlich geschlossenen Hände auseinander, während sie lachend über ihn wegschaute.

«Ein Hase!» jubelte Harro, «er hat ein Kohlblatt zwischen den Vorderpfötchen!»

Frau Ellen nickte: «Freilich, er kommt auch eben aus des alten Kirchspielvogts Garten!»

«Harro, mein Junge», sagte der Amtsrichter, indem er drohend den Finger gegen seine Frau erhob; «versprich mir, diesen Hasen zu verspeisen, damit er gründlich aus der Welt komme!»

Das versprach Harro.

Der Baum war voll, die Zweige bogen sich; die alte Margreth stöhnte, sie könne die Leuchter nicht mehr halten, sie habe gar keine Arme mehr am Leibe.

Aber es gab wieder neue Arbeit. «Anzünden!» kommandierte der Amtsrichter; und die kleinen und großen Weihnachtskinder standen mit heißen Gesichtern, kletterten auf Schemel und Stühle und ließen nicht ab, bis alle Kerzen angezündet waren.

Der Baum brannte, das Zimmer war von Duft und Glanz erfüllt; es war nun wirklich Weihnachten geworden.

Ein wenig müde von der ungewohnten Anstrengung saß der Amtsrichter auf dem Sofa, nachsinnend in den gegenüberhängenden großen Wandspiegel blickend, der das Bild des brennenden Baumes zurückstrahlte.

Frau Ellen, die ganz heimlich ein wenig aufzuräumen begann, wollte eben die geleerte Kiste an die Seite setzen, als sie wie in Gedanken noch einmal mit der Hand durch die Papierspäne streifte. Sie stutzte. «Unerschöpflich!» sagte sie lächelnd. – Es war ein Star von Schokolade, den sie hervorgeholt hatte. «Und, Paul», fuhr sie fort, «er spricht!»

Sie hatte sich zu ihm auf die Sofalehne gesetzt, und beide lasen nun gemeinschaftlich den beschriebenen Zettel, den der Vogel in seinem Schnabel trug: «Einen Wald- und Weihnachtsgruß von einer dankbaren Freundin!»

«Also von ihr!» sagte der Amtsrichter, «ihr Herz hat ein gut Gedächtnis. Knecht Ruprecht mußte einen tüchtigen Weg zurücklegen; denn das Gut liegt fünf ganze Meilen von hier.»

Frau Ellen legte den Arm um ihres Mannes Nakken. «Nicht wahr, Paul, wir wollen auch nicht undankbar gegen die Fremde sein?»

«O, ich bin nicht undankbar; – aber – –»

«Was denn aber, Paul?»

«Was mögen drüben jetzt die Alten machen!»

Sie antwortete nicht darauf; sie gab ihm schweigend ihre Hand.

«Wo ist Harro?» fragte er nach einer Weile.

Harro war eben wieder ins Zimmer getreten; aus einer Schachtel, die er mit sich brachte, nahm er eine kleine verblichene Figur und befestigte sie sorgfältig an einen Zweig des Tannenbaums. Die Eltern hatten es wohl erkannt; es war ein Stück von dem Zuckerzeug des letzten heimatlichen Weihnachtsbaums; ein Dragoner auf schwarzem Pferde in langem graublauem Mantel. Der Knabe stand davor und betrachtete es unbeweglich; seine großen blauen Augen unter der breiten Stirn wurden immer finsterer. «Vater», sagte er endlich, und seine Stimme zitterte, «es war doch schade um unser schönes Heer! – Wenn sie es nur nicht aufgelöst hätten – ich glaube, dann wären wir wohl noch zu Hause!»

Eine lautlose Stille folgte, als der Knabe das gesprochen. Dann rief der Vater seinen Sohn und zog ihn dicht an sich heran. «Du kennst noch das alte Haus deiner Großeltern», sagte er, «du bist vielleicht das letzte Kind von den Unsern, das noch auf den großen übereinandergetürmten Bodenräumen gespielt hat; denn die Stunde ist nicht mehr fern, daß es in fremde Hand kommen wird. – Einer deiner Urahnen hat es einst für seinen Sohn gebaut. Der junge Mann fand es fertig und ausgestattet vor, als er nach mehrjähriger Abwesenheit in den Handelsstädten Frankreichs nach seiner Heimat zurückkehrte. Bei seinem Tode hat er es seinen Nachkommen hinterlassen, und sie haben darin gewohnt als Kaufherren und Senatoren oder, nachdem sie sich dem Studium der Rechte zugewandt hatten, als Bürgermeister oder Syndizi ihrer Vaterstadt. Es waren angesehene und wohldenkende Männer, die im Lauf der Zeit ihre Kraft und ihr Vermögen auf mannigfache Weise ihren Mitbürgern zugute kommen ließen. So waren sie wurzelfest geworden in der Heimat. Noch in meiner Knabenzeit gab es unter den tüchtigeren Handwerkern fast keine Familie, wo nicht von den Voreltern oder Eltern eines in den Diensten der Unserigen gestanden hätte; sei es auf den Schiffen oder in den Fabriken oder auch im Hause selbst. – Es waren das Verhältnisse des gegenseitigen Vertrauens; jeder rühmte sich des andern und suchte sich des andern wert zu zeigen; wie ein Erbe ließen es die Eltern ihren Kindern; sie kannten sich alle, über Geburt und Tod hinaus, denn sie kannten Art und Geschlecht der Jungen, die geboren wurden, und der Alten, die vor ihnen dagewesen waren.» – – Der Amtsrichter schwieg einen Augenblick, während der Knabe unbeweglich zu ihm emporsah. «Aber nicht allein in die Höhe», fuhr er fort, «auch in die Tiefe haben deine Voreltern gebaut; zu dem steinernen Hause in der Stadt gehörte die Gruft draußen auf dem Kirchhof; denn auch die Toten sollten noch beisammen sein. – Und seltsam, da ich des inne ward, daß ich fort mußte, mein erster Gedanke war, ich könnte dort den Platz verfehlen. – – Ich habe sie mehr als einmal offen gesehen; das letzte Mal, als deine Urgroßmutter starb, eine Frau in hohen Jahren, wie sie den Unserigen vergönnt zu sein pflegen. – Ich vergesse den Tag nicht. Ich war hinabgestiegen und stand unten in der Dunkelheit zwischen den Särgen, die neben und über mir auf den eisernen Stangen ruhten; die ganze alte Zeit, eine ernste schweigsame Gesellschaft. Neben mir war der Totengräber, ein eisgrauer Mann. Aber einst war er jung gewesen und hatte als Kutscher, den schwarzen Pudel zwischen den Knien, die Rappen meines Großvaters gefahren. – Er stand an einen hohen Sarg gelehnt und ließ wie liebkosend seine Hand über das schwarze Tuch des Deckels gleiten. ‚Dat is min ole Herr!' sagte er in seinem Plattdeutsch, ‚dat weer en gude Mann!' – – Mein Kind, nur dort zu Hause konnte ich solche Worte hören. Ich neigte unwillkürlich das Haupt; denn mir war, als fühlte ich den Segen der Heimat sich leibhaftig auf mich niedersenken. Ich war der Erbe dieser Toten; sie selbst waren zwar dahingegangen; aber ihre Güte und Tüchtigkeit lebte noch, und war für mich da und half mir, wo ich selber irrte, wo meine Kräfte mich verließen. – – Und auch jetzt noch, wenn ich – mir und den Meinen nicht zur Freude, aber getrieben von jenem geheimnisvollen Weh, auf kurze Zeit zurückkehrte, ich weiß es wohl, dem sich dann alle Hände dort entgegenstreckten, das war nicht ich allein.»

Er war aufgestanden und hatte einen Fensterflügel aufgestoßen. Weithin dehnte sich das Schneefeld; der Wind sauste; unter den Sternen vorüber jagten die Wolken; dorthin, wo in unsichtbarer Ferne ihre Heimat lag. – Er legte fest den Arm um seine Frau, die ihm schweigend gefolgt war; seine lichtblauen Augen lugten scharf in die Nacht hinaus. «Dort!» sprach er leise; «ich will den Namen nicht nennen; er wird nicht gern gehört in deutschen Landen; wir wollen ihn still in unserm Herzen sprechen, wie die Juden das Wort für den Allerheiligsten.» Und er ergriff die Hand seines Kindes und preßte sie so fest, daß der Junge die Zähne zusammenbiß.

Noch lange standen sie und blickten dem dunkeln Zuge der Wolken nach. – Hinter ihnen im Zimmer ging lautlos die alte Magd umher und hütete sorgsamen Auges die allmählich niederbrennenden Weihnachtskerzen.

ANGELIKA

*

Seit Jahren hatten im stillen seine Augen an ihren feinen Zügen gehangen; denn sie war aufgewachsen, während er, wie auch noch jetzt, fast täglich in ihrem mütterlichen Hause verkehrte. Aber er war in einer erst in spätester Jugend eingeschlagenen Laufbahn, welche ihm die Aussicht auf Begründung einer Familie für immer oder wenigstens innerhalb der Jahre zu verwehren schien, in welchen Sitte und Gefühl dies gestatten. Noch jetzt nach fast geschlossener Jugend ein anderes zu versuchen, vergönnte ihm der Umfang seiner Bildung und seiner äußern Mittel nicht. – Alles dessen war er sich bewußt; oft und vergeblich hatte er auf Mittel gedacht, wie er die Geliebte, wenn sie ja sonst die Seine würde, vor der geistigen und körperlichen Verkümmerung zu bewahren vermöchte, welche in dem Staate, dem seine Heimat angehörte, das gewöhnliche Los der Frauen seines Standes war. So gelangte er endlich dahin, in allen Gedanken an die Zukunft sein Leben von dem ihrigen zu trennen. Schon als sie noch kaum erwachsen war, und während ihre Jungfräulichkeit noch in fester Knospe lag, hatte er oftmals ihrer dargereichten Hand die seinige mit einer Ängstlichkeit entzogen, über deren Ursache sie vergeblich nachgesonnen. Als aber allmählich Angelika groß und selbständig geworden war, als auch ihre Augen die seinen zu suchen begannen, und erschrocken zurückfuhren, wenn sie ertappt wurden; als anderseits ihm die Möglichkeit des Verlustes immer näher rückte und er mitunter schon die Gestalt dessen zu erkennen glaubte, an den er sie verlieren würde, da war endlich aller Erkenntnis und allen Willens unerachtet der Augenblick gekommen, in dem die Liebe ihr leidevolles Wunder zwischen ihnen vollbracht hatte. – –

Der Mond stand über dem Garten; aber er drang nicht durch die Blätterfülle des Bosquets, welches die beiden und ihr atemloses Geheimnis vor aller Welt verbarg. Sie hatten endlich auch zueinander geredet, einzelne scheue Worte, kaum halb gesprochen und dennoch ganz verstanden. Sie lag so leicht, so fest in seinen Armen; er sah plötzlich über alle Gegenwart bis an das Ziel seines Lebens, und glaubte auch dort, sie ebenso zu halten. Aber er war von jenen Menschen, deren Wesen auf die nächsten Dinge zwar mit Sorgfalt und Ausdauer gerichtet, denen aber der Glaube an die Erreichung eines Außerordentlichen versagt ist, weil ihre Phantasie ihnen die vielfachen Möglichkeiten nicht vorzuhalten vermag, durch deren Verwirklichung sie allein dazu gelangen könnten. – Er ließ das Mädchen sanft aus seinen Armen und setzte sich auf die nebenstehende Gartenbank. Seine Augen ruhten auf ihrem jungen Antlitz; aber seine Gedanken forschten schon wieder grübelnd an der herben, unüberwindlichen Gegenwart.

Angelika mochte allmählich, während sie, an seine Knie gelehnt, vor ihm stand, sich selber unbewußt sein Schweigen als einen Ausdruck der Sorge und des Kampfes empfinden; denn sie legte wie zur Kühlung die Fläche ihrer Hand auf seine Augen.

Er zog die Hand hinweg und sagte: «Du darfst mich nicht blind machen, Angelika, um deinetwillen nicht! – Du weißt es, oder vielleicht du weißt es nicht: es sind in unsern Tagen der Menschen auf Erden so viele geworden, daß einem jeden unter ihnen ein volles Lebenslos nicht mehr zuteil werden kann. Aber das weißt du, unter welche Zahl ich gehöre, wenn du dir zurückrufst, was in deiner Gegenwart oft genug unter uns geredet worden.»

Sie neigte ihre Stirn auf die seine und schüttelte den Kopf.

«Du weißt es nicht, Angelika?»

«Nein», sagte sie schüchtern, «was meinst du, Ehrhard?»

Er schwieg einen Augenblick, um sich zu sammeln; dann aber sagte er ihr alles mit klaren Worten, die Ungunst seiner vergangenen Jahre sowie die Öde und Kargheit seiner Zukunft, die er sicher, und als wäre sie bereits Vergangenheit, vor ihr beschrieb.

Er fühlte das Zittern ihrer Hände; aber er ließ sich dadurch nicht irren, sondern setzte noch hinzu:

«Was zwischen uns geschehen, das hätte nicht geschehen sollen; denn es ist ohne Frucht für die Bildung deines ferneren Lebens. Wir werden nie bekennen können, daß wir uns gehören; jetzt nicht und auch in Zukunft nicht, solange es sonst geschehen darf. Und nun – Angelika, vergib mir, daß ich einen Augenblick dies alles habe vergessen können!»

Er hatte ihre Hand losgelassen, und es war ein kleiner Raum zwischen ihnen, so daß sie sich nicht berührten.

«Hast du mir nichts zu sagen?»

«Nichts!» sagte sie, während er ihre Tränen auf seiner Hand fühlte. «Es ist nun einmal so – wir müssen doch auch hoffen.»

Ehe er hierauf zu erwidern vermochte, hörten sie von der Hoftür her die Mutter rufen und standen auf, um ins Haus zurückzukehren. Als sie aber an den Ausgang des Gebüsches kamen und nun das volle Mondlicht seine Stirn beschien, da legte Angelika plötzlich die Arme um seinen Nacken, und indem sie ihn mit klaren Augen ansah, preßte sie ihre Lippen auf die seinen. «Dein!» sagte sie; und mit der Hand die Tränen von den Wangen trocknend, entriß sie sich ihm und lief in den Garten hinab, daß ihre feine Gestalt seinen Augen in der Mondesdämmerung verschwand.

Und dieser Augenblick wurde das erste Glied einer Kette, von der sie nicht bedachten, ob die Kraft ihres Wesens sie zu tragen ausreichen würde. Zwar verlieh das Gefühl, sich ganz in dessen Hand gegeben zu haben, in dessen Liebe und Verehrung sie sich für immer gesichert fühlte, ihr Dritten gegenüber ein erhöhtes Bewußtsein der Persönlichkeit; ihr Gang wurde fester, und sie trug, wenn sie mit andern Männern sprach, den Kopf ein wenig höher als zuvor. Allein die Not des Lebens, die ihnen verwehrte, auch vor den Menschen Hand in Hand zu sein und eines für das andere einzustehen, wurde unmerklich zu einem Abgrund zwischen ihnen, über dessen Rand sie in dem einen Augenblick sehnsüchtig und vergebens die Arme nach einander ausstreckten, um gleich darauf wie Kinder ratlos und grollend sich gegenüberzustehen. Dazwischen kamen Augenblicke, glimmten Funken auf, flüchtig und unerkennbar fast, die aber dennoch sie immer wieder dahin verlockten, wo nichts ist als das dunkle, unwiderstehliche Walten der Naturkräfte.

Es war spätnachmittags auf dem Wasser; das Boot fuhr weich und lautlos darüber hin; nur in langen Pausen und wie zum Zeitvertreib tauchte der Schiffer die Ruder ein. Die junge Gesellschaft, die im Boote war, blickte seitwärts auf den See hinaus und rief und lockte nach den Schwänen, welche feierlich und immer ferner in das aufsteigende Abendrot hineinschwammen. Angelika und Ehrhard saßen nebeneinander an der Bordseite; aber sie waren nur für sich. Um sie her war es so still, das Wasser ohne Wind und ohne Welle; nur bisweilen von unten herauf stieg ein Bläschen an die Oberfläche und blinkte und verschwand. Angelika zeigte mit der Hand danach, als frage sie, was das bedeute.

«Geheimnis!» sagte Ehrhard.

«Geheimnis?»

«Es blüht etwas im Grunde!» – Und ihre Augen hielten ihm stand, daß er bis in die allerdunkelsten Tiefen sehen konnte. Sie lächelte, ihre Lippen waren rot, ihr Atem ging schwer wie Sommerluft. Er ließ seine Hand über Bord ins Wasser gleiten, die ihre folgte ihm, und während die Flut durch ihre Finger quoll, hielten sie sich gefaßt und fühlten das geheimste Klopfen ihres Lebens.

Am Himmel drangen einzelne Sterne hervor; der See wurde dunkel vom Abendrot; die Mädchen hatten die Hände in den Schoß gelegt und begannen, mehrstimmige Lieder zu singen. Einzelne andere Boote, die noch auf dem See waren, nahten sich und folgten ihnen mit leisem Ruderschlag.

Allmählich wurde es kühler; der Abendwind erhob sich, und Ehrhard nahm ein Tuch von der Bank, um es über Angelikas Schoß zu legen. Aber sie setzte sich plötzlich auf die andere Seite, daß das Tuch wie zufällig zwischen ihnen niederfiel. Als er aufsah, bemerkte er, wie der Blick eines schon älteren Frauenzimmers auf ihm verweilte und dann ebenso zu Angelika hinüberglitt. Ein Gefühl von Unbehaglichkeit überkam ihn; er wußte selbst nicht, war es das spürende Auge jener Fremden, war es die Leichtigkeit, womit Angelika jetzt zu dieser ein Gespräch begann.

Nach einer Weile stieß das Boot ans Ufer, und die Gesellschaft stieg aus, um zu Lande nach der noch eine halbe Stunde weit entlegenen Stadt zurückzukehren. Auf halbem Wege wurde Rast gemacht; man setzte sich in bunter Reihe auf einen kleinen Rasenabhang, der im Rücken durch eine Tannenwand geschützt war. In der Tiefe zu ihren Füßen jenseit eines abschüssigen Wiesengrundes lag die finstere Masse eines Buchenwaldes; von dort aus wetterleuchtete es manchmal; dazwischen flogen die Fledermäuse. Ehrhard saß an dem einen, Angelika wie auf Verabredung an dem andern Ende der ziemlich langen Reihe. Als er sich mit dem Arm auf den Rasen zurücklehnte, sah er wie durch einen Schleier die Umrisse ihres Nackens und ihres hellen Kleides; nur die weiße Rose, die sie im Haar trug, schimmerte ein wenig deutlicher. Soeben legte sie die Hand daran, die Finger nestelten in ihrem Haar. – Es wetterleuchtete wieder. «Sieh, sieh!» riefen die Mädchen; und in demselben Augenblick flog hinter ihrem Rücken die Rose zu Ehrhard hinüber. Angelika hatte sich zurückgeneigt; in dem plötzlichen Wetterschein sah er ihr lächelndes Angesicht, ihre Hand, die ihm die Blume zuwarf. Dann war alles wieder dunkel; einzelne Tropfen fielen; ein dumpfes Donnern rollte in der Ferne.

Man stand auf, um noch beizeiten die Stadt zu erreichen. Ein süßer, schwerer Sommerduft stieg aus den Wiesen, an denen der Weg entlangführte. Ehrhard ging langsam hinten nach, in dem träumerischen Bewußtsein, daß eine jener jugendlichen Gestalten, deren Geplauder dort aus dem Dunkel zu ihm herüberklang, so ganz und aller Welt geheim die Seine sei.

Zu Hause angelangt, setzte er sich an seinen

Schreibtisch und begann eine Arbeit, die in den nächsten Tagen abzuliefern war. Die Fenster standen offen, das Gewitter hatte sich verzogen; nur manchmal blätterte der Nachtwind in den vor ihm liegenden Papieren.

Plötzlich war es ihm, als spüre er Angelikas Nähe. Er sah sich unwillkürlich um; aber das Zimmer war leer und still wie immer. Die Uhr wies schon auf Mitternacht. – Es war nicht Angelika; es war nur der Duft der Rose, die vor ihm auf dem Tische lag.

Angelikas Mutter hatte für die Zukunft ihrer Tochter nur den einfachen Wunsch, sie Gattin und Mutter werden zu sehen, wie sie es selbst geworden war, ohne sich noch des der Jugend eingeborenen Gefühls bewußt zu sein, daß auch diese sittlichen Verhältnisse zu ihrer keuschen und vollen Verwirklichung der Leidenschaft als ihres natürlichen Einganges bedürfen. Sie sah es daher gern und gab auch wohl Gelegenheit dazu, daß Angelika in geselligen Verkehr trat, welcher eine Verwirklichung jenes Wunsches herbeiführen konnte. Diese selbst, wie es der sinnlichen Empfänglichkeit der Jugend und dem Gefühl der Schönheit entsprechend ist, sah sich gern in Gewändern, die gleich ihren Gliedern zart und schmiegsam waren, und konnte sich ein Gefühl glücklichen Übermutes nicht versagen, wenn dann auch andere Augen an ihr hingen als die des resignierten Mannes, in welchem gleichwohl ihr Herz allein bestehen wollte. Ehrhard dagegen suchte umsonst einen eifersüchtigen Unmut zu bekämpfen, wenn ihr selbst auch von Frauen Vertraulichkeiten erwiesen wurden, mit denen er vor andern ihr nicht begegnen durfte. Es tat ihm weh, wenn in seiner Gegenwart von ihr gesprochen wurde als von einer Dritten, an der er keinen nähern Anteil habe, so daß er oft wie durch einen körperlichen Schmerz zusammenschrak, wenn nur der Name Angelika genannt wurde.

Sie tanzte gern, und wenn nun er, den die Beschränktheit seines Lebens von solchen Dingen ausgeschlossen hatte, auch sie davon zurückzuhalten suchte, so konnte sie nicht umhin, dies als eine Laune zu empfinden, wodurch sie ohne Grund in dem Gefühle ihrer Jugend verkümmert werde; um so mehr, als er durch sein Verhältnis zu ihr sie für derartige Entsagungen nicht zu entschädigen vermochte.

Während das heimliche Wachsen und Drängen solcher Gegensätze die Sicherheit ihres Herzens störte und sie wenig geneigt machte, für den Freund in den seltenen Minuten des Alleinseins ein offenes Ohr zu haben, war der Tag einer Herbstfeier herangekommen, bei welcher die jungen Leute sich abends im Saale des Stadthauses zum Tanze zu versammeln pflegten. Unaufgefordert hatte Angelika: «Ich gehe nicht!» gesagt; als jedoch späterhin einige der Tänzer ihre Teilnahme von der Mutter erbeten und von dieser ohne der Tochter Zuziehung und Mitwissen eine bereitwillige Zusage erhalten hatten, wußte sie, da sie den eigentlichen Grund ihrer Weigerung nicht offenbaren durfte, der also entschiedenen Frau nichts entgegenzusetzen, weshalb diese einer nach ihrer Ansicht so unjugendlichen Grille hätte nachgeben sollen. So mußte denn die Tochter nachgeben; nicht ohne dieses und die Freudigkeit, womit sie sich gezwungen sah, wie eine geheime Schuld gegen den Geliebten und wiederum zugleich eine Gereiztheit gegen ihn zu empfinden, daß er sie in diese Gemütslage gebracht und sie daher das ihr nur gleichsam aufgedrungene Vergnügen dennoch nicht ungetrübt werde genießen können.

Es war einige Tage vor dem Festabende, als Ehrhard das Resultat dieser Vorgänge im Gespräch mit Dritten erfuhr. Mit dem Scharfsinn der Leidenschaft erkannte er sogleich, was hier geschehen war; dennoch aber, oder vielleicht deshalb und weil er alles bis in die dunkelsten Motive nachempfand, suchte er umsonst sich selbst zu überzeugen, daß in einer solchen Sache Angelika den Willen der Mutter, der in letzter Verwirklichung doch nur ihre Trennung beabsichtigte, als eine Notwendigkeit habe anerkennen müssen. – Er hatte eben zu ihr gehen wollen; nun ging er nicht. Denn er sah sehr wohl, daß hier nichts mehr zu ändern sei, und so wollte er, wie jede Äußerung darüber, so auch jede Bestätigung aus ihrem Munde vermeiden, und lieber, was geschehen würde, wie ein Ganzes und Unabwendliches über sich kommen lassen.

Als der Abend des Festes da war, saß Ehrhard zwischen weitschichtigen Arbeiten an seinem Schreibtisch, in die er sich gewaltsam zu vertiefen suchte. Bald aber störte ihn das Rollen der Wagen, die durch die sonst so stille Straße nach dem Stadthause fuhren. Er stand auf und trat ans Fenster. Es war dunkel draußen; nur wenn eine Kutsche im raschen Trabe vorüberfuhr, warfen die Laternen einen flüchtigen Schein an die Mauer der gegenüberliegenden Häuser. Ehrhard rätselte vergebens, ob auch Angelika dort unten in der Dunkelheit an ihm vorüberfliege. Er hielt den Atem an; er horchte auf jedes Rollen, das von unten aus der Stadt heraufdrang; und wenn es näher kam, wenn schon der Hufschlag auf dem Pflaster hallte, paßte er gespannt auf die Kutschenfenster und suchte im Fluge den mattbeleuchteten Fond des Wagens zu durchdringen; aber ein Häufchen Flor, der Schimmer eines weißen Gewandes oder eines Blumenstraußes war alles, was seine Augen erhaschten. Als auch der letzte Wagen vorüber war, und nachdem er das Fenster geöffnet und lange Zeit vergebens in die Stadt hinabgelauscht hatte, setzte er sich aufs neue an seinen Schreibtisch und hörte zwischen der Arbeit, die er mit Mühe wieder aufgenommen, nur noch die Menschen auf der Straße hin und wieder gehen, und endlich, als es später geworden war, das Klappen der Läden und das Schließen der Haustüren in der Nachbarschaft. Dann drang unmerklich ein anderer Laut zu ihm herüber – von dorther, wohin vor Stunden er die Wagen hatte fahren sehen – und drängte sich dunkel in seine Vorstellungen. Er legte die Feder nieder; er besann sich, daß das Musik sei, und bald hörte er es deutlicher; denn der Wind erhob sich, oder vielleicht eine Tür im Festhause drunten war geöffnet worden. Er arbeitete nicht mehr; er vermochte es nicht. Ihm war, als stehe seine Jugend in unendlicher Ferne hinter ihm und strecke mit schmerzlicher Gebärde die Arme nach ihm aus.

Die Stunden vergingen. Als er aber endlich von seinem Tische aufstand, da war es doch nur die feine, zärtliche Gestalt Angelikas gewesen, auf der sein inneres Auge so lang und voll Sehnsucht geruht hatte. Ein Gefühl unnennbaren, unverhofften Glückes überkam ihn, als er sich dessen bewußt wurde; was auch geschehen sei, sie war ihm nicht verloren. Die Uhr wies weit nach Mitternacht; es wurde wieder lauter in der Stadt; die ersten Wagen begannen zu rollen. In einem plötzlichen Entschluß, voll Ungeduld, kleidete er sich an und ging auf die Straße hinab. Er gedachte nicht mehr dessen, was kürz zuvor geschehen war; er hatte keinen Wunsch und keinen Gedanken, als sie zu sehen.

Die Fenster des Stadthauses leuchteten weit durch das Dunkel hinaus. Ehrhard hörte die Musik und sah in den Vorhängen die Schatten der Tanzenden. Er hielt sich nicht auf; er trat unter das Portal, als eben ein Wagen vor der breiten, hell erleuchteten Treppe anfuhr. Oben im Hause wurden Türen auf- und zugeschlagen, dann rauschte es am Treppengeländer, und eine jugendliche Gestalt stieg herab, mit leichtem Tritt Stufe um Stufe messend; den Kopf in einem weißen Tüchlein ein wenig zurückgeneigt, daß die blonden Locken von den Schläfen auf den Nacken fielen. Er hatte sich nicht getäuscht, das war Angelika; nur eine Magd ging hinter ihr, sonst niemand. Als sie die Schwelle überschritt, trat er aus dem Dunkel ihr entgegen und reichte ihr die Hand, um sie in den Wagen zu heben. Sie sah ihn mit großen, erschrockenen Augen an: «Ehrhard!» rief sie, und ihre Hand zuckte wie unwillkürlich nach der seinen; aber sie schien sich plötzlich zu besinnen und zog die Hand zurück; die Züge des jungen Antlitzes verwandelten sich. Er erschrak und langte nach ihr hin mit beiden Armen. Aber sie zog die seidene Mantille fester um die Schulter. «Nein, nein!» rief sie. «Was willst du hier?»

Er verstummte. – «Dich, dich, Angelika!» rief er endlich. Es war zu spät; nur der Wind wehte durchs Portal; der Wagen mit Angelika war nicht mehr da.

Am Nachmittage darauf wanderte Ehrhard, nachdem er seine amtlichen Geschäfte abgetan, einem unwillkürlichen Antriebe folgend, nach einem unweit der Stadt an einem Landsee gelegenen Dörfchen. Hier hinaus hatte er oft Angelika und ihre Mutter begleitet, wo sie dann hart am Wasser in einer kleinen Schenkwirtschaft eingekehrt waren, um sich von dort aus in der anmutigen Gegend umzutun. – Es war spät am Nachmittage; aber die Sonne schien noch warm und golden; der herbstkräftige Duft des fallenden Laubes erfüllte die Luft; vom See herüber, an dem der Weg durch Laubgehölz entlangführte, kam ein sanfter, frischer Hauch. Als er nach halbstündiger Wanderung zwischen den Buchen heraustrat, sah er in einiger Entfernung das bekannte Häuschen mit dem bunten Fachwerk und den weißen Fensterladen; davor, dem Wasser zugekehrt, saßen zwei Frauen, in denen er bald Angelika und ihre Mutter erkannte.

Er zweifelte einen Augenblick, ob er zu ihnen gehen oder unter die Bäume zurücktreten und einen andern Weg einschlagen solle. Aber in dem Bedenken, er könne von ihnen schon bemerkt worden sein, tat er das erstere.

Nachdem zwischen ihm und der Mutter die alltäglichen Gespräche hin und wieder gegangen waren, trat diese ins Haus, um die kleine Zeche zu berichtigen und dann die gemeinschaftliche Rückkehr anzutreten.

Ehrhard saß Angelika gegenüber. Als die Tür hinter der Mutter zugefallen war, sah er ihr voll und bittend ins Gesicht. Sie war so blaß geworden, daß die Züge des feinen Gesichtchens in markierter Schärfe hervortraten.

Der Abendwind erhob sich; und Musik, von der Luft getragen, vom Wasser her, ganz aus der Ferne kam herangeweht. Er legte die Arme weit vor sich auf den Tisch; seine Augen glänzten. «Musik!» sagte er; «törichtes Entzücken befällt mich – mir ist, als müsse nun noch einmal alles wiederkommen.»

Sie sah in seine Augen, sie konnte nicht anders; aber während er die Hand nach der ihrigen ausstreckte, die ohne Handschuh auf dem Tische lag, stand sie auf und ging über den kurzen Rasen nach dem See hinab. Er gesellte sich zu ihr. Sie sprachen nicht, sie sahen vor sich hinaus auf das Wasser; es war so still, daß sie die Ruderschläge der fernsten Kähne hörten. Er pflückte einen Immortellenstengel, wie deren viele auf dem Rasen waren, und gab ihr den. Sie nahm ihn, ohne hinzusehen, und drehte ihn langsam zwischen den Fingern. So gingen sie nebeneinander her, vom Rasen auf die Kiesel und auf den Sand hinunter, und standen erst still, als schon das Wasser ihre Schuh' benetzte.

Da sie so weit gekommen waren, sagte Ehrhard, und sie mußte es fühlen, wie mühsam er es sagte: «Angelika, war das ein Abschied gestern?»

Sie antwortete nicht; sie sah ins Wasser zu ihren Füßen und bohrte mit der Spitze ihres Sonnenschirmes in dem feuchten Sande.

«Antworte mir, Angelika!»

Sie öffnete, ohne aufzusehen, ihre Hand und ließ die Blume, die er ihr gegeben, in den See fallen.

Er fühlte einen Schrei in seiner Brust aufsteigen; aber er biß die Zähne zusammen und erstickte ihn. Dann wandte er sich von ihr ab, und nachdem er einige hundert Schritte am Ufer entlanggegangen war, stieg er in einen am Landungsplatze angeketteten Kahn, um hier den Fährknecht zu erwarten, der eben von jenseits zurückruderte.

Es wurde bereits abendlich; die Wälder rauchten, das gegenüberliegende Ufer war schon im tiefen Schatten. Nachdem seine Augen eine Weile in dieser blauen Dämmerung geruht hatten, konnte er sich nicht enthalten, noch einmal nach der Stelle zurückzublicken, die er soeben verlassen hatte. Angelika war nicht mehr dort; aber als er langsam an dem Strand entlang zurückblickte, sah er sie in nächster Nähe auf sich zukommen. Sie lief wie gejagt über den ebenen Sand, und während er in unwillkürlichem Antrieb den Kahn dichter an das Land zog, sprang sie, ohne darauf zu achten, daß ihr Kleid an den Ruderpflöcken zerrissen wurde, zu ihm herein und faßte mit Heftigkeit seine Arme. Sie wollte sprechen; aber Anstrengung und Schmerz hatten ihr den Atem geraubt; sie stammelte, ihre Pulse flogen. Wie ein verzweifeltes Kind wand sie ihr Schnupftuch um seine Hände, während ihr erhitztes Gesichtchen voll Angst zu ihm emporschaute.

«Sei ruhig», sagte er, «sei ruhig!» und strich ihr mit zitternder Hand über das heiße Haar. Aber derselbe Augenblick, in welchem sie so die Kränkung der letzten Tage von ihm nahm, legte mit einem Male all ihren Zwiespalt und ihre Unruhe wie eine Last auf seine Seele, so daß er nur mit Zagen die in seinen Armen hielt, die jetzt mit vollem, ungestümem Herzen zu ihm drängte.

*

In der Zeit, die hierauf folgte, vermied Ehrhard, so viel dies möglich war, das Zusammentreffen mit Angelika; dagegen suchte er mit Anstrengung seine äußeren Verhältnisse zu fördern; selbst die Verpflichtungen der Dankbarkeit, so schwer er sie seinem Wesen nach empfinden mußte, hatte er nicht gescheut; denn er war keine geringe Natur. Allein es war nichts dadurch gewonnen worden. – Dann endlich versuchte er ein anderes, was ihm gelang. Auf sein Ansuchen erhielt er die Versicherung, daß er seiner hiesigen Verhältnisse in nächster Zeit enthoben und daß er dieselben an einem sehr entfernten Orte wiederfinden werde.

Für Angelika nahm indessen das Drängen der Verhältnisse zu; ein junger Arzt hatte seit einiger Zeit unter unverkennbarer Begünstigung der Mutter so deutlich um den Besitz des Mädchens geworben, daß eine Erklärung nach irgendeiner Seite hin in nächster Zukunft unvermeidlich schien.

Es war eines Nachmittags in dieser Zeit. Ehrhard war auf dem Wege zu Angelika; er wollte sie auf seine Abreise vorbereiten, er wollte, wenn der rechte Augenblick sich böte, ihr sagen, daß sie scheiden müßten. Als er in den Flur des befreundeten Hauses trat, begegnete ihm der junge Arzt, der soeben die Treppe herabgekommen war. Ehrhard redete ihn an, wie es in solchem Falle zu geschehen pflegt. Er erhielt jedoch keine Antwort; der andere ging mit stummem Gruß und unverkennbar eilig an ihm vorüber.

Nachdenklich stieg er die Treppe hinauf. – Drinnen im Wohnzimmer fand er Angelika vor dem offenen Klavier sitzend; aber sie spielte nicht. Ihre Gesichtszüge trugen wieder den Ausdruck der Schärfe, der ihn schon einmal erschreckt hatte. Als er sie grüßte, neigte sie ohne aufzusehen den Kopf und ließ die eine Hand, die auf den Tasten lag, in ihren Schoß fallen. Es war sehr still im Zimmer; man hörte nur das Knistern einer Bernsteinperlenschnur, mit der ein kleines Mädchen, Ehrhards Schwesterkind, in dem Schoße der Mutter spielte, die scheinbar unbeschäftigt auf dem Sofa saß.

Die alte Frau blickte über die vor ihr stehende Kleine nach ihrer Tochter, deren Antlitz sie nicht zu sehen vermochte. Sie rührte sich nicht aus ihrer Stellung, als Ehrhard ihr über den Tisch hinweg die Hand entgegenreichte.

«Ich bin eine alte, einsame Frau, Ehrhard!» sagte sie, während sie seine Hand ein Weilchen in der ihren hielt.

Er wußte hierauf nicht zu erwidern; aber unwillkürlich sprach er den Namen «Angelika» aus.

«Angelika!» wiederholte die Mutter. «Sie wird es auch sein. – Sie will es sein!» fügte sie leiser hinzu, indem sie mit einem Ausdruck von Kummer und Zärtlichkeit das Haar des ruhig fortspielenden Kindes streichelte.

Angelika, die bei diesen Worten aufgestanden war, hob die Kleine mit Heftigkeit auf den Arm und ging schweigend in das Nebenzimmer, ihr blondes Haar in das noch blondere des Kindes drückend.

Es trat eine Pause zwischen den Zurückbleibenden ein.

Als Angelikas Mutter reden wollte, unterbrach Ehrhard sie. «Es bedarf dessen nicht», sagte er und blickte dabei zu Boden, als würden ihm die Worte schwer, «ich werde gehen; nicht heute oder morgen schon, aber um einige Wochen und für immer; es ist alles vorbereitet. Sie können recht haben, daß ich es muß.»

«Aber», fuhr er fort und legte seine Hand auf den Arm der alten Frau, die ihm, wie er nicht verkennen konnte, ihre Zufriedenheit und ihren Dank für diese Worte aussprechen wollte, «aber für den Mann, der vor einer Stunde Ihr Haus verlassen hat, wird es dasselbe bleiben.»

«Gehen Sie nur, gehen Sie nur, Ehrhard», sagte sie schüchtern, «es kann mit Gottes Hilfe noch alles wieder gut werden.»

Er blickte ratlos um sich her, als suchte er nach Worten der Verständigung, die von ihm zu dieser Frau doch nirgends in der Welt zu finden waren.

Es war um die fünfte Stunde; die Magd brachte das Teegeschirr, und auch Angelika trat wieder herein und ließ das Kind aus ihren Armen an die Erde gleiten. Ehrhard konnte sich nicht entschließen, jetzt zu gehen: er hoffte noch aus ihrem Wesen heraus eine Bestätigung seiner letzten Worte zu gewinnen. So blieb er denn und begann, so gut es gehen wollte, über andere Dinge zu sprechen, während Angelika den Tee bereitete und die Kleine zwischen ihnen hin und wieder ging.

Als aber jene, nachdem sie ihr häusliches Geschäft beendet, das kleine Mädchen auf den Schoß nahm und sich bald darauf mit ihr abseits unter den Akazienbaum ans Fenster setzte, flüsternd und erzählend, das Kind mit beiden Armen an sich drükkend, da fühlte er wohl, sie wolle sich vor allen Ansprüchen verschließen, die er oder andere an sie machen könnten.

Seitdem hatte Angelika die Kleine noch öfter um sich. – Eines Abends kam Ehrhard, um sie abzuholen und dann mit ihr zu seiner Schwester zu gehen. Sie war aber schon mit dem Mädchen fortgeschickt. Angelika, die auf sein Schellen die Flurtür öffnete, sagte ihm das. Er zögerte einen Augenblick. «Willst du nicht eintreten?» fragte sie, indem sie den Türgriff in der Hand behielt.

Er dankte. «Die Schwester wartet; ich kam nur des Kindes wegen.»

«Du wirst sie noch einholen», erwiderte Angelika, «sie sind erst eben fort.»

Er sagte gute Nacht, stieg die Treppe hinab und ging eilig die Straßen entlang, bis er vor der Wohnung seiner Schwester stand. – Aber wie so oft das innere Erlebnis erst eine ganze Weile nach dem äußern eintritt, so fühlte er auch erst jetzt, daß Angelika vorhin eine andere als sonst ihm gegenüber gewesen sei. Nun in der Erinnerung erst hörte er deutlich den Ton ihrer Stimme und sah ihre Gestalt im trüben Schimmer des Flurlämpchens vor sich stehen. Er erschrak; denn er wußte plötzlich, daß er heute nicht willkommen gewesen wäre, wenn er Angelikas Einladung angenommen hätte.

Als er in die Wohnung seiner Schwester kam, war die Kleine schon eine geraume Zeit zu Hause gewesen und saß plaudernd auf dem Schoße der Mutter. Ehrhard trat zu ihnen und ließ sich erzählen.

«Waren denn Fremde bei der Tante?» fragte er.

Die Kleine nickte. «Ein Doktor!» sagte sie wichtig. «Der ist schön! Er hat mir Bonbons gegeben.»

Wieder kam ein Augenblick des Alleinseins für die Liebenden. Das Gebüsch des Gartens schützte sie wieder einmal vor der Mittagssonne und vor den Augen der Welt; sie waren aber nicht wie früher

Hand in Hand; es schien kein Geheimnis, das sich mit ihnen hier verbarg.

«Und wenn er noch einmal um dich werben sollte?» fragte Ehrhard, während sie sich an dem steinernen Gartentischchen gegenüberstanden.

«Er wird nicht wieder um mich werben.»

«Aber wenn er es dennoch täte?»

«Du quälst mich!» sagte sie, indem sie einen Zweig mit ihren Fingern knickte und einige Schritte von ihm abwärts ins Gebüsch ging.

«O Angelika!» rief er, «sage, daß es nie geschehen könne! Denn wenn du es begangen, davon ist keine Rückkehr.»

Sie sagte: «Wie ich jetzt lebe, so kann ich nicht fortleben. Was soll ich tun?»

«Antworte mir eines: Ist jener Mann dir mehr als einer von den andern?»

Sie antwortete ihm nicht; aber ein Tropfen Blutes sprang zwischen den Zähnen hindurch auf ihre Lippen. – Es war wie Zorn, das ihn bei diesem Anblick überkam, und er schüttelte ihren Arm, daß sie ihm Rede stehe. Aber sie sagte nur: «Du kannst nichts für mich tun – du darfst das nicht von mir verlangen.»

«Angelika!» schrie er; aber sie sah ihn mit müden, ausdruckslosen Augen an; er begrub sein Gesicht in ihre Hände und sagte leise: «Du liebst mich ja, Angelika!» Aber sie hatte sich schon losgerissen; sie hörte es nicht mehr.

Währenddessen näherten sich ihr manche, die sie sonst ferngehalten, die sich instinktmäßig nicht in ihre Nähe gewagt hatten. Sie neigte sich dem und jenem; nicht weil ihr Herz seiner Liebe oder ihre Sinne ihrem Herzen treulos geworden wären; sondern weil sie es so wollte, weil sie glaubte, das Leben weise sie auf diesen Weg.

So zersplitterte sie allmählich ihr schönes, festes Herz; so verlor sich bei ihr das Gefühl, daß Liebe nichts wollen dürfe, als nur dem Geliebten angehören, daß in ihm das kleinste Regen der Neigung Anfang und Ende haben müsse.

Auch in ihrem Äußern wurde es anders; sie hatte sich früher in Farben und Stoffe gekleidet, hatte solche Kleinigkeiten zu ihrem Putze genommen, von denen sie wußte, daß sie ihm an ihr gefielen, und dann die Freude über dieses ihr Verständnis in seinen Augen nachgesucht. Nun sah er Bänder und Farben, von denen er ihr gesagt hatte, sie seien ihm leid an ihrem Körper; ihre Hände, die sie ihm zuliebe sonst gepflegt hatte, wurden jetzt vernachlässigt.

Sie sah ihn dabei leiden; das schlimmste Leiden, das eines Menschen Brust zerreißen kann; sie sah es, aber sie änderte nichts, denn sie hatte schon nicht mehr das Bedürfnis, für sein Herz zu sorgen. Der Reiz der Neuheit, der stets mit dem Alltäglichen sich einstellt, kam an sie heran; ein Ausdruck von Mißbehagen oder Trauer, den sie auf dem Gesichte eines fremden Menschen wahrnahm, wenn seine Huldigungen nicht von ihr erwidert wurden, konnte ihr Herz zu einer Art mitleidiger Liebe bewegen, während sie in demselben Augenblicke übersah, wie auf dem Antlitz des geliebten, ihr ganz gehörenden Mannes die tödlichsten Qualen zu kämpfen begannen.

War dann ein Abend in seiner stummen, verzweifelnden Gegenwart dahingegangen, so sprach er später wohl zu ihr; schmerzlich oder heftig, wie eines Menschen Brust in solchem Weh bewegt wird. Sie schwieg meistens ganz darauf oder antwortete ebenfalls heftig; aber das Verständnis der Liebe war von ihnen gewichen. Sie konnten sich anschauen mit unendlichem Groll, aber mit noch unendlicherem Schmerz; sie vergingen in Qual, daß sie nicht eins im andern selig sein konnten, wie sie es einst gekonnt; das erlösende Wort schwebte auf ihren Lippen, in ihren Augen; aber sie fanden es nicht mehr. So entstand allmählich eine doppelte Angelika; beide hatten sie die zarte, schmächtige Gestalt, das sonnenblonde Haar, das er vor allem liebte; aber die eine hing an seinen Augen, seinen Lippen und hatte nichts, was nicht auch ihm gehörte; die andere wußte nichts von seinem Herzen; sie wandte, wenn er ihren Arm, ihren Nacken berührte, sich unwillig von ihm ab, wie von einem Frechen, und er, mit ersticktem Wehschrei in der Brust, erkannte das fremde Wesen in der geliebtesten Gestalt.

Spät abends vor der Abreise nach seinem neuen Bestimmungsorte sah er Angelika noch einmal in ihrer Wohnung. Als sie ihn beim Abschiede, wie sie es seit ihren Kinderjahren gewöhnt war, die Treppe hinunter und bis vor die Haustür begleitet hatte – noch dieses Mal, zum letzten Male Hand in Hand –, und als er schon, ehe sie sich dessen recht bewußt geworden, «leb wohl, Angelika!» gesagt hatte und, während sie ihm nachschaute, vor ihr im Dunkel verschwunden war, kam er plötzlich noch einmal zurück, als wolle er etwas sagen, das er vergessen habe und das sie dennoch wissen müsse. Aber er bat sie nur: «Bleib noch ein Weilchen stehen, Angelika! – und», fügte er leise hinzu, «wenn du hineingehst, zieh nicht zu hart die Tür hinter dir zu!» Sie nickte, und nun ging er wirklich fort.

In den meisten Häusern waren schon die Lichter ausgetan; nur seine Schritte hallten noch auf den Steinen. – Da er tief unten in der Straße war, hörte er die Hausglocke. Er schrak zusammen, als sei hinter ihm die Tür seines Glückes zugefallen.

*

In dem Jahre, welches diesen Vorgängen folgte, war in den öffentlichen Dingen eine Sturm- und Drangperiode eingetreten, welche jede bisherige Berechnung in den Verhältnissen der einzelnen über den Haufen warf. Ehrhard, der in seiner neuen Heimat nur seltene und allgemeine Kunde über Angelika erhalten hatte, mühte sich, einer Zukunft zu gedenken, an der sie keinen Anteil habe; gleichwohl aber hatte er nicht verhindern können, daß er fortwährend und sich selber kaum bewußt auf irgendeinen unerhörten Zufall hoffte, der sie ihm dennoch zu eigen geben würde. Und dieser Zufall war nun wirklich da; er sah sich plötzlich in einer äußern Lage, welche seine früheren Wünsche in dieser Beziehung bei weitem übertraf.

Sobald er die Gewißheit dieses Umstandes in der Hand hielt, machte er sich reisefertig und fuhr

Tag und Nacht, bis er seinen früheren Wohnort erreicht hatte. Es begann schon wieder Abend zu werden, als er an den Gärten der Stadt vorbeifuhr, welche gegen die Landstraße hinaus liegen. Hier kannte er jeden Baum, jedes hölzerne Pförtchen, das an ihm vorüberflog; und eines, ihm das vertrauteste, stand offen; er konnte in das Bosquet hinein bis auf die Gartenbank sehen; aber es war niemand da. Der Wagen rollte vorüber.

Bald darauf stieg er in einem Gasthofe ab; denn er wollte seine Schwester nicht sehen, ehe alles entschieden wäre.

Nachdem er seine Reisekleider gewechselt, ging er in die dunkle Stadt hinaus, in atemloser Hast aus einer Gasse in die andere, während er mit Gewalt die eindringende Fülle der Gedanken und Vorstellungen von sich abzuwehren suchte; denn ihm war, als dürfe er seine Phantasie der überschwenglichen Wirklichkeit nicht vorgreifen lassen, in welche ihm nun nach wenigen Augenblicken leibhaftig einzutreten bestimmt sei. Endlich stand er vor dem wohlbekannten Hause, dessen zwei obere Fenster auch jetzt, wie zur Zeit, da er hier zuletzt gewesen, erleuchtet waren; wo ihm auch jetzt, wie so manches Mal zuvor, der Schatten des Akazienbaumes in den vorgezogenen Gardinen anzudeuten schien, daß hier noch alles auf dem alten Platze stehe.

Er läutete an der Hausglocke, und als er es bald darauf im Hause die Treppe herunterkommen hörte, dachte er: es ist Angelika.

Aber sie war es nicht; ein Dienstmädchen, das er zuvor im Hause nicht gesehen, öffnete die Tür und erkundigte sich nach seinem Begehren. Er fragte nach Angelika.

«Fräulein sind mit dem Herrn Doktor im Theater», sagte das Mädchen.

«Wer ist der Herr Doktor?»

«Herr Doktor sind Fräuleins Bräutigam.»

«So!» – Als er aber die Augen des Mädchens in seinem Antlitz forschen fühlte, setzte er hinzu: «Wie heißt denn der Bräutigam deines Fräuleins?»

Ihm wurde der Name des Mannes genannt, der in jener letzten Zeit zu so schmerzlichen Erörterungen zwischen ihnen Veranlassung gegeben hatte; und während diese Erinnerung ihn mit allem Grimm der Leidenschaft anfiel, nahm er beim Schein der Gaslaterne eine Karte aus seinem Portefeuille und schrieb darauf unter seinen Namen: «Um Glück zu wünschen.»

Aber schon im Begriff, sie abzugeben, zog er plötzlich die Hand zurück, zerriß die Karte vor den Augen des erstaunten Mädchens und ging, ohne einen Auftrag zu hinterlassen und ohne seinen Namen zu nennen, in den Gasthof zurück.

Bald saß er wieder im Wagen und fuhr, wie am Nachmittag, hinter den Gärten der Stadt vorüber. Das hölzerne Pförtchen warf jetzt im Mondschein seinen Schatten auf den Weg hinaus; ein Streifen Lichtes fiel auf die kleine Bank, die einsam zwischen den dunklen Büschen des Gartens stand. – Wo war Angelika? – Einst war sie da gewesen; ihre zarten Gliedmaßen, ihr weißes Gewand waren da gewesen, wo jetzt das wesenlose Mondlicht war; sie hatte um seinen Nacken die Hände ineinander gefaltet, und die Berührung ihrer Lippen hatte ihm die Kraft geraubt, zu gehen, wie er doch so fest gewollt. – Unerbittliche, vergebliche Gedanken suchten ihn heim: Wie, wenn er gegangen wäre, was würde jetzt gewesen sein? Oder da er zu gehen damals nicht vermochte, wenn er nie gegangen wäre? Wenn er den rücksichtslosen Mut gewonnen, sie aller Welt zum Trotz in seinen Armen festzuhalten? – Wie dann Angelika, wie alles dann geworden wäre?

Längst lag die Stadt im Rücken, und immer weiter fuhr der Wagen in das stille Land hinaus. Er hatte sich in die eine Ecke zusammengedrückt; und während der Mond durch die Fenster hereinspielte und die Dinge draußen wie Schatten an ihm vorüberflogen, maß er mit grausamem Scharfsinn die Schwäche seiner Natur und die Schwere seiner Schuld.

Die Zeit verstrich. Er ging seinem Berufe nach, einen Tag wie den andern, und alle Tage waren sich gleich; denn in der Brust dieses Menschen war ein toter Fleck, welcher alles, was ihm auch geschehen mochte und was die andern Freude nannten, in ein graues Einerlei verwandelte.

So saß er eines Spätherbstabends allein in seinem weiten Zimmer, den Kopf gestützt, an einem Tisch, der mit Büchern und Schriften bedeckt war. Die Lampe brannte, es war tiefe Stille, nur zuweilen unterbrochen durch den draußen gehenden Wind und durch das Fallen einer späten Frucht im Garten; dann hob er den Kopf von seiner Hand und sah durch die unverhangenen Fenster in die Dunkelheit hinaus; lange, sehr lange. Als er die Augen abwandte, blieben sie auf dem Flügel haften, der verschlossen in der Ecke des Zimmers stand. Es lagen Briefe darauf; er hatte sie bei seiner Heimkunft in der Dämmerung übersehen. Nun legte er sie vor sich hin und brach sie; es waren fremde, gleichgültige Namen darunter, nur einer von bekannter Hand; er hatte sie lange nicht gesehen, von Freundeshand. Er zögerte, ihn zu brechen, er besah die Aufschrift, den Stempel; sein Herz klopfte hörbar, der Brief wurde schwer in seiner Hand. Endlich brach er ihn doch und las; und als er die erste Seite umgewandt hatte, las er auf der zweiten:

«Angelikas Verbindung ist vor der Hochzeit durch den Tod des Bräutigams gelöst; komm nun und hole dir dein Glück! – –»

Die Schrift verschwamm ihm vor den Augen, das Papier flog in seiner Hand; dann überfiel ihn unerbittliche Wehmut. Heimweh, flehend mit Kinderstimme, kam an ihn heran und führte ihn seine träumerischen Irrgänge; weit, weit aus seiner Einsamkeit – in einen stillen Garten – über einen See im klaren Mittagssonnenschein – dann hinein in den Abend auf dunklem Waldpfad, wo sich das Mondlicht durch die Blätter stahl, wo er ihre Gestalt kaum sah, nur die schmale Hand in der seinen fühlend, die sie heimlich ihm zurückgereicht – dann zurück in frühe, früheste Zeit – sie hatte ihn einst daran erinnert, das Haar an seine Wange lehnend – in ein Zimmer ihres elterlichen Hauses; das kleine, blasse Mädchen in den blonden Flechten beim Vorlesen ihr Schemelchen an seine Knie rükkend, andächtig aufhorchend, zu ihm emporschauend, bis er die Hand auf ihr Köpfchen legte und sie endlich, wie sie es wollte, im stillen zu sich auf den Schoß nahm – dann wieder, wie er sie nie gesehen – aber es war ein Geständnis der innigsten Stunde – das leidenschaftliche Kind, schlaflos die Nacht durchweinend, der zufälligen Nähe des heimlich Geliebten sich bewußt, die Händchen an die kleine Brust gepreßt, die schon so früh den Gott in sich empfangen – und später dann, ihm ganz gehörend, über ihn gebeugt, das Haar über ihn herabfallend, er selbst an ihrem Leibe hängend, nur eins im andern, Aug in Auge untergehend.

Er sank auf seine Knie, er streckte die Arme nach ihr aus und rief, stammelnd vor Schmerz und Leidenschaft, ihren Namen. – Aber sie kam nicht, die er rief, sie konnte nicht mehr kommen; der Zauber ihres Wesens, wie er noch einmal vom Abendschein erinnernder Liebe angestrahlt erschien, war in der ganzen Welt nur noch in seiner Brust zu finden.

Die Lampe brannte schon nicht mehr; ein trüber Mond war draußen aufgegangen und sah herein. Da stand er auf, und seine Schreibschatulle aufschließend, nahm er ein Päckchen Briefe aus einer Schublade und löste die Schnur, womit sie zusammengebunden waren; dann nahm er den eben gelesenen Brief, legte ihn zu den anderen und verschloß das Päckchen wieder an seinen alten Ort.

Nachdem er das getan, öffnete er das Fenster und lehnte sich weit hinaus. Es regnete, die schweren

Tropfen fielen in sein Haar, auf seine heißen Schläfen. So lag er lange regungslos, gedankenlos; nur im Innern das heimliche Toben seines Blutes fühlend und mechanisch unter sich auf das Rauschen der Blätter horchend. Aber die Natur, in der er schon so oft sich selber wiedergefunden, kam ihm auch hier zu Hilfe; sie zwang ihn nicht, sie wollte nichts von ihm; aber sie machte ihn allmählich kühl und still. Und als er endlich seiner Sinne und seiner Seele wieder Herr geworden war, da wußte er auch, daß er erst jetzt Angelika verloren und daß sein Verhältnis zu ihr erst jetzt für immer abgeschlossen und zu Ende sei.

IM SONNENSCHEIN

*

In den höchsten Zweigen des Ahornbaums, der an der Gartenseite des Hauses stand, trieben die Stare ihr Wesen. Sonst war es still; denn es war Sommernachmittag zwischen eins und zwei.

Aus der Gartentür trat ein junger Reiteroffizier in weißer, festtäglicher Uniform, den kleinen dreieckigen Federhut schief auf den Kopf gedrückt, und sah nach allen Seiten in die Gänge des Gartens hinab; dann, seinen Rohrstock zierlich zwischen den Fingern schwingend, horchte er nach einem offenstehenden Fenster im oberen Stockwerke hinauf, aus welchem sich in kleinen Pausen das Klirren holländischer Kaffeeschälchen und die Stimmen zweier alter Herren deutlich vernehmen ließen. Der junge Mann lächelte wie jemand, dem was Liebes widerfahren soll, indem er langsam die kleine Gartentreppe hinunterstieg. Die Muscheln, mit denen der breite Steig bestreut war, knirschten an seinen breiten Sporen; bald aber trat er behutsam auf, als wolle er nicht bemerkt sein. – Gleichwohl schien es ihn nicht zu stören, als ihm aus einem

Seitengange ein junger Mann in bürgerlicher Kleidung mit sauber gepuderter Frisur entgegenkam. Ein Ausdruck brüderlichen, fast zärtlichen Vertrauens zeigte sich in beider Antlitz, als sie sich schweigend die Hände reichten. «Der Syndikus ist droben; die alten Herren sitzen am Tokadilletisch», sagte der junge Bürger, indem er eine starke goldene Uhr hervorzog, «ihr habt zwei volle Stunden! Geh nur, du kannst rechnen helfen.» Er zeigte bei diesen Worten den Steig entlang nach einem hölzernen Lusthäuschen, das auf Pfählen über den unterhalb des Gartens vorüberströmenden Fluß hinausgebaut war.

«Ich danke dir, Fritz. Du kommst doch zu uns?»

Der Angeredete schüttelte den Kopf. «Wir haben Posttag!» sagte er und ging dem Hause zu. Der junge Offizier hatte den Hut in die Hand genommen und ließ, während er den Steig hinabging, die Sonne frei auf seine hohe Stirn und seine schwarzen, ungepuderten Haare scheinen. So hatte er bald den Schatten des kleinen Pavillons, der gegen Morgen lag, erreicht.

Die eine Flügeltüre stand offen; er trat vorsichtig auf die Schwelle. Aber die Jalousien schienen von allen Seiten geschlossen; es war so dämmerig drinnen, daß seine noch eben des vollen Sonnenlichts gewöhnten Augen erst nach einer ganzen Weile die jugendliche Gestalt eines Mädchens aufzufassen vermochten, welche, inmitten des Zimmers an einem Marmortischchen sitzend, Zahl um Zahlen mit sicherer Hand in einen vor ihr liegenden Folianten eintrug. Der junge Offizier blickte verhaltenen Atems auf das gepuderte Köpfchen, das, über den Blättern schwebend, wie von dem Zuge der Feder, harmonisch hin und wieder bewegt wurde. Dann, als einige Zeit vorübergegangen, zog er seinen Degen eine Handbreit aus der Scheide und ließ ihn mit einem Stoß zurückfallen, daß es einen leichten Klang gab. Ein Lächeln trat um den Mund des Mädchens, und die dunkeln Augenwimpern hoben sich ein weniges von den Wangen empor; dann aber, als hätte sie sich besonnen, streifte sie nur den Ärmel der amarantfarbenen Kontusche zurück und tauchte aufs neue die Feder ein.

Der Offizier, da sie immer nicht aufblickte, tat einen Schritt ins Zimmer und zog ihr schweigend die Feder durch die Finger, daß die Tinte auf den Nägeln blieb.

«Herr Kapitän!» rief sie und streckte ihm die Hand entgegen. Sie hatte den Kopf zurückgeworfen; ein Paar tiefgraue Augen waren mit dem Ausdruck nicht allzu ernsthaften Zürnens auf ihn gerichtet.

Er pflückte ein Rebenblatt draußen vom Spalier und wischte ihr sorgfältig die Tinte von den Fingern. Sie ließ das ruhig an sich geschehen; dann aber nahm sie die Feder und fing wieder an zu arbeiten.

«Rechne ein andermal, Fränzchen!» sagte der junge Mann.

Sie schüttelte den Kopf. «Morgen ist Klosterrechnungstag; ich muß das fertigmachen.» Und sie setzte ihre Arbeit fort.

«Du bist ein Federheld!»

«Ich bin eine Kaufmannstochter!»

Er lachte.

«Lache nicht! Du weißt, wir können die Soldaten eigentlich nicht leiden.»

«Wir? Welche wir sind das?»

«Nun, Constantin» – und dabei rückte ihre Feder addierend die Zahlenreihe hinunter – «wir, die ganze Firma!»

«Du auch, Fränzchen?»

«Ach! ich» – – Und sie ließ die Feder fallen und warf sich an seine Brust, daß sich ein leichtes Puderwölkchen über ihren Köpfen erhob. Sie strich mit der Hand über seine glänzend schwarzen Haare. «Wie eitel du bist!» sagte sie, indem sie den schönen Mann mit dem Ausdruck wohlgefälligen Stolzes betrachtete.

Von der Stadt herüber kam der Schall einer Militärmusik. Die Augen des jungen Kapitäns leuchteten. «Das ist mein Regiment!» sagte er und hielt das Mädchen mit beiden Armen fest.

Sie bog sich lächelnd mit dem Oberkörper von ihm ab. «Es hilft dir aber alles nicht!»

«Was soll denn daraus werden?»

Sie hob sich auf den Fußspitzen zu ihm heran und sagte: «Eine Hochzeit!»

«Aber die Firma, Fränzchen!»

«Ich bin meines Vaters Tochter.» Und sie sah ihn mit ihren klugen Augen an.

In diesem Augenblick drang, in scheinbar unmittelbarer Nähe, vom oberen Stockwerke des Hauses der Laut einer harten Stimme zu ihnen herüber. Die Stare flogen schreiend durch den Garten; der junge Offizier, wie in unwillkürlicher Bewegung, schloß das Mädchen fester in seine Arme. «Was hast du?» sagte sie. «Die alten Herren haben die erste Partie gespielt; nun stehen sie am Fenster, und Papa macht das Wetter für die nächste Woche.»

Er sah durch die Tür in den sonnbeschienenen Garten hinaus. «Ich habe dich», sagte er. «Es darf nicht anders werden.»

Sie wiegte schweigend einige Male den Kopf; dann machte sie sich los und drängte ihn gegen die Tür. «Geh nun!» sagte sie. «Ich komme bald; ich lass' dich nicht allein.»

Er faßte ihr zartes Gesichtchen in seine Hände und küßte sie. Dann ging er zur Tür hinaus und seitwärts den Steig hinauf; an dem Ligusterzaun entlang, der das tiefere Flußufer von dem Garten trennte. So, während seine Augen dem unaufhaltsamen Vorüberströmen des Wassers folgten, gelangte er an einen Platz, wo das marmorne Bild einer Flora inmitten sauber geschorener Buchsbaumarabesken stand. Die zwischen den Schnörkeln eingelegten Porzellanscherben und Glaskorallenschnüre leuchteten zierlich aus dem Grün hervor; ein scharfes Arom erfüllte die Luft, untermischt zuweilen mit dem Duft der Provinzrosen, die hier zu Ende des Steiges an der Gartenmauer standen. In der Ecke zwischen diesem und dem Ligusterzaun war eine Laube, tief verschattet von wucherndem Geißblatt. Der Kapitän schnallte seinen Degen ab und setzte sich auf die kleine Bank. Dann begann er mit der Spitze seines Rohrstocks einen Buchstaben um den andern in den Boden zu zeichnen, die er immer wieder, als könne ein Geheimnis durch sie verraten werden, bis auf den letzten Zug zerstörte. So trieb er es eine Zeitlang, bis seine Augen an dem Schatten einer Geißblattranke haftenblieben, an deren Ende er die feinen Röhren der Blüte deutlich zu erkennen vermochte. Bald im längeren Betrachten bemerkte er daran den Schatten eines Lebendigen, der langsam an dem Stengel hinaufkroch. Er sah dem eine Weile zu; dann aber stand er auf und blickte über sich in das Gewirr der Ranken, um die gefährdete Blüte zu entdecken und das Ungeziefer herunterzuschlagen. Aber die Sonnenstrahlen brachen sich zwischen den Blättern und blendeten ihn; er mußte die Augen abwenden. – Als er sich wieder auf die Bank gesetzt hatte, sah er wie zuvor die Ranke scharf und deutlich auf dem sonnigen Boden liegen; nur zwischen den schlanken Kelchen der Schattenblüte haftete jetzt eine dunkle Masse, die von Zeit zu Zeit, durch zuckende Bewegungen eine emsige tierische Tätigkeit verriet. Er wußte nicht, wie es ihn überkam, er stieß nach dem arbeitenden Klumpen mit seinem Rohrstock; aber über ihm ging der Sommerwind durch das Gezweige, und die Schatten huschten ineinander und entwischten ihm. Er wurde eifrig; er spreizte die Knie auseinander und wollte eben zu einem neuen Stoße ausholen; da trat die Spitze eines seidenen Mädchenschuhs ihm in die Sonne.

Er blickte auf, Franziska stand vor ihm; die Feder hinterm Ohr, deren weiße Fahne wie ein Taubenfittig von dem gepuderten Köpfchen abstand. Sie lachte, eine ganze Weile; unhörbar erst, man sah es nur. Er lehnte sich zurück und blickte sie voll Entzücken an; sie lachte so leicht, so mühelos, es lief über sie hin wie ein Windhauch über den See; so lachte niemand anders.

«Was treibst du da!» rief sie endlich.

«Dummes Zeug, Fränzchen; ich scharmuzziere mit den Schatten.»

«Das kannst du bleibenlassen.»

Er wollte ihre beiden Hände fassen; sie aber, die in diesem Augenblick sich nach der Gartenmauer umgesehen, zog ein Messerchen aus ihrer Tasche und schnitt damit die aufgeblühten Rosen aus den Büschen. «Ich werde Potpourri machen auf den Abend», sagte sie, während sie die Rosen an der Erde sorgfältig zu einem Häuflein zusammenlegte.

Er sah geduldig zu; er wußte schon, man mußte sie gewähren lassen.

«Und nun?» fragte er, nachdem sie das Messer wieder eingeschlagen und in den Schlitz ihrer Robe hatte gleiten lassen.

«Nun, Constantin? – – Beisammen sein und die Stunden schlagen hören.» – Und so geschah es. – Vor ihnen drüben in dem Zitronenbirnbaum flog der Buchfink ab und zu, und sie hörten tief im Laube das Kreischen der Nestlinge; dann wieder, ihnen selber kaum bewußt, drang das Schluchzen des unterhalb fließenden Wassers an ihr Ohr; mitunter sank eine Kaprifolienblüte zu ihren Füßen; von Viertelstunde zu Viertelstunde schlug drüben im Hause die Amsterdamer Spieluhr. Es wurde ganz stille zwischen ihnen. Aber der Drang, den geliebten Namen leibhaftig vor sich ausgesprochen zu hören, überkam den jungen Mann. – «Fränzchen!» sagte er halblaut.

«Constantin!»

Und als würde er nach der langen Stille durch ihre Stimme überrascht und ihm erst jetzt das Geheimnis ihres Klanges offenbar, sagte er: «Du solltest singen, Fränzchen!»

Sie schüttelte den Kopf. «Du weißt, das taugt für Bürgermädchen nicht!»

Er schwieg einen Augenblick; dann faßte er ihre Hand und sagte: «Sprich nicht so! auch nicht im Scherz. Du hattest ja schon Lektionen beim Kantor. Was ist es denn?»

Sie sah ihn ernsthaft an; bald aber brach ein lustiger Glanz aus ihren Augen. «Nein», rief sie, «schau nicht so finster! Ich will's dir sagen – ich rechne zu gut!»

Er lachte und sie lachte mit. «Bist du mir aber auch zu klug, Franziska?»

«Vielleicht!» sagte sie – und ihre Stimme erhielt plötzlich einen tiefen, herzlichen Klang, als sie es sagte. – «Du weißt noch gar nicht wie! Als du erst hier in die Stadt versetzt warst und dann zu meinem Bruder Fritz ins Haus kamst, war ich ein kleines Mädchen, das noch zwei volle Schuljahre vor sich hatte. Nachmittags, wenn ich nach Haus gekommen, schlich ich mich öfters in den Saal und stellte mich daneben, wenn ihr euch im Rapieren übtet. Aber du wolltest keine Notiz von mir nehmen. Einmal sogar, als deine Klinge mir in die Schürze fuhr, sagtest du: ‚Setz dich ins Fenster, Kind.' Du weißt wohl nicht, was das für böse Worte waren! –

Nun aber begann ich auf allerlei Listen zu sinnen. Wenn Nachbarskinder bei mir waren, suchte ich dich durch eins der andern Mädchen – ich selber hätt' es nicht getan – zur Teilnahme an unsern Spielen zu veranlassen; und wenn du dann in unseren Reihen standest –»

«Nun, Fränzchen!»

«Dann lief ich so oft an dir vorüber, bis du mich endlich doch an meinem weißen Kleidchen haschen mußtest.»

Sie war dunkelrot geworden. Er legte seine Finger zwischen ihre und hielt sie fest umschlossen. Nach einer Weile sah sie schüchtern zu ihm auf und fragte: «Hast du denn nichts gemerkt?»

«Doch, endlich!» sagte er, «du bist ja endlich groß geworden.»

«Und dann? – Wie kam es denn mit dir?»

Er sah sie an, als müsse er ihr Antlitz befragen, ob er reden dürfe. «Wer weiß», sagte er, «ob es je gekommen wäre! Aber die Frau Syndika sagte einmal – –»

«So sprich doch, Constantin!»

«Nein, mir zulieb! geh erst einmal den Steig hinauf!»

Sie tat es. Nachdem sie die abgeschnittenen Rosen in ihre Schürze gesammelt, ging sie, ohne ein Wort zu sagen, nach dem Gartenhause und trat bald darauf mit leeren Händen wieder aus der Tür. – Sie hatte zierliche Füße und einen behenden Tritt; aber sie stieß im Gehen, unmerklich fast, mit den Knien gegen das Gewand. Der junge Mann folgte dieser Bewegung, so wenig schön sie sein mochte, mit den glücklichsten Augen; er merkte es kaum, als die Geliebte jetzt wieder vor ihm stand. «Nun», fragte sie, «was sagte die Frau Syndika? oder war es eine von ihren sieben Töchtern?»

«Sie sagte» – und er ließ seine Augen langsam an ihrer feinen Gestalt hinaufgleiten – «sie sagte: ‚Die Mamsell Fränzchen ist eine angenehme Person; aber gehen tut sie wie eine Bachstelze!'»

«O du!» – – und Fränzchen legte die Hände auf den Rücken ineinander und sah freudestrahlend auf ihn nieder.

«Seitdem», fuhr er fort, «konnte ich's nicht wieder von mir bringen; überall habe ich müssen dich vor mir gehen und hantieren sehen.»

Sie stand noch immer vor ihm, schweigend und unbeweglich.

«Was hast du?» fragte er. «Du siehst so stolz und vornehm aus!»

Sie sagte: «Es ist das Glück!»

«Oh, eine Welt voll!» und er zog sie mit beiden Armen zu sich nieder.

*

Es war eine andere Zeit, wohl über sechzig Jahre später. Aber es war wieder an einem Sommernachmittage, und die Rosen blühten auch wie dazumal. – In dem oberen Zimmer nach dem Garten hinaus saß eine alte Frau. Auf ihrem Schoße, den sie mit einem weißen Schnupftuch überbreitet hatte, hielt sie eine dampfende Kaffeetasse; doch schien sie heute des gewohnten Trankes zu vergessen; denn nur selten und wie in Gedanken führte sie die Tasse an den Mund.

Nicht weit davon, dem Sofa gegenüber, saß ihr Enkel, ein Mann über die Zeit der vollsten Jugend noch kaum hinaus. Er stützte seinen Kopf in die Hand und blickte nach den kleinen Familienbildern, die in silberner Fassung über dem Sofa hingen. Der Großvater, die Urgroßeltern, Tante Fränzchen, des Großvaters Schwester – sie waren lange tot; er hatte sie nicht gekannt. Nun ließ er seine Augen von einem zum andern gehen, wie er schon oft getan, wenn er mit der Großmutter in der stillen Nachmittagsstunde beisammensaß. Auf Tante Fränzchens Bilde schienen die Farben am wenigsten verblichen, obwohl sie vor den Eltern und lange vor dem Bruder gestorben war. Die rote Rose in der weißen Puderfrisur war noch wie frisch gepflückt; auf der amarantfarbenen Kontusche zeichnete sich deutlich ein blaues Medaillon, das an einem dunklen Bande vom Halse auf die Brust herabhing. Der Enkel konnte nicht die Augen wenden von diesen kargen Spuren eines früh dahingegangenen Lebens; er blickte fast mit Inbrunst in das feine, blasse Gesichtchen. Der Garten, wie er ihn als Knabe noch gesehen, trat vor seine Phantasie; er sah sie darin wandeln zwischen den seltsamen Buchsbaumzügen; er hörte das Knistern ihres Schuhes auf den Muschelsteigen, das Rauschen ihres Kleides. Aber die Gestalt, die er so heraufbeschworen, blieb allein; gebannt in dem grünen Fleckchen, das vor seinem inneren Auge stand. Was sich um die Lebende einst mochte bewegt haben, ihre Gespielinnen, die Töchter aus den alten, finsteren Patrizierhäusern, den Freund, der nach ihr spähte zwischen den Büschen des Gartens, hatte er keine Macht ihr zu gesellen. «Wer weiß von ihnen!» sprach er vor sich hin; das kleine Medaillon war ihm wie ein Siegel auf der Brust des vor so langer Zeit verstorbenen Mädchens.

Die Großmutter setzte die Tasse auf die Fensterbank; sie hatte ihn sprechen hören. «Bist du in unserer Gruft gewesen, Martin?» fragte sie; «sind die Reparaturen bald zustande?»

«Ja, Großmutter.»

«Es muß alles in Ordnung sein; wir haben in unserer Familie immer auf Reputation gehalten.»

«Es wird alles in Ordnung kommen», sagte der Enkel, «aber es ist ein Sarg eingestürzt; das hat einen Aufschub gegeben.»

«Sind denn die Eisenstangen abgerostet?»

«Das nicht. Er stand zuhinterst neben dem Gitter; das Wasser ist darauf getropft.»

«Das muß Tante Fränzchen sein», sagte die Großmutter nach einigem Besinnen. – «Lag denn ein Kranz darauf?»

Martin sah die Großmutter an. «Ein Kranz? – – Ich weiß es nicht; er mag auch wohl vergangen sein.»

Die Greisin nickte langsam mit dem Kopf und sah eine Weile schweigend vor sich hin. «Ja, ja!» sagte sie dann, fast wie beschämt, «es ist nun freilich schon über fünfzig Jahre her, daß sie begraben wurde. Ihr Fächer, der mit Schmelz und Flittern, liegt noch drüben im Saal in der Spiegelkommode; ich habe ihn aber gestern nicht finden können.»

Der Enkel vermochte ein Lächeln nicht zu unterdrücken. Die Großmutter bemerkte es und sagte: «Deine Braut, der Wildfang, ist mir wohl wieder über meinem Kram gewesen. Ihr sollt mir das nicht zu euren Possen gebrauchen!»

«Aber Großmutter, wie sie neulich abends in deinem Reifrock durch den Garten promenierte – ihr wäret alle eifersüchtig geworden, wenn sie Anno neunzig so in eure Laube getreten wäre.»

«Du bist ein eitler Junge, Martin!»

«Freilich», fuhr er fort, «die fremden braunen Augen hat sie nun einmal; die kommen jetzt ohne Gnade in die Familie!»

«Nun, nun!» sagte die Großmutter, «die braunen Augen sind schon gut, wenn nur ein gutes Herz herausschaut. – Aber den Fächer soll sie mir in Ehren halten! Tante Fränzchen trug ihn auf deines Großvaters Hochzeit, und mich dünkt, ich sehe sie noch mit der dunkelroten Rose in den Haaren. Nachher hat sie dann nicht gar lange mehr gelebt. – Es war eine große Liebe zwischen den Geschwistern; sie hat ihrem Bruder dazumalen auch ihr Porträt geschenkt, und dein Großvater hat es, so lange er lebte, bei sich in seiner Schreibschatulle gehabt. – Später hingen wir es denn hierzu, zu ihm und zu den Eltern.»

«Sie ist wohl schön gewesen, Großmutter?» fragte der Enkel, indem er nach dem Bilde hinüberblickte.

Die Großmutter schien ihn nur halb zu hören. «Sie war ein kluges Frauenzimmer», sagte sie, «und sehr geschickt in der Feder. Während dein Großvater in Marseille war, und auch wohl später noch, hat sie dem alten Vater alle Jahr die Klosterrechnungen ausgeschrieben; denn er war Klostervorsteher und dann Ratsverwandter, ehe er zweiter Bürgermeister wurde. – Sie hatte auch eine schlanke, wohlproportionierte Figur, und dein Großvater pflegte sie wohl mit ihren feinen Händen zu necken. Aber heiraten hat sie niemalen wollen.»

«Gab es denn derzeit keine jungen Männer in der Stadt, oder haben ihr die Freier nicht gefallen?»

«Das», sagte die Großmutter, indem sie mit den Händen über ihren Schoß strich, «das, mein liebes Kind, hat sie mit sich in ihr Grab genommen. – Man sagt wohl, sie hab' einmal einen leiden können – Gott mag es wissen! Es war ein Freund deines Großvaters und ein reputierlicher Mensch. Aber er war Offizier und Edelmann, und dein Urgroßvater war immer sehr gegen das Militär. – Auf deines Großvaters Hochzeit tanzten sie miteinander, und ich entsinne mich wohl, sie machten ein schönes Paar zusammen. Unter den Leuten nannten sie ihn nur den Franzosen; denn er hatte rabenschwarzes Haar, das er nur selten pudern ließ, wenn er nicht just im Dienst war. Es ist aber das letztemal gewesen; er nahm bald darauf seinen Abschied und kaufte sich weit von hier einen kleinen Landsitz, wo er noch einige Zeit nach deines Großvaters Tode mit einer unverheirateten Schwester gelebt hat.»

Der Enkel unterbrach sie. «Es muß damals ein anderes Ding gewesen sein um die Herzensgeschichten», sagte er nachdenklich.

«Ein anderes Ding?» wiederholte die Großmutter, indem sie ihrem Körper für einen Augenblick die Haltung der Jugend wiederzugeben suchte. «Wir hatten so gut ein Herz wie ihr und haben unser Teil dafür leiden müssen. – Aber», fuhr sie beruhigter fort, «was wißt ihr junges Volk auch, wie es dazumalen war. Ihr habt die harte Hand nicht über euch gefühlt; ihr wißt es nicht, wie mäuschenstille wir bei unsern Spielen wurden, wenn wir den Rohrstock unseres Vaters nur von ferne auf den Steinen hörten.»

Martin sprang auf und faßte die Hände der Großmutter.

«Nun», sagte sie, «es mag vielleicht besser sein, so wie es jetzo ist. Ihr seid glückliche Kinder; aber deines Großvaters Schwester lebte in den alten Tagen. – Seit wir nach unserer Hochzeit das untere Stockwerk hier im Hause bewohnten, kam sie gern zu uns herunter; manchmal auch saß sie stundenlang bei deinem Großvater im Comptoir und half ihm bei seinen Schreibereien. Im letzten Jahre, seit ihre Kräfte abzunehmen anfingen, fand ich sie wohl zuweilen über ihren Rechnungsbüchern eingeschlafen. Dein Großvater saß dann, stille fortarbeitend, ihr gegenüber an der anderen Seite des Pultes, und ich erinnere mich noch gar wohl an das trauervolle Lächeln, womit er, wenn ich zu ihnen eintrat, mich auf die schlafende Schwester aufmerksam zu machen pflegte.»

Die Erzählerin schwieg eine Weile und blickte mit weitgeöffneten Augen vor sich hin, während sie mechanisch ihre Tasse schwenkte und mit Behutsamkeit die Neige ausschlürfte. Dann, nachdem sie die Tasse neben sich auf die Fensterbank gestellt hatte, sprach sie langsam weiter. «Unsere alte Anne konnte nicht genug davon erzählen, wie lustig und umgänglich ihre Mamsell in jüngeren Jahren gewesen sei; auch war sie die einzige von den Kindern, die bei Gelegenheit mit dem Vater ein Wort zu reden wagte. – Solange ich sie gekannt, ist sie immer still und für sich gewesen; zumal wenn der Vater im Zimmer war, sprach sie nur das Notwendige, und wenn sie just gefragt wurde. Was da passiert sein mag – dein Großvater hat nie davon gesprochen –; nun sind sie alle längst begraben.»

Der Enkel betrachtete das Bild des Urgroßvaters, und seine Augen blieben an den strengen Linien haften, die den starken Mund von den Wangen schieden. «Es muß ein harter Mann gewesen sein», sagte er.

Die Großmutter nickte. «Er hat seine Söhne bis in ihr dreißigstes Jahr erzogen», sagte sie. «Sie haben darum bis in ihr spätes Alter auch niemals so recht einen eigenen Willen gehabt. Dein Großvater hat es oft genug beklagt. Er wäre am liebsten ein Gelehrter geworden, wie du es bist; aber die Firma verlangte einen Nachfolger. Es waren damals eben andere Zeiten.»

Martin nahm das Bild des Großvaters von der Wand. «Das sind milde Augen», sagte er.

Die Großmutter streckte die Hände aus, als wolle sie aus ihrem Lehnstuhl aufstehen; dann ließ sie sie langsam ineinander sinken. «Jawohl, mein Kind!» sagte sie, «das waren milde Augen! Er hatte keine

Feinde – nur einen mitunter –, und das war er selber.»

Die alte Haushälterin trat herein. «Es ist einer von den Maurerleuten draußen; er wünscht den Herrn zu sprechen.»

«Geh hinaus, Martin!» sagte die Großmutter. «Was ist es denn, Anne?»

«Sie haben etwas in der Gruft gefunden», erwiderte die Alte, «ein Schaustück oder so etwas. Die Särge der alten Herrschaften wollen schon nicht mehr halten.»

Die Großmutter neigte ein wenig das Haupt; dann blickte sie in der Stube umher und sagte: «Mach das Fenster zu, Anne! Es duftet mir so stark; die Sonne scheint draußen auf die Buchsbaumrabatten.»

«Die Frau hat wieder ihre Gedanken!» murmelte die alte Dienerin; denn der Buchsbaum war vor über zwanzig Jahren fortgenommen, und mit den Glaskorallenschnüren hatten derzeit die Knaben Pferd gespielt. Aber sie sagte nichts dergleichen, sondern schloß, wie ihr geheißen war, das Fenster. Danach stand sie noch eine Weile und sah durch die Zweige des hohen Ahornbaums nach dem alten Lusthäuschen hinüber, wohinaus sie vor Zeiten ihren jungen Herrschaften so oft das Kaffeegeschirr hatte bringen müssen und wo die kranke Mamsell so manchen Nachmittag gesessen hatte.

Nun öffnete sich die Tür, und Martin trat hastigen Schrittes herein. «Du hattest recht!» sagte er, indem er Tante Fränzchens Bild von der Wand nahm und es an dem silbernen Schleifchen der

Großmutter vor die Augen hielt. «Der Maler durfte nur die Kapsel des Medaillons malen; der offene Kristall hat auf ihrem Herzen gelegen. Ich habe oft genug gefragt, was er verberge. Nun weiß ich es; denn ich habe Macht, es umzuwenden.» Und er legte ein verstäubtes Kleinod auf die Fensterbank, das, des grünen Rostes ungeachtet, der es überzogen hatte, als das Original zu der Zeichnung auf Tante Fränzchens Bilde nicht zu verkennen war. Das Sonnenlicht brach durch den trüben Kristall und beleuchtete im Innern eine schwarze Haarlocke.

Die Großmutter setzte schweigend ihre Brille auf; dann ergriff sie mit zitternden Händen das kleine Medaillon und neigte tief das Haupt darüber. Endlich nach einer ganzen Weile, wo in dem stillen Zimmer nur das unruhigere Atmen der alten Frau vernehmlich war, legte sie es behutsam von sich und sagte: «Laß es wieder an seinen Ort bringen, Martin; es taugt nicht in die Sonne. – Und», fügte sie hinzu, indem sie das Tuch auf ihrem Schoße sorgsam zusammenlegte, «auf den Abend bring mir deine Braut! Es muß in den alten Schubladen noch irgendwo ein Hochzeitskettlein stekken – wir wollen proben, wie es zu den braunen Augen läßt.»

DRÜBEN AM MARKT

*

Schon wieder stand der kleine Herr im blauen Frack an der Wehle unterhalb des Deiches zu fischen. Vier Angelruten hatte er ausgelegt; die Korke mit den Federposen schwammen auf der blanken Wasserfläche, während die Stöcke in dem üppigen Marschgrase ruhten. Auch der kleine schwarze Hund saß wieder daneben, wie es schien, in die Betrachtung des vor ihm liegenden Netzes versunken, das schon zur Hälfte mit Weißfischen und Aalen gefüllt war; nur zuweilen warf er den Kopf herum und schnappte nach den Schmeißfliegen, die um seine Nase schwärmten. Sein Herr hatte die ausgerauchte Meerschaumpfeife neben sich gelegt und blickte, die Hände auf den Rücken gefaltet, aus seinen kleinen, runden Augen gleichgültig vor sich hin; bald auf die schwimmenden Korke, bald über die Wehle nach dem spitzen Turm der nicht gar fernen Stadt. Die Sonne blitzte in den blanken Knöpfen seines Fracks und vor ihm auf dem stillen Wasser; mitunter zog er ein blaugedrucktes Schnupftuch aus der Tasche und trocknete sich damit den Schweiß aus seinen schon ergrauten Haaren. Das Schilf duftete; es war ein heißer Septembernachmittag.

Aus dem Häuschen, das droben auf dem Deiche lag, trat ein bejahrtes Frauenzimmer und stieg eilig an dem abwärtsführenden Fußwege hinunter. Der alte Herr hatte sie nicht bemerkt; denn an der einen Angel begann eben die Federpose zu zucken. Als aber jetzt die Frau, laut redend und jammernd, auf ihn zukam, wandte er sich um und winkte ihr heftig mit der Hand. «Schrei Sie nicht so, alte Person!» sagte er und bückte sich nach seiner Angel. «Hat denn die Mixtur von gestern noch nicht angeschlagen?»

Das Weib schwieg plötzlich und strich sich verlegen mit der Hand über ihre Schürze.

«Jaso», sagte er, «ich kann's mir denken; Ihr habt wieder einmal selbst gedoktert! – Da habt Ihr mir nun auch den Fisch verjagt!»

Indem hatte er sich aufgerichtet; und in seine kleinen Augen trat ein Ausdruck von Schelmerei, der vor Zeiten diesem unschönen Antlitz eine vorübergehende Anmut mochte verliehen haben. «Kleine Frau», sagte er, «kennt Ihr das Gebet der Ärzte?»

Die Frau sah ihn verdutzt an. «Nur das Vaterunser, Herr Doktor, und die hinterm Gesangbuch.»

«Nun, so will ich es Euch sagen: Gott behüte uns vor den alten Weibern!»

Die Alte lächelte. «Herr Doktor sind allzeit so spaßig.»

«Und nun», fuhr der Doktor fort, indem er seinen

alten Hut aus dem Grase aufsammelte, «nun bleib Sie hier und paß Sie mir auf meine Fischerei!» – Der kleine Hund sprang gegen ihn empor. «Leg dich, Pankraz!» sagte er und bückte sich, um ihn zu streicheln, mit jener hastigen Innigkeit, womit in Gegenwart anderer einsame Menschen den an sie gewöhnten Tieren zu begegnen pflegen. Dann, während der Hund sich legte und das Weib, seinem Befehl gehorchend, sich vor den Angelruten an das Wasser stellte, stieg er langsam den Deich hinauf und verschwand in der Tür des kleinen Hauses.

*

Es war tiefe Dämmerung, als der Doktor, aus seinem Meerschaumkopfe rauchend, auf dem Fahrweg des Deiches nach der Stadt zurückkehrte. Neben ihm ging die alte Frau, in der einen Hand ein Rezept, in der andern das schwergefüllte Fischnetz; der kleine Hund sprang kläffend hin und wieder. – So erreichten sie die Stadt. Im Schifferhause am Hafen brannten schon die Lichter und warfen ihren Schein auf die Gasse. Der Doktor tat einen Blick in die Gaststube, wo an dem rotangestrichenen Tisch schon ein Frühgast dem Wirte gegenübersaß; dann beschleunigte er seinen Schritt und ging durch die dunkle Twiete dem Markte zu, wo er mit seiner Begleiterin in ein schmales, altertümliches Haus trat, vor dem eine Linde ihre Zweige bis an die Fenster des oberen Stocks hinaufstreckte.

Während noch die Hausglocke läutete, öffnete sich im Hintergrund der Diele eine Tür, und ein schon ältliches, bürgerlich gekleidetes Mädchen leuchtete mit einer Schirmlampe den Kommenden entgegen. «Bist du es, Onkel?» fragte sie.

«Freilich; nimm nur der Frau die Fische ab.»

Dann, nachdem die Alte gute Nacht gewünscht, gingen beide in das geräumige Hinterzimmer. Das Mädchen trug ihr Spinnrad in die Ecke und setzte die Lampe auf des Onkels Schreibtisch, während dieser seine Taschen von dem mitgenommenen Angelgeräte leerte. «Ist jemand dagewesen?» fragte er.

«Ja, Onkel, die arme Frau, der du das Kleid von selig Tante schenktest.»

«Sonst wer?»

«Die alte Kammerherrin hat geschickt, sie hat wieder ihren Zufall.»

Der Doktor setzte sich auf den harten, lederbezogenen Stuhl, der vor dem Schreibtisch stand. «So?» sagte er, «schicken die feinen Leute auch noch! Nun», fügte er brummend hinzu, «der andere wird nicht um den Weg gewesen sein. – Wann war der Diener hier?»

«Du warst nur eben fort.»

«So – nun, da brauchen Ihro Gnaden mich schon nicht mehr.»

«Der Justizrat», sagte das Mädchen, «ist auch dagewesen; du hättest doch nicht vergessen, daß es heute der Geburtstag seiner Frau sei.»

Der Doktor schwieg eine Weile. – «Es ist gut», sagte er, «bring nur die Fische in die Küche!»

Das Mädchen ging; der Doktor blieb auf seinem Stuhle sitzen und streichelte mit der Hand den kleinen Hund, der ihm auf den Schoß gesprungen war. Seine Augen hafteten an der Messingklinke der nach dem Flur hinausgehenden Tür, als denke er, sie werde sich im nächsten Augenblick bewegen und jemand, den er erwarte, in das dürftig ausgestattete Gemach hereintreten. Aber es kam niemand; er blieb allein. Endlich, nachdem er das Tier behutsam auf den Fußboden gesetzt hatte, stand er auf und nahm aus dem Repositorium des Schreibtisches einen der Quartbände, welche seine ärztliche Buchführung enthielten. Das Blatt, welches er aufschlug, trug eine Jahreszahl, die der ersten Zeit seiner Praxis angehörte. – «Handlungsdiener Friedeberg» stand darüber; darunter waren viele Visiten eingetragen, sie folgten sich fast Tag um Tag; zum Schlusse aber war die Rechnung mit einer verhältnismäßig sehr geringen Summe abgeschlossen.

Der alte Friedeberg war längst begraben; aber der Doktor sah ihn noch vor sich, den kleinen Mann im lederfarbenen Rock, wie er an sonnigen Sonntagnachmittagen drüben am Markt vor der Tür des großen Giebelhauses stand und ihm, wenn er vorüberging, sein «Servus, Herr Doktor!» zurief. – Der alte Friedeberg war es jedoch nicht, um dessen willen die kleine, runde Hand des Doktors nach diesem Folium zurückgeblättert hatte. Er war nur der Diener gewesen; das große Giebelhaus hatte derzeit dem zweiten Bürgermeister, seinem Prinzipal, gehört; der alte Friedeberg führte nur das kleine Ladengeschäft, das der reiche Kaufherr zugleich mit jenem treuen Mann nach seinen Eltern überkommen hatte. Auch der stattliche Bürgermeister wohnte seit lange nicht mehr in seinem sonnigen Hause; er lag nicht weit davon auf dem Klosterkirchhof in der Familiengruft, die er selbst hatte bauen lassen. – Es war aber auch nicht sein Gedächtnis, das die Hand des Doktors geleitet hatte; der Doktor war nicht einmal sein Hausarzt gewesen; denn der Bürgermeister hatte sich wie alle Honoratioren des Physikus bedient. Aber der Physikus war einmal über Land gewesen, und – der Herr Bürgermeister hatte eine Tochter gehabt.

Das war es. – –

Der Doktor hatte sich umgewandt. Seine Augen ruhten auf dem leeren Polsterstuhl, der ihm gegenüber zwischen dem Ofen und dem Tassenschränkchen stand. – Spät an einem Februarabend war es gewesen. Dort hatte seine Mutter, die alte Schneiderswitwe, gesessen, mit gefalteten Händen, das Spinnrad neben sich. Sie war schon ein wenig eingenickt gewesen, wie es ihr vor dem Schlafengehen zu geschehen pflegte; aber sie war wieder munter geworden und saß nun nach ihrer Gewohnheit aufrecht und ohne sich anzulehnen. «Und du willst ein Doktor sein», sagte sie, «und weißt nicht, daß alte Leute nicht mehr jung sind!» – Der Doktor zog seine silberne Taschenuhr auf und hing sie an die Wand. «Es wird Schlafenszeit, Mutter!» sagte er lächelnd; denn er wußte alles, was noch folgen würde. Aber die Alte ließ nicht ab; sie schenkte ihm nichts, er mußte alles hören: ihr Alter und das seinige, dann alle Mühen des kleinen Haushalts und das gesamte Inventar an Leinen und Bettstücken, das droben in den beiden eichenen Schränken lagerte. «Denn», sagte sie, «wir sind immer auskömmliche Leute gewesen, ich und dein seliger Vater; und das Notwendige wäre schon beisammen, wenn die junge Frau ins Haus käme.» – Der Doktor hatte schon fast ein wenig ungeduldig werden wollen; da plötzlich hatte die Hausglocke geschellt, und da nach einigen Augenblicken war sie hereingetreten. Sie hatte das blonde Haar zurückgeschüttelt und ein weißes Tüchlein vom Kopf genommen und sich dann einen Augenblick schweigend und aufatmend im Zimmer umgesehen. Die kleine, behende Alte war fast erschrocken aus ihrem Lehnstuhl aufgesprungen; denn solch einen Gast hatte sie noch niemals in dem Zimmer ihres Doktors erscheinen sehen. Aber es war Notsache gewesen; der alte Friedeberg war plötzlich schwer erkrankt, eine tiefe Ohnmacht, ein Schlaganfall, die junge Dame wußte es selber nicht. Der Lehrling war um den Kranken beschäftigt, die Mägde schon in den Betten gewesen; in ihrer Angst und ohne zu fragen, war sie fortgelaufen. Beim Physikus hatte sie vergebens angeklopft; nun sollte der junge Doktor kommen; aber sogleich, es war kein Augenblick zu verlieren. – Der Doktor stand vor ihr in seinem abgetragenen Schlafrock, der die kleine, pralle Gestalt nur kaum bedeckte, und fragte und ließ sich berichten. Die alte Frau ging währenddessen im Zimmer umher und brachte hier eine Weste, dort ein Schnupftuch auf die Seite, die er wie gewöhnlich auf den Stühlen umhergestreut hatte; sie wischte mit ihrer Schürze über das Polster des alten Lehnstuhls und lud die junge Dame zum Sitzen ein. Aber die junge Dame wollte sich nicht setzen, und bald nachdem der Doktor in die Kammer gegangen und in seinem blauen Kleidrock wieder zum Vorschein gekommen war, machten beide sich auf den Weg.

Die Alte hatte ihnen geleuchtet. «Fallen Sie nicht, Mamsell», hatte sie gesagt, «der Ring an der Kellerluke steht vor!» Der Doktor entsann sich alles dessen noch genau; er meinte noch zu hören, wie sie hinter ihnen die Kette vor die Haustür legte.

Draußen standen schon alle Häuser dunkel; nur drüben, unweit der Twiete in dem großen Giebelhause, waren unten noch die Fenster hell. Eben schlug es von der Kirchenuhr an der andern Seite des Marktes. Unwillkürlich standen sie und sahen an dem alten Turm empor, der mit seiner dunkeln Spitze in den Sternenhimmel hinaufragte. Hoch überhin steuerte ein Zug von Wildgänsen durch die Luft; ihr gellender Schrei und der Klang ihrer Flügel fuhr weithin über die schlafende Stadt.

Der Doktor ließ sein Bambusrohr auf der Steinplatte klingen. «Kommen Sie, Mamsell Sophie», sagte er, «es wird Frühling! Wir müssen dem alten Friedeberg helfen.»

Und nun gingen sie, das Mädchen immer einen Schritt voraus. Er aber in dem ungewissen Sternenschimmer sah zum erstenmal auf sie und wie fest und jugendlich sie daherging.

*

Jene Nacht war längst dahin. Der Doktor war seitdem fast noch einmal so alt geworden; aber die

Leute sagten, er habe dazumal nicht anders ausgesehen, nur sein Haar sei etwas grau und der blaue Frack ein paarmal neu und dann wiederum alt geworden. Auch im Hause in dem großen Hinterzimmer war es ebenso geblieben; derselbe alte Tisch mit den geschweiften Beinen und dem bunten Wachstuchbezug; dasselbe Tassenschränkchen und der weiße Sand auf dem Fußboden. Freilich in dem Polsterstuhl am Ofen saß jetzt nicht mehr wie sonst die alte strickende Frau, sondern ein kleiner schwarzer Hund, den der Doktor nach ihrem Tode sich herangezogen hatte.

Auch in diesem Augenblick behauptete der kleine Hausgenosse seinen ererbten Platz. Er hatte sich schlafen gelegt und schien noch von den Schmeißfliegen zu träumen, die draußen an der Wehle ihn umschwärmt hatten; denn er kläffte und schnappte ein paarmal um sich her in die leere Luft. Der Doktor ging auf ihn zu und streichelte ihn: «Laß doch, Pankraz, laß doch!» sagte er, «du träumst ja nur.» Der Hund sah mit trüben Augen zu ihm auf, leckte einen Augenblick die liebkosende Hand seines Herrn und schob dann die Schnauze wieder zum Schlaf unter seinen Schenkel.

Der Doktor trat wieder an seinen Schreibtisch, und nachdem er das vorhin aufgeschlagene Buch zugemacht und an seinen Platz getan hatte, holte er aus dem hintersten Fache einer Schublade das Bruchstück einer roten Hummerschere hervor, an welcher mit einem Bindfaden ein großer Schlüssel befestigt war. Dann nahm er die Lampe und ging zur Tür hinaus, durch den schmalen Gang auf den

Hausflur, und stieg von dort die Treppe hinauf, die zwischen weiß getünchten Wänden in das obere Stockwerk führte.

Die Stufen knarrten, die einsame Hauskatze, die auf dem Treppenabsatz eingedämmert war, sprang vor ihm auf und stob die Bodentreppe hinan. Oben auf dem engen Flur zwischen zwei dunkeln ungeheuren Schränken stand der Doktor still und öffnete mit seinem Schlüssel die Tür eines nach der Straße hinausführenden geräumigen Zimmers, dessen Fußboden mit einem wollenen Teppich belegt war. Der Schein der Lampe fiel auf eine Tapete, wie man sie vor einem Vierteljahrhundert wohl zu sehen pflegte; eine Südseelandschaft mit den Figuren Pauls und Virginiens, die sich in bunten, jetzt freilich verblichenen Farben oberhalb des hohen Paneels wie ein Panorama an der Wand entlang zog. Das mit Mahagoni fournierte, jetzt tiefdunkle Gerät des Zimmers schien im Gegensatz zu der unteren Wohnung einst mit besonderer Sorgfalt ausgewählt. – Der Doktor setzte die Lampe auf den länglichen, mit einem bunten Teppich behangenen Sofatisch. Seine Augen ruhten eine Weile auf dem mit Buchsbaum eingelegten Jagdstück in der Lehne des Sofas; dann breitete er sein Schnupftuch auf das Sitzpolster, stieg hinauf und hob die bestaubte Glasglocke von einer Tafeluhr, die mitten in dem hartblauen Himmel der Südseeinsel auf einem kleinen Postamente stand. Er nahm den verrosteten Stahlschlüssel, und nachdem er langsam aufgezogen und den Perpendikel angestoßen hatte, horchte er auf das plötzlich laut werdende Ticken. Die Uhr ging wieder, sie ging ganz wie vor fünfundzwanzig Jahren; es war wieder etwas lebendig in dem Zimmer, worin es sonst so still war.

Er hatte die Glasglocke wieder aufgesetzt und ging jetzt wie vorsichtig über den weichen Teppich zu einem Sessel, der in einer der beiden tiefen Fensternischen stand. Es war schon dunkel draußen; aus den einzelnen Fenstern und von den hier und da stehenden Gassenlaternen fielen spärliche Lichter; nur drüben rechts hinab über den Markt in dem großen Giebelhause waren alle Fenster des oberen Stockwerks erleuchtet. Der Doktor stützte den Arm auf die Fensterbank und sah nach dem hellen Schein, der von dort in das Dunkel hinausbrach.

Damals, an einem Vormittag vor vielen Jahren, acht Tage mochte es gewesen sein nach jener Februarnacht, hatte das Haus drüben in vollem Sonnenlicht gestanden; auf die spiegelblanken Ladenfenster und an der andern Seite auf die Fenster des vorspringenden Ausbaues und zwischen ihnen auf die Fliesen des weitgeöffneten großen Hausflurs war der goldene Schein gefallen.

Der Doktor erinnerte sich dessen wohl.

An einem Markttage war es gewesen; er hatte sich von seinem Hause an durch die Reihen der Bauernwagen und der Eier- und Gemüsekörbe durchgedrängt; er hatte hier und dort einer Marschbäuerin die Hand geschüttelt und sie bei Vor- und Zunamen begrüßt; ja sogar ein Rezept hatte er stehend und aus freier Hand auf seine Brieftafel schreiben müssen. Nun trat er in das große Giebelhaus, um nach dem alten Friedeberg zu sehen. Es hatte keine Gefahr mehr, er war schon in der Besserung. Auf dem Flur vor dem Laden drängten sich die Käufer. Der Lehrling konnte nicht allen Händen genügen, die ihre Körbe und Kannen vor ihm hinschoben. Aber er hatte eine Gehilfin bekommen; dort auf dem Ladentritt stand eine schlanke Mädchengestalt und hantierte in den obersten Schubladen des Repositoriums.

«Ei was, Mamsell Sophie!» rief der Doktor.

Sie wandte den Kopf zurück; ein Paar helle Augen sahen auf ihn herab. «Guten Morgen!» rief sie.

«Was treiben Sie denn da?»

«Sie wissen ja», sagte sie und sprang mit einem leichten Satz zu Boden, «der alte Friedeberg ist invalid; da muß ich der alte Friedeberg sein!»

«Das seh ich», sagte der Doktor, und seine kleinen Augen folgten ihr mit Verwunderung, wie sie mit den flinken Fingern die Ware in Papier schlug, wie sie den Bindfaden von der Rolle schnurrte, ihn um das Päckchen knüpfte und dann so resolut an dem großen Ladenmesser abschnitt.

Als sie die Ware aus der Hand legte, setzte schon wieder ein Arbeiter seine Branntweinflasche vor sie hin. Sie blickte einen Augenblick wie hilfesuchend nach dem Lehrling. Als sie ihn beschäftigt sah, kniete sie seitwärts vor das Ankerfaß und hielt das zinnerne Maß unter das Messinghähnchen. Aber während die Flüssigkeit hineinrann, bog sie den Kopf zurück und schüttelte sich unmerklich, als widre sie der Dunst des Alkohols.

Der Doktor stand noch immer und ließ kein Auge von ihr. Und schon plauderte sie mit einem

Haufen Kinder, die ungeduldig mit ihren Sechslingen klopfend vor dem Ladentisch standen. Sie neigte sich herüber und nahm das pausbackige Gesicht eines Nachbarknaben zwischen ihre Hände. «Junge, was du für ein Kerl geworden bist», sagte sie und sah ihm ernsthaft in die Augen; «du hast wohl gar den Nachtwächter schon gesehen?»

Der Junge schüttelte den Kopf. – «Der tutet bloß!» sagte er und sah sie trotzig an.

Sie lachte und steckte ihm sein Päckchen in die Tasche. «Halt, du vergißt ja was!» Dann nahm sie ein Glas mit Bonbons aus dem Schaufenster. «Nun greif einmal, aber herzhaft!» Und der Kleine ließ es daran nicht fehlen. Der Ladenbursche warf einen bedenklichen Blick auf seine junge Prinzipalin, als sie ihm das Glas zum Wegsetzen in die Hand gab; der Doktor aber lächelte still in sich hinein und blickte unvermerkt zurück, als er durch den Laden nach dem dahinter liegenden Zimmer des alten Friedeberg ging. – –

Der kleine Greis saß aufrecht in den Kissen und zählte mit den Fingern an seinen Knöcheln, während er durch die Fenster nach dem dunkeln Packhofe sah, in dessen engem Raume er einen so großen Teil seines Lebens zugebracht hatte.

«Nun, Friedeberg», sagte der Doktor, «laßt einmal die Rechenmaschine stillstehen! Ihr habt ja Euern Stellvertreter draußen.»

Der Alte nickte, und ein sanftes Lächeln trat in das kleine faltenreiche Gesicht. «Freilich, Doktor», sagte er, «aber es schickt sich nur nicht so recht, und der Herr Bürgermeister sehen es auch nicht gern.»

Der Doktor warf noch einen Blick durch das Türfensterchen in den Laden; dann aber nahm er den Puls seines Patienten und examinierte und schalt ihn freundlich, wie es seine Art war.

Indessen knarrte die Tür, und das junge Mädchen trat still herein, indem sie fragend zu dem Arzt hinübersah.

Dann setzte sie sich zu dem Alten auf die Bettkante und drohte ihm mit dem Finger. «Halt dich nur ruhig, Friedeberg», sagte sie, «da les ich dir Nachmittag wieder aus dem Theatrum mundi; die Belagerung Magdeburgs oder was du sonst mir aufschlägst! – Nein, nein, sprich nur nicht! Ich weiß schon alles, was du fragen kannst. Deinen faulen Burschen halt ich auch in Respekt; es wird alles sauber eingetragen, es geht alles nach deiner Vorschrift. Und verkauft haben wir heute morgen! Ich bekomme noch die ganze Kinderkundschaft.»

«Traut ihr nicht, Friedeberg!» sagte der Doktor, «ein Viertel Zichorie und eine Tasche voll Bonbons als Draufgabe, das gibt eine schlechte Rechnung!»

Der Alte nahm ihre kleinen Finger und drückte sie zärtlich zwischen seine alten arbeitsmüden. «Lassen Sie sie, Doktor», sagte er, «das ist eine gesegnete Hand.»

Das Mädchen lächelte. «Ja, alter Friedeberg», sagte sie, indem sie eine kleine Münze auf dem neben dem Bette stehenden Tisch klingen ließ, «sogar einen falschen Schilling habe ich eingenommen! Du kannst ihn hernach auf deinen Ladentisch nageln; da hast du das Dutzend voll.»

«Die falschen Stücke», erwiderte er langsam, «die

sind schon alt; das war in meiner Jugend; da nahm ich auch alles unbesehen.»

Sie sah ihn mit klugen Augen an. «Es ist von meiner Kinderkundschaft», sagte sie.

Der Doktor konnte noch nicht wegfinden. Er hatte sich unter dem Fenster auf den Drehstuhl des alten Friedeberg gesetzt und begann zu plaudern; er wagte es sogar, die junge Dame an den Kontertanz zu erinnern, den sie letzthin im Kasino mit ihm getanzt hatte.

Sie hörte ihm ruhig zu. «Ja», sagte sie, «und dann das Solo; vergessen Sie das Solo nicht!»

Der Doktor fand auch gar keine Veranlassung, das Solo zu vergessen. Er lachte; denn er sah sich selbst mit den Händen balancierend durch den Saal schreiten; aber trotz seinen kleinen kurzen Füßen, er hatte doch das Gleichgewicht behalten, und das war nicht alle Mal so ganz geglückt. – Und dann klatschten sie ein wenig über die roten Schuhe der Frau Kammerrätin und über den mathematischen Diener seines Freundes, des Justizrats; und der Doktor lachte ebenso harmlos über die andern, wie er zuvor über sich selbst gelacht hatte. Ein paarmal, wenn die schönen Mädchenaugen so frisch gegen ihn herausschauten, versuchte er auch einen ernsten Ton anzustimmen; aber er plagte sich umsonst, es schlug ihm immer wieder alles in Spaß und Gelächter aus.

Das Mädchen, deren Hände auf ihrem sauberen Morgenkleide ruhten, musterte währenddessen die kleine untersetzte Gestalt des ihr gegenübersitzenden Mannes. Es entging ihr nichts; weder die Bänder des bescheidenen Vorhemdchens, die über den Rockkragen hervorsahen, noch der ungepflegte Zustand des Haupthaares, von dem unzählige Spitzen wie Flammen in die Höhe ragten. Zuletzt blieben ihre Augen an zwei kleinen Daunen haften, die, je nachdem der Doktor den Kopf bewegte, entweder wie aufstrebende Räupchen in der Luft gaukelten oder in das allgemeine Wirrsal wieder hinabtauchten. Mamsell Sophie strich sich unwillkürlich mit den Fingern über ihren seidenen Scheitel, und in ihrem Gesichtchen zuckte es wieder wie vorhin, da sie vor dem Branntweinfäßchen kniete.

Der Doktor bemerkte nichts dergleichen. Als er aber die blauen Augen so unablässig auf sich gerichtet sah, warf er den Kopf zurück und schaute über sich und fuhr sich ein paarmal mit der Hand durch die Haare; und da er hier nichts Ungewohntes zu entdecken vermochte, so verstummte er plötzlich und schaute fest und fragend in das Angesicht des Mädchens. Allein er bekam keine Antwort. Wie ein ertapptes Kind wandte sie den Kopf; und der Doktor sah nur noch, wie es ihr blutrot bis an die krausen Stirnhärchen ins Gesicht stieg. Er wußte nicht mehr, wie er das zu deuten habe; sein Scharfsinn begann seltsame Wege zu wandeln, und eine Reihe lieblicher erschreckender Gedanken tauchten in ihm auf. Er schlug seine kleinen tapfern Augen nicht zu Boden; er wollte abwarten, daß sich das blonde Köpfchen wieder zu ihm wende.

Der alte Friedeberg sah indes von seinem Kissen, was der Doktor nicht zu sehen vermochte. Aber auch er wußte nicht, weshalb die Augen seines Lieblings und mit solchem Ausdruck von Schelmerei auf die nackte Wand gerichtet waren und weshalb sie sich mit den Zähnen den lachenden Mund festhielt. Und bevor er noch zu fragen vermochte, stand sie schon an der Stubentür, die Klinke in der Hand. «Ich muß nach deiner Suppe sehen, Vater Friedeberg!» und mit einer leichten Verbeugung gegen den Doktor war sie zum Zimmer hinaus.

Der Doktor stand vor dem Bette seines Patienten, knöpfte seinen blauen Frack zu und ließ sich noch einmal die halbgeleerte Medizinflasche zeigen; dann nahm er Hut und Stock und empfahl sich. Kaum hörte er noch das «servus, servus», das ihm der kleine Greis mit einer verbindlichen Handbewegung nachrief.

Vor dem Rathause begegnete ihm der Herr Bürgermeister, der mit seinem Portefeuille unter dem Arm soeben aus der Ratssitzung kam. Es war eine stattliche Gestalt; er trug den starken Kopf aufrecht und trat so fest einher, daß ihm bei jedem Schritt die wohlgenährten Wangen schütterten. – Nachdem er den jungen Arzt nicht ohne eine gewisse Herablassung gegrüßt hatte, erkundigte er sich eingehend nach dem Befinden seines alten Handlungsdieners, und so schritten beide im Gespräche miteinander über den Markt. Der Doktor aber wußte nicht, weshalb es ihm heute unbehaglich war, sich diesen huldreich zu ihm redenden Herrn als den Vater jenes hübschen Mädchens zu denken; immer wieder, bis vor der Tür des großen Giebelhauses, zu der er ihn zurückbegleitete, stand es vor seiner Seele, wie unbequem es sein müsse, diesem gewichtigen Mann eine Bitte vorzutragen oder im geheimen Zwiegespräch gegenüberzustehen.

*

An diesem Tage war der Doktor nicht, wie er sonst zu tun pflegte, nach dem Abendessen wieder ausgegangen; er hatte sich ein Gläschen Grog im Hause präparieren lassen und saß nun, seine Pfeife rauchend, der Mutter gegenüber an dem kleinen Wachstuchtische. Die alte Frau hatte ihr wollenes Strickzeug mit den hölzernen Nadeln neben sich gelegt und las in ihrer Bibel, im ersten Buch Mose, von der Erschaffung des Weibes. «Es ist nicht gut, daß der Mensch allein sei.» Mitunter seufzte sie und sah nach ihrem Sohn hinüber. – «Hast du den alten Friedeberg denn bald wieder auf dem Schick?» fragte sie unter dem Lesen.

«Den alten Friedeberg? – Freilich, Mutter; er hat ja gute Pflege.»

«War denn die junge Mamsell heut wieder da?»

Der Doktor setzte plötzlich das Glas, das er eben an seine Lippen führen wollte, wieder auf den Tisch. Denn er sah sie vor sich, die junge Mamsell, wie sie vor dem Branntweinfäßchen kniete, wie sie das Hähnchen drehte, wie sie schauderte.

Die Alte hatte währenddes ihr Leseglas auf die Bibel gelegt; ihre Gedanken waren schon wieder um einige Schritte vorwärts. «Die würde eine alte Frau auch nicht verkommen lassen!» sagte sie seufzend und stützte den Kopf in ihre Hand.

«Ich hoffe nicht, Mutter, daß sie sich so etwas

würde zuschulden kommen lassen», erwiderte der Doktor.

Die Alte blickte auf, als wolle sie sich versichern, wie das gemeint sei.

Der Doktor hielt ihr anfangs sein ehrlichstes Gesicht entgegen; bald aber mühte er sich vergebens, ein leises Zucken um seinen Mund zu unterdrükken; es war nicht mehr zu halten, es stieg ihm über die Wangen, in die Augen; und als er endlich das Gesicht der alten Frau von derselben Unruhe ergriffen sah, da brach es hervor, sein volles herzliches Lachen, dem weder seine Mutter noch einer seiner Freunde widerstehen konnte.

So lachten sie beide eine ganze Weile miteinander, und die Alte schüttelte den Kopf und wischte sich mit der Schürze die Tränen aus den Augen. «Kind, Kind! Doktor!» rief sie, «was lachst du denn so gefährlich!»

Ihr Sohn war aufgesprungen, er nahm den Kopf der Mutter zwischen beide Hände und drückte ihn gegen seine Brust. «Mutter», sagte er, indem er ihr auf die Wangen klatschte, «du bist eine kluge Frau! So welche gibt es heutzutage doch nicht mehr!»

«Ei was!» rief sie und suchte ihn mit beiden Armen von sich abzuwehren, «ich laß mich nicht dumm machen! Ihr habt ja doch zusammen getanzt; warum redest du nicht? Wie dann, wenn dein Vater selig auch den Mund nicht aufgetan hätte? Was treibt ihr denn, wenn ihr beisammen seid?»

Der Doktor schmunzelte. – «Geh!» rief sie, «es ist mit dir kein Fertigwerden; das kommt davon, wenn simple Leute studierte Kinder haben wollen!» – Er ließ noch einen Augenblick die zärtlichen Augen seiner Mutter in den seinen ruhen; dann trat er an sein Bücherbrett und stöberte zwischen den bestaubten Bänden. Er suchte nach einer alten Ausgabe von Bürgers Gedichten, des einzigen deutschen Dichters, der jemals in seinem Besitz gewesen war. Da er indes den Bürger nicht zu finden vermochte, so begnügte er sich mit einer kleinen Elzevirausgabe des Horaz, die ihm aus seinen Primanerjahren zurückgeblieben war. Nachdem er den Deckel an seinem Schlafrock abgestäubt hatte, setzte er sich wieder an seinen Platz. Er begann in dem Büchlein zu blättern, bis er endlich eine der Oden aufschlug und sich ganz darin vertiefte. «Lalagen amabo!» Er murmelte die Worte halblaut vor sich hin. «Ich liebe Lalagen! Wie lächelt sie und, o, wie plaudert sie so süß!» – Und während des Lesens langte seine Hand unwillkürlich nach dem vor ihm stehenden Glase, und er las und trank, und trank und las, bis die Ode zu Ende und das Glas geleert war.

*

Das Blechkästchen, worin der Doktor die Ersparnisse seiner Praxis aufgespeichert hatte, stand in dem untersten wohlverschlossenen Schubfache seines Schreibtisches. Am andern Vormittage, als er von seinen Berufsgängen heimgekehrt war und während die Mutter draußen in der Küche hantierte, wurde es behutsam hervorgenommen. Er löste die Bindfäden, mit denen die Wertpapiere zusammengebunden waren, schüttete aus einem leinenen Beutel ein Häufchen Dukaten und andere Goldmünzen auf den Tisch und notierte die einzelnen Beträge auf ein Papierblättchen. Dann, nachdem er noch eine Weile gerechnet und hierauf alles wieder an seinen Ort verschlossen hatte, ging er durch den schmalen, hinter dem Hause befindlichen Garten und von dort durch die noch unbelaubte Lindenallee nach dem alten Schlosse, welches derzeit dem Herrn Kammerherrn und Amtmann zur Wohnung und zum Geschäftslokal eingeräumt war.

Der Doktor wollte den Justizrat besuchen, einen jungen Juristen, der es bislang freilich nur noch zum Amtssekretär gebracht hatte, der aber in seiner goldenen Brille und in seinem wohltoupierten Haar die später erlangte Würde so deutlich vorgezeichnet trug, daß seine Freunde ihn schon jetzt damit belehnt hatten. – Als der Doktor in das hohe düstere Wohnzimmer trat, fand er den Justizrat, in seinen türkischen Schlafrock gewickelt, mit einem Aktenstück beschäftigt, in der Sofaecke sitzen. Von oben durch die Zimmerdecke, über welcher sich die Gesellschaftsräume des Kammerherrn befanden, drangen kaum vernehmbar die Töne eines Klaviers. Der Doktor stand still und horchte; er liebte Musik, er blies sogar selbst ein wenig auf der Flöte.

Der Amtssekretär, ohne aufzustehen, nahm seine goldene Brille herunter und polierte die Gläser mit einem gelben Glacéhandschuh, der neben ihm auf dem Sofa lag. «Das hättest du Sonntag bequemer haben können!» sagte er lächelnd, «die alte Exzellenz, unsere grand'mère, träufte nur so von Gnade und Leutseligkeit. Wo stecktest du denn? Du warst doch auch befohlen!»

«Ich, Justizrat?» und der Doktor rieb sich mit seiner runden Hand das unrasierte Kinn, «du weißt, die Wahrheit zu sagen, ich bin nicht gern geniert.»

«So?» sagte der andere trocken und ließ einen scharfen Blick auf seinen Freund hinübergleiten. «Aber im Schifferhause war Picknick; unser Schreiber erzählte mir davon. Er war ja auch wohl dort?»

Der Doktor schlug seine kleinen ehrlichen Augen gegen ihn auf. «Laß das Pulsfühlen, Eduard!» sagte er und reichte ihm die Hand über den Tisch hinüber.

Der Justizrat drückte sie flüchtig, indem er zugleich die Brille wieder aufsetzte und die goldenen Stäbchen an seinen Schläfen zurechtrückte. «Nun, Doktor! Aber meine Schwester und die kleine Bürgermeistertochter hatten auf deine Flöte gerechnet. – Du verstehst dich nicht auf derlei Dinge; aber» – und er richtete sich ein wenig in seiner Sofaecke auf – «du hättest sie sehen sollen, wie sie beim Singen ihr feines Näschen emporhob, und wie im Affekt die schlanken Finger so eigensinnig in der Luft spielten!» Und der Justizrat drückte hinter seinen Brillengläsern die Augen zusammen und blickte vor sich hin, als sähe er dort alles leibhaftig vor sich stehen.

Der Doktor legte die Hand, in der er seinen Rohrstock hielt, auf den Rücken und begann plötzlich im Zimmer auf- und abzuwandeln. «Justizrat», sagte er endlich, «du hast Geschmack, du bist mit solchen Sachen aufgewachsen.»

Der Amtssekretär zog die Schöße seines Schlafrocks noch dichter um seine etwas hagere Gestalt. «Nur weiter, Doktor!» sagte er.

Der Doktor war wieder einige Male auf- und abgegangen. «Es ist nämlich, Justizrat; du kennst doch das alte Zimmer oben in meinem Hause?»

«Freilich, Doktor; wir haben ja neulich deinen Geburtstagskommers darin gefeiert!»

Der Doktor räusperte sich ein paarmal und blieb dann vor seinem Freunde stehen: «Du mußt mir helfen, das Geräte zu bestellen!» sagte er mit einem kleinen resoluten Schwingen seines Rohrstocks. «Die Mittel sind nun beisammen, daß ich es endlich kann instand setzen lassen.»

«Ernstlich, Christoph?» fragte der Justizrat, während er dem andern mit unverkennbarer Verwunderung ins Gesicht blickte.

Der Doktor nickte. «Ernstlich, Eduard!» Dann setzte er sich lächelnd in einen vor dem Tische stehenden Lehnstuhl und wartete geduldig, bis der Justizrat sich erhoben und mit gewohnter Sorgfalt seinen Anzug vollendet hatte.

Nach einiger Zeit traten beide in die Werkstatt eines ihnen bekannten Tischlermeisters. – Ein Sofagestelle, für lose Polster und Lehnkissen bestimmt, war eben in Arbeit und wurde sofort erhandelt. Der Meister legte ihnen mehrere Einsatzstücke von Buchsbaum vor, aus denen der Justizrat zwei schwebende Gestalten, diese mit einer Blumen-, jene mit einer Obstgirlande, für die vorderen Flächen der Seitenlehnen auswählte; überdies ein Täfelchen mit einer Hirschjagd für die Mitte der Rücklehne. Die Fournierung des Ganzen sollte von Mahagoni sein. – Aus der Werkstatt gingen sie in das dahinterliegende Magazin, wo sie die meisten zur Ausstattung eines Zimmers erforderlichen Stücke bereits fertig und in entsprechender Arbeit vorfanden. Ein Postament mit eingelegten Stäbchen für eine Tafeluhr wurde noch bestellt; außerdem zwei Lehnsessel, von denen je einer in den tiefen Fensternischen des Zimmers seinen Platz finden sollte.

Während in einiger Entfernung von ihm der Justizrat mit dem Meister über einen großen Wandspiegel unterhandelte, war der Doktor vor einem zierlichen Nähtischchen stehengeblieben. Er hatte die Platte aufgeklappt, er bückte sich und tastete an den Rollen und Sternchen umher, die in den schmalen Seitenfächern angebracht waren, und betrachtete dann wieder mit augenscheinlichem Wohlbehagen das unter dem Tischkasten hängende grünseidene Arbeitssäckchen. Als er jedoch plötzlich das lächelnde Gesicht des Justizrats vor sich sah und daneben den Meister, der ihm den Preis des Stückes nannte und die Vorzüge der Arbeit auseinanderzusetzen begann, klappte er hastig die Platte wieder zu und erkundigte sich angelegentlich nach dem Preise eines in der Nähe stehenden Pfeifenhalters. Der Justizrat klopfte ihm auf die Schulter. «Ich seh es schon», sagte er, «die Pfeife tut's nicht mehr allein.»

In der Tapetenhandlung, welche sie hierauf besuchten, bestand der Doktor auf einer Landschaftstapete, zu der Bernardins einst so beliebte Erzählung die Staffage geliefert hatte. Das Buch selbst kannte er nicht; aber als Knabe, da er für seinen Vater noch die fertigen Kleidungsstücke auszubringen pflegte, hatte er in dem Wohnzimmer eines reichen Kaufherrn oft eine Reihe kolorierter Kupferstiche angestaunt, in welchen die Hauptszenen dieser rührenden Geschichte dargestellt waren. Die Gestalten des etwas schmächtigen jungen Liebespaares, des alten Negers, wie er in Begleitung des großen Hundes den im Walde Verirrten mit vorgestreckten Armen entgegeneilt, waren ihm seitdem von der Vorstellung eines behaglich eingerichteten Wohngemachs unzertrennlich geblieben. Er äußerte freilich hiervon nichts; aber er ließ sich auch durch keine Einwendungen seines Freundes von der einmal getroffenen Wahl zurückbringen.

Auf ihrem Heimwege lag die Wohnung eines bei den jungen Herren der Stadt beliebten Schneidermeisters. Der Justizrat blieb stehen. «Was meinst du, Doktor», sagte er, indem er mit seinem Fischbeinstöckchen über dessen abgetragene und übelgehaltene Kleidung hinstrich, «wir sind einmal beim Tapezieren!»

Der Doktor, wie er in bedenklichen Fällen zu tun pflegte, faßte mit der Hand in seine Lastinghalsbinde und stieß ein kurzes Husten aus. Bald aber begann er nicht ohne eine kleine Begehrlichkeit eine kaffeebraune Sammetweste zu betrachten, die nebst anderen fertigen Arbeiten vor dem Fenster hing, und erkundigte sich bei seinem Freunde nach dem Preise und der Dauerhaftigkeit eines solchen Kleidungsstückes.

Der Justizrat, nachdem er die verlangte Auskunft erteilt hatte, glaubte eine solche anscheinend günstige Stimmung benutzen zu müssen. «Und wenn du», setzte er wie beiläufig hinzu, «meinem Friseur noch eine Kleinigkeit zuwenden möchtest – der Laden ist hier nebenan.»

Aber er war schon zu weit gegangen; der Doktor hatte sich schon besonnen, er sah plötzlich den ganzen überlegten Plan des andern vor sich. «Wir wollen's nur dabei bewenden lassen, Justizrat!» sagte er und sah seinen Freund mit einem Ausdruck der überlegensten Heiterkeit aus seinen kleinen Augen an.

*

Nun wurden für eine Zeitlang Tischler und Maler in dem obern Stockwerk des schmalen Hauses geschäftig, und der Doktor stieg oft die dunkle Treppe hinauf und betrachtete den Fortgang der Arbeiten. – Wieder einige Wochen später, nachdem an Fenstern und Paneelen der rötlich graue Anstrich getrocknet, nachdem die Tapeten aufgezogen und endlich noch der Fußboden mit einem einfachen Teppich belegt war, langten nacheinander auch die von dem Tischler gefertigten Geräte an. Die Mutter des Doktors stand, während sie ins Haus getragen wurden, neben ihrem Sohn im Zuge der offenen Haustür, strich sich dann und wann die grauen Härchen unter ihrer Haube und betrachtete kopfschüttelnd die zierlichen Dinge. Schon ein paarmal, wenn wieder ein neues Stück angelangt war, hatte sie den Mund zum Reden geöffnet; aber ebenso oft die schon halbbegonnenen Worte wieder hinabgeschluckt. Endlich, als auch der große, aus einem Stück bestehende Wandspiegel gebracht wurde, schien sie es länger nicht verschweigen zu können. «Kind, Doktor», sagte sie, «was machst du dir für Unkosten; so was gehört ja alles doch zur Aussteuer!» Aber der Sohn wollte ihr heute nicht standhalten; er stieg schon, als hätte er nichts gehört, hinter den Trägern die Treppe hinauf und stellte sich zu ihnen, um das Aufhängen des Spiegels zu beaufsichtigen. – In den folgenden Tagen, nachdem alle Dinge an ihren Ort gestellt waren, saß in der neben dem Hinterzimmer befindlichen Schlafkammer der Mutter eine Näherin, um die neuen Vorhänge anzufertigen; und die alte Frau, da es denn doch einmal sein sollte, ließ es sich nicht nehmen, sie selbst an die dazu bestimmten Brettchen anzustecken.

So war nun in dem Zimmer oben alles fertig, und die Mittagssonne, die jetzt schon warm durch die Fenster schien, beleuchtete an den Wänden eine fremde, aber liebliche Welt. Die Kokospalmen ragten so still in den blauen Himmel, die Papageien und Kakadus schwebten lautlos in der Luft, und in der Lianenlaube mit den scharlachroten Blüten, zu den Füßen Pauls und Virginiens, lag schlafend der große Hund. Das Sofa mit seinem Überzug von feingeblümtem Zitz stimmte wohl zu den lebhaften Farben der Tapete, und die eingelegten Figuren der Flora und Pomona in den flachen Säulen der Seitenlehne, das Jagdstückchen über dem Rücksitze hoben sich zart von dem lichtbraunen Mahagoni ab. Darüber an der Wand von dem zierlichen Postamente herab pickte die neue Tafeluhr, auf der von mattem Porzellan die spinnende Gestalt einer Parze saß; «eine rechte Doktoruhr», wie der Justizrat sagte, der auch dieses Stück im Auftrag seines Freundes besorgt hatte. Draußen aber an den Lindenzweigen, deren Spitzen bis an die Fenster reichten, waren schon die grünen Blätter aufgebrochen.

Fast täglich in der Mittagsstunde, wenn er von seinen Berufsgängen nach Hause gekehrt war und bis ihn seine alte Mutter zum Essen hinunterrief, pflegte der Doktor sich hier aufzuhalten. Ein sanftes Feiertagsgefühl überkam ihn, wenn beim Eintritt in das Zimmer seine Schritte auf dem weichen Teppich plötzlich unhörbar wurden. Er setzte sich dann wohl in einer der Fensternischen in den Lehnsessel und sah über den Markt hinüber nach dem großen Giebelhause und folgte mit den Augen den Käufern, die dort aus- und eingingen, oder den Kindern, die vor dem Ladenfenster spielten.

Mitunter wurde auch eine Mädchengestalt in einem hellen Sommerkleide auf wenige Augenblicke sichtbar; und wenn sie wieder verschwunden war, wandte der Doktor seine Augen in das Zimmer zurück nach der Laube Pauls und Virginiens und horchte auf das Schreien des Heimchens, das von unten aus der Küche zu ihm heraufdrang. – Oder er war aufgestanden und blickte auf das frische Grün seiner Linde oder in den blauen Frühlingshimmel nach den Schwalben, die droben im Sonnenschein um den goldenen Knopf des Turmes flogen.

Der alte Friedeberg war währenddessen wieder gesund geworden, und die Besuche in dem großen Giebelhause hatten aufgehört. Aber diese glückliche Kur schien dem Arzte keine Freude gebracht zu haben; denn er ging still umher, und die Mutter klagte, ihr Doktor habe das Lachen ganz verlernt.

Die junge Dame von drüben hatte er in der letzten Zeit nur einmal wieder gesprochen. Es war eines Nachmittags im elterlichen Garten des Justizrats, die weißen Rosen waren eben aufgeblüht. Die Freunde saßen, ihre Zigarren rauchend, in der Lindenlaube, während unten auf dem Rasen die Tochter des Hauses eine Gesellschaft junger Mädchen um sich versammelt hatte. Durch die Büsche des Bosketts hörten sie das Lachen der Mädchen und den lauten Ruf der jugendlichen Stimmen.

Da, während der Doktor schweigend die blauen Tabakswolken vor sich hinblies, stand sie plötzlich vor ihnen.

«Wir sind beim Pfänderspiel», rief sie und streckte ihm lächelnd die Hand entgegen. «Sie sollen Zweitritt mit mir tanzen!»

Er blickte auf. Ihr Antlitz war gerötet vom Spiel und von der Sommerluft, ihre Augen glänzten; der weiße Florshawl hatte sich verschoben und hing über die Schulter hinab. – Der Doktor schwieg noch eine Weile. «Sie dürfen es mir nicht übeldeuten, Mamsell Sophie», sagte er dann, ohne die dargebotene kleine Hand zu nehmen, «ich tanzte lieber nicht.»

«Also ein Korb, Herr Doktor?»

Der Justizrat legte beide Hände auf die Schultern seines Freundes. «Doktor», sagte er, indem er langsam den Kopf schüttelte, «ich glaube fast, die Luft in deinem Prunksaal hat dich krank gemacht!»

Der Doktor fühlte, wie ihm die Röte ins Gesicht stieg, und er neigte den Kopf, um es zu verbergen. «Krank?» erwiderte er, nicht ohne daß ein Ausdruck von Gereiztheit in seiner Stimme bemerkbar gewesen wäre; «du weißt es wohl, Justizrat, die Gesundheit habe ich vor euch feinen Leuten voraus.»

Die andern antworteten nicht darauf. Als er wieder aufblickte, waren die Augen des Mädchens mit einem Ausdruck von Güte auf ihn gerichtet. «Ich habe noch vergessen», sagte sie, «der alte Friedeberg läßt Sie grüßen; er dankt Ihnen noch so sehr!»

Dann ging sie; aber im Fortgehen wandte sie noch einmal den Kopf zurück. «Ich habe warten gelernt», rief sie, «wir tanzen doch noch miteinander!» – –

Die beiden Freunde blieben noch lange im geheimen Zwiegespräch in der Laube sitzen. Einige Tage später aber ging auch der Justizrat in auffallender Nachdenklichkeit umher; sein indisches Schnupftuch hing ihm ungewöhnlich lang aus der Tasche, und mehr als sonst schob er die goldene Brille auf die Stirn und rieb sich kopfschüttelnd mit der Hand die Augen.

*

Die Zeit verging; die Linde unter dem Fenster der neuen Stube stand schon in dunklen Blättern. Dann war es eines Sonntags, früh noch am Vormittag; durch das offene Fenster kam der Klang des Orgelspiels aus der nahen Kirche. Auf einem Stuhle in der Mitte des Zimmers saß der Doktor und hörte auf einen Bericht seines Freundes, des Justizrats, der mit untergeschlagenen Armen vor ihm stand. Es mußte aber nichts Frohes gewesen sein, das er erfahren hatte; denn er blieb, als der Justizrat seine Mitteilung beendete, stumm und mit zitternden Lippen sitzen; nur zuweilen hob er die Hand und trocknete mit seinem Schnupftuch sich den Schweiß von den Wangen. Und es war doch kühl genug im Zimmer; die Sonne streifte eben erst die Fensterstäbe. – «Und weiter», fragte er endlich, «weiter sagte sie nichts, Justizrat? Weiter nichts, als nur: Ich kann es nicht?»

«Nein, Doktor, sie hatte auf alle meine Reden nur diese eine Antwort; aber mißverstehen konnte ich sie nicht, denn sie hat es oft genug gesprochen.»

«Und weshalb», fuhr der Doktor zaghaft fort, «weshalb – das hat sie nicht gesagt?»

Der Justizrat schüttelte den Kopf. «Es war in unserm Garten, hinten an dem Steintischchen», sagte er; «was die kleine Hand in der weißen Manschette dort auf die Marmorplatte mag geschrieben haben, das hab ich freilich nicht entziffern können; aber gesprochen hat sie nichts hierüber.»

Der Doktor war aufgestanden. Ihm gegenüber in dem großen Spiegel stand noch einmal dieselbe unscheinbare, vernachlässigte Gestalt; das wirre

Haar, das runde ausdruckslose Gesicht, aus dem die kleinen Augen jetzt trübselig auf den draußen stehenden Doppelgänger hinausstarrten. Der Freund sah gespannt zu ihm hinüber. Jetzt, jetzt mußte er selbst die Antwort auf seine Frage finden. – – Aber er fand sie nicht; er wandte sich und begann zu sprechen. «Eduard», sagte er leise, und es war, als blieben ihm die Worte in der Kehle hängen, «ich denke wohl kaum, daß es wegen meiner alten Mutter ist.»

Der Justizrat richtete sich fast wie erschrocken in die Höhe; über seine regelmäßigen und sonst wohl kalten Züge zuckte es wie etwas, das er nicht bekämpfen könne. Mit raschen Schritten, ohne zu antworten, ging er ein paarmal im Zimmer auf und ab. Dann blieb er vor dem Doktor stehen. «Christoph», rief er, «frage so nicht mehr! – Komm, hier! Wir beide, wir bleiben die alten!» Und er drängte seine schlanke Hand in die kleine festgeschlossene Faust seines Freundes. – – –

Als der Justizrat fortgegangen war, stand der Doktor noch lange unbeweglich und ließ seinen Blick über die bunten Tapeten und über das zierliche Geräte des Zimmers gleiten. Dann setzte er sich an das Fenster in den Sessel und blickte mit trüben Augen auf die Straße hinaus. Der Sommerwind rauschte in den Blättern seiner Linde; drüben jenseits des Marktes in dem großen Giebelhause flatterte eine Gardine aus dem offenen Fenster und wehte in der Luft; vor der Tür im Sonnenscheine stand wieder wie sonst der alte Friedeberg in seinem leberfarbenen Rock.

Der Doktor verschloß das Fenster und verließ dann sein neues Zimmer. Als er draußen vor der Tür stand, horchte er noch einmal, wie drinnen die Uhr pickte; dann schloß er ab und nahm den Schlüssel mit herunter. – –

Kurz darauf konnte man ihn, wie auch wohl an anderen Tagen, auf dem Deichwege in die Marsch hinauswandern sehen. Aber er hatte diesmal keine Augen, weder für die grüne heimatliche Ebene zu seinen Füßen, auf der das Gras im Sonnenscheine blitzte, noch für die ans Meer fliegenden schlanken Seeschwalben, denen er sonst stillstehend bis in die weiteste Ferne nachzusehen pflegte. Als er das Häuschen oberhalb der Wehle erreicht hatte, an der er sonst wohl zu fischen pflegte, stieg er an der Binnenseite des Deiches hinab und streckte sich neben dem Wasser in das hohe Gras.

Er hatte den Kopf in die Hand gestützt und blickte bewegungslos auf das Schilf, das leis im Winde rauschte. Neben ihm um einen blühenden Distelbusch flogen zwei Schmetterlinge; Brennesselfalter, die in den Marschen häufig sind. Erst gaukelten sie lange umeinander in der Luft; dann aber setzte sich der eine auf die Distelblüte, und während er zitternd die Flügel auf- und niederschlug, schwebte der andere über ihm und suchte sich ihm zu nähern. Es schien ein Paar zu sein, ein Liebesspiel, das diese kleinen stummen Sommergäste vor den Augen des neben ihnen ruhenden Menschen aufführten.

Der Doktor hatte sich aufgerichtet; seine Blicke folgten unwillkürlich jeder Bewegung der beiden

Kreaturen. «Papilio urticae!» murmelte er. «Was das für ein glücklicher Kerl ist! – – Und doch», setzte er nach einer Weile hinzu, «ein Mannsbild höherer Gattung, so ein gewöhnlicher Engel etwa, würde hinwieder vielleicht für die kleine Sophie nicht mehr empfinden als ich für diesen Sommervogel; – – er würde sie vielleicht nur mit einer besondern naturwissenschaftlichen Neugierde betrachten und nicht ohne ein gewisses Grauen vor dem fremdartigen Wesen den ambrosischen Finger an ihre kleine Schulter legen.» – – Und nachdem er solchergestalt das Gleichgewicht seines Herzens wiederhergestellt zu haben glaubte, warf er sich auf den Rücken und starrte gedankenlos in die weißen Wolken, die über ihn hinwegzogen.

Aber der Doktor war kein Engel; die kleinen Schultern, über denen der Sommerwind mit dem leichten Flortuch spielte, das heitere, gütige Mädchenantlitz standen vor ihm und ließen nicht ab, ihn zu quälen. –

Jetzt waren viele Jahre seitdem vergangen.

*

Der feine Metallschlag der Uhr klang durch das Zimmer.

Der Doktor blickte auf. Er zählte; es schlug zwölf. Aber so weit in der Nacht konnte es noch nicht sein. Und jetzt besann er sich, er hatte ja vorhin den Weiser nicht gestellt; draußen vom Turm schlug es jetzt eben auch, es war erst neun Uhr. Er stand auf und blickte auf die Gasse hinaus. Der alte Kirchturm hob sich nur dunkel aus der Finsternis hervor; aber drüben aus dem großen Giebelhause drang noch der helle Lichterschein in das Dunkel hinaus. Dort wohnte sie noch jetzt, wie sie es einst getan; sie wohnte dort mit dem Justizrat, den sie im Lauf der Jahre geheiratet hatte, noch jetzt im Alter heiter und geliebt, wie sie es einst in ihrer Jugend gewesen war. Oft hatte seitdem in Tagen der Krankheit der Doktor an ihrem und ihrer Kinder Bette gesessen; er hatte auch einige Male auf Bitten seines mittlerweile zum wirklichen Justizrat avancierten Freundes an ihrer Geburtstagsfeier teilgenommen; nur in den letzten Jahren war er dazu nicht mehr zu bewegen gewesen. – –

Es wurde leise an die Tür geklopft. – «Sie haben wieder geschickt, Onkel!» sagte das vorsichtig eintretende Mädchen.

Der Doktor wandte den Kopf. «Von drüben?» fragte er.

Das Mädchen bejahte es.

Er hatte sich wieder nach dem Fenster gewandt und blickte, ohne etwas zu erwidern, in die Dunkelheit hinaus. – Eine Strecke unterhalb der hellen Fenster in der gegenüberliegenden Häuserreihe, welche von einer einsamen Straßenlaterne beleuchtet wurde, zeigte sich der finstere Raum der nach dem Hafen hinabführenden Twiete. Dann und wann trat eine Gestalt in den Dämmerschein der Laterne und verschwand zwischen den Häusern.

«Ich habe nicht gesagt, daß du schon heim bist!» begann das Mädchen wieder.

Der Doktor richtete sich auf. «Nun, Christine», sagte er, indem er seinen blauen Frack zuknöpfte, «so sag auch jetzt nichts davon. Geh! Sie sollen mich in Ruhe lassen!»

*

Kurze Zeit darauf trat er in Begleitung seines kleinen schwarzen Hundes in die mit Gästen angefüllte Schenkstube des Schifferhauses. «Nun, Doktor, wo bleibst du?» fragte eine etwas rauhe Stimme, und eine derbe Hand streckte sich ihm entgegen, «setz dich auf deinen Platz!» und dann zu dem Wirte gewandt: «Jan Ohm, ein Glas Grog! Aber ein blasses, für den Doktor!»

DER KLEINE HÄWELMANN

Ein Kindermärchen

Es war einmal ein kleiner Junge, der hieß Häwelmann. Des Nachts schlief er in einem Rollenbett und auch des Nachmittags, wenn er müde war; wenn er aber nicht müde war, so mußte seine Mutter ihn darin in der Stube umherfahren, und davon konnte er nie genug bekommen.

Nun lag der kleine Häwelmann eines Nachts in seinem Rollenbett und konnte nicht einschlafen; die Mutter aber schlief schon lange neben ihm in ihrem großen Himmelbett. «Mutter», rief der kleine Häwelmann, «ich will fahren!» Und die Mutter langte im Schlaf mit dem Arm aus dem Bett und rollte die kleine Bettstelle hin und her, und wenn ihr der Arm müde werden wollte, so rief der kleine Häwelmann: «Mehr, mehr!» und dann ging das Rollen wieder von vorne an. Endlich aber schlief sie gänzlich ein; und so viel Häwelmann auch schreien mochte, sie hörte es nicht; es war rein vorbei. – – Da dauerte es nicht lange, so sah der Mond in die Fensterscheiben, der gute alte Mond, und was er da sah, war so possierlich, daß er sich erst mit seinem Pelzärmel über das Gesicht fuhr, um sich die Augen auszuwischen; so etwas hatte der alte Mond all sein Lebtage nicht gesehen. Da lag der kleine Häwelmann mit offenen Augen in seinem Rollenbett und hielt das eine Beinchen wie einen Mastbaum in die Höhe. Sein kleines Hemd hatte er ausgezogen und hing es wie ein Segel an seiner kleinen Zehe auf; dann nahm er ein Hemdzipfelchen in jede Hand und fing mit beiden Bakken an zu blasen. Und allmählich, leise, leise, fing es an zu rollen, über den Fußboden, dann die Wand hinauf, dann kopfüber die Decke entlang und dann die andere Wand wieder hinunter. «Mehr, mehr!» schrie Häwelmann, als er wieder auf dem Boden war; und dann blies er wieder seine Backen auf, und dann ging es wieder kopfüber und kopfunter. Es war ein großes Glück für den kleinen Häwelmann, daß es gerade Nacht war und die Erde auf dem Kopf stand; sonst hätte er doch gar zu leicht den Hals brechen können.

Als er dreimal die Reise gemacht hatte, guckte der Mond ihm plötzlich ins Gesicht. «Junge», sagte er, «hast du noch nicht genug?» – «Nein», schrie Häwelmann, «mehr, mehr! Mach mir die Tür auf! Ich will durch die Stadt fahren; alle Menschen sollen mich fahren sehen.» – «Das kann ich nicht», sagte der gute Mond; aber er ließ einen langen Strahl durch das Schlüsselloch fallen; und darauf fuhr der kleine Häwelmann zum Hause hinaus.

Auf der Straße war es ganz still und einsam. Die hohen Häuser standen im hellen Mondschein und glotzten mit ihren schwarzen Fenstern recht dumm in die Stadt hinaus; aber die Menschen waren nirgends zu sehen. Es rasselte recht, als der kleine Häwelmann in seinem Rollenbette über das Straßenpflaster fuhr; und der gute Mond ging immer neben ihm und leuchtete. So fuhren sie Straßen aus, Straßen ein; aber die Menschen waren nirgends zu sehen. Als sie bei der Kirche vorbeikamen, da krähte auf einmal der große goldene Hahn auf dem Glockenturm. Sie hielten still. «Was machst du da?» rief der kleine Häwelmann hinauf. – «Ich krähe zum ersten Mal!» rief der goldene Hahn herunter. – «Wo sind denn die Menschen?» rief der kleine Häwelmann hinauf. – «Die schlafen», rief der goldene Hahn herunter, «wenn ich zum dritten Mal krähe, dann wacht der erste Mensch auf.» – «Das dauert mir zu lange», sagte Häwelmann, «ich will in den Wald fahren, alle Tiere sollen mich fahren sehen!» – «Junge», sagte der gute alte Mond, «hast du noch nicht genug?» – «Nein», schrie Häwelmann, «mehr, mehr! Leuchte, alter Mond, leuchte!» Und damit blies er die Backen auf, und der gute alte Mond leuchtete, und so fuhren sie zum Stadttor hinaus und übers Feld und in den dunkeln Wald hinein. Der gute Mond hatte große Mühe, zwischen den vielen Bäumen durchzukommen; mitunter war er ein ganzes Stück zurück, aber er holte den kleinen Häwelmann doch immer wieder ein.

Im Walde war es still und einsam; die Tiere waren nicht zu sehen; weder die Hirsche noch die Hasen, auch nicht die kleinen Mäuse. So fuhren sie immer weiter, durch Tannen- und Buchenwälder, bergauf und bergab. Der gute Mond ging nebenher und leuchtete in alle Büsche; aber die Tiere waren nicht zu sehen; nur eine kleine Katze saß oben in einem Eichbaum und funkelte mit den Augen. Da hielten sie still. «Das ist der kleine Hinze!» sagte Häwelmann, «ich kenne ihn wohl; er will die Sterne nachmachen.» Und als sie weiter fuhren, sprang die kleine Katze mit von Baum zu Baum. «Was machst du da?» rief der kleine Häwelmann hinauf. – «Ich illuminiere!» rief die kleine Katze herunter. – «Wo sind denn die andern Tiere?» rief der kleine Häwelmann hinauf. – «Die schlafen!» rief die kleine Katze herunter und sprang wieder einen Baum weiter; «horch nur, wie sie schnarchen!» – «Junge», sagte der gute alte Mond, «hast du noch nicht genug?» – «Nein», schrie Häwelmann, «mehr, mehr! Leuchte, alter Mond, leuchte!» und dann blies er die Backen auf, und der gute alte Mond leuchtete; und so fuhren sie zum Walde hinaus und dann über die Heide bis ans Ende der Welt, und dann gerade in den Himmel hinein.

Hier war es lustig; alle Sterne waren wach und hatten die Augen auf und funkelten, daß der ganze Himmel blitzte. «Platz da!» schrie Häwelmann und fuhr in den hellen Haufen hinein, daß die Sterne links und rechts vor Angst vom Himmel fielen. – «Junge», sagte der gute alte Mond, «hast du noch nicht genug?» – «Nein!» schrie der kleine Häwelmann, «mehr, mehr!» und – hast du nicht gesehen! fuhr er dem alten guten Mond quer über die Nase, daß er ganz dunkelbraun im Gesicht wurde. «Pfui!» sagte der Mond und nieste dreimal, «alles mit Maßen!» und damit putzte er seine Laterne aus, und alle Sterne machten die Augen zu. Da wurde es im ganzen Himmel auf einmal so dunkel, daß man es ordentlich mit Händen greifen konnte. «Leuchte, alter Mond, leuchte!» schrie Häwelmann, aber der Mond war nirgends zu sehen und auch die Sterne nicht; sie waren schon alle zu Bett gegangen. Da fürchtete der kleine Häwelmann sich sehr, weil er so allein im Himmel war. Er nahm seine Hemdzipfelchen in die Hände und blies die Backen auf; aber er wußte weder aus noch ein, er fuhr kreuz und quer, hin und her, und niemand sah ihn fahren, weder die Menschen noch die Tiere noch auch die lieben Sterne.

Da guckte endlich unten, ganz unten am Himmelsrande ein rotes rundes Gesicht zu ihm herauf, und der kleine Häwelmann meinte, der Mond sei wieder aufgegangen. «Leuchte, alter Mond, leuchte!» rief er, und dann blies er wieder die Backen auf und fuhr quer durch den ganzen Himmel und gerade darauf los. Es war aber die Sonne, die gerade aus dem Meere heraufkam. «Junge», rief sie und sah ihm mit ihren glühenden Augen ins Gesicht, «was machst du hier in meinem Himmel?» Und – eins, zwei, drei! nahm sie den kleinen Häwelmann und warf ihn mitten in das große Wasser. Da konnte er schwimmen lernen.

Und dann?

Ja und dann? Weißt du nicht mehr? Wenn ich und du nicht gekommen wären und den kleinen Häwelmann in unser Boot genommen hätten, so hätte er doch leicht ertrinken können!

IM SAAL

*

Am Nachmittag war Kindtaufe gewesen; nun war es gegen Abend. Die Eltern des Täuflings saßen mit den Gästen im geräumigen Saal, unter ihnen die Großmutter des Mannes; die andern waren ebenfalls nahe Verwandte, junge und alte, die Großmutter aber war ein ganzes Geschlecht älter als die ältesten von diesen. Das Kind war nach ihr «Barbara» getauft worden; doch hatte es auch noch einen schöneren Namen erhalten, denn Barbara allein klang doch gar zu altfränkisch für das hübsche kleine Kind. Dennoch sollte es mit diesem Namen gerufen werden; so wollten es beide Eltern, wie viel auch die Freunde dagegen einzuwenden hatten. Die alte Großmutter aber erfuhr nichts davon, daß die Brauchbarkeit ihres langbewährten Namens in Zweifel gezogen war.

Der Prediger hatte nicht lange nach Verrichtung seines Amtes den Familienkreis sich selbst überlassen; nun wurden alte, liebe, oft erzählte Geschichten hervorgeholt und nicht zum letzten Male wieder erzählt. Sie kannten sich alle; die Alten hatten die Jungen aufwachsen, die Ältesten die Alten grau werden sehen; von allen wurden die anmutigsten und spaßhaftesten Kindergeschichten erzählt; wo kein anderer sie wußte, da erzählte die Großmutter. Von ihr allein konnte niemand erzählen; ihre Kinderjahre lagen hinter der Geburt aller andern; die außer ihr selbst etwas davon wissen konnten, hätten weit über jedes Menschenalter hinaus sein müssen. – Unter solchen Gesprächen war es abendlich geworden. Der Saal lag gegen Westen, ein roter Schimmer fiel durch die Fenster noch auf die Gipsrosen an den weißen, mit Stukkaturarbeiten gezierten Wänden; dann verschwand auch der. Aus der Ferne konnte man ein dumpfes, eintöniges Rauschen in der jetzt eingetretenen Stille vernehmen. Einige der Gäste horchten auf.

«Das ist das Meer», sagte die junge Frau.

«Ja», sagte die Großmutter, «ich habe es oft gehört; es ist schon lange so gewesen.»

Dann sprach wieder niemand; draußen vor den Fenstern in dem schmalen Steinhof stand ein große Linde, und man hörte, wie die Sperlinge unter den Blättern zur Ruhe gingen. Der Hauswirt hatte die Hand seiner Frau gefaßt, die still an seiner Seite saß, und heftete die Augen an die krause altertümliche Gipsdecke.

«Was hast du?» fragte ihn die Großmutter.

«Die Decke ist gerissen», sagte er, «die Simse sind auch gesunken. Der Saal wird alt, Großmutter, wir müssen ihn umbauen.»

«Der Saal ist noch nicht so alt», erwiderte sie, «ich weiß noch wohl, als er gebaut wurde.»

«Gebaut? Was war denn früher hier?»

«Früher?» wiederholte die Großmutter; dann verstummte sie eine Weile und saß da wie ein lebloses Bild; ihre Augen sahen rückwärts in eine vergangene Zeit, ihre Gedanken waren bei den Schatten der Dinge, deren Wesen lange dahin war. Dann sagte sie: «Es ist achtzig Jahre her; dein Großvater und ich, wir haben es uns oft nachher erzählt – die Saaltür führte dazumal nicht in einen Hausraum, sondern aus dem Hause hinaus in einen kleinen Ziergarten; es ist aber nicht mehr dieselbe Tür, die alte hatte Glasscheiben, und man sah dadurch gerade in den Garten hinunter, wenn man zur Haustür hereintrat. Der Garten lag drei Stufen tiefer, die Treppe war an beiden Seiten mit buntem, chinesischem Geländer versehen. Zwischen zwei von niedrigem Buchs eingefaßten Rabatten führte ein breiter, mit weißen Muscheln ausgestreuter Steig nach einer Lindenlaube, davor zwischen zweien Kirschbäumen hing eine Schaukel; zu beiden Seiten der Laube an der hohen Gartenmauer standen sorgfältig aufgebundene Aprikosenbäume. – Hier konnte man sommers in der Mittagsstunde deinen Urgroßvater regelmäßig auf und ab gehen sehen, die Aurikeln und holländischen Tulpen auf den Rabatten ausputzend oder mit Bast an weiße Stäbchen bindend. Er war ein strenger, akkurater Mann mit militärischer Haltung, und seine schwarzen Augenbrauen gaben ihm bei den weißgepuderten Haaren ein vornehmes Ansehen.

So war es einmal an einem Augustnachmittage, als dein Großvater die kleine Gartentreppe herab kam; aber dazumalen war er noch weit vom Großvater entfernt. – Ich sehe es noch vor meinen alten Augen, wie er mit schlankem Tritt auf deinen Urgroßvater zuging. Dann nahm er ein Schreiben aus einer sauber gestickten Brieftasche und überreichte es mit einer anmutigen Verbeugung. Er war ein feiner junger Mensch mit sanften freundlichen Augen, und der schwarze Haarbeutel stach angenehm bei den lebhaften Wangen und dem perlgrauen Tuchrocke ab. – Als dein Urgroßvater das Schreiben gelesen hatte, nickte er und schüttelte deinem Großvater die Hand. Er mußte ihm schon gut sein; denn er tat selten dergleichen. Dann wurde er ins Haus gerufen, und dein Großvater ging in den Garten hinab.

In der Schaukel vor der Laube saß ein achtjähriges Mädchen; sie hatte ein Bilderbuch auf dem Schoß, worin sie eifrig las; die klaren goldnen Locken hingen ihr über das heiße Gesichtchen herab, der Sonnenschein lag brennend darauf.

‚Wie heißt du?' fragte der junge Mann.

Sie schüttelte das Haar zurück und sagte: ‚Barbara.'

‚Nimm dich in acht, Barbara; deine Locken schmelzen ja in der Sonne.'

Die Kleine fuhr mit der Hand über das heiße Haar, der junge Mann lächelte, – und es war ein sehr sanftes Lächeln. – – ‚Es hat nicht Not', sagte er; ‚komm, wir wollen schaukeln.'

Sie sprang heraus: ‚Wart, ich muß erst mein Buch verwahren.' Dann brachte sie es in die Laube. Als sie wiederkam, wollte er sie hineinheben.

‚Nein', sagte sie, ‚ich kann ganz allein.' Dann stellte sie sich auf das Schaukelbrett und rief: ‚Nur zu!' – Und nun zog dein Großvater, daß ihm der Haarbeutel bald rechts, bald links um die Schultern tanzte; die Schaukel mit dem kleinen Mädchen ging im Sonnenschein auf und nieder, die klaren Locken wehten ihr frei von den Schläfen. Und immer ging es ihr nicht hoch genug! Als aber die Schaukel rauschend in die Lindenzweige flog, fuhren die Vögel zu beiden Seiten aus den Spalieren, daß die überreifen Aprikosen auf die Erde herabrollten.

‚Was war das?' sagte er und hielt die Schaukel an.

Sie lachte, wie er so fragen könne. ‚Das war der Iritsch', sagte sie, ‚er ist sonst gar nicht so bange.'

Er hob sie aus der Schaukel, und sie gingen zu den Spalieren; da lagen die dunkelgelben Früchte zwischen dem Gesträuch. ‚Dein Iritsch hat dich traktiert!' sagte er. Sie schüttelte mit dem Kopf und legte eine schöne Aprikose in seine Hand. ‚Dich!' sagte sie leise.

Nun kam dein Urgroßvater wieder in den Garten zurück. ‚Nehm er sich in acht', sagte er lächelnd, ‚er wird sie sonst nicht wieder los.' Dann sprach er von Geschäftssachen, und beide gingen ins Haus.

Am Abend durfte die kleine Barbara mit zu Tisch sitzen; der junge freundliche Mann hatte für sie gebeten. – So ganz, wie sie es gewünscht hatte, kam es freilich nicht; denn der Gast saß oben an ihres Vaters Seite; sie aber war nur noch ein kleines Mädchen und mußte ganz unten bei dem allerjüngsten Schreiber sitzen. Darum war sie auch so bald mit dem Essen fertig; dann stand sie auf und schlich sich an den Stuhl ihres Vaters. Der aber sprach mit dem jungen Mann so eifrig über Konto und Diskonto, daß dieser für die kleine Barbara gar keine Augen hatte. – Ja, ja, es ist achtzig Jahre her; aber die alte Großmutter denkt es noch wohl, wie die kleine Barbara damals recht sehr ungeduldig wurde und auf ihren guten Vater gar nicht zum besten zu sprechen war. Die Uhr schlug zehn, und nun mußte sie gute Nacht sagen. Als sie zu deinem Großvater kam, fragte er sie: ‚Schaukeln wir morgen?' und die kleine Barbara wurde wieder ganz vergnügt. – ‚Er ist ja ein alter Kindernarr, er!' sagte der Urgroßvater; aber eigentlich war er selbst recht unvernünftig in sein kleines Mädchen verliebt.

Am andern Tage gegen Abend reiste dein Großvater fort.

Dann gingen acht Jahre hin. Die kleine Barbara stand oft zur Winterzeit an der Glastür und hauchte die gefrornen Scheiben an; dann sah sie durch das Guckloch in den beschneiten Garten hinab und dachte an den schönen Sommer, an die glänzenden Blätter und an den warmen Sonnenschein, an den Iritsch, der immer in den Spalieren nistete, und wie einmal die reifen Aprikosen zur Erde gerollt waren, und dann dachte sie an einen Sommertag und zuletzt immer nur an diesen einen Sommertag, wenn sie an den Sommer dachte. – So gingen die Jahre hin; die kleine Barbara war nun doppelt so alt und eigentlich gar nicht mehr die kleine Barbara; aber der eine Sommertag stand noch immer als ein heller Punkt in ihrer Erinnerung. – Dann war er endlich eines Tages wirklich wieder da.»

«Wer?» fragte lächelnd der Enkel, «der Sommertag?»

«Ja», sagte die Großmutter, «ja, dein Großvater. Es war ein rechter Sommertag.»

«Und dann?» fragte er wieder.

«Dann», sagte die Großmutter, «gab es ein Brautpaar, und die kleine Barbara wurde deine Großmutter, wie sie hier unter euch sitzt und die alten Geschichten erzählt. – So weit war's aber noch nicht. Erst gab es eine Hochzeit, und dazu ließ dein Urgroßvater den Saal bauen. Mit dem Garten und den Blumen war's nun wohl vorbei; es hatte aber nicht Not, er bekam bald lebendige Blumen zur Unterhaltung in seinen Mittagsstunden. Als der Saal fertig war, wurde die Hochzeit gehalten. Es war eine lustige Hochzeit, und die Gäste sprachen noch lange nachher davon. – Ihr, die ihr hier sitzt, und die ihr jetzt allenthalben dabei sein müßt, ihr waret freilich nicht dabei; aber eure Väter und Großväter, eure Mütter und Großmütter, und das waren auch Leute, die ein Wort mitzusprechen wußten. Es war damals freilich noch eine stille, bescheidene Zeit; wir wollten noch nicht alles besser wissen als die Majestäten und ihre Minister; und wer seine Nase in die Politik steckte, den hießen wir einen Kannegießer, und war's ein Schuster, so ließ man die Stiefeln bei seinem Nachbar machen. Die Dienstmädchen hießen noch alle Trine und Stine, und jeder trug den Rock nach seinem Stande.

Jetzt tragt ihr sogar Schnurrbärte wie Junker und Kavaliere. Was wollt ihr denn? Wollt ihr alle mitregieren?»

«Ja, Großmutter», sagte der Enkel.

«Und der Adel und die hohen Herrschaften, die doch dazu geboren sind? was soll aus denen werden?»

«O – – Adel – –» sagte die junge Mutter und sah mit stolzen liebevollen Augen zu ihrem Mann hinauf.

Der lächelte und sagte: «Streichen, Großmutter; oder wir werden alle Freiherrn, ganz Deutschland mit Mann und Maus. Sonst seh ich keinen Rat.»

Die Großmutter erwiderte nichts darauf; sie sagte nur: «Auf meiner Hochzeit wurde nichts von Staatsgeschichten geredet; die Unterhaltung ging ihren ebenen Tritt, und wir waren ebenso vergnügt dabei als ihr in euren neumodischen Gesellschaften. Bei Tische wurden spaßhafte Rätsel aufgegeben und Leberreime gemacht, beim Dessert wurde gesungen ‚Gesundheit, Herr Nachbar, das Gläschen ist leer' und alle die andern hübschen Lieder, die nun vergessen sind; dein Großvater mit seiner hellen Tenorstimme war immer herauszuhören. – Die Menschen waren damals noch höflicher gegeneinander; das Disputieren und Schreien galt in einer feinen Gesellschaft für sehr unziemlich. – Nun, das ist alles anders geworden; – aber dein Großvater war ein sanfter friedlicher Mann. Er ist schon lange nicht mehr auf dieser Welt; er ist mir weit vorausgegangen; es wird wohl Zeit, daß ich nachkomme.»

Die Großmutter schwieg einen Augenblick, und

es sprach niemand. Nur ihre Hände fühlte sie ergriffen; sie wollten sie alle noch behalten. Ein friedliches Lächeln glitt über das alte, liebe Gesicht; dann sah sie auf ihren Enkel und sagte: «Hier im Saal stand auch seine Leiche; du warst damals erst sechs Jahre alt und standest am Sarg zu weinen. Dein Vater war ein strenger rücksichtsloser Mann. ‚Heule nicht, Junge', sagte er und hob dich auf den Arm. ‚Sieh her, so sieht ein braver Mann aus, wenn er gestorben ist.' Dann wischte er sich heimlich selbst eine Träne vom Gesicht. Er hatte immer eine große Verehrung für deinen Großvater gehabt. Jetzt sind sie alle hinüber; – und heute hab' ich hier im Saal meine Urenkelin aus der Taufe gehoben, und ihr habt ihr den Namen eurer alten Großmutter gegeben. Möge der liebe Gott sie ebenso glücklich und zufrieden zu meinen Tagen kommen lassen!»

Die junge Mutter fiel vor der Großmutter auf die Knie und küßte ihre feinen Hände.

Der Enkel sagte: «Großmutter, wir wollen den alten Saal ganz umreißen und wieder einen Ziergarten pflanzen; die kleine Barbara ist auch wieder da. Die Frauen sagen ja, sie ist dein Ebenbild; sie soll wieder in der Schaukel sitzen, und die Sonne soll wieder auf goldene Kinderlocken scheinen; vielleicht kommt dann auch eines Sommernachmittags der Großvater wieder die kleine chinesische Treppe herab, vielleicht – –»

Die Großmutter lächelte: «Du bist ein Phantast», sagte sie; «dein Großvater war es auch.»

MARTHE UND IHRE UHR

*

Während der letzten Jahre meines Schulbesuchs wohnte ich in einem kleinen Bürgerhause der Stadt, worin aber von Vater, Mutter und vielen Geschwistern nur eine alternde unverheiratete Tochter zurückgeblieben war. Die Eltern und zwei Brüder waren gestorben, die Schwestern bis auf die jüngste, welche einen Arzt am selbigen Ort geheiratet hatte, ihren Männern in entfernte Gegenden gefolgt. So blieb denn Marthe allein in ihrem elterlichen Hause, worin sie sich durch das Vermieten des früheren Familienzimmers und mit Hilfe einer kleinen Rente spärlich durchs Leben brachte. Doch kümmerte es sie wenig, daß sie nur sonntags ihren Mittagstisch decken konnte, denn ihre Ansprüche an das äußere Leben waren fast keine; eine Folge der strengen und sparsamen Erziehung, welche der Vater sowohl aus Grundsatz als auch in Rücksicht seiner beschränkten bürgerlichen Verhältnisse allen seinen Kindern gegeben hatte. Wenn aber Marthen in ihrer Jugend nur die gewöhnliche Schulbildung zuteil geworden war, so hatte das Nachdenken ihrer späteren einsamen Stunden, vereinigt mit einem behenden Verstande und dem sittlichen Ernst ihres Charakters, sie doch zu der Zeit, in welcher ich sie kennenlernte, auf eine für Frauen, namentlich des Bürgerstandes, ungewöhnlich hohe Bildungsstufe gehoben. Freilich sprach sie nicht immer grammatisch richtig, obgleich sie viel und mit Aufmerksamkeit las, am liebsten geschichtlichen oder poetischen Inhalts; aber sie wußte sich dafür meistens über das Gelesene ein richtiges Urteil zu bilden und, was so wenigen gelingt, selbständig das Gute vom Schlechten zu unterscheiden. Mörikes «Maler Nolten», welcher damals erschien, machte großen Eindruck auf sie, so daß sie ihn immer wieder las; erst das Ganze, dann diese oder jene Partie, wie sie ihr eben zusagte. Die Gestalten des Dichters wurden für sie selbstbestimmende lebende Wesen, deren Handlungen nicht mehr an die Notwendigkeit des dichterischen Organismus gebunden waren; und sie konnte stundenlang darüber nachsinnen, auf welche Weise das hereinbrechende Verhängnis von so vielen geliebten Menschen dennoch hätte abgewendet werden können.

Die Langeweile drückte Marthen in ihrer Einsamkeit nicht, wohl aber zuweilen ein Gefühl der Zwecklosigkeit ihres Lebens nach außen hin; sie bedurfte jemandes, für den sie hätte arbeiten und sorgen können. Bei dem Mangel näher Befreundeter kam dieser löbliche Trieb ihren jeweiligen Mietern zugute, und auch ich habe manche Freundlichkeit und Aufmerksamkeit von ihrer Hand erfahren. – An Blumen hatte sie eine große Freude, und es schien mir ein Zeichen ihres anspruchslosen und resignierten Sinnes, daß sie unter ihnen die weißen und von diesen wieder die einfachen am liebsten hatte. Es war immer ihr erster Festtag im Jahre, wenn ihr die Kinder der Schwester aus deren Garten die ersten Schneeglöckchen und Märzblumen brachten; dann wurde ein kleines Porzellankörbchen aus dem Schranke herabgenommen, und die Blumen zierten unter ihrer sorgsamen Pflege wochenlang die kleine Kammer.

Da Marthe seit dem Tode ihrer Eltern wenig Menschen um sich sah und namentlich die langen Winterabende fast immer allein zubrachte, so lieh die regsame und gestaltende Phantasie, welche ihr ganz besonders eigen war, den Dingen um sie her eine Art von Leben und Bewußtsein. Sie borgte Teilchen ihrer Seele aus an die alten Möbel ihrer Kammer, und die alten Möbel erhielten so die Fähigkeit, sich mit ihr zu unterhalten; meistens freilich war diese Unterhaltung eine stumme, aber sie war dafür desto inniger und ohne Mißverständnis. Ihr Spinnrad, ihr braungeschnitzter Lehnstuhl waren gar sonderbare Dinge, die oft die eigentümlichsten Grillen hatten; vorzüglich war dies aber der Fall mit einer altmodischen Stutzuhr, welche ihr verstorbener Vater vor über fünfzig Jahren, auch damals schon als ein uraltes Stück, auf dem Trödelmarkt zu Amsterdam gekauft hatte. Das Ding sah freilich seltsam genug aus: zwei Meerweiber, aus Blech geschnitten und dann übermalt, lehnten zu jeder Seite ihr langhaariges Antlitz an das vergilbte Zifferblatt; die schuppigen Fischleiber, welche von einstiger Vergoldung zeugten, umschlossen dasselbe nach unten zu; die Weiser schienen dem Schwanze eines Skorpions nachgebildet zu sein. Vermutlich war das Räderwerk durch langen Gebrauch verschlissen, denn der Perpendikelschlag war hart und ungleich, und die Gewichte schossen zuweilen mehrere Zoll mit einem Mal hinunter.

Diese Uhr war die beredtste Gesellschaft ihrer Besitzerin; sie mischte sich aber auch in alle ihre Gedanken. Wenn Marthe in ein Hinbrüten über ihre Einsamkeit verfallen wollte, dann ging der Perpendikel tick, tack! tick, tack! immer härter, immer eindringlicher; er ließ ihr keine Ruh, er schlug immer mitten in ihre Gedanken hinein. Endlich mußte sie aufsehen; – da schien die Sonne so warm in die Fensterscheiben, die Nelken auf dem Fensterbrett dufteten so süß; draußen schossen die Schwalben singend durch den Himmel. Sie mußte wieder fröhlich sein, die Welt um sie her war gar zu freundlich.

Die Uhr hatte aber auch wirklich ihren eigenen Kopf; sie war alt geworden und kehrte sich nicht mehr so gar viel an die neue Zeit; daher schlug sie oft sechs, wenn sie zwölf schlagen sollte, und ein andermal, um es wieder gut zu machen, wollte sie nicht aufhören zu schlagen, bis Marthe das Schlaglot von der Kette nahm. Das Wunderlichste war, daß sie zuweilen gar nicht dazu kommen konnte; dann schnurrte und schnurrte es zwischen den Rädern, aber der Hammer wollte nicht ausholen; und das geschah meistens mitten in der Nacht. Marthe wurde jedesmal wach; und mochte es im klingendsten Winter und in der dunkelsten Nacht sein, sie stand auf und ruhte nicht, bis sie die alte Uhr aus ihren Nöten erlöst hatte. Dann ging sie wieder zu Bette und dachte sich allerlei, warum die Uhr sie wohl geweckt habe, und fragte sich, ob sie in ihrem Tagewerk auch etwas vergessen, ob sie es auch mit guten Gedanken beschlossen habe.

Nun war es Weihnachten. Den Christabend, da ein übermäßiger Schneefall mir den Weg zur Heimat versperrte, hatte ich in einer befreundeten, kinderreichen Familie zugebracht; der Tannenbaum hatte gebrannt, die Kinder waren jubelnd in die langverschlossene Weihnachtsstube gestürzt; nachher hatten wir die unerläßlichen Karpfen gegessen und Bischof dazu getrunken; nichts von der herkömmlichen Feierlichkeit war versäumt worden. – Am andern Morgen trat ich zu Marthe in die Kammer, um ihr den gebräuchlichen Glückwunsch zum Feste abzustatten. Sie saß mit untergestütztem Arm am Tische; ihre Arbeit schien längst geruht zu haben.

«Und wie haben Sie denn gestern Ihren Weihnachtsabend zugebracht?» fragte ich.

Sie sah zu Boden und antwortete: «Zu Hause.»

«Zu Hause? Und nicht bei Ihren Schwesterkindern?»

«Ach», sagte sie, «seit meine Mutter gestern vor zehn Jahren hier in diesem Bette starb, bin ich am Weihnachtsabend nicht ausgegangen. Meine Schwester schickte gestern wohl zu mir, und als es dunkel wurde, dachte ich wohl daran, einmal hinzugehen; aber – die alte Uhr war auch wieder so drollig; es war akkurat, als wenn sie immer sagte: Tu es nicht, tu es nicht! Was willst du da? Deine Weihnachtsfeier gehört ja nicht dahin!»

Und so blieb sie denn zu Haus in dem kleinen Zimmer, wo sie als Kind gespielt, wo sie später ihren Eltern die Augen zugedrückt hatte und wo die alte Uhr pickte ganz wie dazumalen. Aber jetzt, nachdem sie ihren Willen bekommen und Marthe das schon hervorgezogene Festkleid wieder in den Schrank verschlossen hatte, pickte sie so leise, ganz leise und immer leiser, zuletzt unhörbar. – Marthe durfte sich ungestört der Erinnerung aller Weihnachtsabende ihres Lebens überlassen: ihr Vater saß wieder in dem braungeschnitzten Lehnstuhl; er trug das feine Sammetkäppchen und den schwarzen Sonntagsrock; auch blickten seine ernsten Augen heute so freundlich; denn es war Weihnachtabend, Weihnachtsabend vor – ach, vor sehr, sehr vielen Jahren! Ein Weihnachtsbaum zwar brannte nicht auf dem Tisch – das war ja nur für reiche Leute –; aber statt dessen zwei hohe dicke Lichter; und davon wurde das kleine Zimmer so hell, daß die Kinder ordentlich die Hand vor die Augen halten mußten, als sie aus der dunkeln Vordiele hineintreten durften. Dann gingen sie an den Tisch, aber nach der Weise des Hauses ohne Hast und laute Freudenäußerung, und betrachteten, was ihnen das Christkind einbeschert hatte. Das waren nun freilich keine teuern Spielsachen, auch nicht einmal wohlfeile, sondern lauter nützliche und notwendige Dinge: ein Kleid, ein Paar Schuhe, eine Rechentafel, ein Gesangbuch und dergleichen mehr; aber die Kinder waren gleichwohl glücklich mit ihrer Rechentafel und ihrem neuen Gesangbuch, und sie gingen eins ums andere dem Vater die Hand zu küssen, der währenddessen zufrieden lächelnd in seinem Lehnstuhl geblieben war. Die Mutter mit ihrem milden, freundlichen Gesicht unter dem eng anliegenden Scheiteltuch band ihnen die neue Schürze vor und malte ihnen Zahlen und Buchstaben zum Nachschreiben auf die neue Tafel. Doch sie hatte nicht gar lange Zeit, sie mußte in die Küche und Apfelkuchen backen; denn das war für die Kinder eine Hauptbescherung am Weihnachtsabend; die mußten notwendig gebacken werden. Da schlug der Vater das neue Gesangbuch auf und stimmte mit seiner klaren Stimme an: Frohlockt, lobsinget Gott; die Kinder aber, die alle Melodien kannten, stimmten ein: Der Heiland ist gekommen; und so sangen sie den Gesang zu Ende, indem sie alle um des Vaters Lehnstuhl herumstanden. Nur in den Pausen hörte man in der Küche das Hantieren der Mutter und das Prasseln der Apfelkuchen. – –

Tick, tack! ging es wieder; tick, tack! immer härter und eindringlicher. Marthe fuhr empor; da war es fast dunkel um sie her, draußen auf dem Schnee nur lag trüber Mondschein. Außer dem Pendelschlag der Uhr war es totenstill im Hause. Keine Kinder sangen in der kleinen Stube, kein Feuer prasselte in der Küche. Sie war ja ganz allein zurückgeblieben; die andern waren alle, alle fort. – Aber was wollte die alte Uhr denn wieder? – Ja, da warnte es auf elf – und ein anderer Weihnachtsabend tauchte in Marthens Erinnerung auf, ach! ein ganz anderer; viele, viele Jahre später. Der Vater und die Brüder waren tot, die Schwestern verheiratet; die Mutter, welche nun mit Marthen allein geblieben war, hatte schon längst des Vaters Platz im braunen Lehnstuhl eingenommen und ihrer Tochter die kleinen Wirtschaftssorgen übertragen; denn sie kränkelte seit des Vaters Tode, ihr mildes Antlitz wurde immer blässer, und ihre freundlichen Augen blickten immer matter; endlich mußte sie auch den Tag über im Bette bleiben. Das war schon über drei Wochen, und nun war es Weihnachtsabend. Marthe saß an ihrem Bett und horchte auf den Atem der Schlummernden; es war totenstill in der Kammer, nur die Uhr pickte. Da warnte es auf elf, die Mutter schlug die Augen auf und verlangte zu trinken. «Marthe», sagte sie, «wenn es erst Frühling wird und ich wieder zu Kräften gekommen bin, dann wollen wir deine Schwester Hanne besuchen; ich habe ihre Kinder eben im Traume gesehen; – du hast hier gar zu wenig Vergnügen.» – Die Mutter hatte ganz vergessen, daß Schwester Hannes Kinder im Spätherbst gestorben waren; Marthe erinnerte sie auch nicht daran, sie nickte schweigend mit dem Kopf und faßte ihre abgefallenen Hände. Die Uhr schlug elf. –

Auch jetzt schlug sie elf, aber leise, wie aus weiter, weiter Ferne. –

Da hörte Marthe einen tiefen Atemzug; sie dachte, die Mutter wolle wieder schlafen. So blieb sie sitzen, lautlos, regungslos, die Hand der Mutter noch immer in der ihren; am Ende verfiel sie in einen schlummerähnlichen Zustand. Es mochte so eine Stunde vergangen sein; da schlug die Uhr zwölf! – Das Licht war ausgebrannt, der Mond schien hell ins Fenster; aus den Kissen sah das bleiche Gesicht der Mutter. Marthe hielt eine kalte Hand in der ihrigen. Sie ließ diese kalte Hand nicht los, sie saß die ganze Nacht bei der toten Mutter. –

So saß sie jetzt bei ihren Erinnerungen in derselben Kammer, und die alte Uhr pickte bald laut, bald leise; sie wußte von allem, sie hatte alles miterlebt, sie erinnerte Marthe an alles, an ihre Leiden, an ihre kleinen Freuden. –

Ob es noch so gesellig in Marthens einsamer Kammer ist? Ich weiß es nicht; es sind viele Jahre her, seit ich in ihrem Hause wohnte, und jene kleine Stadt liegt weit von meiner Heimat. – Was Menschen, die das Leben lieben, nicht auszusprechen wagen, pflegte sie laut und ohne Scheu zu äußern: «Ich bin niemals krank gewesen; ich werde gewiß sehr alt werden.»

Ist ihr Glaube ein richtiger gewesen und sollten diese Blätter den Weg in ihre Kammer finden, so möge sie sich beim Lesen auch meiner erinnern. Die alte Uhr wird helfen; sie weiß ja von allem Bescheid.

DER AMTSCHIRURGUS · HEIMKEHR

*

Allerlei Seltsames war in der alten Stadt. In der alten, sage ich; denn seit der große Brand ihre Treppengiebel verzehrt und die Eisenbahn den Arm nach ihr ausgestreckt hat, ist sie jünger geworden, als sie es in meiner Jugend war.

Damals, wenn Unwetter in der Luft drohte, ließen wir uns das nicht, wie anderwärts, durch ein Wetterglas prophezeien, auch nicht durch einen Laubfrosch, der die Leiter in seinem Glase hinabkletterte, sondern durch einen alten Amtschirurgus, der die Treppen der drei Rathausböden hinaufstieg und dann aus der obersten Giebelluke über die Stadt hinausprophezeite. Zwar betrafen seine Worte nicht zunächst das Wetter; vielmehr pflegte er sich dann als Kronprinzen von Preußen zu proklamieren und hinterher allerlei Verwünschungen über die höchsten Würdenträger der Stadt herabzurufen; aber wir Eingeborenen wußten Bescheid, ein Sturm aus Nordwest war gewiß im Anzuge. Oft habe ich aus dem engen Steinhofe eines Nachbarhauses hinaufgeschaut, wenn das breite rubinrote Gesicht mit dem weißgepuderten Haarschopf droben aus dem Rathausgiebel hinausfuhr, und mit Wonne die ungeheuren Aufrichtigkeiten eingesogen, die der aufgeregte Redner mit beiden Armen aus der Bodenluke hervorarbeitete. Es war dies allerdings nicht das geeignetste Mittel, um in einem jungen Herzen den Respekt vor den Autoritäten des Staatskalenders großzuziehen, und ich habe später oft darüber nachdenken müssen, was der Mann nicht alles in mir zerstört haben mag. – Ob im Grunde genommen nicht der Amtschirurgus klarer sah als die Leute unten in der Stadt, die ihn für einen Narren hielten? – Nur so viel ist gewiß: auch wir Gesunden sehen die Dinge nicht, wie sie sind; uns selber unbewußt webt unser Inneres eine Hülle um sie her, und erst in dieser Scheingestalt erträgt es unser Auge, sie zu sehen, unsere Hand, sie zu berühren.

Ich glaube nicht, daß unser Amtschirurgus der Kronprinz von Preußen war; aber er war vielleicht ein Prinz jenes weit entlegenen, aber viel größeren und schöneren Reiches, in welchem Aschenbrödel einst den Thron bestieg. Bestimmtes über seine Herkunft kann ich nicht berichten; denn er war lange vor meiner Geburt aus der Fremde eingewandert. Seit seine Denkweise von der der anderen guten Bürger in so Anstoß erregender Weise abzuweichen begonnen hatte und, wie es hieß, sogar die Kehle eines hohen Beamten unter seinem Schermesser in Gefahr geraten war, hauste er, ich weiß nicht infolge welches Abkommens, auf den wüsten Böden des Rathauses, die er weder sommers noch winters verließ. – Dennoch konnte man sein Leben kein ungeselliges nennen; nur etwas seltsam mochte, wenigstens dem oberflächlichen Beobachter, die Gesellschaft erscheinen, die er bei sich sah. Da er nämlich auf menschlichen Besuch nicht eingerichtet war, so hatte er dafür desto traulichere Beziehungen mit den großen Ratten der benachbarten Brauerei angeknüpft; und er stand sich dabei um nichts schlechter.

Die meisten Leute in der Stadt kannten von dem Amtschirurgus nur noch die Stimme, wie sie an düsteren Novembertagen in der Luft über ihren Köpfen laut wurde; mich aber hatte schon lange die Neugierde geplagt, dies geheimnisvolle Leben einmal in unmittelbarer Nähe zu betrachten; auch wußte ich von meiner dicken Freundin, der Ratskellerwirtin, daß der Amtschirurgus, wenn die Geister des Sturmes ihn nicht beunruhigten, ein gar wohlanständiger alter Herr sei. Und so schlich ich denn an einem sonnigen schulfreien Nachmittage die engen Wendelstiegen hinauf, bis ich endlich durch die Bodentür in den untersten der weiten unbenutzten Räume eintrat. Es war totenstill, von dem Wirtschaftsleben drunten im Keller drang kein Laut herauf; überall jene bekannte Bodendämmerung; nur hie und da durch die kleinen Dachfenster fiel ein Lichtstrahl mit emsig tanzenden Sonnenstäubchen. Dort hinten in der dunklen Ecke sah ich eine Stiege, die durch einen Ausschnitt in der Decke zu einem weiteren Boden führte, der, wie ich wußte, noch nicht der letzte war. Eine seltsame Beklommenheit befiel mich, und ich wollte schon ganz leise meinen Rückzug nehmen; da hörte ich hinter mir eine Tür aufklinken, und als ich mich umwandte, stand eine aufrechte breitschultrige Gestalt vor mir, und ein stattliches Burgundergesicht mit vollem weißem Haarschopf schaute aus kleinen zugeschnürten Augen gelassen auf mich herab. «Nun, mein Söhnchen» – er sprach es aber: Sehnchen –, «was hast denn du zu bestellen?» Diese Worte wurden mit einer auffallend zarten Tenorstimme an mich gerichtet, und ich wollte eben wohlgemut eine Antwort geben, als zum Unglück mein Blick in die offene Tür einer Kammer fiel und ich drinnen eine ganze Reihe halbgeöffneter spiegelblanker Schermesser an dem Balken hängen sah. Aber schon legte sich beschwichtigend eine große Hand gar sanft auf meinen Kopf: «Warte nur, mein Sehnchen; wir sollen wohl meine Haustierchen einmal zu Gaste laden!»

Ich blickte auf, vermochte aber nur durch ein stummes Nicken mein Einverständnis zu erkennen zu geben; der Mann sah mir so altertümlich vornehm aus, und es war plötzlich, ich weiß nicht wie, in meinem Knabenhirne fertig, daß der Amtschirurgus, wenn auch kein Prinz, so doch wenigstens ein in Ungnade gefallener Kammerherr sein müsse. Der blaue Kleidrock mit dem aufrechtstehenden Kragen und den blanken Knöpfen, zwischen dessen Schößen der goldene Schlüssel nicht übel gepaßt hätte, mochte ein Wesentliches zu dieser Vorstellung beitragen. Freilich, en grande tenue habe ich ihn auch später nie gesehen; seine hellgrauen Pantalons waren über den Knöcheln zugebunden, und seine Füße steckten immer in großen Lederpantoffeln, wenn er, die Hände auf dem Rücken, in seinem öden Reiche promenierte.

Damals war übrigens zu langen Betrachtungen keine Zeit gelassen; denn der Amtschirurgus begann jetzt in scharfem Tempo den Marsch des Alten Dessauer zu pfeifen. Unter dieser Musik stieg er die Treppe zu dem zweiten Boden hinan, und während ich ihn so immer weiter bis unter das Dach hinaufpfeifen hörte, wurden über mir alle Böden nach und nach lebendig, überall hörte ich es rascheln und an dem Holzwerk herunterhuschen; kleine Kalkstückchen fielen mir vor die Füße, und hie und da zwischen Pfannen und Sparren fuhr ein grauer Rattenkopf hervor und lugte wie suchend mit den blutschwarzen Augen umher, während an der anderen Seite der kahle Schwanz herabhing. Meine Gegenwart schien hier keinen Zwang zu tun; denn bald begann es dicht neben mir immer emsiger auf den Fußboden herabzuplumpen, bis endlich ein ganzer Haufen von glatten grauen Pelzen durcheinander wimmelte. Und jetzt verbreitete sich auch der eigentümliche Dunst, den die Ratte an sich hat, so daß ich unwillkürlich einen Schritt zurücktrat.

Mittlerweile hatte der Amtschirurgus seinen Marsch vollendet und war mit einer Brotschnitte in der Hand herangetreten. Einen Augenblick wurde es ruhig, und die sämtlichen Köpfchen hoben sich empor; sobald aber der erste Brocken zwischen sie fiel, fuhr alles wieder quieksend und beißend in einen Haufen zusammen. Nur eine Ratte mit lichtgrauem Fell, es mochte eine junge sein, war nicht unter dem Wirrsal; sie hob sich auf den Hinterfüßchen, ließ die Vorderpfötchen hängen und sah erwartungsvoll zu ihrem Meister auf. Alsbald auch begann dieser eine neue musikalische Figur zu pfeifen; die Ratte huschte über den Fußboden und saß im Nu in derselben zuwartenden Stellung auf der Lehne einer zerbrochenen Holzbank; und der Amtschirurgus trat dicht an sie heran. – Sie kannten sich wohl, das fremde unheimliche Tier und der einsame alte Mann; sie blickten sich traulich in die Augen, als hätten sie in deren Tiefe den kleinen Punkt gefunden, der unterschiedslos für alle Kreatur aus dem Urquell des Lebens springt. Und jetzt nahm der Alte ein Krüstchen Brot zwischen seine Lippen, und sein Lieblingstier lief an ihm herauf, erfaßte es mit den zierlichen Pfötchen und saß gleich darauf wieder auf der zerbrochenen Bank, behaglich knuspernd und dann und wann einen Blick auf seinen großen menschlichen Freund werfend, der lächelnd daneben stand.

Ehe ich fortging, führte der Amtschirurgus mich noch in seine Kammer, wo die blanken Schermesser mich nun nicht mehr erschreckten. – Es war nur ein Bretterverschlag, den man von dem großen Boden abgeteilt hatte; darin stand ein Stuhl, ein Tisch und ein Bett; das war alles. Ein Ofen war nicht darin; und wenn im Januar die «hanebüchene» Kälte bei uns einzog, so mußte der Amtschirurgus auch den Tag über im Bette bleiben, und er lag dann, wie mir die Ratskellerwirtin später erzählte, so tief darin vergraben, daß nur die bläuliche Burgundernase und die kleinen Augen über der rotkarierten Bettdecke hervorsahen. – Allein es war auch dann so übel nicht in seiner Kammer; denn die Wände waren ganz mit jenen hübschen Bilderbogen bedeckt, wie wir Älteren sie in unserer Kinderzeit für einen Schilling uns beim Krämer holen konnten. Derzeit, vor der Erfindung des Steindrucks, war noch jeder Bilderbogen ein illuminierter Kupferstich und zum mindesten ein halbes Kunstwerk, und der Amtschirurgus wußte wohl, was er tat, als er mit dieser Tapete seine Bretterwand bekleiden ließ. Da sah man außer dem Affen- und dem Ritterspiel jenen berühmten Bilderbogen von der verkehrten Welt, wo die Bauern von den Ochsen auf die Weide getrieben werden und der Schulmeister von den Schuljungen die Rute bekommt; da war ferner ein Bogen mit kleinen Landschaften in runden Schildern, hier eine Heuernte, über der so lustig die gelbe Sommersonne schien, dort ein Vogelherd mit dem alten Vogelsteller im tiefen grünen Walde; lauter trauliche Orte für den Amtschirurgus; denn ich zweifle nicht, daß er sich dieselben Bilder ausgesucht hatte, für welche einst in seiner Knabenzeit seine ersparten Dreier zum Krämer gewandert waren. Und so, während draußen auf den wüsten Böden die Bretter im Froste krachten, während das Trinkwasser vor seinem Bett gefror und durch die bereiften Dachfenster das kalte Dämmerlicht des Winters in seine Kammer fiel, führte er seine Augen an den Wänden spazieren und wandelte vergnügt in seinem Kindheitsgarten, wo er einst gewandelt, da er noch nicht der

Kronprinz von Preußen und der Wetterprophet unserer grauen Stadt gewesen war.

*

Aber es gab noch andere Unterhaltungen für den alten Herrn. – Unter seinem ersten Bodenraum befand sich der große Rathaussaal, in welchem nicht nur unsere heimischen Komödianten zuweilen ihre Gerüste aufschlugen, sondern wo auch wir Primaner alljährlich um Michaelis von einem hohen Katheder herab mehr oder minder selbstverfertigte Reden hielten. Von allem diesem bekam der Alte seinen stillen Anteil. Denn wenn unten – und das geschah unfehlbar jedesmal – die Begeisterung die Luft allzusehr erhitzt hatte, dann wurde in der Bretterdecke des Saales eine Luke ausgehoben, und alsbald vom Rande der Öffnung glänzte das rote Gesicht des Amtschirurgus teilnehmend zu uns herab.

Es war immer ein großer Tag, diese «Redefeierlichkeit». Wir konnten damals noch nicht am eignen Tische frühstücken und in Hamburg zu Mittag essen; alles blieb deshalb hübsch zu Hause, und was wir dort hatten, das würzten wir uns und machten es schmackhaft und kosteten es aus bis auf den letzten Tropfen. – An jenem Tage standen die Häuser der Honoratioren wie der kleineren Bürgersleute leer; der Rattenfänger von Hameln hätte sie nicht leerer fegen können. Frauen und Töchter in Flor und Seide saßen dicht gereiht vor dem weißen Katheder mit der grünsamtenen goldbefransten Bordüre; den Männern blieben nur die hintersten Bänke, oder sie standen an der Wand unter den großen Bildern vom Jüngsten Gericht und vom Urteil Salomonis. Wer hätte auch zu Hause bleiben können, wenn wir Primaner uns nicht zu vornehm hielten, die gedruckten Einladungen in eigener Person von Haus zu Haus zu tragen! Freilich war auch diese Pflicht, besonders für die älteren Schüler, nicht ohne allen Reiz; denn die «Stellen», welche nach einem Maßstabe von Wein und Kuchen in «fette» und «magere» zerfielen, wurden von dem Primus Classis streng nach der Anciennität verteilt. Die Einladungen selbst enthielten nur unsere Namen und die Thematen unserer Vorträge; aber dessenungeachtet waren es keine öden Listen, wovon es heutzutage an allen Ecken wimmelt; unser alter Rektor – möge der allverehrte Greis noch lange seiner fruchtbringenden Muße genießen! – wußte durch eine feine Abtönung auch diesen Dingen einen munteren Anstrich zu geben. Denn während der erste nur «redete», suchte der zweite schon «auszuführen», der dritte «vertiefte sich in», der vierte «verbreitete sich über»; und so arbeitete jeder in seinem eigenen Charakter. Was blieb endlich mir übrig, der ich schon damals in einigen Versen gesündigt hatte? Ich, selbstverständlich: «besang» – «Matathias, der Befreier der Juden», so hieß meine Dichtung, welche der Rektor mir ohne Korrektur und mit den lächelnd beigefügten Worten zurückgab, er sei kein Dichter. Ich will nicht leugnen, es überrieselte mich so etwas von einer exklusiven Lebensstellung, und ich mag in jenem Augenblick meinen Knabenkopf wohl um einige Linien höher getragen haben. – Freilich, unser Schultisch war derzeit nur mit geistiger Hausmannskost besetzt: wir kannten noch nicht den bunten Krautsalat, der – «Friß Vogel oder stirb!» – den heutigen armen Jungen aufgetischt wird. Ich habe niemals Kaviar essen können, und – Gott sei Dank! – ich habe ihn auch niemals im Namen der «Gleichmäßigkeit der Bildung» essen müssen; diese schöne Lehre beglückte noch nicht unsere Jugend; der Fundamentalsatz aller Ökonomie: «Was kostet es dir, und was bringt es dir ein?» fand damals, freilich harmlos und unbewußt, auch für die Schule noch seine Anwendung. – Leider muß ich bekennen, daß auch die deutsche Poesie als Luxusartikel betrachtet und lediglich dem Privatgeschmack anheimgegeben war; und dieser Geschmack war äußerst unerheblich. Unseren Schiller kannten wir wohl; aber Uhland hielt ich noch als Primaner für einen mittelalterlichen Minnesänger, und von den Romantikern hatte ich noch nichts gesehen als einmal Ludwig Tiecks Porträt auf dem Umschlage eines Schreibbuches. – Nichtsdestoweniger dichtete ich den «Matathias».

Und endlich kam der große Tag. Während draußen vor der Kirche die Buden zum Michaelis-Jahrmarkte aufgeschlagen wurden, war oben in unserem Rathaussaale die Redefeierlichkeit schon in vollem Schwunge. Die an den Fenstern entlang postierte Liebhaberkapelle hatte schon einige Pausen mit entsprechenden Walzern und Ekossaisen ausgefüllt; nun aber begann ein feierlicher Marsch, und mir klopfte das Herz; denn ich hatte ihn bestellt als Ouvertüre zum Matathias. Dort stand auch mein würdiger Freund, der Doktor, derzeit Primaner und Mitglied des «Dilettantenvereins», und noch hübscher, als er redete, blies er die Klarinette; heute aber leistete er das Außerordentliche. Da plötzlich, noch ein heroischer Akkord, und oben auf dem Katheder stand ich in dem lautlosen Saale, die erwartungsvolle Menge unter mir. Wie durch einen Schleier sah ich noch die Dilettanten ihre Klarinettenschnäbel mit den Taschentüchern putzen; ein Blick nach oben zeigte mir am Rande der Deckenöffnung das leuchtende Gesicht des Amtschirurgus, der wie ein umgekehrter sixtinischer Engelskopf zur Erde statt zum Himmel blickte; dann:

O Söhne Judas, rächt der Väter Schmach!

– – Zum Unglück für den Leser ist das Gedicht verlorengegangen, und mein Gedächtnis vermag dem Schaden nicht mehr abzuhelfen; doch kann ich versichern, daß es ohne Anstoß zu Ende gebracht wurde. Und das war keine Kleinigkeit; denn unter den Zuhörerinnen hatte ich ein Paar wohlbekannte vergißmeinnichtblaue Augen entdeckt, die mit dem Ausdruck zarter Fürsorge auf mich gerichtet waren. Ich kannte solche Klippen nur zu wohl; war es mir doch in meiner vorjährigen Rede «Über den Untergang der Staaten» begegnet, daß ich in denselben Augen eine ganze Weile, alle Feierlichkeit vergessend, hängenblieb, wodurch denn eine allen übrigen Zuhörern unbegreifliche Kunstpause entstanden war. Diesmal aber, und das von Rechts wegen, half mir der Gott Israels. Denn dort hinten, unter dem Urteile Salomonis, erschien mein Freund, der jüdische Handelsherr aus unserer Nachbarstadt, und nickte mir zu und lächelte mich an; und der Geist meiner heutigen Sendung erfüllte mich wieder, ich sah nicht mehr in die vergißmeinnichtblauen Augen, sondern auf die goldenen Uhrberloques, die an dem behäbigen Leibe des jüdischen Mannes funkelten; und für ihn eigentlich habe ich diese Rede gehalten.

Dein Stern ging unter, Judas Stern
Erglänzt in neuer Pracht und brennt
An deiner Gruft die würd'ge Todesfackel.

Das waren meine letzten Worte für den Matathias. Als ich das Katheder verlassen und mich nach dem alttestamentarischen Bilde durchgedrängt hatte, nahm der Urenkel desselben schweigend und mit sanftem Druck meinen Arm in den seinen, und wir stiegen miteinander die schmale Wendeltreppe hinab bis unten in den Ratskeller und tranken dort in altem Madeira auf das Gedächtnis des unsterblichen Matathias und auf die Gesundheit seines jungen sterblichen Dichters. Dann, da die Redefeierlichkeit für den Vormittag beendet war, gingen wir auf den Markt hinaus und setzten uns im Lindenschatten vor einem Hause auf den Beischlag. Uns gegenüber im Sonnenschein wurde eine Bude nach der anderen aufgeschlagen; aber der sonst so eifrige Handelsmann, obgleich er noch nicht einmal sein herkömmliches Tuchgeschäft mit meinem Vater gemacht hatte, wandte kein Auge auf dieses werktätige Treiben. Von meiner Rede ausgehend, hatte er mich, wie er es liebte, in allerlei religiösmoralisches Gespräch verwickelt: «Was soll's!» rief er mit den scharfen Akzenten seines Volkes, «ich sage bloß: Tue recht und scheue niemand!» – Bald darauf schien er indessen durch den jetzt vom nahen Kirchturm tönenden Schlag der Viertelsglocke an die Kostbarkeit der Zeit erinnert zu werden; denn als wolle er alle grauen Theorien von sich schütteln, stand er plötzlich auf und klopfte mich zärtlich auf die Schulter. «Komm nun!» sagte er schmunzelnd; «woll'n wir gehen und woll'n noch betrügen ein bißchen den Alten!»

Aber das war nur dein Scherz, mein alter Freund; ich kann nicht anders, als es dir in dein Grab nachsagen, worin du nun seit lange auf dem kleinen Judenkirchhof der Nachbarstadt ruhst, daß du meinem Vater gewiß gutes niederländisches Tuch zu den christlichsten Preisen verkauft hast. – Wer weiß, ob nicht die Freundlichkeit, die du dem Knaben einst erwiesest, den Keim jener Zuneigung gelegt hat, die ich deinem Volke stets bewahrte, und die mir auch der schmutzigste Schacherjude nicht hat stören können. Habe ich doch aus jener Sympathie heraus noch vor wenigen Jahren die nachstehenden Verse gedichtet, welche freilich von meinem Freunde Alexander, da ich sie ihm noch warm aus dem Herzen vortrug, mit der kurzen Kritik: «Auch eine Auffassung!» ganz und für immer abgefertigt sind:

Crucifixus

Am Kreuz hing sein gequält Gebeine,
Mit Blut besudelt und geschmäht;
Dann hat die stets jungfräulich reine
Natur das Schreckensbild verweht.

Doch, die sich seine Jünger nannten,
Die formten es in Erz und Stein,
Und stellten's in des Tempels Düster
Und in die lichte Flur hinein.

So, jedem reinen Aug ein Schauder,
Ragt es herein in unsre Zeit;
Verewigend den alten Frevel,
Ein Bild der Unversöhnlichkeit.

*

Aber ich kann so nicht weiterschreiben. Durch das offene Fenster weht der Primelduft aus dem Garten, und draußen unter dem sprießenden Syringenbaum steht plötzlich meine Muse, die ich so lange nicht mehr sah. Sie legt den schönen, ewig jugendlichen Kopf zurück und sieht mich an; schimmernd liegt die Frühlingssonne auf ihrem goldigblonden Haar. Soll ich noch einmal deine träumerischen Wege wandeln? – Aber, wenn du mich zur Höhe führst, und nun dein Fuß von der festen Erde auf die rosigen Wolken hinaustritt? – Zwar meine Seele hat noch ihre Flügel; aber manche der rauschenden

Schwungfedern sind schon gebrochen, und mächtiger als sonst fühl ich die Erde mich zu sich niederziehen. – Doch, wer könnte diesen Augen widerstehen? So gehen wir denn! Streich mit deiner Götterhand das graue Haar von meinen Schläfen und dann sage mir: wie war es doch?

– – Ich war wieder in der kleinen Küstenstadt, in der ich einst die Tage meiner Jugend lebte. Weit dahinter lag jene Zeit, unabsehbar weit; denn es gibt Gräber, über die hinweg der Blick in die Vergangenheit unmöglich wird. Dennoch hatte es mich dahin zurückgezogen; in allen Jahren, die ich in der Fremde lebte, war immer wieder das Brausen des heimatlichen Meeres an mein inneres Ohr gedrungen, und oft war ich von Sehnsucht ergriffen worden, wie nach dem Wiegenliede, womit einst die Mutter das Tosen der Welt von ihrem Kinde fern gehalten hatte. – Nun hörte ich es wieder, das Wiegenlied des Meeres; am Tage wanderte ich hinaus an seine Küste und ließ die Wellen zu meinen Füßen rauschen, des Nachts klang es hinüber in die schlafende Stadt, nur unterbrochen von dem tönenden Flug der Wandervögel, die in großen Zügen unsichtbar unter den Sternen dahinrauschten. Wie oft stand ich jetzt im Dunkel meines Gartens, blickte hinauf zu der lichten Sternenhöhe und ließ mein Ohr von diesen Akkorden des Schöpfungsliedes erfüllen!

Ich entsinne mich eines Spätherbstnachmittages; so ungestört war ich seit meiner Heimkehr nicht durch die Stadt gewandert; denn der erste Novembersturm hatte die Gassen leer gefegt. Ich sah mir die Häuser an und gedachte ihrer einstigen Bewohner. Hier auf der Bank unter den Linden, von deren Zweigen jetzt die letzten Blätter wehten, saß einst der lustige Herbergsvater, der uns Schülern stets das griechische «Heureka» zum Gruß entgegenrief. – Heureka – Gefunden! – Ob man wohl das Wort auf seinen Sarg geschrieben hat?

Und drüben jenes Giebelfenster mit den zertrümmerten Scheiben; – die Donner des Frühlingsungewitters sind längst verhallt, die ich in lauer düfteschwerer Nacht dort über meinem Haupte rollen hörte; aber wo ist *sie* geblieben, die ich so fest in meinen Armen hielt? – Ich habe das blasse Gesichtchen nie vergessen können, wie es beim Schein der Blitze aus dem Dunkel auftauchte und wieder darin verschwand. – Hu! Wie kommen und gehen die Menschen! Immer ein neuer Schub, und wieder: Fertig! – Rastlos kehrt und kehrt der unsichtbare Besen und kann kein Ende finden. Woher kommt all das immer wieder, und wohin geht der grause Kehricht? – Ach, auch die zertretenen Rosen liegen dazwischen.

Ich will zum Kirchhofe gehen; es stillt die Unruhe, in den Blättern dieses grünen Stammbuches zu lesen. Auf dem Wege dahin sieht hie und da ein übriggebliebener Treppengiebel vertraut auf mich herab. Ob droben in der Tertia der nun abgesetzten «Gelehrtenschule» das halbzerschnittene Pult noch steht, vor dem ich einst «Üb immer Treu und Redlichkeit» so weltvertrauend deklamierte? Mir ahnte damals noch nicht, daß die Redlichkeit nur so weit geübt werden dürfe, als sie nicht verboten ist. Jetzt weiß ich es und begreife nur nicht, warum man die Kinder Dinge lernen läßt, die ihnen später so gefährlich werden können.

Äußerst schmucklos waren jene alten Räume; höchstens, daß hie und da eine aus Strafgeldern zusammengesparte Landkarte an der Wand hing. Wir kannten weder die Schöne griechischer Götterbilder noch andererseits jenes cäsarische Wesen, in dem Bilde des jemaligen Herrschers der aufstrebenden Jugend ein drohendes Symbol der Gewalt entgegenzuhalten. Aber jenseits der schmalen Straße in dem Hofe der damaligen Propstei stand derzeit ein mächtiger Kastanienbaum, dessen Zweige zu den Fenstern der Tertia und der danebenliegenden Sekunda hinüberreichten. Wie oft, wenn es draußen Frühling war, flogen meine Gedanken über den Nepos oder später über den Ovid hinweg und schwärmten drüben mit den Bienen um die weißen rotgesprenkelten Blütenkerzen, die aus den jungen lichtgrünen Blättern emporgestiegen waren. Aber weiter, – weiter! Hier noch den kurzen Baumgang hinab, und schon sehe ich die Totenkränze an den Kreuzen wehen und die weißen Bänder flattern. Die Ulmen an der Seite des Kirchhofes ächzen und schlagen ihre nackten Zweige aneinander, wie der Sturm ihnen die letzten Blätter abreißt und sie weithin über die Gräber wirft. Wie wüst dort im Nordwest das Meer am Horizonte aufsteigt! Ich lese die Inschriften der Leichensteine: «Du warst, wirst sein, wirst nie vergehen, nie Todesraub.»

Überall dies unheimliche Wehren gegen die Vernichtung; nur hier der alte aufrechte Stein trägt einen anderen Spruch:

Het Liden hier geleden,
Het Striden hier gestreden,
Ick was het Leven möd;
Ick zegg Adies min Vrienden,
Gy zelt mi niet mer vinden;
– – – – – – – – – – – – – – – – – –

Das übrige bedeckt die Erde.

Es ist sehr einsam hier; – doch nein, da stehe ich ja an deinem Grabe, alter ehrlicher Georg, candidatus der Gottesgelahrtheit. Wie lange ist es her, daß wir unter den blühenden Apfelbäumen deines elterlichen Gartens auf dem widerspenstigen Esel Schule reiten wollten! Mir ist, als sei das nur ein Kapitel aus einer sonnigen Idylle, die ich in schöner Jugendzeit gelesen. Etwas später war es – wir waren schon Studenten –, da wir am lauen Frühlingsabend über den Hamburger Wall schlenderten. Als in der Dämmerung die Frösche aus dem Graben ihre Stimme erhuben, legtest du die Hand auf meinen Arm und sagtest andächtig: «Horch nur, wie lieblich doch die Nachtigallen girren!» Freilich, du warst ein Sohn unserer Küste, und selten und nur zu flüchtigem Besuche kehrt Philomele bei uns ein; denn sie weiß es wohl, daß ihre Liebesklage von dem Brausen der großen Naturorgel verschlungen wird, die Boreas hier so meisterlich zu spielen weiß. Aber daß dir auch der Frosch, der Sänger unserer Marschen, plötzlich fremd geworden war, das mußte mich billig wundernehmen, und ich komme nachträglich auf den Verdacht, daß du die seltsamen Worte nur gesprochen hast, damit ich jenen Abend nicht vergäße, an dem sonst nichts war als Frieden in der Natur und in unseren jungen Herzen. – Das Pfeifen ganz anderer Vögel war es, die dir bei Idstedt dein letztes Schlummerlied gesungen haben, und mit Andacht lese ich auf deinem Grabe den Spruch aus dem Evangelium Johannes, den, wie ich anderswo berichtet habe, auch der alte Landschullehrer auf seines Knaben Grabstein hauen ließ: «Niemand hat größere Liebe denn die, daß er sein Leben lässet für seine Freunde.» Für seine Freunde; möge das dein Los gewesen sein!

Und hier stolpere ich über den Hügel unseres Amtschirurgus; der Nordwest, der jetzt den Sand von seinem Grabe bläst, beunruhigt ihn nicht mehr. Ich war ihm noch begegnet nach meiner Heimkehr; aber schon damals hatte er seine großen Räume verlassen und begnügte sich mit einem Winkel in dem städtischen Krankenhause. Seine Seltsamkeiten hatten abgeblüht, und er war nur noch ein müder abgebrauchter Mensch, gleich allen übrigen, die dort der Ewigkeit entgegenträumen. Hier auf der Bank am Kirchhofssteige saß er und wärmte seine Glieder in der Frühlingssonne. Als ich ihn begrüßte, stand er auf, und ich sah, wie das Alter seine hohe Gestalt gebeugt hatte. «Und was ist aus Ihren trefflichen Ratzen geworden?» So fragte ich, nachdem die üblichen Reden eines ersten Wiedersehens zwischen uns gewechselt waren. Ich hatte eine unverharschte Wunde berührt; aus seinen kleinen Augen blickte er wehmütig auf mich herab, indem er mit seinem Stock im Sande scharrte: «Sie wissen ja; die große Brauerei nebenan; – vergiftet! alle vergiftet!» Und er schlich von dannen mit einem Seufzer über die schöne alte Zeit; denn wie Freund Mörike sagt:

Doch besser dünkt ja allen,
was vergangen ist.

Aber wo bist denn du, Ludwig? Ich lebe noch, und schon finde ich dein Grab nicht mehr. Wir waren gute Kameraden; hab ich doch einst, da wir auf dem Lübecker Gymnasium unserer Schulbildung die letzte Politur geben ließen, meine goldene Uhr zum Pfandverleiher getragen, damit du in der Rolle des dottore Bartolo die Maskerade im Schauspielhause besuchen konntest! Mit dem Bambusrohr und der Pillenschachtel stapftest du wacker im Saale umher; und als der spanische Grande dich wegen der Donna Ines konsultierte, die zart und schmächtig an seinem Arme hing, da versichertest du mit großer Innigkeit, daß die Dame nur an den Würmern leide, was dir seltsamerweise mehr Entrüstung als Dank von dem Gemahl der hohen Patientin eintrug. – Auch eine Maskerade war es, die wir beide wenige Jahre später in unserer grauen Küstenstadt veranstalteten. Dein Name stand neben dem meinigen auf dem Einladungsbogen; aber als der Abend des Festes herangekommen war und die Masken sich durcheinanderdrängten, die du mit mir berufen, da hattest du dich so tief vermummt, daß dich niemand zwischen ihnen zu finden vermochte; und auch später bist du niemals wieder zum Vorschein gekommen. – –

Aber es wird schon dämmerig; mir ist, als höre ich zwischen dem Brüllen des Sturmes das gewichtige Wort des alten Jobst Sackmann, das bei jeder Wiederkehr immer dröhnender ins Gehör fällt: «Wo is he bleven? – Wo is he bleven? – Mortuus est!»

Ich will nach Hause gehen. Die eiserne Kirchhofstür fällt klirrend hinter mir ins Schloß; die lange Straße, die nach meiner Wohnung führt, ist noch so öde wie zuvor. Aber dort sehe ich eine weibliche Gestalt mit dem Winde kämpfen; und wie wir uns einander nähern, bemerke ich mit Verwunderung, daß sie einen maigrünen Sonnenschirm in der Hand hält. Unter einem lila Seidenhütchen mit Blumen hängen lange braune Locken auf die Schultern herab. Und jetzt erkenne ich sie! In meiner Erinnerung taucht ein Erkerfenster auf mit Reseda- und Geranienstöcken, hinter denen ein junges Mädchen an einer Stickerei zu sitzen pflegte. Wie tief zogen wir Primaner unsere Mützen, um einen Aufschlag dieser Augen, ein Erröten dieses frischen Antlitzes zu erhaschen! – Auch jetzt ziehe ich den Hut. Ein ältliches maskenartiges Gesicht verzieht sich zu einem verbindlichen Lächeln, und mit altjüngferlichem Knicks geht die Gestalt an mir vorüber.

*

O meine Muse, war das der Weg, den du mich führen wolltest? Die sommerlichen Heiden, deren heilige Einsamkeit ich sonst an deiner Hand durchstreifte, bis durch den braunen Abendduft die Sterne schienen, sind sie denn alle, alle abgeblüht?

Es ist ein melancholisches Lied, das Lied von der Heimkehr.

LENA WIES

*

Aber an deinem niedrigen Häuschen kann ich nicht so vorübergehen, du liebreiche Freundin meiner Jugend, die du wie Scheherezade einen unerschöpflichen Born der Erzählung in dir trugst. – Ich will eine Gänsefeder nehmen; die weiße Fahne soll nicht gestutzt werden, und das gesellige vogelartige Gezwitscher, das sie, ihres Ursprungs eingedenk, beim Schreiben hören läßt, soll mich an vergangene Zeit gemahnen, während ich dies zu deinem Gedächtnis niederschreibe.

Noch stehen die steinernen Bänke vor dem Hause, noch die gemalten Schwarzbrote, das Zeichen des Betriebes, auf dem einen Fensterladen; und wenn man die Haustür mit den dicken grünen Glasscheiben aufstößt, so schellt die Glocke, und hinten im Backhause läßt «Perle» seine Stimme erschallen; denn – der Hund ist tot; es lebe der Hund! der Hund stirbt nicht! – Aber es ist nicht mehr der «Perle» meiner Jugend.

Wie manchen Herbst- und Winterabend bin ich nach diesem kleinen Hause gegangen. – Gegangen?

– Nein, gelaufen, gerannt! – Es gab damals in unserer Stadt noch keine Straßenbeleuchtung, aber desto mehr Gespenster; «es übte vor», es «jankte» draußen im «Austrom», im Schlosse wurde nachts eine kleine braune Frau gesehen. Und das alles wurde mit jedem Abend bei mir lebendig, und meine kleine Handlaterne warf zweifelhafte Lichter auf die unbewohnte Plankenstrecke, die in jener Straße zu passieren war. Hatte ich glücklich das Haus erreicht, so stürzte ich fast die Tür ein; die Glocke läutete, hinten im Backhause riß Perle an der Kette und erhob ein wütendes Gebell.

Atemlos stand ich vor dem kleinen hitzigen Gesellen, der nun freudewinselnd an mir aufstrebte. Kräftig dufteten die frischen Roggenbrote, welche reihenweise auf den Wandgestellen lagen; und nebenan in der offenen Kammer stand die alte Mutter Wies am Backtroge, mit dem Ansäuern des Teiges für den morgigen Tag beschäftigt. Im Backhause selbst drängte sich eine Schar von Nachbarskindern, welche, mit irdenen Schüsseln in der Hand, auf die Austeilung der Abendmilch warteten; denn auch eine Milchwirtschaft wurde hier mit vier oder fünf schweren Marschkühen betrieben.

«Lena noch nicht fardig?» fragte ich auf plattdeutsch; und die alte Frau hielt im Kneten inne, und ihre noch immer schönen Augen blickten mit großmütterlicher Zärtlichkeit auf mich.

Nein, Lena und Vater Wies waren noch im Stall beim Melken.

Schnell war meine Handleuchte ausgeblasen und auf den Tisch gestellt; dann ging's über den dunklen Steinhof und in den alten niedrigen Stall hinein, durch den übrigens im Sommer der Weg zu einem seltsam stillen Garten voll roter Zentifolien und kleiner süßer Stachelbeeren führte. – Wie ein kleiner Privilegierter dünkte ich mich den armen Nachbarskindern gegenüber, die beim Schein des dünnen Talglichts ruhig auf ihrem Platze bleiben mußten, bis sie ihr herkömmliches Quantum Milch zugemessen erhalten hatten.

Unter dem Boden des Stalles hing eine Hornleuchte; aber es war kein Licht, sondern nur eine Art leuchtenden Dunstes, den sie in einem engen Kreise um sich her verbreitete. Und doch, für welch trauliche kleine Welt war sie der Mittelpunkt!

Aus dem Dunkel, wo die Kühe an ihren Raufen wiederkäuten, klang es mir leibhaftig wie der alte Volksreim entgegen:

Stripp, strapp, stroll –
Is de Ammer nich bald voll?

Ich rief ihn denn auch lustig in das Dunkel hinein, und: «Geduld überwindet Schweinebraten!» kam sogleich von dort her die heitere Stimme meiner Freundin Lena an mich zurück, und unter einer anderen Kuh heraus scholl als Begleitung im Grundbaß das behagliche Lachen von Vater Johann Wies.

Lena regierte mich mit scherzenden Worten, ja bloß mit ihren klugen Augen sicher genug; und so warf ich mich geduldig neben der Tür auf einen Haufen Heu, während seitwärts auf der Hühnerleiter der Hahn mit seinen Hennen im Traume gakkelte und von den Kühen her der Strich des Melkens eintönig hervorklang, nur mitunter durch einen Zuruf unterbrochen, wenn die Bläß oder die Schwarze etwa nicht ordnungsmäßig standhielten.

Endlich, mit schwerem Eimer und heißem Gesicht, trat Lena in den Leuchtkreis der Laterne und bot mir freundlich guten Abend. Sie war von kleiner Statur; ihre Gesichtszüge – sie mochte in meiner Knabenzeit etwas über dreißig Jahre zählen – ließen erkennen, daß sie einst ungewöhnlich wohlgebildet gewesen sein mußten; aber die Blattern hatten das Kindergesicht auf das Unbarmherzigste zerrissen, als wenn, nach dem Volkswitz, der Teufel Erbsen darauf gedroschen hätte. Sie selber meinte freilich, am Ende müsse sie noch eitel werden; denn: «So'n Bildhauerarbeid ward nu nahgrad wat Rares!» – Nur die schönen braunen Augen blickten unversehrt; und sie gehören mit zu den Sternen, die über meiner Kindheit standen, und mitunter in dunklen Stunden glaube ich sie noch jetzt zu sehen, obgleich auch sie erloschen sind. – –

Während nun Lena den Milchverkauf besorgte, hatte «Vader» den Kühen ihr letztes Futter vorgeworfen, «Moder» in ihrem Troge den Teig zusammengeballt und sorgsam zugedeckt; ich selbst war schon vorher in die Wohnstube gewiesen, in jenen engen, aber traulichen Raum, in welchem ich die schönsten Geschichten meines Lebens gehört habe. Fast immer, so wenigstens scheint es mir jetzt, blühten hier auf den Fensterbrettern die roten Winterlevkojen; meine Blicke aber gingen nach dem eisernen Beileger-Ofen, der an der Wand gegenüber zwischen den beiden verhangenen Alkoven-Betten stand und für mich einen Gegenstand der anziehendsten Betrachtung bildete; denn nicht allein, daß sich auf der vordersten Platte, wie nach einem Dürerschen Holzschnitt, die Verkündigung Mariä dargestellt zeigte, daß er an den Seiten und oben an beiden Ecken mit blankpolierten Messingknöpfen geziert war, welche ich, aller Warnung unerachtet, nicht unterlassen konnte, vielfach abzuschrauben und mir fast ebensooft auf die Füße zu werfen; er strömte auch, was nicht jeder Ofen von sich sagen kann, einen leckeren Duft aus, welcher, mit dem der Levkojen vermischt, noch jetzt in meiner Erinnerung diesen Raum erfüllt, und war überdies allezeit von einer sanften Hausmusik umgeben. Das erstere hatte seinen Grund in einer Schüssel, je nachdem mit Waffeln, Pfeffernüssen oder Bratäpfeln gefüllt, die unfehlbar unter dem blanken Messingstülp auf der Ofenplatte warmgehalten wurden; und da von der dem Backhause nahen Küche aus geheizt wurde, so mangelte es von dort her nie am Gesange der Heimchen, der gesellig in das Zimmer hineinklang.

Ich muß hier, obgleich es einen nicht zu beseitigenden Vorwurf für ihn enthält, bekennen, daß mein alter Freund Johann Wies, ich weiß nicht weshalb, ein unerbittlicher Verfolger dieser musikalischen Tierchen war. Oft, wenn er mit seinem ehrwürdigen Gesicht unter der blauen Zipfelmütze, mit den friedlich gefalteten Händen in seinem Lehnstuhl saß, habe ich ihn darauf ansehen müssen, wie doch der gute alte Mann so grausamer Dinge fähig sein könne.

Aber jetzt dachte Johann Wies an keine Heimchenjagd; unter dem Schutze der Dunkelheit sangen sie sicher in ihrem warmen Backhause; und während ich ihnen und der alten Wanduhr zuhörte, die bescheiden dazu den Takt schlug, war auch schon Lena hereingetreten, von der Arbeit gesäubert, in frischer weißer Mütze mit schmalgefälteltem Strich, und setzte Teegeschirr und Abendbrot auf den mit Wachstuch überzogenen Tisch, der dicht unter Mariä Verkündigung und den blanken Messingknöpfen seine Stelle hatte; bald kamen auch die beiden Alten und nahmen je zu einer Seite des Ofens ihren Platz. Mutter Wies, die vom Lande war, trug ihr graues Haar unter ein Käppchen zurückgestrichen, wie man es früher bei unseren Bäuerinnen sah; ihre fleißigen Hände waren, wovon an unserer Küste das Alter selten verschont bleibt, mit Gichtknoten besetzt und zitterten, wenn sie die Tasse an den Mund führte; gleichwohl, sobald wir unsere Mahlzeit beendigt hatten, holte sie ihr Spinnrad aus der Ecke, und dem Tagewerk folgte nun noch das Werk des Abends. – Dann wurde der duftende Teller aus seinem Versteck unter dem Messingstülp hervorgezogen, und Johann Wies lehnte sich behaglich in seinen Lehnstuhl zurück. Auch ich saß oder vielmehr ritt auf einem solchen; denn es war eine von jenen nun verschwundenen Raritäten, die dem Sitzenden die eine Ecke entgegenstrecken; und zwar war er, mir unvergeßlich, mit einem bunten Flickenpolster ausgestattet.

Und dann – ja, dann erzählte Lena Wies; und wie erzählte sie! – Plattdeutsch, in gedämpftem Ton, mit einer andachtsvollen Feierlichkeit; und mochte es nun die Sage von dem gespenstischen Schimmelreiter sein, der bei Sturmfluten nachts auf den Deichen gesehen wird und, wenn ein Unglück bevorsteht, mit seiner Mähre sich in den Bruch hinabstürzt, oder mochte es ein eignes Erlebnis oder eine aus dem Wochenblatt oder sonstwie aufgelesene Geschichte sein, alles erhielt in ihrem Munde sein eigentümliches Gepräge und stieg, wie aus geheimnisvoller Tiefe, leibhaftig vor den Hörern auf. Oftmals griff die alte Mutter in ihr Rad und ließ es stillestehen, oder nickte aus seiner Ecke Johann Wies behaglich blinzelnd herüber; und dazu tickte die Uhr und sangen aus der Ofenwand die Heimchen; mitunter an Herbstabenden – und dann war es am allerschönsten – rauschten auch noch von fern die Lindenbäume, die drüben jenseit der Gasse hinter einer Gartenplanke standen; – wie weit dahinter lag dann die ganze Alltagswelt! In den Pausen wurden zwar auch die Pfeffernüsse und die Bratäpfel keineswegs verschmäht; aber lange hielt ich doch nicht Ruhe, und Lena war ebenso unerschöpflich, als ich unersättlich war; sie legte wieder die Hände ineinander, und den Kopf ein wenig übergebeugt, begann sie eine neue Geschichte, wobei sie langsam die Daumen umeinander bewegte. – Später, als ich selbst dergleichen Dinge ersann und niederschrieb, sandte ich ihr wohl das eine oder andere Buch; und sie hat dann lächelnd geäußert, das hätte ich von ihr gelernt.

Aber nicht nur die Kunst des Erzählens, auch die Achtung vor ernster bürgerlicher Sitte lernte ich in diesem guten Hause. – Ein kleiner Vorfall ist mir unvergeßlich geblieben. Die Tochter aus einer angesehenen Familie hatte sich mit einem Kavalier verlobt, dessen Aufführung man nicht das beste Zeugnis geben wollte; die kleine Stadt war voll davon, in und außer den Häusern wurde in Ernst und Spott darüber geredet, und auch an unserem Teetisch kam das Gespräch darauf. Da, in knabenhafter Unbedachtsamkeit, und da es mich drängte, doch auch mein Teil dazuzugeben, entfuhr mir ein wenig sauberes Wort, das ich, Gott weiß wie, von der Gasse aufgelesen hatte. – Augenblicklich stockte die bisher lebhafte Unterhaltung, Lena sah auf den Tisch und fegte ein paar Pfeffernußkrumen mit der Hand zusammen, und erst nach einer längeren Pause blickte sie wieder auf und sprach, als sei nichts vorgefallen, von anderen Dingen. Ich glaube kaum, daß ich jemals so beschämt gewesen bin, und noch später als erwachsenen Mann überkam mich, wenn ich daran dachte, das unbequeme Gefühl einer empfangenen und wohlverdienten Züchtigung.

Dergleichen Zurechtweisungen beeinträchtigten indessen weder meine Zuneigung noch das sichere Gefühl, der Liebling des Hauses zu sein; war doch die zweite sehr geliebte Tochter, welche derzeit in einer fernen Großstadt in guten Verhältnissen verheiratet war, die treue und langjährige Pflegerin meiner Kinderzeit gewesen. Viel zu früh erschien jedesmal der Kutscher meiner Eltern, um mich nach Hause zu holen, oder schlug es, als ich später meinen Weg allein finden mußte, von der alten Wanduhr zehn. Ich weiß noch wohl, wie ich in der letzten Viertelstunde mit Lena kämpfte, ob nicht noch Zeit sei für wenigstens eine ganz kleine Geschichte, und wie es dann plötzlich in der Uhr einen Ruck tat und die Warnung vor dem Stundenschlage alle meine Hoffnung zunichte machte. Dann aber galt es nach Hause zu kommen; und das «Vorüben» und das «Janken» drüben in der Au, alles konnte mir unterwegs begegnen; dazu waren die Lichter in den Häusern schon ausgetan, denn die Straße wurde meist von sogenannten kleinen Leuten bewohnt, welche, wenn der Tagelohn verdient war, früh zur Ruhe gingen. So legte ich mich denn aufs Betteln und ließ nicht nach, bis Lena die Kommodenschublade aufgezogen und ihr Umschlagetuch herausgenommen hatte. – Wenigstens bis an das Ende der bösen Plankenstrecke mußte sie mich begleiten; aber auch dann noch ließ ich sie nicht los; zum mindesten mußte sie stehenbleiben und hinter mir her, und zwar recht laut, ein paarmal «gute Nacht» rufen, bis ich spornstreichs, mein flimmerndes Laternchen in der Hand, um die nächste Straßenecke schwenkte; denn von hier aus waren es nur noch wenige Schritte bis zum Hause meiner Eltern. – Alles dies hat viele Jahre so gedauert; und frisch und erquickend ist mir die Erinnerung an jene Menschen geblieben, denen ich so viele glückliche Stunden meiner Jugend verdanke. Allmählich aber ging die Zeit dahin; ich verließ unsere Stadt, um die Studien für meinen künftigen

Beruf zu beginnen; sie blieben in ihrem Häuschen und trieben es in alter Weise fort.

Dann eines Tages kam der Tod, nahm Vater Wies aus seinem Lehnstuhl und legte ihn in ein noch bequemeres Ruhebett; und als ich nach Jahren heimgekehrt war und schon mein eigenes Haus gegründet hatte, ergriff er auch die arbeitsame Hand der alten Mutter, zog sie von ihrem Backtroge und ihrem Spinnrade fort und hieß uns sie auf dem schönen grünen Kirchhof zur Ruhe legen, wo von der See her die kühlen Lüfte über die Gräber wehen. –

Lena war nun allein; aber sie nahm eine junge Verwandte ins Haus und setzte mit deren Hilfe den elterlichen Betrieb fort. Oftmals in der schönsten Sommerzeit, wenn hinten in ihrem Gärtchen die Zentifolien blühten, kamen aus der großen Stadt die Schwester oder deren Kinder auf Besuch; dann wurde es lebendig in dem niedrigen Häuschen; Kammern und Herzen, alles voll Sonnenschein. – Aber auch diese jüngere Schwester sollte sie überleben. Als ich auf die Todesnachricht zu ihr ging, fand ich sie eben beschäftigt, aus Schubfächern und Kästchen ihre Barschaft zusammenzusuchen; es sollte heute noch alles an ihren Schwager abgesandt werden, damit – so sagte sie – die Überlebenden außer der Trauer nicht etwa noch mit der kleinen Not des Lebens zu kämpfen hätten.

Dann kam die Zeit, daß die Dänenherrschaft mich aus dem Lande trieb, und ich sah meine Freundin nur, wenn ich, in oft mehrjährigen Zwischenräumen, zum Besuch bei meinen Eltern einkehrte.

Voll gesunden Zornes hoffte sie fest auf den endlichen Sieg der deutschen Sache. Dies und die Kränkungen, die sie dort von dem Übermut der feindlichen Nation erdulden mußte, gaben uns jetzt den Stoff zur Unterhaltung. Als endlich bei uns die deutsche Schmach ihr Ende erreicht und ich in meiner Vaterstadt wieder einen Platz gefunden hatte, traf ich Lena Wies noch rüstig an Körper und Geist, und mit der vollen Freude der Genugtuung trat sie bei unserem Wiedersehen mir entgegen. Sie hatte es gut in ihren alten Tagen; ihre Pflegetochter hatte geheiratet, und die jungen Leute, die nun die Wirtschaft übernahmen, hegten und verehrten sie wie eine Mutter. Und wieder saß ich jetzt behaglich an ihrem Teetisch, die roten Levkojen dufteten von den Fensterbrettern noch wie sonst, sogar der leckere Kuchenteller fehlte nicht unter dem blankpolierten Messingstülp; nur daß statt des alten Ehepaares jetzt ein junges da war und statt des aufhorchenden Knaben ein schon dem Alter entgegengehender Mann. Aber die Sitte, die geistige Luft des Hauses war dieselbe geblieben, und Lenas braune Augen blickten noch so klar und klug wie immer.

Sie hatte noch die Freude, aus den beiden Töchtern ihrer Schwester zwei wohlangesehene Predigerfrauen und aus ihrem einzigen Neffen einen der angeseheneren Ärzte jener großen Stadt werden zu sehen. Wiederholt und dringend wurde sie zu diesen eingeladen; aber sie meinte, sie passe nicht dahin, die Kinder könnten zu ihr kommen. Und so geschah es auch.

Der Ausgang des Lebens sollte ihr nicht leicht werden. Eine jener Krankheiten ergriff sie, die sich an den Menschen anhaften wie ein fressendes Tier, das er nicht abschütteln noch ausreißen kann, sondern jahrelang mit sich umhertragen muß, bis er ihm endlich erlegen ist. In ihrem letzten Lebensjahre war ich als einer der dazu erforderlichen Zeugen bei der Niederschrift ihres Testaments zugegen. Sie hatte sich zu dieser feierlichen Handlung aufs sorgfältigste kleiden lassen und empfing uns ernst und ruhig; ihr Antlitz schaute noch unverstellt aus der weißen Haube mit dem lila Seidenband; nur ihre Gestalt war jetzt zusammengesunken. Vorher nahm sie mich in eine Nebenkammer und sprach über ihren bevorstehenden Tod und die jetzt vorzunehmenden Verfügungen; nicht ihrer Leiden, sondern nur mit Dank der Liebe gedenkend, die sie während derselben von den Ihrigen empfangen hatte; nur eine Besorgnis äußerte sie dabei: sie fürchtete, ihr sonst noch kräftiger Körper möge sie noch lange auf das Ende warten lassen.

Und lange hat es gedauert. Ihr wurde keine Qual, kein Entsetzen jener furchtbaren Krankheit erspart; aber sie blieb bis zu Ende aus dieselbe, die sie in gesunden Tagen gewesen war, ruhig in sich selbst, fürsorglich für andere. «Lena Wies stirbt wie ein Held!» pflegte ihr Arzt von ihr zu sagen. – Um das Hauswesen der jungen Verwandten nicht gar zu sehr mit ihrem Leid zu stören, begehrte sie in der letzten Zeit wiederholt, in eine kleine nach dem Hofe hinaus liegende Kammer gebracht zu werden. Aber freilich, für «Tante», so lange sie noch da war, durfte nichts zu gut sein; und so blieb sie denn bei ihren Blumen, in der freundlichen Stube, wo die Erinnerung aller guten Stunden ihres Lebens bei ihr war.

Mitunter während ihrer Krankheit empfing sie auch den Besuch des Ortsgeistlichen; aber Lena Wies hatte über Leben und Tod ihre eigenen Gedanken, und es lag nicht in ihrer Art, was sich durch lange Jahre in ihr aufgebaut hatte, auf Zureden eines Dritten in einer Stunde wieder abzutragen. Still und aufmerksam folgte sie den Auseinandersetzungen des Seelsorgers; dann, mit ihrem klugen Lächeln zu ihm aufschauend, legte sie sanft die Hand auf seinen Arm: «Hm, Herr Propst! Se kriegen mi nich!» – Und er, in seinem Sinne, mag dann wohl gedacht haben: «Wehre dich nur! Die Barmherzigkeit Gottes wird dich doch zu finden wissen.» – –

Als ich zum letztenmal in ihre Stube trat, erschrak ich bei ihrem Anblick; denn ihr Gesicht war ganz entstellt. Meine Bewegung entging ihr nicht; aber selbst dem Tode suchte sie mit ihrer guten Laune zu begegnen. «Ja, kiek man mal! Wo seh ick ut!» rief sie, scheinbar mit der alten Munterkeit, mir entgegen. – Als ich mich kaum gesetzt hatte, entstand ein Lärmen draußen vor den Fenstern. «Da hebb't se all wedder de arme Jung to'm Besten!» sagte sie; und krank und sterbend, wie sie war, ging sie aus der Stube und hinaus auf die Gasse. – Es war ein blödsinniger Knabe aus der Nachbarschaft, der sich vergebens gegen ein Rudel übermütiger Jungen zu wehren suchte. Bald aber hörte ich draußen vor der Haustür die gelassene Stimme meiner Freundin und sah durchs Fenster, wie still und beschämt die Ruhestörer auseinander schlichen.

«Se hebben noch immer so väl Respect vör Tante», sagte, nicht ohne einen gewissen Stolz, die junge Frau, die neben mir am Fenster stand. – –

Das war das letzte Mal, daß ich Lena Wies gesehen habe. Noch einige, schwerste Leidenswochen folgten; dann hat auch sie das trauliche Häuschen mit dem engen Kirchhofsgrab vertauscht, in dem sie jetzt bei ihren Eltern ruht.

– – Mitunter an stillen Sommervormittagen besuche ich die alten Freunde meiner Jugend und lese die Inschrift auf ihrem Grabkreuze. Auch hier singen dann die Grillen; aber es sind nicht die Heimchen des häuslichen Herdes, und Geschichten werden bei ihrem Gesange nicht erzählt.

VON HEUT UND EHEDEM

*

Auf der Reise

Unser Freund, der kleine muntere Bahnhofsinspektor, ging neben mir auf dem Perron. «Besorgen Sie den Herrschaften einen guten Platz!» rief er mit einer seiner resoluten Handbewegungen; und der Schaffner, an den diese Worte gerichtet waren, schlug eine Tür des hintersten Wagens auf. «Hier», sagte er; «es schaukelt nur ein wenig.»

«Dafür», erwiderte der Inspektor nicht ohne einen gewissen Nachdruck, «ist der Wagen hier aber auch der sicherste.»

«Der sicherste?» – Wer hatte an eine Unsicherheit gedacht! – Auch bei einer Eisenbahnfahrt gilt also die alte Geschichte: «Es ging ein Mann im Syrerland.» – Ich äußerte indessen nichts dergleichen, wir stiegen ein und saßen bald bequem genug. Wir, sage ich; denn auch unsere beiden Freundinnen ließen es darauf ankommen, in meiner Gesellschaft dritter Klasse zu fahren. Freilich, vor einer etwas vertraulichen Höflichkeit des Schaffners vermochte ich sie nicht ganz zu schützen, und ebenso wenig vor einem kleinen impertinenten Blick, mit welchem sie von einem elegant gekleideten Backfisch bestrichen wurden, der an einer der nächsten Stationen mit einer laut redenden Badegesellschaft ein Coupé erster Klasse in Besitz nahm.

Ich mußte dabei eines Vorfalles gedenken, den mir vor Jahren eine dir sehr bekannte edle Frau erzählte. – Die Familie, deren Glück und Stolz sie war, hatte, während die Dänen in unserer Heimat wirtschafteten, im mittleren Deutschland einen Unterschlupf gefunden. Die Einkünfte waren klein, die Kopfzahl groß; desungeachtet wurde Jahr um Jahr ein Besuch bei den zurückgebliebenen Eltern ermöglicht; nur freilich, bescheiden mußte gereist werden; aber sie entbehrte nichts dabei; denn, wie du weißt, ihr schönes sicheres Wesen bedurfte äußerer Stützen nicht. – Bei einer solchen Heimatsreise vermochte sie einst auf einem größeren Bahnhofe das verlassene Coupé nicht wiederzufinden und irrte, nur von einer Magd begleitet, mit ihrer Kinderschar auf dem weiten Perron umher, als ein junger Offizier sich zu ihnen fand und mit gutmütiger Höflichkeit ihr seine Hilfe anbot. Sie nahm das dankend an; als sie jedoch bemerkte, daß er sein Augenmerk nur auf die zweite Wagenklasse richtete, wandte sie sich gegen ihren höflichen Begleiter und sagte: «Wir fahren dritter Klasse!»

Auf dieses Wort hin sah sie zu ihrem Erstaunen den jungen Mann spurlos und auf Nimmerwiederkehr im Gewühl verschwinden; und erst später kam es ihr zum Bewußtsein, daß es denn doch wohl gegen die Standesehre sein müsse, im Dienste einer Frau gesehen zu werden, welche dritter Klasse fuhr.

Sie hat mir lächelnd dies kleine Abenteuer erzählt; und du weißt es, wie schön und mild einst dieser Mund gelächelt hat.

Doch das sind nur Gefahren, die aus der ersten Wagenklasse kommen; und – halsgefährlich sind sie eben nicht. Der arme junge Offizier; was soll denn einer machen, der zufällig seine Persönlichkeit nicht in sich selber, sondern in der Regimentsrangliste stecken hat! – –

Am Nachmittage verließen mich meine beiden Damen, die ein anderes Reiseziel hatten; unverkennbar übrigens mit einer kindlichen Genugtuung über den gesparten blanken Taler, den sie durch den Sieg ihrer Demut im Knipptäschchen behalten hatten.

Es war kühl geworden; als der Zug weiterklapperte, vermummte ich mich in meinen Plaid und gab meinen Gedanken Audienz. Die Reisestimmung wollte noch nicht kommen. Weshalb hastet denn im Mittsommer alles von Hause fort? – Um Genesung für irgendein Übel zu finden, das vielleicht eben dort sitzt, wo es am leichtesten zu tragen ist? – Ich fürchte, der arme Solitaire hat nicht unrecht mit seiner Warnung:

Drum sei nur still,
trag jeden Kummer gerne;
Das Leiden, das dich quält,
hält andre Leiden ferne!

Die schlimmsten aus dieser dunklen Genossenschaft, die kleinen schwarzen Dinger mit den Fledermausflügeln, die Sorgen, machen es doch wie unser heimischer Hausgeist, der treffliche Niß Puk; sie setzen sich hinter uns auf den Karren und rufen ganz vergnügt mit ihren schrillen Stimmchen: «Wir ziehen um!»

Es war heute gerad ein Wetter, in dem sie sich besonders lustig fühlen, denn es regnete; es klatschte oben auf die Wagendecke, wie zornig schlug es mitunter gegen die aufgezogenen Fenster; an den Scheiben rieselten einförmig die Tropfen und zeichneten kleine Ströme auf dem beschlagenen Glase.

Ja, das war das rechte Wetter; und schon hörte ich ihr emsiges Gesumme. Die von heute mochte ich selber unversehens mitgenommen haben; wie die anderen, die ich doch zu Hause lassen wollte, in den festverschlossenen Wagen kamen, weiß ich nicht. Aber sie kamen, eine nach der anderen; und nicht bloß die von morgen und übermorgen und vom nächsten Jahr; in ganzer Kette schwärmten sie aus; es war, als hätte die eine immer die andere herbeigerufen; ganz aus dem Nebel der Zukunft, vom Ende des Lebens kamen sie herangeflogen, und ich fühlte es jedesmal an einem Ruck an meinem Herzen, sowie eine neue zu mir heranflog und sich mit ihren Klammerzehen an mich anhing; zuletzt kamen sogar die von jenseit des Grabens. Auch die kamen; und es war etwas Fürchterliches dabei. Kleine süße Kindergesichter, mir die trautesten auf der Welt, drangen lächelnd auf mich ein, und auch der Sonnenschein war da, den ich immer um ihre Häupter sehe; aber unmerklich verwandelten sie sich; bleich, mit kranken Augen, wie um Hilfe flehend und ohne Sonnenschein sahen sie mich an; dann verschwand alles, und ich sah nur eine Menge blutdürstiger Augen, die aus der Finsternis auf mich zublitzten. Nun wußte ich es, das waren die von jenseit des Grabes, die furchtbaren, vor denen kein Entrinnen ist; und ich würde vielleicht zum Erstaunen meiner Reisegenossen einen lauten Schrei ausgestoßen haben, wenn von dem Verwesungsdunste, den sie mit sich führten, mir nicht die Kehle wie zugeschnürt gewesen wäre.

Da tat es in den Spuk hinein plötzlich einen gellenden Pfiff, der unleugbar aus der Welt von heute kam; und nicht lange, so scholl die tröstliche Menschenstimme des Wagenmeisters: «Hamburg! Station Klostertor! Alles aussteigen!»

Ich schüttelte mich, griff nach Schirm und Reisegepäck und stolperte auf den Perron hinaus.

Es war inzwischen dunkel geworden, und der Regen strich noch immer ebenmäßig vom Himmel herab. Aber der Vetter war zur Stelle, und am Arme eines Mannes, der allzeit erster Klasse fährt, fühlte ich den Boden noch um eins so fest unter meinen Füßen. Leider hatte er bei solchem Wetter seinen Einspänner zu Haus gelassen; die Droschken waren alle schon vergriffen; auf der Pferdeeisenbahn trabte es wohl vorüber, aber drinnen war alles besetzt. So marschierten wir denn unter unseren Schirmen noch eine halbe Stunde, bald durch ein Wirrnis überschwemmter Straßen, bald auf durchweichten Kieswegen unter tropfenden Alleen, bis endlich ein hellerleuchtetes Zimmer und bekannte freundliche Gesichter dem heutigen Reisetag ein Ziel setzten.

Aber mitten im heitersten Plaudern überfiel's mich wieder; denn ich hatte einen Schatten an den Wänden huschen sehen. Er kam wohl nur von einer Amaryllisblüte, die neben mir aus einem Blumenkorbe ragte und jetzt von einem Zugwind hin und her bewegt wurde. Ich bemerkte das sofort; als ich aber durch die offenstehende Stubentür auch die Haustür offen sah, sprang ich hastig auf und schloß dieselbe zu.

«Was fällt dir ein?» rief die junge muntere Base; du weißt, der alte Musikmeister nannte sie einst so allerliebst: «Das Rotkehlchen.»

«Was mir einfällt?»

«Ja, dir! – Hast du Angst vor Fledermäusen?»

Ich starrte sie an. «Vor Fledermäusen? – Nein, so eigentlich nicht; ich hoffe auch, sie fliegen nicht in diesem Schlackerwetter; aber ich hatte eine Gesellschaft unterwegs; ich möchte lieber, daß sie draußen bliebe.»

«Du! – Was sprichst du komisch!» sagte das Rotkehlchen und sah mich lustig mit seinen hellen Augen an. «Dahinter steckt eine prachtvolle Geschichte; nimm dein Glas, setz dich in die Sofaecke und erzähle!»

«Ja», stimmte nun auch der Onkel bei, indem er bedächtig einen Zug aus seiner langen Pfeife tat; «erzähle; du weißt doch, daß sich das nicht schickt, solch unverständliches Zeug vor anderen Leuten reden.»

Der Onkel sah mich schelmisch an; aber ich erzählte die «prachtvolle Geschichte» nicht.

Ja, es war eine Trompete, nur eine; und es war ein Choral, der von ihr geblasen wurde! – Ich sprang aus dem Bette und weckte den neben mir schlafenden Vetter, und wir stellten fest, daß in dem dritten Nachbarhause links geblasen wurde.

Bald hatten wir uns angekleidet und saßen unten im Familienzimmer am Kaffeetisch; und die Trompete blies noch immer fort; wenn der Choral aus war, wurde sogleich mit einem neuen weitergeblasen; und so blies die eine Trompete zwei Stunden lang Choräle. Dann wurde sie vermutlich durch ein Glas Wein erfrischt; denn die Musik schwieg, und bald darauf – wir waren alle in die Veranda getreten – sahen wir den Bläser aus dem Hause kommen; er hatte seine Trompete in ein schwarzes Tuch gewickelt; aber das blanke Mundstück, das daraus hervorsah, verriet ihn. – Dann fuhr eine Kutsche vor; von einer Bonne wurde ein festlich weißgekleidetes Wickelkind herausgetragen, dem ein geistlich aussehender Herr mit weißer Halsbinde folgte. Das alles, von einer kleinen behaglichen Matrone an den Droschkenschlag bekomplimentiert, stieg ein und fuhr davon.

Diese Sache ist mir höchst verdächtig. Was mag das Wickelkind zu der furchtbaren Musik gedacht haben? – Am Ende hat es gar nichts dazu denken sollen! denn wir wohnen hier im Quartier der Frommen; wie der Berliner Pastor zu unserer Freundin Rosa sagte, als er in einer Abendgesellschaft beim ragoût fin an ihrer Seite saß: «Und wo wohnen Sie denn, mein wertes Fräulein?» – «Ich? Ich wohne in der Matthäikirchstraße.» – «In der Matthäikirchstraße! Ei, das ist ja eine liebe Gegend, eine herrliche Gegend! *Eine* liebe Seele bei der andern! Und die Glo–cken, sie lo–cken!»

– – Es ist mir in diesem Augenblick eine seltsame Erquickung, daß ich aus dem Fenster, an welchem ich dieses schreibe, den Blick auf die Hamburger Abdeckerei habe, die drüben mit ihrem braunroten Ziegeldach aus grünen Bäumen hervorschaut. – –

Als wir uns, nicht ohne Anstrengung, von der Trompete erholt hatten und wieder – denn es war am Sonntagmorgen – ruhig um den runden Tisch saßen, kündigte ich meine mitgebrachte Rarität an.

«Hmm!» machte der Onkel und rauchte erst ein paar Gedankenstriche in die Luft, «das wird wohl wieder so etwas vom poetischen Tandelmarkt sein, wofür wir hier keinen Absatz haben.»

Ich aber ließ mich das nicht anfechten, sondern legte meinen kleinen Pergamentband auf den Tisch.

– «Nun, das sieht denn doch wenigstens solide aus.»

Und während Tante Friede die Augenbrauen in die Höhe zog und über die Brillengläser weg zu mir herüberblickte, schlug ich das Büchlein auf und las: «Regeln der vereinigten freundschaftlichen Gesellschaft, samt eigenhändiger Einschrift derselben Mitgliedere Namen.» – Du weißt, es sind darin nicht nur die Namen, sondern auch die Schattenbilder der alten Herren, samt deren voraussetzlich nicht minder wohlgetroffenen Haarbeuteln und Zopffrisuren.

Nun ging das Buch von Hand zu Hand; die Groß- und Urgroßväter und -onkel wurden aufgesucht und gefunden und mit kleinen über dem Sofa hängenden Miniaturbildchen zusammengehalten; zuletzt verglichen wir noch unsere eigenen lebendigen Familiennasen mit den Nasen der armen Silhouetten.

Schatten von Schatten! – Über ein halbes Jahrhundert bestand diese freundschaftliche Gesellschaft; aber endlich mußte doch auch sie sterben, wie sie so viele ihrer Mitglieder hatte sterben sehen; trotz ihrer vortrefflichen Gesetze: Paragraph 5, daß kein Rangstreit Platz haben solle, so wenig als ein unerlaubter handgreiflicher Spaß, bei Vermeidung von 2 Schilling Lübisch Strafe; Paragraph 6, daß derjenige, so übermäßig und vorsätzlich fluchet, für jeden Fluch bezahlen solle 1 Schilling; und Paragraph 7 – der weiseste von allen –, daß die Gesellschaft jedes Mal nicht länger als höchstens bis elf Uhr abends beisammenbleibe, und zwar für jeden bei Strafe von 1 Mark. –

«Ist mir doch mitunter», sagte ich, «als wäre ich selbst einmal dabeigewesen!»

«Oho!» rief der Onkel; und das Rotkehlchen warf die Lippen auf und sah ganz spöttisch nach mir hin.

«Nein, nein; ich meine nicht zur Zeit der Gründung Anno 1747 –»

«Nun, das wollte ich doch auch nur sagen!» unterbrach mich die Tante und lachte ganz befriedigt.

«Nein, Tante Friede; nicht Anno 1747, wo noch

beliebet war, daß kein Kaffee und beim Weggehen kein hitziges Getränke außer Wein gereicht werden solle; vielmehr ist mir, als sei es an einem heiteren Julitage in den achtziger Jahren gewesen, wo allerdings noch der Großvater ein Bräutigam war; und zwar im Hause des Urgroßvaters großmutter-mütterlicherseits. Hier ist das Schattenbild dieses kleinen behaglichen Mannes, der leider schon lange vor meiner Geburt sein darunterstehendes ‚obiit' erhalten hat!»

Damals aber war auch ein Tag! – Das Haus mit der Sandsteinvase auf dem spitzen Giebel, welches zu Pfingsten seinen frischen, sandgrauen Ölanstrich erhalten hatte, schaute aus den blank polierten Fenstern wie die lachende Gegenwart auf die Schiffe des gegenüberliegenden Hafens, deren Wimpel regungslos an den heißen Masten hingen. Auch drinnen der weißgetünchte, durch zwei Stockwerke hinaufreichende Flur des Hauses war voll von Sonnenschein, der durch die beiden übereinanderliegenden Fenster freien Eingang hatte. Aber alles war still und feierlich. Der Riesenschrank, welcher, die Leinenschätze des Hauses enthaltend, über die Hälfte der einen Wand einnahm, war augenscheinlich frisch gebohnt, die krausen Messingbeschläge blitzten; stattlicl erhoben sich auf seiner Bekrönung die großen blau und weiß glasierten Vasen. Aus der offenstehenden Tür des schmalen Wohnzimmers zogen Blumendüfte auf den Flur hinaus; denn drinnen im Ausbaufenster blühten Reseden und die Blume der alten Zeit, die düftereiche Volkameria.

Und jetzt erscholl ein Schritt vom Hinterhause her; begleitet von seinem Mops Fidel, der pflichtgemäß hinterherwatschelte, erschien der Urgroßvater, ein wackerer Fünfziger, zierlich bezopft, im schokoladefarbenen Rock; und nicht von ungefähr spielten seine Finger mit der emaillierten Festtagsdose: er erwartete «die vereinigte freundschaftliche Gesellschaft»! – Da schlug es draußen drei vom Turm der alten Marienkirche – sie ist jetzt längst schon abgebrochen –, und der Urgroßvater zog seine goldene Uhr hervor, schälte sie aus zwei Gehäusen und stellte dann die Weiser nach der Kirchenuhr; denn ihm als Wirt lag heut die Sorge für die Beobachtung der Gesellschaftsregeln ob; und wer allererst nicht vor einem Viertel nach drei Uhr erschien, der mußte Strafe zahlen. Und fast wünschte der gutherzige Mann, die Uhren der übrigen Mitglieder möchten heut nicht allzu richtig gehen; war er für dieses Jahr doch auch der Rechnungsführer der Gesellschaft und hatte für seine Kasse zu streben, die statutengemäß um Weihnachten unter geheim Bedürftige verteilt werden sollte! Mit ein paar lebhaften Schritten trat er in das Wohnzimmer und griff nach der blechernen Büchse, die dort hinter dem Vorhängsel des nach der Außendiele liegenden Guckfensters stand. Er wog sie in der Hand; sie war schon recht gewichtig; aber auch der armen Leute waren ja so viele! Und hastig, damit von den Gästen ihn niemand über diesem heimlichen Tun ertappe, nahm er eine Anzahl kleiner Münzen aus seiner Börse und ließ sie in den Spalt der Büchse fallen.

Und wüßten wir, wo jemand traurig läge,
Wir brächten ihm den Wein!

Unwillkürlich summte er das Lied seines lieben Wandsbecker Boten, welches die Gesellschaft am Abend der Weihnachtsverteilung bei einem Gläschen echten Rüdesheimer anzustimmen pflegte. Singend war er ans Fenster getreten, und im Nakken schlug der Zopf bescheidentlich den Takt dazu; vergnüglich blickte er durch die Blumen über die sonnige Straße nach dem Hafen hinab, wo eben eine Menge größerer und kleinerer Tonnen in ein Helgolander Schiff verladen wurde. Der Urgroßvater schmunzelte; sie enthielten freilich nicht jenen «Labewein» vom Rhein, wohl aber das berühmte Gutbier aus seiner eigenen Brauerei, das derzeit weit und breit versandt wurde.

Jetzt aber rief das plötzliche Schellen der Türglocke ihn wieder nach dem Hausflur, wo ihm zu seinem Erstaunen ein friesländischer Seemann in Jacke und Hose vom gröbsten blauen Wollenzeug, mit kurz geschorenem Haar und einer Pelzmütze auf dem Kopf, entgegentrat. Der Urgroßvater schaute etwas unsicher auf die unerwartete Erscheinung; als ihm aber sogleich unter lebhaften Gestikulationen eine Begrüßung, aus wenigstens vier lebenden Sprachen zusammengemischt, entgegensprudelte, da wußte er freilich, daß er es mit einem Mitgliede der «freundschaftlichen Gesellschaft» zu tun habe, mit seinem trefflichen Hausarzte, dem vielberufenen holländischen Doktor, der gleich vielen anderen «Patrioten» nach der Wiedereinsetzung der Prinzessin von Oranien seine Heimat verlassen und in unserer guten Stadt sich rasch zum Modearzt emporgeschwungen hatte. Lachend schüttelte er ihm jetzt die Hände.

«Alle Tausend, Doktor! Was habt Ihr da nur wieder ausgeheckt!»

Der Doktor aber tat gar nicht, als ob was Auffälliges an ihm zu sehen sei. Hatte er doch kurz zuvor in blausamtner Husarenuniform, mit Säbel und goldbequasteten Stiefeln, und ein andermal im schwarzseidenen Kostüm eines französischen Abbé dem Publikum der kleinen Stadt mit Glück zu imponieren gewußt. – So ließ denn auch der Urgroßvater es bei seiner einmaligen Verwunderung bewenden und verschwand mit seinem, übrigens grundgelehrten Gaste in dem Hinterhause, wo im oberen Stockwerk der Gesellschaftssaal gelegen war.

– – Von droben, durch das über der Tür des Wohnzimmers befindliche Kammerfenster, hatten zwei blaue Mädchenaugen aus einem blonden, leichtgepuderten Köpfchen neubegierig und lachend auf den Flur hinabgeblickt. Es war das Haustöchterchen, meine Großmutter, die dort noch bei ihrer Toilette säumte. Sie hatte keine Eile; denn auf den liebsten Gast, den Großvater, dem sie, sobald die Astern blühten, ihre Hand am Altare reichen sollte, hatte sie heute nicht zu hoffen, da ihn Geschäfte in der benachbarten Handelsstadt zurückhielten. Aber wußte sie ihn doch auch dort bei guten Freunden wohlbehalten!

Wieder schellte es unten; und eine breite untersetzte Gestalt mit fleischigen, stark geröteten Wangen, in Zopfperücke und lederfarbnem Rock, schob sich zur Tür hinein. Es war der Herr Zoll- und Schloßverwalter; er stützte sich auf sein langes Rohr und pustete mächtig, während er mit dem Schnupftuch den Schweiß sich von der Stirn trocknete. – Das Großmütterchen lächelte: der Mann hatte einen so seltsamen Beinamen – der «Ballenfräter» hieß er –, sie hatte als Kind ihn selbst einmal danach gefragt.

Und wieder läutete die Türglocke. Eine stattlichere Erscheinung, ihr Großonkel, der alte Herr Ober- und Landgerichtsadvokat, war eingetreten, der allein von allen Mitgliedern noch die große Lockenperücke auf seinem schönen ausdrucksvollen Haupte trug. Das Großmütterchen liebte ihn sehr, diesen Helfer der Bedrängten; und fast hätte sie ihn angerufen. Aber eben legte er lächelnd seine Hand auf die Schulter des kleinen Schloßverwalters, und beide schritten nun dem Hinterhause zu.

Droben am Fenster war der hübsche Mädchenkopf verschwunden; die Inhaberin desselben hatte sich in die Tiefe der Kammer zurückgezogen. Sie saß mit aufgestütztem Arm vor ihrem Toilettentischchen und blätterte in einem winzigen pergamentnen Goldschnittbändchen, das ihr vor kurzem der Bräutigam gebracht hatte. Es war der mit Höltys Bildnis geschmückte Jahrgang des Vossischen Musenalmanachs. – Wie ernst und früh gealtert erschien ihr das Antlitz des so jung verblichenen Dichters; und welche Friedhofsstille war in seinen Liedern! – – Doch jetzt geriet sie in die vielgerühmte Ballade Friedrich Stolbergs: «Hört, ihr lieben deutschen Frauen, die ihr in der Blüte seid!» – Zu grausam war es doch, und ihr junger Busen wallte von Mitgefühl, daß die treulose Ritterfrau so Tag für Tag aus dem Schädel ihres getöteten Buhlen trinken mußte! Aber – ja so! – sie wurde doch, dem Himmel Dank, von ihrem beleidigten Eheherrn noch zur rechten Zeit zu Gnaden wieder angenommen! – Dem Großmütterchen fiel es im Traum nicht ein, daß auch sie selber zu den deutschen Frauen gehöre, denen der ungalante Dichter diesen Schädel zum Exempel aufgestellt hatte; sie wäre arg erschrocken, hätte ihr jemand das gesagt. Es ging sehr schön zu lesen; aber es war ja doch nur eine Geschichte, weit ab von ihr und ihrer Welt! – Dagegen ein paar Seiten weiter, wo der lila Seidenfaden eingelegt war: «Blühe, liebes Veilchen», das kleine süße Lied von Overbeck, das sie schon selbst an ihrem grün lackierten Klavier gesungen hatte; das freilich, das war wie nebenan im Nachbargärtchen nur gewachsen! –

Oftmals hatte indessen unten im Hausflur die Türschelle geläutet; immer neue Gäste waren eingetreten, geistliche und weltliche, gelehrte und ungelehrte, Träger von Namen, die durch viele Geschlechter an der Spitze des städtischen Lebens gestanden hatten und welche jetzt die neue rasch lebende Zeit spurlos hinweggefegt hat.

Und nun knarrte auch oben die Kammertür; ein kleiner Schritt klapperte die Treppe herab, und da stand es unten auf dem Flur, das Großmütterchen; eine zierliche Gestalt, hausmütterlich ein weißes

Schürzchen vorgebunden, das Brusttuch mit einer Rosenknospe zugesteckt. – Schon trat sie auf die Falltür des Kellers, welche den Auftritt zum geräumigen Pesel[1] bildete; da schellte es noch einmal, und zugleich auch hörte sie von dort her ihren Namen rufen.

Ein alter Herr in dunkler Kleidung, mit feinem weißem Jabot, war eingetreten; der Vater ihres Bräutigams, ein hochangesehener Kaufherr und Ratsverwandter dieser Stadt. Wenn unter den starken Brauen nicht die schönen blauen Augen gewesen wären, der strenge Mund hätte leicht ein junges Wesen zurückschrecken können; aber sie wußte wohl, daß sie sein Liebling war; und schon hing sie an dem Arm des alten Mannes.

«Nicht wahr, Papa, Sie haben mir etwas mitgebracht?»

Er zog schweigend die goldene Tabatiere aus der Schoßtasche seiner Weste und bot ihr eine Prise.

«Aber, fi donc, Papa! Sie wissen besser, was ich meine!»

Der alte Herr lächelte. «Seit wann ist deine Französin entlassen, Tochter? Du hast dein vocabulaire noch nicht vergessen.»

– «Papa, Sie dürfen mich nicht necken!»

«Aber du, eines Kaufherrn Braut; und weißt noch nicht, daß heut kein Posttag ist!»

– «Ach!»

[1] In den älteren Häusern das die ganze Breite einnehmende Gemach, gewöhnlich nach hinten belegen und mit steinernem Fußboden, worin die Feste gefeiert wurden und die Toten ausstanden. Später wurde vielfach noch ein Flügel für Gesellschaftsräume angebaut.

«Nun, Geduld nur, Töchterchen, und Köpfchen in die Höh! Wer weiß, was mit Gelegenheit geschehen kann! Unser Herr Stadtsekretär soll ja heut noch von der Reise kommen.» – Und er streichelte die Wange seines Lieblings.

Da schlug draußen vom Turme die Viertelsglocke.

«Papa, machen Sie rasch; sonst setzt es Strafe!»

Der alte Herr aber hielt sein Schwiegertöchterchen an der Hand zurück. «Laß nur, mein Kind; wir wollen doch deinem Papa sein Späßchen nicht verderben.»

Langsam durchschritten sie den düsteren, mit Fliesen ausgelegten Pesel, dessen hohe Fenster nach einer engen sonnenlosen Twiete hinauslagen; einem so alten Gäßchen, daß nach der Chronik ein dort einstmals verübter Mord noch durch die Mannbuße war gesühnt worden; dann traten sie durch eine Flügeltür in den Flur des Hinterhauses. Schon ehe sie hier die Treppe hinaufstiegen, hörten sie von droben den lebhaften Diskurs der versammelten Gesellschaft. Oben angekommen aber, ließ das hübsche Kind den Herrn Schwiegerpapa allein in den Saal gehen; sie selbst, während von dort neben dem Scharren der Kratzfüße auch das Rasseln der unerbittlichen Blechbüchse erscholl, trat gegenüber in die offene Tür der Geschirrkammer, wo sie auf einem der Binsenstühle ein verwachsenes Männlein in zeisiggrünem Rocke hatte hocken sehen. Jetzt sprang es mit devotem Bückling auf, schüttelte sein dürftiges Zöpflein und fuhr dabei mit den langen Fingern säubernd über seine breiten Ärmelaufschläge.

«Mach Er nur keine Umstände, Meister», sagte das Großmütterchen; «ich wollte mich nur nach Seiner kleinen Stina bei Ihm erkundigen.»

Und während das Männlein ihr ein Breites über sein kümmerlich Würmchen vorklagte, hatte sie, wehleidig wie sie war, sich abgewandt, indem sie eifrig in ihrem Täschchen suchte. Und bald zog auch der Meister ein mageres Lederbeutlein hervor und schob zwei blanke Silbermünzen zu der darin befindlichen kupfernen Gesellschaft. Dabei hatte er ein feines Scherchen auf den Tisch gelegt; denn er betrieb außer feiner Flickschneiderei auch noch eine höhere Kunst; er war ein beliebter Silhouetteur und auf heute bestellt, um den kleinen Stadtwagemeister, ein neues Mitglied, für das Buch der Gesellschaftsregeln auszuschneiden. Das gute Meisterlein wollte durchaus zum Beweise seiner Dankbarkeit auch die Silhouette der liebwertesten Demoiselle anfertigen; und wirklich ist sie später von seiner Hand als einziges Damen-Konterfei unter die Mitglieder der freundschaftlichen Gesellschaft aufgenommen; für jetzt aber entschlüpfte ihm das Großmütterchen und trat gegenüber zu den Gästen in den Saal.

Es war ein besonders tiefes, geräumiges Gemach; die Decke mit schwerer Stukkatur verziert, die weißen Wände mit Kupferstichen in den verschiedensten Manieren und einzelnen Pastellbildern fast bedeckt. – Der kunstliebende Hauswirt hatte sich soeben den hagern Propsten eingefangen und demonstrierte mit ihm vor dem neu erworbenen Chodowiecki: «Zieten sitzend vor seinem Könige.» Daneben unter Berghemschen Landschaften sah man zwei schöne Stiche nach Guercino: «Abram ancillam Agar dimittit» und «Esther coram Asuero supplex». Unweit davon, in Rotstiftmanier, hing ein Blatt, dem gewiß keine gefühlvolle Seele vorbeiging, die je bei Millers berühmtem Siegwart Trost in Tränen gefunden hatte. Von zwei grimmig blikkenden Mönchen wird eine in spanischer Männertracht entflohene Nonne in ihr Kloster zurückgeführt; die in zierlichen Schleifenschuhen steckenden Füßchen schreiten wie in Todesangst; entsetzt unter dem breiten Federhut blicken die Augen aus dem Bilde heraus. – «Und nun soll sie lebendig eingemauert werden!» So hatte oft das Großmütterchen ihren Freundinnen das Bild erklärt. «Seht nur, dort wird schon an dem Glockenstrang geläutet!» – Doch was hier erregt wurde, war nur das Grauen vor den Menschen. Dort neben dem Ofen aber, wohin bei Tagesabschied zuerst die Schatten fielen, befand sich ein kleineres Bild, dem selbst die heiteren Augen des Großmütterchens nicht gern begegneten, wenn sie um solche Zeit allein das abgelegene Festgemach betreten mußte. Die jugendliche Frauengestalt in der düsteren Kammer schien wie unbewußt vom Schlafe auf das Ruhebett hingeworfen; der Kopf mit dem zurückfallenden Haar hängt tief herab. Auf ihrer Brust hockt der Nachtmahr mit großen, rauhen Fledermausflügeln. Sie vermag kein Glied zu rühren; vielleicht geht ein Stöhnen aus ihrem geöffneten Munde; hilflos in der Einsamkeit der Nacht ist sie ihm preisgegeben. Nur durch den Vorhang sieht der wild blickende Kopf eines Rappen, der ihn hierher hat tragen müssen, der selbst nicht von der Stelle kann. – Zwar dem Großmütterchen war dergleichen niemals widerfahren; aber des Bräutigams Schwester hatte erzählt, wie einmal von ihrem Nachttisch solch Unwesen im Traum ihr auf die Brust gesprungen sei; und auch von den Brauknechten hatte sie gehört, daß mitunter der Nachtmahr die Pferde auf den Weiden reite, wo es denn tausend Not mache, die verfilzte Mähne wieder aufzulösen, in der er beim Ritt sich mit den Krallen festgehalten. Jedenfalls, die Sache hatte ihren Haken!

Doch heute war Gesellschaft und fröhliches Leben in dem großen Saale; und der Nachtmahr hing ganz unbeachtet in seiner Ofenecke. Die beiden Fenster zwar gingen, wie unten die des Pesels, auf die enge Twiete; aber es war trotzdem nicht unfreundlich hier; ein Sonnenstreifchen, das durch die höchste Eckscheibe des einen Fensters hereinglänzte, erinnerte an den Sommertag da draußen und ließ hier innen die Kühle doppelt labend empfinden.

In der Tiefe des Zimmers war der Kaffeetisch serviert. Daneben stand die Urgroßmutter, eine noch immer hübsche Frau, deren feiner Kopf jedoch heute einen fast zu hohen Bau aus Spitzen und Gaze zu tragen hatte. Ihre eine Hand ruhte auf dem Griff der Porzellankanne, aus der sie schon die runden Täßchen vollgeschenkt hatte, mit der anderen drohte sie, nicht gerade gar zu ernsthaft, dem eben eingetretenen Töchterchen.

Ein überfliegendes Rot machte ein paar Sekunden lang die jungen Augen dunkeln. «Verzeihen Sie, Mama!» Dann nahm sie geschickt das große Präsentierbrett, auf dessen schwarz lackierter Fläche sich ein Muster von kleinen Rosenbuketts zeigte, und bot mit wohlgeschultem Knicks einem jeden Gast sein Schälchen dar, wobei sie auf die zierlichen Scherze der älteren Herren über das nun bald erwünschte Ende ihrer Brautschaft eine noch zierlichere Erwiderung nicht schuldig blieb.

Und alsbald, unter den belebenden Duftwolken des javanischen Trankes, erscholl das gesellige Klirren der Tassen und Löffelchen; wäre ein Kanarienvogel hier gewesen, er hätte jetzt unfehlbar seinen Sang erschallen lassen. Selbst der Herr Zoll- und Schloßverwalter erhob sich von dem Tokadilletische, an dem er, den Würfelbecher in der Hand, bis jetzt sich ausgeruht hatte. Das derzeitige Thema des Stadtgesprächs kam aufs Tapet. Stimmen waren laut geworden, welche die Baufälligkeit des hohen Kirchturmes behaupteten, ja den Abbruch der ganzen Kirche forderten, und schon zirkulierte der erste Spottreim, gleichsam die Überschrift zu den vielen anderen, womit nachmals die kleine Stadt ihr eigenes Tun verhöhnte, als sie mit unsäglicher Mühe ihr ältestes Baudenkmal zerstörte.

De Tönninger Thorn is hoch un spitz;
De Husumer Herrn hemm Verstand in de Mütz!

Wo kam das her? Wer hatte es gemacht? Niemand wußte es. Aber es traf; ein lebhaftes Für und Wider erhob sich und wogte durch den Saal.

Inzwischen war, fast ungesehen, noch ein letzter Gast eingetreten, nach welchem unter Herzklopfen und – es ist nicht zu verschweigen – ganz unbekümmert um den alten Kirchturm schon längst zwei junge Augen ausgeblickt hatten. Zierlich, wie immer, obgleich eben von der Reise kommend, begrüßte der galante Herr Stadtsekretär die versammelte Gesellschaft. Zum Leidwesen des Hauswirts war seine Verspätung schon im voraus entschuldigt worden; und jetzt nahte er sich mit höflicher Verbeugung der Tochter des Hauses, die eben allein am Kaffeetische stand.

«Mamsell Lenchen!» flüsterte er und legte leise etwas vor ihr auf die Damastserviette; «ein Billetdoux vom Herzallerliebsten; alles wohl und munter!» – Und als sie glücklich lächelnd aufblickte, sah sie die dunklen Augen ihres Schwiegervaters auf sich gerichtet. Ihr freundlich zunickend, hielt er einen Brief empor, den auch er soeben durch den gefälligen Reisenden erhalten hatte. Aber sie schüttelte den Kopf: «Ich tausche nicht, Papa!» Und sorgsam barg sie ihren Brief unter der Rose ihres Brusttuchs.

– – «Ei der Tausend! Der grüne Schneider draußen wäre ja fast vergessen!» Der Hauswirt rief es, und sofort auch holte er ihn herein; und bald saß der Stadtwagemeister mitten im Zimmer auf einem Stuhl, daneben auf einem anderen der grüne Künstler, mit Eifer an seinem Werke arbeitend. Es wollte indessen nicht wie sonst gelingen; schon zum zweiten Male wurde ein frisches Papierblättchen hervorgezogen.

«Aber Herr Wagemeister!» rief der Hauswirt, der teilnehmenden Blicks der kleinen Schere folgte, «Sie bekommen eine doppelte Nase, wenn Sie nicht ruhig sitzen!»

«Freilich, freilich! Bitte submissest!» akkompagnierte der arme Künstler, indem er unruhig die Beine unter seinem Stuhle kreuzte.

Der Herr Wagemeister räusperte sich verlegen; er hatte gegen den bösen Fluß eine getrocknete Kröte auf der Brust sitzen, die plötzlich zu rutschen anfing.

«Nur Contenance, Meister!» rief der Hauswirt. «Herr Stadtsekretarius! Ei, helfen Sie mir doch, hier unseren Freund ein wenig festzuhalten!»

Der Herr Stadtwagemeister protestierte lebhaft und wollte solches Beginnen als einen «unerlaubten handgreiflichen Spaß» und als den Regeln der freundschaftlichen Gesellschaft ganz zuwiderlaufend angesehen wissen. Aber der muntere Hauswirt berief sich auf den Entscheid der Gesellschaft, und als diese die Sache außer allem Spaß, ja es sogar für die ernsteste Pflicht eines jeden Mitgliedes erklärte, ein naturgetreues Konterfei in das Buch der Gesellschaftsregeln zu liefern, da biß der kleine Wagemeister die Zähne zusammen, hielt sich baumstill und ließ die Kröte rutschen. Saßen doch die Knieschnallen fest genug, daß sie nicht etwa dort zum Vorschein kommen konnte! – Das freilich wäre fürchterlich gewesen; denn ihm gegenüber, sein Kaffeeschälchen in der Hand, die Pelzmütze noch immer wie festgenagelt auf dem Kopfe, saß der holländische Doktor, ein Mensch ohne alle

Egards und Lebensart. – Freilich war es um mehrere Jahre später, als er bei Gelegenheit der jährlichen Schulreden im gefüllten Rathaussaale das Katheder beschritt, im Leidener Redekostüm, in Frack und Schuhen, mit dem Degen an der Seite und dreieckigem Hute auf dem Kopf, um, wie er sich unhöflicherweise ausdrückte, «den dummen Tieren» in punkto der Jennerschen Vaccine einige Wahrheiten einzuimpfen. Soviel aber wußte schon damals der Herr Stadtwagemeister, daß dieser Holländer alles, was ihm beliebte «medizinischen Aberglauben» zu titulieren, mit einer schauderhaften Rücksichtslosigkeit verfolgte.

So nahm er sich denn zusammen, bis der grüne Künstler das wohlgelungene Bildchen mit zweien seiner langen Finger stolz dem Tageslicht entgegenhielt; und so ist denn, wie der Urgroßvater zu sagen pflegte, auch «das Hammelgesicht» dieses kleinen Mannes für die Nachwelt gerettet worden.

Aber das Großmütterchen! Wo war das Großmütterchen indes geblieben? –

In Großvaters Hause

Während bei dem Urgroßvater sich das Leben in die kühle Tiefe des Hauses zurückgezogen hatte, saßen die Bewohner der Nachbarhäuser im Schatten wohlgestutzter Linden vor der Tür auf ihren Bänken. Beim Nachbar Krämer saß der Nachbar Schlachter; sie hatten mit Stahl und Feuerschwamm eben ihre Kalkpfeifen in Gang gebracht und den

Kopf derselben sorgfältig mit einem Drahthütchen versichert, und schauten nun, ohne viel überflüssige Worte, auf das Treiben am Hafen und auf die jenseits liegende Schiffswerfte, von wo die taktmäßig herüberschallenden Hammerschläge ihnen die beruhigende Versicherung gaben, daß doch die Zeit nicht ungenützt entfliehe. – Daneben lag das Bäckerhaus; die Heißewecken und Eiermahne waren ausverkauft; die Bäckerfrau und ihre dicke Schwester mit dem runden roten Gesicht in der schneeweißen Mützenkrause, «Fru Nawersch» und «Jungfer Möddern», saßen sich gegenüber auf den vorspringenden Beischlägen; aber das emsige Nadelklirren ihrer großen Strickzeuge verstummte allgemach; denn, von Sommermüdigkeit übernommen, waren die Hände der guten Frauen in den Schoß gesunken, während der Kopf über den vollen Busen nickte. – Vor dem Wohnkeller des Hauses, zwischen den schwarzen jütischen Töpfen, welche auf der niedergeklappten Schlußluke feilgestellt waren, saß spinnend die weiße Katze des Kellermanns; mitunter bog sie den Kopf zurück und rieb ihr rosiges Näschen an den gesalzenen Stockfischen, die vom Rande des Vorbaues herabbaumelten. Kinder waren nicht zu sehen; die kleinen hielten Sommerschlaf in ihren Bettchen, die größeren waren noch in der Schule; nur drüben vom «Helling» tönten ununterbrochen die gleichmäßigen Hammerschläge.

Da ging ein junger flüchtiger Schritt am Hause vorüber. «Fru Nawersch» und «Jungfer Möddern» erwachten, die Stricknadeln fingen mechanisch wieder an zu klirren; Jungfer Möddern hob ihre schwere Last ein wenig von dem Beischlag auf und ließ sie wieder sinken, indem sie tief schmunzelnd einen Gruß auf die Straße hinausnickte. «Mamsell Feddersen!» flüsterte sie ihrer Schwester zu, die mit kleinen Augen zu ihr hinüberstarrte.

Und richtig! Es war das Großmütterchen; in leichter Kontusche eilte sie vorüber. – –

Nebenan in der Gasse, die kaum hundert Schritte weiter von Norden her in den Hafenplatz ausmündet, lag das neuerbaute Haus des Großvaters, in welchem zurzeit noch eine Schwester ihm die Wirtschaft führte. Anders als das gegenüberliegende seines Vaters und die übrigen alten Giebelhäuser in der Stadt, kehrte es der Straße eine breite Fassade zu, aus deren Mitte über dem Kellergeschoß eine mächtige Steintreppe vorsprang. Kein düsterer Pesel, keine entlegenen Kammern befanden sich darin; die Fenster gingen entweder auf die helle Straße oder hintenaus ins Grüne, auf den Hof und den danebenliegenden Garten; auch die Räume der beiden unteren Hausböden empfingen ihr Licht durch stattliche Fensterreihen des Giebels, der mit seiner geschnörkelten Sandstein-Bekrönung in der Mitte des Hauses aufstieg. Hart daran lag das Packhaus mit Fahrpforte und Eingangstür. Der Urgroßvater drüben hatte im vorletzten Sommer alles für den Sohn vollenden lassen, während dieser zu seiner kaufmännischen Ausbildung die Handelsstädte Frankreichs besuchte und entzückte Briefe über den milden Himmelsstrich nach Hause schrieb; ja, auf den Promenaden von Bordeaux, wo er derzeit weilte, hatte er einmal die linde Sommernacht auf einer Gartenbank verschlafen.

Aber jetzt war er wieder in der Heimat; sein Haus stand aufgerichtet und harrte nur der jungen Frau. Und eben war diese, für jetzt zwar eine Braut noch, von hinten durch die Hoftür eingetreten. Sie hatte in den unteren Zimmern vergebens ihre junge Stellvertreterin gesucht; jetzt ging sie oben in den hellen Saal, an dessen tapezierten Wänden schon mancherlei Geräte für die junge Wirtschaft aufgestellt war. Flüchtig sah sie ihr frisches Antlitz in den Spiegelscheiben des Mahagonischrankes vorüberwandeln, dessen Aufsatz mit vergoldeten Vasen und Girlanden geschmückt war; dann trat sie in das Nebenzimmer, wo Reiseerinnerungen ihres Bräutigams, die Vernetschen Ansichten der französischen Hafenplätze, an den Wänden hingen. Aber auch hier fand sie die Gesuchte nicht. – Als sie in den Saal zurücktrat, wäre sie fast erschrocken; eine lebensgroße weiße Gestalt, in der ausgestreckten Hand eine Schale haltend, stand ihr gegenüber auf dem zierlichen Untersatz des Ofens, der auf breiten Marmorfliesen ruhte. Sie mußte lachen; es war ja die Hygiea, welche man, wie ihr wohl bekannt war, gestern erst hier aufgestellt hatte; an der sie vorhin, ohne umzublicken, vorbeigegangen war.

Sie stand auf gutem Fuß mit dieser Göttin der Gesundheit, «der schönaugigen Beisitzerin des Apollo, ohne welche niemand glücklich ist»; sie war eine der Auserwählten, die aus ihrer Schale einen vollen Trunk getan. – Hochaufatmend in Glück und Lebensfülle trat sie an eines der Fenster und blickte in die Sommernacht hinaus. Jenseit der Stadt, wohinaus der Blick über die niedrigen Häuser der vorliegenden Nebengasse frei war, zwischen dem grünen Festlande und der Nachbarinsel, breitete sonnenfunkelnd sich die Reede aus; kaum erkennbar aus dem Geflimmer ragten die Masten eines großen Schiffes, einer Brigg ihres Schwiegervaters, die, von glücklicher Fahrt zurückgekehrt, seit kurzem dort vor Anker lag. Die junge Frau des Kapitäns hatte die Reise mitgemacht; und lebhaft wünschte sich das Großmütterchen das große Teleskop von der Bodenkammer ihres Schwiegervaters, um einmal nach ihr auszuschauen. Denn sie kannte sie wohl, die schlanke grauäugige Insulanerin; hatte sie doch letzte Woche erst mit Bräutigam und Schwägerin einen Besuch an Bord gemacht; und welch ein angenehmer Nachmittag war das gewesen! Vorüber an der Schiffswand hatten sie den Tümmler tauchen, durch den Tubus des Kapitäns die Robben auf dem fernen Sande schlafen sehen; zu guter Letzt hatten sie auf Deck, während die Seeschwalben über ihnen gaukelten, nach der Violine des Leichtmatrosen einen English-Shake getanzt. – Wo waren hier noch Schatten?

Und doch, das Geschenk der Hygiea ist ein verhängnisvolles; wer zu tief aus ihrer Schale trinkt, der muß alle Augen brechen sehen, die ihm in süßer Jugendzeit gelacht. Aber auch dann noch zeigt sich die Gunst der milden jungfräulichen Göttin. Sie selbst, die das erfahren müssen, haben ihre heiteren Augensterne auf die Gegenwart gerichtet; die Gespenster der Zukunft haben keine Macht über sie.

Das Großmütterchen stand noch am Fenster; sie blickte jetzt hinunter in die Straße nach dem vorspringenden Ausbau des schwiegerelterlichen Hauses; aber sie sah hinter den spiegelblanken Fenstern nicht das Leilach wehen, das, wie bald! durch seinen Schatten den Sarg eines gütigen und für das Leben selbst geschaffenen Mädchens mit jener herzerdrückenden Dämmerung umgeben sollte, die auf die Nacht des Grabes vorbereitet. – Sonnig und schweigend lagen die Räume um sie her, in denen, weit über ein zweifaches Lebensalter hinaus, alles Menschengeschick über sie ergehen sollte; aber kein unheimlicher Nebel kroch aus den Ecken, kein Schrei hallte vorspukend durch das Treppenhaus hinauf. Lachend nickte sie dem neu erhobenen Götterbilde zu und flog dann die Treppen hinab, leicht, wie sie gekommen war.

Im Kellergeschoß kam hinten aus der Gesindestube die Köchin im buntgestreiften Wollenrock und berichtete von unten herauf, daß die Mamsell «nur ein Gewerbe ausgegangen» und bald wieder da sein werde. – Das Großmütterchen ging wieder aus der Hoftür, dann rechts ein Steintreppchen hinauf in den Garten, wo zwischen gefälligen Partien im Jasmingesträuche das in Holz geschnitzte Bildnis einer Flora stand. Eine weitere Treppe, deren Geländer auf buntfarbigen Stäben ruhte, führte sie in den Obergarten. Hier waren noch die steifen gradlinigen Rabatten, der breite Steig dazwischen mit weißen Muscheln ausgestreut; perennierende Gewächse mit zarten blauen oder weißen Blumen und leuchtend gelben Staubfäden, andere mit feinen rötlichen Quästchen oder mit Blumen wie aus durchsichtigem Papier geschnitten, dergleichen man nur noch in alten Gärten findet, daneben gelbe und blutrote Nelken blühten hier zu beiden Seiten und verhauchten ihren süßen Sommerduft.

Zu Ende des Steiges in der jungen Lindenlaube saß jetzt das Großmütterchen. Sie zog unter ihrem Brusttuche den dort verwahrten Brief hervor, den sie freilich schon daheim im Kämmerchen erbrochen und gelesen hatte. Aber das war ja nur das erste Mal.

«Mein teures liebes Lenchen!» – so lasen ihre Augen, und leise sprachen es die jungen Lippen nach – «Den besten Dank für Ihre liebe und wärmevolle Zuschrift! Noch nie ist mir bei Eröffnung eines Briefes so wohl gewesen, und nie las ich mit mehrerer Begierde einen Brief als diesen.

Meine gütige Wirtin hatte mir soeben ein Gläschen eingeschenkt, das auf unser beiderseitiges Wohlergehen geleeret werden sollte; und da wir uns just von Ihnen, meine Liebe, unterhielten, ich mein Glück und meine erwünschte Wahl so mit vollen Empfindungen schilderte, da trat Vetter Asmus herein, nach dem ich mich schon verschiedentlich erkundigt hatte, und brachte mir Ihren so werten Brief.

Siehe da – es wurde eine Stille – ich erbrach ihn; ein jeder hielt sein Gläschen in der Hand und erwartete das Ende, um sich nach Ihrem Wohlbefinden zu erkundigen.

Mit voller Freude rief ich aus: Mein gutes Mädchen ist, dem Himmel sei gedanket, wohl! – So lebe denn Ihre liebe Braut! – Wir klingten an; und es wurde Jubel um uns her.

Heute bin ich wahrlich so recht seelenvergnügt, da mir die Nachricht von Ihrem Wohlbefinden noch so neu ist. – Wenn ich gleich, meine Beste, die Abende niemalen in der Einsamkeit zubringe, so fühle ich doch immer, daß mir Ihre schätzbare Gegenwart fehlt. Doch die Hälfte der Zeit ist verflossen, und binnen wenig Tagen sehen wir uns wieder und genießen in einer unzerstörbaren Ruhe die echten Freuden dieses Lebens, wogegen alles andere hienieden doch – – – und glauben Sie, daß ich ewig bin

Ihr zärtlich liebender – –»

Lächelnd und immer tiefer senkte sich der Kopf der jungen Leserin auf das Blatt in ihrer Hand, als hätten die lieben Worte sie zu sich herabgezogen. Sie hörte nicht den jugendlichen Schritt, der jetzt über die knirschenden Muscheln sich ihr nahte, nicht das rasche Zuschlagen eines Fächers; erst als ein Arm sich um ihren Leib legte, blickte sie tief aufatmend in die ernsten Augen ihrer Schwägerin.

Das Großmütterchen wollte ihren Brief verbergen; aber es gelang ihr nicht. «Mädchen, springe mir nicht so um den Busch!» rief die Schwester; und schon hatte eine kleine resolute Hand die ihre eingefangen. – Bald saßen die Mädchen, Wang an Wange lehnend, und studierten nun gemeinschaftlich den Brief des ihnen beiden teuren Mannes. Standen doch auch praktische und sehr zu erwägende Dinge darin; denn wie viele Aufträge hatte der Gefällige nicht bei der Abreise in seinem Promemoria notieren müssen, für deren manchen ein männlicher Verstand nicht einmal reichen wollte! Zwar die Hummer für die liebe Frau Wirtin waren richtig angekommen, und den Fuhrlohn und das Futtergeld für unterwegs hatte er sofort mit dem Fuhrmann abgemacht; auch der kirschrote Taffet sollte mit Vergnügen besorget werden; aber wie sich die «florenen Fomeln» in dem letzten Briefe zu den zwei Ellen Milchflor in seinem Promemoria verhielten, das war selbst dem Scharfblick der Liebe unentwirrbar geblieben.

Ein Lächeln mitleidiger Überlegenheit flog über das Gesicht der Mädchen. Wie man nur so was nicht verstehen konnte!

Der Brief war ausgelesen. – Auf dem ein wenig schärfer umrissenen Antlitz der einen, unter den dunklen Brauen in ihren klugen Augen lag es plötzlich wie scheidender Abendstrahl; wie aus dunklem Antrieb schlang sie ihren Arm noch fester um die jüngere Freundin. So saßen sie schweigend, jede ihren eigenen Gedanken lauschend.

Und leise über sie hin strich die Zeit. Sie wehte den Puder aus ihren blonden Haaren; sie blies unmerklich, aber emsig von dem einen jungen Antlitz das Rot des Lebens, um es einer frühen Vergessenheit zu überliefern. Aber die Augen der Braut lachten vor Seligkeit.

*

«Ja», sagte der Onkel – denn wir befinden uns noch immer an dem runden Tisch des Onkels –, indem er die Pfeife absetzte und wie zu plötzlich vertraulicher Mitteilung sich gegen den geduldig zuhörenden Vetter neigte. «Hat er uns doch nicht richtig angeführt! Was habe ich euch gesagt? Lauter Dunst und Phantasie!» – Ich hatte die Briefstellen vorhin aus dem Gedächtnis angeführt; jetzt zog ich das dir bekannte «Promemoria» des Großvaters aus der Tasche, in welchem noch ein Teil des großelterlichen Briefwechsels aufbehalten ist. Wie in dem fahlen Gelb des seidenen Umschlages das einstige Rosa, so läßt sich in dem darauf gestickten Tempel mit dem flatternden Taubenpaare die zärtliche Bestimmung nicht verkennen, welche die Verfertigerin einst dieser Arbeit gab.

Mit gespannten Augen blickte Tante Friede über ihre Brillengläser nach dem verblichenen Kunstwerke, mir zugleich, in richtiger Erkenntnis meines Vorhabens, ihre freundliche Parteinahme zunickend. Ich aber hatte indes aus den auf rauhem Papier geschriebenen Blättern, an welchen noch überall die kleinen roten Familiensiegel haften, den vergilbten Liebesbrief des Großvaters hervorgesucht und legte ihn jetzt schweigend vor dem Onkel auf den Tisch.

Da mußten alle Respekt haben; das war heiliges Papier. – – –

Staub und Plunder

Ich saß im Obergarten in der Lindenlaube; sie war von dem alljährlichen Kappen jetzt so verästet, daß es kaum noch des Laubes bedurfte, um die Sonnenstrahlen abzuhalten. Die alte Zeit war aus; die einst fast mit der Stadt zugleich entstandene Kirche, vor meiner Geburt schon, glücklich abgebrochen; an Stelle des altehrwürdigen Baues stand jetzt ein gelbes, häßliches Kaninchenhaus mit zwei Reihen viereckiger Fenster, einem Turm wie eine Pfefferbüchse und einem abscheulichen, von einem abgängigen Pastor verfaßten Reimspruch über dem Eingangstore, einem lebendigen Protest gegen alles Heidentum der Poesie. Die Denkmäler und Kunstschätze der alten Kirche waren auf Auktionen verkauft oder sonst verstreut; die schöne Kanzel war zertrümmert, den Altar aus Hans Brüggemanns Schule hatte ich selbst als Knabe in dem Pesel einer Branntweinschenke stehen sehen, wo er unbeachtet allem Unfug preisgegeben war, bis er schließlich noch in einer Dorfkirche Unterkommen fand; die einst zur Seite des Altars befindliche Monstranz, ein kostbares Schnitzwerk von des großen Husumer Meisters eigner Hand, war spurlos verschwunden; nur das Muttergottesbild derselben war fast ein halbes Jahrhundert nach dem Abbruch der Kirche zwischen staubigem Gerümpel eines Hausbodens von einem kunstsinnigen Dänen aufgefunden und dann für immer der Vaterstadt des Meisters entführt worden. Keine Spur seines Lebens war in ihr zurückgeblieben, keine Spur jener Kunst, die besonders in unserem Lande sich einst zu einer Hauskunst ausgebildet hatte.

Das war eine pietätlose nüchterne Zeit gewesen, von allem Segen der Schönheit und der Kunst verlassen; und wir haben noch daran zu leiden. Aber die alten Herren der «vereinigten freundschaftlichen Gesellschaft» hatten sie nur von fern am Horizonte aufsteigen sehen, bevor sie alle schlafen gegangen waren.

Auch das einst vom Urgroßvater so stattlich für den Sohn errichtete Haus hatte dieser Zeit seinen Tribut entrichten müssen. Die einst so behaglich in die Straße vorspringende Steintreppe war auf Anordnung der modernen Polizei verschnitten und verhunzt; den hohen Giebel hatte man selbst herabgenommen, die steinerne Bekrönung sollte das Haus zu schwer gedrückt haben; sogar die hölzerne Flora hatte den ihr einst geweihten Garten mit Gott weiß welchem düsteren Winkel vertauschen müssen.

Dort lag das Haus hinter dem mächtigen Ahornbaum, der mit seiner Krone fast das hohe Dach bedeckte. Es war jetzt ein altes, ein Familienhaus geworden; in allen Winkeln und auf allen Dielen lagen die Schatten vergangener Dinge; von allen, die einst darin lebten und starben, war eine Spur zurückgeblieben; uns, die wir ihres Blutes waren, trat sie überall entgegen und gab uns das Gefühl des Zusammenhanges mit einer großen Sippschaft; denn auch die Toten gehörten mit dazu. Ja, einige von uns wollten wissen, daß das Leben jener noch nicht ganz vorüber sei, daß es zuweilen in Nächten oder in einsamer Mittagsstunde sich den Enkeln kundzugeben ringe; droben in der Stube hinter dem Saal, wo noch die Vernetschen Kupferstiche des Großvaters hingen, sollte es zu Zeiten recht «unruhig» zugehen.

Unter dem Dach auf den drei übereinanderliegenden Hausböden war alles Gerümpel aufgespeichert, das während eines zwei Menschenalter überdauernden Zeitraumes allmählich aus dem Gebrauch des Tages zu verschwinden pflegt; was man als abgenutzt beiseite setzt, weil man den Mut nicht hat, es fortzuwerfen, und was man vielleicht nie wieder berührt, es sei denn, daß das Leid oder die Leere der Gegenwart uns antreibt, zu den Zeichen einer reicheren Vergangenheit zu flüchten.

Der zunächst über dem unbewohnten zweiten Stockwerk belegene Boden mit seinen Winkeln und Treppchen und der gleich einem großen Kasten hineingebauten «Gewürzstube» war ein besonders heimlicher Ort, an dem ich manche Stunde meiner Knabenzeit verbracht habe. – Schon der Duft der Hagebutten und Lavendelsträuße, die hier auf den Fensterbänken getrocknet wurden, erregte meine Phantasie; es roch fast wie in einem Garten, aber wie in einem Garten der Vergangenheit. Zwar mit dem grauen Schranke, in dem die Großmutter ihr Sterbehemd bewahrte, mochte ich nichts zu schaffen haben; auch wurde es mir zuweilen unheimlich, daß dort unter der Dachschräge der große Ohrenlehnstuhl, in welchem einst der Großonkel seinen letzten Seufzer getan hatte, immer so unverrückt auf seinem Platze stand, als warte er darauf, daß sich endlich wieder einer in ihn hineinlege; aber gegenüber der altmodische buntfurnierte Schrank mit dem hohen Aufsatz ließ mich diese widerstrebenden Gefühle überwinden. Auch er stand in feierlichem Schweigen und wie zur ewigen

Ruhe gestellt; allein ich respektierte dieses Schweigen nicht; ich wußte die Schubladen zu öffnen – noch höre ich dabei das Klirren der vergoldeten Messinggriffe –, und mit lüsternem Grauen durchstöberte ich das in ihnen eingesargte Spielzeug einer vergangenen Zeit. Da lagen Perücken und schwarzseidene Haarbeutel; da war ein Kästchen mit den Fächern der Großmutter, ein anderes mit den Bräutigamsmanschetten des Urgroßvaters; da war vor allem ein höchst ergötzliches und nützliches Instrument, ein sauber aus dunklem Mahagoni gearbeiteter «Buckelkratzer», und endlich – sollte auch der Großvater sie gegen das Rheuma angewandt haben, oder war es nur ein Vermächtnis des kleinen Wagemeisters? – eine große getrocknete Kröte, die Beine wie zum angestrengten Fortstreben ausgestreckt, in der Mitte des warzigen Leibes das Loch des Nagels, der es verhindert hatte, und an dem sie, zur Gewinnung stärkerer Heilkraft, einst hatte krepieren müssen. – Lange und nachdenklich habe ich oft, vor der aufgezogenen Schublade kniend, dieses Ding betrachtet. Mitunter auch ergriff der Dunst der Vergänglichkeit, der aus all den Raritäten aufstieg, mich so beängstigend, daß ich plötzlich fortrannte und die Treppe hinabsprang, oder lieber noch am Geländer hinabrutschte, um nur bald wieder in die Region der Lebendigen zu gelangen.

Doch das geschah nur selten; meistens wurde auch der Inhalt der oberen Fächer einer behaglichen Musterung unterzogen; der schöne Tafelaufsatz aus mattem Porzellan, ein sitzender Apoll nebst seinen Musen, welchen letzteren freilich schon hier und da eines der zarten Fingerchen abhanden gekommen war; das Reiseglas des Großvaters mit der Eigenschaft eines «Staamantjes» und der Inschrift:

Trink mich aus, leg mich nieder!
Steh ich auf, füll mich wieder!

die gläsernen Pokale mit dem roten Gewebe in den Stengeln, mit eingeschmolzenen Schaumünzen oder auf dem Kelch eingeschliffenen Schäferszenen; insbesondere zwei greuliche chinesische Pagoden – alles wurde behutsam herabgenommen und demnächst ebenso wieder an seinen Ort gesetzt.

Zwar, sehr einsam war es hier, und an den Seitenräumen fielen tiefe Schatten überall; der hinter der Gewürzstube befindliche Teil des Bodens lag, da die Luken dort fast stets geschlossen waren, auch bei Tage im Dunkeln; von den nach der Gartenseite aus dem Dache vorspringenden kleineren Fenstern war das eine hinter großen Kisten versteckt, vor dem anderen verbreitete die Laubkrone des Ahorns eine grüne Dämmerung; so dicht drängte sie sich heran, daß ich an Sommerabenden, wenn die Vögel zur Ruhe gegangen waren, mehrmals, wiewohl vergebens, versucht habe, einen schlafenden Sperling von den Zweigen abzupflücken. Selbst das um die Mittagszeit mir stets so traulich klingende Mörserstoßen aus der im Kellergeschoß liegenden Küche drang nicht herauf. Deutlich genug aber hörte man das Hämmern der Holzkäfer in den morschen Schränken, oder von den Packhausböden, die dort hinter den verriegelten Flügeltoren lagen, den behutsamen Tritt einer Katze, die einsam die steilen Treppen auf und ab spazierte. – Freilich, nach Westen an der Straßenseite befanden sich zwei größere Fenster in dem hier aufsteigenden Giebel des Hauses – die Gewürzstube schloß das dritte ein –, durch welche man über die Dächer auf die grüne Marsch und darüber hinaus auf das Meer sah; doch alles, was sich dem Auge darbot, die weidenden Rinder, das vorüberziehende Schiff, die Mühle, welche jenseits am Horizonte auf der gleich einem Nebelstreifen oberhalb des Wassers hingestreckten Insel ihre Flügel drehte – es war so fern, daß es nur wie ein Bild dalag und kein Laut von dort herüberdrang.

In dem freundlichen Raum vor diesen Fenstern, durch welche schon früh die Nachmittagssonne hereinschien, befand sich eines der Hauptstücke der ganzen Bodenwirtschaft: das «Gesundheitspferd» meines Großvaters. – Daß er auf diesem Pferde die entflohene Gesundheit wieder eingeholt habe, ist kaum anzunehmen; denn der Tod, der dem ganzen Lebensritt ein Ende macht, hatte diesen liebreichen Mann schon während meiner frühesten Kindheit aus dem Kreise der Seinen fortgerissen. – Übrigens war es eigentlich gar kein Pferd, sondern nur ein auf Sprungfedern ruhender, schön ausgenähter Sattel mit einem vierbeinigen Holzgestell darunter. Allein, ging die Bewegung auf demselben auch nicht vorwärts, so ging sie doch auf und ab, und manchen ebenso ungefährlichen als vergnüglichen Spazierritt habe ich darauf gemacht; denn vorn befand sich eine Krücke zum Festhalten, und an den

Seiten hingen ein paar Steigbügel, in deren Riemen ich die Füße steckte, bis meine Beine allmählich zu ihnen hinabgewachsen waren. Nicht zu begreifen vermag ich jetzt, wo mir im sicheren Lehnstuhl schon mitunter die Buchstaben nicht standhalten wollen, wie ich, auf diesem Gesundheitspferde reitend, Spindlers dreibändige Romane, untermischt mit Schillerschen Dramen, eins hinter dem anderen wegzulesen vermocht habe.

Auch alles dies ist lange nun vergangen. Jetzt, wo auch die Gespenster meiner eigenen Jugend in ihnen umgehen, betrete ich nicht gern mehr diese Räume.

– Neben mir in der Lindenlaube saß eine uralte Frau; es war meine Großmutter, die ich in den milden Septembersonnenschein hinausgeführt hatte. Noch vor einigen Jahren war sie rüstig genug gewesen und hatte es sich nicht versagen können, mit mir in die Familiengruft hinabzusteigen, welche an jenem Morgen zur Aufnahme eines jüngeren Familiengliedes geöffnet worden war. – Der mit schwarzem Tuch überzogene Sarg des Großvaters war noch wohl erhalten. Sie betrachtete ihn lange schweigend; dann suchte sie nach ihren Söhnen, welche sämtlich noch in den Kinderjahren sich dieser stillen Gesellschaft hatten zugesellen müssen. Die kleinen Särge, außer einem, waren schon in Trümmer gefallen. Als wir von diesem den auch schon gelösten Deckel abgehoben hatten, da lagen unterhalb eines kleinen weißen Schädels – überaus rührend, als seien sie seit dem letzten Lebensatem unverrückt geblieben – die feinen Knochen eines

Ärmchens und eines ausgespreizten Kinderhändchens. Die Großmutter tastete mit zitternder Hand an diesen armen Überresten; sie betrachtete aufmerksam den Sarg, nickte mit dem Kopfe und sagte dann: «Das ist mein Simon; was für ein lustiger kleiner Junge war er!» Und als ich von ihr fort zu einem anderen Sarge trat, sah ich, wie die Lippen der greisen Mutter sich noch einmal lang und innig auf die Stirn ihres lieben kleinen Jungen preßten.

– Von diesem ihrem Knaben, den sie einst gehabt, erzählte sie mir jetzt. Der Großvater hatte ihm ein kleines Gefährte mit zwei weißen Ziegenböcken geschenkt; damit war er überall umherkutschiert; die Ziegenböcke waren ein Paar ebenso lustiger Gesellen gewesen wie ihr kleiner Herr. Sie hatten der Welt nicht nachgefragt; im Garten hatten sie die schönsten Nelken und Ranunkeln abgefressen, auf der Straße waren sie mit ihren Hörnern in einen Haufen irdener Töpferwaren geraten, die zum Verkauf vor einem Keller ausgestanden; tausend Wirtschaft hatte es gegeben.

Die Großmutter lachte ganz herzlich; es war zu lustig, wie der Junge auf seine weißen Ziegenböcke peitschte; sie mußte noch mehr davon erzählen. Aber allmählich verwandelten sich die zwei Ziegenböcke in einen widerspenstigen Esel, auf dem «ein Ausbund von einem Jungen» zwischen den Beeten unseres Gartens umhertrabte, immer im Kreis um die hölzerne Flora, bis der Esel hintenausschlug und ihn in die Büsche warf.

«Großmutter», sagte ich leise; «das war wohl nicht dein Simon; ich glaube, das bin ich selbst gewesen.»

Die alte Frau wurde plötzlich still, und ein Ausdruck von ergebener Trauer trat in ihr liebes Gesicht. «Ja, mein Kind», sagte sie endlich, «meine Nerven haben Bankerott gemacht; ich habe schon so viel erlebt.»

Es war ihr in den letzten Jahren zuweilen begegnet, daß sie für unsere, der Jüngeren, Anschauung weit auseinanderliegende Zeiten und Personen verwechselte. Wir suchten dann wohl einzuhelfen; aber wenn sie es bemerkte, schwieg sie gewöhnlich, wie in tiefer innerer Beschämung. «Gebrauch doch unser junges Gedächtnis, Großmutter!» riet ich ihr einmal; aber sie sagte nur: «Man mag doch auch nicht lästig fallen.»

Ihr frohes und bescheidenes Wesen hatte ein langes Leben mit ihr ausgehalten und tausend glückliche Stunden über meine Jugend gebracht; nun sie sich selbst nicht mehr zu helfen wußte, wollte es mit dem Frohsinn nicht mehr fort. Aber sie hoffte den wiederzusehen, mit dem sie die glücklichsten Stunden ihrer Jugend gelebt hatte, und auch ihre kleinen lustigen Jungen, die ja hier auf Erden nicht zu Männern aufgewachsen waren.

Mit diesen ihren Toten mochte sie im Geiste verkehren, als sie jetzt so still an meiner Seite saß, die von Gicht gelähmten Hände in ihrem Schoß gefaltet; denn wie in seliger Zufriedenheit waren die halberblindeten Augen nach dem Gipfel des gegenüberstehenden alten Birnbaumes gerichtet, der einst mit ihrem Glücke jung gewesen war und aus dessen Zweigen die gelben Blätter niedersanken.

*

Ich höre dich fragen: «Sind das die Reisebriefe, die du mir versprochen?» – Ich kann nur sagen: «Nimm fürlieb!» Und im übrigen mögen die Manen meines Großmütterchens es mir verzeihen, daß ich, ein ungewandter Nekromant, aus der Nacht, in die es schon so tief versunken, ihr Jugendbild heraufzubeschwören suchte.

BEIM VETTER CHRISTIAN

*

Mein Vetter Christian hatte wirklich schon mit zwanzig Jahren seine schönen blauen Augen; und doch behaupteten die Mädchen, Hand aufs Herz, daß sie ihnen völlig ungefährlich seien. Das aber kam daher, weil derzeit, was allerdings in solchem Alter selten vorkommt, die Elektrizität derselben noch gebunden war; und die Ursache hiervon lag wiederum darin, daß nach des Vaters frühem Tode der Vetter zwischen zwei so überwiegend energischen Frauennaturen aufgewachsen und nach kurzen und fleißig benutzten Universitätsjahren wieder in ihre Obhut zurückgekehrt war.

Die eine derselben, seine Mutter – Gott habe sie selig! – meine gute Tante Jette, hat auch mich als Knaben einmal unter ihrer rührigen Hand gehabt, als Christian und ich uns von ihren großen Schattenmorellen eine Limonade gegen den heißen Sommerdurst bereitet hatten; der anderen verstand ich kunstvoll aus dem Wege zu gehen. Es war dies «die alte Caroline», welche in schon betagter Jungfräulichkeit als Kindsmagd bei dem kleinen Christian ihren Dienst im Hause angetreten, sich hier nach unbekannt gebliebenen sonstigen Versuchen noch zweimal, wiewohl ohne den gewöhnlich dabei beabsichtigten Erfolg, verlobt hatte und schließlich, nach des Hausherrn Tode, als Magd für alles in der Familie hängengeblieben war. Die Auflösung jener Verlöbnisse sollte lediglich durch die allzu große Tüchtigkeit der Braut herbeigeführt sein, wovor, trotz dem annehmlichen und bekannten Barvermögen derselben, sowohl der letzte als der vorletzte Bräutigam zurückgeschreckt waren, welche aber demnächst bei ihrer Herrin eine desto dauerhaftere und erhebendere Anerkennung gefunden hatte.

Meine Tante Jette besaß nach ihres Mannes Tode nur ein schmales Einkommen, aber ein großes Haus. Sie hätte leicht von den leerstehenden Zimmern vermieten können; allein sie gehörte zu den alten Geschlechtern; das ging denn doch nicht wohl. Zum Glück wurde Christian als Kollaborator an unserer Gelehrtenschule angestellt und bezog nun die oberen Zimmer, welche einst von seinem Vater bewohnt gewesen waren. Im übrigen blieb der Hausstand unverändert; Caroline wollte lieber auch für ihren Doktor die Arbeit mittun, als noch so ein junges, flusiges Ding neben sich herumdammeln sehen.

Allein bald nach dem Amtsantritt ihres Sohnes begann Tante Jette zu kränkeln und konnte es sich endlich nicht mehr verhehlen, daß sie das rüstige Leben, das lustige Scheuern und Polieren, das Kochen und Einmachen mit der für sie in keiner Weise passenden ewigen Ruhe werde zu vertauschen haben. Als resolute Frau tat sie indessen auch hier, was not war. Täglich gab sie jetzt ihrem Kollaborator eine Unterrichtsstunde in der praktischen Weisheit ihres Lebens, und der getreue Sohn, wenn er danach in sein Studierzimmer getreten war, unterließ nicht, diese letzten mütterlichen Ratschläge in sauberer Reinschrift zu Papier zu bringen, bis er bemerkte, daß der Zyklus geschlossen und er nach dem Ende wieder in den Anfang hineinzugeraten beginne. Am letzten Tage vor ihrem Ende aber fügte Tante Jette ihren Vorträgen noch gleichsam einen Epilog hinzu. «Und, Christian», sagte sie und legte alle noch übrige Kraft in ihre Stimme, «daß du mir die alte Caroline nicht von dir lässest! Die Leute sagen zwar, sie sei ein Drache; mir aber, wenn es doch einmal auf einen Vergleich hinaus soll, scheint sie, mit ihren runden Augen in dem breiten Kopfe und den Borstenhärchen unter der krummen Nase, mehr einem alten Schuhu ähnlich zu sein; und du weißt es, daß dieser Vogel in dem Haushalt der Natur eine nicht geringe Stelle einnimmt.»

Und als der Vetter sie zwar ehrerbietig, aber doch mit etwas zweifelhaften Augen anblickte, setzte sie hinzu: «Nein, nein, Christian; glaub mir's, du brauchst eine, die dir die Mäuse wegfängt; und die alte Caroline wird das schon besorgen.»

-- So war denn die Alte auch nach der Mutter Tode im Hause verblieben, und ihr junger Herr befand sich leidlich wohl dabei. Denn in der Tat – wovon er freilich keine Ahnung hatte –, sie pracherte mit Hökern und Gemüseweibern um den letzten Dreiling, sie wußte verschämte Bettler und unverschämte, in Wein reisende Juden schon auf dem Hausflur abzufangen; die Bauern, die zur Stadt kamen und die Städter mit ihrem Torf betrogen, fürchteten die Alte mehr als ihren Landvogt.

Zwar wenn der Doktor, was ihm wohl geschehen konnte, sich auf seinem Spaziergang nach der Klasse über die Mittagszeit hinaus verspätet hatte, so wurden wohl die Stubentüren etwas härter als nötig zugeschlagen; auch flog wohl einmal nach der Suppe der Bratenteller auf den Tisch, als sei es Trumpfas, das die alte Caroline vor ihm ausspielte; aber der Vetter hörte das so wenig wie der Mietsmann eines Bäckers das Geklapper der Beutelmaschine; er befand sich im Geiste vielleicht eben auf dem Markte zu Athen und lauschte der donnernden Philippika des jungen Demosthenes, gegen den offenbar die alte Caroline nicht in Betracht kommen konnte.

Da, nach Verlauf einiger Jahre, geschah es, daß dem Doktor zweierlei in den Schoß fiel: das Subrektorat seiner Gelehrtenschule und eine Erbschaft von einer seiner vielen Tanten. Hatte er, dank seinem Hausdrachen, schon vorher ein hübsches Sümmchen von seinen Einkünften zurücklegen müssen, so wußte er jetzt vollends nicht mehr wohin damit. Das machte ihn unruhig. Er ging in seinem großen Hause umher: unten in das Wohnzimmer, wo Tisch und Stühle, die Bilder an der Wand, alles noch so war wie zu Lebzeiten der Mutter; in die daneben liegenden Räume, die seit des

Vaters Tode unbenutzt gestanden, in das Eßzimmer, dann in das kleinere Spielzimmer. Das Bild seines Vaters, des milden braunlockigen Mannes, war ihm mit einemmal so gegenwärtig; dabei sah er sich selbst als Knaben, im grauen Habit mit runden Perlmutterknöpfchen; er half seinem Vater den Tabak für die Gäste mischen und rote und grüne Federposen auf die Kalkpfeifen setzen, wobei oft eine linde Hand liebkosend über seine Haare strich. – Ihn überfiel, und stärker mit jedem Mal, daß er hier verweilte, eine Sehnsucht, diese Räume aufs neue zu beleben, wenn auch die Toten nicht mehr zu erwecken seien. Die Sippschaft in der Stadt war noch so groß; fast jede Woche mußte er zu irgendeiner Familiengesellschaft, war es nun in den Häusern der Verwandten oder sommers in deren Gärten vor der Stadt. Wie hübsch mußte es sein, wie einst sein Vater es getan, sie alle auch nun seinerseits im eigenen Hause zu bewirten! Indessen – das war sonnenklar – die alte Caroline allein vermochte das doch nicht zu leisten.

Der Vetter resolvierte sich kurz und ging zu der Großtante, der alten Frau Bürgermeisterin; und diese, nachdem er seine Sache vorgetragen, empfahl ihm zuerst eine Witwe, die eben ihren dritten Mann begraben, und dann eine reife Jungfrau, welcher – es war himmelschreiende Sünde – die Vorsteher schon wieder den Platz im St.-Jürgens-Stifte abgeschlagen hatten. Da der Vetter jedoch bedachte, daß es in seinem Hause eigentlich an *einer* Caroline genug sei, so beschloß er, zuvor noch die Meinung seines Onkels, des Senators, einzuholen.

Und in der Tat; der Onkel wußte Besseres zu raten.

«Ich empfehle dir», sagte er, «mein Patchen, die kleine Julie Hennefeder; ihr Vater – du weißt, unser alter Komptorist – war so etwas von einem Tausendkünstler, er war der ‚Hans Michel in de Lämmer-Lämmerstraet'; er konnte machen, was er sah, ein ‚Fleuteken' so gut wie einen ‚Napoleon', und trotzdem blieb er hintenum in seiner Lämmerstraße sitzen. Die Witwe hat es knapp, und ich weiß, daß sie sich schon nach einem soliden Platz für ihre Tochter umgesehen hat. Das wäre ja denn so bei dir, Christian! Übrigens, das Mädchen sieht keineswegs aus, als wenn ihr Familienname für sie erfunden wäre; im Gegenteil, sie ist ein schmuckes, voll ausgewachsenes Menschenkind und soll überdies so manches von der Kunstfertigkeit ihres Vaters ererbt haben, was sich auch besser für ein Hausfrauchen als für einen alten Komptoristen schicken mag.»

*

Und so setzte denn, als eben Goldregen und Syringen im Garten des Vetters sich zum Blühen anschickten, ein braunes, rosiges Mädchen zum erstenmal den Fuß über die Schwelle seines Hauses; und der Vetter konnte nicht begreifen, weshalb auch drinnen die alten Wände plötzlich zu leuchten begannen. Erst später meinte er bei sich selber, es sei der Strahl von Güte, der aus diesen jungen Augen gehe. Die Großtante freilich schüttelte etwas den Kopf über diese gar so jugendliche Haushälterin, und womit die alte Caroline geschüttelt, das hat der Vetter niemals offenbaren wollen.

Julie war keine schlanke Idealgestalt; sie war lieblich und rundlich, flink und behaglich, ein geborenes Hausmütterchen, unter deren Hand sich die Dinge geräuschlos, wie von selber, ordneten. Dabei, wenn ihr so recht etwas gelungen war, konnte sie sich oft einer jugendlichen Unbeholfenheit nicht erwehren; fast als habe sie für ihre Geschicklichkeit um Entschuldigung zu bitten. Ja, als einmal der Vetter ein lautes Wort des Lobes nicht zurückhalten konnte, sah er zu seinem Schrecken das Mädchen plötzlich wie mit Blut übergossen vor sich stehen, und ganz deutlich glaubte er: «O, bitte, wenn Sie nichts dagegen haben!» die buchstäblichen Worte aus ihrem Munde zu vernehmen. In Wirklichkeit freilich hatte er sie nicht gehört; es war nur eine Konjektur, die er aus den braunen Augen herausgelesen hatte.

Als er es später dem Onkel Senator bei einer Nachmittagspfeife anvertraute, nickte dieser und meinte lächelnd, das sei eine Inschrift, züchtig, süß und bescheiden und wohl passend für ein junges Mädchenangesicht.

Und wie von selber belebten sich die öden Räume des Hauses. Die Fenster füllten sich mit Blumen, und unten vom Wohnzimmer in das Treppenhaus hinauf klang morgens der helle Schlag eines Kanarienvogels; aber ebenso lag auch das Tüchelchen bereit, um ihn zum Schweigen zu bringen, wenn der Herr Doktor noch beim Morgenkaffee seine Pensa durchnahm. Der Onkel, der jetzt öfter bei dem Vetter einsah, behauptete, das ganze Haus habe eine Wendung weiter nach der Sonnenseite hin gemacht.

Selbst die alte Caroline stand eines Tages mit eingestemmten Armen und sah den kunstfertigen Händen der «Mamsell» zu, die eben den Studiersessel des Doktors neu gepolstert hatte und nun so flink einen blanken Nagel um den anderen einschlug. Freilich, als sie sich darauf ertappte, trabte sie eilig in ihre Küche zurück, scheltend über sich selbst und über die fingerfixe Person, die dem Nachbar Sattler das Brot vor dem Munde wegnehme.

Je weniger aber die alte Jungfrau die Tüchtigkeit und die ruhige Freundlichkeit des Mädchens verkennen konnte, desto schärfer spähte sie nach allen Seiten aus, und bald konnte man sie gegen die Mittagsstunde zwischen ihrem Feuerherd und der auf dem Flur stehenden Hausuhr unruhig auf und ab wandern sehen. Es war unzweifelhaft, der Doktor kam niemals mehr zu spät von seinem Mittagsspaziergang; ja, er sah oft ganz erhitzt aus, wenn er anlangte; er mußte schier gerannt sein, um nur die rechte Stunde nicht zu verfehlen. Um *ihret*willen, die sie ihn doch auf diesen ihren Armen getragen hatte, war noch niemals ein Tropfen Schweiß vergossen worden!

Die Lippen der Alten begannen vor sich hin zu plappern: sie schluckte, als könne sie es nicht hinunterwürgen.

Es war augenscheinlich, die Küche hatte jene Sonnenwendung des übrigen Hauses nicht mitgemacht.

*

Inzwischen gingen die Jahreszeiten ihren Gang. Die Rosen im Garten hatten ausgeblüht; Hülsenfrüchte und Spargel waren nicht nur abgeerntet, es stand auch ein gut Teil davon in blanken Konserven in der Vorratskammer; daneben reihten sich sorgsam verpichte Flaschen, voll von Stachelbeeren und von jenen saftreichen Schattenmorellen, deren beliebiger Verwendung jetzt nichts mehr im Wege stand.

Beim Brechen des Kernobstes, das der Garten in den feinsten Arten hervorbrachte, leistete diesmal der Vetter selbst den besten Mann. Kühn wie ein Knabe holte er die großen Gravensteiner Äpfel von den höchsten Zweigen. Von draußen guckten die Nachbarsbuben mit gierigen Augen über die Planke und riefen in ihrem Plattdeutsch: «Lat mi helpen, lat mi helpen! Ick kann ganz baben in de Tipp!» – Aber der Vetter brauchte die Buben gar nicht, er konnte sich allein helfen. Dagegen, in der Freude seines Herzens, warf er oftmals einen Apfel zwischen sie, worüber denn jenseits der Planke ein lustiges Gebalge sich erhob; die schönsten aber, die mit den rotgestreiften Wangen, flogen zu seiner jungen Wirtschafterin hinab, die mit vorgehaltener Schürze unter dem Baume stand. Nur war sie heute nicht geschickt wie sonst; denn ihre Augen folgten dem Vetter ängstlich auf die schwanken Zweige, und ein etwas größerer Apfel schlug ihr fast jedesmal den Schürzenzipfel aus der Hand. Bei dem Bücken nach rechts und links waren die schweren Haarflechten ihr herabgeglitten und hingen lose in den Nacken; nun, da der Äpfel noch immer mehr auf sie zuflogen, bat sie flehentlich um Gnade.

«Christian, mein Junge!» erscholl jetzt plötzlich die Stimme des Onkel Senators, der eben in den Garten getreten war. «Wo steckst du denn? – Beim Gott Mercurius! du scheinst nachgerade nun so jung zu werden, wie du es deinem Taufschein schuldig bist! Aber weißt du denn, daß es eben zwei vom Turme geschlagen hat?»

Da flog noch ein Apfel glücklich in Juliens Schürze; dann kam der Vetter selbst zur ebenen Erde. In der Tat, er hätte fast die Klassenzeit versäumt; ja, noch immer waren seine Gedanken in den grünen Zweigen. «Was meinen Sie, Fräulein Julie», sagte er und strich sich die gelben Blätter aus den Haaren; «ich denke, um vier Uhr setzen wir die Arbeit fort! Wahrhaftig, Onkel; ich hätte nicht gedacht, daß ich so klettern könnte!»

*

Nun war es im November. Die Bäume waren leer, der Garten stand verödet; aber Keller und Vorratskammer waren gefüllt; lang und traulich wurden die Abende; die vielbedachte große Familienfestlichkeit sollte nun wirklich vor sich gehen.

Als man die einzuladenden Gäste zusammenrechnete, da waren es sechzehn, die beiden Hausgenossen ungezählt; dazu ein armes Fräulein, das von der Großtante alle Weihnacht ein Liespfund Kaffee und zwei Hut Meliszucker zum Geschenk erhielt.

Zwar Caroline behauptete, es könnten nur achtzehn an dem Ausziehtisch sitzen; aber Julie sagte sehr errötend: «Wenn der Herr Doktor es mir vertrauen wollten!» Und der Vetter lächelte still und dachte: «Nun hat sie wieder einen ihrer klugen Einfälle!» Dann setzte er auch den siebzehnten Gast mit auf die Liste.

Und jetzt wurde rüstig angefaßt. Caroline zankte nach Herzenslust mit Schlächtern und Fischfrauen; der Vetter holte staubige Flaschen aus seinem Weinkeller und schnitt dann wieder Fidibus und Leuchtermanschetten vom weißesten Velinpapier; der Onkel Senator mußte, weil auf dergleichen der Vetter sich nicht verstand, einen großen Marzipan aus Lübeck verschreiben; Julie kam mit heißen Wangen bald vom Nachbar Bäcker, wo sie ihre Kuchen und Plätzchen im Ofen hatte, bald draußen vom Gärtner, der ihr für die Festtafel noch einen herbstlichen Strauß zusammensuchen mußte.

Und so war denn eines Sonntags der große Nachmittag herangekommen. Der Weg zum Hause führte durch den seitwärts daran gelegenen Teil des Gartens; aber schon mit Dunkelwerden leuchtete die über der Haustür befindliche Laterne freundlich auf den breiten Steig hinaus.

Drinnen im Wohnzimmer, im Schein der großen Astrallampen, blinkten die Tassen und sauste schon die Teemaschine. Nebenan im Spielstübchen hatte eben der Vetter die Karten ausgebreitet und die Spielmarken zurechtgelegt, während hinter den noch geschlossenen Türen des Eßzimmers Julie die Tafel revidierte, welche nach langen Jahren wieder einmal mit dem geblümten Damastgedeck und den schweren silbernen Leuchtern prangte.

Schon hatte es sechs geschlagen, und der Vetter,

seine goldene Taschenuhr in der Hand, durchmaß mit unruhigen Schritten die noch immer leeren Räume. Da endlich begann draußen auf dem Flur das Schellen der Haustürglocke; fröhliche Stimmen, junge und alte, wurden laut und – da kamen sie: der Onkel und die Tante Senator, zwei andere Tanten, zwei Vettern und zwei Muhmen und von übriger Sippschaft sieben, das arme Fräulein ungerechnet. Mitunter war es auch nur ein Windstoß, der die Haustür aufwarf, denn der Nordwest pustete draußen gerade so viel, als es drinnen zur Erhöhung der Behaglichkeit zu wünschen war. Schließlich rollte auch noch die Klosterkutsche vor das Gartentor, die Großtante wurde herausgehoben, und die alte Caroline, in einer großen Haube mit Rosaschleifen, kam zum Vorschein und nahm der Frau Bürgermeisterin den schweren Atlasmantel ab.

Die Gesellschaft war vollzählig. Am Teetisch in der Ecke stand die kleine, freundliche Wirtin des Hauses und drehte das Hähnchen der Teemaschine und schenkte in die Tassen; zwei junge Bäschen gingen umher und präsentierten, die eine den duftenden Trank, die andere die sämtlich nach Familienrezepten gebackenen Kuchen. Eine Luft der Behaglichkeit war verbreitet, daß alles wie von selber zu plaudern anfing. Die Großtante hatte aus der Sofaecke mit ihren noch immer scharfen Augen eine Weile rings umhergesehen und nickte nun beifällig nach dem Ecktischchen hinüber. «Wie gut, mein Lieber», sagte sie und drückte dem Vetter Christian die Hand, «daß wir die Kutsche in der

Stadt haben! Wie hätte ich sonst in all dem Wetter zu dir kommen sollen!» Und Christian verstand gar wohl den Beifall, der in diesen Worten lag; und wäre es in ihrem Kreise Brauch gewesen, er würde gewiß die Hand der alten Dame geküßt haben. So aber ließ er es mit einem dankbaren Gegendruck bewenden.

Nicht lange, so saßen im Nebenzimmer die alten Herrschaften bei ihrer Whistpartie. Julie hatte soeben der Frau Bürgermeisterin ein weiches Fußkissen untergeschoben; als auch der Vetter hereintrat, um dem ehrenfesten Spiele zuzusehen, blickte der Onkel ganz schelmisch zu ihm auf. «Nun, Christian», sagte er, indem er zierlich einen neuen Stich auf die Tischplatte schnippte, «das ist heut doch ein ander Ding als vorigen Winter, da du immer allein da droben auf deiner Rauchkammer saßest! Und wie angenehm», fuhr er, inzwischen immer neue Stiche machend, fort – «unserer kleinen Hennefeder die Rosabusenschleife zu ihren braunen Flechten läßt! Im Vertrauen, Christian, noch hübscher als deiner Caroline die Schleifen auf ihrer großen Flügelhaube. Auf alle Fälle aber ist Rosa heut die Farbe deines Hauses; und – sieben Trick, groß Schlemm, meine Damen! Was sagst du dazu, Christian!»

Der Vetter nickte und ging vergnügt zu den anderen, die im großen Zimmer schon am Pochbrett saßen. Es war noch ein echtes, altes, ein Erbpochbrett mit Scharwenzel, Vizebuben, Umschlag und Braut und Bräutigam. Und lustig ging es her; die Stimmen riefen durcheinander, die Rechenpfennige klirrten; die Seele des Spieles aber war ein verwachsenes ältliches Jüngferchen, welche den ganzen Kopf voll grauer Pfropfenzieherlöckchen hatte. Sie wurde, weil sie zur Erhöhung ihrer kleinen Person sich beim Sitzen einen ihrer Füße unterzuschieben pflegte, in der Familie «Lehnken Ehnebeen» genannt; und der Vetter hatte ihr einst, da er noch ein kleiner dummer Knabe war, einen gar üblen Streich gespielt. Heimlich war er unter den Tisch gekrochen, an welchem sie mit drei anderen Damen ihr Partiechen machte. Auf einmal rief er: «Ich seh, ich seh!» – «Was siehst du denn, mein Jungchen?» fragte sie. – «Ich seh vier Tanten und nur sieben Beine!» Da stach Kusine Ehnebeen die Force ihrer Partnerin mit Atout-As und verlor darüber den Rubber.

Aber diese garstige Geschichte war jetzt längst vergessen. «Vetter Christian!» rief sie. «Es ist höchst gemütlich bei Ihnen; Sie machen ein reizendes Haus. Aber kommen Sie flink! Ich bin just am Kartengeben!»

«Um Entschuldigung, Kusine; ich bin heute ja der Wirt!» entgegnete der Vetter und winkte mit der Hand.

Da wollte eben die kleine Wirtin des Hauses, mit geleerten Kuchenkörben beladen, an ihm vorübergehen; nun aber stand sie einen Augenblick und sagte schüchtern: «Spielen Sie doch mit, Herr Doktor! Wenn Sie es mir vertrauen wollen, ich würde alles schon besorgen.»

«Gewiß, gewiß, Fräulein Julie! O, ich vertraue Ihnen sehr», flüsterte der Doktor hastig; und als er sie im Fortgehen anblickte, sah er noch, wie sie über und über rot wurde und wie es ganz deutlich: «O, bitte, wenn Sie nichts dagegen haben!» in ihren jungen braunen Augen stand.

Wie aber diese Augen glänzten, als Julie draußen neben dem alten Drachen in Küche und Speisekammer hantierte, das sah der Vetter nicht mehr; denn er saß drinnen bei Kusine Ehnebeen und spielte Poch und hatte alle Wirtschaftssorgen von sich geworfen, denn – ja, das wußte er gewiß – sie waren in den allerbesten Händen. Nur Caroline musterte bedenklich die Augen ihrer jungen Vorgesetzten; und sie wollten ihr um desto schlechter gefallen, als sie auch in denen ihres Doktors schon öfters jenen ihr widerwärtigen Glanz bemerkt zu haben glaubte.

Aber der Abend rückte weiter. – Um neun Uhr öffneten sich die Flügeltüren des dritten Zimmers; und da strahlte die blumengeschmückte Tafel im hellsten Damast- und Kerzenglanz. Der Vetter bot der Großtante den Arm, der Onkel hatte sich geschickt sein Patchen einzufangen gewußt. Zwar sie meinte, ihr geschehe zu viel Ehre, aber sie mußte.

«Heut, mein kleines Patchen», sagte der Onkel, «sind Sie die Dame des Hauses und müssen schon einmal mit mir altem Burschen fürlieb nehmen!» worüber denn die junge Dame ganz beschämt wurde und die alte Caroline, welche eben mit einer Schüssel Karpfen in die Stube trat, dem guten Herrn einen giftigen Blick hinüberschoß, den dieser jedoch, leider, nicht bemerkte. Als man indessen an den Tisch getreten war, machte Julie mit allerliebstem Lächeln einen Knicks, und fort war sie;

und da half es nun nicht weiter, der Onkel sah sich plötzlich neben der Großtante eingeschoben und die Tafelreihe geschlossen.

Der Vetter rieb sich vergnügt die Hände, wie er da die ganze Freundschaft so an seinem Tisch beisammen habe; er sah auch wohl, wie Julie neben der alten Caroline hie und da eine Schüssel reichte; aber beim Fischessen muß jeder hübsch die Augen auf dem Teller haben. So bemerkte er nicht einmal, daß er selbst die Karpfen wie den säuerlichen Rahmschaum stets nur von der Hand seiner alten Haustyrannin erhielt, noch weniger, wie diese ihren Schnurrbart sträubte, wenn das junge Kind sich einmal mit einer Schüssel in seine Nähe wagte.

Doch nun erschien der Braten, stattlich, als solle er das Kerzenlicht verdunkeln; und alle Augen und Zungen waren wieder freigegeben. Feierlich stand der Vetter auf, und mit dem Messer an sein Glas klingend, hub er an: «Unsere liebe, allverehrte Großtante, sie lebe – –» Aber er stockte plötzlich, als er in diesem Augenblick zum ersten Mal die ganze Tafelrunde überschaute. «Hm!» sagte er. «Wo ist denn Fräulein Julie?»

Da scholl aus der untersten Ecke des Zimmers eine helle Stimme: «Hier bin ich, Herr Doktor!» Und als er hinblickte, da saß sie dort am Katzentischchen.

«Unsere allverehrte Großtante, sie lebe hoch!» sagte nun der Vetter.

«Hoch! Hoch!» Und alle standen auf und klingten mit der Großtante an, und auch Julie tat es; und danach, trotz dem alten Hausdrachen, stieß sie auch noch mit dem Vetter an, und als dieser wie in freundlichem Tadel ihrer selbstgewählten Erniedrigung gegen sie den Kopf schüttelte, blickte sie ihn so demütig und um Verzeihung flehend an, daß er darüber ganz verwirrt wurde. Denn zu seiner eigenen Verwunderung saß er schon wieder auf dem Stuhl, bevor er auch nur mit einem Schlückchen die von ihm selber ausgebrachte Gesundheit bekräftigt hatte; erst als die alte Dame erhobenen Fingers sagte: «Aber, Christian, du meinst es doch wohl ehrlich mit deiner alten Großtante!» stürzte er hastig das ganze Glas hinunter.

Doch schon hatte Kusine Ehnebeen aufs neue ihr Füßchen unten weggezogen und nahm nun in ganzer Gestalt die Aufmerksamkeit der Gesellschaft in Anspruch. Erhobenen Glases stand sie da, und mit angenehmer Krähstimme rief sie:

«Ich bin verliebt!»

und nachdem sie sich herausfordernd im Kreise umgeblickt und niemand gegen diese Behauptung etwas einzuwenden gefunden hatte, fragte sie mit noch nachdrücklicherem Pathos:

«Worin?»

Und als auch hierauf die Gesellschaft schwieg, erteilte sie zur Überraschung aller, welche ihren Trinkspruch noch nicht kannten, deren jedoch zufällig heute niemand zugegen war, die gewiß befriedigende Antwort:

«In Redlichkeit und Treu!
Ein abgesagter Feind
Von aller Heuchelei!»

Es war ein schöner langer Trinkspruch; aber sie brachte ihn tapfer zu Ende und verneigte sich lustig gegen alle, die ihr das Glas hinüberreichten oder mit ihr anzustoßen kamen. Und das arme Fräulein ging von Lehnken Ehnebeen zu allererst an das Katzentischchen und stieß mit Fräulein Julie an und drückte dabei, wie in zärtlicher Versicherung, mit ihren mageren Fingern die kleine, feste Hand des Mädchens; nein, gewiß, sie beide wollten keine Heuchler sein!

Noch immer heiterer wurde es; und als beim Nachtisch der große Marzipan, worauf sich das Lübecksche Rathaus nebst dem ganzen Markt präsentierte, zuerst herumgereicht und dann von der Großtante zierlich zerlegt war, da befahl der Vetter, seine drei Flaschen noch vom Vater ererbten Johannisbergers aus ihrem staubigen Winkel heraufzuholen, was auf jung und alt den angenehmsten Eindruck nicht verfehlte, da die grimmigen Selbstgespräche, mit denen die alte Caroline die Kellertreppe hinabstapfte, hier oben gar nicht zu hören waren. Und als nun erst die Pfropfen gezogen wurden und der lang verschlossene köstliche Duft herausstieg und das Zimmer wie mit frischer Lebensluft erfüllte, da stimmte der Onkel an:

«Vom hoh'n Olymp herab
ward uns die Freude!»

und es half den Jungen nicht, daß sie das Lied veraltet fanden; sie stimmten doch alle mit ein, aus großem Respekt vor dem Onkel.

– – Draußen auf der Gasse, auf seinen Morgenstern gestützt, stand der Nachtwächter, der alte Matthias, der immer so hell die Neujahrsnacht ansang, und hörte zu, bis das Lied zu Ende war. Dann, verwundert, was in dem sonst so stillen Hause des Doktors heute vorgehe, rief er die elfte Stunde und setzte seine Runde fort. – –

Wie aber alle Lust ein Ende nimmt, so war endlich auch auf dem großen Familienfest des Vetters der Johannisberger ausgetrunken. Schon rückte man die Stühle, als der Onkel noch einmal an sein Glas klingte: «Nicht zu vergessen unseren alten Landestrinkspruch! Lieben Freunde, up dat es uns wull ga up unse ole Dage!»

Und auch die Jungen stießen andächtig an, als sähen auch sie den warnenden Finger, der gegen uns alle aus der dunklen Zukunft sich erhebt. Der Vetter aber hatte die Augen nach dem Katzentischchen und dachte: Ja, jetzt, jetzt geht's dir wohl; aber wie wird's dir gehen in deinen alten Tagen?

«Christian, mein Lieber», sagte die Großtante leise, «das war ja heute fast wie einst bei deinem guten Vater selig.»

Da stand er auf und führte die alte Dame in das Wohnzimmer zurück. Und als alle sich «Gesegnete Mahlzeit» gewünscht hatten, erschien Caroline mit Pelzen, Mänteln und Muffen; draußen klatschte der Kutscher von dem Bock der schon längst wieder vorgefahrenen Klosterkutsche; dann begann wieder die Haustürglocke zu schellen, die Gäste nahmen Abschied, und bald waren nur noch der Vetter und Fräulein Julie in den leeren Zimmern. Sie räumten die Karten fort, legten die Teppiche zusammen und löschten die Überzahl der Lichter.

Dem Vetter lag es auf dem Herzen, als habe er Fräulein Julien noch was Besonderes mitzuteilen; er suchte danach in seinem Kopfe, aber er konnte es dort nicht finden. Freilich, daß sie nicht wieder am Katzentischchen sitzen dürfe, das wollte er ihr auch gelegentlich sagen; aber das war es doch so eigentlich nicht. Er rückte hier und da an einigen Stühlen, an denen nichts zu rücken war, und auch Fräulein Julie wischte schon ein ganzes Weilchen mit ihrem Schnupftuch um nichts an einer spiegelblanken Tischplatte; endlich wünschten sich beide gute Nacht. Die alte englische Hausuhr – sie war einst in der Kontinentalsperre konfisziert worden und dann noch einmal um den vollen Preis vom Großvater zurückgekauft – spielte eben vom Flur aus dreimal ihre Glockentonleiter zum letzten Viertel vor Mitternacht. Wie spät das heut geworden war!

Als nach einer Weile draußen auf der Gasse der alte Matthias die zwölfte Stunde abrief, sah er, daß schon alle Fenster dunkel waren. Ein Weilchen stand er noch und wiegte seinen grauen Kopf. Eine Hochzeit konnt's doch nicht gewesen sein! Bei solch einer Familie, da hätten drunten im Hafen die Schiffe doch geflaggt; auch für die Nachtwächter wäre wohl ein gutes Trinkgeld nicht gespart worden! – Und mit sich selber redend, setzte der Alte seine Runde fort, bis der neue Stundenschlag ihn auf andere Gedanken brachte.

*

Noch ganz erfüllt von seinem gestrigen Feste und dem anmutigen Walten seiner kleinen Hausdame, griff am anderen Morgen der Vetter nach seiner längsten Pfeife, um mit diesem erprobten Beistande in den Weg des täglichen Lebens wieder einzulenken. Als er in die Küche trat, wo er am Herdfeuer seinen Fidibus anzuzünden pflegte, traf er dort die Alte mit dem Putzen der Gesellschaftsmesser beschäftigt. Er konnte dem Drange seines Herzens nicht widerstehen; «Caroline», sagte er und tat die ersten kräftigen Züge aus seiner Pfeife, «die Julie ist doch ein gutes Mädchen!»

Caroline arbeitete eifrig an ihrem Messerbrett.

«Hört Sie nicht, Caroline?» wiederholte der Doktor; «ich sage, die Julie ist doch ein sehr gutes Mädchen!»

Die Alte kniff den Mund zusammen, daß sich die Barthärchen auf ihrer Oberlippe sträubten.

«Sie denkt gar nicht an sich selber, das liebe Kind!» fuhr der Doktor rauchend und wie zu sich selber redend fort.

«Gar nicht an sich selber?» Das war der Alten doch zu viel; sie wetzte so wütig, daß die Messer und Gabeln mit großem Geprassel auf die Fliesen stürzten.

Der Vetter, der wohl wußte, daß bei seiner alten Freundin Tag und Stunde nicht gleich seien, fragte ruhig: «Aber, Caroline, was hat Sie denn nur einmal wieder heute?»

«Ich? Ich habe nichts, Herr Doktor!» Und sie bückte sich und warf mit beiden Händen die Messer und Gabeln wieder auf den Küchentisch.

«Aber ich sage bloß: lassen Sie sich nur nicht bestricken! Ja, das sage ich, Herr Doktor!» Sie stand schon wieder vor ihrem Herrn und nickte oder zitterte vielmehr heftig mit ihrem großen grauen Kopfe.

Dieser war aufrichtig betreten, so daß er sogar die Pfeife beim Fuß gesetzt hatte; dann aber fragte er nachdenklich: «Bestricken, Caroline? Was meint Sie mit bestricken?»

«Da kann man viel damit meinen!» erwiderte die Alte unverfroren.

«Das freilich, Caroline; aber hat denn Sie keine bestimmte Meinung?»

«Ich habe so *meine* Meinung, Herr Doktor; und wenn meine Augen auch alt sind, so sehen sie doch mehr als manche junge Augen!»

«Nun, nun, Caroline!» – Der Doktor verließ die Küche und ging hinüber in das Wohnzimmer, wo Julie eben den Kaffee in seine Tasse schenkte; sie sah ganz rosig aus in ihrem Morgenhäubchen. Rauchend schritt er ein paarmal auf und ab; dann, als falle ihm das plötzlich schwer aufs Herz, blieb er vor dem Mädchen stehen und sagte: «Bekennen Sie es nur, Fräulein Julie, Sie haben gewiß manchmal Ihre Not mit unserer guten Alten?»

Aber Julie sah ihn mit der ganzen Ehrlichkeit ihrer jungen braunen Augen an. «Wir vertragen uns schon, Herr Doktor», sagte sie; «wer sollte mit alten Leuten nicht Geduld haben?»

Da schlug es an der Hausuhr acht; der Doktor mußte eilen, daß er in die Klasse kam.

*

Die Wochentage liefen hin. Aber mit jedem Tage wurde es dem Vetter deutlicher, daß er an einer innerlichen Unruhe leide, deren Ursache er jedoch vergebens zu erforschen strebte. Seine Gesundheit ließ nichts zu wünschen übrig, sein Haus war besser bestellt als je zuvor, und auch sein Gewissen – soviel glaubte er behaupten zu können – war im wesentlichen unbelastet. Mitunter fiel ihm ein: wenn er nur einmal recht weit von hier könnte! Wenn nur die Weihnachtsferien erst da wären, so wollte er fort zu einem Universitätsfreunde und bei dem das Fest verleben. Aber wenn er dann der Sache näher nachdachte, so überkam es ihn immer wie eine Trostlosigkeit, auch nur einen Tag anderswo als im eigenen Hause zuzubringen. Es war höchst sonderbar.

Freilich, wenn er die alte Caroline gefragt hätte, die würde ihm Bescheid gegeben haben. Sie kannte die Krankheit mit allen ihren möglichen und unmöglichen Folgen und hatte sogar eben erst ein neues Symptom derselben entdeckt. Ja, statt wie sonst um höchstens elf Uhr, ging jetzt der Doktor meistens erst um zwölf nach seinem im Erdgeschoß belegenen Schlafzimmer. So lange saß er oben auf seiner Studierstube; er verachtete den Schlaf, den er sonst so sehr geliebt hatte. Und die alte Caroline verstand es, ihre Schlüsse zu machen! Sie übersprang dabei wahre Abgründe; ja, sie erstieg, was nie von einem Akrobaten noch gesehen worden, mit Behendigkeit die höchste Leiter, welche auf ihrer eigenen Nase balancierte, und stand dann schwindellos und triumphierend auf der obersten Sprosse. O, die alte Caroline!

Und nun geschah es am Freitagvormittage, daß sie, wie gewöhnlich, eine Flasche frischen Wassers nach der Stube der «Mamsell» hinauftrug. Aufräumungslustig, wie immer, blickte sie umher; und da kein anderer Gegenstand sich ihren Augen darbot, so nahm sie, damit dem dringenden Triebe doch in etwas Genüge geschehe, ein auf der linken Seite der Tür hängendes Kleid der Mamsell, um es auf den Haken an der rechten Seite der Tür zu hängen. Dabei fiel aus der Tasche des Kleides ein zusammengefaltetes weißes Schnupftuch, das sie an den Namensbuchstaben sofort als das unzweifelhafte Eigentum des Doktors, ihres Herrn, erkannte.

Was bedeutete das? Wie kam das Tuch hierher, in die Tasche der Mamsell? Sie starrte darauf hin, daß ihr die runden Augen aus dem Kopfe traten. Plötzlich fiel ein schneidendes Licht auf den Gegenstand ihrer Betrachtung; der Großtürke – ja, das hatte ihr Brudersohn, der Schiffer, einmal erzählt –, wenn der aufs Freien wollte, so schickte er vorher sein Schnupftuch an das junge Frauenzimmer! Und ihr Herr, der Doktor, er rauchte türkischen Tabak, er hatte vergangenen Sommer türkische Bohnen im Garten gezogen, er war überhaupt sehr für das Türkische! – Eine Vorstellung jagte die andere im Hirn der braven Alten. Herr du des Himmels! Das Zimmer hier war ja nur durch die kleine Kramstube, in der auch die Mamsell ihre Kommode stehen hatte, von dem Studierzimmer des Doktors getrennt, und die Verbindungstüren waren allzeit unverschlossen! Die Alte schauderte. Der Doktor kannte die Welt nicht; wenn es wirklich nun zu einer Hochzeit käme! Mit einer Person, die aus gar keiner Familie war! – «Hennefeder» hieß sie; sie konnte ebensogut «Hahnewippel» heißen oder sonst dergleichen, was nirgendwo zu Haus gehörte – die sie heute noch betroffen hatte, wie sie einen Weinjuden in das Wohnzimmer komplimentierte, dem man es bei seinem Fortgehen vom Gesichte ablesen konnte, daß der Doktor sich wieder ein teures Fäßchen hatte aufschwatzen lassen! Aber *sie*, die alte Caroline, wollte ihre Augen offen haben!

Nachdem sie so mit sich aufs reine gekommen war, steckte sie das verdächtige Schnupftuch wieder in die Tasche des Kleides und ging hinab in ihre Küche. Aber den ganzen Tag war sie wie hintersinnig, und statt des Kaffeekessels setzte sie die Bratpfanne auf den Dreifuß.

Mit dem Abend steigerte sich ihre Unruhe. Als die Uhr halb elf geschlagen hatte, hörte sie die Mamsell die Treppe hinauf nach ihrem Zimmer gehen; der Doktor war schon seit neun in seiner Studierstube. Mehrmals trat sie aus der Küche in den Hausflur; aber immer pickte die große Uhr so laut, daß sie nichts vernehmen konnte. Endlich schlich sie die Treppe hinauf und legte ihr Ohr zuerst an die Stubentür der Mamsell – da hörte sie es drinnen von Frauenkleidern rauschen; dann an die Stubentür des Doktors – da konnte sie deutlich hören, wie der Vetter seinen Pfeifenkopf am Ofen ausklopfte.

Sie stieg wieder hinab; sie wollte warten, bis ihr Herr in sein Schlafzimmer gegangen wäre. Zitternd und frierend, die Arme in ihre Schürze gewickelt, saß sie neben dem kalten Herde auf dem hölzernen Küchenstuhl; aber die Uhr schlug zwölf, und es rührte sich noch immer nichts. Da hielt sie sich nicht länger; sie war es seiner seligen Mutter schuldig; ja, sie hatte ihn selber mit erzogen; wieder stieg sie die Treppe hinauf, und als dort alles still blieb, öffnete sie resolut die Tür des Studierzimmers. – Da saß der Doktor in seinem bunten Schlafrock und rauchte aus seiner türkischen Pfeife. Kein Buch, kein Schreibwerk lag vor ihm, er rauchte bloß; die Studierlampe war ausgetan, das Licht, mit dem er in sein Schlafgemach zu gehen pflegte, brannte auf dem Tische mit einer langen Schnuppe. Das alles war höchst verdächtig.

Als ihr Herr sie gar nicht zu bemerken schien, trat sie an den Tisch und putzte das Licht.

Da sah der Vetter auf. «Mein Gott, Caroline, was will Sie denn?»

«Ich wollte nur sagen, Herr Doktor, daß Ihre Schlafstube unten zurecht sei.»

«Das glaube ich wohl, Caroline; aber was ist denn eigentlich die Uhr?»

«Es ist nach Mitternacht, Herr Doktor!»

«Mitternacht? Aber, was wandert Sie bei Ihrem Alter denn so spät im Hause herum! Geh Sie doch schlafen, Caroline!»

So! dachte die Alte; also das ist's! Ich muß erst fort sein in meine Bodenkammer! Und laut setzte sie hinzu: «Ich war unten in der Küche eingenickt; aber ich will nun schlafen gehen. Gute Nacht, Herr Doktor!»

«Gute Nacht, Caroline.»

Mit harten Tritten stieg sie die Bodentreppe hinauf und klappte dann ebenso vernehmlich die Tür ihrer Kammer auf und zu. Sie hatte aber nur das mitgebrachte Licht hineingestellt. Sie selber tappte zwischen den umherstehenden Kisten und sonstigem Hausgerät auf den dunklen Boden hinaus. Als sie mit der Hand einen Bettschirm fühlte, der noch von der letzten Krankheit der seligen Frau hier oben stand, huckte sie nieder und legte das Ohr auf den Fußboden; der Schirm, das wußte sie, befand sich gerade über der kleinen Kramstube.

Es blieb alles still; nur die türkischen Bohnen, die zum Trocknen reihenweise an aufgespannten Fäden hingen, raschelten im Nachtzuge, der durch die Ritzen des Daches fuhr. Draußen von der nahen Kirche schlug es eins. – Der große Kopf der Alten wurde immer schwerer in der unbequemen Lage; lange war es nicht mehr auszuhalten. Da – was war das? Wie ein Blitz schlug es ihr durch alle Glieder; sie hatte unter sich die eine Tür der Kramstube knarren hören; aber in demselben Augenblick – denn ihre Beine waren zuckend hintenaus gefahren – stürzte auch der Bettschirm mit Gepolter auf sie herab. Mit dem Kopfe hatte sie die Tapetenbekleidung durchstoßen, und er steckte nun darin wie in einem mittelalterlichen Folterbrette. Eine Katze sprang von einem nebenstehenden Schrank und pustete sie an.

«Pust nur!» sagte die Alte. «Ich werde auch pusten!»

Sie hatte genug gehört; und noch dazu, einen heilsamen Schreck mußte es denen da unten doch gegeben haben; bis morgen würde der schon vorhalten, und – übermorgen, da sollte vorher schon noch was anderes passieren! Noch einmal horchte sie, und da nichts sich hören ließ, zog sie behutsam ihren Kopf heraus und kroch zurück in ihre Kammer.

Aber die Pläne, einer noch gewaltsamer als der andere, die ihren Kopf durchkreuzten, ließen sie nicht schlafen. Zehnmal warf sie ihr Kopfkissen herum, sie zerwühlte ihr ganzes Bett und wußte bald nicht mehr, ob sie in der Länge oder in der Quere lag. Als endlich der erste Dämmerschein durch die kleinen Fensterscheiben fiel, saß sie, wirklich einem Schuhu nicht unähnlich, zusammengekauert im Fußende des Bettes. Die Spitze ihrer krummen Nase zuckte auf und ab, die Augenlider mit den grauen Wimpern schossen gichterisch über die offenstehenden Pupillen. Es sah überhaupt aus wie in einem Eulenneste; in der Kammer umher lagen die Bettfedern wie von kleinen zerrissenen Vögelchen. Aber die alte Caroline war fertig mit ihrem Plane. «Der gerade Weg der beste!» brummte sie und stieg – so weit waren ihre Gedanken über die nächsten Dinge hinaus – mit dem linken Bein zuerst aus ihrer Bettstatt.

– – Als Julie am Morgen in die Küche kam und das kümmerliche Aussehen der Alten bemerkte, fragte sie dieselbe teilnehmend, ob sie etwa keine gute Nacht gehabt habe?

Caroline, die am Tische bei ihrem Frühstück saß, pustete erst ein paarmal in den heißen Kaffee; dann, als spräche sie es nur gegen die Wände, aber mit deutlicher Betonung sagte sie: «Es hat mancher schon eine schlechte Nacht gehabt, der doch mit Ehren seinen Kopf aufs Kissen legte.»

«Nun, das tut Sie ja gewiß, Caroline», erwiderte das Mädchen lächelnd; «aber Sie hat es vielleicht auch oben bei sich spuken hören?»

«Ich dachte, es hätte unten gespukt!» sagte die Alte, ohne aufzublicken.

«O, das war ich, Caroline; ich holte noch etwas aus der Kramstube.»

«Um Glock eins? Ich meinte, die Mamsell sei schon um halb elf nach Ihrem Zimmer gegangen!»

«Aber ich besserte noch an meinen Kleidern.»

Die Alte nickte. «Ja, die Mamsell hat auch eine recht ordentliche Mutter, und auch eine recht sittsame Mutter, die ihren Kindern gewiß kein schlecht Exempel gibt.»

«O, niemals, Caroline! Ich habe eine gute Mutter.» Julie fühlte eine Anzüglichkeit des Tones heraus, aber sie sann vergebens nach, wohin das ziele.

Mittlerweile hatte die Alte ihre Tasse zurückgeschoben und griff schon wieder nach Schaufel und Feuerzange.

«Ich hab' heute vormittag noch einen Gang zu tun», sagte sie, indem sie frischen Torf ins Herdloch warf; «nicht für mich, es ist um anderer Leute willen. Die Kartoffeln sollen auch schon vorher geschält sein.»

«Gewiß, Caroline; Sie wird ja nichts darum versäumen.»

«Nein», sagte die Alte, «es soll, so Gott will, nichts versäumt werden.»

Und richtig, nach kaum einer Stunde hatte Caroline, welche sonst fast nie das Haus verließ, ihren großen schwarzen Taffethut aufgebunden; und so, einen blaukarierten Regenschirm unter dem Arm, sah Julie von dem Wohnstubenfenster aus sie die Straße hinabsegeln.

Eine Weile später schaute auch Juliens junges Antlitz aus einem schwarzen Sammethütchen, und nachdem sie der Scheuerfrau, die auf dem Flur ihr Sonnabendswerk verrichtete, das Nötige anempfohlen hatte, verließ sie ebenfalls das Haus und trat bald darauf in eine am Markt gelegene Ellenwarenhandlung. Als der Ladendiener mit seinem verbindlichen «Was steht zu Diensten?» sich zu ihr hinüberbeugte, legte sie das verhängnisvolle Schnupftuch auf den Ladentisch. «Das Dutzend ist unvollständig geworden; Sie haben doch noch mit solcher Kante?»

Er hatte noch mit solcher Kante, und mit fliegenden Fingern war das Tuch abgerissen und eingewickelt.

Nein, sie hatte sonst nichts zu befehlen; sie war schon wieder draußen, froh über das hergestellte Dutzend, ihren Einkauf in der Tasche. Ein Weilchen stand sie und blickte die lange Straße hinauf, bei sich bedenkend, ob sie noch eine «Stippvisite» bei ihrer Mutter wagen dürfe, die droben in einer Quergasse wohnte. Nun aber sah sie von dort die alte Caroline in die Hauptstraße einbiegen und in voller Arbeit mit Regenschirm und Taffethut nach dem Markt heruntersteuern. Ein Lächeln flog über das Gesicht des Mädchens. «Nein, nein!» sagte sie bei sich selber; «nun geht's nicht, nun wird mit allen Händen angegriffen!» Und munter schritt sie die Marktstraße hinab, dem Hause des Vetters zu, das jetzt ja ihre Heimat war. Sie bemerkte dabei gar nicht, daß ein kleines Schutzengelchen mit weißen Schwingen, lächelnd, wie sie vorhin gelächelt hatte, auf dem ganzen Wege über ihrem Haupte flog.

*

Oben in seinem Studierzimmer saß der Vetter im Vollgefühl des freien Sonnabendnachmittags, eine Tasse Kaffee neben sich, die Zeitung vor der Nase. Freilich las er nicht allzu eifrig, denn unter ihm im Wohnzimmer saß jetzt, wie er wußte, das treffliche Mädchen und nähte seinen Namen in das neue Schnupftuch; ja, selbst der Lehnstuhl, worin er saß, war von ihrer kleinen Hand gepolstert. Das alles kam ihm zwischen seine Zeitung.

Da tat sich die Tür auf; Caroline trat herein und meldete die Madame Hennefeder.

«Führe Sie die Frau Hennefeder zu ihrer Tochter!» sagte der Vetter.

«Aber sie wünscht den Herrn selber zu sprechen!» Und in der rauhen Stimme der Alten glänzte so etwas, das den Vetter stutzen machte.

Er blickte von seiner Zeitung auf. «Warum sieht Sie denn so vergnügt aus, Caroline?» fragte er. «Sie hat ja ganz blanke Augen!»

«Ich bin nicht vergnügt, Herr Doktor.»

«Nun, so bitte Sie Madame Hennefeder, sich herein zu bemühen!»

Die kleine runde Frau, welche draußen vor der

Tür gewartet hatte, wurde fast mit etwas liebender Gewalt von Caroline in des Vetters Studierzimmer hineingeschoben. Sie schien in großer Aufregung, die künstlichen Kornblumen unter ihrem Hute zitterten heftig; auf des Vetters Einladung, Platz zu nehmen, setzte sie sich nur auf die eine Ecke des angebotenen Stuhles.

Caroline warf der offenbar verzagten Frau einen halb ermutigenden, halb unwilligen Blick zu; aber es gab keinen Vorwand zu längerem Verweilen. Sie ging hinaus, schlurfte die paar Schritte bis zur Treppe und blieb dann wieder unschlüssig am Geländer stehen. Noch einmal und aus purer Neugierde horchen, das wollte sie denn doch nicht! Die Madame Hennefeder, der sie den ganzen Umstand aufgeklärt hatte, würde ja schon den Mund auftun; sie war sonst als eine tapfere Frau bekannt, sie werde ja auch hier kurzen Prozeß machen und das Mädchen aus dem Hause nehmen. – Aus diesen Gedanken wurde die Alte durch den scharfen Klang der Glocke aufgeschreckt, die, aus des Doktors Zimmer führend, jetzt gerade über ihrem Kopfe läutete.

Als sie nach einer Weile hereintrat, da saß Frau Hennefeder und hatte beide Augen voll Tränen; der Herr Doktor stand noch, den Griff des Klingelzuges in der Hand. «Frau Hennefeder», sagte er, «läßt Fräulein Julie bitten, zu uns heraufzukommen.»

Caroline suchte in dem Gesicht ihres Herrn zu lesen. Wie stand die Sache? Es war etwas in den Augen ihres kleinen Christian, das ihrer und der mütterlichen Erziehung Hohn zu sprechen schien. Aber es half nichts, sie mußte den erhaltenen Auftrag ausrichten. Und bald darauf flog ein junger elastischer Tritt die Treppe hinauf und verschwand oben in des Vetters Studierzimmer; die alte Caroline blieb im Unterhause und wanderte unstet, viel unverständliche Worte bei sich murmelnd, zwischen Küche und Hausflur auf und ab.

Da stürmte es die Treppe herunter. Es war der Doktor; sie sah ihn noch eben die Haustür hinter sich zuwerfen; dann war er fort und sah nicht einmal, wie seine alte Caroline stumm und ratlos auf ihrem Küchenstuhl zusammensank. Denn eilig schritt er die Straße hinab, einmal rechts, dann wieder links und dann in das Haus des Onkel Senators. Ohne anzuklopfen trat er in dessen Privatkontor.

«Christian, mein Junge», sagte der alte Herr, indem er von seinen Büchern aufblickte, «was hast du? – Bist du es denn aber auch selber? Du strahlst ja wie die Morgensonne!»

«Ich weiß nicht, Onkel; aber ich habe dir etwas Außerordentliches mitzuteilen.»

«So setze dich auf diesen Stuhl!»

«Nein, Onkel, ich danke; es ist nicht zum Sitzen.»

«Nun, so kannst du stehen! Ich aber darf doch wohl in meinem Schreibstuhle bleiben. So – und nun rede, wenn du magst!»

Der Vetter holte ein paarmal recht tief Atem.

«Du weißt es, Onkel», begann er dann, «ich bin eigentlich ein verwöhnter Mensch; mein seliger Vater –»

«Ja, ja, mein Junge, das war ein guter Mann; aber was denn weiter?»

«Dann, Onkel, war bis vor wenigen Jahren noch meine Mutter da, und als die starb – siehst du! auch die alte Caroline hat es immer gut mit mir gemeint.»

Der Onkel sprang von seinem Sitze auf und legte beide Hände auf des Vetters Schultern. «Christian», sagte er, «du bist eine Seel' von einem Menschen! Aber, was denn nun noch weiter?»

«Nur, Onkel, daß ich heute ein vollständiges Glückskind geworden bin! Die Frau Hennefeder –»

«Was? Auch die, mein Junge?»

«Aber, so höre doch nur! Frau Hennefeder, sie kam vorhin zu mir; sie wollte mich persönlich sprechen; aber ich weiß noch diese Stunde nicht, was die gute Frau eigentlich von mir gewollt hat; zwar wir sprachen allerlei zusammen, doch ich bin gewiß, daß wir uns beide nicht verstanden haben. Dann aber sagte sie seltsamerweise, und ich habe noch immer nicht begriffen, wie sie dazu veranlaßt werden konnte, von solchen Dingen zu mir zu reden – sie könne ja nicht erwarten, sagte sie, daß ich eine Tochter von meines Onkels Komptoristen heiraten werde, was denn doch offenbar nur auf Julie verstanden werden konnte.»

«Nein», sagte der alte Herr mit schelmischer Trockenheit, «das konnte sie freilich nicht erwarten.»

Der Vetter stutzte einen Augenblick. «Doch, Onkel», sagte er, «sie konnte es erwarten. Denn ich für mein Teil hatte nun genug verstanden. Heiraten! Julien heiraten! Siehst du, Onkel, wie ein Sonnenleuchten fuhr es mir durchs Hirn; das war es ja, was mir trotz dreistündigem Rauchen gestern nacht nicht hatte einfallen wollen. Ein rechter Übermut des Glückes überfiel mich; ich zog resolut die Klingelschnur, und auf mein Ersuchen trat nun Julie selbst ins Zimmer.»

«Und das Mädchen hat dir keinen Korb gegeben, Christian?»

«Doch, beinahe, Onkel!» erwiderte der Vetter, und ein Lächeln der vollsten Lebensfreude überzog sein hübsches Antlitz; «denn als ihre Mutter jene heikle Frage an sie tat, nämlich, ob sie meine, des Subrektors Christian, Ehefrau werden wolle, da schlug sie die Augen nieder und stand, mir zum höchsten Schrecken, eine ganze Weile stumm und wie betäubt; nur ihre kleinen Hände falteten sich ineinander. Dann aber, zu meinem Glücke, öffneten sich ihre Lippen, und: ‚O, bitte, wenn Sie nichts dagegen haben!' tönten aus dem rosigen Tore ihres Mundes zwar leise, aber in entzückender Deutlichkeit jene Worte, die ich bisher nur in stummer Schrift in ihren lieben Augen gelesen hatte. Und nun – wenn auch alles fest und unwiderruflich ist für die kurze Ewigkeit dieses Lebens, mein lieber alter Onkel, so frage ich dich doch: Hast denn du etwas dagegen?»

«Ich? Nein, mein Junge!» Und der alte Herr schloß seinen Neffen fest in seine Arme. «Aber, Christian, was werden die Großtante und die alte Caroline dazu sagen?»

*

Die Großtante, infolge der geschickten Vermittlung des Onkels und des Wohlgefallens, das sie an dem Mädchen schon vordem gefunden hatte, sagte freilich nicht allzuviel. Bedenklicher war es auf der anderen Seite; denn während obiges im Hause des Onkels geschah, stand in des Vetters Küche die kleine runde Madame Hennefeder, die Augen noch immer in Freudentränen schwimmend, vor der alten Caroline, deren beider Hände sie sich bemächtigt hatte, und rief eins über das andere: «Alles in Ehren, Caroline, alles in Ehren!» und dankte ihr in überströmenden Worten für ihre freundschaftlichen und rechtzeitigen Bemühungen in dieser delikaten Angelegenheit.

Die Alte sagte gar nichts; nur ihr großer Kopf begann allmählich und immer gewaltsamer zu zittern und zu nicken, als würde er durch im Innern heftig arbeitende Gedanken in Bewegung gesetzt, welche vergebens die Erlösung des lebendigen Wortes suchten. Die gute Madame Hennefeder wurde von der unheimlichen Vorstellung befallen, die alte Caroline könnte sich am Ende noch den schweren Kopf vom Rumpf herunternicken. Allein, plötzlich hatte diese ihre Sprache wiedergefunden. «So», sagte sie, «so wird man aus dem Hause gestoßen! Aber mein Abschied ist heute noch geschrieben!»

– – Er wurde nicht geschrieben. War es nun die Macht der Tatsachen oder die Liebe für ihren kleinen Christian und für die Wände seines Hauses, die alte Caroline blieb als zwar grimmiger, aber getreuer Hausdrache auf ihrem Posten. Eine Zeitlang waltete sie sogar wie einst allein im Hause; denn Julie war, bürgerlicher Sitte gemäß, in die Obhut ihrer Mutter zurückgekehrt, bis sie der ihres Mannes übergeben würde.

Dann, im wunderschönen Monat Mai, im Hause des Onkels, gab es eine Hochzeit. Mit Goldregen und Syringen war das Haus geschmückt, auf allen Wänden lag der Frühlingssonnenschein; im Hafen flaggten alle Schiffe. Und niemand war vergessen; Küster und Organisten, Nachtwächter und Armenvogt, alle hatten ihren silbernen Freudengruß empfangen; an der Hochzeitstafel aber waltete, zur besonderen Genugtuung des Onkels und aus aller Dienerschaft hervorragend, die alte Caroline in ihrer Rosaflügelhaube. Die Braut durfte keine Schüssel aus einer anderen als aus ihrer Hand empfangen; weiter jedoch dehnte sich ihre Gunst nicht aus; die kleine Madame Hennefeder, die strahlend an des Onkels Seite saß – sie gönnte ihr alles Gute; im übrigen –, das konnte niemand von ihr verlangen!

– – Und die Stunden flogen. Lind war die Nacht; drüben in der anderen Straße um das alte Familienhaus stand einsam und dufterfüllt der Garten. Da klirrte die Pforte; es war der Vetter mit seinem jungen Weibe. Der Nachthauch säuselte in den Zweigen, oder waren es nur die Blüten, die aus der Knospenhülle drängten? Wie durch Adams Bäume vor Tausenden von Jahren, so schien auch heute noch der Mond.

Als Hand in Hand das junge Paar die Schwelle seines Hauses überschritt, hörten sie draußen von der Gasse den alten Matthias singen:

«Wie schön ist Gottes Welt
Und jedes seiner Werke!»

*

Vier Jahre sind seitdem verflossen. In dem alten Hause springt jetzt zwischen Christian und Julien ein kleinerer Vetter über Trepp und Gänge, ein allerliebster Bursche. Freilich ist er nicht ganz wie seine Mutter, denn er bittet nicht immer und hat oft sehr viel dagegen. Auf der alten Caroline reitet er sogar, wie Amor auf dem Tiger; man sieht es leicht, er hat sie ganz und gar gezähmt. Es tut ihr gut, der Alten, daß sie ihren Überwinder gefunden hat, sie ist ganz heiteren Gemüts geworden; ja, wenn die Sonne in das Küchenfenster scheint, so kann man mitunter von dort aus einen grunzenden Gesang vernehmen, der zu dem Sausen des Teekessels keine üble Begleitung macht.

-- Aber es ist acht Uhr! Frau Julie erwartet mich an ihrem Teetisch; ich soll ihr beistehen gegen ihren Mann, damit er sich nicht auch noch in die Volksbank wählen lasse. Er wird ihr gar zu regsam, der Vetter, er hat seine Augen und Hände jetzt allenthalben. Frau Julie in ihrer Herzensunschuld ahnt vielleicht nicht, daß sie der Urquell dieses Lebens ist; aber, nichtsdestoweniger, für ein paar Abende der Woche meint sie doch das Recht auf ihren Mann zu haben.

Und also, lieber Leser, gehab dich wohl!

CARSTEN CURATOR

*

Eigentlich hieß er Carsten Carstens und war der Sohn eines Kleinbürgers, von dem er ein schon vom Großvater erbautes Haus an der Twiete des Hafenplatzes ererbt hatte und außerdem einen Handel mit gestrickten Wollwaren und solchen Kleidungsstücken, wie deren die Schiffer von den umliegenden Inseln auf ihren Seefahrten zu gebrauchen pflegten. Da er indes von etwas grübelnder Gemütsart und ihm, wie manchem Nordfriesen, eine Neigung zur Gedankenarbeit angeboren war, so hatte er sich von jung auf mit allerlei Büchern und Schriftwerk beschäftigt und war allmählich unter seinesgleichen in den Ruf gekommen, daß er ein Mann sei, bei dem man sich in zweifelhaften Fällen sicheren Rat erholen möge. Gerieten, was wohl geschehen konnte, durch seine Leserei ihm die Gedanken auf einen Weg, wo seine Umgebung ihm nicht hätte folgen können, so lud er auch niemanden dazu ein und erregte folglich dadurch auch niemandes Mißtrauen. So war er denn der Kurator einer Menge von verwitweten Frauen und ledigen

Jungfrauen geworden, welche nach der damaligen Gesetzgebung bei allen Rechtsgeschäften noch eines solchen Beistandes bedurften.

Da bei ihm, wenn er die Angelegenheiten anderer ordnete, nicht der eigene Gewinn, sondern die Teilnahme an der Arbeit selbst voranstand, so unterschied er sich wesentlich von denen, welche sonst derartige Dinge zu besorgen pflegten; und bald wußten auch die Sterbenden als Vormund ihrer Kinder und die Gerichte als Verwalter ihrer Konkurs- und Erbmassen keinen besseren Mann als Carsten Carstens an der Twiete, der jetzt unter dem Namen «Carsten Curator» als ein unantastbarer Ehrenmann allgemein bekannt war.

Der kleine Handel freilich sank bei so vielen Vertrauensämtern, welche seine Zeit in Anspruch nahmen, zu einer Nebensache herab und lag fast nur in den Händen einer unverheirateten Schwester, welche mit ihm im elterlichen Hause zurückgeblieben war.

Im übrigen war Carsten ein Mann von wenig Worten und kurzem Entschluß und, wo er eine niedrige Absicht sich gegenüber fühlte, auch auf eigene Kosten unerbittlich. Als eines Tages ein sogenannter «Ochsengräser», der seit Jahren eine Fenne Landes, nach derzeitigen Verhältnissen zu billigem Zinse, von ihm in Heuer gehabt hatte, unter Beteuerung versicherte, daß er für das nächste Jahr bei solchem Preise nicht bestehen könne, und endlich, als er damit kein Gehör fand, sich dennoch zu dem früheren und, da jetzt auch dieses Angebot zurückgewiesen wurde, sogar zu einem höheren

Heuerzinse verstand, erklärte Carstens ihm, daß es keineswegs seine Sache sei, jemanden mit seiner Fenne in unbedachten Schaden zu bringen, und gab hierauf das Landstück zu dem alten Preise an einen Bürger, der ihn früher darum angegangen war.

Und dennoch hatte es einen Zeitraum in seinem Leben gegeben, wo man auch über ihn die Köpfe schüttelte. Nicht, als ob er in den ihm anvertrauten Angelegenheiten etwas versehen hätte, sondern weil er in der Leitung seiner eigenen unsicher zu werden schien; aber der Tod, bei einer Gelegenheit, die er öfters wahrnimmt, hatte nach ein paar Jahren alles wieder ins gleiche gebracht. – Es war während der Kontinentalsperre, in der hier sogenannten Blockadezeit, wo die kleine Hafenstadt sich mit dänischen Offizieren und französischem Seevolk und andererseits mit mancher Art fremder Spekulanten gefüllt hatte, als einer der letzteren auf dem Boden seines Speichers erhängt gefunden wurde. Daß dies durch eigene Hand geschehen, war nicht anzuzweifeln, denn die Verhältnisse des Toten waren durch rasch folgende Verluste in Ruin geraten; der einzige Aktivbestand seines Nachlasses, so wurde gesagt, sei seine Tochter, die hübsche Juliane; aber bis jetzt hätten sich viele Beschauer und noch keine Käufer gefunden.

Schon am anderen Vormittag gelangte von dieser die Bitte an Carstens, sich der Regulierung ihrer Angelegenheiten zu unterziehen; aber er wies das Ansuchen kurz zurück: «Ich will mit den Leuten nichts zu tun haben.» Als indessen der alte Hafenarbeiter, der dasselbe überbracht hatte, am Nachmittage wieder kam: «Seid nicht so hart, Carstens; es ist ja nur noch das Mädchen da; sie schreit, sie müsse sich ein Leides tun», da stand er rasch auf, nahm seinen Stock und folgte dem Boten in das Sterbehaus.

In der Mitte des Zimmers, wohinein ihn dieser führte, stand der offene Sarg mit dem Leichnam; daneben auf einem niedrigen Schemel, mit angezogenen Knien, saß halb angekleidet ein schönes Mädchen. Sie hatte einen schildpattenen Frisierkamm in der Hand und strich sich damit durch ihr schweres goldblondes Haar, das aufgelöst über ihren Rücken herabhing; dabei waren ihre Augen gerötet, und ihre Lippen zuckten von heftigem Weinen; ob aus Ratlosigkeit oder aus Trauer über ihren Vater, mochte schwer entscheidbar sein.

Als Carstens auf sie zuging, stand sie auf und empfing ihn mit Vorwürfen: «Sie wollen mir nicht helfen?» rief sie; «und ich verstehe doch nichts von alledem. Was soll ich machen? Mein Vater hat viel Geld gehabt; aber es wird wohl nichts mehr da sein! Da liegt er nun; wollen Sie, daß ich auch so liegen soll?»

Sie setzte sich wieder auf ihren Schemel, und Carstens sah sie fast staunend an. «Sie sehen ja, Mamsell», sagte er dann, «ich bin eben hier, um Ihnen zu helfen; wollen Sie mir die Bücher Ihres Vaters anvertrauen?»

«Bücher? Ich weiß nichts davon; aber ich will suchen.» Sie ging in ein Nebenzimmer und kam bald wieder mit einem Schlüsselbunde zurück. «Da», sagte sie, indem sie es vor Carstens auf den Tisch legte; «Sie sollen ein guter Mann sein; machen Sie, was Sie wollen; ich kümmere mich nun um nichts.»

Carstens sah verwundert, wie anmutig es ihr ließ, da sie diese leichtfertigen Worte sprach; denn ein Aufatmen ging durch ihren ganzen Körper und ein Lächeln wie plötzlicher Sonnenschein über ihr hübsches Angesicht.

Und wie sie es gesagt hatte, so ward es: Carstens arbeitete, und sie kümmerte sich um nichts; wozu sie eigentlich ihre Zeit verbrauchte, konnte er nie erforschen. Aber die frischen roten Lippen lachten wieder, und der schwarze Traueranzug ward an ihr zum verführerischen Putze. Einmal, da er sie seufzen hörte, fragte er, ob sie Kummer habe; sie möge es ihm sagen. Sie sah ihn mit einem halben Lächeln an: «Ach, Herr Carstens», sagte sie und seufzte noch einmal; «es ist so langweilig, daß man in den schwarzen Kleidern gar nicht tanzen darf!» Dann, wie ein spiellustiges Kind, fragte sie ihn, was er meine, ob sie dieselben nicht, mindestens für einen Abend, einmal würde wechseln können; der Vater hab' sie immer tanzen lassen, und nun sei er ja auch längstens schon begraben.

Als Carstens demungeachtet es verneinte, ging sie schmollend fort. Sie hatte längst gemerkt, daß sie ihn so für seine Sittenstrenge am besten strafen könne; denn während unter seiner Hand die Vermögensverwirrung des Toten sich wenigstens insoweit gelöst hatte, daß Gut und Schuld sich auszugleichen schienen, war er selbst in eine andere Verwirrung hineingeraten: die lachenden Augen der schönen Juliane hatten den vierzigjährigen Mann betört. Was ihn sonst wohl stutzen gemacht hätte, erschien in dieser Zeit, wo der gleichmäßige Gang des bürgerlichen Lebens ganz zurückgedrängt war, weit weniger bedenklich, und da andererseits das der Arbeit ungewohnte Mädchen einen sicheren Unterschlupf den sie sonst erwartenden Mühseligkeiten vorzog, so kam trotz Schwester Brigittens Kopfschütteln zwischen diesen beiden ungleichen Menschen ein rasch geschlossener Ehebund zustande. Die Schwester freilich, die jetzt in der Wirtschaft nur um so unentbehrlicher war, hatte nichts als eine doppelte Arbeitslast dadurch empfangen; den Bruder aber erfüllte der plötzliche Besitz von so viel Jugend und Schönheit, worauf er nach seiner Meinung weder durch seine Person noch durch seine Jahre einen Anspruch hatte, mit einem überströmenden Dankgefühl, das ihn nur zu nachgiebig gegen die Wünsche seines jungen Weibes machte. So geschah es, daß man den sonst so stillen Mann bald auf allen Festlichkeiten finden konnte, mit denen die stadt- und landfremden Offiziere bemüht waren, die Überfülle ihrer müßigen Stunden zu beseitigen; eine Geselligkeit, die nicht nur über seinen Stand und seine Mittel hinausging, sondern in die man ihn auch nur seines Weibes wegen hineinzog, während er selbst dabei eine unbeachtete und unbeholfene Rolle spielte.

Doch Juliane starb im ersten Kindbett. – «Wenn ich erst wieder tanzen kann!» hatte sie während ihrer Schwangerschaft mehrmals geäußert; aber sie sollte niemals wieder tanzen, und somit war für Carsten die Gefahr beseitigt. Freilich auch zugleich das Glück; denn mochte sie auch kaum ihm angehört haben, wie sie vielleicht niemandem angehören konnte, und wie man sie auch schelten mochte, sie war es doch gewesen, die mit dem Licht der Schönheit in sein Werktagsleben hineingeleuchtet hatte; ein fremder Schmetterling, der über seinen Garten hinflog und dem seine Augen noch immer nachstarrten, nachdem er längst schon seinem Blick entschwunden war. Im übrigen wurde Carstens wieder, und mehr noch, als er es zuvor gewesen, der verständige, ruhig abwägende Mann. Den von der Toten nachgelassenen Knaben, der sich bald als der körperliche und allmählich auch als der geistige Erbe seiner schönen Mutter herausstellte, erzog er mit einer seinem Herzen abgekämpften Strenge; dem gutmütigen, aber leicht verführbaren Liebling wurde keine verdiente Züchtigung erspart; nur wenn die schönen Kinderaugen, wie es in solchen Fällen stets geschah, mit einer Art ratlosen Entsetzens zu ihm aufblickten, mußte der Vater sich Gewalt tun, um nicht den Knaben gleich wieder mit leidenschaftlicher Zärtlichkeit in seine Arme zu schließen.

*

Seit Julianens Tode waren über zwanzig Jahre vergangen. Heinrich – so hatte man nach seines Vaters Vater den Knaben getauft – war in die Schule und aus der Schule in die Kaufmannslehre gekommen; aber in seinem angeborenen Wesen hatte sich nichts Merkliches verändert. Seine Anstelligkeit ließ ihn sich leicht an jedem Platz zurechtfinden; aber auch ihm, wie einst seiner Mutter, stand es hübsch, wenn er den Kopf mit den lichtbraunen Locken zurückwarf und lachend seinen Kameraden zurief: «Muß gehen! Wir kümmern uns um nichts!» Und in der Tat war dies der einzige Punkt, in dem er gewissenhaft sein Wort zu halten pflegte; er kümmerte sich um nichts oder doch nur um Dinge, um die er besser sich nicht gekümmert hätte. Tante Brigitte weinte oftmals seinetwegen, und auch mit Carsten legte sich abends in seinem Alkovenbette etwas auf das Kissen, was ihm, er wußte nicht wie, den Schlaf verwehrte; und wenn er sich aufrichtete und sich besann, so sah er seinen Knaben vor sich, und ihm war, als sähe er mit Angst ihn größer werden.

Aber Heinrich blieb nicht das einzige Kind des Hauses. – Ein entfernter Verwandter, der mit Carstens durch gegenseitige Anhänglichkeit verbunden war, starb plötzlich mit Hinterlassung eines achtjährigen Mädchens; und da das Kind die Mutter bereits bei seiner Geburt verloren hatte, so wurde nach dem Wunsche des Verstorbenen Carstens nicht nur der Vormund der kleinen Anna, sondern sie kam auch völlig zu Kost und Pflege in sein Haus. Seine Treue gegen den Heimgegangenen aber bewies er insbesondere damit, daß er durch Leistung von Vorschüssen und derzeit nicht gefahrloser Bürgschaft für dessen Tochter derselben einen kleinen Landbesitz erhielt, der später unter verbesserten Zeitläuften zu erhöhtem Werte veräußert werden konnte.

Anna war einer anderen Mutter nachgeartet als

der um ein Jahr ältere Heinrich. Dieser, trotz dem besten Willen, brachte es nie zustande, so wenig wie sein eigenes, so auch nur der Allernächsten Wohl und Wehe bei seinem Treiben zu bedenken; bei Anna dagegen – wie oft griff Tante Brigitte in die Tasche und gab ihr zur Schadloshaltung einen Dreiling und einen derben Schmatz dazu: «Du dumme Trine, hast dich denn richtig wieder selbst vergessen!» Zu ihrem Bruder aber, wenn sie ihn erwischen konnte, sprach sie dann wohl: «Der Vetter Martin hat's doch gut mit uns gemeint; er hat uns seinen Segen nachgelassen!»

Bei aller Herzensgüte war das Wesen des Mädchens doch von einer frohen Sicherheit, und wenn Carstens auf seine mitunter ängstliche Erkundigung nach Heinrich von Brigitte die Antwort erhielt: «Er ist bei Anna; sie näht ihm Segel zu seinen Schiffen», oder: «Sie hat ihn sich geholt; er muß ihr die Kirschbaumnetze flicken helfen», dann nickte er und setzte sich beruhigt an seine Arbeit. – – Zur Zeit, wo wir diese Erzählung weiterführen, an einem Spätsommervormittage, war das Mädchen eben mündig geworden und stand, eine voll ausgewachsene blonde Jungfrau, mit ihrem grauhaarigen Vormunde auf dem Rathause vor dem Bürgermeister, um die infolgedessen nötigen Handlungen zu vollziehen.

«Ohm», hatte sie vor dem Eintritt in das Gerichtszimmer gesagt; «ich fürcht mich.»

– «Du, Kind? Das ist nicht deine Art.»

«Ja, Ohm; aber auf Herrendiele!»

Der alte, hagere Mann, der dort ganz zu Hause

war, hatte lächelnd auf das frische Mädchenantlitz geblickt, das mit heißen Wangen zu ihm aufsah, und dann die Tür des Gerichtszimmers aufgedrückt.

Aber der Bürgermeister war ein alter jovialer Herr. «Mein liebes Kind», sagte er, mit Wohlgefallen sie betrachtend, «Sie wissen doch, daß Sie noch einmal wieder unmündig werden müssen; freilich nur, wenn Sie sich den goldenen Ring an den Finger stecken lassen! Mög dann Ihr Leben in ebenso getreue Hand kommen!»

Er warf einen herzlichen Blick zu Carstens hinüber. Dem Mädchen aber, obgleich ein leichtes Rot ihr hübsches Antlitz überflog, war bei diesem Lobe ihres Vormundes alle Befangenheit vergangen. Ruhig ließ sie sich den Bestand ihres Vermögens vorlegen und sah, wie man es von ihr verlangte, alles sorgfältig und verständig durch; dann aber sagte sie fast beklommen: «Achttausend Taler! Nein, Ohm, das geht nicht.»

– «Was geht nicht, Kind?» fragte Carstens.

«Das da, Ohm, das mit den vielen Talern» – und sie richtete sich in ihrer ganzen jugendlichen Gestalt vor ihm auf –, «was soll ich damit machen? Ihr habt mich das nicht lernen lassen; nein, Herr Bürgermeister, verzeiht, ich kann heute noch nicht mündig werden.»

Da lachten die beiden Alten und meinten, das hülfe ihr nun nichts; mündig sei sie, und mündig müsse sie für jetzt auch bleiben. Aber Carstens sagte: «Sei ruhig, Anna; ich werde dein Curator; bitte nur den Herrn Bürgermeister, daß er mich dazu bestelle.»

– «Curator, Ohm? Ich weiß wohl, daß die Leute Euch so heißen.»

«Ja, Kind; aber diesmal ist es so: Du behältst mein und meiner alten Schwester Leib und Seele in deiner Obhut, und ich helfe dir wie bisher die bösen Taler tragen; so wird's wohl richtig sein.»

«Amen», sagte der alte Bürgermeister; dann wurde die Quittung über richtige Verwaltung des Vermögens von Anna durch ihre saubere Namensunterschrift vollzogen.

Während sie und Carsten sich hierauf beurlaubten, hatte der Bürgermeister, wie von Geschäften aufatmend, einen Blick auf die Straße hinaus getan.

«O weh!» rief er; «Herr Makler Jaspers! Was mag der Stadtunheilsträger mir wieder aufzutischen haben!»

Carsten lächelte und faßte unwillkürlich die Hand seiner Pflegetochter.

Als die beiden draußen die breite Treppe ins Unterhaus hinabzusteigen begannen, stieg ein kleiner ältlicher Mann in einem braunen, abgeschlissenen Rock dieselbe in die Höhe. Auf dem Treppenabsatz angelangt, stützte er sich keuchend auf sein schwankes Stöckchen und starrte aus kleinen grauen Augen zu den Herabsteigenden hinauf, indem er ein paarmal seinen hohen Zylinderhut über einer fuchsigen Perücke lüftete.

Carsten wollte mit einem kurzen «Guten Tag» vorbeipassieren; aber der andere streckte seinen Stock vor den beiden aus. «Oho, Freundchen!» – und es war eine wirkliche Altweiberstimme, die aus dem kleinen faltigen Gesicht herauskrähte. – «So kommt Ihr mir nicht durch!»

«Der Bürgermeister wartet schon auf Euch», sagte Carsten und schob den Stock zur Seite.

«Der Bürgermeister?» Herr Jaspers lachte ganz vergnüglich. «Laßt ihn warten! Dieses Mal war's auf Euch abgesehen, Freundchen; ich wußte, daß Ihr hierherum zu haben waret.»

«Auf mich, Jaspers?» wiederholte Carstens, und aus seiner Stimme klang eine Unsicherheit, die ihm sonst nicht eigen war. Wie schon seit lange bei allem Unerwarteten, das ihm angekündigt wurde, war der Gedanke an seinen Heinrich ihm durch den Kopf gefahren. Derselbe stand seit kurzem bei einem hiesigen Senator im Geschäft; aber der strenge alte Herr, mit dem Carstens selbst einst bei dessen Vater in der Kaufmannslehre gewesen war, hatte sich bis jetzt zufrieden gezeigt und nur einmal ein scharfes Wort über den jungen Menschen fallenlassen. Erst gestern, am Sonntag, war Heinrich von einer Geschäftsreise für seinen Prinzipal zurückgekehrt. Nein, nein; von Heinrich konnte Herr Jaspers nichts zu erzählen haben.

Dieser hatte indes mit offenem Munde zu dem weit größeren Carstens aufgeblickt und voll augenscheinlichen Behagens dessen wechselnden Gesichtsausdruck beobachtet. «He, Freundchen!» rief er jetzt, und es klang eine einladende Munterkeit aus seiner Stimme. «Ihr wißt ja, 's kann immer noch schlimmer kommen; und wenn der Kopf auch weggeht, es bleibt doch immer noch ein Stummel sitzen.»

«Was wollt Ihr von mir, Jaspers?» sagte Carstens düster. «Tut's nur hier gleich von Euch, so seid Ihr die Last ja los.»

Doch Herr Jaspers zog ihn am Rockschoß zu sich herab. «Das sind nicht Dinge, von denen man hier im Rathaus spricht.» Dann sich zu dem Mädchen wendend, setzte er hinzu: «Die Mamsell Anna findet wohl allein den Weg nach Hause.»

Und mit seiner haspeligen Hand, die immer nach etwas zu greifen schien, noch einmal den Zylinder lüftend, stapfte er geschäftig die Treppe wieder hinab.

Als sie aus dem Hause getreten waren, wies er mit seinem Stöckchen nach einer Nebengasse, an deren Ecke seine Wohnung lag. Anna blickte fragend ihren Vormund an; der aber winkte ihr schweigend mit der Hand und folgte wie unter lähmendem Bann dem «Stadtunheilsträger», der jetzt an seiner Seite eifrig die Straße hinaufstrebte.

*

In dem kleinen Hofe hinter dem Hause an der Twiete stand außer dem Kirschbaum, für den die Kinder einst die Netze flickten, an der Längsseite eines schmalen Bleichplätzchens ein mächtiger Birnenbaum, der die Freude der Nachbarkinder und zugleich eine Art Familienheiligtum war; denn der Großvater des jetzigen Besitzers hatte ihn gepflanzt, der Vater selbst in seiner Lehrzeit ihn aus den in der Stadt beliebtesten Sorten mit drei verschiedenen Reisern gepfropft, die jetzt, zu viel verzweigten Ästen aufgewachsen, je nach der ihnen eigenen Zeit eine Fülle saftiger Früchte reiften. Was davon mit der Brunnenstange zu erreichen war, das pflegte freilich nicht ins Haus zu kommen; sonst hätten die Kinder bei Jungfer Anna nicht so freien Anlauf haben müssen. So aber, wenn von den nach Westen anliegenden Höfen aus die Nachbarn ein herzliches Mädchenlachen hörten, wußten sie auch schon, daß Anna an dem Baum zu Gange war, und daß die junge Brut sich auf dem Rasen um die herabgeschlagenen Früchte balgte.

Auch jetzt, als sie vom Rathaus kommend ins Haus treten wollte, hatte Anna ein solches Nachbarspummelchen sich aufgesackt. Im Pesel, einem kühlen mit Fliesen ausgelegten Raume hinter dem Hausflur, legte sie Hut und Tuch ab und trat dann, das Kind rittlings vor sich auf den Armen haltend, durch die von hier nach dem Hofe führende Tür in den Schatten des mächtigen Baumes.

«Siehst du, Levke», sagte sie, «da oben liegt die Katz; die möchte auch die schöne gelbe Birne haben! Aber wart nur, ich will die Stange holen.»

Als sie sich aber hierauf dem hinter der Hoftür des Hauses befindlichen Brunnen zuwandte, stieß sie einen Schrei aus und ließ das Kind fast hart zu Boden fallen. Auf der vermorschten Holzeinfassung, deren Erneuerung nur durch einen Zufall verzögert war, saß ihr Jugendgenosse, ihr Kindsgespiel, die Füße über der Tiefe hängend, den Kopf wie schon zum Sturze vorgebeugt.

Im selben Augenblicke aber war sie auch schon dort, hatte von hinten mit beiden Armen ihn umschlungen und zog ihn rückwärts, daß die morschen Bretter krachend unter ihm zusammenbrachen. Sie war in die Knie gesunken, während der blasse, fast weiblich hübsche Kopf des jungen Menschen noch an ihrer Brust ruhte.

Dieser rührte sich nicht; es war, als wenn er sich allem, was ihm geschähe, willenlos überlassen habe. Auch als das Mädchen endlich aufsprang, blieb er, ohne sie anzusehen, mit aufgestütztem Kopfe zwischen den Brettertrümmern liegen. Sie aber sah ihn fast zornig an, indem ein paar Tränen in ihre blauen Augen sprangen. «Was fehlt dir, Heinrich? Warum hast du mich so erschreckt? Weshalb bist du nicht auf deinem Kontor beim Senator?»

Da strich er sich das seidenweiche Haar aus der Stirn und sah sie müde an. «Zum Senator geh ich nicht wieder», sagte er.

«Nicht wieder zum Senator?»

«Nein; denn ich habe nur noch zwei Wege; entweder hier in den Brunnen oder zum Büttel ins Gefängnis.»

«Was sprichst du für dummes Zeug! Steh auf, Heinrich! Bist du toll geworden?»

Er stand gehorsam auf und ließ sich von ihr nach der kleinen Bank unter dem Birnbaum führen. – Aber da war noch das Kind, das mit verwunderten Augen dem allem zugesehen hatte. «Armes Ding», sagte Anna, «hast noch immer keine Birne! Da, kauf dir heute einen Dreilingskuchen!»

Und als das Kind mit der geschenkten Münze davongelaufen war, stand das Mädchen wieder vor dem jungen Menschen.

«Nun sprich!» sagte sie, während sie sich den dikken blonden Zopf wieder aufsteckte, der ihr vorhin in den Nacken gestürzt war. «Sprich rasch, bevor dein Vater wieder da ist!»

Mit fliegendem Atem harrte sie einer Antwort; aber er schwieg und sah zur Erde.

«Du kamst am Sonnabend von Flensburg!» sagte sie dann. «Du hattest Geld für den Senator einzukassieren!»

Er nickte, ohne aufzublicken.

«Sag's nur! Ich kann's schon denken – du bist einmal wieder leichtsinnig gewesen; du hast das Geld umherliegen lassen, im Gastzimmer oder sonst wo! Und nun ist's fort!»

«Ja, es ist fort», sagte er.

«Aber vielleicht ist es noch wieder zu bekommen! Warum sprichst du nicht? So erzähl doch!»

«Nein, Anna – es ist nicht so verloren, wie du es meinst. Wir waren lustig; es wurde gespielt –»

«Verspielt, Heinrich? verspielt?» Die Tränen stürzten ihr aus den Augen, und sie warf sich an seine Brust, mit beiden Armen seinen Hals umschlingend.

Oben in der Krone des Baumes rauschte ein leiser Wind in den Blättern; sonst war nichts hörbar als dann und wann ein tiefes Schluchzen des Mädchens, in der alle kurz zuvor entwickelte Tätigkeit gebrochen schien.

Aber der junge Mensch selbst suchte sie jetzt mit sanfter Abwehr zu entfernen; die schöne Last, die das Mitleid ihm an die Brust geworfen hatte, schien ihn zu erdrücken. «Weine nicht so», sagte er; «ich kann das nicht ertragen.»

Es hätte dieser Mahnung nicht bedurft; Anna war schon von selber aufgesprungen und suchte eilig ihre Tränen abzutrocknen. «Heinrich», rief sie, «es ist schrecklich, daß du es getan hast; aber ich habe Geld, ich helfe dir!»

«Du, Anna?»

«Ja, ich! Ich bin ja mündig geworden. Sag nur, wieviel du dem Senator abzuliefern hast.»

«Es ist viel», sagte er zögernd.

«Wieviel denn? Sprich nur rasch!»

Er nannte eine nicht eben kleine Summe.

«Nicht mehr? Gott sei Dank! Aber» – und sie stockte, als sei ein neues Hindernis ihr aufgestiegen – «du hättest heute auf deinem Kontor sein sollen. Wenn er fragt, was willst du dem Senator sagen?»

Heinrich schüttelte sich die weichen Locken von der Stirn, und schon flog wieder der alte Ausdruck sorglosen Leichtsinns über sein Gesicht. «Dem Senator, Anna? O, der wird nicht fragen; und wenn auch, das laß meine Sorge sein.»

Sie blickte ihn ernsthaft an. «Siehst du; nun müssen wir auch schon lügen!»

«Nur ich, Anna; und ich versprech es dir, nicht mehr, als nötig ist. Und das Geld –»

«Ja, das Geld!»

«Ich verzins es dir, ich stelle dir einen Schuldschein aus; du sollst keinen Schaden bei mir leiden.»

«Sprich nicht wieder so dummes Zeug, Heinrich. Bleib hier im Garten; wenn dein Vater kommt, werd ich ihn um die Summe bitten.»

Er wollte etwas erwidern; aber sie war schon ins Haus zurückgegangen. Behutsam schlich sie an der

Küche vorüber, wo heute Tante Brigitte für sie am Herd hantierte, und dann hinauf in ihre Kammer, um sich zunächst die verweinten Augen klarzuwaschen.

*

Nicht viel jüngeren Datums als der alte Birnbaum waren Einrichtung und Gerät des schmalen Wohnzimmers, das mit seinen Ausbaufenstern nach dem Hafenplatze hinauslag. In dem Alkovenbette, dort in der Tiefe desselben, dessen Glastüren über Tag geschlossen waren, hatten schon die Eltern des Hausherrn sich zum nächtlichen und nacheinander auch zum ewigen Schlafe hingelegt; schon derzeit, wie noch heute, stand in der Westecke des Ausbaues der lederbezogene Lehnstuhl, in dem nach beendigtem Einkauf die alten Kapitäne vor dem ihnen gegenübersitzenden Hausherrn ihr Gespinnste abzuwickeln pflegten. Die Sachen waren dieselben geblieben; nur den Menschen hatten sich unmerklich andere untergeschoben; und während einst dem weiland Vater Carstens derlei Berichte aus fremden Welten nur einen Stoff zum behaglichen Weitererzählen geliefert hatten, regten sie in dem Sohne oft eine Kette von Gedanken an, für deren Verarbeitung er nur auf sich selber angewiesen war.

Auch der Tisch, der zwischen einem Stuhle und dem Ledersessel unter den Ausbaufenstern stand, hatte seinen alten Platz behauptet; nur waren die ausländischen Muscheln, welche jetzt auf demselben als Papierbeschwerer für allerlei Schriftwerk dienten, früher eine Zierde der seitwärts stehenden

Schatulle gewesen; statt desssen hatte auf dieser der jetzige Besitzer ein kleines Regal errichten lassen, auf welchem außer einzelnen mathematischen Werken und den Chroniken von Stadt und Umgegend auch Bücher, wie Lessings «Nathan» und Hippels «Lebensläufe in auf- und absteigender Linie», zu finden waren.

Ein Kanapee war nicht ins Zimmer gekommen; es wäre auch kein Platz dazu gewesen. Andererseits aber fehlte es nicht an einem ziemlich stattlichen Ahnenbilde, in dessen Anschauung der kleinbürgerliche Mann, wenn auch nicht in der französischen Formulierung «noblesse oblige», in schweren Stunden sein wankendes Gemüt zu stärken pflegte.

Es war dies freilich kein farbenbrennendes Ölbild, sondern ganz im Gegenteil nur eine mächtig große Silhouette, welche, in braun untermalten Glasleisten eingerahmt, an der westlichen Wand zunächst dem Ausbaue hing, so daß der Hausherr von seinem Arbeitstische aus die Augen darauf ruhen lassen konnte. Sein Vater, von dem freilich nicht viel mehr zu sagen ist, als daß er ein einfacher und sittenstrenger Mann gewesen, hatte es bald nach dem Tode seiner Ehefrau von einem durchreisenden Künstler anfertigen lassen; so zwar, daß es einen Abendspaziergang der nun halb verwaisten Familie darstellte. Voran ging der Vater selbst, wie jetzt der Sohn, eine hagere Gestalt, im Dreispitz und langem Rockelor, eine gebückte alte Frau, die Mutter der Verstorbenen, am Arme führend; dann kam ein hoher Baum von unbestimmter Gattung, sonst aber augenscheinlich auf den Spätherbst deutend; denn seine Äste waren fast entlaubt, und unter dem Glase der Schilderei klebten hier und dort kleine schwarze Fetzchen, die man mit einiger Phantasie als herabgewehte Blätter erkennen mochte. Dahinter folgte ein etwa vierjähriger Junge, gar munter mit geschwungener Peitsche auf einem Steckenpferde reitend; den Beschluß machten ein stakig aufgeschossenes Mädchen und ein anderer etwa zehnjähriger Knabe mit einer tellerrunden Mütze, welche beiden, wie es schien, in bewundernder Betrachtung des munteren Steckenreiters, keinen Blick für die Anmut der Abendlandschaft übrig hatten. Und doch war hierzu just die rechte Stunde und solches auch in dem Bilde sinnig ausgeführt; denn während im Vordergrunde Baum und Menschen aus tiefschwarzem Papier geschnitten waren, zogen sich dahinter, abendliche Ferne andeutend, die Linien einer sanft gehobenen Ebene, aus dunklem und dann aus lichtgrauem Löschpapier gebildet. Das übrige aber hatte die Malerei vollendet; hinter der letzten Ferne ergoß sich durch den ganzen Horizont ein mild leuchtendes Abendrot, das die Schatten der sämtlichen Spaziergänger nur um so schärfer hervortreten ließ; darüber in braunvioletter Dämmerung kam dann die Nacht herab.

Das lustige Reiterlein war bald nach Anfertigung des Bildes von den schwarzen Blattern hingerafft, und nur sein Steckenpferdchen hatte noch lange in dem Gehäuse der Wanduhr gestanden, die dem Bilde gegenüber noch jetzt wie damals mit gleichmäßigem Ticktack die fliegende Zeit zu messen suchte. Von den fünf Abendspaziergängern lebten nur noch die beiden älteren Geschwister, wie damals unter demselben Dache und, selbst während der kurzen Ehe des Bruders, ungetrennt. Manchmal, in stiller Abendstunde oder wenn ein Leid sie überfiel, hatten sie – sie wußten selbst kaum wie – sich vor dem Bilde Hand in Hand gefunden und sich der Eltern Tun und Wesen aus der Erinnerung wachgerufen. «Da sind wir übrigen denn noch beisammen», hatte der Vater gesagt, als er das Bild an demselben Stifte an die Wand hing, der es auch noch heute trug; «eure Mutter ist nicht mehr da, dafür ist nun das Abendrot am Himmel»; und dann nach einer Weile, nachdem er den Kindern sein Antlitz abgewendet und einige starke Hammerschläge auf den Stift getan: «Auch von den Toten bleibt auf Erden noch ein Schein zurück; und die Nachgelassenen sollen nicht vergessen, daß sie in seinem Lichte stehen, damit sie sich Hände und Antlitz rein erhalten.»

Tante Brigitte, die als alte Jungfer von etwas seufzender Gemütsart war und es liebte, mit völliger Uneigennützigkeit Luftschlösser in die Vergangenheit hineinzubauen, pflegte nach solchen Erinnerungen, auf den Schatten des kleinen Stekkenreiters deutend, wohl hinzuzusetzen:

«Ja, Carsten, wenn nur unser Bruder Peter noch am Leben wäre! Meinst du nicht auch, daß er von uns dreien doch der Klügste war?» Und das Gespräch der Geschwister mochte dann etwa folgenden Verlauf nehmen.

«Wie meinst du das, Brigitte?» entgegnete der Bruder. «Er starb ja schon in seinem fünften Jahre.»

«Freilich starb er leiderdessen, Carsten; aber du weißt doch, wie unsere große gelbbunte Henne immer ihre Eier hinter dem Aschberg weglegte! Er war erst vier Jahre alt, aber er war schon klüger als die Henne; er ließ sie erst ihre Eier legen, und dann eines schönen Morgens brachte er sein ganzes Schürzchen voll mir in die Küche. Ach, Carsten, des Senators Vater hatte ja zu ihm Gevatter gestanden; er würde gewiß auf die lateinische Schule gekommen sein und nicht wie du bloß beim Rechenmeister.»

Und der lebende Bruder ließ sich eine solche Bevorzugung des früh Verstorbenen allzeit gern gefallen. – –

Das Zimmer mit seinem alten Geräte und seinen alten Erinnerungen war noch immer leer, obgleich nur die vor dem Hause stehende Lindenreihe die Strahlen der schon hoch gestiegenen Mittagssonne abhielt. Der weiße Seesand, womit Anna vor ihrem Gange nach dem Rathause die Dielen bestreut hatte, zeigte noch fast keine Fußspur, und die alte Wanduhr tickte in der Einsamkeit so laut, als wolle sie ihren Herrn an die gewohnte Arbeit rufen. Da endlich schellte die Haustürglocke, und Anna, die oben harrend in ihrer Kammer saß, hörte den Schritt ihres Pflegevaters, der gleich darauf unten in dem Wohnzimmer verschwand. Noch eine kleine Weile, dann richtete sie sich zu raschem Entschluß auf, drückte noch ein paarmal mit einem feuchten Tuch auf ihre Augen und ging ins Unterhaus hinab.

Als sie das Wohnzimmer betrat, sah sie ihren Pflegevater noch mit Hut und Stock in der Hand stehen, fast als müsse er sich erst besinnen, was er in seinen eigenen Wänden jetzt beginnen solle. Eine Furcht befiel das Mädchen; es kam ihr vor, als sei er auf einmal unsäglich alt geworden. Gern wäre sie unbemerkt wieder fortgeschlichen; aber sie hatte ja keine Zeit zu verlieren.

«Ohm!» sagte sie leise.

Der Ton ihrer Stimme machte ihn fast zusammenschrecken; als er aber das Mädchen vor sich stehen sah, trat ein freundliches Licht in seine Augen. «Was willst du von mir, mein Kind?» sagte er milde.

«Ohm!» – nur zögernd brachte sie es heraus. «Ich bin doch mündig; ich möchte etwas von meinem Vermögen haben; ich brauche es ganz notwendig.»

«Jetzt schon, Anna? Das geht ja schnell.»

«Nicht viel, Ohm; das heißt, ich habe ja noch so viel mehr; nur etwa hundert Taler!»

Sie schwieg; und der alte Mann sah eine Weile stumm auf sie herab. «Und wozu wolltest du das viele Geld gebrauchen?» fragte er dann.

Ein flehender Blick traf ihn aus ihren Augen; sie murmelte etwas, das er nicht verstand.

Er faßte ihre Hand. «So sag es doch nur laut, mein Kind!»

«Ich wollte es nicht für mich», erwiderte sie zögernd.

«Nicht für dich, für wen denn anders?»

Sie hob wie ein bittendes Kind beide Hände gegen ihn auf. «Laß mich's nicht sagen, Ohm! O, ich muß, ich muß es aber haben!»

«Und nicht für dich, Anna?» – Wie in plötzlichem Verständnis ließ er die Augen auf ihr ruhen. «Wenn du es für Heinrich wolltest – da sind wir beide schon zu spät gekommen.»

«O nein, Ohm! o nein!» Und sie schlang ihre Arme um den Hals des alten Mannes.

«Doch, Kind! Was meinst du, daß Herr Jaspers mir anders zu erzählen hatte? Schon gestern war der Senator von allem unterrichtet.»

«Aber wenn doch Heinrich ihm das Geld nun bringt?»

«Ich habe es ihm selber bringen wollen; aber er wollte weder mein Geld noch meinen Sohn. Und was das letzte anbelangt, – ich konnte nichts dawider sagen.»

«Ach, Ohm, was wird mit ihm geschehen?»

«Mit ihm, Anna? Er wird mit Schande das ehrenwerte Haus verlassen.»

Als sie erschreckt das reine Antlitz zu dem ihres Pflegevaters emporhob, blickte ihr daraus ein Gram entgegen, wie sie ihn nie in einem Menschengesichte noch gesehen hatte. «Ohm, Ohm!» rief sie. «Was aber habt denn Ihr verbrochen?» Und aus den jungfräulichen Augen brach ein so mütterliches Erbarmen, daß der alte Mann den grauen Kopf auf ihren Nacken senkte.

Dann aber, sich wieder aufrichtend und die Hand auf ihren blonden Scheitel legend, sprach er ruhig: «Ich, Anna, bin sein Vater. Geh nun und rufe mir meinen Sohn!»

*

Auch dieser Tag verging. Nach dem schweren Vormittag eine Mittags- und später ebenso eine Abendmahlzeit, bei der die Speisen, fast wie sie aufgetragen, wieder abgetragen wurden; dazwischen ein nicht endenwollender Nachmittag, währenddessen Heinrich, durch den überlegenen Willen des Vaters gezwungen, noch einmal zum Senator mußte und von dem entlassen wurde. – Auch dieser Tag war endlich nun vergangen und die Nacht gekommen. Nur der Hausherr wanderte noch unten im Zimmer auf und ab; mitunter blieb er vor dem Bilde mit den Familienschatten stehen, bald aber strich er mit der Hand über die Stirn und setzte sein unruhiges Wandern fort. Daß Anna in raschem jugendlichem Entschlusse ebenfalls bei dem Senator gewesen war, davon hatte er ebensowenig etwas erfahren, als daß dieser ihr gegenüber nur kaum, aber schließlich dennoch seine Unerbittlichkeit behauptet hatte.

Die kleine Schirmlampe, welche auf dem Arbeitstische brannte, beleuchtete zwei Briefe, der eine nach Kiel, der andere nach Hamburg adressiert; denn für Heinrich mußten auswärts neue Wege aufgesucht werden.

Carsten war ans Fenster getreten und blickte in die mondhelle Nacht hinaus; es war so still, daß er weit unten das Rinnenwasser in den Hafen strömen hörte, mitunter ein mattes Flattern in den Wimpeln der Halligschiffe. Jenseits des Hafens zog sich der Seedeich wie eine schimmernde Nebelbank; wie oft an der Hand seines Vaters war er als Knabe dort hinausgewandert, um ihre derzeit erworbene Fenne zu besichtigen!

Carsten wandte sich langsam um; dort lagen die beiden Briefe auf seinem Arbeitstische; er hatte ja jetzt selber einen Sohn.

In der Tiefe des Zimmers waren die Glastüren des Alkovens, wie jeden Abend, von Anna offengestellt, und die abgedeckten Kissen des darinstehenden Bettes schienen den an gute Bürgerszeit Gewöhnten einzuladen, dem überlangen Tag ein Ende zu machen. Er nahm auch seine große silberne Taschenuhr aus dem Gehäuse und zog sie auf. «Mitternacht!» sagte er, indem er in den Alkoven trat. Als er aber, wie er zu tun pflegte, die Uhr am Bettpfosten aufhängen wollte, hatte die stählerne Kette sich in einen goldnen Ring verhäkelt, den er am kleinen Finger trug, daß dieser herabgerissen wurde und klirrend auf dem Boden fortrollte. Mit fast jugendlicher Raschheit bückte sich der alte Mann danach, und als der Ring wieder in seiner Hand war, trat er in das Zimmer zurück und hielt ihn sorgsam unter den Schirm der Lampe. Seine Augen schienen nicht los zu können von dem Weibernamen, der auf der inneren Seite eingegraben war; aber aus seinem Munde brach ein Stöhnen, wie um Erlösung flehend.

Da hörte er auf dem Flur die Stiegen der Treppe krachen. Er machte eine hastige Bewegung, als wolle er den Ring an den Finger stecken, als eine Hand sich sanft auf seinen Arm legte. «Bruder Carsten», sagte seine alte Schwester, die in ihrem Nachtgewande zu ihm eingetreten war, «ich hörte dich hier unten wandern; willst du noch nicht zur Ruhe gehen?»

Er sah ihr wie erwägend in die Augen. «Es gibt Gedanken, Brigitte, die uns keine Ruhe gönnen, die immer wieder ins Gehirn steigen, weil sie nie herausgelassen werden.»

Die alte Jungfrau blickte ihren Bruder völlig ratlos an. «Ach, Carsten», sagte sie, «ich bin eine alte einfältige Person! Wäre unser Bruder Peter nur am Leben geblieben; vielleicht wäre er jetzt unser Pastor und hätte unseren Heinrich getauft und konfirmiert; der hätte gewiß auch heute Rat gewußt.»

«Vielleicht, Brigitte», erwiderte der Bruder sanft; «vielleicht auch hätten wir uns nicht so ganz verstanden; du aber lebst und bist meine alte treue Schwester.»

«Ja, ja, Carsten, leider Gottes! Wir beide sind allein noch übrig.»

Er hatte ihre Hand gefaßt. «Brigitte», sagte er hastig, «sahst du, wie blaß der Junge heute abend war, als er in seine Kammer hinaufging? Noch nimmer hat er seiner Mutter so geglichen; so sah Juliane in ihren letzten Tagen aus, als schon der Tod die irdischen Gedanken von ihr genommen hatte.»

«Sprich nicht von ihr, Bruder; das tut dir jetzt nicht gut; sie ruht ja längst.»

«Längst, Brigitte; – aber nicht hier, hier nicht!» Und er drückte die Hand, in der er noch den Ring umschlossen hielt, an seine Brust. «Es kommt mir alles immer wieder; am letzten Ostersonntag waren es gerade dreiundzwanzig Jahre!»

«Am letzten Ostersonntag? Ja, ja, Bruder, ich

weiß es nun wohl; ihr waret dazumal beide, wo ihr nimmer hättet sein sollen.»

«Schilt jetzt nicht, Schwester», sagte Carsten; «du selber konntest nicht die Augen von ihr wenden, als du ihr damals die blaue Schärpe umgeknüpft hattest. Ich weiß jetzt wohl, daß sie nicht für mich ihr schönes Haar aufsteckte und die Atlasschuhe über ihre kleinen Füße zog; ich gehörte nicht in diese Gesellschaft vornehmer und ausgelassener Leute, wo sich niemand um mich kümmerte, am wenigsten mein eigenes Weib.

«Nein, nein!» rief er, da die Schwester ihn unterbrechen wollte, «laß mich es endlich einmal sagen! – Siehst du, ich wollte zwar auch meinen Platz ausfüllen, ich tanzte ein paarmal mit meiner Frau; aber sie wurde mir immer von den Offizieren fortgeholt. Und wie anders tanzte sie mit diesen Menschen! Ihre Augen leuchteten vor Lust; sie ging von Hand zu Hand; ich fürchtete, sie würden mir mein Weib zu Tode tanzen. Sie aber konnte nicht genug bekommen und lachte nur dazu, wenn ich sie bat, daß sie sich schonen möchte. Ich ertrug das nicht länger und konnt es doch nicht ändern; darum setzte ich mich in die Nebenstube, wo die alten Herren an ihrem L'Hombre saßen, und nagte an meinen Nägeln und an meinen eigenen Gedanken.

Du weißt, Brigitte, der französische Kaperkapitän, den die anderen den ‚schönen Teufel' nannten – wenn ich je zuweilen in den Saal hinguckte, immer war sie mit ihm am Tanzen. Als es gegen drei Uhr und der Saal schon halb geleert war, stand sie neben ihm am Schenktisch, beide mit einem vollen Glas Champagner in der Hand. Ich sah, wie sie rasch atmete und wie seine Worte, die ich nicht verstehen konnte, einmal über das andere ein fliegendes Rot über ihr blasses Gesicht jagten; sie selber sagte nichts, sie stand nur stumm vor ihm; aber als beide jetzt das Glas an ihre Lippen hoben, sah ich, wie ihre Augen ineinandergingen. – Ich sah das alles wie ein Bild, als sei es hundert Meilen von mir; dann aber plötzlich überfiel es mich, daß jenes schöne Weib dort mir gehöre, daß sie mein Weib sei; und dann trat ich zu ihnen und zwang sie, mit mir nach Hause zu gehen.»

Carsten stockte, als habe er die Grenze seiner Erzählung erreicht; seine Brust hob sich mühsam, sein hageres Gesicht war gerötet. Aber er war noch nicht zu Ende; nur blickte er nicht wie vorhin zur Schwester hinab, er sprach über ihren Kopf weg in die leere Luft.

«Und als wir dann in unserer Kammer waren, als sie mir keinen Blick gönnte, sondern wie zornig Gürtel und Mieder von sich warf, und als sie dann mit einem Ruck den Kamm aus ihren Haaren riß, daß es wie eine goldene Flut über ihre Hüften stürzte – es ist nicht immer, wie es sein sollte, Schwester – denn was mich hätte von ihr stoßen sollen – ich glaub fast, daß es mich nur mehr betörte.»

Die Schwester legte sanft die Hand auf seinen Arm. «Laß das Gespenst in seiner Gruft, Bruder; laß sie, sie gehörte nicht zu uns.»

Er achtete nicht darauf. «So» – sprach er weiter –

«hatte ich nimmer sie gesehen; nicht in unserer kurzen Ehe und auch im Brautstande nicht. Aber es war nicht die Schönheit, die unser Herrgott ihr gegeben hatte, es war die böse Lust, die sie so schön machte, die noch in ihren Augen spielte. – Und so wie an jenem Abend und in jener Nacht war es noch viele Male, viele Wochen und Monde, bis nur ein halbes Jahr vor ihrem Tode übrig war; – als alle diese Fremden unsere Stadt verließen.»

«Bruder Carsten», sagte Brigitte wieder, «hast du nicht neues Leid genug? Wenn du schwach warst gegen dein Weib, weil du sie lieber hattest, als dir gut war – es ist schon bald ein Menschenleben darüber hin; was quälst du dich noch jetzt damit!»

«Jetzt, Brigitte? Ja, warum sprech ich denn dies alles jetzt zu dir? – War sie mein Eheweib in jener Zeit, wo ihre Sinne von leichtfertigen Gedanken taumelten, die nichts mit mir gemein hatten? – Und doch – aus dieser Ehe wurde jener arme Junge dort geboren. Meinst du» – und er bückte sich hinab zum Ohr der Schwester –, «daß die Stunde gleich sei, in der unter des allweisen Gottes Zulassung ein Menschenleben aus dem Nichts hervorgeht? – Ich sage dir, ein jeder Mensch bringt sein Leben fertig mit sich auf die Welt; und alle, in die Jahrhunderte hinauf, die nur einen Tropfen zu seinem Blute gaben, haben ihren Teil daran.»

Draußen vom Kirchturm schlug es eins. «Stell es dem lieben Gott anheim, Bruder», sagte Brigitte; «ich versteh das nicht, was aus deinen Büchern dir im Kopf herumgeht; ich weiß nur, daß der Junge, leider Gottes, nach der Mutter eingeschlagen ist.»

Carsten fühlte wohl, daß er eigentlich nur mit sich selbst gesprochen habe und daß er nach wie vor mit sich allein sei. «Geh schlafen, meine gute alte Schwester», sagte er und drängte sie sanft auf den Flur hinaus; «ich will es auch versuchen.»

Auf der untersten Treppenstiege, wo Brigitte es zuvor gelassen hatte, brannte ein Licht mit langer Schnuppe. Sie blickte noch einmal mit festgeschlossenen Lippen und gefalteten Händen den Bruder an; dann nickte sie ihm zu und ging mit dem Lichte in das Oberhaus hinauf.

Aber Carsten dachte nicht an Schlaf; nur allein hatte er wieder sein wollen. Noch einmal nahm er den kleinen Ring und hielt ihn vor sich hin; durch den engen Rahmen sah er, wie tief in der Vergangenheit, die Luftgestalt des schönen Weibes, deren außer ihm kein Mensch auf Erden noch gedachte. Ein seliges Selbstvergessen lag auf seinem Antlitz; dann aber zuckte plötzlich ein Schmerz darüber hin: sie schien so gar verlassen ihm dort unten. – Als er sich aufrichtete, steckte er den Ring an seinen Finger; und es geschah das mit einer feierlichen Innigkeit, als wolle er die Tote sich noch einmal, und fester als zuvor im Leben, anvermählen; so wie sie einst gewesen war, in ihrer Schönheit und in ihrer Schwäche und mit der kargen Liebe, die sie einst für ihn gehegt hatte. Dann schritt er zur Tür und horchte auf den Flur hinaus; als alles ruhig blieb, ging er zur Treppe und stieg behutsam zur Kammer seines Sohnes hinauf. Er fand den jungen Menschen ruhig atmend und in tiefem Schlafe, obgleich der Mond sein volles Licht über das unter dem

Fenster stehende Bett ausgoß. Bei dem gelockten lichtbraunen Haar, das sich seidenweich an die Schläfen legte, hätte man das hübsche, blasse Antlitz des Schlafenden für das eines Weibes halten können.

Carsten war dicht herangetreten; ein leises Zittern lief durch seinen Körper. «Juliane!» sagte er. «Dein Sohn! Auch er wird mir das Herz zerreißen!» Und gleich darauf: «Mein Herr und Gott, ich will ja leiden für mein Kind, nur laß ihn nicht verlorengehen!»

Bei diesen unwillkürlich laut gesprochenen Worten schlug der Schlafende die Augen auf; seine Seele aber mochte schlummernd in den Schrecknissen des vergangenen Tages fortgeträumt haben; denn als er plötzlich in der Nacht die brennenden Augen und den zitternd über ihn erhobenen Arm des alten Mannes erblickte, stieß er einen Schrei aus, als ob er den Todesstoß von seines Vaters Hand erwarte; dann aber streckte er flehend beide Arme zu ihm auf.

Und mit einem Laut, als müsse es ihm die Brust zersprengen: «Mein Kind, mein einziges Kind!» brach der Vater an dem Bette des verbrecherischen Sohns zusammen.

*

Durch einen Freund in Hamburg hatte Carstens es möglich gemacht, seinen Sohn dort in einem kleineren Geschäfte unterzubringen. Indessen war trotz der Achtung, der er sich erfreute, dies Ereignis seines Hauses schonungslos genug in der kleinen Stadt besprochen, freilich bei dieser Gelegenheit auch das Gedächtnis der armen Juliane nicht eben sanft aus ihrer Gruft hervorgeholt worden. Nur Carsten selbst erfuhr nichts davon. Als er eines Tages aus einem befreundeten Bürgerhause auffallend gedrückt nach Haus gekommen war, fragte Brigitte ihn besorgt: «Was ist dir, Carsten? Du hast doch nichts Schlimmes über unseren Heinrich gehört?» – «Schlimmes?» erwiderte der Bruder; «o nein, Brigitte; man hat, seit er fort ist, auch nicht einmal seinen Namen gegen mich genannt.» – Und mit gesenktem Haupte ging er an seinen Arbeitstisch.

Briefe von Heinrich kamen selten, und oftmals forderten sie Geld, da mit dem geringen Gehalte sich dort nicht auskommen lasse. – Sonst ging das Leben seinen stillen Gang; der alte Birnbaum im Hofe hatte wieder einmal geblüht und dann zur rechten Zeit und zur Freude der Nachbarkinder seine Frucht getragen. Besonderes war nicht vorgefallen, wenn nicht, daß Anna den Heiratsantrag eines wohlstehenden jungen Bürgers abgelehnt hatte; sie war keine von den Naturen, die durch ihr Blut der Ehe zugetrieben werden: sie hatte ihre alten Pflegeeltern noch nicht verlassen wollen.

Als aber kurz vor Weihnachten Carstens seinem Sohne den plötzlich eingetroffenen Tod des Senators gemeldet hatte, erfolgte in einigen Tagen schon eine Antwort, worin Heinrich seinen Besuch zum Weihnachtsabend ansagte. Eine Geldforderung enthielt der Brief nicht; nicht einmal die Reisekosten hatte er sich ausgebeten.

Es war doch eine Freudenbotschaft, die sofort im Hause verkündigt wurde. Und wie eine glückliche Unruhe kam es über alle, da nun das Fest heranrückte; die Händedrücke, die Carsten im Vorbeigehen mit seiner alten Schwester zu wechseln pflegte, wurden inniger; mitunter haschte er sich die geschäftige Pflegetochter, hielt sie einen Augenblick an beiden Händen und sah ihr zärtlich in die heiteren Augen.

Endlich war der Nachmittag des heiligen Abends herangekommen. Im Hause hatte eine erwartungsvolle Tätigkeit gewaltet; doch bald schien alles zum Empfange des Christkinds und des Gastes vorbereitet. Vom Arbeitstische, der heute von allen Rechnungs- und Kontobüchern entlastet war, blinkte auf schneeweißem Damast das Teegeschirr mit goldenen Sternchen, während daneben die frischgebackenen Weihnachtskuchen dufteten. Der Tür gegenüber auf der Kommode war Heinrichs Bescherung von den Frauen ausgearbeitet: ein Dutzend Strümpfe aus feinster Zephirwolle, woran die sorgsame Tante das ganze Jahr gestrickt hatte; daneben von Annas sauberen Händen eine reich gestickte Atlasweste und eine grünseidene Börse, durch deren Maschen die von Carsten gespendeten Dukaten blinkten. Dieser selbst ging eben in den Keller, um aus seinem bescheidenen Vorrat zwei ganz besondere Flaschen heraufzuholen, die er vor Zeiten von einem dankbaren Schutzbefohlenen zum Geschenk erhalten hatte; es sollte heute einmal nichts gespart werden.

Statt seiner trat Tante Brigitte herein, zwei blank

polierte Leuchter in den Händen, auf denen schneeweiße russische Lichte in ebenso weißen Papiermanschetten steckten, denn schon war die Dämmerung des heiligen Abends hereingebrochen; draußen zogen schon die Scharen der kleinen Weihnachtsbettler, und ihr Gesang tönte durch die Straßen: «Vom Himmel hoch, da komm ich her.»

Als Carsten wieder eintrat, brannten auch die Lichter schon; die Stube sah ganz festlich aus. Die alten Geschwister wandten die Gesichter gegeneinander und blickten sich herzlich an. «Es wird auch Zeit, Carsten!» sagte Brigitte; «die Post pflegt immer schon um vier zu kommen.» Carsten nickte, und nachdem er noch eilig seine Flaschen hinter dem warmen Ofen aufgepflanzt hatte, langte er mit zitternder Hand seinen Hut vom Türhaken.

«Soll ich nicht mit Euch, Ohm?» rief Anna; «hier ist für mich nichts mehr zu tun.»

– «Nein, nein, mein Kind; das muß ich ganz allein.» Mit diesen Worten nahm er sein Bambusrohr aus dem Uhrgehäuse und ging hinaus.

Das Postgebäude lag derzeit hoch oben in der Norderstraße; aber es war völlig windstill, ein leichter Frostschnee sank ebenmäßig herab. Carsten schritt rüstig vorwärts, ohne rechts oder links zu sehen; als er jedoch fast sein Ziel erreicht hatte, hörte er sich plötzlich angerufen: «He, Freundchen, Freundchen, nehmt mich mit!» Und Herrn Jaspers' selbst in der Dunkelheit nicht zu verkennende Gestalt schritt aus einer Nebenstraße, munter mit dem Schnupftuche winkend, auf ihn zu. «Merk's schon», sagte er, «Ihr wollt Euern Heinrich von der Post holen? Hab nur gehört, soll ein Staatskerl geworden sein, der junge Schwerenöter!»

«Aber», sagte Carsten, indem er längere Schritte machte, denen der andere, mit beiden Armen schaukelnd, nachzukommen strebte, «ich dächte, Jaspers, Ihr hättet niemanden zu erwarten!»

«Nein, Gott sei Dank, Carsten! Nein, niemanden! Aber – zum Henker, Ihr braucht nicht so zu rennen! – man muß doch sehen, was zum lieben Fest für Gäste kommen.»

Sie waren an einer Straßenecke in der Nähe des Posthauses angelangt, wo sich bereits eine Anzahl Menschen angesammelt hatte, um die Ankunft der Post hier abzuwarten, als Herr Jaspers von einem vorübergehenden Amtsschreiber angerufen wurde.

«Hört Ihr nicht, Jaspers? Der Mann wünscht Euch zu sprechen», sagte Carsten, der eben aus der Tiefe der Straße das Rummeln eines schweren Wagens heraufkommen hörte.

Aber der andere stand wie gemauert. «Ei, Gott bewahre, Carsten! Laßt den Hasenfuß laufen! Ich bleibe bei Euch, Freundchen; wer weiß, was noch passieren kann! Ihr kennt doch die Geschichte von dem Flensburger Kandidaten, der seine Liebste aus der Kutsche heben wollte und dem ein schwarzer Negerjunge auf den Nacken sprang!»

«Ich kenne alle Eure Geschichten, Jaspers», erwiderte Carsten ungeduldig; «aber wenn Ihr's denn wissen wollt, ich wünsche meinen Sohn allein zu empfangen; ich brauche Euch nicht dabei!»

Herrn Jaspers' unerschütterliche Antwort wurde von Peitschenknall und dem schmetternden Klange eines Posthorns übertönt; und gleich darauf rollte auch der schwerfällige Wagen vor die Tür des Posthauses, in den matten Schein, den die darüber befindliche Laterne auf die leicht beschneite Straße hinauswarf. Dann sprang der Postillon vom Bock, vom Schirrmeister wurde die Wagentür aufgerissen, und die Leute drängten sich herzu, um die Fahrgäste aussteigen zu sehen.

Carsten war etwas zurück im Schatten der Mauer stehengeblieben. Da er von hoher Statur war, so konnte er auch von hier aus die in Mäntel und Pelze vermummten Gestalten, welche eine nach der anderen aus dem Wagenkasten auf die Straße traten, deutlich genug erkennen.

«Niemand mehr darin?» frug der Schirrmeister.

«Nein, nein!» tönte es von mehreren Seiten; und die Wagentür wurde zugeworfen.

Carsten umklammerte die Krücke seines Stockes und stützte sich darauf; sein Heinrich war nicht gekommen. – Er blickte wie abwesend auf die dampfenden Pferde, die auf dem Pflaster scharrten und klirrend ihre Messingbehänge schüttelten, und wollte sich endlich schon zum Gehen wenden, als er bemerkte, daß er hier nicht der einzige Getäuschte sei. Eine junge Dirne hatte sich an den Postillon herangemacht, der eben die Decken über seine Tiere warf, und schien ihn mit aufgeregten Fragen zu bedrängen. «Ja, ja, Mamsellchen», hörte er diesen antworten, «es kann noch immer sein; es kommt noch eine Beichaise.»

«Noch eine Beichaise!» Carsten wiederholte die Worte unwillkürlich; ein tiefer Atemzug entrang sich seiner Brust. Der Postillon war ihm bekannt; er hätte ihn fragen können: «Sitzt denn mein Heinrich mit darin?» Aber er vermochte sich nicht vom Fleck zu rühren; mit geschlossenen Lippen stand er und sah bald darauf den Wagen fortfahren und blickte auf die leeren Geleise, die in dem Schnee erkennbar waren, auf welche leis und unaufhaltsam neuer Schnee herabsank und sie bald bedeckte.

Um ihn her war es ganz still geworden; selbst Herr Jaspers schien verschwunden; das Mädchen hatte sich schweigend neben ihn gestellt, die Arme in ihr Umschlagetuch gewickelt. Mitunter klingelte eine Türschelle, dann sangen die Kinderstimmen: «Vom Himmel hoch, da komm ich her!» Die kleinen Weihnachtsbettler mit ihrem tröstlichen Verkündigungsliede zogen noch immer von Haus zu Haus.

Endlich kam es abermals die Straße herauf, näher und näher kam es, noch einmal knallte die Peitsche und schmetterte das Posthorn, und jetzt rollte die verheißene Beichaise in den Laternenschein des Posthauses hinein.

Und ehe die Pferde noch zum Stehen gebracht waren, sah Carsten die Gestalt eines hohen Mannes behende aus dem Wagen springen und gegen sich herankommen. «Heinrich!» rief er und stürzte vorwärts, daß er fast gestrauchelt wäre; aber der Mann wandte sich zu dem Mädchen, die jetzt mit einem Freudenschrei an seinem Halse hing. – «Ich dachte schon, du wärst nicht mehr gekommen!» – «Ich? Nicht kommen am Weihnachtsabend? O!»

Carsten blickte den beiden nach, wie sie durch

den fallenden Schnee Arm in Arm die Straße hinabgingen; als er sich umwandte, war auch der Platz vor dem Hause leer, wo vorhin die Chaise gehalten hatte. «Er ist nicht gekommen, er wird krank geworden sein», sagte er halblaut zu sich selber.

Da legte sich eine breite Hand auf seinen Arm. «Oho, Freundchen!» sprach dicht neben ihm Herrn Jaspers' wohlbekannte Stimme, «dachte ich's nicht, daß Ihr Euch Grillen fangen würdet! Krank, meint Ihr? Nein, Carsten, das laßt Euch den heiligen Abend nicht verderben. Ihr wißt doch, in Hamburg gibt's ganz andere Weihnachten für die jungen Burschen als in Eurem alten Urgroßvaterhause an der Twiete. Aber, seht Ihr, war's nicht hübsch, daß ich Euch warten half? Da habt Ihr doch Gesellschaft auf dem Rückweg!»

Herrn Jaspers' Stimme hatte einen fast zärtlichen Ausdruck angenommen; aber Carsten hörte nicht darauf. Auch auf dem Rückwege ließ er Herrn Jaspers ungestört an seiner Seite traben; er war ein geduldiger Mann geworden.

Als er wieder in sein Haus trat, hörte er rasch die Stubentür von innen anziehen. «Noch einen Augenblick Geduld!» rief Annas helle Stimme; dann gleich darauf wurde die Tür weit aufgeschlagen, und die schlanke Mädchengestalt stand wie in einem Bilderrahmen auf der Schwelle. Sie schritt auch nicht hinaus, sie starrte regungslos auf ihren alten Pflegevater.

«Allein, Ohm?» fragte sie endlich.

«Allein, mein Kind.»

Dann gingen beide zu Tante Brigitte in die festlich aufgeschmückte Stube, und die Frauen, während Carsten schweigend in dem Ledersessel daneben saß, erschöpften sich in immer neuen Mutmaßungen, was es nur gewesen sein könne, das ihnen alle Freude so zerstört habe, bis endlich der Abend vergangen war und sie still die Lichter löschten und die Geschenke wieder forträumten, welche sie kurz zuvor so geschäftig zusammengetragen hatten.

*

Auch die Weihnachtsfeiertage verflossen, ohne daß Heinrich selber oder ein Lebenszeichen von ihm erschienen wäre. Als auch der Neujahrsabend herankam und die lang erwartete Poststunde wieder so vorüberging, hatten in dem alten Manne die Sorgen der letzten Tage sich zu einer fast erstickenden Angst gesteigert. Was konnte geschehen sein? Wenn Heinrich krank läge dort in der großen fremden Stadt! Die diesmal ruhigere Überlegung der Frauen vermochte ihn nicht zurückzuhalten, er mußte selber hin und sehen. Vergebens stellten sie ihm die Beschwerlichkeit der langen Reise bei dem eingetretenen scharfen Frost vor Augen; er suchte sich das nötige Reisegeld zusammen und hieß Brigitte seinen Koffer packen; dann ging er in die Stadt, um sich zum anderen Morgen Fuhrwerk zu verschaffen.

Als er nach vielfachem Umherrennen erschöpft nach Hause kam, war ein Brief von Heinrich da; ein Versehen des Postboten hatte die Abgabe verspätet. Hastig riß er das Siegel auf; die Hände flogen ihm, daß er kaum seine Brille aus der Tasche ziehen konnte. Aber es war ein ganz munterer Brief; Herr Jaspers hatte recht gehabt: mit Heinrich war nichts Besonderes vorgefallen, er hatte nur gedacht, es sei doch richtiger, den Weihnachtsmarkt in Hamburg zu genießen und dann später nach Haus zu kommen, wenn erst im Hof der große Birnbaum blühe und sie miteinander auf den Deich hinausspazieren könnten; dann folgte die lustige Beschreibung verschiedener Feste und Schaustellungen; von den Kümmernissen, die er den Seinen zugefügt, schien ihm keine Ahnung gekommen zu sein.

Auch eine Nachschrift enthielt der Brief: er habe auf eigene Hand mit einem guten Freunde einige Geschäfte eingefädelt, die schon hübschen Gewinn abgeworfen hätten; er wisse jetzt, wo Geld zu holen sei, sie würden bald noch anderes von ihm hören. – Wie gewagt, nach mehr als einer Seite hin, diese Geschäftsverbindung sei, davon freilich war nichts geschrieben.

Carsten, da er alles einmal und noch einmal gelesen hatte, lehnte sich müde in seinen Stuhl zurück; der Name «Juliane» drängte sich unwillkürlich über seine Lippen. Aber jedenfalls – Heinrich war gesund; es war nichts Schlimmes vorgefallen.

«Nun, Ohm?» fragte Anna, die auf Mitteilung harrend mit Tante Brigitte vor ihm stand.

Er reichte ihnen den Brief. «Leset selbst», sagte er, «vielleicht daß ich heute einmal besser schlafe! Und dann, Anna, bestelle mir den Fuhrmann ab, meine alten Beine können nun nicht mehr!» Er sah fast glücklich aus bei diesen Worten; ein Ruhepunkt war eingetreten, und er wollte ihn redlich zu benutzen suchen.

Am anderen Morgen wurden die Weihnachtsgeschenke aus den Schubladen wieder hervorgeholt und, sorgsam in ein Kistchen verpackt, an Heinrich auf die Post gegeben; obenauf lag ein Brief von Anna, voll herzlichen Zuredens und voll ehrlicher Entrüstung. Als Antwort erhielt sie nach einigen Monaten ein Osterei von Zucker, aus welchem, da es sich öffnen ließ, eine goldene Vorstecknadel zum Vorschein kam; einige neckende Knittelverse, welche für die guten Lehren dankten, waren auf einem Papierstreifchen darumgewunden.

Wenn die goldene Nadel ein Ertrag der eingefädelten Geschäfte war, so blieb sie jedenfalls das einzige Zeichen, das davon nach Hause gelangte; in den spärlichen Briefen geschah derselben entweder gar nicht oder nur noch in allgemeinen Andeutungen Erwähnung.

Die Zeit rückte weiter, und nach den Ostern war jetzt der Nachmittag des Pfingstfestes herangekommen. Die Frauen befanden sich beide auf dem sonnigen Hausflur in emsiger Beschäftigung; Tante Brigitte hatte das Gardinenbrett des Ladenfensters vor sich auf dem Zahltisch liegen, bemüht, einen blütenweißen Vorhang daran festzunadeln; Anna, der eine Anzahl grüner Waldmeisterkränze über dem einen Arm hingen, suchte gegenüber an der frisch getünchten Wand nach Haken oder Nägeln, um daran den Festschmuck zu befestigen. Zwei der Kränze waren glücklich angebracht; bei dem dritten saß der Nagel doch zu hoch, als daß der ausgestreckte Arm des schlanken Mädchens ihn mit dem Kranz erreichen konnte.

«Kind, Kind!» rief Tante Brigitte vom Ladentisch herüber; «du wirst ja kochheiß, so hol doch einen Schemel!»

«Nein, Tante, es muß!» erwiderte Anna lachend und begann unter herzlichem Stöhnen ihre vergeblichen Anstrengungen zu erneuern.

Plötzlich wurde die Haustür aufgerissen, daß das Läuten der Schelle betäubend durch den Flur schallte; dazwischen rief eine jugendliche Männerstimme: «Mannshand oben!» und zugleich war auch der Kranz aus Annas aufgestreckter Hand genommen und hing im selben Augenblicke oben an dem Nagel. Anna selbst sah sich in den Armen eines schönen Mannes mit gebräuntem Antlitz und stattlichem Backenbarte, dessen Kleidung den Großstädter nicht verkennen ließ. Aber schon hatte sie mit einer so kräftigen Bewegung ihn von sich gestoßen, daß er geradewegs auf Tante Brigitte zuflog, die vor ihrem Gardinenbrett beide Hände über dem Kopf zusammenschlug. Da brach der Mißhandelte in ein lustiges Gelächter aus, das noch das Ausläuten der Türschelle übertönte.

«Heinrich, Heinrich! Du bist es!» riefen die Frauen wie aus einem Munde.

«Nicht wahr, Tante Brigitte, das nennt man überraschen!»

«Junge», sagte die Alte noch halb erzürnt; «in deinem modischen Rock steckt doch noch der alte Hans Dampf; wenn du dich ansagst, kann man sich zu Tode warten, und wenn du kommst, könnte man vor Schreck den Tod davon haben.»

«Nun, nun, Tante Brigitte, ihr sollt mich auch bald genug schon wieder loswerden; unsereiner hat nicht lange Zeit zu feiern.»

«Ei, Heinrich», sagte die gute Tante, indem sie ihn mit sichtlicher Zufriedenheit betrachtete, «so sollte es nicht gemeint sein! Was du gesund aussiehst, Junge! Nun aber hilf auch mir noch ein paar Augenblicke mit deiner hübschen Leibeslänge!»

Mit einem Satz war Heinrich über den Ladentisch hinüber und stand gleich darauf auf der Fensterbank, das Gardinenbrett mit den daranhängenden weißen Fahnen in den Händen.

Als kurz darauf ein gemessenes Läuten der Türschelle die Ankunft des bisher abwesenden Hausherrn anzeigte, saß Heinrich bereits wohlversorgt im Zimmer vor dem Kaffeetische, den aufhorchenden Frauen Wunder der Großstadt und seiner eigenen Tätigkeit verkündend. Gleich darauf stand er dem Vater gegenüber, und dieser ergriff seine beiden Hände und sah ihm mit verhaltenem Atem in die Augen. «Mein Sohn!» sagte er endlich; und Heinrich fühlte, wie aus dem Körper des alten Mannes ein Zittern in den seinen überging.

Noch lange, als sie schon mit den anderen am Tische saßen, hingen so die Blicke des Vaters an des Sohnes Antlitz, währenddessen bald wieder in Fluß gekommene Reden fast unverstanden an seinem Ohr vorübergingen. Heinrich schien ihm äußerlich fast ein Fremder; die Ähnlichkeit mit Juliane war zurückgetreten, er sagte sich das mit schmerzlicher Befriedigung; die Zeit seines Fortganges aus der Vaterstadt, obgleich nur wenige Jahre seitdem vergangen waren, lag jetzt weit dahinter. Ein freudiger Gedanke erfüllte plötzlich das Herz des Vaters: was auch damals geschehen war, es war nur der Fehler eines in der Entwicklung begriffenen, noch knabenhaften Jünglings, wofür die Verantwortlichkeit dem jetzt vor ihm sitzenden Manne nicht mehr aufgebürdet werden konnte. Carsten faltete unwillkürlich seine Hände; als Annas Blicke sich zufällig auf ihn wandten, hörte auch sie nicht mehr auf Heinrichs Wunderdinge: ihr alter Ohm saß da, als ob er betete.

Später freilich, als Sohn und Vater sich allein gegenübersaßen, mußte Heinrich auch diesem Rede stehen. Er war jetzt auf einer Geschäftsreise für seine Firma; am zweiten Festtag schon mußte er weiter, dem Norden zu. Aus dem eleganten Taschenbuche, das Heinrich hervorzog, wurde Carsten in manche Einzelheiten eingeweiht, und er nickte zufrieden, da er den Sohn in wohlgeordneter Tätigkeit erblickte. Weniger deutlich waren die Mitteilungen, die Heinrich über seine auf eigene Hand betriebenen Geschäfte machte; er verstand es, über diese selbst mit leichter Andeutung fortzugehen und sich dagegen ausführlich über neue Unternehmungen auszulassen, die mit dem unzweifelhaften Gewinn der ersteren begonnen werden sollten. Carsten war in solchen Dingen nicht erfahren; aber wenn in Heinrichs wortreicher Darlegung die Projekte immer höher stiegen und das Gold aus immer reicheren Quellen floß, dann war es mitunter, als blickten wieder Julianens Züge aus des Sohnes Antlitz, und zugleich in Angst und Zärtlichkeit ergriff er dessen Hände, als könnte er ihn so auf festem Boden halten.

Dennoch, als sie am anderen Vormittage miteinander in der Kirche saßen, konnte er sich einer kleinen Genugtuung nicht erwehren, wenn über den Gesangbüchern in allen Bänken sich die Köpfe nach dem stattlichen jungen Mann herumwandten; ja, es war ihm fast leid, daß heute nicht auch Herr Jaspers aus seinem gewohnten Stuhl herüberpsalmodierte.

Am Nachmittage, während drinnen Carsten und Brigitte ihr Schläfchen hielten, saßen Heinrich und Anna draußen auf der Bank unter dem Birnbaume. Auch sie hielten Mittagsruhe, nur daß die jungen Augen nicht zufielen wie die alten drinnen; zwar sprachen sie nicht, aber sie hörten auf den Sommergesang der Bienen, der tönend aus dem mit Blüten überschneiten Baume zu ihnen herabklang. Bisweilen, und dann immer öfter, wandte Anna den Kopf und betrachtete verstohlen das Gesicht ihres Jugendgespielen, der mit seinem Spazierstöckchen den Namen einer berühmten Kunstreiterin in den Sand schrieb. Sie konnte sich noch immer nicht zurechtfinden; der bärtige Mann an ihrer Seite, dessen Stimme einen so ganz anderen Klang hatte, war das der Heinrich noch von ehedem? – Da flog ein Star vom Dach herab auf die Einfassung des Brunnens, blickte sie mit seinen blanken Augen an und begann mit geschwellter Kehle zu schnattern, als wollte er ihr ins Gedächtnis rufen, wer dort statt seiner einst gesessen habe. Anna öffnete die Augen weit und blickte hinauf nach einem Stückchen blauen Himmels, das durch die Zweige des Baumes sichtbar war; sie fürchtete den Schatten, der drunten aus der Brunnenecke in diesen goldenen Sommertag hineinzufallen drohte.

Aber auch Heinrichs Erinnerung war durch den geschwätzigen Vogel geweckt worden; nur sahen seine Augen keinerlei Schatten aus irgendeiner Ecke. «Was meinst du, Anna», sagte er, mit seinem Stöckchen nach dem Brunnen zeigend; «glaubst du, daß ich damals wirklich in das dumme Ding hineingesprungen wäre?»

Sie erschrak fast über diese Worte. «Wenn ich es glauben müßte», erwiderte sie, «so wärest du jedenfalls nicht wert gewesen, daß ich dich davon zurückgerissen hätte.»

Heinrich lachte. «Ihr Frauen seid schlechte Rechenmeister! Dann hättest du mich ja jedenfalls nur sitzen lassen können!»

«O Heinrich, sage lieber, daß so etwas nie – nie wieder geschehen könne!»

Statt der Antwort zog er seine kostbare goldene Uhr aus der Tasche und ließ diese und die Kette vor ihren Augen spielen. «Wir machen jetzt selbst Geschäfte», sagte er dann; «nur noch einige Monate weiter, da werfe ich den Erben des Senators die paar lumpigen Taler vor die Füße; wollen sie's nicht aufheben, so mögen sie es bleiben lassen; denn freilich, bezahlt muß so was werden.»

«Sie werden es schon nehmen, wenn du es bescheiden bietest», sagte Anna.

«Bescheiden?» Er hatte sich vor sie hingestellt und sah ihr ins Gesicht, das sie sitzend zu ihm erhoben hatte, «Nun, wenn du meinst», setzte er wie gedankenlos hinzu, während seine Augen den Ausdruck aufmerksamer Betrachtung annahmen. «Weißt du wohl, Anna», rief er plötzlich, «daß du eigentlich ein verflucht hübsches Mädchen bist!»

Die Worte hatten so sehr den Ton unwillkürlicher Bewunderung, daß Anna fast verlegen wurde. «Du hast dir wohl andere Augen aus Hamburg mitgebracht», sagte sie.

«Freilich, Anna; ich verstehe mich jetzt darauf! Aber weißt du auch wohl, daß du nun bald dreiundzwanzig Jahre alt bist! Warum hast du immer noch keinen Mann?»

«Weil ich keinen wollte. Was sind das für Fragen, Heinrich!»

«Ich weiß wohl, was ich frage, Anna; heirate mich, dann bist du aus aller Verlegenheit.»

Sie sah ihn zornig an. «Das sind keine schönen Späße!»

«Und warum sollen es denn Späße sein?» erwiderte er und suchte ihre Hand zu fassen.

Sie richtete sich fast zu gleicher Höhe vor ihm auf. «Nimmer, Heinrich, nimmer.» Und als sie diese Worte, heftig mit dem Kopfe schüttelnd, ausgestoßen hatte, machte sie sich los und ging ins Haus zurück; aber sie war blutrot dabei geworden bis in ihr blondes Stirnhaar hinauf.

*

Die Geschäfte, von denen Heinrich sich goldene Berge versprochen hatte, mußten doch einen anderen Erfolg gehabt haben. Kaum einen Monat nach seiner Abreise kamen Briefe aus Hamburg, von ihm selbst und auch von Dritten, deren Inhalt Carsten den Frauen zu verbergen wußte, der ihn aber veranlaßte, sich bei seinem Gönner, dem sowohl im bürgerlichen als im peinlichen Rechte wohlerfahrenen alten Bürgermeister, eine vertrauliche Besprechung zu erbitten. Und schon am nächsten Abend im Ratsweinkeller raunte Herr Jaspers bei seinem Spitzglas Roten seinem Nachbar, dem Stadtwagemeister, zu: der alte Carstens – der Narr mit seinem liederlichen Jungen –, es sei aus guter Quelle, daß er vormittags mehrere seiner besten Hypothekverschreibungen mit einer hübschen Draufgabe gegen Bares umgesetzt habe. Der Stadtwagemeister wußte schon noch mehr: das Geld, eine große Summe, war bereits am Nachmittage nach Hamburg auf die Post gegeben. Man kam überein, es müsse dort etwas geschehen sein, das rasche und unabweisbare Hilfe erfordert habe. «Hilfe!» wiederholte Herr Jaspers, mit den dünnen Lippen behaglich den Rest seines Roten schlürfend; «Hans Christian wollte auch der Ratze helfen und füllte kochend Wasser in die Kesselfalle!»

Jedenfalls, wenn eine Gefahr vorhanden gewesen war, so schien sie für diesmal abgewendet; selbst Herr Jaspers konnte nichts Weiteres erkundschaften, und was an Gesprächen darüber in der kleinen Stadt gesummt hatte, verstummte allmählich. Nur an Carsten zeigte sich von dieser Zeit an eine auffallende Veränderung; seine noch immer hohe Gestalt schien plötzlich zusammengesunken, die ruhige Sicherheit seines Wesens war wie ausgelöscht; während er das eine Mal ersichtlich den Blicken der Menschen auszuweichen suchte, schien er ein ander Mal in ihnen fast ängstlich eine Zustimmung zu suchen, die er sonst nur in sich selbst gefunden hatte. Über mancherlei unbedeutende Dinge konnte er in jähem Schreck zusammenfahren; so, wenn unerwartet an seine Stubentür geklopft wurde, oder wenn der Postbote abends zu ihm eintrat, ohne daß er ihn vom Fenster aus vorher gesehen hatte. Man hätte glauben können, der alte Carsten habe sich noch in seinen hohen Jahren ein böses Gewissen zugelegt.

Die Frauen sahen das; sie hatten auch wohl ihre eigenen Gedanken, im übrigen aber trug Carsten seine Last allein; nur sprach er mitunter sein Bedauern aus, daß er statt aller anderen Dinge nicht lieber seine ganze Kraft auf die Vergrößerung des ererbten Geschäftes gelegt habe, so daß Heinrich es jetzt übernehmen und in ihrer aller Nähe leben könnte. – Es stand nicht zum besten in dem Hause an der Twiete; denn auch Tante Brigitte, deren sorgende Augen stets an ihrem Bruder hingen, kränkelte; nur aus Annas Augen leuchtete immer wieder die unbesiegbare Heiterkeit der Jugend.

Es war an einem heißen Septembernachmittag, als die Glocke an der Haustür läutete und gleich darauf Tante Brigitte aus der Küche, wo sie mit Anna beschäftigt war, auf den Flur hinaustrat. «In

Christi Namen!» rief sie, «da kommt der Stadtunheilsträger, wie der Herr Bürgermeister ihn nennt! Was will der von uns?»

«Fort mit Schaden!» sagte Anna und klopfte mit dem Messer, das sie in der Hand hielt, unter den Tisch. «Nicht wahr, Tante, das hilft?»

Mittlerweile stand der Berufene schon vor der offenen Küchentür. «Ei, schönsten guten Tag miteinander!» rief er mit seiner Altweiberstimme, indem er mit seinem blaukarierten Taschentuch sich die Schweißtropfen von den Haarspitzen seiner fuchsigen Perücke trocknete. «Nun, wie geht's, wie geht's? Freund Carstens zu Hause? Immer fleißig an der Arbeit?»

Aber bevor er noch eine Antwort bekommen konnte, hatte er die alte Jungfrau mit einem neugierigen Blick gemustert. «Ei, ei, Brigittchen, Ihr sehet übel aus; Ihr habt verspielt, seit wir uns nicht gesehen.»

Tante Brigitte nickte. «Freilich, es will nicht mehr so recht; aber der Physikus meint, jetzt bei dem schönen Wetter werd es besser werden.»

Herr Jaspers ließ ein vergnügliches Lachen hören. «Ja, ja, Brigittchen, das meinte der Physikus auch bei der kleinen dänischen Marie im Kloster, als sie die Schwindsucht hatte. Ihr wißt, sie nannte ihr Stübchen immer ‚min lütje Paradies'» – er lachte wieder höchst vergnüglich –, «aber sie mußte doch fort aus dat lütje Paradies.»

«Gott bewahr uns in Gnaden», rief Tante Brigitte, «Ihr alter Mensch könntet einem ja mit Euren Reden den Tod auf den Hals jagen!»

«Nun, nun, Brigittchen; alte Jungfern und Eschenstangen, die halten manche Jahre!»

«Jetzt aber macht, daß Ihr aus meiner Küche kommt, Herr Jaspers», sagte Brigitte; «mein Bruder wird Euch besser auf Eure Komplimente dienen.»

Herr Jaspers retirierte; zugleich aber hob er sich die dampfende Perücke von seinem blanken Schädel und reichte sie auf einem Finger gegen Anna hin. «Jungfer», sagte er, «sei Sie doch so gut und hänge Sie mir derweile das Ding zum Trocknen auf Ihren Plankenzaun; aber paß Sie auch ein wenig auf, daß es die Katz nicht holt.»

Anna lachte. «Nein, nein, Herr Jaspers; tragt Euer altes Scheusal nur selbst hinaus! Und unsere Katz, die frißt solch rote Ratzen nicht.»

«So, so? Ihr seid ja ein naseweises Ding!» sagte der Stadtunheilsträger, besah sich einen Augenblick seinen abgehobenen Haarschmuck, trocknete ihn mit seinem blaukarierten Taschentuche, stülpte ihn wieder auf und verschwand gleich darauf in der Tür des Wohnzimmers.

Als Carsten, der bei seinen Rechnungsbüchern saß, Herrn Jaspers' vor Geschäftigkeit funkelnde Äuglein durch die Stubentür erscheinen sah, legte er mit einer hastigen Bewegung seine Feder hin. «Nun, Jaspers», sagte er, «was für Botschaft führt Ihr denn heute wiederum spazieren?»

«Freilich, freilich, Freundchen», erwiderte Herr Jaspers, «aber Ihr wißt ja, des einen Tod, des anderen Brot!»

«Nun, so macht es kurz und schüttet Eure Taschen aus!»

Herr Jaspers schien den gespannten Blick nicht zu beachten, der aus den großen, tiefliegenden Augen auf sein kleines, faltenreiches Gesicht gerichtet war. «Geduld, Geduld, Freundchen!» sagte er und zog sich behaglich einen Stuhl herbei – «also: der kleine Krämer in der Süderstraße, wo die Ostenfelder immer ihre Notdurft holen – Ihr kennt ihn ja; das Kerlchen hatte immer eine blanke wohlgekämmte Haartolle; aber das hat ihm nichts geholfen, Carsten, nicht für einen Sechsling! Ich hoffe nicht, daß Ihr mit diesem kleinen Kiebitz irgendwo verwandt seid.»

«Ihr meint durch meinen Geldbeutel? Nein, nein, Jaspers; aber was ist mit dem? Es war bei seinen Eltern eine gute Brotstelle.»

«Allerdings, Carsten; aber eine gute Brotstelle und ein dummer Kerl, die bleiben doch nicht lang zusammen; er muß verkaufen. Ich hab's in Händen; viertausend Taler Anzahlung, fünftausend protokollierte Schulden gehen in den Kauf. – Nun? Guckt Ihr mich an? – Aber ich dachte gleich, das wäre so etwas für Euren Heinrich, wie es Euch nicht alle Tage in die Hände läuft!»

Carsten hörte das; er wagte nicht zu antworten; unruhig schob er die Papiere, die vor ihm lagen, durcheinander. Dann aber sagte er, und die Worte schienen ihm schwer zu werden: «Das geht noch nicht; mein Heinrich muß erst noch älter werden!»

«Älter werden?» Herr Jaspers lachte wieder höchst vergnüglich. «Das meinte auch unser Pastor von seinem Jungen; aber, Freundchen, was zu einem Esel geboren ist, wird sein Tage nicht kein Pferd.»

Carsten spürte starken Drang, gegen seinen Gast sein Hausrecht zu gebrauchen; aber er fürchtete unbewußt, die Sache selber mit zur Tür hinauszuwerfen.

«Nein, nein, Freundchen», fuhr der andere unbeirrt fort; «ich weiß Euch besseren Rat: eine *Frau* müßt Ihr dem Heinrich schaffen, versteht mich, eine fixe; und eine, die auch noch so ein paar Tausende in bonis hat! Nun» – und er machte mit seiner Fuchsperücke eine Bewegung nach der Gegend der Küche hin –, «Ihr habt ja alles nahe bei.»

Carsten sagte fast mechanisch: «Was Ihr Euch doch um anderer Leute Kinder für Sorgen macht!»

Aber Herr Jaspers war aufgestanden und sah mit einem schlauen Blick auf den Sitzenden hinab. «Überlegt's Euch, Freundchen, ich muß noch auf die Kämmerei; bis morgen halt ich Euch die Sache offen.»

Er war bei diesen Worten schon zur Tür hinaus. Carsten blieb mit aufgestütztem Kopf an seinem Tische sitzen; er sah es nicht, wie gleich darauf, während Herrn Jaspers' hoher Zylinder sich draußen an den Fenstern vorüberschob, die kleinen zudringlichen Augen noch einen scharfen Blick ins Zimmer warfen.

*

Die Vorschläge des «Stadtunheilsträgers» schienen dennoch nachgewirkt zu haben. – Das war es ja, wonach Carsten sich so lange umgesehen; das zu Kauf gestellte, jetzt zwar herabgekommene Geschäft konnte bei guter Führung und ohne zu hohe Zinsenlast als eine sichere Versorgung gelten. Hier am Orte konnte der Vater selbst ein Auge darauf halten, und Heinrich würde allmählich auf sich selber stehen lernen. Carsten faßte sich ein Herz; mit zitternder Hand holte er noch einmal aus seinem Schreibpult jene Hamburger Briefe, die ihm vor nicht langer Zeit den größten Teil seines kleinen Vermögens gekostet hatten, und las sie, einen nach dem anderen, sorgsam durch. Dem letzten lag ein quittierter Wechsel bei; der Name unter dem Akzept war mit vielen Strichen unleserlich gemacht.

Wie oft hatte er jene Briefe nicht schon durchgesehen, um immer aufs neue sich zu überzeugen, daß alles geordnet sei, daß für die Zukunft kein Unheil mehr daraus entstehen könne! Aber sie sollten endlich nun vernichtet werden. Er zerriß sie in kleine Fetzen und warf sie in den Ofen, wo dann das erste Winterfeuer sie ganz verzehren mochte.

Als habe er heimlich eine böse Tat begangen, so leise drückte er die Tür des Ofens wieder zu. Dann stand er lange noch vor seinem offenen Pulte, den Schlüssel in der Hand; er atmete mühsam, und sein grauer Kopf sank immer tiefer auf die Brust. Aber dennoch – und immer wieder stand ihm das vor Augen –, wozu die Verhältnisse der Großstadt den schwachen Sohn verführt hatten, hier in der kleinen Stadt war das unmöglich! Wenn er ihn nur bald, nur gleich zur Stelle hätte! Eine fieberhafte Angst befiel ihn, sein Sohn könne eben jetzt, im letzten Augenblick, wo doch vielleicht der sichere Hafen ihm bereitstehe, noch einmal sich in jenen Strudel wagen.

Das Pult zwar wurde endlich abgeschlossen; aber wohl eine Stunde lang ging der sonst nie müßige Mann wie zwecklos in Haus und Hof umher, sprach bald mit den Frauen ein Wort über Dinge, um die er sich nie zu kümmern pflegte, bald ging er durch den Pesel in den Hof, um die seit lange hergestellte Brunneneinfassung zu besichtigen. Von hier zurückkommend, öffnete er eine Tür, die aus dem Pesel in einen Seitenbau und in dessen oberem Stockwerk zu Julianens Sterbekammer führte. Die schmale, seit Jahren nicht gebrauchte Treppe krachte unter seinen Tritten, als führe die alte Zeit aus ihrem Schlafe auf. Droben in der Kammer, unter dem Fenster, das auf die düstere Twiete ging, stand ein leeres, von Würmern halb zerstörtes Bettgestell. Carsten zog den einzigen Stuhl heran und blieb hier sitzen. Vor seinen Augen füllten sich die nackten Bretter; aus weißen Kissen sah ein blasses Antlitz, zwei brechende Augen blickten ihn an, als wollten sie ihm jetzt verheißen, was zu gewähren doch zu spät war.

Erst spät am Nachmittage saß Carsten wieder an seinem Arbeitstisch. Doch waren es nicht die gewohnten Dinge, die er heute vornahm; eine Kuratelrechnung, obwohl sie morgen zur Konkurssache eingereicht werden sollte, war beiseite geschoben und dagegen ein kleines Buch aus dem Pult genommen, das den Nachweis des eigenen Vermögensstandes enthielt; die großen dunkeln Augen irrten unstet über die aufgeschlagenen Paginas. Der Alte seufzte; über die besten Nummern war ein roter Strich gezogen. Dennoch begann er sorgsam seinen Status aufzustellen: was gegenwärtig an Mitteln noch vorhanden war, worauf er in Zukunft noch zu rechnen hatte. Da es nicht reichen wollte, kalkulierte er überdies den Wert seiner kleinen Marschfenne, die er bisher noch immer festgehalten hatte; aber die Landpreise waren in jener Zeit nur unerheblich. Er dachte daran, zu seinen übrigen Arbeiten noch ein städtisches Amt zu übernehmen, das man ihm neulich angeboten, das er aber seiner geschwächten Gesundheit halber nicht anzunehmen gewagt hatte; nun meinte er, er sei zu zag gewesen; gleich morgen wolle er sich zu der noch immer unbesetzten Stelle melden. Und aufs neue machte er seine Berechnung; aber das gehoffte Resultat wollte nicht erscheinen. Er legte die Feder hin und wischte sich den Schweiß aus seinen grauen Haaren.

Da klang ihm vor den Ohren, was Herr Jaspers ihm geraten hatte, und seine Gedanken begannen in den wohlhabenden Bürgerhäusern herumzuwandern. Freilich, es waren schon Mädchen dort zu finden, wirtschaftlich und sittsam, und einzelne – so dachte er – wohl fest genug, um einen schwachen Mann zu stützen; aber würde er für seinen Heinrich dort anzuklopfen wagen?

Während er sich selbst zur Antwort langsam seinen Kopf schüttelte, trat Anna in der ganzen heiteren Entschlossenheit ihres Wesens in die Stube; wie ein Aufleuchten flog es über seine Augen, und unwillkürlich streckte er beide Arme nach ihr aus.

Anna sah ihn befremdet an. «Wolltet Ihr was, Carsten Ohm?» fragte sie freundlich.

Carsten ließ die Arme sinken. «Nein, Kind», sagte er fast beschämt, «ich wollte nichts; laß dich nicht stören; du wolltest wohl zum Vesperbrot anrichten.»

Er nahm wieder die Feder, als wolle er in der vor ihm liegenden Berechnung fortfahren; aber seine Augen blieben an dem Mädchen hängen, während diese den Klapptisch von der Wand ins Zimmer rückte und dann, kaum hörbar, mit ihrer sicheren Hand die Dinge zum gewohnten Abendtee zurechtsetzte. Ein Bild der Zukunft stieg in seiner Seele auf, vor dem er alle seine Sorgen niederlegte. – – Aber nein, nein; er hatte immer treu für dieses Kind gesorgt! Ja, wenn das Letzte nicht geschehen wäre!

Er war aufgestanden und vor sein bescheidenes Familienbild getreten. Als er es ansah, schien ihm das gemalte Abendrot zu flammen, und die Schattengestalten begannen einen Körper anzunehmen. Er nickte ihnen zu; ja, ja, das war sein Vater, seine Großmutter; das waren ehrliche Leute, die da spazierengingen!

– – Als bald darauf die Hausgenossen beim Abendbrot zusammensaßen, forschten Brigittens schwesterliche Augen immer eindringlicher in des Bruders Antlitz, das den Ausdruck der Verstörung nicht verhehlen konnte. «Tu's von dir, Carsten!» sagte sie endlich, seine Hand erfassend. «Was für eine Tracht Unheils hat der elende Mensch denn dieses Mal auf dich abgeladen?»

«Kein Unheil just, Brigitte», erwiderte Carsten, «nur eine Hoffnung, die sich nicht erfüllen kann.» Und dann berichtete er den Frauen von dem Anbot des Geweses, von seinen Wünschen und endlich – daß es sich denn doch nicht zwingen lasse.

Es folgte eine Stille nach diesen Worten. Anna schaute auf das Teekraut in ihrer leeren Tasse; aber sie fand kein Orakel darin, wie die alten Weiber das verstehen. Ihr kleiner Reichtum drückte sie wieder einmal; endlich faßte sie sich Mut, und die Augen zu ihrem Pflegevater aufhebend, sagte sie leise: «Ohm!»

«Was meinst du, Kind?»

– «Zürnt mir nicht, Ohm! Aber Ihr habt nicht gut gerechnet!»

«Nicht gut gerechnet! Anna, willst du es etwa besser machen?»

«Ja, Ohm!» sagte sie fest, und ein paar helle Tränen sprangen aus ihren blauen Augen; «sind meine dummen Taler denn auch dieses Mal nicht zu gebrauchen?»

Carsten blickte eine Weile schweigend zu ihr hinüber. «Ich hätte es mir von dir wohl denken sollen», sagte er dann; «aber, nein, Anna, auch diesmal nicht.»

– «Weshalb nicht? Sagt nur, weshalb nicht?»

«Weil eine solche Vermögensanlage keine Sicherheit gewährt.»

«Sicherheit?» – – Sie war aufgesprungen, und seine beiden Hände ergreifend, war sie vor ihm hingekniet; ihr junges Antlitz, das sie jetzt zu ihm erhob, war ganz von Tränen überströmt. «Ach, Ohm, Ihr seid schon alt; Ihr haltet das nicht aus; Ihr solltet nicht so viele Sorgen haben!»

Aber Carsten drängte sie von sich. «Kind, Kind,

du willst mich in Versuchung führen; weder ich noch Heinrich dürfen solches annehmen.»

Hilfesuchend wandte Anna den Kopf nach Tante Brigitte; die aber saß wie ein Bild, die Hände vor sich auf den Tisch gefaltet. «Nun, Ohm», sagte sie, «wenn Ihr mich zurückstoßet, so werde ich an Heinrich selber schreiben.»

Carsten legte sanft die Hand auf ihren Kopf. «Gegen meinen Willen, Anna? Das wirst du nimmer tun.»

Das Mädchen schwieg einen Augenblick; dann schüttelte sie leise den Kopf unter seiner Hand. «Nein, Ohm, das ist wohl wahr, nicht gegen Euren Willen. Aber seid nicht so hart: es gilt ja doch sein Glück!»

Carsten hob ihr Antlitz von seinen Knien zu sich auf und sagte: «Ja, Anna, das denk ich auch; aber den Einsatz darf nur Einer geben; der Eine, der ihm auch das Leben gab. Und nun, mein liebes Kind, nichts mehr von dieser Sache!»

Er drückte sie sanft von sich ab; dann schob er seinen Stuhl zurück und ging hinaus.

Anna blickte ihm nach; bald aber sprang sie auf und warf sich Tante Brigitte in die Arme.

«Wir wollen es dem lieben Gott anheimstellen», sagte die alte Frau; «ich habe dieses Mal meinen Bruder wohl verstanden.» Dann hielt sie das große Mädchen noch lange in ihren Armen.

– – Carsten war in den Hof gegangen. In der schon eingetretenen Dunkelheit saß er unter dem alten Familienbaum, der längst von Früchten leer war und aus dessen Krone er jetzt Blatt um Blatt neben sich zu Boden fallen hörte. Er dachte rückwärts in die Vergangenheit; und bald waren es Bilder, die von selber kamen und vergingen. Die Gestalt seines schönen Weibes zog an ihm vorüber, und er streckte die Arme in die leere Luft; er wußte selbst nicht, ob nach ihr oder nach dem fernen Sohn, der ihn noch unauflöslicher an ihren Schatten band. Dann wieder sah er sich selber auf der Bank sitzen, wo er gegenwärtig saß; aber als einen Knaben, mit einem Buche in der Hand; aus dem Hause hörte er die Stimme seines Vaters, und der kleine Peter kam auf seinem Steckenpferde in den Hof geritten. Bald aber mußte er sich fragen, weshalb dieses friedensvolle Bild ihn jetzt mit solchem Weh erfüllte. Da überkam's ihn plötzlich: «Damals – – ja, damals hatte er sein Leben selbst gelebt; jetzt tat ein anderer das; er hatte nichts mehr, das ihm selbst gehörte – – keine Gedanken – – keinen Schlaf –»

Er ließ seinen müden Körper gegen den Stamm des Baumes sinken; fast beruhigend klang der leise Fall der Blätter ihm ins Ohr.

– – Aber es sollte noch ein anderes geschehen, ehe dieser Tag zu Ende ging. – Drinnen hatte Brigitte sich endlich in gewohnter Weise an ihr Spinnrad gesetzt, und Anna begann den Tisch abzuräumen. Als sie mit dem Geschirr auf den Flur hinaustrat, ging eben der Postbote vorüber. «Für die Mamsell», sagte er und reichte ihr einen Brief durch die halb offene Haustür. Bei dem Lichte, das auf dem Ladentisch brannte, erkannte Anna mit Verwunderung in der Adresse Heinrichs Handschrift; er hatte niemals so an sie geschrieben. Nachdenklich nahm sie das Licht und zog, als sie hineingetreten war, die Tür der Küche hinter sich ins Schloß.

Es dauerte lange, bevor sie wieder in die Stube kam; aber Brigitte hatte es nicht gemerkt; ihr Spinnrad schnurrte gleichmäßig weiter, während Anna wie alle Tage jetzt den Tisch zusammenklappte und wieder an die Wand setzte. Nur etwas unsicherer und lauter geschah das heute; von dem Briefe sagte sie weder der alten Frau noch ihrem Pflegevater, als dieser nach einiger Zeit ins Zimmer kam und sich an seine Bücher setzte.

Endlich gingen die Frauen in das Oberhaus nach ihrer gemeinschaftlichen Schlafkammer, welche gegen den Hof hinaus lag. Die Fenster hatten offengestanden und die Abendfrische eingelassen; aber Anna konnte den Schlaf nicht finden; in das Rauschen des Birnbaums trug der Wind in langen gemessenen Pausen den Schall der Kirchenuhr herüber, und sie zählte eine Stunde nach der anderen.

Auch Brigitte schien heute nicht zu ihrem Recht zu kommen; denn sie setzte sich auf und sah nach dem Bette des Mädchens, das dem ihrigen gegenüber an der Wand stand. «Kind, hast du noch immer nicht geschlafen?» fragte sie.

– «Nein, Tante Brigitte.»

«Nicht wahr, du grämst dich um meinen alten Bruder? Aber ich kenne ihn, bitte ihn nicht mehr darum; es wäre ganz um seine Ruhe geschehen, wenn du ihn bereden könntest.»

Anna antwortete nicht.

«Schläfst du, Kind?» fragte Brigitte wieder.

– «Ich will es versuchen, Tante.»

Brigitte fragte nicht mehr; Anna hörte sie bald im ruhigen Schlummer atmen.

*

Es war fast Vormittag, als das junge Mädchen aus einem tiefen Schlaf erwachte, den sie endlich doch gefunden und aus dem die gute Tante sie nicht hatte wecken wollen. Rasch war sie in den Kleidern und ging ins Unterhaus hinab, wo sie durch die offene Tür des Pesels Brigitte an einem der dort befindlichen großen Schränke beschäftigt sah; aber sie ging nicht zu ihr, sondern in die Küche und ließ sich auf dem hölzernen Stuhl am Herde nieder. Nachdem sie von dem Kaffee, der für sie warmgestellt war, in eine Tasse geschenkt, eine Weile müßig davorgesessen und dann dieselbe zur Hälfte ausgetrunken hatte, stand sie mit einer entschlossenen Bewegung auf und trat gleich darauf ins Wohnzimmer.

Carsten stand am Fenster und schaute müßig auf den Hafenplatz hinaus. Jetzt wandte er sich langsam zu der Eintretenden: «Du hast nicht schlafen können», sagte er, ihr die Hand reichend.

– «O doch, Ohm; ich hab ja nachgeschlafen.»

«Aber du bist blaß, Anna. Du bist zu jung, um für anderer Leute Sorgen deinen Schlaf zu geben.»

«Anderer Leute, Ohm?» Sie sah ihm eine Weile ruhig in die Augen. Dann sagte sie: «Ich habe auch für mich selber viel zu denken gehabt.»

– «So sprich es aus, wenn du meinst, daß ich dir raten kann!»

«Sagt mir nur», erwiderte sie hastig, «ist das Gewese in der Süderstraße noch zu kaufen? Ich hab's doch nicht verschlafen? Herr Jaspers ist doch nicht schon wieder hier gewesen?»

Carsten sagte fast hart: «Was soll das, Anna? Du weißt, daß ich es nicht kaufen werde.»

– «Das weiß ich, Ohm, aber – –»

«Nun, Anna, was denn: aber?»

Sie war dicht vor ihn hingetreten. «Ihr sagtet gestern, ich dürfe nicht zu Heinrichs Glück den Einsatz geben; aber – wenn Ihr gestern recht hattet, es ist nun anders geworden über Nacht.»

«Laß das, Kind!» sagte Carsten; «du wirst mich nicht bereden.»

«Ohm, Ohm!» rief Anna, und eine freudige Zärtlichkeit klang aus ihrer Stimme; «es hilft Euch nun nichts mehr; denn Euer Heinrich hat mich zur Frau verlangt, und ich werde ihm mein Jawort geben.»

Carsten starrte sie an, als sei der Blitz durch ihn hindurchgeschlagen. Er sank auf den neben ihm stehenden Ledersessel, und mit den Armen um sich fahrend, als müsse er unsichtbare Feinde von sich abwehren, rief er heftig: «Du willst dich uns zum Opfer bringen! Weil ich dein Geld allein nicht wollte, so gibst du dich nun selber in den Kauf!»

Aber Anna schüttelte den Kopf: «Ihr irrt Euch, Ohm! So lieb ihr mir auch alle seid, das könnt ich nimmer; danach bin ich nicht geschaffen.»

Zaghaft, als könne sein Wort das nahende Glück zerstören, entgegnete Carsten: «Wie ist denn das? Ihr waret doch allezeit nur wie Geschwister!»

«Ja Ohm!» und ein fast schelmisches Lächeln flog über ihr hübsches Angesicht; «ich habe das auch gemeint; aber auf einmal war's doch nicht mehr so.» Dann plötzlich ernst werdend, zog sie einen Brief aus ihrer Tasche. «Da leset selbst», sagte sie, «ich erhielt ihn gestern vor dem Schlafengehen.»

Seine Hände griffen danach; aber sie bebten, daß seine Augen kaum die Zeilen fassen konnten.

Was sie ihm gegeben hatte, war der Brief eines Heimwehkranken. «Ich tauge nicht hier!» schrieb Heinrich; «ich muß nach Hause; und wenn du bei mir bleiben willst, du, Anna, mein ganzes Leben lang, dann werde ich gut sein, dann wird alles gut werden.»

Der Brief war auf den Tisch gefallen; Carsten hatte mit beiden Armen das Mädchen zu sich herabgezogen. «Mein Kind, mein liebes Kind», flüsterte er ihr zu, während unaufhörlich Tränen aus seinen Augen quollen, «ja, bleibe bei ihm, verlaß ihn nicht; er war ja doch ein so guter kleiner Junge!»

Aber plötzlich, wie von einem inneren Schrekken getrieben, drückte er sie wieder von sich. «Hast du es bedacht, Anna?» sagte er; – «ich könnte dir nicht raten, meines Sohnes Frau zu werden.»

Ein leichtes Zucken flog über das Gesicht des Mädchens, während der alte Mann mit geschlossenen Lippen vor ihr saß. Ein paarmal nickte sie ihm zu: «Ja, Ohm», sagte sie dann, «ich weiß wohl, er ist nicht der Bedachteste, sonst hättet Ihr ja keine Sorgen; aber was damals, vor Jahren hier geschah, Ihr sagtet selbst einmal, Ohm, es war ein halber Bubenstreich; und wenn er auch den Ersatz noch nicht geleistet hat, so etwas ist doch nicht mehr vorgekommen.»

Carsten erwiderte nichts. Unwillkürlich gingen seine Blicke nach dem Ofen, worin die Fetzen jener Briefe lagen. – Wenn er sie jetzt hervorholte! Wenn er vor ihren Augen sie jetzt wieder Stück für Stück zusammenfügte! – Weder Anna noch Brigitte wußten von diesen Dingen.

Seine Tränen waren versiegt; aber er nahm sein Schnupftuch, um sich die hervorbrechenden Schweißperlen von der Stirn zu trocknen. Er versuchte zu sprechen; aber die Worte wollten nicht über seine Lippen.

Das schöne blonde Mädchen stand wieder aufgerichtet vor ihm; mit steigender Angst suchte sie die Gedanken von seinem stummen Antlitz abzulesen. «Ohm, Ohm!» rief sie. «Was ist geschehen? Ihr waret so still und sorgenvoll die letzte Zeit!» – Aber als er wie flehend zu ihr aufblickte, da strich sie mit der Hand ihm die gefurchte Wange. «Nein, sorget Euch nur nicht so sehr; nehmt mich getrost zur Tochter an; Ihr sollet sehen, was eine gute Frau vermag!»

Und als er jetzt in ihre jungen, mutigen Augen blickte, da vermochte er das Wort nicht mehr hervorzubringen, vor dem mit einem Schlag seines Kindes Glück verschwinden konnte.

Plötzlich ergriff Anna, die einen Blick durchs Fenster getan hatte, seine Hände. «Da kommt Herr Jaspers!» sagte sie. «Nicht so? Ihr macht nun alles richtig?» Und ohne eine Antwort abzuwarten, ging sie rasch zur Tür hinaus.

Da wurde ihm die Zunge frei. «Anna, Anna!» rief er; wie ein Hilferuf brach es aus seinem Munde. Aber sie hörte es nicht mehr; statt ihrer schob sich Herrn Jaspers' Fuchsperücke durch die Stubentür, und mit ihm hinein drängten sich wieder die schmeichelnden Zukunftsbilder und halfen, unbekümmert um das Dunkel hinter ihnen, den Handel abzuschließen.

*

Mit dem Eckhause an der anderen Seite der Twiete beginnt vom Hafenplatz nach Osten zu die Krämerstraße, deren gegenüberliegende Häuserreihe, am Markt vorüber, sich in der langen Süderstraße fortsetzt. Dort, in einem geräumigen Hause, wohnten Heinrich und Anna. Vor dem Laden auf dem geräumigen Hausflur wimmelte es an den Markttagen jetzt wieder von einkaufenden Bauern, und Anna hatte dann vollauf zu tun, die Gewichtigeren von ihnen in die Stube zu nötigen, zu bewirten und zu unterhalten; denn das gewandte und umgängliche Wesen ihres Mannes hatte die Kundschaft nicht nur zurückgebracht, sondern auch vermehrt.

Carsten konnte es sich nicht versagen, täglich einmal bei seinen Kindern vorzugucken. Von dem Hafenplatz, dort wo die Schleuse nach Osten zu die Häuserreihe unterbricht, führte ein anmutiger Fußweg hinter den Gärten jener Straßen, auf welchem man derzeit zu einer bestimmten Vormittagsstunde ihn unfehlbar wandern sehen konnte. Aber er gönnte sich Weile; gestützt auf seinen treuen Bambus, stand er oftmals im Schatten der hohen

Gartenhecken und schaute nach der anderen Seite auf die Wiesen, durch welche der Meerstrom sich ins grüne Land hinausdrängt; jetzt zwar gebändigt durch die Schleuse, im Herbst oder Winter aber auch wohl darüber hinstürzend, die Wiesen überschwemmend und die Gärten arg verwüstend. – Bei solchen Gedanken kamen Stock und Beine des Alten wieder in Bewegung: er mußte sogleich doch Anna warnen, daß sie zum Oktober ihre schönen Sellerie zeitig aus der Erde nehme. Hatte er dann das Lattenpförtchen zu Annas Garten erreicht, so kam die hohe Frauengestalt ihm meistens auf dem langen Steige schon entgegen; ja, als es zum zweiten Male Sommer wurde, kam sie nicht allein; sie trug einen Knaben auf ihrem Arm, der ihr eigen und der auf den Namen seines Vaters getauft war. Und wie gut ihr das mütterliche Wesen ließ, wenn sie, die frische Wange an die ihres Kindes lehnend, leise singend den Garten hinabschritt! Selbst Carsten hatte auf diesen Gängen jetzt Gesellschaft; denn durch das Kind war, trotz ihrer vorgeschrittenen Altersschwäche, auch Brigitte in Bewegung gebracht. Unten am Pförtchen schon, wenn droben kaum die junge Frau mit dem Kinde aus den Bäumen trat, riefen die alten Geschwister den beiden zärtliche Worte zu. Brigitte nickte, und Carsten winkte grüßend mit seinem Bambusrohr, und wenn sie endlich nahegekommen waren, so konnte Brigitte an dem Anblick des Kindes, Carsten noch mehr an dem der Mutter sich kaum ersättigen.

– – Das Glück ging vorüber, ja, es war schon

fort, als Carsten und Brigitte noch in seinem Schein zu wandeln glaubten; ihre Augen waren nicht mehr scharf genug, um die feinen Linien zu gewahren, die sich zwischen Mund und Wangen allmählich auf Annas klarem Antlitz einzugraben begannen.

Heinrich, der anfänglich mit seinem rasch verfliegenden Feuereifer das Geschäft angefaßt hatte, wurde bald des Kleinhandels und des dabei vermachten persönlichen Verkehrs mit dem Landvolke überdrüssig. Zu mehrerem Unheil war um jene Zeit wieder einmal ein großsprechender Spekulant in die Stadt gekommen, nur wenig älter als Heinrich und dessen Verwandter von mütterlicher Seite; er war zuletzt in England gewesen und hatte von dort zwar wenig Mittel, aber einen Kopf voll halbreifer Pläne mit herübergebracht, für die er bald Heinrichs lebhafte Teilnahme zu entzünden wußte.

Zunächst versuchte man es mit einem Viehexport auf England, der bisher in den Händen einer günstig belegenen Nachbarstadt gewesen war. Nachdem dies mißlungen war, wurde draußen vor der Stadt unter dem Seedeich ein Austerbehälter angelegt, um mit den englischen Natives den hiesigen Pächtern Konkurrenz zu machen; aber dem an sich aussichtslosen Unternehmen fehlte überdies die sachkundige Hand, und Carsten, dessen Warnung man vorher verachtet hatte, mußte einen Posten nach dem anderen decken und eine Schuld über die andere auf seine Grundstücke einschreiben lassen.

Anna sah jetzt ihren Mann nur selten einen Abend noch im Hause; denn der unverheiratete Vetter nahm ihn mit in eine Wirtsstube, in der er den Beschluß seines Tagewerkes zu machen pflegte. Hier beim heißen Glase wurden die Unternehmungen beraten, womit man demnächst die kleine Stadt in Staunen setzen wollte; nachher, wenn dazu der Kopf nicht mehr taugte, kamen die Karten auf den Tisch, wo Einsatz und Erfolg sich rascher zeigten.

Heinrich hatte bei alledem die Augen für sein Weib noch nicht verloren. Warf das Glück ihm einen augenblicklichen Gewinn zu, der ihn in seinem Sinne jedesmal zum reichen Manne machte, so gab er wohl die Hälfte davon hin, sei es für goldene Ketten oder Ringe oder für einen kostbaren Stoff, um ihren schönen Leib damit zu schmücken. Aber was sollte Anna, als die Frau eines Kleinhändlers, mit diesen Dingen, zumal da nach und nach die ganze Leitung des Ladengeschäftes auf ihre Schultern gekommen war?

Eines Sonntags – die erste Ladung Austern war damals eben rasch und glücklich ausverkauft –, da sie, ihren Knaben auf dem Arm, im Zimmer auf und ab ging, trat Heinrich rasch und fröhlich zu ihr ein. Nachdem er eine Weile seine Augen auf ihrem Antlitz hatte ruhen lassen, führte er sie vor den Spiegel und legte dann plötzlich ein Halsband mit à jour gefaßten Saphiren um ihren Nacken; glücklich wie ein Kind betrachtete er sie. «Nun, Anna? – Laß dir's gefallen, bis ich dir Diamanten bringen kann!»

Der Knabe griff nach den funkelnden Steinen und stieß Laute des Entzückens aus, aber Anna sah ihren Mann erschrocken an. «O Heinrich, du hast mich lieb; aber du verschwendest! Denk an dich, an unser Kind!»

Da war die Freude auf seinem Antlitz ausgelöscht; er nahm den Schmuck von ihrem Halse und legte ihn wieder in die Kapsel, aus der er ihn zuvor genommen hatte. «Anna!» sagte er nach einer Weile und ergriff fast demütig die Hand seiner Frau, «ich habe meine Mutter nicht gekannt, aber ich habe von ihr gehört – nicht zu Hause, mein Vater hat mir nie von ihr gesprochen; ein alter Kapitän in Hamburg, der in seiner Jugend einst ihr Tänzer war, erzählte mir von ihr – sie ist schön gewesen; aber sie hat auch nichts anderes wollen, als nur schön und fröhlich sein; für meinen Vater ist ihr Tod vielleicht ein Glück gewesen – ich hatte oftmals Sehnsucht nach dieser Mutter; aber, Anna – ich glaube, ihren Sohn, den hättest du besser nicht zum Mann genommen.»

In leidenschaftlicher Bewegung schlang das junge Weib den freien Arm um ihres Mannes Nakken. «Heinrich, ich weiß es, ich bin anders als du, als deine Mutter; aber darum eben bin ich dein und bin bei dir; wolle auch du nur bei mir sein, geh nur abends nicht immer fort, auch um deines alten Vaters willen tu das nicht! Er grämt sich, wenn er dich in der Gesellschaft weiß.»

Aber bei Heinrich hatte infolge der letzten Worte die Stimmung schon gewechselt. Er löste Annas Arm von seinem Halse, und mit einem Scherz, der etwas unsicher über seine Lippen kam, sagte er: «Was kann denn ich dafür, wenn der Wein, den ich trinke, meinem Vater Kopfweh macht?»

Mit einer heftigen Bewegung schloß Anna den Knaben an ihre Brust. «Sei versichert, Heinrich, ich werde treulich sorgen, daß dieses Kind das nicht dereinst von seinem Vater sage!»

«Nun, nun, Anna! Es war ja nicht so bös gemeint.»

– – Wie es immer gemeint sein mochte, anders war es deshalb nicht geworden. Der Nachtwächter, wenn er derzeit auf seiner Runde sich Heinrichs Hause näherte, sah oft den Kopf der jungen Frau aus dem offenen Fenster in die nächtliche stille Gasse hinaushorchen; er kannte sie wohl, denn er war der Vater jenes Nachbarkindes, mit dem Anna sich einst so liebreich umhergeschleppt hatte. Ehrerbietig, ohne von ihr bemerkt zu werden, zog er im Vorübergehen seinen Hut und rief erst weit hinter ihrem Hause die späte Stunde ab. Aber Anna hatte doch jeden Glockenschlag gezählt, und wenn endlich der bekannte Schritt von unten aus der Straße ihr entgegenscholl, so war er meistens nicht so sicher, als sie ihn am Tage doch noch zu hören gewohnt war. Dann floh sie ins Zimmer zurück und warf angstvoll die Arme über die Wiege ihres Kindes.

In der Stadt schüttelten schon längst die klugen wie die dummen Leute ihre Köpfe, und abends im Ratskeller konnte man von vergnüglichem Lachen die Fuchsperücke auf Herrn Jaspers' Haupte hüpfen sehen; ja, er konnte sich nicht enthalten, seinem

Freunde, dem Stadtwagemeister, wiederholt die tröstliche Zuversicht auszusprechen, daß das Haus in der Süderstraße bald noch einmal durch seine schmutzigen Maklerhände gehen werde.

Indessen hatte Carsten einen stillen, immer wiederkehrenden Kampf mit seinem eigenen Kinde zu bestehen. Damals bei Eingehung der Ehe hatte er es bei den Brautleuten durchgesetzt, daß ein Teil von Annas Vermögen als deren Sondergut unter seiner Verwaltung geblieben war; jetzt sollte auch dieses in das Kompaniegeschäft hineingerissen werden; aber Anna, welche, seit sie Mutter geworden war, diesen Rest als das Eigentum ihres Kindes betrachtete, hatte alles in ihres Ohms und Vaters treue Hand gelegt. – Stöhnend, wenn nach solcher Verhandlung der Sohn ihn unwillig verlassen hatte, blickte der Greis wohl nach dem Ofen, in dem vor Jahren die Reste jener Briefe verbrannt waren, oder er stand vor seinem Familienbilde und hielt stummen, schmerzlichen Zwiesprach mit dem Schatten seiner eigenen Jugend.

Ein anscheinend unbedeutender Umstand kam noch hinzu. In einer Nacht, es mochte schon gegen zwei Uhr morgens sein, erkrankte die alte Brigitte plötzlich, und da nur über Tag eine Aushilfsfrau im Hause war, so machte Carsten sich selber auf, den Arzt zu holen.

Sein Rückweg führte ihn an jener vorerwähnten Wirtsstube vorüber, aus deren Fenstern allein in der dunkeln Häuserreihe noch ein Lampenschein auf die Straße hinausfiel. Gäste schienen nicht mehr dort zu sein, denn es war ganz still darinnen; und schon hatte Carsten das Haus im Rücken, da drang von dort ein heiserer Laut in seine Ohren, der ihn plötzlich stillstehen machte; in dieser häßlichen Menschenstimme, in der sich eine andere ihm bekannte zu verstecken schien, war etwas, das ihn auf den Tod erschreckte. Er konnte nicht weiter, er mußte zurück; lauernd und gierig, noch einmal und genauer dann zu hören, stand er unter dem Fenster der verrufenen Kneipe. Und noch einmal kam es, müde wie von lallender Zunge ausgestoßen. Da schlug der Alte beide Hände über den Kopf zusammen, und sein Stock fiel schallend auf die Steine.

Brigitte genas allmählich, soweit man im fünfundsiebzigsten Jahre noch genesen kann; Carsten aber hatte seit jener Nacht auch seinen letzten Schlaf verloren. Immer meinte er, von jener Trinkstube her, die doch mehrere Straßen weit entfernt lag, die heisere Stimme seines Sohnes zu hören; er setzte sich auf in seinen Kissen und horchte auf die Stille der Nacht; aber immer wieder in kleinen Pausen löste sich aus ihr jener furchtbare Ton; seine hagere Hand griff in das Dunkel hinein, als wolle sie die des Sohnes fassen; aber schlaff fiel sie alsbald über den Rand des Bettes nieder.

Seine Gedanken flogen zurück in Heinrichs Kinderzeit; er suchte sich das glückliche Gesicht des Knaben zurückzurufen, wenn es hieß: «Am Deich spazierengehen»; er suchte seinen Jubel zu hören, wenn ein Lerchennest gefunden oder eine große Seespinne von der Flut ans Ufer getrieben wurde. Aber auch hier kam etwas, um seinen kargen Schlaf mit ihm zu teilen. Nicht nur, wenn es von den Nordseewatten her an sein Fenster wehte, sondern auch in todstiller Nacht, immer war jetzt das eintönige Tosen des Meeres in seinen Ohren; wie zur Ebbezeit von weit draußen, hinter der Schmaltiefe schien es herzukommen; statt des glücklichen Gesichtes seines Knaben sah er die bloßgelegten Strekken des gärenden Wattenschlamms im Mondschein blänkern, und daraus flach und schwarz erhob sich eine öde Hallig. Es war dieselbe, bei der er einst mit Heinrich angefahren, um Möven- oder Kiebitzeier dort zu suchen. Aber sie hatten keine gefunden; nur den aufgeschwemmten Leichnam eines Ertrunkenen. Er lag zwischen dem urweltlichen Kraut des Queller, von großen Vögeln umflogen, die Arme ausgestreckt, das furchtbare Totenantlitz gegen den Himmel gekehrt. Schreiend, mit entsetzten Augen, hatte bei diesem Anblick der Knabe sich an den Vater angeklammert.

Immer wieder, ja selbst im Traum, wohin diese Vorstellungen ihn verfolgten, suchte der Greis seine Gedanken nach friedlicheren Orten hinzulenken; aber jedes Wehen der Luft führte ihn zurück auf jenes furchtbare Eiland.

Auch die Tage waren anders geworden; der alte Carsten Curator führte zwar noch diesen seinen Beinamen; aber er führte ihn fast nur noch wie ein pensionierter Beamter seinen Amtstitel, und freilich ohne alle Pension. Die meisten seiner derartigen Geschäfte waren in jüngere Hände übergegangen; nur das kleine städtische Amt, das er derzeit wirklich erhalten hatte, wurde noch von ihm bekleidet, und auch der Wollwarenhandel ging in Brigittens alternder Hand seinen, freilich immer schwächeren Gang.

*

Es war an einem Nachmittag zu Anfang des November. Der Wind kam steif aus Westen; der Arm, mit dem die Nordsee in Gestalt des schmalen Hafens in die Stadt hineinlangt, war von trübgrauem Wasser angefüllt, das kochend und schäumend schon die Hafentreppen überflutet hatte und die kleinen vor Anker liegenden Inselschiffe hin und wieder warf. Hier und da begann man schon vor Haustüren und Kellerfenstern die hölzernen Schotten einzulassen, zwischen deren doppelte Wände dann der Dünger eingestampft wurde, der schon seit Wochen auf allen Vorstraßen lagerte.

Aus dem Hause an der Twiete trat, von Brigitte zur Tür geleitet, ein junger Schiffer, der sich mit einer wollenen Jacke für den Winter ausgerüstet hatte; aber der Sturm riß ihm das Papier von seinem Packen und den Hut vom Kopfe. «Oho, Jungfer Brigitte», rief er, indem er seinem Hute nachlief, «der Wind ist umgesprungen; das gibt bös Wasser heut!»

«Herr du mein Jesus!» schrie die Alte; «sie dämmen überall schon vor! Christinchen, Christinchen!» – sie wandte sich zu einem Nachbarskinde, das sie in Abwesenheit der Eltern in ihrer Obhut hatte – «die Schotten müssen aus dem Keller! Lauf in die Krämerstraße; der lange Christian, er muß sogleich herüberkommen!»

Das Kind lief; aber der Sturm faßte es und hätte es wie einen armen Vogel gegen die Häuser geworfen, wenn nicht zum Glück der lange Christian schon gekommen wäre und es mit zurückgebracht hätte.

Die Schotten wurden herbeigeholt und vor der Haustür bis zu halber Mannshöhe eingelassen. Als die Dämmerung herabfiel, war fast der ganze Hafenplatz schon überflutet; aus den dem Bollwerk nahe gelegenen Häusern brachte man mit Booten die Bewohner nach den höheren Stadtteilen. Die Schiffe drunten rissen an den Ankerketten, die Masten schlugen gegeneinander; große weiße Vögel wurden mitten zwischen sie hineingeschleudert oder klammerten sich schreiend an die schlotternden Taue.

Brigitte und das Kind hatten eine Zeitlang der Arbeit des langen Christian zugesehen; jetzt saßen sie im Dunkeln in der Stube hinter den fest angeschrobenen Fensterläden. Draußen das Klatschen des Wassers, das Pfeifen in den Schiffstauen, das Rufen und Schreien der Menschen; wie grimmig zerrte es an den Läden, als wollte es sie herunterreißen. «Hu», sagte das Kind, «es kommt herein, es holt mich!»

«Kind, Kind», rief die Alte, «was sprichst du da? Was soll hereinkommen?»

«Ich weiß nicht, Tante; das, was da außen ist!»

Brigitte nahm das Kind auf ihren Schoß.

«Das ist der liebe Gott, Christinchen; was der tut, das ist wohlgetan. – Aber komm, wir wollen oben nach meiner Kammer gehen!»

Währenddessen war Carsten hinten im Pesel beschäftigt; er packte die in dem einen Schranke lagernden alten Papiere und Rechnungsbücher aus und trug sie nach der Kammer des Seitenbaues hinauf; denn erst nach etwa einer Stunde war hohe Flut; das untere Haus war heute nicht sicher vor dem Wasser.

Eben trat er, eine brennende Unschlittkerze in der Hand, wieder in den Pesel; das im Zuge qualmende Licht, welches er in Ermangelung eines Tisches auf die Fensterbank niedersetzte, ließ den hohen Raum mit den mächtigen Schränken nur um so düsterer erscheinen; bei dem schräg von Westen einfallenden Sturme rasselten die in Blei gefaßten Scheiben, als sollten sie jeden Augenblick auf die Fliesen hineingeschleudert werden.

Der Greis schien es desungeachtet und trotz den Schreien und Rufen, die von der Straße zu ihm hereindrangen, nicht eben eilig mit seiner Arbeit zu haben. Sein Haus, das steinerne, würde schon stehenbleiben; ein anderer Untergang seines Hauses stand ihm vor der Seele, dem er nicht zu wehren wußte. Am Vormittage war Anna dagewesen und hatte, als letzte Rettung ihres Mannes, nun selbst die Auslieferung ihrer Wertpapiere von ihm verlangt; aber auch ihr, die zu dieser Forderung berechtigt war, hatte er sie abgeschlagen. «Verklage mich; dann können sie mir gerichtlich abgenommen werden!»

Er wiederholte sich jetzt diese Worte, mit denen er sie entlassen hatte, und Annas gramentstelltes Antlitz stand vor ihm auf, eine stumme Anklage, der er nicht entgehen konnte.

Als er sich endlich wieder an dem Schranke niederbückte, hörte er draußen die Tür, welche von der Twiete in den Hof führte, gewaltsam aufreißen; bald darauf wurde auch die Hoftür des Pesels aufgeklinkt, und wie vom Sturm hereingeworfen, stand mitten in dem düsteren Raume eine Gestalt, in der Carsten allmählich seinen Sohn erkannte.

Aber Heinrich sprach nicht und machte auch keine Anstalt, die Tür, durch welche der Sturm hereinblies, wieder zu schließen. Erst, nachdem sein Vater ihn aufgefordert hatte, tat er das; doch war ihm mehrmals die Klinke dabei aus der Hand geflogen.

«Du hast mir noch keinen guten Abend geboten, Heinrich», sagte der Alte.

«Guten Abend, – Vater.»

Carsten erschrak, als er den Ton dieser Stimme hörte; nur einmal, in einer Nacht nur hatte er ihn gehört. «Was willst du?» frug er. «Weshalb bist du nicht bei Frau und Kind? Das Wasser wird schon längst in eurem Garten sein.»

Was Heinrich hierauf erwiderte, war bei dem Tosen, das von allen Seiten um das Haus fuhr, kaum zu hören.

«Ich verstehe dich nicht! Was sagst du?» rief der Greis. – «Das Geld? Die Papiere deiner Frau? – Nein, die gebe ich nicht!»

«Aber – ich bin bankerott – schon morgen!» Die Worte waren gewaltsam hervorgestoßen, und Carsten hatte sie verstanden.

«Bankerott!» Wie betäubt wiederholte er das eine

Wort. Aber bald danach trat er dicht zu seinem Sohne, und die hagere Hand wie zu eigener Stütze gegen seine Brust pressend, sagte er fast ruhig: «Ich bin weit mit dir gegangen, Heinrich; Gott und dein armes Weib wollen mir das verzeihen! Ich gehe nun nicht weiter; was morgen kommt – wir büßen beide dann für eigene Schuld.»

«Vater! mein Vater!» stammelte Heinrich. Er schien die Worte, die zu ihm gesprochen wurden, nicht zu fassen.

In jähem Andrang streckte der Greis beide Arme nach dem Sohne aus; und wenn die in dem großen Raume herrschende Dämmerung es gestattet hätte und wenn seine Augen klar genug gewesen wären, Heinrich hätte vor dem Ausdruck in seines Vaters Angesicht erschrecken müssen; aber die Schwäche, welche diesen für einen Augenblick überwältigt hatte, ging vorüber. «Dein Vater?» sagte er, und seine Worte klangen hart. «Ja, Heinrich! – Aber ich war noch etwas anderes – die Leute nannten mich danach –, nur ein Stück noch habe ich davon behalten; sieh zu, ob du es aus meinen alten Händen reißen kannst! Denn – betteln gehen, das soll dein Weib doch nicht, weil ihr Curator sie für seinen schlechten Sohn verraten hat!» Von draußen drang ein Geschrei herein, und aus entfernten Straßen scholl der dumpfe herkömmliche Notruf: «Water! Water!»

«Hörst du nicht?» rief der Alte; «die Schleuse ist gebrochen! Was stehst du noch? Ich habe keine Hilfe mehr für dich!»

Aber Heinrich antwortete nicht; er ging auch

nicht; mit schlaff herabhängenden Armen blieb er stehen.

Da, wie in plötzlicher Anwandlung, griff Carsten nach der flackernden Unschlittkerze und hielt sie dicht vor seines Sohnes Angesicht.

Zwei stumpfe gläserne Augen starrten auf ihn hin.

Der Greis taumelte zurück. «Betrunken!» schrie er, «du bist betrunken!»

Er wandte sich ab; mit der einen Hand die qualmende Kerze vor sich haltend, die andere abwehrend hinter sich gestreckt, wankte er nach der Tür des Seitenbaues. Als er hindurchschritt, fühlte er sich an seinem Rocke gezerrt; aber er machte sich los, und es wurde finster im Pesel, und von der anderen Seite drehte sich der Schlüssel in der Tür.

Der Trunkene war plötzlich seiner Sinne mächtig geworden. Wie aus dem Nebel eines Traumes erwachend, fand er sich allein in dem ihm wohlbekannten dunklen Raume; er wußte mit einem Male jedes Wort, das zu ihm gesprochen war. Er tastete an der verschlossenen Tür, er rüttelte daran. «Vater! hör mich!» rief er, «hilf mir, mein Vater! nur noch dies eine, letzte Mal!» Und wieder rüttelte er, und noch einmal mit lauter Stimme rief er es. Aber, ob der Sturm es verwehte oder ob seines Vaters Ohr für ihn verschlossen war, ihm wurde nicht geöffnet; nichts hörte er als das Toben in den Lüften und zwischen den Schluchten der Höfe und Häuser.

Eine Weile noch stand er, das Ohr gegen die Tür gedrückt; dann endlich ging er fort. Aber nicht durch den Hof nach der Twiete, wo die Tür vielleicht noch frei von Wasser war; er ging durch den Flur an die Schotten der offenen Haustür, an denen schon bis zur halben Höhe das Wasser hinaufklatschte. Der Mond war aufgestiegen; aber am Himmel flogen die Wolken; Licht und Dunkel jagten abwechselnd über die schäumenden Wasser. Vor ihm über der Schleuse, wo es ostwärts durch die Häuserlücke nach den Gärten und Wiesen geht, schien jetzt ein mächtiger Strom hinabzuschießen; er glaubte den Todesschrei der Tiere zu hören, welche die erbarmungslosen Naturgewalten wie im Taumel dort vorüberrissen. Ihn schauderte; – was wollte er hier? – Aber gleich darauf warf er den bleichen, noch immer jugendlich schönen Kopf zurück. «Oiho, Jens!» rief er plötzlich; er hatte seitwärts unter den Häusern ein mit zwei Leuten bemanntes Boot erblickt, das zu einem der früheren Austerschiffe gehörte. Ein trotziger Übermut sprühte aus seinen eben noch so stumpfen Augen. «Gib mir das Boot, Jens! Oder habt ihr selbst noch was damit?»

«Diesmal nicht!» scholl es zurück. «Aber wohin will der Herr?»

«Wohin? Ja, wohin? Dort, nur querüber nach der Krämerstraße!»

Das winzige Boot legte sich an die Schotten.

«Steigt ein, Herr; aber setzt uns hier nebenan beim Schlachter ab!»

Heinrich stieg ein, und die beiden anderen wurden, wie sie es verlangten, ausgesetzt. Als sie aber dort hinter den Schotten in der Haustür standen, sahen sie bald, daß das Boot nicht, wie Heinrich angegeben, in den sicheren Paß der Straße lenkte. «Herr, zum Teufel», schrie der eine, «wo wollt Ihr hin?»

Heinrich war noch im Schutze der Häuserreihe. «Nach Haus!» rief er zurück. «Hintenum nach Haus!»

«Herr, seid Ihr toll! Das geht nicht; das Boot kentert, eh Ihr um die Schleuse seid!»

«Muß gehen!» kam es noch einmal halbverweht zurück; dann schoß das Boot in den wüsten Wasserschwall hinaus. Noch einen Augenblick sahen sie es wie einen Schatten von den Wellen auf- und abgeworfen; als es über der Schleuse in die Häuserlücke gelangte, wurde es vom Strom gefaßt. Die Leute stießen einen Schrei aus; das Boot war jählings ihrem Blick entschwunden. – –

«War mir doch», sagte Brigitte oben in ihrer Kammer zu dem Kinde, «als hätte ich vorhin des Onkel Heinrichs Stimme gehört! Aber wie sollte der hierher kommen!» Dann ging sie hinaus und rief von der Treppe in den dunklen Flur hinab: «Heinrich, bist du da, Heinrich?» – Als keine Antwort kam, schüttelte sie den Kopf und horchte noch einmal; aber nur das Wasser klatschte gegen die Schotten.

Sie ging vollends in das Unterhaus hinab, entzündete mit Mühe ein Licht und stellte es in das Ladenfenster; dann, nachdem sie den Wasserstand besichtigt hatte, stieg sie wieder hinauf in ihre Kammer. «Sei ruhig, Christinchen, das Wasser kommt heute nicht ins Haus; aber der Onkel Heinrich ist auch nicht dagewesen.»

Wohl eine Viertelstunde war vergangen; draußen schien es ruhiger zu werden, die Leute saßen abwartend in ihren Häusern. Da setzte Brigitte plötzlich das Kind von ihrem Schoße. «Was war das? Hörtest du das, Christinchen?» Und wieder lief sie nach der Treppe. «Ist jemand unten?» rief sie in den Flur hinab.

«Was wollt Ihr? Seid Ihr's denn, Nachbar?» fragte die Alte. «Wie seid Ihr an das Haus gekommen?»

«Ich hab ein Boot, Brigitte; aber kommt einmal herab!»

So rasch sie vor dem Kinde konnte, das sich wieder an ihren Rock geklammert hatte, stieg sie die Treppe hinab. «Was ist denn, Nachbar? Gott schütze uns vor Unglück!»

«Ja, ja, Brigitte, Gott schütze uns! Aber hinter der Krämerstraße auf den Fennen ist ein Mensch in Not.»

«Allbarmherziger Gott, ein Mensch! Wollt Ihr das große Tau von unserem Boden?»

Der Mann schüttelte den Kopf. «Es ist zu weit, der Mensch sitzt auf dem hohen Scheuerpfahl, der nur noch eben über Wasser ist. Hört nur! Man kann ihn schreien hören! – Nein, nein, es war nur der Wind. Aber drüben von des Bäckers Hausboden können sie ihn sehen.»

«Bleibt noch!» sagte die Alte. «Ich will Carsten rufen; vielleicht weiß der noch Rat.»

Ein paar Worte noch wechselten sie; dann lief Brigitte nach dem Pesel. Aber es war dunkel, Carsten war nicht dort. Als sie sich mit dem Kinde nach der Ecke des Seitenbaues hingetastet hatte, fand sie die Tür verschlossen.

«Carsten, Carsten!» rief sie und schlug mit beiden Händen darauf los. Endlich kam es die Treppe herab, der Schlüssel drehte sich, und Carsten mit der heruntergebrannten Kerze in der Hand trat ihr totenbleich entgegen.

«Um Gottes willen, Bruder, wie siehst du aus! Warum verschließt du dich? Was hast du oben in der Totenkammer aufgestellt?»

Er sah sie ruhig, aber wie abwesend aus seinen großen Augen an.

«Was willst du, Schwester?» fragte er. «Ist denn das Wasser schon im Fallen?»

«Nein, Bruder; aber es hat ein Unglück gegeben!» Und sie berichtete mit fliegenden Worten, was der Nachbar ihr erzählt hatte.

Die steinerne Gestalt des Alten wurde plötzlich lebendig. «Ein Mensch? Ein Mann, Brigitte?» rief er und packte den Arm seiner alten Schwester.

«Freilich, freilich; ein Mann, Bruder!»

Das Kind, das Brigittens Rock nicht losgelassen hatte, streckte jetzt sein Köpfchen vor. «Ja, Carsten Ohm», sagte es wichtig, «und der Mann ruft immer nach seinem Vater! Von Nachbar Bäcker seinem Boden können sie ihn schreien hören!»

Carsten ließ das Licht auf die Fliesen fallen und stürzte fort. Er war schon drunten vor den Schotten und wäre in das Wasser hinausgestiegen, wenn ihm der Nachbar nicht noch zur Not ins Boot geholfen hätte.

Einige Augenblicke später stand er drüben in der Krämerstraße auf dem dunklen Boden des Bäckers und ließ durch die offene Luke seine Blicke in den nächtlichen Graus hinausirren.

«Wo? wo?» fragte er zitternd.

«Guckt nur gerade aus! Der Pfahl auf Peter Hansens Fenne!» antwortete der dicke Bäcker, der, mit den Daumen in den Armlöchern seiner Weste, neben ihm stand; «'s ist nur zu dunkel jetzt; Ihr müßt warten, bis der Mond wieder vorkommt! Aber ich geh nach unten; ich bin zu weich; ich halt's nicht aus, das Schreien hier mit anzuhören.»

«Schreien? Ich höre nichts!»

«Nicht? Nun, helfen kann's dem drüben auch nicht weiter.»

Eine blendende Mondhelle brach durch die vorüberjagenden Wolken und beleuchtete das geisterbleiche Gesicht des Greises, der sein fliegendes Haar mit beiden Händen hielt, während die großen Augen angstvoll über die schäumende Wasserwüste schweiften.

Plötzlich zuckte er zusammen.

«Carsten, alle Teufel, Carsten!» rief der Bäcker, der trotz seinem weichen Herzen noch zur Stelle war; denn in demselben Augenblicke war Carsten lautlos in die Arme des dicken Mannes hingefallen.

«Ja, so», setzte der hinzu, als er nun auch einen Blick durch die Luke tat; «der Pfahl ist, bei meiner armen Seele, leer! Aber was zum Henker ging denn das den Alten an!»

*

Es ist zwar nie ermittelt worden, wer der Mensch gewesen, dessen Notschrei derzeit von der Flut erstickt wurde; gewiß aber ist es, daß Heinrich weder in jener Nacht noch später wieder nach Hause gekommen oder überhaupt gesehen worden ist.

Im übrigen hat Herrn Jaspers' fröhliche Zuversicht sich mehr noch als bewährt; nicht nur das Haus in der Süderstraße, auch das an der Twiete ging bald durch seine Hände. Nur Tante Brigittens Sarg stand noch im kühlen Pesel und wurde von da zur ewigen Ruhe hinausgetragen. Carsten mußte ausziehen; während drinnen der Auktionshammer schallte, ging er, von Anna gestützt, aus seinem alten Hause, um es niemals wieder zu betreten. Oben in der Süderstraße, weit hinter Heinrichs früherem Gewese, dort wo die letzten kleinen Häuser mit Stroh gedeckt sind, war jetzt ihre gemeinschaftliche Heimat. Ein Amt bekleidete Carsten nicht mehr, auch sonst betrieb er keine Geschäfte; denn in jener Nacht war er vom Schlage getroffen worden, und sein Kopf hatte gelitten; dagegen war er noch wohl geeignet, den kleinen Heinrich zu warten, welcher den halben Tag auf seines Großvaters Schoße zubrachte. Not litt der Alte nicht, obgleich Anna auch den letzten Bruchteil ihres Vermögens um des Gedächtnisses ihres Mannes willen hingegeben hatte; aber ihre Hände und ihr Mut waren nimmer müde. Sie war völlig verblüht, nur ihr schönes blondes Haar hatte sie noch behalten; aber eine geistige Schönheit leuchtete jetzt von ihrem Antlitz, die sie früher nicht besessen hatte; und wer sie damals in ihrer hohen Gestalt zwischen dem

Kinde und dem zum Kind gewordenen Manne erblickt hat, dem mußten die Worte der Bibel ins Gedächtnis kommen: Stirbt auch der Leib, doch wird die Seele leben!

Für den Greis aber bildete es eine täglich wiederkehrende Lust, die Züge der Mutter in dem kleinen Antlitz seines Enkels aufzusuchen. «Dein Sohn, Anna; ganz dein Sohn!» pflegte er nach längerer Betrachtung auszurufen. «Er hat ein glückliches Gesicht!» Dann nickte Anna und sagte lächelnd: «Ja, Großvater; aber der Junge hat ganz Eure Augen.»

*

Und so geht es fort in den Geschlechtern: die Hoffnung wächst mit jedem Menschen auf; aber keiner denkt daran, daß er mit jedem Bissen seinem Kinde zugleich ein Stück des eigenen Lebens hingibt, das von demselben bald nicht mehr zu lösen ist.

Heil dem, dessen Leben in seines Kindes Hand gesichert ist; aber auch dem noch, welchem von allem, was er einst besessen, nur eine barmherzige Hand geblieben ist, um seinem armen Haupte die letzten Kissen aufzuschütteln.

DER HERR ETATSRAT

*

Wir hatten über Personen und Zustände gesprochen, wie sie zur Zeit meiner Jugend in unserer Vaterstadt gewesen waren, und zuletzt auch einer eigentümlichen und derzeit nicht eben in bester Weise viel besprochenen Persönlichkeit Erwähnung getan.

«Sie müssen die Bestie ja noch in Person gekannt haben?» wandte sich ein etwas derber junger Freund zu mir. «Ich habe nur so von fern darüber reden hören.»

«Wenn Sie», erwiderte ich, «mit diesem Worte den ‚Herrn Etatsrat' bezeichnen wollen, so habe ich ihn in gewisser Beziehung allerdings gekannt; ihn und auch die Seinen. Übrigens gehörte er ohne Zweifel zu der Gattung homo sapiens; denn er hatte unbewegliche Ohren und ging, wenn er nicht betrunken war, trotz seinen kurzen Beinen aufrecht. Freilich soll eine Nachtwächterfrau, da sie einst im Schummerabend ihm begegnete, mit Zetergeschrei davongelaufen sein, weil sie ihn für einen Tanzbären hielt, den sie tags vorher auf dem Jahrmarkte gesehen hatte. Und in der Tat, der dicke braunrote Kopf mit dem kurzgeschorenen Schwarzhaar, welcher unmittelbar aus dem fleischigen Brustkasten herausgewachsen schien, mochte alten Frauen immerhin einen gerechten Schrecken einjagen.

Bei uns Jungen war die Wirkung freilich eine andere. Mir ist noch wohl erinnerlich, wie einst an einem Sonntagvormittage ein armer Bube unter dem Versprechen eines Sechslings bei der etatsrätlichen Gartenplanke von uns angestellt wurde, um uns zu rufen, sobald der mächtige Herr den einzigen Ort betreten hätte, worin er derzeit außer seinem Hause noch in Person zu sehen war.

Und bald, auf einen vorsichtig erteilten Wink des Jungen, lagen auch wir mit plattgedrückten Nasen an der Planke. ‚Dat is em! Da ist em!' ging es flüsternd von dem einen zum anderen, als endlich die groteske Gestalt, aus einer riesigen Meerschaumpfeife rauchend, unter dröhnendem Räuspern auf dem Gartensteige dahergewatschelt kam und sich dann in einer offenen Laube in einen kräftig gezimmerten Lehnsessel sinken ließ. Nachdem er den verlorenen Atem wiedergewonnen hatte, blickte er mit einer herablassenden Miene um sich und räusperte sich dann noch einmal, daß es weit über die Nachbargärten hinscholl. Diesmal aber war es unverkennbar ein demonstratives Räuspern: ‚Ihr kleinen Leute, wisset es alle, der Herr Etatsrat wird jetzt seine Gartenruhe halten!' Dann suchte er seinen dicken Kopf zwischen den Schultern aufzurichten und rief ein paarmal hintereinander: ‚Käfer – Käfer!'

Es war kein Insekt, das auf diesen Ruf erschien,

sondern ein etwa achtzehnjähriger Bursche, der als Schreiber und Bedienter in einer Person bei ihm beschäftigt wurde. Vom Hause her brachte er erst einen kleinen Tisch, dann einen Schemel, einen Tabakskasten, eine Zeitung und zuletzt auf einem Präsentierbrettchen ein großes Kelchglas, aus dem ein starker Dampf emporstieg. Der Bursche mit seinem zarten, blassen Gesicht und den weichgelockten braunen Haaren sah keineswegs so übel aus; aber die Art, womit er alle diese Dinge schob und rückte und dem Herrn Etatsrat handgerecht zu machen wußte, war von einer so glatten Beflissenheit und doch wiederum so unverkennbar von verstohlenem Trotz begleitet, daß ich schon damals einen mir sehr bewußten Widerwillen gegen diesen Käfer faßte. Mir sind im späteren Leben ähnliche Gesichter begegnet, welche, ohne daß etwas Besonderes von ihnen ausgegangen wäre, meine flache Hand ins Zucken brachten und mir dadurch über meine derzeitigen Gefühle und Wünsche in betreff jenes schmucken Gesellen zur völligen Klarheit halfen.

Wie lange übrigens damals der Herr Etatsrat in seinem Gartensessel ruhte und wie oft der dampfende Kelch geleert wurde, vermag ich nicht zu sagen; jedenfalls hörten wir noch mehrere Male das ‚Käfer – Käfer!' und sahen den geschmeidigen Burschen mit einer neuen Füllung aus dem Hause kommen.»

*

Ob der Herr Etatsrat, welcher eine höhere Stelle in dem Wasserbauwesen unseres Landes bekleidete, wirklich mit so viel Verstand und Kenntnissen ausgestattet war, wie man dies von ihm behauptete, oder ob diese Behauptung nur aus einem unwillkürlichen Drange hervorgegangen war, sei es, die breiten Schatten dieser Persönlichkeit durch eine Zutat von Licht zu mildern oder aber dieselben doch etwas kräftiger herauszuarbeiten, darüber vermag ich nicht zu urteilen. Wenigstens scheint es, daß es ihm an jenem Dritten, wodurch alle anderen geistigen Eigenschaften erst für die tatsächliche Anwendung flüssig werden, ich meine, daß es an Phantasie ihm nicht gebrochen habe; nur pflegte sie, zum mindesten außerhalb seines Faches, sich nicht eben mit Dingen zu beschäftigen, welche anderer Menschen Herz erfreuen.

So befand sich in seinem, übrigens mit dem kärglichsten Geräte ausgestatteten Gartensaale ein sehr hoher Schrank in Gestalt eines Altars, welchen er genau nach eigenen Zeichnungen hatte anfertigen lassen. Am Fußende des schwarzen Kreuzes, welches durch die Türleisten gebildet wurde, lagen die Symbole des Todes: Schädel und Beinknochen, in abscheulicher Natürlichkeit aus Buchs geschnitten; darunter, so daß sie bequem von einem davor stehenden Stuhle aus gehandhabt werden konnte, sah man eine Glasharmonika, zu deren rechter Seite eine Punschbowle von getriebenem Silber stand.

Wenn die Nachbarn abends von ihren Höfen oder Gärten aus die Töne der Harmonika vernahmen, und das geschah im Hochsommer mehrmals in der Woche, dann wußten sie schon, daß bis nach

Mitternacht auf keinen Schlaf zu rechnen sei; denn der Herr Etatsrat saß an seinem Altare und spielte auf seinem Lieblingsinstrument; aber er spielte nicht nur, er sang auch dazu. Nicht etwa, wie man hätte glauben mögen, Lieder des Todes und der Auferstehung; wer hinten an der Gartenplanke lauschen wollte, konnte Melodie und Worte des «Landesvaters», des «Fürst von Thoren» und anderer alter Studentenlieder deutlich genug erkennen. Drinnen im Saale, wenn vom Garten aus kein Licht mehr durch die Fenster drang, brannte dann zu jeder Seite des Altars eine Kerze auf hohem Silberleuchter; die mächtige Schale war mit dampfendem Trank gefüllt, und je nach Beendigung eines Liedes, mitunter auch einer Strophe, faßte der Herr Etatsrat sie bei den silbernen Ohren und ließ einen breiten Strom über seine dehnbaren Lippen fließen. Bisweilen, wenn von irgendeinem Zuge bewegt die Kerzen flackerten und die Schatten in den Augenhöhlen des Totenkopfes spielten, unterbrach er auch wohl seinen Gesang und stierte eine Weile darauf hin. Aber der Anblick des Todes schien für ihn nur das Gewürz zu den Freuden des Lebens; kameradschaftlich, aber doch, als müsse er den armen Burschen zur Ruhe verweisen, klopfte er mit dem Harmonikahammer auf die Stirn des Schädels und intonierte dann nur um so dröhnender: «Freude, Göttin edler Herzen», oder wozu sonst der Geist ihn treiben mochte.

Ich habe übrigens, wie ich bemerken muß, diese Dinge nicht aus eigener Wahrnehmung, sondern von dem nächsten Grundnachbarn des Herrn Etatsrats, einem alten schnurrenliebenden Rotgießermeister, der im Abenddunkel mitunter durch den Grenzzaun schlüpfte und dann an einem der unverhangenen Saalfenster in stillvergnügter Einsamkeit diesen musikalischen Festen beiwohnte; oft bis nach Mitternacht, um, wie er sagte, das Ende nicht zu versäumen, was bei einer richtigen Komödie ja doch das Beste sein müsse.

Und in der Tat, dieses Ende ließ bisweilen nichts zu wünschen übrig. Wenn die Bowle auf die Neige ging, begann der heiße Trank den Herrn Etatsrat allgemach zu drangsalieren; der Lauscher draußen sah es deutlich, wie unter dem schwarzen Borstenhaar der dicke Kopf gleich einer Feuerkugel glühte.

Dann riß der Herr Etatsrat an seinem Halstuch, daß ihm die Augen aus den Höhlen quollen und der teilnehmende Rotgießermeister erst wieder aufatmete, wenn endlich das Tuch mit zorniger Gebärde fortgeschleudert wurde. Diesem folgte alsbald unter mühseliger und gefahrvoller Häutung noch das eine oder andere Gewandstück, bis er zuletzt in greuelvoller Unbekleidung dasaß.

Aber nicht jedesmal gelang ihm dies in gleicher Weise; mitunter – und das war eben das Hauptstück für den vergnüglichen Zuschauer – erscholl um solche Zeit aus dem Saale ein dumpfer Fall, und abgerissene, elementare Laute, einem Windstoß in der Esse nicht unähnlich, drangen in die Nacht hinaus. Wenn dann nach einer Weile die Hausgenossenschaft zusammenstürzte, rannten die Mägde wohl mit Geschrei im selben Augenblicke wieder fort; denn auf dem Fußboden neben seinem Altar lag der Herr Etatsrat gleich einem ungeheuren Roßkäfer auf dem Rücken und arbeitete mit seinen kurzen Beinen ganz vergebens in der Luft umher, bis Herr Käfer, das allmählich immer unentbehrlicher gewordene Faktotum, und der einzige Sohn des Hauses den Verunglückten mit geübter Kunst wieder aufgerichtet hatten und in seinem Kabinett zur Ruhe brachten.

Dieser Sohn war von guter und heiterer Gemütsart und hatte vom Vater nichts als das ungewöhnlich große, bei ihm jedoch mit spärlichem erbsenblondem Haar bewachsene Haupt, welches er mit seinem Halstuch zwischen zwei spitzen Vatermördern derart einzuschnüren pflegte, daß die runden Augen stets mit etwas gewaltsamer Freundlichkeit daraus hervorsahen; darunter aber saß ein ebenso zierliches als winziges Körperchen mit lächerlich kleinen Händen und Füßen, welche letzteren ihn übrigens befähigt hatten, sich zum geschickten und nicht unbeliebten Tänzer auszubilden.

Der Vater hatte ihn auf den Namen Archimedes taufen lassen, ohne jedoch später die Mittel zu gewähren, welche dem Sohn eine Nachfolge seines klassischen Taufpaten hätten ermöglichen können. Zwar kümmerte er sich nicht darum, daß Archimedes auf der städtischen Gelehrtenschule, wo er in der Tat für die Mathematik eine glückliche Begabung zeigte, aus einer Klasse in die andere rückte, und auch die stets erst nach mehrfachen Anmahnungen des Pedellen und unter allerlei Zornausbrüchen erfolgende Auskehrung des Quartalschulgeldes veranlaßte hierin keine Unterbrechung; statt aber dann den absolvierten Primaner auf die Universität zu schicken, gebrauchte ihn der Vater zu untergeordneten Arbeiten seines Amtes oder kümmerte sich auch gar nicht weiter um den Sohn.

Wenn der kleine Archimedes sich einmal zu der schüchternen Bitte aufschwang, ihn nun doch endlich zu der alma mater zu entlassen, dann blickte der Herr Etatsrat ihn nur eine Weile strafend mit seinen stieren Augen an und sagte leise, aber nachdrücklich: «Zeige einmal her, Archimedes, wie steht es mit der Schleusenrechnung?» oder: «Wie weit bist du denn eigentlich mit der Karte vom Westerkoog gediehen?» Dann holte Archimedes voll stillen Zorns die halb oder ganz vollendete Arbeit, war aber zugleich für lange Zeit mit seinen Bitten aus dem Felde geschlagen.

So blieb er denn zurück, während seine Schulgenossen erst lustige Studenten wurden, dann einer nach dem anderen sein Examen machte und auch wohl schon in die praktischen Geschäfte seines erwählten Berufes eintrat. Dabei machte es sich von selbst, daß Archimedes mit der Prima unserer Gelehrtenschule in einem gewissen Verkehr blieb, auch nachdem der letzte fort war, der noch zugleich mit ihm unserem armen Kollaborator das Leben sauer gemacht hatte. Dies geschah schon dadurch, daß er zur Aufbesserung seines spärlichen Taschengeldes, das ihm der Vater für seine Kontorarbeiten zufließen ließ, an faule oder schwach beanlagte Schüler einen nicht üblen Unterricht in der Mathematik erteilte. Ich, der ich jene beiden Arten in mir vereinigte, genoß diesen schon als Sekundaner, konnte jedoch hergebrachtermaßen seines freundschaftlichen Umganges erst als Primaner teilhaftig werden. Noch lebhaft entsinne ich mich, daß in meiner letzten Sekundanerzeit mir die Aussicht auf dieses Aufrücken kein geringerer Ehrenpunkt war, als der Übergang in die höhere Klasse selbst; denn Archimedes imponierte uns durch eine gewisse Fertigkeit seiner geselligen Manieren, wie er denn überhaupt, soweit es sich nicht um seinen Vater handelte, unbefangen genug in seinen zierlichen Stiefeln auftrat. Er hatte, vielleicht als Erbteil aus seiner mütterlichen Familie, etwas von dem Wesen der Offiziere aus meiner Knabenzeit, bei denen ich nie darüber ins klare kam, ob die eigentümlich stramme Haltung ihres Kopfes mehr eine Folge der steifen Halsbinden oder ihres ritterlichen Standesbewußtseins war.

«Trefflich, trefflich!» pflegte Archimedes auszurufen, wenn ich später, in meiner Primanerzeit, den Vorschlag zu einem ihm wohlgefälligen Unternehmen tat, sei es zu einem Thé dansant oder zu einer Schlittenpartie, wo es galt, bei jungen und jüngsten Damen den Kavalier zu machen; «trefflich, trefflich, lieber Freund; wir werden das in Überlegung ziehen!» Und während um seinen Mund das verbindlichste Lächeln spielte, sahen mich unter den kriegerisch aufgezogenen Brauen die richtigen Offiziersaugen an, wie ich sie als Kind bei unserem Vetter Major bewundert hatte, wenn er in der roten Gala-Uniform meiner Mutter seine Neujahrsvisite machte.

Indessen fanden dergleichen Vorschläge meist nur ihre Ausführung, wenn in den Ferien unsere Studenten wieder eingerückt waren, von denen übrigens die sportslustigen vor allen zu seinen Freunden zählten. Dann war seine Festzeit, in der er förmlich aufblühte; noch sehe ich ihn mit leuchtenden Augen zwischen ihnen sitzen, während sie prahlend ihre glücklichen Torheiten vor ihm auskramten. «Brillant – brillant!» rief er, wenn die Geschichte ihren mit Spannung erwarteten Höhepunkt erstiegen hatte, streckte den eingeschnürten Kopf gegen den Erzähler und stemmte beide Hände an die Hüften. Was Wunder, daß die anderen erzählten, so lange auch nur ein Titelchen noch übrig war!

So kam es, daß er in der alten Universitätsstadt, welche er andauernd in der Phantasie bewohnte, allmählich besser Bescheid wußte als die, welche zwar in Wirklichkeit, aber nur vorübergehend dort zu Hause waren. Hatte er jedoch den Ankömmlingen ihre Studenten- und Professorengeschichten glücklich abgewonnen, so ruhte er nicht, bis mit oder im Notfall auch ohne Damenwelt die eine oder andere Lustbarkeit zustande kam. Da sein Stundengeld ihn niemals ohne eine kleine Kasse ließ, so wurde es bei solchem Anlaß fast zur Regel, daß Archimedes, nachdem die anderen die Erschöpfung ihrer Kasse eingestanden hatten, seine wohlbekannte grünseidene Börse hervorzog und mit einem wahrhaft kindlichen Triumphe den für diese Festzeit gesparten Inhalt auf der Tischplatte tanzen ließ, dann aber bereitwillig auf den nächsten Wechsel seiner Freunde Vorschuß leistete.

Freilich zu dem stets ersehnten Besuche der Universität reichte diese bescheidene Kasse nicht; und der Tag, welcher am Ende der Ferien die Studenten unserer Vaterstadt wiederum entführte, war für Archimedes, was für den lustigen Katholiken der Aschermittwoch ist. Er pflegte ihn auch selber so zu nennen, und wenn ich am Nachmittag darauf sein Zimmer betrat, so traf ich ihn mit den Händen in der Tasche eifrig auf und ab gehend, als ob er einen Gesundheitsbrunnen abzuwandeln habe; erst nach einer Weile blieb er vor mir stehen und fuhr ohne weiteren Gruß mit der Hand über seine Stirn. «Asche, Asche, lieber Freund!» sagte er dann seufzend, und sein Finger machte das Zeichen des Kreuzes.

Sprach ich hierauf: «Wollen wir nicht lieber unsere Mathematik vornehmen?» so war er auch hierzu bereit, legte Buch und Tafel auf den Tisch, und wir nahmen unsere Stunde. War dieselbe in aller Pünktlichkeit gehalten worden, dann – es war sicher darauf zu rechnen – stellte Archimedes zwei kleine geschliffene Gläser auf den Tisch und füllte sie mit einem feinen Kopenhagener Kümmel, den er sich, ich weiß nicht woher, mitunter zu verschaffen wußte. «Trink einmal», sagte er während des Einschenkens; «das vertreibt die Grillen!» Und gleichzeitig leerte er auf einen Zug sein Glas.

«Ich habe keine Grillen, Archimedes», pflegte ich zu erwidern; «und wer kann so früh am Tag schon trinken!»

«Freilich, freilich!» stieß er hervor; «aber» – und er begann wieder mit den Händen in der Tasche auf und ab zu schreiten, wobei seine Augen wie ins Leere um sich blickten.

Eine Weile sah ich dem zu; dann hieß es: «Prosit, Archimedes!» und von seiner Seite wie im Echo: «Prosit!» und darauf, wie aus Träumen auffahrend, während ich zur Tür hinausging, noch einmal: «Prosit, prosit, lieber Freund!»

Diese Szene hat sich in fast wörtlicher Wiederholung mehr als einmal zwischen uns abgespielt.

*

Ich hätte wohl schon erwähnen sollen, daß Archimedes eine Schwester hatte; sie war zugleich sein einziges Geschwister, jedoch um viele Jahre jünger als der Bruder. Gesehen hatte ich sie bis zu meiner Sekundanerzeit nur im Vorübergehen, dagegen oftmals von ihr reden hören; denn sie war eines der Hauptkapitel einer unverheirateten Hausfreundin, die wir, nicht etwa weil sie alles konnte, aber weil sie alles wußte, «Tante Allmacht» nannten.

Daß die Mutter des Kindes bald nach dessen Geburt ihr freudloses Leben hingegeben hatte, war freilich bekannt genug; Tante Allmacht aber, deren Magd vordem in dem etatsrätlichen Hause gedient hatte, wußte noch hinzuzufügen, daß ihr durch den unvermuteten Eintritt ihres Herrn Gemahls in die Wochenstube gleich jener Nachtwächterfrau ein Schrecken widerfahren sei, dem sie in ihrem Zustande und bei ihrer zarteren Organisation notwendig habe erliegen müssen. Da kein weibliches Wesen wieder in das Haus kam, welches die Stelle der Mutter hätte vertreten können, so mußte, nachdem die unumgängliche Säugamme entlassen war, die kleine Waise zwischen Köchin und Hausmagd aufwachsen, «die, Gott tröst es», sagte Tante Allmacht, «dort alle Halbjahr neue Gesichter haben! – Meine Stine», setzte sie hinzu, «die gute Kreatur, hat freilich ein rundes Jahr in dem unseligen Hause ausgehalten, bloß um des lieben Kindes willen, das sich sogar sein bißchen Mittag in der Küche betteln mußte. Wenn's Abend wurde, dann hat es freilich wohl der gutmütige junge Mensch, der Archimedes, mit auf seine Stube genommen; da saß es dann auf einem Schemelchen und verschmauste sein Butterbrot, und Stine hatte ihm auch mitunter noch ein Ei dazu gekocht. Sie war nicht bang, meine Stine, vor diesem Herrn Etatsrat; sie hat ihn manches Mal vor seiner alten Harmonika wieder auf die Beine gestellt, als der Musche Käfer das noch lange nicht gewagt hat; und bei solchem Anlaß hat sie's denn auch einmal durchgesetzt, daß das arme Kind aus der Klippschule zum mindesten in die ordentliche Mädchenschule gekommen ist; denn sie hat ihm keine Handreichung tun wollen, bevor der musikalische Oger ihr nicht solches mit teuren Eiden zugeschworen hatte. Wohin die kleine Phia, ob sie nach rechts oder links ihren Schulweg nahm, darum hat das Ungeheuer sich nicht gekümmert; nur wenn zu Ende des Quartals das jetzt um etwas höhere Schulgeld gezahlt werden mußte, hat es einen argen Sturm gesetzt; denn der Herr Etatsrat hat es der treuen Magd in ihrem Lohne kürzen wollen; aber – sie wußte ihn zu bestehen, und um sein Getobe, darum quälte sie sich so viel, als wenn der Wind um unsere Ecke weht.»

So hatte Tante Allmacht wieder einmal geredet, als ich Tags darauf meinen ersten Mathematikunterricht bei Archimedes hatte. Er war eben beschäftigt, mir die außerordentliche Einfachheit des pythagoreischen Lehrsatzes auseinanderzusetzen, als sich die Stubentür öffnete und ich zugleich eine junge lebhafte Stimme rufen hörte: «Archi, hilf mir, ich kann das dumme Exempel nicht ...»

Ein feingebautes, etwa zwölfjähriges Mädchen mit zwei langen schwarzen Haarzöpfen stand im Zimmer; sie war, da sie einen Fremden bei ihrem Bruder sah, plötzlich verstummt und hielt diesem nur mit einer halb bittenden, halb verschämten Gebärde ihre große Rechentafel hin.

«Wollen Sie nicht erst Ihrer Schwester helfen?» sagte ich zu Archimedes, von dem mir derzeit das vertrauliche «Du» noch nicht zuteil geworden war.

Er entschuldigte sich höflich, daß er seine Schwester von dieser neuen Stunde noch nicht in Kenntnis gesetzt habe; dann winkte er sie zu sich. «Nun aber rasch, mein lieber kleiner Dummbart!» sagte er und legte den einen Arm um das jetzt an seiner Seite stehende Mädchen, während sie ihr schwarzhaariges Köpfchen an das seine lehnte, als habe sie nun ihren ganzen kleinen Notstand auf den Bruder abgeladen.

Archimedes hatte ihre Tafel vor sich auf den Tisch gelegt. «Du mußt aber auch hübsch selbst mit zusehen, Phia!» sagte er, indem er bereits den Griffel in Bewegung setzte.

«Ja, Archi!» Und sie sah für ein Weilchen gehorsam auf ihre Rechnerei herab, in welcher der Bruder unter stummem Kopfschütteln und manchem nicht zu unterdrückenden «Außerordentlich!» eine ziemliche Verwüstung anzurichten begann.

Ich hatte indessen Muße, mir diese in ihrem Äußeren so ungleichen Geschwister zu betrachten. Das Mädchen erinnerte in keinem Zuge weder an den Bruder noch an den Vater; ihr schmales Antlitz war blaß – auffallend blaß; dies trat noch mehr hervor, wenn sie, noch zärtlicher sich an ihren Bruder drängend, unter tiefem Atemholen ihre dunklen Augen von der Tafel aufschlug, bis eine neue, leise gesprochene Ermahnung sie hastig wieder abwärts blicken ließ. – «Das Kind einer toten Mutter», so hatte ich von einer alten feinen Dame ihr Äußeres einmal bezeichnen hören; meine Phantasie ging jetzt noch weiter: ich hatte vor kurzem in einem englischen Buche von den Willis gelesen, welche im Mondesdämmer über Gräbern schweben; seit dieser Stunde dachte ich mir jene jungfräulichen Geister nur unter der Gestalt der blassen Phia Sternow; aber auch umgekehrt blieb an dem Mädchen selber etwas von jenem bleichen Märchenschimmer haften.

«Nein, kleine Phia», hörte ich jetzt Archimedes sagen, «du wirst dein Leben lang kein Rechenmeister!»

Ich sah noch, wie sie fast heimlich die Arme um den Hals des Bruders schlang; dann war sie, ich weiß nicht wie, verschwunden, und Archimedes hatte seine Augen zärtlich auf die geschlossene

Stubentür gerichtet. «Sie kann nicht rechnen», sagte er. «Außerordentlich; aber sie kann gar nicht rechnen!»

*

Eine Art phantastischen Mitleids mit diesem Kinde hatte sich meiner bemächtigt. Ich begann wieder, wenn ich dort vorbeiging, durch die Plankenritzen in den etatsrätlichen Garten hineinzuspähen, hinter welchem sich ein wenig benutzter Fußweg mit dem Kirchhofswege kreuzte. Und oftmals nach der Nachmittagsschulzeit, wenn die Gartenruhe des Herrn Etatsrats längst vorüber war, habe ich sie dort beobachtet; meistens in dem vom Hause abgelegeneren Teile, wo die an der Planke hingereihten Linden und eine Menge alter Obstbäume die darunterliegenden Rasenpartien fast ganz beschatteten. Hier sah ich sie, in der niedrigen Astgabel eines Baumes sitzend, an einem Kranz aus Immergrün und Primeln winden; ich sah sie dann, da ich nach längerer Zeit denselben Weg zurückkam, das dunkle Köpfchen mit dem fertigen Kranze geschmückt, auf den schon dämmerigen Gartensteigen hin und wieder wandeln, die Hände ineinander gefaltet, wie in heimlicher Glückseligkeit. Als es Herbst geworden war, sammelte sie wohl auch einen Apfel aus dem tiefen Grase und biß frisch hinein mit ihren weißen Zähnchen; aber immer sah ich sie allein; niemals war eine Gespielin bei ihr, welche mit ihr in die saftigen Äpfel hätte beißen oder sie in ihrem Primelkranze hätte bewundern können. Den letzteren hatte ich einige Tage nach seiner Anfertigung auf einem vernachlässigten Grabe des nahen Kirchhofs liegen sehen; es mochte ihr leid geworden sein, sich so für sich allein damit zu schmücken.

Aber auch in der Schule schien die Tochter des Etatsrats keine Genossin zu haben; wenigstens hatte ich mehrfach beobachtet, wie sie auf dem Heimwege mit ihrer schweren Büchertasche allein hinter dem plaudernden Schwarm einherging, der Arm in Arm die ganze Straßenbreite einnahm.

«Warum», sagte ich zu meiner Schwester, «laßt ihr Sophie Sternow so allein gehen?»

Sie sah mich mit ihren lebhaften Augen an. «Bist du plötzlich Sophie Sternows Ritter geworden?»

Beschämt, meine zarten Empfindungen verraten zu haben, erwiderte ich nachlässig: «Ich meinte nur, sie tut mir leid; ist sie denn nicht nett?»

«Nett? Ich weiß nicht; ich glaube wohl, daß sie ganz nett ist.»

«Du sagst das ja, als wenn du Almosen austeiltest!»

«Nein, nein; ich kann sie ganz gut leiden, aber sie will nur immer meine Freundin werden!»

«Und warum willst du das denn nicht?»

«Warum? Ich habe ja schon eine; man kann doch nicht zwei Freundinnen haben!»

«So könntest du sie doch einmal zu dir einladen», sagte ich nach einigem Bedenken.

«Die Blasse scheint dir ja sehr am Herzen zu liegen!» erwiderte meine Schwester mit einem unausstehlichen Anstarren.

«Ach, Unsinn! Sie dauert mich; ihr Mädchen seid hartherzige Kreaturen.»

Nach diesem geschwisterlichen Zwiegespräch kam Archimedes' Schwester einige Male in unser Haus. Mit Genugtuung beobachtete ich, wie meine Mutter das schmächtige Mädchen zärtlich zu sich heranzog; es war unverkennbar, daß diese sich dann Gewalt antat, um nicht die ungewohnte Liebkosung mit allem Ungestüm der Jugend zu erwidern. Im übrigen war sie schüchtern, besonders wenn sie die Hand zum Abschied reichte; es schien sie dann zu drücken, daß sie nicht auch ihrerseits meine Schwester zu sich einladen konnte. Aber eines Sonntagvormittags erschien sie strahlend mit vor Freude geröteten Wangen. «Ich soll dich einladen», sagte sie zu meiner Schwester; «ich darf noch viele einladen; mein Vater hat es mir erlaubt!»

Und wirklich, der Herr Etatsrat hatte es erlaubt. Er hatte kürzlich herausgefunden, daß er eine Tochter habe, welche Abends, wo die geröteten Augen ihm nicht selten ihren Dienst versagten, zum Vorlesen von Zeitungen und auch wohl amtlicher Aktenstücke trefflich zu gebrauchen sei; dann hatte er sich auch fernerer Vaterpflichten entsonnen und schließlich seine Tochter aufgefordert, «die kleinen Fräulein», welche mit ihr in die Schule gingen, auf den Sonntag zu sich einzuladen.

Nach geheimem Zwiesprach zwischen unseren Eltern wurde, wohl nicht ganz unbedenklich, meiner Schwester die Zusage gestattet, und Phia Sternow ging mit leuchtenden Augen weiter, um auch ihre übrigen Gäste einzuladen.

*

Der Tag verging. Als wir übrigen im elterlichen Hause bei unserer Abendmahlzeit saßen und eben hin und her erwogen wurde, ob ich oder unser Kutscher meine Schwester von der etatsrätlichen Gesellschaft heimgeleiten solle, ging draußen die Haustür, und die Besprochene stand plötzlich vor uns, den Hut etwas verschoben auf dem Kopfe, ihrem Umhang über dem Arm.

«Da bist du?» rief meine Mutter. «Ist die Gesellschaft denn schon aus?»

«Nein, Mutter ... noch nicht; ich bin nur fortgelaufen.»

«Fortgelaufen? – War's denn nicht gut sein dort?»

«O, ... ja, zuerst! Phia war reizend! Wir waren alle im Garten; die anderen spielten Greif um die großen Rasen; Phia und ich aber saßen ganz allein miteinander auf dem Altan; wißt ihr, da in der Ecke, wo man nach dem Kirchhof hinübersieht. Sie kannte all die kleinen Kindergräber und erzählte so wunderbare Geschichten von den toten Kindern; man sah sie ordentlich mit ihren kleinen blassen Gesichtern zwischen den Kirchhofsblumen laufen; ihr könnt es euch nicht denken, so reizend und so unbeschreiblich traurig! Ich sah sie an und frug, ob sie das alles doch nicht nur geträumt habe; da fiel sie mir um den Hals und küßte mich.»

Meine Mutter hörte teilnehmend zu; mein Vater sagte: «Das ist recht schön, Margrethe; aber vor den toten Kindern bist du doch nicht fortgelaufen!?»

Meine Schwester nickte ein paarmal kräftig. «Wart nur, Papa! – Um acht Uhr, nach dem Abendessen – es war übrigens sehr gut; zuletzt Schokoladepudding mit Vanillecreme –, da kam der Herr Etatsrat zu uns in den Gartensaal. Es ist ganz gewiß, er mußte sich an eine Stuhllehne halten, als er uns seinen Diener machte; er ist so wunderlich gewachsen! Dann setzte er sich vor seinen Altar und spielte auf seiner Glasharmonika, und wir sollten danach tanzen. ‚Verstehet ihr Menuett, kleine Fräulein? Trà-là-lalà-lalà-lalà!' Er sang das mit einer ganz fürchterlichen Stimme und sagte, es sei aus dem Don Juan. Aber wir konnten kein Menuett. ‚Immer zu Diensten der Damen!' rief er, und dann spielte er einen Walzer, und danach tanzten wir miteinander.»

«Wo war denn der gute Archimedes?» frug ich dazwischen. «An dem hättet ihr doch wenigstens *einen* Herrn gehabt.»

«Der gute Archimedes? Ja, der kam auch einmal herein und wollte mit mir tanzen; aber der Herr Etatsrat sagte, unsere Eltern würden es als sehr unschicklich vermerken, wenn er gestatten wollte, daß eine so junge männliche Person allein zwischen all den kleinen Fräulein tanze. Und so mußte er wieder zum Saal hinaus. Aber paßt nur auf, das Schlimmste kommt nun noch!»

Mein Vater lächelte doch. «Was war denn das, Margrethe?»

«Ja, glaub nur, es war schlimm genug! So eine riesengroße silberne Bowle, ganz voll von Punsch, und so stark, ich glaube, ich wurde schon vom bloßen Riechen schwindlig! Und dabei sagte der schreckliche Mensch: ‚Das ist ein wenig Zuckerwasser für die Damen!‘ Eigentlich, weißt du, Papa, es schmeckte ganz gut; aber ich mußte doch greulich danach husten, als ich nur eben davon nippte. Der Herr Etatsrat aber trank gleich drei Gläser nacheinander, und er goß sich noch jedesmal etwas dazu aus einer kleinen Flasche, die er neben seinem Altar stehen hatte. – Und dann mußten wir wieder tanzen, und dann trank er auf unsere Gesundheit: ‚Die Rosen im Lebensgarten, die Damen leben hoch!‘ Sehr schön, nicht wahr? Wir mußten alle mit ihm anstoßen, und dann füllte er sein Glas wieder, bis er zuletzt einen Kopf hatte wie eine Feuerkugel – ganz greulich sah er aus! ‚Tanzet, kleine Fräulein, tanzet!‘ rief er immer; aber er konnte gar nicht mehr Takt halten; ich glaube gewiß, Papa, er war betrunken!»

«Ich glaube auch, Margrethe.»

«Ja, und wir waren auch so bange; wir saßen alle in der weitesten Ecke, ganz übereinander wie die Fliegen. Mich dauerte nur Phia – Papa, wenn ich solche Angst vor dir haben müßte, schrecklich! – Wie ein kleiner Geist stand sie vor uns und flehte uns ordentlich an: ‚Wollt ihr nicht mehr tanzen? O, bitte, versucht es doch noch einmal!‘ Sie streckte die Arme aus, daß eine von uns sie aufnehmen möchte, denn sie tanzte immer nur als Dame; als wir uns aber nicht aus unserer Ecke wagten, ging sie von der einen zu der anderen und bat uns um Verzeihung, wir möchten doch nicht böse sein, daß sie uns zu sich eingeladen habe. Und da wollten wir auch wieder tanzen, aber als wir eben ein wenig im Gange waren, da fing der schreckliche Etatsrat auf einmal an zu singen: ‚Was kommt dort von der Höh, was kommt dort von der ledernen Höh?' – Kennt ihr es? Ein ganz scheußliches Studentenlied! – Und dabei wurde er so hitzig, daß er sich das Tuch vom Halse riß und es dicht vor meine Füße schleuderte!»

«Und dann, Margrethe?» frug mein Vater, als sie hochaufatmend innehielt.

«Dann? Ja, glaubt nur, daß ich mich erschrocken hatte! Dann – bin ich fortgelaufen. Hui! ich mußte ganz dicht bei dem fürchterlichen Mann vorbei; ich weiß noch selbst nicht, wie ich aus dem Saal gekommen bin.»

«Arme Phia!» dachte ich in demselben Augenblicke, als meine Mutter diese Worte aussprach.

Mein Vater wiegte leise seinen Kopf und sagte nachdenklich wie zu sich selber: «Es geht doch nicht; das darf nicht wieder kommen.»

Und es ging auch nicht. Für Phia Sternow blieb dieses Fest mit ihren Jugendgenossinnen das einzige ihres Lebens.

*

Als endlich bei Beginn eines Sommersemesters auch die Zeit meines Abganges zur Universität heranrückte, verfiel Archimedes in eine große Traurigkeit; die Szene mit den kleinen Gläsern, da es nachher nicht mehr möglich war, hatte sich schon jetzt in einigen Variationen abgespielt, und das Mitleid bedrängte mich derart, daß es sich notwendig in irgendeiner heldenhaften Tat entladen mußte.

Bei dem Abschiedsbesuche, den ich Archimedes

auf seinem oben nach dem Garten hinaus liegenden Zimmer abstattete, bot sich hierzu die günstigste Gelegenheit; denn da ich, während mein armer Freund schweigend auf und ab wandelte, ebenso stumm und erregten Herzens aus dem Fenster blickte, gewahrte ich drunten den Herrn Etatsrat, der, in einer großen Zeitung lesend, in seinem Gartenstuhle saß. Mein Entschluß war sofort gefaßt; ich nahm kurzen Abschied, drängte den verbindlichen Archimedes zurück, als er mich die Treppe hinabbegleiten wollte, ging dann aber statt auf die Straße hinten nach dem Garten und stand gleich darauf dem Herrn Etatsrat gegenüber.

Er schien trotz meinem Gruße meine Anwesenheit nicht zu bemerken, wenigstens las er ruhig weiter, während ich ebenso ruhig, aber keineswegs mit besonderer Behaglichkeit, vor ihm stehen blieb. Endlich ließ er den Arm mit dem Zeitungsblatte sinken. «Was wollen Sie, mein Freund?» sagte er. «Nicht wahr, Sie sind der Sohn des Justizrats so und so?»

Diese Worte sind nicht etwa eine Abkürzung seiner Rede; er sprach das wirklich, obgleich er mit meinem Vater längst in mannigfacher, mitunter vielleicht ein wenig heikler Geschäftsverbindung stand.

Etwas betroffen suchte ich meine Gedanken möglichst rasch zu ordnen und plädierte dann auch mit allen Gründen des Kopfes und des Herzens und, wie ich mehr und mehr zu empfinden meinte, in siegversprechendster Weise für den Lebenswunsch des armen Archimedes.

Der Herr Etatsrat hatte mich ausreden lassen, dann aber winkte er mich näher zu sich heran und legte, nachdem ich Folge geleistet hatte, seine Hand schwer auf meine Schulter. «Junger Mann», begann er mit immer gewaltigerem Brustton, «Sie haben sonder Zweifel davon reden hören: vor meiner Zeit war hier kein Deich, der standhielt; Menschen und Vieh ersoffen gleich wie zu Noahs Zeiten; hier war nichts als Pestilenz und gelbes Fieber! Erst von mir, von dem Sie einst erzählen mögen, daß Sie den Mann mit eigenen Augen noch gesehen haben, datiert die eigentliche Ära unseres Deichbauwesens! Holländische Staatsingenieure wurden hergesandt, um die Konstruktion meiner Profile zu studieren; denn es ist mein Werk, daß diese ehrenreiche Stadt samt Ihnen, junger Freund, und dem Justizrat, Ihrem Vater, nicht Anno fünfundzwanzig von der Flut verschlungen worden, und daß hier, wo ich jetzt die Ehre Ihrer Unterhaltung genieße, nicht Hai und Rochen miteinander konversieren! Aber» – und die vorquellenden Augen verbaten sich jeden Widerspruch – «*nach* mir ist mein Sohn Archimedes der erste Mathematikus des Landes!»

Er zog seine Hand zurück und machte gegen mich von seinem Sessel aus eine Art unbehilflichen Entlassungskompliments.

Unwillkürlich erwiderte ich dasselbe und ging dann recht beschämt davon, in der, wie ich noch jetzt meine, wohlbegründeten Überzeugung, daß meine grüne Beredsamkeit gegen diese Art denn doch nicht aufzukommen vermöge.

So blieb denn Archimedes abermals zurück, während ich voll mutiger Erwartung in das neue Leben hinaussteuerte.

*

Ich habe hier nicht von mir und meinem Studentenleben zu reden, sonst müßte ich erzählen, wie diese Erwartungen nur zum kleinsten Teil erfüllt wurden; denn die Leute, mit denen ich zusammentraf, erschienen mir, sei es durch ihre Persönlichkeit oder nur durch ihr derzeitiges Tun und Treiben, um einige Stufen niedriger als die, welche ich zurückgelassen hatte. So kam es, daß ich manchen Brief in meine Heimat sandte und wiederum von dort empfing; auch Archimedes schrieb mir einige Male; sein Übergewicht an Jahren, seine treuherzige Anhänglichkeit boten für das ihm etwa Fehlende genügenden Ersatz, und seine Briefe waren so ganz er selber, daß ich beim Lesen ihn leibhaftig vor mir sah, den kleinen guten Mann mit seinem erbsengelben Haarpull, seinem verbindlichen Lächeln bei dem kriegerischen Aufblick seiner runden Äuglein. Das freilich war die Hauptsache; denn seine Mitteilungen beschränkten sich auf die einfachen Vorkommnisse seines Lebens. Einmal aber, im Hochsommer, war eine neue Art der Unterhaltung für ihn aufgekommen. Der Herr Etatsrat hatte gegen irgendwelchen Ungehorsam seines Leibes den Gebrauch des «Erdbades», wie er diese selbst ersonnene Kur nannte, für notwendig befunden; ob von jener nur allzu gründlichen Heilkraft unserer guten Mutter Erde ausgehend, ob in anderer Anleitung, mochte er selbst am besten wissen.

Um aber zugleich die Gunst der Seeluft zu genießen, ließ er sich – und es geschah dies einen um den anderen Tag – eine Stunde weit an den Strand hinausfahren, und da er hierbei außer dem Kutscher noch einer weiteren Hilfe bedurfte, so mußte Archimedes stets bei diesem aufsitzen. Unweit eines dort belegenen Dorfkruges, an einer Stelle, wo neben zwei im Sande steckenden Spaten bereits ein entsprechend tiefes Loch gegraben war, wurde Halt gemacht und der Herr Etatsrat aus dem verdeckten Wagen unter das Angesicht des Himmels herausgeschafft. Glücklicherweise aber verschwand er unter dem eifrigen Schaufeln des Kutschers und eines bereitstehenden Arbeiters gleich darauf wieder in den Schoß der Erde, so daß nach vollbrachter Arbeit nur noch der braunrote Kopf über der weiten Strandfläche hervorsah.

Die Wellen rauschten, die Möwen schrien, der Herr Etatsrat badete.

Dann folgte der zweite Teil der Kur. Das mächtige Haupt drehte sich mühsam nach der Gegend des Dorfkruges: «Sohn Archimedes», rief es, «eile jetzo, deinen Vater zu erquicken!»

Auf diese pathetisch vorgebrachten Worte schritt Archimedes nach dem Kruge, wo unter den Flaschen auf dem Schenkregal eine mit der Aufschrift «Pomeranzen» prangte. Nachdem er, wie nicht unbillig, sich zuvörderst selbst erquickt hatte, kehrte er eilig mit mehreren Gläsern dieses Trankes an den Strand zurück und kredenzte sie dort in gewohnter Zierlichkeit dem über unkindliche Säumnis scheltenden Haupte seines Vaters.

Damit war das Bad beendet; nur daß sich alle dann noch nach dem Wirtshause begaben, wo der Herr Etatsrat sich eine letzte Stärkung nicht entgehen ließ; für Archimedes war von seinem Vater als das ihm angemessenste Getränk ein für alle Mal ein Glas Eierbier bestellt, welches er denn auch mit vielsagendem Lächeln zu sich nahm. Bei einer der letzten Fahrten aber geschah etwas Unerwartetes. «Sohn Archimedes», begann der Herr Etatsrat feierlich, als er nach genossenem Erdbade pustend in dem Flickenpolsterstuhle des Wirtes ruhte, «heute, als an deinem siebenundzwanzigsten Geburtstage, darfst auch du wohl einmal von diesem Tranke kosten, welcher den Jünglingen Verderben, den Männern aber Labsal ist!»

Herablassend winkte seine schwere Hand dem Wirte; dieser aber, während er den braunen Saft ins Glas goß, warf einen verständnisvollen Blick auf Herrn Archimedes, sodann auf eine hübsche Reihe von Kreidestrichen, welche an der Stubentür standen.

Der Zusammenhang dieser Gebärden wurde völlig klar, als später, nachdem die Zeche des Etatsrats in hergebrachter Weise durch den Kutscher berichtigt worden, auch Archimedes seine damals gerade wohlgefüllte Börse zog und hierauf jene Striche sämtlich von der Tür verschwanden.

Er hatte diese Vorgänge in jenem harmlos heiteren Ton erzählt, der im persönlichen Verkehr mich immer freundlich anzusprechen pflegte; gleichwohl entsinne ich mich, daß ich derzeit diesen Brief nicht ohne ein Gefühl von Unbehaglichkeit beiseite legte. Vorübergehend kam mir auch wohl die Frage, weshalb denn der Herr Etatsrat nicht sein Faktotum Käfer statt des ihm ferner stehenden Sohnes bei diesen Badefahrten mit sich führe; aber freilich, der Schlingel mochte es schon verstanden haben, sich von solchen Diensten freizumachen.

*

Ein Jahr war dahingegangen, die Ferienzeit war fast verstrichen, und die anderen Studenten waren längst schon heimgereist; durch mancherlei Umstände aber war es gekommen, daß ich nur die letzten Tage vor Beginn des neuen Sommersemesters im elterlichen Hause verleben konnte. Als ich eintraf, sah ich wohl, daß Archimedes schon unter dem grauen Gespinst der Abschiedsstimmung einherwandelte. «Asche, Asche, lieber Freund!» rief er sogleich nach der ersten Freude des Wiedersehens. «Um ein paar Tage seid ihr alle wieder fort: und schau nur her!» – er hob das spärliche Haar von seinen Schläfen – «da kommen schon die silbernen! Wenn ihr wiederkehrt, ihr werdet einen alten Mann dann finden!»

Und freilich, ein paar weiße Härchen zeigten sich, und der kurze Rest der Ferien ging rasch zu Ende. Es wurde indessen anders, als irgendeiner es erwarten konnte.

Ich weiß nicht sicher, ob Archimedes immer einen schwarzen Frack und einen glattgebürsteten Zylinder trug; ich glaube es fast; unvergeßlich ist mir, wie ich ihn so am letzten Tage vor der Abreise zu mir in die Stube treten sah, während ich am Fußboden kniend meinen Koffer packte.

Archimedes sagte nichts, er ging nur, sein Stöckchen schwingend, mit sehr elastischen Schritten auf und ab; dann räusperte er sich ein paarmal, machte seine exaktesten Kopfbewegungen, aber sagte wieder nichts.

«Nun?» rief ich.

«Nun?» rief Archimedes.

Ich faßte ihn jetzt recht fest ins Auge; aber in meinem Leben habe ich nicht so die Freude auf einem Menschenantlitz ausgeprägt gesehen.

«Archimedes», rief ich, «was ist geschehen?»

Er räusperte sich noch einmal; er schien zu geizen mit der gleichwohl stumm von seinen Lippen redenden Glücksbotschaft. «Lieber Freund», sagte er endlich mit erkünstelter Trockenheit und tickte mit seinem Stöckchen mich leise auf der Schulter; «ich möchte nur bescheiden bei dir anfragen, ob morgen noch ein Plätzchen auf deines Vaters Wagen offen ist?»

Ich erhob mich von meinem Koffer und betrachtete meinen kleinen Freund, der mit seinem Stöckchen wippte, als ob er ein mutiges Pferd besteigen wolle.

«Wart nur», sagte ich, «wie viele sind wir denn? Peter Krümp, der Rantzauer, Jochen Fürchterlich – – freilich, es ist just ein Platz noch offen! Willst du uns begleiten, oder ... am Ende gar? Hat der Alte herausgerückt?»

«Halt!» rief Archimedes. «Bester Freund, du sollst noch Ratsherr werden!» Und damit zog er seine bekannte grünseidene Börse aus der Tasche, deren außerordentlicher Umfang mir heute zum ersten Male recht erkennbar wurde, und setzte daraus einen Stapel blanker Speziestaler nach dem anderen auf den Tisch. «Schau her!» rief er; «hier Kollegiengelder, für die du kein Verständnis hast; dann in schwindender Proportion, hier für eine Kneipe in der Wolfsschlucht, hier für den etwas mageren Kosttisch, an dem die Theologen futtern!» Er warf mit kurzem Lachen seinen Kopf zurück und sah mich ganz verwegen an. «Ja, ja, Bester, ich fürchte mich nicht vor den zähen Pfannkuchen und werde sie keineswegs wie gewisse Leute so schnöde an die Stubentüren nageln! Und somit, das erste Semester wäre in Sicherheit!»

Auf einmal begann er, sein Stöckchen schwingend, wieder auf und ab zu wandeln; sein Gesicht hatte einen ernsten, fast sorgenvollen Ausdruck angenommen.

«Woran denkst du, Archimedes?» frug ich.

«Hm, im Grunde nicht so außerordentlich!» und er setzte noch immer seinen Spaziergang fort. «Meine arme kleine Schwester; sie hatte an mir doch einen Kameraden!»

Ich schwieg beklommen, denn auch mit meiner Schwester hatte der Verkehr ja aufgehört.

«Ich weiß wohl», fuhr er fort; «der Alte ist ja eigentümlich; das ist kein Haus für junge Damen.» Er schwieg plötzlich und schneuzte sich heftig mit seinem großen rotseidenen Taschentuche.

«Archimedes», sagte ich, «die Mädchen könnten ja doch hier zusammenkommen! Mutter und

Schwester haben deine Phia beide gern.» Ich sagte das aufs Geratewohl; ich konnte nicht anders.

Er blieb stehen. «Ist das dein Ernst? Darf ich es ihr sagen?» rief er lebhaft.

«Gewiß darfst du das.»

Seine Augen leuchteten ordentlich. «Trefflich! trefflich!» rief er und drückte mir die Hand. «Freilich, wenn der Alte sie nur fahren läßt! Abends muß sie ihm vorlesen, bis ihr die Brust weh tut; sie ist nicht stark, die kleine Phia. Und Tages ... nach ihrer Konfirmation ist gleich die eine Dienstmagd abgeschafft; sie hat so viel zu tun, das arme Ding. Aber gewiß, ich werd's ihr sagen; nun wird die Reise viel fröhlicher vonstatten gehen!»

Aber Archimedes hatte noch ein Bedenken oder wenigstens noch einen Widerhaken im Gemüte; und ich war nun einmal sein Vertrauter.

«Weißt du auch», begann er wieder, «wem ich diese außerordentliche, ja ganz unglaubliche Erfüllung meines Wunsches zu verdanken habe?»

«Ich denke, deinem Vater», erwiderte ich, «du sagtest es ja schon.»

Archimedes vollführte einen scharfen Hieb mit seinem Stöckchen durch die Luft. «Freilich, Bester; aber ... der Günstling, der Haus- und Kassenverwalter Käfer hat es hinter meinem Rücken bei dem Alten durchgesetzt; die Sache ist ganz sicher, Phia hat es mich versichert; sie hält diesen Käfer für den besten aller Menschen! Siehst du, das wurmt mich; ich mag dieser Kreatur nichts zu verdanken haben.»

«Nun», sagte ich – ich weiß nicht, wie es mir eben

auf die Zunge kam – «vielleicht hast du ihm auch nichts zu danken; vielleicht mag's ihm selber daran liegen, dich aus dem Hause loszuwerden.»

Archimedes starrte mich fast erschrocken an. «Du sagst es!» rief er; «aber ich habe auch schon daran gedacht! Nur wüßte ich eigentlich nicht, warum; ich habe mich nie darum gekümmert, wie aus des Alten Schatulle das Silber in seine Tasche fließt; glaubt er indessen, durch meine Abwesenheit diesen Strom noch zu verstärken, basta! so möge er seinen Sohn dahin haben!»

Damit war unsere Unterhaltung zu Ende. «Auf morgen denn!» rief Archimedes in seiner alten Fröhlichkeit; die Ausprägung jenes letzten Gedankens schien seine Bedenklichkeiten ganz verscheucht zu haben. Und auch mir schien damit alles erklärt zu sein; denn Herr Käfer mußte augenscheinlich nicht wenig Geld verbrauchen. Er kleidete sich gut, man konnte sagen, mit Geschmack; er ließ sich auch sonst nichts abgehen. Trotz seines noch immer etwas weibischen Gesichtes machte er keine üble Figur, so daß alte Damen ihn einen feinen jungen Menschen nannten; auch ich selber wäre vielleicht weniger dagegen gewesen, wenn ich ihn mir nicht zehn Jahre früher durch die Planke so genau betrachtet hätte. Er war unablässig bemüht, sich in die bessere Gesellschaft einzudrängen, und hatte es sogar fertig gebracht, mit einer Anzahl von drei weißen Kugeln von der Harmoniegesellschaft zurückgewiesen zu werden. Und somit machte auch ich mir keine weiteren Gedanken.

*

Am Tage darauf, am schönsten Junimorgen, fuhren wir Studenten ab. Archimedes war anfänglich etwas still. «Ein harter Abschied», flüsterte er mir zu und drückte krampfhaft meine Hand. Aber die Abschiedsstimmung hielt nicht stand; am Waldesrand, etwa eine Meile hinter unserer Vaterstadt, sprangen wir alle vom Wagen und schmückten Pferde und Geschirr mit frischem Buchengrün, uns selbst nicht zu vergessen. Der junge Kutscher meines Vaters, «Thoms Knappe» von uns genannt, hatte die Fahrt schon mehrfach mitgemacht; er kannte alle unsere Lieder und sang mit seiner klingenden Tenorstimme frisch dazwischen, als es jetzt wieder in das freie Land hinausging. Ich entsinne mich kaum einer Reise, wo mir die Sonne so ins Herz gelacht hätte; es war aber auch nicht allein die Sonne: zur Seite des rollenden Wagens flogen die hellsten Genien des Lebens, Hoffnung und Jugend, mit ihrer weithin leuchtenden Aureole.

Auf der Hälfte des Weges, in dem großen baumreichen Dorfe, wo man im Vorüberfahren in des Hardevogts Garten den kleinen Springbrunnen mit der goldenen Kugel spielen sah, vor dem stattlichen Wirtshause, dem der mit dunklen Tannen bestandene Hügel gegenüberlag, wurden die dampfenden Pferde abgeschirrt und den Herren Studenten das helle Staatszimmer zur Mittagstafel eingeräumt. Und bald auch saßen wir alle, Thomas Knappe nicht ausgenommen, um den sauber gedeckten Tisch; glänzende Schinkenschnitte, Eier und Eierkuchen, und was sonst noch in den hochbeladenen Schüsseln aufgetragen wurde, verschwand mit unglaublicher Geschwindigkeit. Buttermilch wurde nicht getrunken; vielmehr kann nicht verschwiegen werden, daß neben jedem Teller ein tüchtiges Glas Grog seinen erquickenden Dampf versandte, während zur Tafelmusik Finken und Rotschwänze drüben aus den Tannen schlugen.

Mit einem unsäglich frohen Angesicht saß Archimedes neben mir; er schien alles, was ihn daheim belastet hatte, hinter sich geworfen zu haben; so oft er mit vergnügtem Lächeln sein dampfendes Glas zum Munde führte, machte er seine kriegerischsten Augen, als wollte er sagen: «Leben, wo bist du? Komm heraus; wir wollen dich bestehen!» Und «Prosit! Prosit, Archimedes!» klang es von allen Seiten.

Einige Tage nach unserer Ankunft in der Stadt der alma mater, da ich auf meinem Zimmer mich eben mit dem rätselvollen Kapitel der Korrealobligationen plagte, stand Archimedes plötzlich vor mir; er nickte mir zu, hob sich auf den Fußspitzen und drückte den Kopf in den Nacken, als fordere er mich heraus, ihn zu betrachten.

«Alle Wetter, Archimedes!» rief ich; «wo hast du dir dies strahlende Angesicht geholt?»

Er hob den Kopf noch höher aus den spitzen Vatermördern. «Nur drei Häuser weit von hier, lieber Freund; von dem rectore magnifico! Ich bin Student, immatrikuliert – data dextera – der alte Celeberrimus in Schlafrock und Pantoffeln! Wahrhaft rührend, ganz erhebend! Aber», fuhr er fort, indem er sich zum Fenster wandte, «dein Spiegel hängt auch ganz verteufelt hoch!» Und damit nahm er mir mein dickes schweinsledernes corpus juris vor der Nase fort und legte es als Schemel auf den Fußboden; nachdem er also seiner Kürze nachgeholfen, betrachtete er sich in der fleckigen Spiegelscheibe mit augenscheinlichem Behagen. «Student!» sagte er noch einmal. «Meinst du nicht auch, der Schnurrbart ist in den kurzen acht Tagen doch schon hübsch gewachsen! Vivat der Alte! Weißt du, wir wollen heute abend seine Gesundheit trinken; ich werde sehr guten Stoff besorgen. Nicht so, du willst doch? Der Alte hat es in der Tat verdient!»

«Freilich will ich», erwiderte ich; «sage nur auch die anderen an, alles übrige werde ich besorgen.»

«Trefflich, trefflich!» rief Archimedes. «Aber hier hast du dein corpus juris wieder; ich muß zunächst nun meine mathematica belegen; denn, lieber Freund, es soll höllisch jetzt geochst werden!»

Wie tanzend schritt er nach der Tür, nachdem er mir ein paarmal mutig zugenickt hatte; plötzlich aber hielt er inne. «Weiß der Henker», sagte er; «ich muß immer wieder an diesen Schuft, den Käfer, denken! Er ist nicht mal ein ordentlicher Käfer, höchstens ein Insekt der siebenten Ordnung, so eine Schnabelkerfe oder dergleichen etwas!»

Meine Gedanken waren schon wieder bei den Korrealobligationen. «Was kümmert dich der Bursche», sagte ich obenhin; «der ist ja weit von hier!»

«Freilich, freilich», erwiderte Archimedes, indem er aus der Tür ging; «wir wollen die Naturgeschichte ruhen lassen.» – –

Die kleine Kneiperei ging dann auch am Abend

zur Herzensberuhigung unseres Freundes in bester Heiterkeit vonstatten; als wir aber feierlich die Gesundheit seines Alten tranken, flüsterte er mir ganz ergrimmt ins Ohr: «Und daß er bald der Schnabelkerfe einen Fußtritt gebe!» dann stürzte er sein volles Glas herunter.

Es ist mir später klar geworden, daß in betreff jenes Menschen eine unbestimmte Furcht in seiner Seele lag, die er selber freilich nicht mehr bestätigt sehen sollte. Im weiteren Verlaufe des Semesters erwähnte er desselben nicht wieder; seine Arbeiten mochten diese Dinge bei ihm zurückgedrängt haben; denn seiner Ankündigung gemäß betrieb er diese vom Morgenrot bis in die Mitternacht hinein.

*

Bei Beginn der Herbstferien reiste Archimedes nach Hause, weil mit dem Semester auch seine dafür berechnete Kasse ihr Ende erreicht hatte; ich blieb noch, um unter Benutzung der Universitätsbibliothek eine bestimmte Materie durchzuarbeiten. Erst kurz vor dem Wiederbeginn der Kollegien folgte auch ich, um wenigstens ein paar Tage mit den Meinen zu verleben.

Archimedes fand ich besonders heiter und in großer Regsamkeit. «Du kommst verteufelt spät, lieber Freund!» rief er mir entgegen; «aber der Alte ist splendid gewesen, ich reise wieder mit euch! Übrigens ...» Und nun erfuhr ich, daß am letzten Tage noch ein Ball stattfinden solle, den ich nicht versäumen dürfe; seine kleine Phia würde auch erscheinen.

Dann schwieg er eine Weile und sah mit seinem kindlichen Lächeln zu mir auf. «Weißt du, lieber Freund», begann er wieder, «ich habe dabei auf dich gerechnet! Sie hat noch keinen Ball besucht; sie hat daher nicht so ihre gewohnten Tänzer wie die anderen; nicht wahr, du hilfst mir, sie gleich ein wenig mit hineinzubringen?»

Ich dachte plötzlich wieder an die Willis. «Deine Schwester muß ja bezaubernd tanzen», sagte ich. «Wie wär's mit Polonaise und Kotillon? Willst du meine Bitte überbringen?»

Archimedes drückte mir die Hand. «Trefflich, trefflich, lieber Freund! Aber nun muß ich zum Schuster, ob meine neuen Lackierten doch auch fertig sind!» – –

Am Morgen des Festabends waren wir alle in Bewegung; die einen, um Handschuhe oder seidene Strümpfe einzukaufen – denn Archimedes war der einzige, der stets in Lackstiefeln tanzte –, die anderen, um bei dem Gärtner einen heimlichen Strauß für die Angebetete zu bestellen. Diese letzteren belächelte Archimedes, indem er sanft den Kopf emporschob; er hatte niemals eine Herzdame, sondern nur eine allgemeine kavaliermäßige Verehrung für das ganze Geschlecht, worin er vor allem seine Schwester einschloß. Ich entsinne mich fast keiner Schlittenpartie, wobei sie nicht die Dame des eigenen Bruders war; es schien bei solchem Anlaß, als möge er sie keinem Dritten anvertrauen; sorgsam vor der Abfahrt breitete er alle Hüllen um und über sie, während das blasse Gesichtchen ihn dankbar anlächelte; und ebenso sorgsam und ritterlich hob er bei Beendigung der Fahrt sie wieder aus dem Schlitten.

So war denn Archimedes zum Festordner wie geschaffen und auch diesmal dazu erwählt worden. Als ich, wie gewöhnlich sein Gehilfe bei solcher Gelegenheit, am Vormittag des Festes in den Ballsaal trat, wo noch einiges mit dem Wirte zu ordnen war, fand ich ihn mit diesem bereits in lebhafter Unterhandlung. «Vorzüglich, ganz vorzüglich!» hörte ich ihn eben sagen; «also noch ein Dutzend Spiegellampetten an den Wänden, damit die Toiletten der Damen sich im gehörigen Lüster präsentieren, und, Liebster, nicht zu vergessen die bewußten Draperien, um auch die Musikantenbühne in etwas zu verschönern!»

Während der Wirt sich entfernte, schritt Archimedes auf mich zu, der ich am anderen Ende des Saales die Tischchen mit den Kotillonraritäten revidierte; aber der Ausdruck seines guten Gesichts schien den heiteren Worten, die ich erst eben von ihm gehört hatte, wenig zu entsprechen.

«Was fehlt dir, Archimedes?» frug ich. «Deine Schwester ist heute abend doch nicht abgehalten?»

«Nein, nein!» rief er. «Sie wird schon kommen, und wenn auch erst um zehn Uhr, nachdem der Alte zur Ruhe gegangen ist; aber ich denke sie noch früher loszunesteln!»

«Nun also, was ist es denn?»

«O, es ist eigentlich nichts, lieber Freund; aber dieser Käfer, der Herr Hausverwalter! Ich glaube, das arme Ding fürchtet sich ordentlich vor ihm.

Stelle dir's vor, er unterstand sich heute, auf mein Zimmer zu kommen und uns beiden zu erklären, der Herr Etatsrat werde das sehr übel vermerken, wenn das Fräulein auf den Ball ginge; und das Fräulein hing so verzagt an seinem unverschämten Munde; es fehlte nur noch, daß er ihr geradezu den Ball verboten hätte!»

Archimedes zuckte mit seinem Stöckchen ein paarmal heftig durch die Luft. «Ich werde diesem Käfer noch die Flügeldecken ausreißen!» sagte er und machte seine Offiziersaugen. «Der Mensch unterstand sich sogar, mich bei meinem Vornamen anzureden; da habe ich ihm denn seinen Standpunkt klar gemacht und ihn hierauf sanft aus der Tür geschoben; siehst du» – und er erhob den Arm – «mit dieser meiner eigenen Hand, die leider ohne Handschuh war!» Er ging ein paarmal auf und nieder. «Zu toll, zu toll!» rief er. «Während meiner Philippika hatte das Kind mich fortwährend am Rock gezupft; nun der Bursche fort war, bat sie mich unter Tränen, sie doch zu Haus zu lassen. Aber sie soll nicht; sie soll auch einmal wie andere eine Freude haben; und sie hat mir's denn endlich auch versprochen.»

Archimedes steckte beide Hände in die Taschen und blickte eine Weile schweigend gegen die Saaldecke. «Das arme Ding», sagte er; «sie hatte so ein Paar große erschrockene Kinderaugen! Wenn der Halunke es sie später nur nicht entgelten läßt! Nun am Ende, wir sind denn doch nicht aus der Welt!»

Und allmählich beruhigten sich seine Gesichtszüge, und sein gutes Lächeln trat wieder um seinen wohlgeformten Mund. «Aber noch eines, lieber Freund», begann er aufs neue; «ich weiß, du bist auch so etwas für die Blumensträuße, und du meinst es stets aufs trefflichste; aber – sende ihr keinen! Nicht um meiner Grille halber, es würde sie ja wohl erfreuen; es ist nur – in unserem Hause paßt das mit den Blumensträußen nicht. Aber komm und hilf mir; die kleine Phia soll denn doch nicht ohne Blumen auf den Ball!»

Und dann gingen wir miteinander fort und kauften die schönste dunkelrote Rose für das schwarze Haar des blassen Mädchens.

*

Meine Schwester war von einem leichten Unwohlsein befallen; so kam es, daß ich abends allein und erst kurz vor Beginn des Tanzes in das Vorzimmer des Ballsaales trat.

Archimedes kam mir schon entgegen. «Ah!» rief er, «vortrefflich, daß du da bist! Nun wollen wir auch sofort beginnen!»

Aber ich hielt ihn noch zurück. «Einen Augenblick!» sagte ich; «ich muß mir erst die Handschuh knöpfen.» In Wahrheit aber wollte ich ihn selber nur betrachten; dieser kunstvoll frisierte Haarpull, der kohlschwarz gewichste Schnurrbart, dazu das fröhliche und doch gemessene Werfen des Kopfes, das elegante Schwenken des kleinen Chapeauclaque – in Wahrheit, er imponierte mir noch immer.

«Deine Schwester ist doch drinnen?» frug ich

dann, nach der offenen Tür des Saales zeigend, indem ich mich zugleich für vollkommen tanzfähig erklärte.

Er drückte mir die Hand. «Alles in Ordnung, lieber Freund!»

Als dann gleich darauf die Musik einsetzte, schritt Archimedes erhobenen Hauptes in den Saal, und ich folgte ihm, um meiner Dame zur Polonaise die Hand zu reichen. Aber sie war nicht unter ihren Altersgenossinnen, die am anderen Ende des Saales sich wie zu einem Blumenbeet zusammengeschart hatten; ich fand sie gleich am Eingang bei einem mir unbekannten, unschönen und plump gekleideten Mädchen sitzend. Sophie Sternow trug ein weißes Kleid mit silberblauem Gürtelbande; das glänzende, an den Schläfen schlicht herabgestrichene Haar war im Nacken zu einem schweren Knoten aufgeschürzt; aber weder die Rose, welche ihr Bruder unter meinem Beirat vormittags für sie gekauft hatte, noch sonst ein Schmuck, wie ihn die Mädchen lieben, war daran zu sehen.

Ein leichtes Rot flog über ihr Antlitz, als ich auf sie zutrat. «Freund Archimedes», sagte ich, «wird mir hoffentlich den Tanz gesichert haben; ich möchte nicht zu spät gekommen sein.»

Ein flüchtiger Blick aus ihren dunklen Augen streifte mich. «Ich danke Ihnen», sagte sie fast demütig, indem sie, mich kaum berührend, ihre Hand auf den ihr dargereichten Arm legte, «aber auch ohnedies wären Sie nicht zu spät gekommen.»

Ich hatte sie lange nicht gesehen; aber Archimedes irrte, das waren keine Kinderaugen mehr.

Wir tanzten dann, und ich würde noch jetzt sagen, daß sie trefflich tanzte; nur empfand ich in ihren anmutigen Bewegungen nichts von jener frohen Kraft der Jugend, die sonst in den Rhythmen des Tanzes so gern ihren Ausdruck findet. Dies und die etwas zu schmalen Schultern beeinträchtigten vielleicht in etwas die sonst so eigentümlich schöne Mädchenerscheinung.

Nach beendigtem Tanze führte ich sie an ihren Platz zurück, und sie setzte sich wieder neben das häßliche Mädchen, welches von niemandem aufgefordert war und jetzt froh schien, wenigstens für den Augenblick aus seiner Verlassenheit erlöst zu werden. Als ich in dem Gewirre der sich auflösenden Paare Archimedes zu Gesicht bekam, konnte ich die Frage nicht unterlassen, ob er denn die Rose von heute morgen seiner Schwester nicht gegeben habe.

«Freilich, freilich!» erwiderte er, indem er zugleich einen Inspektionsblick in dem Saal umherwarf; «aber die Kleine scheint auf einmal eigensinnig geworden; sie wollte keine Blumen tragen; sie konnte nicht einmal sagen, weshalb sie es nicht wollte; sie bat mich flehentlich um Verzeihung, daß sie es nicht könne; denn, in der Tat, ich wurde fast ein wenig zornig! – Nun, lieber Freund», setzte er in munterem Ton hinzu, «die Damen haben ihre Launen, und jetzt werde ich selber mit der kleinen Dame tanzen!»

Während er dann zunächst noch zu den Musikanten ging, blickte ich im Saal umher. Die blasse Phia Sternow war die einzige, deren junges Haupt mit keiner Blume geschmückt war; in dem duftweißen Kleide mit dem Silbergürtel erschien sie fast nur wie ein Mondenschimmer neben ihrer plump geputzten Nachbarin. Und wieder mußte ich an die Willis denken, und jenes phantastische Mitgefühl, das ich als halber Knabe für sie empfunden hatte, überkam mich jetzt aufs neue. Dies verleitete mich auch, als ich später mit der Busenfreundin meiner Schwester im Kontretanze stand, diese etwas männliche Brünette mit ziemlich unbedachten Vorwürfen wegen einer solchen, wie ich mich ausdrückte, absichtlichen Trennung von der früheren Schulgenossin zu überhäufen. Hatte ich doch mit steigender Erregung wahrgenommen, daß keine der hiesigen jungen Damen sie begrüßte, wenn sie an ihrem Platz vorübergingen, ja daß eine derselben mit plötzlicher Bewegung den Kopf zur Seite wandte, da sie unerwartet in der Tanzkette ihr die Fingerspitzen reichen mußte.

Schon während meiner Rede hatte ich bemerkt, daß meine Tänzerin eine kriegsbereite Haltung annahm. «Sprechen Sie nur weiter!» sagte sie jetzt, als ich zu Ende war; «ich höre schon.» Und dabei trat sie einen Schritt zurück, als wolle sie mich besser Aug in Auge fassen.

Als ich hierauf noch einmal betonte, was nach meiner Meinung in diesem Falle vorzubringen war, ließ die schöne Braune mich ruhig ausreden; dann sagte sie mit einer Gemessenheit, die seltsam zu dem jungen Munde stand: «Ich verstehe das alles wohl; aber finden Sie nicht selbst, daß es Fräulein Sternow völlig freisteht, unsere Gesellschaft aufzusuchen, wenn sie anders meinen sollte, daß sie noch dahin gehöre?»

«Dahin gehöre?» Ich wiederholte es fast erschrokken. «Sie wollen doch die Ärmste nicht für ihr väterliches Haus verantwortlich machen?»

Fräulein Juliane – so hieß die schöne Männin – zuckte nur die Achseln; gleich darauf mußten wir tanzen. Als wir wieder auf unserem Platz standen, gewahrte ich die Besprochene in der anderen Reihe neben uns, und so konnte das Gespräch nicht wieder aufgenommen werden. Zu meiner stillen Genugtuung bemerkte ich indessen, daß Phia Sternow von den Tänzern nicht vergessen wurde, wenn diese auch meist nur aus den Freunden ihres Bruders und diesem selbst bestanden. Sie erschien mir jetzt, da der Tanz ein leichtes Rot auf ihre Wangen gehaucht hatte, so über alles schön, daß ich fast laut zu mir selber sagte: «Der Neid; es ist der Neid, der sie verfemt.»

Die Hälfte des Abends war vorüber, der Kotillon, der Tanz, wo es gilt, die Pausen zu verplaudern, führte mich wieder mit ihr zusammen. Den vorhergehenden Walzer hatte ich in einem Anfalle von Barmherzigkeit mit ihrer unschönen Nachbarin getanzt, und Sophie Sternow hatte mich, da ich sie von ihrer Seite holte, mit einem dankbaren Lächeln angeblickt, dem einzigen, das ich an diesem Abend auf ihrem jungen Antlitz sehen sollte. «Wer ist das Mädchen?» frug ich jetzt. «Sie scheint eben keine beliebte Tänzerin.»

Phia blickte flüchtig zu mir auf. «Sie ist eine Fremde», sagte sie dann; «sie hat hier keine Freunde.»

Sie schwieg, und ich suchte nach einem anderen Unterhaltungsstoff. Was aber sollte ich reden, ohne bei der Armseligkeit dieses Lebens anzustoßen! Da begann ich von ihrem Bruder, von seinem redlichen Fleiße, von unserem treuen Zusammenhalten. Nur aus den geöffneten Lippen und den regungslos auf mich gerichteten Augen erkannte ich, mit welcher Teilnahme sie meinen Worten folgte; aber auch jetzt brach kein Lächeln durch den leidenden Ernst dieser jungen Züge.

«Fräulein Sophie», sagte ich, «ich weiß es, Sie haben durch den Fortgang dieses Bruders viel verloren!»

Ein kaum hörbares «Ja» war die Antwort. Als ich aber dann, des aufs neue bevorstehenden Scheidens gedenkend, hinzufügte: «Diesmal werden Sie ihn schon nach ein paar Monden wieder haben!» da schloß sie die Augen, als wolle sie in keine Zukunft blicken, und hielt ihr Antlitz wie das einer schönen Toten mir entgegen.

«Fräulein Sophie!» erinnerte ich leise, denn ich sollte meine Dame zu dem mit Blumensträußen gefüllten Körbchen führen.

Sie schlug langsam die Augen wieder auf, und wir tanzten diese und noch manche andere Tour; gesprochen aber haben wir nicht viel mehr miteinander.

Gern hätte ich noch vor der gemeinschaftlichen Abreise am andern Morgen meine Schwester über die Vorgänge des verflossenen Abends ausgeforscht; aber der Wagen hielt schon früh um fünf Uhr vor dem Hause, und ihres Unwohlseins halber durfte sie nicht wie sonst das letzte Viertelstündchen beim Morgentee mit mir verplaudern.

*

Es kann endlich nicht länger verschwiegen werden, daß Archimedes während der langen Wartezeit daheim auch bei anderen als den bisher erwähnten Anlässen mit jenen kleinen Gläsern in Berührung gekommen war. – Im Hinterstübchen eines Gasthofes, wo sonst nur die Leute aus der Marsch ihre Anfahrt hielten, pflegte sich ein paarmal wöchentlich ein Kleeblatt älterer Männer zusammenzufinden, sämtlich voll mannigfacher Welterfahrung und scharfer rücksichtsloser Beurteilung aller übrigen Menschen. Bei einer Pfeife Petit-Canasters und einem Gläschen feinsten und nur in diesem Stübchen zum Ausschank kommenden Pomeranzen-Likörs, das ohne Bestellung vor jeden hingestellt und ebenso erneuert wurde, verstanden sie es, die respektabelsten Häupter der Stadt in so einseitige Beleuchtung zu rücken, daß sie jedem als die lustigsten Karikaturen erscheinen mußten. Diesen Leuten, welche in halbem Bruche mit der übrigen Gesellschaft sich selbst genug waren, hatte im letzten Winter Archimedes sich als vierter angeschlossen, nachdem er eines Nachmittags mit dem Hauptwortführer, einem früheren Offizier, auf der Eisfläche des Mühlenteiches in allen Kunstformen des Schlittschuhlaufs gewetteifert hatte.

Zwar hatte er, als dann abends im Hinterstübchen des Gasthofes die bestbeleumundeten Honoratioren in so possenhafter Verwandlung vorgeführt wurden, anfänglich sein gutmütiges Haupt geschüttelt; das Gläschen, welches auch ihm gesetzt und gefüllt wurde, war für ihn durchaus notwendig, um nur die spaßhafte Seite dieses Puppenspiels zu sehen; aber freilich, das Mittel schlug auch an, und so kam es, daß er an den betreffenden Abenden meist schon als der erste des nunmehrigen Vierblattes vor seinem Gläschen saß, in ungeduldiger Erwartung, daß mit dem Erscheinen der drei anderen Gäste das Stück aufs neue beginnen möge. Er bedurfte eben eines kräftigeren Anreizes, als der Verkehr mit den ihm immer grüner erscheinenden Gelehrtenschülern ihm zu bieten vermochte.

Daß eine eigentliche Neigung zum Trinken in Archimedes steckte, habe ich nie bemerkt; jedenfalls schien zu solchem Bedenken jeder Anlaß verschwunden, sobald er den Boden der Universität betreten hatte. Da tauchte, etwa einen Monat nach unserer letzten Rückkehr, unter einer Anzahl ihm bekannter Korpsstudenten eine Tollheit auf, welche vielleicht von einzelnen älteren Herren noch jetzt als ein Auswuchs ihres Jugendübermuts belächelt wird, welche aber für andere der Anfang des Endes wurde. Ohne Ahnung jener späteren Ära des Absinthes, behaupteten sie, in dem «Pomeranzen-Bittern» den eigendlichen Feind des Menschengeschlechts entdeckt zu haben, und erklärten es für eine der idealsten Lebensaufgaben, selbigen, wo er immer auch betroffen würde, mit Hintansetzung von Leben und Gesundheit zu vertilgen. Dieser Erkenntnis folgte rasch die Tat: eine «Bitternvertilgungskommission» wurde gebildet, die an immer neu erforschten Lagerorten des Feindes ihre fliegenden Sitzungen hielt. Die Sache wurde bekannt und begann über die Studentenkreise hinaus Anstoß zu erregen; sogar ein Anschlag am Schwarzen Brett erschien, welcher den Studenten unter Androhung der Relegation den Besuch einer Reihe näher bezeichneter Häuser untersagte; natürlich nur ein Sporn zu noch heldenhafteren Taten.

Zu meinem Schrecken erfuhr ich, daß auch Archimedes sich diesem Unwesen zugesellte. Hatte die Öde seines niedergehaltenen Lebens ihn zu jenem älteren Kleeblatt hingetrieben, so war es jetzt das in dieser Sache steckende Stückchen Sport, das ihn heranzog; er kannte ja jenen Feind des menschlichen Geschlechts seit lange, er mußte mit dabei sein. Vergebens suchte ich ihn zurückzuhalten. «Liebster», sagte er, «laß mich auch einmal, wie du es nennst, ein wenig toll sein; ich versäume ja nichts damit! Und so beruhige dein treues Herz, auch wenn dir für unsere erhabene Sache das Verständnis fehlen sollte!»

Er machte seine kriegerischen Augen und sah mich dabei mit seinem besten Lächeln an; mir blieb zuletzt nichts übrig, als der Sache ihren Lauf zu lassen. Denn darin freilich unterschied er sich von den Genossen seiner Tollheit, außer seiner Gesundheit wurde nichts von ihm versäumt. Gewissenhaft, und wenn die Stunde noch so früh war, besuchte er seine Kollegien, und war die eine Nacht durchrast, so wurde unfehlbar die darauf folgende hindurch gearbeitet. Auf seiner Spritmaschine, welche brennend neben ihm stand, filtrierte er sich den stärksten Kaffee, und vermochte auch der dem erschöpften Körper die Müdigkeit nicht fernzuhalten, so holte Archimedes, wenn alle anderen Bewohner des Hauses schliefen, sich aus der Pumpe auf dem Hofe einen Eimer eiskalten Wassers, um seine nackten Füße dahineinzustecken und dann frei von jedem verführerischen Schlafverlangen in seiner Arbeit fortzufahren.

Diese zweite, wenn auch achtungswerte Tollheit hatte er vor mir wie vor allen anderen verborgen gehalten; aber freilich, ihre Folgen konnten nicht verborgen bleiben. Wir waren diesmal beide in den Weihnachtsferien nicht zu Hause gewesen; es ging schon in den März, als ich eine auffallende Veränderung in dem Wesen meines Freundes wahrnahm: der sonst so ordnungsliebende Mann war verschwenderisch geworden; er machte wiederholt allerlei seltsame Ankäufe, die seine knappen Mittel bei weitem überstiegen. Außer den teuersten Zirkeln, welche ihm gleichwohl immer nicht genügten, war seine Erwerbslust auf verschiedene Arten von Stoßrappieren gerichtet, eine Waffe, die auf unserer Universität nicht gebräuchlich war, aber freilich, seiner Person entsprechend, gern und mit Geschick von ihm gehandhabt wurde; endlich kamen sogar Lackstiefel mit immer dünneren und biegsameren Sohlen an die Reihe.

Als ich ihn über diese mir ganz unverständliche Verschwendung zur Rede stellte, glaubte ich etwas Unheimliches in seinen Augen aufleuchten zu sehen. «Geduld, Geduld!» sagte er hastig. «Kein voreiliges Urteil, Liebster! Ich habe jetzt endlich einen Schuster aufgefunden; ein exzellenter Bursche, ausnehmend exzellent! Wenn sie fertig sind, werde ich in den durchaus vollkommenen Stiefeln zu dir kommen –»

«Aber Archimedes», unterbrach ich ihn, «was willst du damit und mit all deinen Zirkeln und Rappieren?»

Er sah mich mit weit aufgerissenen Augen an; der Erwerb jener letzteren Dinge war ihm offenbar entfallen, obgleich die Rappiere in seinem Zimmer eine halbe Wand bedeckten.

Plötzlich, einige Tage danach, in welchen ich ihn nicht gesehen hatte, hieß es, Archimedes liege am Nervenfieber, es stehe schlecht mit ihm. Eilig ging ich nach seiner Wohnung; aber ich erschrak, ich erkannte ihn fast nicht; in seinem Bette lag etwas wie ein kleiner abgezehrter Greis, und noch heute würde ich die Möglichkeit einer so raschen Wandlung bestreiten, wenn ich sie nicht mit offenen Augen erlebt hätte. – Ein uns beiden befreundeter junger Arzt von anerkannter Tüchtigkeit hatte ihn in seine Behandlung genommen; auch eine von diesem besorgte Wärterin war vorhanden.

Archimedes bewegte seinen Kopf, als ob er mir zunicken wolle. «Lieber Freund», flüsterte er, «ich fürchte, ich bin recht wunderlich gewesen die letzte Zeit; aber nun, es wird nun besser werden!» Er versuchte zu lächeln, nachdem er langsam und kaum verständlich dies gesprochen hatte; aber es gelang ihm ebenso wenig wie der Versuch, sich dann auf seinen Kissen umzuwenden; die Wärterin stand auf, und wir beide hoben und legten ihn, bis er zufrieden war.

Bald darauf kam auch der Arzt. Als wir nach einiger Zeit zusammen das Haus verließen, wollte er keine bestimmte Hoffnung geben; als ein eigentliches Nervenfieber bezeichnete er die Krankheit nicht; der Grund derselben liege in den fortgesetzten Ausschreitungen nach zwei Seiten, welche dieser an sich zarte Körper nicht habe ertragen können.

In meiner Wohnung angelangt, setzte ich mich sofort hin und gab dem Vater brieflich über diesen Stand der Dinge Auskunft; ich glaubte ihm anheimstellen zu müssen, ob er bei dem ungewissen Ausgang persönlich kommen oder aber der Schwester die Reise an das Krankenbett des Bruders gestatten wolle; zugleich bat ich, mit Rücksicht auf das zu Ende gehende Quartal, um Übersendung einer Geldsumme für diesen außerordentlichen Fall.

Mit umgehender Post erhielt ich auch ein eigenhändiges Schreiben des Herrn Etatsrats: sein herrlicher Archimedes solle erfahren, daß sein Vater sich der vollen Verantwortlichkeit bewußt sei, einen Jüngling wie ihn der Mit- und Nachwelt zu erhalten; durch den Herr Käfer würden instanter die ausreichendsten Mittel an mich, dem er sein vollstes Vertrauen entgegenbringe, eingehen; im übrigen solle ich den Arzt zum Teufel jagen; die Sternows hätten allzeit eine Konstitution gehabt, welche ohne diese Pfuscherkünste in das Geleise der Natur zurückzufinden wisse.

Damit schloß das Schreiben; von einem persönlichen Kommen, sei es des Schreibers selber oder seiner Tochter, war nichts erwähnt. Die Geldsendung indessen erfolgte wirklich; es war eine elende Summe, die kaum ausgereicht hätte, die Wärterin auf längere Zeit hin zu besolden. – Sie sollte freilich hiefür noch mehr als ausreichend gewesen sein. Acht Tage waren vergangen, Archimedes wurde immer schwächer.

Als ich dann eines Vormittags in sein Zimmer trat, fand ich ihn schwer atmend, mit geschlossenen Augen; in seinem Antlitz schien aufs neue eine Veränderung vorgegangen zu sein: ob zum Leben oder zum Tode, vermochte ich nicht zu erkennen; etwas wie eine ruhige Klarheit war in seinen Zügen, aber die Finger der Hand, welche auf der Decke lagen, zuckten unruhig durcheinander. Ich stand schon lange vor ihm, ohne daß er meine Anwesenheit bemerkt hätte.

«Der Herr ist schwer krank!» sagte die Wärterin, die vor einer Tasse Kaffee in dem alten Lehnstuhl saß. «Sehen Sie nur» – und sie fuhr sich mit der Hand unter ihrer Mütze hin und her, als wolle sie andeuten, daß es auch unter der Hirnschale des Kranken nicht in Ordnung sei –, «alle die lackierten Stiefelchen habe ich dem Bette gegenüber in eine Reihe stellen müssen, und es wollte immer doch nicht richtig werden, bis ich endlich dort das eine Pärchen oben an und dann noch wieder eine Hand breit vor den anderen hinausgerückt hatte. Du lieber Gott, so kleine Füßchen und so viel schöne Stiefelchen!»

Die Alte mochte dies etwas laut gesprochen haben; denn Archimedes fuhr mit beiden Händen an sein Gesicht und zupfte daneben in die Luft, als säße sein armer Kopf noch zwischen den steifen Vatermördern, die er in gewohnter Weise in die Richte ziehen müsse; dann schlug er die Augen auf und blickte um sich her. «Du?» sagte er, und ein Anflug seines alten verbindlichen Lächelns flog um seinen Mund. «Trefflich, trefflich!»

Er hatte das kaum verständlich hingemurmelt; aber plötzlich richtete er sich auf, und mich wie mühsam mit den Augen fassend, sprach er vernehmlich: «Ich wollte dir doch etwas sagen! Weißt du denn nicht? Du mußt mir helfen; ich wollte dich ja deshalb holen lassen. – Ja so! Ich glaube» – er stieß diese Worte sehr scharf hervor –, «es hätte etwas aus mir werden können; nicht wahr, du bist doch auch der Meinung? Ich habe darüber nachgedacht.»

Er schwieg eine Weile; dann warf er heftig den Kopf auf seinem Kissen hin und her. «Pfui, pfui, man soll seine Eltern ehren; aber, weißt du ... auf meines Vaters Gesundheit kann ich doch nicht wieder trinken; und darum ...» Seine Hände fuhren auf dem Deckbett hin und her. «Nein», hub er wieder an, «lieber Freund, das war es doch nicht, was ich dir sagen wollte; entschuldige mich, du mußt das wirklich entschuldigen!»

Bei den letzten Worten waren seine Augen im Zimmer umhergeirrt, und seine Blicke verfingen sich an dem Stiefelpaar, womit er der Wärterin nach deren Erzählung so viel Mühe gemacht hatte; dem einzigen, welches Spuren des Gebrauches an sich trug.

Ein glückliches Lächeln ging über sein eingefallenes Antlitz. «Nun weiß ich es!» sagte er leise, und mit seiner abgezehrten Hand ergriff er die meine; die andere hob sich zitternd und wies mit vorgestrecktem Zeigefinger nach den Stiefeln. «Das war unser letzter Ball, lieber Freund; du tanztest mit meiner Schwester, mit meiner kleinen Phia; aber sie war doch nicht vergnügt ... sie ist noch so jung; aber sie konnte nicht vergnügt sein – ich habe immer daran denken müssen: so allein mit dem Alten und den Zeitungen und dem ... verfluchten Käfer!»

Er hatte beide Arme aufgestemmt und sah mit wilden Blicken um sich. «Sie hat mir nicht geschrieben, gar nicht; auf alle meine Briefe nicht!»

Die Wärterin erhob warnend ihre Hand. «Der Herr spricht zu viel!» Aber Archimedes warf ihr seine Kavaliersaugen zu; «dummes Weib!» murmelte er; dann, wie von der letzten Anstrengung ermüdet, ließ er sich zurücksinken und schloß die Augen. Er atmete ruhig, und ich glaubte, er werde schlafen; aber noch einmal, ohne sich zu regen, flüsterte er mit unaussprechlicher Zärtlichkeit: «Wenn ich nur erst das Examen ... Phia, meine liebe kleine Schwester!»

Dann schlief er wirklich; ich legte seine Hand, welche wieder die meine ergriffen hatte, auf das Deckbett und ging leise fort. – –

Als ich am anderen Morgen wieder durch den unteren Flur des Hauses ging, schlurfte der Eigentümer desselben, ein hagerer Knochendreher, auf seinen Pantoffeln hinter mir her und zog mich unter Höflichkeitsgebärden in eins der nächsten Zimmer, wo ich außerdem noch seine wohlgenährte Gattin, welche der eigentliche Mann des Hauses war, und eine ältliche Tochter antraf, die wie ein weiblicher Knochendreher aussah. Alle umringten mich und redeten durcheinander auf mich ein: sie hätten vor ein paar Jahren erst das teure Haus mit all den schönen Zimmern hier gekauft; das könne ich wohl denken, daß noch schwere Hypotheken darauf lasteten, und noch ständen just die besten Zimmer unvermietet, obschon die Herren es doch nirgend besser als bei ihnen haben könnten! – Ich wußte anfänglich nicht, wo alles dies hinaus sollte; dann aber kam's: sie fürchteten für ihren rückständigen Mietzins; ich sollte ihnen helfen – denn Archimedes war um Mitternacht verschieden.

Ich stieß diese Leute, die freilich nur ihr gutes Recht zu decken suchten, fast gewaltsam von mir und stieg langsam die Treppe nach dem Oberhaus hinauf. – «Also doch! Tot; Archimedes tot!»

Und da stand ich vor seinem schon erkalteten Leichnam; aber sein eingefallenes Totenantlitz trug wieder den Ausdruck der Jugend, und mir war, als schwebe noch einmal sein gutes Lächeln um die erstarrten Lippen.

*

Als ich in den Osterferien nach Hause kam, war mein erster Gang zu dem Herrn Etatsrat; nicht, daß mein Herz mich zu dem Vater meines verstorbenen Freundes hingetrieben hätte, es waren vielmehr geschäftliche Dinge, und nicht der angenehmsten Art. Die Begräbniskosten und die Forderungen des Hauswirts waren durch Herrn Käfer in irgendeiner Art geordnet; aber jene während der dem eigentlichen Krankenlager vorangegangenen Gemütsstörung zusammengekauften Gegenstände waren zum größten Teile von dem Verstorbenen unbezahlt gelassen. Zwar hatten später die Verkäufer dem Herrn Etatsrat ihre Rechnungen eingesandt; aber es war darauf weder Geld noch Antwort erfolgt. Nun hatten sie dieselben noch einmal ausgestellt und mir, den sie als Freund und Landsmann ihres Schuldners kannten, mit der Bitte um Verwendung bei dem Vater übergeben.

Bei meinem Eintritt in den Hausflur sah ich eine weibliche Gestalt mit einer blauen Küchenschürze, als wolle sie nicht gesehen werden, durch eine Hintertür verschwinden; ob es eine Magd, oder wer sie sonst war, vermochte ich so rasch nicht zu erkennen. Da ich indessen den braunroten Kopf des Herrn Etatsrats von der Straße aus in einem der unteren Zimmer bemerkt hatte, so pochte ich, da sich sonst niemand zeigte, ohne weiteres an die betreffende Zimmertür. Es erfolgte jetzt etwas wie das Brummen eines Bären aus einer dahinter liegenden Höhle; ich nahm es für ein menschliches «Herein» und fand dann auch den Herrn Etatsrat im Lehnstuhl an seinem mit Papieren bedeckten Schreibtisch sitzen, wo ich ihn vorhin durchs Fenster erblickt hatte. Ihm zur Seite stand ein kleiner Tisch, darauf eine Kristallflasche mit Madeira und ein halbgeleertes Glas. Als ich näher trat, sah er mich eine Weile mit offenem Munde an; dann langte er hinter sich nach einem Schränkchen und brachte ein zweites Glas hervor, das er sofort füllte und nach der anderen Seite des Tisches schob.

«Sie sind der Sohn des Justizrats», begann er; «aber setzen Sie sich, junger Mann! Sie waren der Freund meines unvergeßlichen Archimedes; Sie werden das zu schätzen wissen!»

Ich gab dem meine Zustimmung und erzählte, den Tod und die vermutliche Todesursache des Verstorbenen übergehend, von der Gewissenhaftigkeit, womit er unter allen Umständen und bis zuletzt seine Studien betrieben hatte, und von mancher freundlichen Äußerung seiner Fachprofessoren, welche nach seinem Tode mir zu Ohren gekommen war.

Der Herr Etatsrat hatte indessen sein Glas geleert und wiederum gefüllt. «Junger Mann», sagte er, «erheben wir den Pokal und trinken wir auf das Gedächtnis des ersten Mathematikus unseres Landes; denn das war mein Archimedes schon jetzt in seinen jungen Jahren! Ich, der ich denn doch ein ganz anderer Gewährsmann bin als jene soeben von Ihnen in Bezug genommenen Professoren, ich selber habe ihn geprüft, als der Selige zum letzten Male in diesem Hause weilte. Wenn ich sage: geprüft, so will das Wort sich eigentlich nicht schikken; denn mein Archimedes war der Größere von uns beiden!» – Und seine Blicke legten sich wie drückende Bleikugeln auf die meinen, während er mit mir anstieß und dann in einem Zug sein Glas heruntergoß.

Damals fürchtete ich mich noch nicht vor einem tüchtigen Trunk. «In memoriam», sprach ich andächtig und folgte seinem Beispiel. Der Herr Etatsrat nickte und schenkte die Gläser wieder voll. «Sie haben», hub er aufs neue an, «Ihren großen Kommilitonen mit allen studentischen Ehren zu seiner letzten Ruhestatt begleitet; so verhielten wir es auch zu meiner Zeit; besonders bei unserem Konsenior, den wir Mathematiker ,Rhomboides' nannten! Er war ein Rheinländer, aber der Wein war bei ihm ein überwundener Standpunkt; er trank des morgens Rum und des abends wieder Rum; und so fiel er auch nicht, wie mein unsterblicher Archimedes, als ein Opfer der Wissenschaft, er war vielmehr dem Laster der Trunksucht ergeben und ging dadurch zugrunde. Des ohnerachtet bliesen wir ihn mit zwölf Posaunen zu Grabe und tranken sodann im Ratskeller so tapfer auf seine fröhliche Urständ, daß bei Anbruch des Morgens nur noch wenige von uns an das Tageslicht hinaufzugelangen vermochten. – Aber» – sein Blick war auf mein unberührtes Glas gefallen –, «Sie haben ja nicht getrunken! ,Dulce merum', sagt Horatius; schenken Sie sich selber ein; es freut mich, einmal wieder mit einem flotten Studiosus den Pokal zu leeren!»

Aber die Gesellschaft des Herrn Etatsrats begann mir unheimlich zu werden; auch wollte ich endlich meine Rechnungen zur Sprache bringen und zog deshalb, indem ich zugleich seiner Aufforderung folgte, mein Päckchen aus der Tasche und begann, die Papiere vor ihm hinzubreiten.

Er würdigte dieselben keines Blickes; die Erläuterungen aber, welche ich hinzuzufügen für nötig hielt, schien er aufmerksam anzuhören. «Gewiß, mein junger Freund», sagte er dann, als ich zu Ende war, «mein herrlicher Archimedes wäre ja kein Student gewesen, wenn er nicht mit Hinterlassung etwelcher Schulden in die Ewigkeit gegangen wäre! Geben Sie, junger Mann, die Rechnungen dieser Böotier an den Herrn Käfer zur weiteren Hinterlegung, oder, was ich für das Schicklichste erachte, retradieren Sie selbige an ihre ehrenwerten Autoren!»

Ich glaubte den Sinn dieser Worte nicht recht gefaßt zu haben. «Aber sie sollen doch bezahlt werden?» wagte ich einzuwenden.

«Nein, mein junger Freund» – und die stumpfen Augen sahen unter den schwarzen Borstenhaaren mich fast höhnisch an –, «ich sehe dazu nicht die mindeste Veranlassung.»

Ich mag dem Herrn Etatsrat wohl ein recht verblüfftes Gesicht gemacht haben, als ich meine Rechnungen zusammensammelte und wieder in die Tasche steckte; dann aber nahm ich meinen Abschied, so sehr er mich auch mit trunkener Höflichkeit zurückzuhalten suchte.

Als ich auf den Flur hinaustrat, vernahm ich dort ein halb unterdrücktes Weinen, und da ich den Kopf wandte, sah ich auf den Stufen einer Treppe, die hinter dem Zimmer des Etatsrats in das Oberhaus hinaufführte, eine weibliche Gestalt hingekauert; an der blauen Schürze, in die sie ihr Gesicht verhüllt hatte, glaubte ich sie für dieselbe zu erkennen, die sich vorhin so hastig meinem Blick entzogen hatte.

Als ich unwillkürlich näher trat, erhob sie den

Kopf ein wenig, und zwei dunkle Augen blickten flüchtig zu mir auf.

«Fräulein Sophie!» rief ich; denn ich hatte sie erkannt, obgleich ihr schönes Antlitz durch einen fremden scharfen Zug entstellt war. «Ja, weinen Sie nur; er hat Sie sehr geliebt! O, Fräulein Phia, wenn Sie nicht kommen konnten, weshalb schwiegen Sie auf alle seine Briefe?» – Das einsame Sterbelager meines Freundes war vor mir aufgestiegen; ich hatte es nicht lassen können, diesen Vorwurf auszusprechen.

Sie antwortete mir nicht; sie wühlte das Haupt in ihren Schoß und streckte beide Arme händeringend vor sich hin; ein Schluchzen erschütterte den jungen Körper, als ob ein stumm getragenes, ungeheures Leid zum Ausbruch drängte.

War das allein die Trauer um den Toten, was sich da vor meinen Augen offenbarte? – Unschlüssig stand ich vor ihr; dann begann ich zu berichten, was ich immerhin der Schwester des Verstorbenen schuldig zu sein meinte: von ihres Bruders letzten Tagen, von seiner Sehnsucht nach der fernen Schwester, und wie ihr Name von seinem sterbenden Munde auch für mich das Abschiedswort von ihm gewesen sei.

Ich schwieg einen Augenblick. Als ich noch einmal beginnen wollte, streckte sie abwehrend, in leidenschaftlicher Bewegung die Hände gegen mich. «Dank, Dank!» rief sie mit einer Stimme, die ich nie vergessen werde; «aber gehen Sie, aus Barmherzigkeit, gehen Sie jetzt!» Und ehe ich es verhindern konnte, hatte sie meine Hand ergriffen, und ein paar fieberheiße Lippen drückten sich darauf.

Beschämt und verwirrt, zögerte ich noch, ihr zu gehorchen; da wurde aus dem Zimmer nebenan ihr Name gerufen; die rauhe Stimme ihres Vaters war nicht zu verkennen.

Schweigend und wie todmüde erhob sie sich; aber ich hielt sie noch zurück und sprach die Hoffnung aus, sie bald in ruhigerer Stunde in meiner Eltern Haus zu sehen.

Sie blickte nicht zu mir hin und antwortete mir nicht, weder durch Worte noch Gebärde; langsam schritt sie nach dem Zimmer ihres Vaters. Als ich die Haustür geöffnet hatte, wandte ich den Kopf zurück: da stand sie noch, die Klinke in der Hand, die großen Augen weit dem Sonnenlicht geöffnet, das von draußen in den dunklen Hausflur strömte; mir aber war, da hinter mir die schwere Tür ins Schloß fiel, als hätte ich sie in einer Gruft zurückgelassen.

Wie betäubt kam ich nach Hause; es nahm mich fast wunder, als ich hier alles wie gewöhnlich fand: meine Schwester saß mit einer großen Weißzeugnäherei am Fenster, neben ihr im Sofa Tante Allmacht mit ihrer ewigen Trikotage.

Ich konnte nicht an mich halten, ich erzählte den Frauen alles, was mir widerfahren war. «Was ist geschehen mit dem armen Kinde?» rief ich; «das war nicht nur ein Leid, das war Verzweiflung, was ich da gesehen habe.»

Ich erhielt keine Antwort; Tante Allmacht schloß ihre Lippen fest zusammen, meine Schwester packte ihre Näherei hinter sich auf den Stuhl und ging hinaus. Ich sah ihr erst erstaunt nach und machte dann Anstalt, sie zurückzurufen; aber Tante Allmacht faßte meine Hand: «Laß, laß, mein lieber Junge; das sind keine Dinge für die Ohren einer jungen Dame, wenn auch die ganze Stadt davon erfüllt ist!»

«Sprich nur, Tante», sagte ich traurig; «ich weiß schon, was nun folgen wird!»

«Ja, ja, mein Junge; der Musche Käfer – es ist gekommen, wie es nicht anders kommen konnte; und wenn nicht ein noch größerer Skandal geschehen soll, so wird der Herr Etatsrat zu einer sehr unschicklichen und recht betrübten Heirat seinen Segen geben müssen. Im übrigen ist natürlich dieser Rabenvater der einzige, welcher von dem Stand der Dinge keine Ahnung hat.»

Tante Allmacht tat ein paar Seufzer. «Die arme Phia!» fügte sie dann mit seltener Milde bei; «ich habe kluge und gereifte Frauen an solch elenden Gesellen verderben sehen, warum denn nicht ein dummes unberatenes Kind!»

*

Zu der von Tante Allmacht vorhin bezeichneten Heirat kam es nicht. – Was nun noch folgte, habe ich nicht miterlebt; ich saß in unserer Universitätsstadt an meiner lateinischen Examenarbeit; aber mein Gewährsmann ist wiederum jener alte Handwerksmeister, der nächste Nachbar des Herrn Etatsrats.

Es war im Hochsommer desselben Jahres, in einer

jener hellen Nächte, die auch schon unserer nördlicheren Heimat eigen sind, als er durch etwas wie aus der Nachbarschaft zu seinem Ohre Dringendes aus tiefem Schlaf emporgerissen wurde; ein Geräusch, ein ungewohnter Laut hatte die Stille der Nacht durchbrochen. Aufrecht in den Kissen sitzend, unterschied er deutlich die Haustürglocke des Herrn Etatsrats, im Hause selbst ein Treppenlaufen und Schlagen mit den Türen; nach einer Weile eine junge Stimme; nein, einen Schrei, wie in höchster Not aus armer hilfloser Menschenbrust hervorgestoßen!

Voll Entsetzen war der alte Mann von seinem Lager aufgesprungen, da hörte er draußen auf der Straße eilige Schritte näher kommen. Er stieß das Fenster auf und gewahrte eine alte Frau, die er in der Dämmerhelle zu erkennen glaubte. «Wieb! Wieb Peters», rief er, «ist Sie es? Was ist denn das für ein Schrecken in der Nacht?»

Die alte, sonst so schweigsame Frau war dicht zu ihm herangetreten. «Geh Er nur wieder schlafen, Meister», sagte sie und hielt dabei ihre großen unbeweglichen Augen auf ihn gerichtet; «was Er gehört hat, geht Ihn ganz und gar nichts an; oder wenn Er nicht schlafen kann, so helf Er den Herrn Etatsrat wecken, wenn Reu und Leid ihn noch nicht haben wecken können!»

Damit war sie fortgegangen; und gleich darauf hatte der Meister abermals die Türglocke des Nachbarhauses läuten hören. – – Was in dieser Nacht geschehen war, blieb nicht lange verborgen; schon am anderen Morgen lief es durch die Stadt; in den

Häusern flüsterte man es sich zu, auf den Gassen erzählte man es laut: unter dem Dache des Herrn Etatsrats lagen zwei Leichen; die Stadt hatte auf Wochen Stoff zur Unterhaltung.

Dann kam der Begräbnistag. Dem Sarge, in welchem ein neugeborenes Kind an seiner jungen Mutter Brust lag, folgten zwei Schreiber und die nächsten Nachbarn. Herr Käfer hatte am selben Morgen eine Reise angetreten; der Herr Etatsrat hatte aus unbekanntem Grunde sich zurückgehalten. Als aber in dem Totengange der Leichenzug an der Gartenplanke entlang kam, sah man ihn auf dem Altane, der jetzt weit offenen Kirchhofspforte gegenüber, sitzen; er rauchte aus seiner Meerschaumpfeife und stieß mächtige Dampfwolken vor sich hin, während auf den Schultern dürftig gekleideter Arbeitsleute die letzte Bettstatt seines Kindes näher schwankte.

Eine leuchtende Junisonne stand am Himmel und beschien den Sarg und den einzigen, aus Immergrün und Myrten gewundenen Kranz, den Tante Allmachts Stina heimlich am Abend vorher daraufgelegt hatte. Als der Zug unterhalb des Altanes angelangt war, scheuchte der Herr Etatsrat den blauen Tabaksqualm zur Seite, indem er herablassend gegen das Gefolge grüßte. «Contra vim mortis, meine Freunde! Contra vim mortis!» rief er und schüttelte mit kondolierender Gebärde seine runde Hand; «aber recht schönes Wetter hat sie sich noch zu ihrem letzten Gange ausgesucht!»

Der Zug hatte bei diesen Worten bereits die Kirchhofsschwelle überschritten, und bald waren die beiden armen Kinder in die für sie geöffnete Gruft hinabgesenkt.

– – Phia Sternow ruht neben ihrer fast in gleicher Jugend, aber ohne eine gleiche Kränkung der öffentlichen Meinung hingeschiedenen Mutter; wie ich mich später überzeugte, unter jenem vernachlässigten Hügel, auf dem ich einstmals ihren Primelkranz gefunden hatte. – Eine Willi ist sie nicht geworden, nur ein verdämmernder Schatten, der mit anderen einst Gewesener noch mitunter vor den Augen eines alten Mannes schwebt. – Arme Phia! Armer Archimedes!

*

Ich schwieg. Mein junger Freund, dem ich dies alles auf eine hingeworfene Frage erzählt hatte, sah mich unbefriedigt an: «Und der Herr Etatsrat?» frug er und langte aufs neue in die Zigarrenkiste, die ich ihm mittlerweile zugeschoben hatte, «was ist aus dem geworden?»

«Aus dem? Nun, was zuletzt aus allen und aus allem wird! Da ich einst nach elfjähriger Abwesenheit in unsere Vaterstadt zurückkehrte, war er nicht mehr vorhanden. Viele wußten gar nicht mehr von ihm; auch sein Amt existierte nicht mehr, und seine vielgerühmten Deichprofile sind durch andere ersetzt, die selbstverständlich nun die einzig richtigen sind; Sie aber sind der erste, dem zu erzählen mir die Ehre wurde, daß ich den großen Mann mit eigenen Augen noch gesehen habe.»

«Hm; und Herr Käfer?»

«Ich bitte, fragen Sie mich nicht mehr! Wenn er

noch lebt, so wird er jedenfalls sich wohl befinden; denn er verstand es, seine Person mit anderen zu sparen.»

«Das hol der Teufel!» sagte mein ungeduldiger junger Freund.

DER SCHIMMELREITER

*

Was ich zu berichten beabsichtige, ist mir vor reichlich einem halben Jahrhundert im Hause meiner Urgroßmutter, der alten Frau Senator Feddersen, kund geworden, während ich, an ihrem Lehnstuhl sitzend, mich mit dem Lesen eines in blaue Pappe eingebundenen Zeitschriftenheftes beschäftigte; ich vermag mich nicht mehr zu entsinnen, ob von den «Leipziger» oder von «Pappes Hamburger Lesefrüchten». Noch fühl ich es gleich einem Schauer, wie dabei die linde Hand der über Achtzigjährigen mitunter liebkosend über das Haupthaar ihres Urenkels hinglitt. Sie selbst und jene Zeit sind längst begraben; vergebens auch habe ich seitdem jenen Blättern nachgeforscht, und ich kann daher um so weniger weder die Wahrheit der Tatsachen verbürgen, als, wenn jemand sie bestreiten wollte, dafür aufstehen; nur so viel kann ich versichern, daß ich sie seit jener Zeit, obwohl sie durch keinen äußeren Anlaß in mir aufs neue belebt wurden, niemals aus dem Gedächtnis verloren habe.

*

Es war im dritten Jahrzehnt unseres Jahrhunderts, an einem Oktobernachmittag – so begann der damalige Erzähler –, als ich bei starkem Unwetter auf einem nordfriesischen Deich entlang ritt. Zur Linken hatte ich jetzt schon seit über einer Stunde die öde, bereits von allem Vieh geleerte Marsch[1], zur Rechten, und zwar in unbehaglichster Nähe, das Wattenmeer[2] der Nordsee; zwar sollte man vom Deiche aus auf Halligen[3] und Inseln sehen können; aber ich sah nichts als die gelbgrauen Wellen, die unaufhörlich wie mit Wutgebrüll an den Deich hinaufschlugen und mitunter mich und das Pferd mit schmutzigem Schaum bespritzten; dahinter wüste Dämmerung, die Himmel und Erde nicht unterscheiden ließ; denn auch der halbe Mond, der jetzt in der Höhe stand, war meist von treibendem Wolkendunkel überzogen. Es war eiskalt; meine verklommenen Hände konnten kaum den Zügel halten, und ich verdachte es nicht den Krähen und Möwen, die sich fortwährend krächzend und gackernd vom Sturm ins Land hineintreiben ließen. Die Nachtdämmerung hatte begonnen, und schon konnte ich nicht mehr mit Sicherheit die Hufe meines Pferdes erkennen; keine Menschenseele war mir begegnet, ich hörte nichts als das Geschrei der Vögel, wenn sie mich oder meine treue Stute fast mit den langen Flügeln streiften, und das Toben von Wind und Wasser. Ich leugne

[1] *Marsch,* dem Meere abgewonnenes Land, dessen Boden der festgewordene Schlick, der *Klei,* bildet.

[2] *Watten,* von der Flut bespülte Schlick- und Sandstrecken an der Nordsee.

[3] *Hallig,* kleine unbedeichte Insel.

nicht, ich wünschte mich mitunter in sicheres Quartier.

Das Wetter dauerte jetzt in den dritten Tag, und ich hatte mich schon über Gebühr von einem mir besonders lieben Verwandten auf seinem Hofe halten lassen, den er in einer der nördlicheren Harden besaß. Heute aber ging es nicht länger; ich hatte Geschäfte in der Stadt, die auch jetzt wohl noch ein paar Stunden weit nach Süden vor mir lag, und trotz allen Überredungskünsten des Vetters und seiner lieben Frau, trotz der schönen selbstgezogenen Perinette- und Grand-Richard-Äpfel, die noch zu probieren waren, am Nachmittag war ich davongeritten. «Wart nur, bis du ans Meer kommst», hatte er noch aus seiner Haustür mir nachgerufen; «du kehrst noch wieder um; dein Zimmer wird dir vorbehalten!»

Und wirklich, einen Augenblick, als eine schwarze Wolkenschicht es pechfinster um mich machte und gleichzeitig die heulenden Böen mich samt meiner Stute vom Deich herabzudrängen suchten, fuhr es mir wohl durch den Kopf: «Sei kein Narr! Kehr um und setz dich zu deinen Freunden ins warme Nest.» Dann aber fiel's mir ein, der Weg zurück war wohl noch länger als der nach meinem Reiseziel; und so trabte ich weiter, den Kragen meines Mantels um die Ohren ziehend.

Jetzt aber kam auf dem Deiche etwas gegen mich heran; ich hörte nichts; aber immer deutlicher, wenn der halbe Mond ein karges Licht herabließ, glaubte ich eine dunkle Gestalt zu erkennen, und bald, da sie näher kam, sah ich es, sie saß auf einem Pferde, einem hochbeinigen hageren Schimmel; ein dunkler Mantel flatterte um ihre Schultern, und im Vorbeifliegen sahen mich zwei brennende Augen aus einem bleichen Antlitz an.

Wer war das? Was wollte der? – Und jetzt fiel mir bei, ich hatte keinen Hufschlag, kein Keuchen des Pferdes vernommen; und Roß und Reiter waren doch hart an mir vorbeigefahren!

In Gedanken darüber ritt ich weiter, aber ich hatte nicht lange Zeit zum Denken, schon fuhr es von rückwärts wieder an mir vorbei; mir war, als streifte mich der fliegende Mantel, und die Erscheinung war, wie das erste Mal, lautlos an mir vorübergestoben. Dann sah ich sie fern und ferner vor mir; dann war's, als säh ich plötzlich ihren Schatten an der Binnenseite des Deiches hinuntergehen.

Etwas zögernd ritt ich hinterdrein. Als ich jene Stelle erreicht hatte, sah ich hart am Deich im Kooge[1] unten das Wasser einer großen Wehle blinken – so nennen sie dort die Brüche, welche von den Sturmfluten in das Land gerissen werden, und die dann meist als kleine, aber tiefgründige Teiche stehen bleiben.

Das Wasser war, trotz dem schützenden Deiche, auffallend unbewegt; der Reiter konnte es nicht getrübt haben; ich sah nichts weiter von ihm. Aber ein anderes sah ich, das mich mit Freuden jetzt begrüßte: vor mir, von unten aus dem Kooge, schimmerten eine Menge zerstreuter Lichtscheine zu mir

[1] *Koog,* ein durch Eindeichung dem Meere abgewonnener Landbezirk.

herauf; sie schienen aus jenen langgestreckten friesischen Häusern zu kommen, die vereinzelt auf mehr oder minder hohen Werften[1] lagen; dicht vor mir aber auf halber Höhe des Binnendeiches lag ein großes Haus derselben Art; an der Südseite, rechts von der Haustür, sah ich alle Fenster erleuchtet; dahinter gewahrte ich Menschen und glaubte trotz dem Sturme sie zu hören. Mein Pferd war schon von selbst auf den Weg am Deich hinabgeschritten, der mich vor die Tür des Hauses führte. Ich sah wohl, daß es ein Wirtshaus war; denn vor den Fenstern gewahrte ich die sogenannten «Ricks», das heißt auf zwei Ständern ruhende Balken mit großen eisernen Ringen, zum Anbinden des Viehes und der Pferde, die hier Halt machten.

Ich band das meine an einen derselben und überwies es dann dem Knechte, der mir beim Eintritt in den Flur entgegenkam. «Ist hier Versammlung?» frug ich ihn, da mir jetzt deutlich ein Geräusch von Menschenstimmen und Gläserklirren aus der Stubentür entgegendrang.

«Is wull so wat», entgegnete der Knecht auf plattdeutsch – und ich erfuhr nachher, daß dieses neben dem Friesischen hier schon seit über hundert Jahren im Schwange gewesen sei –, «Diekgraf un Gevollmächtigten un wecke von de annern Interessenten! Dat is um't hoge Water!»

Als ich eintrat, sah ich etwa ein Dutzend Männer an einem Tische sitzen, der unter den Fenstern entlang lief; eine Punschbowle stand darauf, und ein

[1] *Werfte*, zum Schutze gegen Wassergefahr aufgeworfener Erdhügel in der Marsch, worauf die Gebäude, auch wohl Dörfer liegen.

besonders stattlicher Mann schien die Herrschaft über sie zu führen.

Ich grüßte und bat, mich zu ihnen setzen zu dürfen, was bereitwillig gestattet wurde. «Sie halten hier die Wacht!» sagte ich, mich zu jenem Manne wendend; «es ist bös Wetter draußen; die Deiche werden ihre Not haben!»

«Gewiß», erwiderte er; «wir aber, hier an der Ostseite, glauben jetzt außer Gefahr zu sein; nur drüben an der anderen Seite ist's nicht sicher; die Deiche sind dort meist noch mehr nach altem Muster; unser Hauptdeich ist schon im vorigen Jahrhundert umgelegt. – Uns ist vorhin da draußen kalt geworden, und Ihnen», setzte er hinzu, «wird es ebenso gegangen sein; aber wir müssen hier noch ein paar Stunden aushalten; wir haben sichere Leute draußen, die uns Bericht erstatten.» Und ehe ich meine Bestellung bei dem Wirte machen konnte, war schon ein dampfendes Glas mir hingeschoben.

Ich erfuhr bald, daß mein freundlicher Nachbar der Deichgraf sei; wir waren ins Gespräch gekommen, und ich hatte begonnen, ihm meine seltsame Begegnung auf dem Deiche zu erzählen. Er wurde aufmerksam, und ich bemerkte plötzlich, daß alles Gespräch umher verstummt war. «Der Schimmelreiter!» rief einer aus der Gesellschaft, und eine Bewegung des Erschreckens ging durch die übrigen.

Der Deichgraf war aufgestanden. «Ihr braucht nicht zu erschrecken», sprach er über den Tisch hin; «das ist nicht bloß für uns; Anno 17 hat es auch denen drüben gegolten; mögen sie auf alles vorgefaßt sein!»

Mich wollte nachträglich ein Grauen überlaufen: «Verzeiht!» sprach ich, «was ist das mit dem Schimmelreiter?»

Abseits hinter dem Ofen, ein wenig gebückt, saß ein kleiner hagerer Mann in einem abgeschabten schwarzen Röcklein; die eine Schulter schien ein wenig ausgewachsen. Er hatte mit keinem Worte an der Unterhaltung der anderen teilgenommen, aber seine bei dem spärlichen grauen Haupthaar noch immer mit dunklen Wimpern besäumten Augen zeigten deutlich, daß er nicht zum Schlaf hier sitze.

Gegen diesen streckte der Deichgraf seine Hand: «Unser Schulmeister», sagte er mit erhobener Stimme, «wird von uns hier Ihnen das am besten erzählen können; freilich nur in seiner Weise und nicht so richtig, wie zu Haus meine alte Wirtschafterin Antje Vollmers es beschaffen würde.»

«Ihr scherzet, Deichgraf!» kam die etwas kränkliche Stimme des Schulmeisters hinter dem Ofen hervor, «daß Ihr mir Euern dummen Drachen wollt zur Seite stellen!»

«Ja, ja, Schulmeister!» erwiderte der andere; «aber bei den Drachen sollen derlei Geschichten am besten in Verwahrung sein!»

«Freilich!» sagte der kleine Herr; «wir sind hierin nicht ganz derselben Meinung»; und ein überlegenes Lächeln glitt über das feine Gesicht.

«Sie sehen wohl», raunte der Deichgraf mir ins Ohr; «er ist immer noch ein wenig hochmütig; er hat in seiner Jugend einmal Theologie studiert und ist nur einer verfehlten Brautschaft wegen hier in seiner Heimat als Schulmeister behangen geblieben.»

Dieser war inzwischen aus seiner Ofenecke hervorgekommen und hatte sich neben mir an den langen Tisch gesetzt. «Erzählt, erzählt nur, Schulmeister», riefen ein paar der Jüngeren aus der Gesellschaft.

«Nun freilich», sagte der Alte, sich zu mir wendend, «will ich gern zu Willen sein; aber es ist viel Aberglaube dazwischen und eine Kunst, es ohne diesen zu erzählen.»

«Ich muß Euch bitten, den nicht auszulassen», erwiderte ich; «traut mir nur zu, daß ich schon selbst die Spreu vom Weizen sondern werde!»

Der Alte sah mich mit verständnisvollem Lächeln an: «Nun also!» sagte er. «In der Mitte des vorigen Jahrhunderts, oder vielmehr, um genauer zu bestimmen, vor und nach derselben, gab es hier einen Deichgrafen, der von Deich- und Sielsachen mehr verstand, als Bauern und Hofbesitzer sonst zu verstehen pflegen; aber es reichte doch wohl kaum, denn was die studierten Fachleute darüber niedergeschrieben, davon hatte er wenig gelesen; sein Wissen hatte er sich, wenn auch von Kindesbeinen an, nur selber ausgesonnen. Ihr hörtet wohl schon, Herr, die Friesen rechnen gut, und habet auch wohl schon über unseren Hans Mommsen von Fahretoft reden hören, der ein Bauer war und doch Bussolen und Seeuhren, Teleskopen und Orgeln machen konnte. Nun, ein Stück von solch einem Manne war auch der Vater des nachherigen Deichgrafen gewesen; freilich wohl nur ein kleines. Er hatte ein paar Fennen[1], wo er Raps und Bohnen baute, auch eine Kuh graste, ging unterweilen im Herbst und Frühjahr auch aufs Landmessen und saß im Winter, wenn der Nordwest von draußen kam und an seinen Läden rüttelte, zu ritzen und zu prikkeln, in seiner Stube. Der Junge saß meist dabei und sah über seine Fibel oder Bibel weg dem Vater zu, wie er maß und berechnete, und grub sich mit der Hand in seinen blonden Haaren. Und eines Abends frug er den Alten, warum denn das, was er eben hingeschrieben hatte, gerade so sein müsse und nicht anders sein könne, und stellte dann eine eigene Meinung darüber auf. Aber der Vater, der darauf nicht zu antworten wußte, schüttelte den Kopf und sprach: ‚Das kann ich dir nicht sagen; genug, es ist so, und du selber irrst dich. Willst du mehr wissen, so suche morgen aus der Kiste, die auf unserem Boden steht, ein Buch; einer, der Euklid hieß, hat's geschrieben; das wird's dir sagen!'

– – Der Junge war tags darauf zu Boden gelaufen und hatte auch bald das Buch gefunden; denn viele Bücher gab es überhaupt nicht in dem Hause; aber der Vater lachte, als er es vor ihm auf den Tisch legte. Es war ein holländischer Euklid, und Holländisch, wenngleich es doch halb Deutsch war, verstanden alle beide nicht. ‚Ja, ja', sagte er, ‚das Buch ist noch von meinem Vater, der verstand es; ist denn kein deutscher da?'

Der Junge, der von wenig Worten war, sah den Vater ruhig an und sagte nur: ‚Darf ich's behalten? Ein deutscher ist nicht da.'

[1] *Fenne,* ein durch Gräben eingehegtes Stück Marschland.

Und als der Alte nickte, wies er noch ein zweites, halbzerrissenes Büchlein vor. ‚Auch das?‘ frug er wieder.

‚Nimm sie alle beide!‘ sagte Tede Haien; ‚sie werden dir nicht viel nützen.‘

Aber das zweite Buch war eine kleine holländische Grammatik, und da der Winter noch lange nicht vorüber war, so hatte es, als endlich die Stachelbeeren in ihrem Garten wieder blühten, dem Jungen schon so weit geholfen, daß er den Euklid, welcher damals stark im Schwange war, fast überall verstand.

Es ist mir nicht unbekannt, Herr», unterbrach sich der Erzähler, «daß dieser Umstand auch von Hans Mommsen erzählt wird; aber vor dessen Geburt ist hier bei uns schon die Sache von Hauke Haien – so hieß der Knabe – berichtet worden. Ihr wisset auch wohl, es braucht nur einmal ein Größerer zu kommen, so wird ihm alles aufgeladen, was in Ernst oder Schimpf seine Vorgänger einst mögen verübt haben.

Als der Alte sah, daß der Junge weder für Kühe noch Schafe Sinn hatte, und kaum gewahrte, wenn die Bohnen blühten, was doch die Freude von jedem Marschmann ist, und weiterhin bedachte, daß die kleine Stelle wohl mit einem Bauer und einem Jungen, aber nicht mit einem Halbgelehrten und einem Knecht bestehen könne, ingleichen, daß er auch selber nicht auf einen grünen Zweig gekommen sei, so schickte er seinen großen Jungen an den Deich, wo er mit anderen Arbeitern von Ostern bis Martini Erde karren mußte.

‚Das wird ihn vom Euklid kurieren', sprach er bei sich selber.

Und der Junge karrte; aber den Euklid hatte er allzeit in der Tasche, und wenn die Arbeiter ihr Frühstück oder Vesper aßen, saß er auf seinem umgestülpten Schubkarren mit dem Buche in der Hand. Und wenn im Herbst die Fluten höher stiegen und manch ein Mal die Arbeit eingestellt werden mußte, dann ging er nicht mit den anderen nach Haus, sondern blieb, die Hände über die Knie gefaltet, an der abfallenden Seeseite des Deiches sitzen und sah stundenlang zu, wie die trüben Nordseewellen immer höher an die Grasnarbe des Deiches hinaufschlugen; erst wenn ihm die Füße überspült waren und der Schaum ihm ins Gesicht spritzte, rückte er ein paar Fuß höher und blieb dann wieder sitzen. Er hörte weder das Klatschen des Wassers noch das Geschrei der Möwen und Strandvögel, die um oder über ihm flogen und ihn fast mit ihren Flügeln streiften, mit den schwarzen Augen in die seinen blitzend; er sah auch nicht, wie vor ihm über die weite, wilde Wasserwüste sich die Nacht ausbreitete; was er allein hier sah, war der brandende Saum des Wassers, der, als die Flut stand, mit hartem Schlage immer wieder dieselbe Stelle traf und vor seinen Augen die Grasnarbe des steilen Deiches auswusch.

Nach langem Hinstarren nickte er wohl langsam mit dem Kopfe oder zeichnete, ohne aufzusehen, mit der Hand eine weiche Linie in die Luft, als ob er dem Deiche damit einen sanfteren Abfall geben wollte. Wurde es so dunkel, daß alle Erdendinge vor seinen Augen verschwanden und nur die Flut ihm in die Ohren donnerte, dann stand er auf und trabte halbdurchnäßt nach Hause.

Als er so eines Abends zu seinem Vater in die Stube trat, der an seinen Meßgeräten putzte, fuhr dieser auf: ‚Was treibst du draußen? Du hättest ja versaufen können; die Wasser beißen heute in den Deich.'

Hauke sah ihn trotzig an.

– ‚Hörst du mich nicht? Ich sag, du hättest versaufen können.'

‚Ja', sagte Hauke; ‚ich bin doch nicht versoffen!'

‚Nein', erwiderte nach einer Weile der Alte und sah ihm wie abwesend ins Gesicht, – ‚diesmal noch nicht.'

‚Aber', sagte Hauke wieder, ‚unsere Deiche sind nichts wert!'

– ‚Was für was, Junge?'

‚Die Deiche, sag ich!'

– ‚Was sind die Deiche?'

‚Sie taugen nichts, Vater!' erwiderte Hauke.

Der Alte lachte ihm ins Gesicht. ‚Was denn, Junge? Du bist wohl das Wunderkind aus Lübeck!'

Aber der Junge ließ sich nicht beirren. ‚Die Wasserseite ist zu steil', sagte er; ‚wenn es einmal kommt, wie es mehr als einmal schon gekommen ist, so können wir hier auch hinterm Deich ersaufen!'

Der Alte holte seinen Kautabak aus der Tasche, drehte einen Schrot ab und schob ihn hinter die Zähne. ‚Und wieviel Karren hast du heut geschoben?' frug er ärgerlich; denn er sah wohl, daß auch die Deicharbeit bei dem Jungen die Denkarbeit nicht hatte vertreiben können.

‚Weiß nicht, Vater‘, sagte dieser, ‚so, was die anderen machten; vielleicht ein halbes Dutzend mehr; aber – die Deiche müssen anders werden!‘

‚Nun‘, meinte der Alte und stieß ein Lachen aus; ‚du kannst es ja vielleicht zum Deichgraf bringen; dann mach sie anders!‘

‚Ja, Vater!‘ erwiderte der Junge.

Der Alte sah ihn an und schluckte ein paarmal; dann ging er aus der Tür; er wußte nicht, was er dem Jungen antworten sollte.

*

Auch als zu Ende Oktobers die Deicharbeit vorbei war, blieb der Gang nordwärts nach dem Hof hinaus für Hauke Haien die beste Unterhaltung; den Allerheiligentag, um den herum die Äquinoktialstürme zu tosen pflegen, von dem wir sagen, daß Friesland ihn wohl beklagen mag, erwartete er wie heut die Kinder das Christfest. Stand eine Springflut[1] bevor, so konnte man sicher sein, er lag trotz Sturm und Wetter weit draußen am Deiche mutterseelenallein; und wenn die Möwen gackerten, wenn die Wasser gegen den Deich tobten und beim Zurückrollen ganze Fetzen von der Grasdecke mit ins Meer hinabrissen, dann hätte man Haukes zorniges Lachen hören können. ‚Ihr könnt nichts Rechtes‘, schrie er in den Lärm hinaus, ‚so wie die Menschen auch nichts können!‘ Und endlich, oft

[1] *Springfluten,* die ersten nach Voll- und Neumond eintretenden Fluten.

im Finsteren, trabte er aus der weiten Öde den Deich entlang nach Hause, bis seine aufgeschossene Gestalt die niedrige Tür unter seines Vaters Rohrdach erreicht hatte und darunter durch in das kleine Zimmer schlüpfte.

Manchmal hatte er eine Faust voll Kleierde mitgebracht; dann setzte er sich neben den Alten, der ihn jetzt gewähren ließ, und knetete bei dem Schein der dünnen Unschlittkerze allerlei Deichmodelle, legte sie in ein flaches Gefäß mit Wasser und suchte darin die Ausspülung der Wellen nachzumachen, oder er nahm seine Schiefertafel und zeichnete darauf das Profil[1] der Deiche nach der Seeseite, wie es nach seiner Meinung sein mußte.

Mit denen zu verkehren, die mit ihm auf der Schulbank gesessen hatten, fiel ihm nicht ein; auch schien es, als ob ihnen an dem Träumer nichts gelegen sei. Als es wieder Winter geworden und der Frost hereingebrochen war, wanderte er noch weiter, wohin er früher nie gekommen, auf den Deich hinaus, bis die unabsehbare eisbedeckte Fläche der Watten vor ihm lag.

Im Februar bei dauerndem Frostwetter wurden angetriebene Leichen aufgefunden; draußen am offenen Haf[2] auf den gefrorenen Watten hatten sie gelegen. Ein junges Weib, die dabei gewesen war, als man sie in das Dorf geholt hatte, stand redselig vor dem alten Haien: ‚Glaubt nicht, daß sie wie Menschen aussahen', rief sie; ‚nein, wie die Seeteufel! So große Köpfe', und sie hielt die ausgespreiz-

[1] *Profil,* das Bild des Deiches bei einem Quer- oder Längenschnitt.
[2] *Haf,* das Meer.

ten Hände von weitem gegeneinander, ‚gnidderschwarz und blank, wie frisch gebacken Brot! Und die Krabben hatten sie angeknabbert; und die Kinder schrien laut, als sie sie sahen!‘

Dem alten Haien war so was just nichts Neues: ‚Sie haben wohl seit November schon in See getrieben!‘ sagte er gleichmütig.

Hauke stand schweigend daneben; aber sobald er konnte, schlich er sich auf den Deich hinaus; es war nicht zu sagen, wollte er noch nach weiteren Toten suchen, oder zog ihn nur das Grauen, das noch auf den jetzt verlassenen Stellen brüten mußte. Er lief weiter und weiter, bis er einsam in der Öde stand, wo nur die Winde über den Deich wehten, wo nichts war als die klagenden Stimmen der großen Vögel, die rasch vorüberschossen; zu seiner Linken die leere weite Marsch, zur anderen Seite der unabsehbare Strand mit seiner jetzt vom Eise schimmernden Fläche der Watten; es war, als liege die ganze Welt in weißem Tod.

Hauke blieb oben auf dem Deiche stehen, und seine scharfen Augen schweiften weit umher; aber von Toten war nichts mehr zu sehen; nur wo die unsichtbaren Wattströme sich darunter drängten, hob und senkte die Eisfläche sich in stromartigen Linien.

Er lief nach Hause; aber an einem der nächsten Abende war er wiederum da draußen. Auf jenen Stellen war jetzt das Eis gespalten; wie Rauchwolken stieg es aus den Rissen, und über das ganze Watt spann sich ein Netz von Dampf und Nebel, das sich seltsam mit der Dämmerung des Abends mischte. Hauke sah mit starren Augen drauf hin; denn in dem Nebel schritten dunkle Gestalten auf und ab, sie schienen ihm so groß wie Menschen. Würdevoll, aber mit seltsamen, erschreckenden Gebärden; mit langen Nasen und Hälsen sah er sie fern an den rauchenden Spalten auf und ab spazieren; plötzlich begannen sie wie Narren unheimlich auf und ab zu springen, die großen über die kleinen und die kleinen gegen die großen; dann breiteten sie sich aus und verloren alle Form.

Was wollen die? Sind es die Geister der Ertrunkenen? dachte Hauke. ‚Hoiho!' schrie er laut in die Nacht hinaus; aber die draußen kehrten sich nicht an seinen Schrei, sondern trieben ihr wunderliches Wesen fort.

Da kamen ihm die furchtbaren norwegischen Seegespenster in den Sinn, von denen ein alter Kapitän ihm einst erzählt hatte, die statt des Angesichts einen stumpfen Pull von Seegras auf dem Nacken tragen; aber er lief nicht fort, sondern bohrte die Haken seiner Stiefel fest in den Klei des Deiches und sah starr dem possenhaften Unwesen zu, das in der einfallenden Dämmerung vor seinen Augen fortspielte. ‚Seid ihr auch hier bei uns?' sprach er mit harter Stimme; ‚ihr sollt mich nicht vertreiben!'

Erst als die Finsternis alles bedeckte, schritt er steifen, langsamen Schrittes heimwärts. Aber hinter ihm drein kam es wie Flügelrauschen und hallendes Geschrei. Er sah nicht um; aber er ging auch nicht schneller und kam erst spät nach Hause; doch niemals soll er seinem Vater oder einem anderen davon erzählt haben. Erst viele Jahre später hat er sein blödes Mädchen, womit später der Herrgott ihn belastete, um dieselbe Tages- und Jahreszeit mit sich auf den Deich hinausgenommen, und dasselbe Wesen soll sich derzeit draußen auf den Watten gezeigt haben; aber er hat ihr gesagt, sie solle sich nicht fürchten, das seien nur die Fischreiher und die Krähen, die im Nebel so groß und fürchterlich erschienen; die holten sich die Fische aus den offenen Spalten.

Weiß Gott, Herr!» unterbrach sich der Schulmeister; «es gibt auf Erde allerlei Dinge, die ein ehrlich Christenherz verwirren können; aber der Hauke war weder ein Narr noch ein Dummkopf.»

Da ich nichts erwiderte, wollte er fortfahren; aber unter den übrigen Gästen, die bisher lautlos zugehört hatten, nur mit dichterem Tabaksqualm das niedrige Zimmer füllend, entstand eine plötzliche Bewegung; erst einzelne, dann fast alle wandten sich dem Fenster zu. Draußen – man sah es durch die unverhangenen Fenster – trieb der Sturm die Wolken, und Licht und Dunkel jagten durcheinander; aber auch mir war es, als hätte ich den hageren Reiter auf seinem Schimmel vorbeisausen gesehen.

«Wart Er ein wenig, Schulmeister!» sagte der Deichgraf leise.

«Ihr braucht Euch nicht zu fürchten, Deichgraf!» erwiderte der kleine Erzähler, «ich habe ihn nicht geschmäht, und hab auch dessen keine Ursach»; und er sah mit seinen kleinen, klugen Augen zu ihm auf.

«Ja, ja», meinte der andere; «laß Er sein Glas nur wieder füllen.» Und nachdem das geschehen war und die Zuhörer, meist mit etwas verdutzten Gesichtern, sich wieder zu ihm gewandt hatten, fuhr er in seiner Geschichte fort:

«So für sich, und am liebsten nur mit Wind und Wasser und mit den Bildern der Einsamkeit verkehrend, wuchs Hauke zu einem langen, hageren Burschen auf. Er war schon über ein Jahr lang eingesegnet, da wurde es auf einmal anders mit ihm, und das kam von dem alten weißen Angorakater, welchen der alten Trin Jans einst ihr später verunglückter Sohn von seiner spanischen Seereise mitgebracht hatte. Trin wohnte ein gut Stück hinaus auf dem Deiche in einer kleinen Kate, und wenn die Alte in ihrem Hause herumarbeitete, so pflegte diese Unform von einem Kater vor der Haustür zu sitzen und in den Sommertag und nach den vorüberfliegenden Kiebitzen hinauszublinzeln. Ging Hauke vorbei, so mauzte der Kater ihn an, und Hauke nickte ihm zu; die beiden wußten, was sie miteinander hatten.

«Nun aber war's einmal im Frühjahr, und Hauke lag nach seiner Gewohnheit oft draußen am Deich, schon weiter unten dem Wasser zu, zwischen Strandnelken und dem duftenden Seewermut, und ließ sich von der schon kräftigen Sonne bescheinen. Er hatte sich tags zuvor droben auf der Geest[1] die Taschen voll von Kieseln gesammelt, und als in der Ebbezeit die Watten bloßgelegt waren und die kleinen grauen Strandläufer schreiend darüber hin-

[1] *Geest*, das höhere Land im Gegensatz zur Marsch.

huschten, holte er jählings einen Stein hervor und warf ihn nach den Vögeln. Er hatte das von Kindesbeinen an geübt, und meistens blieb einer auf dem Schlicke[1] liegen; aber ebenso oft war er dort auch nicht zu holen; Hauke hatte schon daran gedacht, den Kater mitzunehmen und als apportierenden Jagdhund zu dressieren. Aber es gab auch hier und dort feste Stellen oder Sandlager; solchenfalls lief er hinaus und holte sich seine Beute selbst. Saß der Kater bei seiner Rückkehr noch vor der Haustür, dann schrie das Tier vor nicht zu bergender Raubgier so lange, bis Hauke ihm einen der erbeuteten Vögel zuwarf.

Als er heute, seine Jacke auf der Schulter, heimging, trug er nur einen ihm noch unbekannten, aber wie mit bunter Seide und Metall gefiederten Vogel mit nach Hause, und der Kater mauzte wie gewöhnlich, als er ihn kommen sah. Aber Hauke wollte seine Beute – es mag ein Eisvogel gewesen sein – diesmal nicht hergeben und kehrte sich nicht an die Gier des Tieres. ‚Umschicht!' rief er ihm zu, ‚heute mir, morgen dir; das hier ist kein Katerfressen!' Aber der Kater kam vorsichtigen Schrittes herangeschlichen; Hauke stand und sah ihn an, der Vogel hing an seiner Hand, und der Kater blieb mit erhobener Tatze stehen. Doch der Bursche schien seinen Katzenfreund noch nicht so ganz zu kennen; denn während er ihm seinen Rücken zugewandt hatte und eben fürbaß wollte, fühlte er mit einem Ruck die Jagdbeute sich entrissen, und zugleich

[1] *Schlick,* der graue Ton des Meerbodens, der bei der Ebbe bloßgelegt wird.

schlug eine scharfe Kralle ihm ins Fleisch. Ein Grimm, wie gleichfalls eines Raubtieres, flog dem jungen Menschen ins Blut; er griff wie rasend um sich und hatte den Räuber schon am Genicke gepackt. Mit der Faust hielt er das mächtige Tier empor und würgte es, daß die Augen ihm aus den rauhen Haaren vorquollen, nicht achtend, daß die starken Hintertatzen ihm den Arm zerfleischten. ‚Hoiho!' schrie er und packte ihn noch fester; ‚wollen sehen, wer's von uns beiden am längsten aushält!'

Plötzlich fielen die Hinterbeine der großen Katze schlaff herunter, und Hauke ging ein paar Schritte zurück und warf sie gegen die Kate der Alten. Da sie sich nicht rührte, wandte er sich und setzte seinen Weg nach Hause fort.

Aber der Angorakater war das Kleinod seiner Herrin; er war ihr Geselle und das einzige, was ihr Sohn, der Matrose, ihr nachgelassen hatte, nachdem er hier an der Küste seinen jähen Tod gefunden hatte, da er im Sturm seiner Mutter beim Porrenfangen hatte helfen wollen. Hauke mochte kaum hundert Schritte weiter getan haben, während er mit einem Tuch das Blut aus seinen Wunden auffing, als schon von der Kate her ihm ein Geheul und Zetern in die Ohren gellte. Da wandte er sich und sah davor das alte Weib am Boden liegen; das greise Haar flog ihr im Winde um das rote Kopftuch: ‚Tot!' rief sie, ‚tot!' und erhob dräuend ihren mageren Arm gegen ihn: ‚Du sollst verflucht sein! Du hast ihn totgeschlagen, du nichtsnutziger Strandläufer; du warst nicht wert, ihm seinen

Schwanz zu bürsten!' Sie warf sich über das Tier und wischte zärtlich mit ihrer Schürze ihm das Blut fort, das noch aus Nase und Schnauze rann; dann hob sie aufs neue an zu zetern.

‚Bist du bald fertig?' rief Hauke ihr zu, ‚dann laß dir sagen: ich will dir einen Kater schaffen, der mit Maus- und Rattenblut zufrieden ist!'

Darauf ging er, scheinbar auf nichts mehr achtend, fürbaß. Aber die tote Katze mußte ihm doch im Kopfe Wirrsal machen, denn er ging, als er zu den Häusern gekommen war, dem seines Vaters und auch den übrigen vorbei und eine weite Strecke noch nach Süden auf dem Deich der Stadt zu.

Inmittelst wanderte auch Trin Jans auf demselben in der gleichen Richtung; sie trug in einem alten blaukarierten Kissenüberzug eine Last in ihren Armen, die sie sorgsam, als wär's ein Kind, umklammerte; ihr greises Haar flatterte in dem leichten Frühlingswind. ‚Was schleppt Sie da, Trina?' frug ein Bauer, der ihr entgegenkam. ‚Mehr als dein Haus und Hof', erwiderte die Alte; dann ging sie eifrig weiter. Als sie dem unten liegenden Hause des alten Haien nahe kam, ging sie den Akt, wie man bei uns die Trift- und Fußwege nennt, die schräg an der Seite des Deiches hinab- oder hinaufführen, zu den Häusern hinunter.

Der alte Tede Haien stand eben vor der Tür und sah ins Wetter: ‚Na, Trin!' sagte er, als sie pustend vor ihm stand und ihren Krückstock in die Erde bohrte, ‚was bringt Sie Neues in Ihrem Sack?'

‚Erst laß mich in die Stube, Tede Haien! dann soll

Er's sehen!' und ihre Augen sahen ihn mit seltsamem Funkeln an.

‚So komm Sie!' sagte der Alte. Was gingen ihn die Augen des dummen Weibes an.

Und als beide eingetreten waren, fuhr sie fort: ‚Bring Er den alten Tabakskasten und das Schreibzeug von dem Tisch – – Was hat Er denn immer zu schreiben? – – So; und nun wisch Er ihn sauber ab!'

Und der Alte, der fast neugierig wurde, tat alles, was sie sagte; dann nahm sie den blauen Überzug bei beiden Zipfeln und schüttete daraus den großen Katerleichnam auf den Tisch. ‚Da hat Er ihn!' rief sie; ‚Sein Hauke hat ihn totgeschlagen.' Hierauf aber begann sie ein bitterliches Weinen; sie streichelte das dicke Fell des toten Tieres, legte ihm die Tatzen zusammen, neigte ihre lange Nase über dessen Kopf und raunte ihm unverständliche Zärtlichkeiten in die Ohren.

Tede Haien sah dem zu. ‚So', sagte er; ‚Hauke hat ihn totgeschlagen?' Er wußte nicht, was er mit dem heulenden Weibe machen sollte.

Die Alte nickte ihn grimmig an: ‚Ja, ja; so Gott, das hat er getan!' und sie wischte sich mit ihrer von Gicht verkrümmten Hand das Wasser aus den Augen. ‚Kein Kind, kein Lebigs mehr!' klagte sie. ‚Und Er weiß es ja auch wohl, uns Alten, wenn's nach Allerheiligen kommt, frieren abends im Bett die Beine, und statt zu schlafen, hören wir den Nordwest an unseren Fensterläden rappeln. Ich hör's nicht gern, Tede Haien, er kommt daher, wo mein Junge mir im Schlick versank.'

Tede Haien nickte, und die Alte streichelte das

Fell ihres toten Katers: ,Der aber', begann sie wieder, ,wenn ich winters am Spinnrad saß, dann saß er bei mir und spann auch und sah mich an mit seinen grünen Augen! Und kroch ich, wenn's mir kalt wurde, in mein Bett – es dauerte nicht lang, so sprang er zu mir und legte sich auf meine frierenden Beine, und wir schliefen so warm mitsammen, als hätte ich noch meinen jungen Schatz im Bett!' Die Alte, als suche sie bei dieser Erinnerung nach Zustimmung, sah den neben ihr am Tische stehenden Alten mit ihren funkelnden Augen an.

Tede Haien aber sagte bedächtig: ,Ich weiß Ihr einen Rat, Trin Jans', und er ging nach seiner Schatulle und nahm eine Silbermünze aus der Schublade – ,Sie sagte, daß Hauke Ihr das Tier vom Leben gebracht hat, und ich weiß, Sie lügt nicht; aber hier ist ein Krontaler von Christian dem Vierten; damit kauf Sie sich ein gegerbtes Lammfell für Ihre kalten Beine! Und wenn unsere Katze nächstens Junge wirft, so mag Sie sich das größte davon aussuchen; das zusammen tut wohl einen altersschwachen Angorakater! Und nun nehm Sie das Vieh und bring Sie es meinethalb an den Racker in der Stadt, und halt Sie das Maul, daß es hier auf meinem ehrlichen Tisch gelegen hat!'

Während dieser Rede hatte das Weib schon nach dem Taler gegriffen und ihn in einer kleinen Tasche geborgen, die sie unter ihren Röcken trug; dann stopfte sie den Kater wieder in das Bettbühr, wischte mit ihrer Schürze die Blutflecken von dem Tisch und stakte zur Tür hinaus. ,Vergeß Er mir nur den jungen Kater nicht!' rief sie noch zurück.

– – Eine Weile später, als der alte Haien in dem engen Stüblein auf und ab schritt, trat Hauke herein und warf seinen bunten Vogel auf den Tisch; als er aber auf der weiß gescheuerten Platte den noch kennbaren Blutfleck sah, frug er, wie beiläufig: ‚Was ist denn das?'

Der Vater blieb stehen: ‚Das ist Blut, was du hast fließen machen!'

Dem Jungen schoß es doch heiß ins Gesicht: ‚Ist denn Trin Jans mit ihrem Kater hier gewesen?'

Der Alte nickte: ‚Weshalb hast du ihr den totgeschlagen?'

Hauke entblößte seinen blutigen Arm. ‚Deshalb', sagte er; ‚er hatte mir den Vogel fortgerissen!'

Der Alte sagte nichts hierauf; er begann eine Zeitlang wieder auf und ab zu gehen; dann blieb er vor dem Jungen stehen und sah eine Weile wie abwesend auf ihn hin. ‚Das mit dem Kater hab ich rein gemacht', sagte er dann; ‚aber, siehst du, Hauke, die Kate ist hier zu klein; zwei Herren können darauf nicht sitzen – es ist nun Zeit, du mußt dir einen Dienst besorgen!'

‚Ja, Vater', entgegnete Hauke; ‚hab dergleichen auch gedacht.'

‚Warum?' frug der Alte.

– ‚Ja, man wird grimmig in sich, wenn man's nicht an einem ordentlichen Stück Arbeit auslassen kann.'

‚So?' sagte der Alte, ‚und darum hast du den Angorer totgeschlagen? Das könnte leicht noch schlimmer werden!'

– ‚Er mag wohl recht haben, Vater; aber der

Deichgraf hat seinen Kleinknecht fortgejagt; das könnt ich schon verrichten!'

Der Alte begann wieder auf und ab zu gehen und spritzte dabei die schwarze Tabaksjauche von sich: ,Der Deichgraf ist ein Dummkopf, dumm wie 'ne Saatgans! Er ist nur Deichgraf, weil sein Vater und Großvater es gewesen sind und wegen seiner neunundzwanzig Fennen. Wenn Martini herankommt und hernach die Deich- und Sielrechnungen abgetan werden müssen, dann füttert er den Schulmeister mit Gansbraten und Met und Weizenkringeln und sitzt dabei, und nickt, wenn der mit seiner Feder die Zahlenreihen hinunterläuft und sagt: Ja, ja, Schulmeister, Gott vergönn's Ihm! Was kann Er rechnen! Wenn aber einmal der Schulmeister nicht kann oder auch nicht will, dann muß er selber dran und sitzt und schreibt und streicht wieder aus, und der große dumme Kopf wird ihm rot und heiß, und die Augen quellen wie Glaskugeln, als wollte das bißchen Verstand da hinaus.'

Der Junge stand gerade auf vor dem Vater und wunderte sich, was der reden könne; so hatte er's noch nicht von ihm gehört. ,Ja, Gott tröst!' sagte er, ,dumm ist er wohl; aber seine Tochter Elke, die kann rechnen!'

Der Alte sah ihn scharf an. ,Ahoi, Hauke', rief er; ,was weißt du von Elke Volkerts?'

– ,Nichts, Vater; der Schulmeister hat's mir nur erzählt.'

Der Alte antwortete nicht darauf; er schob nur bedächtig seinen Tabaksknoten aus einer Backe hinter die andere.

‚Und du denkst', sagte er dann, ‚du wirst dort auch mitrechnen können.'

‚O ja, Vater, das möcht schon gehen', erwiderte der Sohn, und ein ernstes Zucken lief um seinen Mund.

Der Alte schüttelte den Kopf: ‚Nein, aber meinethalb; versuch einmal dein Glück!'

‚Dank auch, Vater!' sagte Hauke und stieg zu seiner Schlafstatt auf dem Boden; hier setzte er sich auf die Bettkante und sann, weshalb ihn denn sein Vater um Elke Volkerts angerufen habe. Er kannte sie freilich, das ranke achtzehnjährige Mädchen mit dem bräunlichen, schmalen Antlitz und den dunklen Brauen, die über den trotzigen Augen und der schmalen Nase ineinanderliefen; doch hatte er noch kaum ein Wort mit ihr gesprochen; nun, wenn er zu dem alten Tede Volkerts ging, wollte er sie doch besser darauf ansehen, was es mit dem Mädchen auf sich habe. Und gleich jetzt wollte er gehen, damit kein anderer ihm die Stelle abjage; es war ja kaum noch Abend. Und so zog er seine Sonntagsjacke und seine besten Stiefel an und machte sich guten Mutes auf den Weg.

– Das langgestreckte Haus des Deichgrafen war durch seine hohe Werfte, besonders durch den höchsten Baum des Dorfes, eine gewaltige Esche, schon von weitem sichtbar; der Großvater des jetzigen, der erste Deichgraf des Geschlechtes, hatte in seiner Jugend eine solche östlich der Haustür hier gesetzt; aber die beiden ersten Anpflanzungen waren vergangen, und so hatte er an seinem Hochzeitsmorgen diesen dritten Baum gepflanzt, welcher noch jetzt mit seiner immer mächtiger werdenden Blätterkrone in dem hier unablässigen Winde wie von alten Zeiten rauschte.

Als nach einer Weile der lang aufgeschossene Hauke die hohe Werfte hinaufstieg, welche an den Seiten mit Rüben und Kohl bepflanzt war, sah er droben die Tochter des Hauswirts neben der niedrigen Haustür stehen. Ihr einer etwas hagerer Arm hing schlaff herab; die andere Hand schien im Rükken nach dem Eisenring zu greifen, von denen je einer zu beiden Seiten der Tür in der Mauer war, damit, wer vor das Haus ritt, sein Pferd daran befestigen könne. Die Dirne schien von dort ihre Augen über den Deich hinaus nach dem Meer zu haben, wo an dem stillen Abend die Sonne eben in das Wasser hinabsank und zugleich das bräunliche Mädchen mit ihrem letzten Schein vergoldete.

Hauke stieg etwas langsamer an der Werfte hinan und dachte bei sich: ‚So ist sie nicht so dösig!' dann war er oben. ‚Guten Abend auch!' sagte er, zu ihr tretend; ‚wonach guckst du denn mit deinen großen Augen, Jungfer Elke?'

‚Nach dem', erwiderte sie, ‚was hier alle Abend vor sich geht, aber hier nicht alle Abend just zu sehen ist.' Sie ließ den Ring aus der Hand fallen, daß er klingend gegen die Mauer schlug. ‚Was willst du, Hauke Haien?' frug sie.

‚Was dir hoffentlich nicht zuwider ist', sagte er. ‚Dein Vater hat seinen Kleinknecht fortgejagt, da dachte ich bei euch in Dienst.'

Sie ließ ihre Blicke an ihm herunterlaufen: ‚Du

bist noch so was schlanterig, Hauke!' sagte sie; ,aber uns dienen zwei feste Augen besser als zwei feste Arme!' Sie sah ihn dabei fast düster an; aber Hauke hielt ihr tapfer stand. ,So komm', fuhr sie fort; ,der Wirt ist in der Stube, laß uns hineingehen!'

*

Am anderen Tage trat Tede Haien mit seinem Sohne in das geräumige Zimmer des Deichgrafen; die Wände waren mit glasierten Kacheln bekleidet, auf denen hier ein Schiff mit vollen Segeln oder ein Angler an einem Uferplatz, dort ein Rind, das kauend vor einem Bauernhause lag, den Beschauer vergnügen konnte; unterbrochen war diese dauerhafte Tapete durch ein mächtiges Wandbett mit jetzt zugeschobenen Türen und einen Wandschrank, der durch seine beiden Glastüren allerlei Porzellan- und Silbergeschirr erblicken ließ; neben der Tür zum anstoßenden Pesel war hinter einer Glasscheibe eine holländische Schlaguhr in die Wand gelassen.

Der starke, etwas schlagflüssige Hauswirt saß am Ende des blankgescheuerten Tisches im Lehnstuhl auf seinem bunten Wollenpolster. Er hatte seine Hände über dem Bauch gefaltet und starrte aus seinen runden Augen befriedigt auf das Gerippe einer fetten Ente; Gabel und Messer ruhten vor ihm auf dem Teller.

,Guten Tag, Deichgraf!' sagte Haien, und der Angeredete drehte langsam Kopf und Augen zu ihm hin.

,Ihr seid es, Tede?' entgegnete er, und der Stimme

war die verzehrte fette Ente anzuhören, ‚setzt Euch; es ist ein gut Stück von Euch zu mir herüber!‘

‚Ich komme, Deichgraf‘, sagte Tede Haien, indem er sich auf die an der Wand entlanglaufende Bank dem anderen im Winkel gegenübersetzte. ‚Ihr habt Verdruß mit Eurem Kleinknecht gehabt und seid mit meinem Jungen einig geworden, ihn an dessen Stelle zu setzen!‘

Der Deichgraf nickte: ‚Ja, ja, Tede; aber – was meint Ihr mit Verdruß? Wir Marschleute haben, Gott tröst uns, was dagegen einzunehmen!‘, und er nahm das vor ihm liegende Messer und klopfte wie liebkosend auf das Gerippe der armen Ente. ‚Das war mein Leibvogel‘, setzte er behaglich lachend hinzu; ‚sie fraß mir aus der Hand!‘

‚Ich dachte‘, sagte der alte Haien, das letzte überhörend, ‚der Bengel hätte Euch Unheil im Stall gemacht.‘

‚Unheil? Ja, Tede; freilich Unheil genug! Der dicke Mopsbraten hatte die Kälber nicht gebörmt; aber er lag vollgetrunken auf dem Heuboden, und das Viehzeug schrie die ganze Nacht vor Durst, daß ich bis Mittag nachschlafen mußte; dabei kann die Wirtschaft nicht bestehen!‘

‚Nein, Deichgraf; aber dafür ist keine Gefahr bei meinem Jungen.‘

Hauke stand, die Hände in den Seitentaschen, am Türpfosten, hatte den Kopf im Nacken und studierte an den Fensterrahmen ihm gegenüber.

Der Deichgraf hatte die Augen zu ihm gehoben und nickte hinüber: ‚Nein, nein, Tede‘; und er nickte nun auch dem Alten zu; ‚Euer Hauke wird mir die Nachtruh nicht verstören; der Schulmeister hat's mir schon vordem gesagt, der sitzt lieber vor der Rechentafel als vor einem Glas mit Branntwein.'

Hauke hörte nicht auf diesen Zuspruch; denn Elke war in die Stube getreten und nahm mit ihrer leichten Hand die Reste der Speisen von dem Tisch, ihn mit ihren dunklen Augen flüchtig streifend. Da fielen seine Blicke auch auf sie. ‚Bei Gott und Jesus', sprach er bei sich selber, ‚sie sieht auch so nicht dösig aus!'

Das Mädchen war hinausgegangen. ‚Ihr wisset, Tede', begann der Deichgraf wieder, ‚unser Herrgott hat mir einen Sohn versagt!'

‚Ja, Deichgraf; aber laßt Euch das nicht kränken', entgegnete der andere, ‚denn im dritten Gliede soll der Familienverstand ja verschleißen; Euer Großvater, das wissen wir noch alle, war einer, der das Land geschützt hat!'

Der Deichgraf, nach einigem Besinnen, sah schier verdutzt aus; ‚Wie meint Ihr das, Tede Haien?' sagte er und setzte sich in seinem Lehnstuhl auf; ‚ich bin ja doch im dritten Gliede!'

‚Ja so! Nicht für ungut, Deichgraf; es geht nur so die Rede!' Und der hagere Tede Haien sah den alten Würdenträger mit etwas boshaften Augen an.

Der aber sprach unbekümmert: ‚Ihr müßt Euch von alten Weibern dergleichen Torheit nicht aufschwatzen lassen, Tede Haien; Ihr kennt nur meine Tochter nicht, die rechnet mich selber dreimal um und um! Ich wollt nur sagen, Euer Hauke wird außer im Felde auch hier in meiner Stube mit Feder oder Rechenstift so manches profitieren können, was ihm nicht schaden wird!'

,Ja, ja, Deichgraf, das wird er; da habt Ihr völlig recht!' sagte der alte Haien und begann dann noch einige Vergünstigungen bei dem Mietkontrakt sich auszubedingen, die abends vorher von seinem Sohne nicht bedacht waren. So sollte dieser außer seinen leinenen Hemden im Herbst auch noch acht Paar wollene Strümpfe als Zugabe seines Lohnes genießen; so wollte er selbst ihn im Frühling acht Tage bei der eigenen Arbeit haben, und was dergleichen mehr war. Aber der Deichgraf war zu allem willig; Hauke Haien schien ihm eben der rechte Kleinknecht.

– – ,Nun, Gott tröst dich, Junge', sagte der Alte, da sie eben das Haus verlassen hatten, ,wenn der dir die Welt klar machen soll!'

Aber Hauke erwiderte ruhig: ,Laß Er nur, Vater; es wird schon alles werden.'

*

Und Hauke hatte so unrecht nicht gehabt; die Welt, oder was ihm die Welt bedeutete, wurde ihm klarer, je länger sein Aufenthalt in diesem Hause dauerte; vielleicht um so mehr, je weniger ihm eine überlegene Einsicht zu Hilfe kam und je mehr er auf seine eigene Kraft angewiesen war, mit der er sich von jeher beholfen hatte. Einer freilich war im Hause, für den er nicht der Rechte zu sein schien; das war der Großknecht Ole Peters, ein tüchtiger

Arbeiter und ein maulfertiger Geselle. Ihm war der träge, aber dumme und stämmige Kleinknecht von vorhin besser nach seinem Sinn gewesen, dem er ruhig die Tonne Hafer auf den Rücken hatte laden und den er nach Herzenslust hatte herumstoßen können. Dem noch stilleren, aber ihn geistig überragenden Hauke vermochte er in solcher Weise nicht beizukommen; er hatte eine gar zu eigene Art, ihn anzublicken. Trotzdem verstand er es, Arbeiten für ihn auszusuchen, die seinem noch nicht gefesteten Körper hätten gefährlich werden können, und Hauke, wenn der Großknecht sagte: ‚Da hättest du den dicken Niß nur sehen sollen, dem ging es von der Hand!', faßte nach Kräften an und brachte es, wenn auch mit Mühsal, doch zu Ende. Ein Glück war es für ihn, daß Elke selbst oder durch ihren Vater das meistens abzustellen wußte. Man mag wohl fragen, was mitunter ganz fremde Menschen aneinander bindet; vielleicht – sie waren beide geborene Rechner, und das Mädchen konnte ihren Kameraden in der groben Arbeit nicht verderben sehen.

Der Zwiespalt zwischen Groß- und Kleinknecht wurde auch im Winter nicht besser, als nach Martini die verschiedenen Deichrechnungen zur Revision eingelaufen waren.

Es war an einem Maiabend, aber es war Novemberwetter; von drinnen im Hause hörte man draußen hinterm Deich die Brandung donnern. ‚He, Hauke', sagte der Hausherr, ‚komm herein; nun magst du weisen, ob du rechnen kannst!'

‚Uns' Weert', entgegnete dieser; – denn so nennen hier die Leute ihre Herrschaft – ‚ich soll aber erst das Jungvieh füttern!'

‚Elke!' rief der Deichgraf; ‚wo bist du, Elke! – Geh zu Ole und sag ihm, er sollte das Jungvieh füttern; Hauke soll rechnen!'

Und Elke eilte in den Stall und machte dem Großknecht die Bestellung, der eben damit beschäftigt war, das über Tag gebrauchte Pferdegeschirr wieder an seinen Platz zu hängen.

Ole Peters schlug mit einer Trense gegen den Ständer, neben dem er sich beschäftigte, als wolle er sie kurz und klein haben: ‚Hol der Teufel den verfluchten Schreiberknecht!'

Sie hörte die Worte noch, bevor sie die Stalltür wieder geschlossen hatte.

‚Nun?' frug der Alte, als sie in die Stube trat.

‚Ole wollte es schon besorgen', sagte die Tochter, ein wenig sich die Lippen beißend, und setzte sich Hauke gegenüber auf einen grobgeschnitzten Holzstuhl, wie sie noch derzeit hier an Winterabenden im Hause selbst gemacht wurden. Sie hatte aus einem Schubkasten einen weißen Strumpf mit rotem Vogelmuster genommen, an dem sie nun weiterstrickte; die langbeinigen Kreaturen darauf mochten Reiher oder Störche bedeuten sollen. Hauke saß ihr gegenüber in seiner Rechnerei vertieft, der Deichgraf selbst ruhte in seinem Lehnstuhl und blinzelte schläfrig nach Haukes Feder; auf dem Tisch brannten, wie immer im Deichgrafenhause, zwei Unschlittkerzen, und vor den beiden in Blei gefaßten Fenstern waren von außen die Läden vorgeschlagen und von innen zugeschroben; mochte der Wind nun poltern, wie er wollte. Mitunter hob Hauke seinen Kopf von der Arbeit und blickte einen Augenblick nach den Vogelstrümpfen oder nach dem schmalen, ruhigen Gesicht des Mädchens.

Da tat es aus dem Lehnstuhl plötzlich einen lauten Schnarcher, und ein Blick und ein Lächeln flog zwischen den beiden jungen Menschen hin und wieder; dann folgte allmählich ein ruhigeres Atmen; man konnte wohl ein wenig plaudern; Hauke wußte nur nicht was.

Als sie aber das Strickzeug in die Höhe zog und die Vögel sich nun in ihrer ganzen Länge zeigten, flüsterte er über den Tisch hinüber: ‚Wo hast du das gelernt, Elke?'

‚Was gelernt?' frug das Mädchen zurück.

– ‚Das Vogelstricken?' sagte Hauke.

‚Das? Von Trin Jans draußen am Deich; sie kann allerlei; sie war vor Zeiten einmal bei meinem Großvater hier im Dienst.'

‚Da warst du aber wohl noch nicht geboren?' sagte Hauke.

‚Ich denk wohl nicht; aber sie ist noch oft ins Haus gekommen.'

‚Hat denn die die Vögel gern?' frug Hauke; ‚ich meint, sie hielt es nur mit Katzen!'

Elke schüttelte den Kopf: ‚Sie zieht ja Enten und verkauft sie; aber im vorigen Frühjahr, als du den Angorer totgeschlagen hattest, sind ihr hinten im Stall die Ratten dazwischen gekommen; nun will sie sich vorn am Hause einen anderen bauen.'

‚So', sagte Hauke und zog einen leisen Pfiff durch

die Zähne, ‚dazu hat sie von der Geest sich Lehm und Steine hergeschleppt! Aber dann kommt sie in den Binnenweg; – hat sie denn Konzession?'

‚Weiß ich nicht', meinte Elke. Aber Hauke hatte das letzte Wort so laut gesprochen, daß der Deichgraf aus seinem Schlummer auffuhr. ‚Was Konzession?' frug er und sah fast wild von einem zu der anderen. ‚Was soll die Konzession?'

Als aber Hauke ihm dann die Sache vorgetragen hatte, klopfte er ihm lachend auf die Schulter: ‚Ei was, der Binnenweg ist breit genug; Gott tröste den Deichgrafen, sollt er sich auch noch um die Entenställe kümmern!'

Hauke fiel es aufs Herz, daß er die Alte mit ihren jungen Enten den Ratten sollte preisgegeben haben, und er ließ sich mit dem Einwand abfinden. ‚Aber, uns' Weert', begann er wieder, ‚es tät wohl dem und jenem ein kleiner Zwicker gut, und wollet Ihr ihn nicht selber greifen, so zwicket den Gevollmächtigten, der auf die Deichordnung passen soll!'

‚Wie, was sagt der Junge?', und der Deichgraf setzte sich vollends auf, und Elke ließ ihren künstlichen Strumpf sinken und wandte das Ohr hinüber.

‚Ja, uns' Weert', fuhr Hauke fort, ‚Ihr habt doch schon die Frühlingsschau gehalten; aber trotzdem hat Peter Jansen auf seinem Stück das Unkraut auch noch heute nicht gebuscht; im Sommer werden die Stieglitzer da wieder lustig um die roten Distelblumen spielen! Und dicht daneben, ich weiß nicht, wem's gehört, ist an der Außenseite eine ganze Wiege in dem Deich; bei schön Wetter liegt es immer voll von kleinen Kindern, die sich darin wälzen; aber – Gott bewahr uns vor Hochwasser!'

Die Augen des alten Deichgrafen waren immer größer geworden.

,Und dann –' sagte Hauke wieder.

,Was dann noch, Junge?' frug der Deichgraf; ,bist du noch nicht fertig?', und es klang, als sei der Rede seines Kleinknechts ihm schon zu viel geworden.

,Ja, dann, uns' Weert', sprach Hauke weiter; ,Ihr kennt die dicke Vollina, die Tochter vom Gevollmächtigten Harders, die immer ihres Vaters Pferde aus der Fenne holt – wenn sie nur eben mit ihren runden Waden auf der alten gelben Stute sitzt, hü hopp? so geht's allemal schräg an der Dossierung[1] den Deich hinan!'

Hauke bemerkte erst jetzt, daß Elke ihre klugen Augen auf ihn gerichtet hatte und leise ihren Kopf schüttelte.

Er schwieg, aber ein Faustschlag, den der Alte auf den Tisch tat, dröhnte ihm in die Ohren; ,da soll das Wetter dreinschlagen!' rief er, und Hauke erschrak beinahe über die Bärenstimme, die plötzlich hier hervorbrach: ,Zur Brüche! Notier mir das dicke Mensch zur Brüche, Hauke! Die Dirne hat mir im letzten Sommer drei junge Enten weggefangen! Ja, ja, notier nur', wiederholte er, als Hauke zögerte; ,ich glaub sogar, es waren vier!'

,Ei, Vater', sagte Elke, ,war's nicht die Otter, die die Enten nahm?'

,Eine große Otter!' rief der Alte schnaufend;

[1] *Dossierung* (oder Böschung), die Abfall-Linie des Deiches.

‚werd doch die dicke Vollina und eine Otter auseinanderkennen! Nein, nein, vier Enten, Hauke – aber was du im übrigen schwatzest, der Herr Oberdeichgraf und ich, nachdem wir zusammen in meinem Hause hier gefrühstückt hatten, sind im Frühjahr an deinem Unkraut und an deiner Wiege vorbeigefahren und haben's doch nicht sehen können. Ihr beide aber', und er nickte ein paarmal bedeutsam gegen Hauke und seine Tochter, ‚danket Gott, daß ihr nicht Deichgraf seid! Zwei Augen hat man nur, und mit hundert soll man sehen. – – Nimm nur die Rechnungen über die Bestickungsarbeiten[1], Hauke, und sieh sie nach; die Kerls rechnen oft zu liederlich!'

Dann lehnte er sich wieder in seinen Stuhl zurück, ruckte den schweren Körper ein paarmal und überließ sich bald dem sorgenlosen Schlummer.

*

Dergleichen wiederholte sich an manchem Abend. Hauke hatte scharfe Augen und unterließ es nicht, wenn sie beisammensaßen, das eine oder andere von schädlichem Tun oder Unterlassen in Deichsachen dem Alten vor die Augen zu rücken, und da dieser sie nicht immer schließen konnte, so kam unversehens ein lebhafterer Geschäftsgang in die Verwaltung, und die, welche früher im alten Schlendrian fortgesündigt hatten und jetzt unerwartet ihre frevlen oder faulen Finger geklopft fühlten, sahen sich unwillig und verwundert um, woher die

[1] *Bestickung,* Belegung und Besteckung mit Stroh bei frischen Deichstrecken.

Schläge denn gekommen seien. Und Ole, der Großknecht, säumte nicht, möglichst weit die Offenbarung zu verbreiten und dadurch gegen Hauke und seinen Vater, der doch die Mitschuld tragen mußte, in diesen Kreisen einen Widerwillen zu erregen; die anderen aber, welche nicht getroffen waren oder denen es um die Sache selbst zu tun war, lachten und hatten ihre Freude, daß der Junge den Alten doch einmal etwas in Trab gebracht habe. ‚Schad nur', sagten sie, ‚daß der Bengel nicht den gehörigen Klei unter den Füßen hat; das gäbe später sonst einmal wieder einen Deichgrafen, wie vordem sie dagewesen sind; aber die paar Demath[1] seines Alten, die täten's denn doch nicht!'

Als im nächsten Herbst der Herr Amtmann und Oberdeichgraf zur Schauung kam, sah er sich den alten Tede Volkerts von oben bis unten an, während dieser ihn zum Frühstück nötigte. ‚Wahrhaftig, Deichgraf', sagte er, ‚ich dacht's mir schon, Ihr seid in der Tat um ein Halbstieg Jahre jünger geworden; Ihr habt mir diesmal mit all Euern Vorschlägen warm gemacht; wenn wir mit alledem nur heute fertig werden!'

‚Wird schon, wird schon, gestrenger Herr Oberdeichgraf', erwiderte der Alte schmunzelnd; ‚der Gansbraten da wird schon die Kräfte stärken! Ja, Gott sei Dank, ich bin noch allezeit frisch und munter!' Er sah sich in der Stube um, ob auch nicht etwa Hauke um die Wege sei; dann setzte er in würdevoller Ruhe noch hinzu: ‚So hoffe ich zu

[1] *Demath,* ein Landmaß in der Marsch.

Gott, noch meines Amtes ein paar Jahre in Segen warten zu können.'

,Und darauf, lieber Deichgraf', erwiderte sein Vorgesetzter, sich erhebend, ,wollen wir dieses Glas zusammen trinken!'

Elke, die das Frühstück bestellt hatte, ging eben, während die Gläser aneinanderklangen, mit leisem Lachen aus der Stubentür. Dann holte sie eine Schüssel Abfall aus der Küche und ging durch den Stall, um es vor der Außentür dem Federvieh vorzuwerfen. Im Stall stand Hauke Haien und steckte den Kühen, die man der argen Witterung wegen schon jetzt hatte heraufnehmen müssen, mit der Furke Heu in ihre Raufen. Als er aber das Mädchen kommen sah, stieß er die Furke auf den Grund, ,Nu, Elke!' sagte er.

Sie blieb stehen und nickte ihm zu: ,Ja, Hauke; aber eben hättest du drinnen sein müssen!'

,Meinst du? Warum denn, Elke?'

,Der Herr Oberdeichgraf hat den Wirt gelobt!'

– ,Den Wirt? Was tut das mir?'

,Nein, ich mein, den Deichgrafen hat er gelobt!'

Ein dunkles Rot flog über das Gesicht des jungen Menschen: ,Ich weiß wohl', sagte er, ,wohin du damit segeln willst!'

,Werd nur nicht rot, Hauke; du warst es ja doch eigentlich, den der Oberdeichgraf lobte!'

Hauke sah sie mit halbem Lächeln an. ,Auch du doch, Elke!' sagte er.

Aber sie schüttelte den Kopf: ,Nein, Hauke; als ich allein der Helfer war, da wurden wir nicht gelobt. Ich kann ja auch nur rechnen; du aber siehst draußen alles, was der Deichgraf doch wohl selber sehen sollte; du hast mich ausgestochen!'

,Ich hab das nicht gewollt, dich am mindesten', sagte Hauke zaghaft, und er stieß den Kopf einer Kuh zur Seite: ,Komm, Rotbunt, friß mir nicht die Furke auf, du sollst ja alles haben!'

,Denk nur nicht, daß mir's leid tut, Hauke', sagte nach kurzem Sinnen das Mädchen; ,das ist ja Mannessache!'

Da streckte Hauke ihr den Arm entgegen: ,Elke, gib mir die Hand darauf!'

Ein tiefes Rot schoß unter die dunklen Brauen des Mädchens. ,Warum? Ich lüg ja nicht!' rief sie.

Hauke wollte antworten; aber sie war schon zum Stall hinaus, und er stand mit seiner Furke in der Hand und hörte nur, wie draußen die Enten und Hühner um sie schnatterten und krähten.

*

Es war im Januar von Haukes drittem Dienstjahr, als ein Winterfest gehalten werden sollte; ,Eisboseln' nennen sie es hier. Ein ständiger Frost hatte beim Ruhen der Küstenwinde alle Gräben zwischen den Fennen mit einer festen ebenen Kristallfläche belegt, so daß die zerschnittenen Landstücke nun eine weite Bahn für das Werfen der kleinen, mit Blei ausgegossenen Holzkugeln bildeten, womit das Ziel erreicht werden sollte. Tagaus, tagein wehte ein leichter Nordost: alles war schon in Ordnung; die Geestleute in dem zu Osten über der Marsch gelegenen Kirchdorf, die im vorigen Jahre gesiegt hatten, waren zum Wettkampf gefordert und hatten angenommen; von jeder Seite waren neun Werfer aufgestellt; auch der Obmann und die Kretler waren gewählt. Zu letzteren, die bei Streitfällen über einen zweifelhaften Wurf miteinander zu verhandeln hatten, wurden allezeit Leute genommen, die ihre Sache ins beste Licht zu rücken verstanden; am liebsten Burschen, die außer gesundem Menschenverstand auch noch ein lustig Mundwerk hatten. Dazu gehörte vor allen Ole Peters, der Großknecht des Deichgrafen. ‚Werft nur wie die Teufel', sagte er; ‚das Schwatzen tu ich schon umsonst!'

Es war gegen Abend vor dem Festtag; in der Nebenstube des Kirchspielskrugs droben auf der Geest war eine Anzahl von den Werfern erschienen, um über die Aufnahme einiger zuletzt noch Angemeldeten zu beschließen. Hauke Haien war auch unter diesen; er hatte erst nicht wollen, obschon er seiner wurfgeübten Arme sich wohl bewußt war; aber er fürchtete, durch Ole Peters, der einen Ehrenposten in dem Spiel bekleidete, zurückgewiesen zu werden; die Niederlage wollte er sich sparen. Aber Elke hatte ihm noch in der elften Stunde den Sinn gewandt: ‚Er wird's nicht wagen, Hauke', hatte sie gesagt; ‚er ist ein Taglöhnersohn; dein Vater hat Kuh und Pferd und ist dazu der klügste Mann im Dorf!'

‚Aber wenn er's dennoch fertig bringt?'

Sie sah ihn halb lächelnd aus ihren dunklen Augen an. ‚Dann', sagte sie, ‚soll er sich den Mund wischen, wenn er abends mit seines Wirts Tochter zu tanzen denkt!' Da hatte Hauke ihr mutig zugenickt.

Nun standen die jungen Leute, die noch in das Spiel hineinwollten, frierend und fußtrampelnd vor dem Kirchspielskrug und sahen nach der Spitze des aus Felsblöcken gebauten Kirchturms hinauf, neben dem das Krughaus lag. Des Pastors Tauben, die sich im Sommer auf den Feldern des Dorfes nährten, kam eben von den Höfen und Scheuern der Bauern zurück, wo sie sich jetzt ihre Körner gesucht hatten, und verschwanden unter den Schindeln des Turmes, hinter welchen sie ihre Nester hatten; im Westen, über dem Haf, stand ein glühendes Abendrot.

‚Wird gut Wetter morgen!' sagte der eine der jungen Burschen und begann heftig auf und ab zu wandern; ‚aber kalt! kalt!' Ein zweiter, als er keine Taube mehr fliegen sah, ging in das Haus und stellte sich horchend neben die Tür der Stube, aus der jetzt ein lebhaftes Durcheinanderreden herausscholl; auch des Deichgrafen Kleinknecht war neben ihn getreten. ‚Hör, Hauke!' sagte er zu diesem; ‚nun schreien sie um dich!', und deutlich hörte man von drinnen Ole Peters' knarrende Stimme: ‚Kleinknechte und Jungens gehören nicht dazu!'

‚Komm', flüsterte der andere und suchte Hauke am Rockärmel an die Stubentür zu ziehen, ‚hier kannst du lernen, wie hoch sie dich taxieren!'

Aber Hauke riß sich los und ging wieder vor das Haus: ‚Sie haben uns nicht ausgesperrt, damit wir's hören sollen!' rief er zurück.

Vor dem Hause stand der dritte der Angemeldeten. ‚Ich fürcht, mit mir hat's einen Haken', rief er ihm entgegen; ‚ich hab kaum achtzehn Jahre;

wenn sie nur den Taufschein nicht verlangen! Dich, Hauke, wird dein Großknecht schon herauskreteln!'

‚Ja, heraus!' brummte Hauke und schleuderte mit dem Fuße einen Stein über den Weg; ‚nur nicht hinein!'

Der Lärm in der Stube wurde stärker; dann allmählich trat eine Stille ein; die draußen hörten wieder den leisen Nordost, der sich oben an der Kirchturmspitze brach. Der Horcher trat wieder zu ihnen. ‚Wen hatten sie da drinnen?' frug der Achtzehnjährige.

‚Den da!' sagte jener und wies auf Hauke; ‚Ole Peters wollte ihn zum Jungen machen; aber alle schrien dagegen. Und sein Vater hat Vieh und Land, sagte Jeß Hansen. Ja, Land, rief Ole Peters, das man auf dreizehn Karren wegfahren kann! – Zuletzt kam Ole Hensen: Still da! schrie er; ich will's euch lehren: sagt nur, wer ist der erste Mann im Dorf? Da schwiegen sie erst und schienen sich zu besinnen; dann sagte eine Stimme: Das ist doch wohl der Deichgraf! Und alle anderen riefen: Nun ja, unserthalb der Deichgraf! – Und wer ist denn der Deichgraf? rief Ole Hensen wieder; aber nun bedenkt euch recht! – – Da begann einer leis zu lachen, und dann wieder einer, bis zuletzt nichts in der Stube war als lauter Lachen. Nun, so ruft ihn, sagte Ole Hensen; ihr wollt doch nicht den Deichgrafen von der Tür stoßen! Ich glaub, sie lachen noch; aber Ole Peters' Stimme war nicht mehr zu hören!' schloß der Bursche seinen Bericht.

Fast in demselben Augenblicke wurde drinnen

im Hause die Stubentür aufgerissen, und: ‚Hauke! Hauke Haien!' rief es laut und fröhlich in die kalte Nacht hinaus.

Da trabte Hauke in das Haus und hörte nicht mehr, wer denn der Deichgraf sei; was in seinem Kopfe brütete, hat indessen niemand wohl erfahren.

– – Als er nach einer Weile sich dem Hause seiner Herrschaft nahte, sah er Elke drunten am Heck der Auffahrt stehen; das Mondlicht schimmerte über die unermeßliche, weiß bereifte Weidefläche. ‚Stehst du hier, Elke?' frug er.

Sie nickte nur: ‚Was ist geworden?' sagte sie; ‚hat er's gewagt?'

– ‚Was sollt er nicht!'

‚Nun, und?'

– ‚Ja, Elke; ich darf es morgen doch versuchen!'

‚Gute Nacht, Hauke!' Und sie lief flüchtig die Werfte hinan und verschwand im Hause.

Langsam folgte er ihr.

*

Auf der weiten Weidefläche, die sich zu Osten an der Landseite des Deiches entlangzog, sah man am Nachmittag darauf eine dunkle Menschenmasse bald unbeweglich stillestehen, bald, nachdem zweimal eine hölzerne Kugel aus derselben über den durch die Tagessonne jetzt von Reif befreiten Boden hingeflogen war, abwärts von den hinter ihr liegenden langen und niedrigen Häusern allmählich weiterrücken; die Parteien der Eisbosler in der Mitte, umgeben von alt und jung, was mit ihnen, sei es in jenen Häusern oder in denen droben auf der

Geest Wohnung oder Verbleib hatte; die älteren Männer in langen Röcken, bedächtig aus kurzen Pfeifen rauchend, die Weiber in Tüchern und Jakken, auch wohl Kinder an den Händen ziehend oder auf den Armen tragend. Aus den gefrorenen Gräben, welche allmählich überschritten wurden, funkelte durch die scharfen Schilfspitzen der bleiche Schein der Nachmittagssonne; es fror mächtig; aber das Spiel ging unablässig vorwärts, und aller Augen verfolgten immer wieder die fliegende Kugel; denn an ihr hing heute für das ganze Dorf die Ehre des Tages. Der Kretler der Parteien trug hier einen weißen, bei den Geestleuten einen schwarzen Stab mit eiserner Spitze; wo die Kugel ihren Lauf geendet hatte, wurde dieser, je nachdem, unter schweigender Anerkennung oder dem Hohngelächter der Gegenpartei in den gefrorenen Boden eingeschlagen, und wessen Kugel zuerst das Ziel erreichte, der hatte für seine Partei das Spiel gewonnen.

Gesprochen wurde von all den Menschen wenig; nur wenn ein Kapitalwurf geschah, hörte man wohl einen Ruf der jungen Männer oder Weiber; oder von den Alten einer nahm seine Pfeife aus dem Mund und klopfte damit unter ein paar guten Worten den Werfer auf die Schulter: ‚Das war ein Wurf, sagte Zacharies und warf sein Weib aus der Luke!', oder: ‚So warf dein Vater auch; Gott tröst ihn in der Ewigkeit!', oder was sie sonst für Gutes sagten.

Bei seinem ersten Wurfe war das Glück nicht mit Hauke gewesen: als er eben den Arm hinten ausschwang, um die Kugel fortzuschleudern, war eine

Wolke von der Sonne fortgezogen, die sie vorhin bedeckt hatte, und diese traf mit ihrem vollen Strahl in seine Augen; der Wurf wurde zu kurz, die Kugel fiel auf einen Graben und blieb im Bummeis stekken.

‚Gilt nicht! Gilt nicht! Hauke, noch einmal!' riefen seine Partner.

Aber der Kretler der Geestleute sprang dagegen auf: ‚Muß wohl gelten; geworfen ist geworfen!'

‚Ole! Ole Peters!' schrie die Marschjugend. ‚Wo ist Ole? Wo, zum Teufel, steckt er?'

Aber er war schon da: ‚Schreit nur nicht so! Soll Hauke wo geflickt werden! Ich dacht's mir schon.'

– ‚Ei was! Hauke muß noch einmal werfen; nun zeig, daß du das Maul am rechten Fleck hast!'

‚Das hab ich schon!' rief Ole und trat dem Geestkretler gegenüber und redete einen Haufen Gallimathias aufeinander. Aber die Spitzen und Schärfen, die sonst aus seinen Worten blitzten, waren diesmal nicht dabei. Ihm zur Seite stand das Mädchen mit den Rätselbrauen und sah scharf aus zornigen Augen auf ihn hin; aber reden durfte sie nicht, denn die Frauen hatten keine Stimme in dem Spiel.

‚Du leierst Unsinn', rief der andere Kretler, ‚weil dir der Sinn nicht dienen kann! Sonne, Mond und Sterne sind für uns alle gleich und allezeit am Himmel; der Wurf war ungeschickt, und alle ungeschickten Würfe gelten!'

So redeten sie noch eine Weile gegeneinander; aber das Ende war, daß nach Bescheid des Obmanns Hauke seinen Wurf nicht wiederholen durfte.

‚Vorwärts!' riefen die Geestleute, und ihr Kretler zog den schwarzen Stab aus dem Boden, und der Werfer trat auf seinen Nummerruf dort an und schleuderte die Kugel vorwärts. Als der Großknecht des Deichgrafen dem Wurfe zusehen wollte, hatte er an Elke Volkerts vorbei müssen: ‚Wem zuliebe ließest du heut deinen Verstand zu Hause?' raunte sie ihm zu.

Da sah er sie fast grimmig an, und aller Spaß war aus seinem breiten Gesichte verschwunden. ‚Dir zulieb!' sagte er, ‚denn du hast deinen auch vergessen!'

‚Geh nur; ich kenne dich, Ole Peters!' erwiderte das Mädchen, sich hoch aufrichtend; er aber kehrte den Kopf ab und tat, als habe er das nicht gehört.

Und das Spiel und der schwarze und der weiße Stab gingen weiter. Als Hauke wieder am Wurf war, flog seine Kugel schon so weit, daß das Ziel, die große, weiß gekalkte Tonne, klar in Sicht kam. Er war jetzt ein fester junger Kerl, und Mathematik und Wurfkunst hatte er täglich während seiner Knabenzeit getrieben. ‚Oho, Hauke!' rief es aus dem Haufen, ‚das war ja, als habe der Erzengel Michael selbst geworfen!' Eine alte Frau mit Kuchen und Branntwein drängte sich durch den Haufen zu ihm; sie schenkte ein Glas voll und bot es ihm: ‚Komm, sagte sie, ‚wir wollen uns vertragen: das heut ist besser, als da du mir die Katze totschlugst!' Als er sie ansah, erkannte er, daß es Trin Jans war. ‚Ich dank dir, Alte', sagte er; ‚aber ich trink das nicht.' Er griff in seine Tasche und drückte ihr ein frischgeprägtes Markstück in die Hand: ‚Nimm das und trink selber das Glas aus, Trin; so haben wir uns vertragen!'

,Hast recht, Hauke!' erwiderte die Alte, indem sie seiner Anweisung folgte; ,hast recht; das ist auch besser für ein altes Weib wie ich!'

,Wie geht's mit deinen Enten?' rief er ihr noch nach, als sie sich schon mit ihrem Korbe fortmachte; aber sie schüttelte nur den Kopf, ohne sich umzuwenden, und patschte mit ihren alten Händen in die Luft. ,Nichts, nichts, Hauke; da sind zu viele Ratten in euren Gräben; Gott tröst mich; man muß sich anders nähren!' Und somit drängte sie sich in den Menschenhaufen und bot wieder ihren Schnaps und ihre Honigkuchen an.

Die Sonne war endlich schon hinter den Deich hinabgesunken; statt ihrer glimmte ein rotvioletter Schimmer empor; mitunter flogen schwarze Krähen vorüber und waren auf Augenblicke wie vergoldet; es wurde Abend. Auf den Fennen aber rückte der dunkle Menschentrupp noch immer weiter von den schwarzen, schon fernliegenden Häusern nach der Tonne zu; ein besonders tüchtiger Wurf mußte sie jetzt erreichen können. Die Marschleute waren an der Reihe; Hauke sollte werfen.

Die kreidige Tonne zeichnete sich weiß in dem breiten Abendschatten, der jetzt von dem Deiche über die Fläche fiel. ,Die werdet ihr uns diesmal wohl noch lassen!' rief einer von den Geestleuten, denn es ging scharf her; sie waren um mindestens ein halb Stieg Fuß im Vorteil.

Die hagere Gestalt des Genannten trat eben aus

der Menge; die grauen Augen sahen aus dem langen Friesengesicht vorwärts nach der Tonne; in der herabhängenden Hand lag die Kugel.

‚Der Vogel ist dir wohl zu groß', hörte er in diesem Augenblicke Ole Peters' Knarrstimme dicht vor seinen Ohren; ‚sollen wir ihn um einen grauen Topf vertauschen?'

Hauke wandte sich und blickte ihn mit festen Augen an: ‚Ich werfe für die Marsch!' sagte er. ‚Wohin gehörst denn du?'

‚Ich denke, auch dahin; du wirfst doch wohl für Elke Volkerts!'

‚Beiseit!' schrie Hauke und stellte sich wieder in Positur. Aber Ole drängte mit dem Kopf noch näher auf ihn zu. Da plötzlich, bevor noch Hauke selber etwas dagegen unternehmen konnte, packte den Zudringlichen eine Hand und riß ihn rückwärts, daß der Bursche gegen seine lachenden Kameraden taumelte. Es war keine große Hand gewesen, die das getan hatte; denn als Hauke flüchtig den Kopf wandte, sah er neben sich Elke Volkerts ihren Ärmel zurechtzupfen, und die dunklen Brauen standen ihr wie zornig in dem heißen Antlitz.

Da flog es wie eine Stahlkraft in Haukes Arm; er neigte sich ein wenig, er wiegte die Kugel ein paarmal in der Hand; dann holte er aus, und eine Todesstille war auf beiden Seiten; alle Augen folgten der fliegenden Kugel, man hörte ihr Sausen, wie sie die Luft durchschnitt; plötzlich, schon weit vom Wurfplatz, verdeckten sie die Flügel einer Silbermöwe, die, ihren Schrei ausstoßend, vom Deich herüberkam; zugleich aber hörte man es in der Ferne an die Tonne klatschen. ‚Hurra für Hauke!' riefen die Marschleute, und lärmend ging es durch die Menge: ‚Hauke! Hauke Haien hat das Spiel gewonnen!'

Der aber, da ihn alle dicht umdrängten, hatte seitwärts nur nach einer Hand gegriffen; auch da sie wieder riefen: ‚Was stehst du, Hauke? Die Kugel liegt ja in der Tonne!' nickte er nur und ging nicht von der Stelle; erst als er fühlte, daß sich die kleine Hand fest an die seine schloß, sagte er: ‚Ihr mögt schon recht haben; ich glaube auch, ich hab gewonnen!'

Dann strömte der ganze Trupp zurück, und Elke und Hauke wurden getrennt und von der Menge auf den Weg zum Kruge fortgerissen, der an des Deichgrafen Werfte nach der Geest hinaufbog. Hier aber entschlüpften beide dem Gedränge, und während Elke auf ihre Kammer ging, stand Hauke hinten vor der Stalltür auf der Werfte und sah, wie der dunkle Menschentrupp allmählich nach dort hinaufwanderte, wo im Kirchspielskrug ein Raum für die Tanzenden bereitstand. Das Dunkel breitete sich allmählich über die weite Gegend; es wurde immer stiller um ihn her, nur hinter ihm im Stalle regte sich das Vieh; oben, von der Geest her, glaubte er schon das Pfeifen der Klarinetten aus dem Kruge zu vernehmen. Da hörte er um die Ecke des Hauses das Rauschen eines Kleides, und kleine, feste Schritte gingen den Fußsteig hinab, der durch die Fennen nach der Geest hinaufführte. Nun sah er auch im Dämmer die Gestalt dahinschreiten und sah, daß es Elke war; sie ging auch zum Tanze nach dem Krug. Das Blut schoß ihm in den Hals hinauf; sollte er ihr nicht nachlaufen und mit ihr gehen? Aber Hauke war kein Held den Frauen gegenüber; mit dieser Frage sich beschäftigend, blieb er stehen, bis sie im Dunkel seinem Blick entschwunden war.

Dann, als die Gefahr, sie einzuholen, vorüber war, ging auch er denselben Weg, bis er droben den Krug bei der Kirche erreicht hatte und das Schwatzen und Schreien der vor dem Hause und auf dem Flur sich Drängenden und das Schrillen der Geigen und Klarinetten betäubend ihn umrauschte. Unbeachtet drückte er sich in den ‚Gildesaal'; er war nicht groß und so voll, daß man kaum einen Schritt weit vor sich hinsehen konnte. Schweigend stellte er sich an den Türpfosten und blickte in das unruhige Gewimmel; die Menschen kamen ihm wie Narren vor; er hatte auch nicht zu sorgen, daß jemand noch an den Kampf des Nachmittags dachte und wer vor einer Stunde erst das Spiel gewonnen hatte; jeder sah nur auf seine Dirne und drehte sich mit ihr im Kreis herum. Seine Augen suchten nur die eine, und endlich – dort! Sie tanzte mit ihrem Vetter, dem jungen Deichgevollmächtigten; aber schon sah er sie nicht mehr, nur andere Dirnen aus Marsch und Geest, die ihn nicht kümmerten. Dann schnappten Violinen und Klarinetten plötzlich ab, und der Tanz war zu Ende; aber gleich begann auch schon ein anderer. Hauke flog es durch den Kopf, ob denn Elke ihm auch Wort halten, ob sie nicht mit Ole Peters ihm vorbeitanzen werde. Fast hätte er einen Schrei bei dem Gedanken ausgestoßen; dann – – ja, was wollte er dann? Aber sie schien bei diesem Tanze gar nicht mitzuhalten, und endlich ging auch der zu Ende, und ein anderer, ein Zweitritt, der eben erst hier in die Mode gekommen war, folgte. Wie rasend setzte die Musik ein, die jungen Kerle stürzten zu den Dirnen, die Lichter an den Wänden flirrten. Hauke reckte sich fast den Hals aus, um die Tanzenden zu erkennen, und dort, im dritten Paare, das war Ole Peters; aber wer war die Tänzerin? Ein breiter Marschbursche stand vor ihr und deckte ihr Gesicht! Doch der Tanz raste weiter, und Ole mit seiner Partnerin drehte sich heraus. ‚Vollina! Vollina Harders!‘ rief Hauke fast laut und seufzte dann gleich wieder erleichtert auf. Aber wo blieb Elke? Hatte sie keinen Tänzer, oder hatte sie alle ausgeschlagen, weil sie nicht mit Ole hatte tanzen wollen? – Und die Musik setzte wieder ab, und ein neuer Tanz begann; aber wieder sah er Elke nicht! Doch dort kam Ole, noch immer die dicke Vollina in den Armen! ‚Nun, nun‘, sagte Hauke; ‚da wird Jeß Harders mit seinen fünfundzwanzig Demath auch wohl bald aufs Altenteil müssen! – Aber wo ist Elke?‘

Er verließ seinen Türpfosten und drängte sich weiter in den Saal hinein; da stand er plötzlich vor ihr, die mit einer älteren Freundin in einer Ecke saß. ‚Hauke!‘ rief sie, mit ihrem schmalen Antlitz zu ihm aufblickend; ‚bist du hier? Ich sah dich doch nicht tanzen!‘

‚Ich tanzte auch nicht‘, erwiderte er.

– ‚Weshalb nicht, Hauke?‘, und, sich halb erhebend, setzte sie hinzu: ‚Willst du mit mir tanzen? Ich hab es Ole Peters nicht gegönnt; der kommt nicht wieder!‘

Aber Hauke machte keine Anstalt: ‚Ich danke, Elke‘, sagte er; ‚ich verstehe das nicht gut genug; sie könnten über dich lachen; und dann ...‘ Er stockte plötzlich und sah sie nur aus seinen grauen Augen herzlich an, als ob er's ihnen überlassen müsse, das übrige zu sagen.

‚Was meinst du, Hauke?‘ frug sie leise.

– ‚Ich mein, Elke, es kann ja doch der Tag nicht schöner für mich ausgehen, als er's schon getan hat.‘

‚Ja‘, sagte sie, ‚du hast das Spiel gewonnen.‘

‚Elke!‘ mahnte er kaum hörbar.

Da schlug ihr eine heiße Lohe in das Angesicht: ‚Geh!‘ sagte sie; ‚was willst du?‘, und schlug die Augen nieder.

Als aber die Freundin jetzt von einem Burschen zum Tanze fortgezogen wurde, sagte Hauke lauter: ‚Ich dachte, Elke, ich hätt' was Besseres gewonnen!‘

Noch ein paar Augenblicke suchten ihre Augen auf dem Boden; dann hob sie sie langsam, und ein Blick, mit der stillen Kraft ihres Wesens, traf in die seinen, der ihn wie Sommerluft durchströmte. ‚Tu, wie dir ums Herz ist, Hauke!‘ sprach sie; ‚wir sollten uns wohl kennen!‘

Elke tanzte an diesem Abend nicht mehr, und als beide dann nach Hause gingen, hatten sie sich Hand in Hand gefaßt; aus der Himmelshöhe funkelten die Sterne über der schweigenden Marsch; ein leichter Ostwind wehte und brachte strenge Kälte;

die beiden aber gingen, ohne viel Tücher und Umhang, dahin, als sei es plötzlich Frühling worden.

*

Hauke hatte sich auf ein Ding besonnen, dessen passende Verwendung zwar in ungewisser Zukunft lag, mit dem er sich aber eine stille Feier zu bereiten gedachte. Deshalb ging er am nächsten Sonntag in die Stadt zum alten Goldschmied Andersen und bestellte einen starken Goldring. ‚Streckt den Finger her, damit wir messen!' sagte der Alte und faßte ihm nach dem Goldfinger. ‚Nun', meinte er, ‚der ist nicht gar so dick, wie sie bei euch Leuten sonst zu sein pflegen!' Aber Hauke sagte: ‚Messet lieber am kleinen Finger!', und hielt ihm den entgegen.

Der Goldschmied sah ihn etwas verdutzt an; aber was kümmerten ihn die Einfälle der jungen Bauernburschen: ‚Da werden wir schon so einen unter den Mädchenringen haben!' sagte er, und Hauke schoß das Blut durch beide Wangen. Aber der kleine Goldring paßte auf seinen kleinen Finger, und er nahm ihn hastig und bezahlte ihn mit blankem Silber; dann steckte er ihn unter lautem Herzklopfen und als ob er einen feierlichen Akt begehe, in die Westentasche. Dort trug er ihn seitdem an jedem Tage mit Unruhe und doch mit Stolz, als sei die Westentasche nur dazu da, um einen Ring darin zu tragen.

Er trug ihn so über Jahr und Tag, ja, der Ring mußte sogar aus dieser noch in eine neue Westentasche wandern; die Gelegenheit zu seiner Befreiung hatte sich noch immer nicht ergeben wollen. Wohl war's ihm durch den Kopf geflogen, nur geraden Wegs vor seinen Wirt hinzutreten; sein Vater war ja doch auch ein Eingesessener! Aber wenn er ruhiger wurde, dann wußte er wohl, der alte Deichgraf würde seinen Kleinknecht ausgelacht haben. Und so lebten er und des Deichgrafen Tochter nebeneinander hin; auch sie in mädchenhaftem Schweigen, und beide doch, als ob sie allzeit Hand in Hand gingen.

Ein Jahr nach jenem Winterfesttag hatte Ole Peters seinen Dienst gekündigt und mit Vollina Harders Hochzeit gemacht; Hauke hatte recht gehabt: der Alte war auf Altenteil gegangen, und statt der dicken Tochter ritt nun der muntere Schwiegersohn die gelbe Stute in die Fenne und, wie es hieß, rückwärts allzeit gegen den Deich hinan. Hauke war Großknecht geworden und ein Jüngerer an seine Stelle getreten; wohl hatte der Deichgraf ihn erst nicht wollen aufrücken lassen: ‚Kleinknecht ist besser!' hatte er gebrummt; ‚ich brauch ihn hier bei meinen Büchern!' Aber Elke hatte ihm vorgehalten: ‚Dann geht auch Hauke, Vater!' Da war dem Alten bange geworden, und Hauke war zum Großknecht aufgerückt, hatte aber trotzdem nach wie vor auch an der Deichgrafschaft mitgeholfen.

Nach einem anderen Jahr aber begann er gegen Elke davon zu reden, sein Vater werde kümmerlich, und die paar Tage, die der Wirt ihn im Sommer in dessen Wirtschaft lasse, täten's nun nicht mehr; der Alte quäle sich, er dürfe das nicht länger ansehen. – Es war ein Sommerabend; die beiden standen im Dämmerschein unter der großen Esche vor der Haustür. Das Mädchen sah eine Weile stumm in die Zweige des Baumes hinauf; dann entgegnete sie: ‚Ich hab's nicht sagen wollen, Hauke; ich dachte, du würdest selber wohl das Rechte treffen.'

‚Ich muß dann fort aus eurem Hause', sagte er, ‚und kann nicht wiederkommen.'

Sie schwiegen eine Weile und sahen in das Abendrot, das drüben hinterm Deiche in das Meer versank. ‚Du mußt es wissen', sagte sie; ‚ich war heut morgen noch bei deinem Vater und fand ihn in seinem Lehnstuhl eingeschlafen; die Reißfeder in der Hand, das Reißbrett mit einer halben Zeichnung lag vor ihm auf dem Tisch; – und da er erwacht war und mühsam ein Viertelstündchen mit mir geplaudert hatte und ich nun gehen wollte, da hielt er mich so angstvoll an der Hand zurück, als fürchte er, es sei zum letzten Mal; aber ...'

‚Was aber, Elke?' frug Hauke, da sie fortzufahren zögerte.

Ein paar Tränen rannen über die Wangen des Mädchens. ‚Ich dachte nur an meinen Vater', sagte sie; ‚glaub mir, es wird ihm schwer ankommen, dich zu missen.' Und als ob sie zu dem Worte sich ermannen müsse, fügte sie hinzu: ‚Mir ist es oft, als ob auch er auf seine Totenkammer rüste.'

Hauke antwortete nicht; ihm war es plötzlich, als rühre sich der Ring in seiner Tasche; aber noch bevor er seinen Unmut über diese unwillkürliche Lebensregung unterdrückt hatte, fuhr Elke fort:

‚Nein, zürn nicht, Hauke! Ich trau, du wirst auch so uns nicht verlassen!‘

Da ergriff er eifrig ihre Hand, und sie entzog sie ihm nicht. Noch eine Weile standen die jungen Menschen in dem sinkenden Dunkel beieinander, bis ihre Hände auseinanderglitten und jedes seine Wege ging. – Ein Windstoß fuhr empor und rauschte durch die Eschenblätter und machte die Läden klappern, die an der Vorderseite des Hauses waren; allmählich aber kam die Nacht, und Stille lag über der ungeheuren Ebene.

*

Durch Elkes Zutun war Hauke von dem alten Deichgrafen seines Dienstes entlassen worden, obgleich er ihm rechtzeitig nicht gekündigt hatte, und zwei neue Knechte waren jetzt im Hause. – Noch ein paar Monate weiter, dann starb Tede Haien; aber bevor er starb, rief er den Sohn an seine Lagerstatt: ‚Setz dich zu mir, mein Kind‘, sagte der Alte mit matter Stimme, ‚dicht zu mir! Du brauchst dich nicht zu fürchten; wer bei mir ist, das ist nur der dunkle Engel des Herrn, der mich zu rufen kommt.‘

Und der erschütterte Sohn setzte sich dicht an das dunkle Wandbett: ‚Sprecht, Vater, was Ihr noch zu sagen habt!‘

‚Ja, mein Sohn, noch etwas‘, sagte der Alte und streckte seine Hände über das Deckbett. ‚Als du, noch ein halber Junge, zu dem Deichgrafen in Dienst ginst, da lag’s in deinem Kopf, das selbst einmal zu werden. Das hatte mich angesteckt, und ich dachte auch allmählich, du seiest der rechte

Mann dazu. Aber dein Erbe war für solch ein Amt zu klein – ich habe während deiner Dienstzeit knapp gelebt –, ich dacht es zu vermehren.'

Hauke faßte heftig seines Vaters Hände, und der Alte suchte sich aufzurichten, daß er ihn sehen könne. ‚Ja, ja, mein Sohn', sagte er, ‚dort in der obersten Schublade der Schatulle liegt das Dokument. Du weißt, die alte Antje Wohlers hat eine Fenne von fünf und einem halben Demath; aber sie konnte mit dem Mietgelde allein in ihrem krüppelhaften Alter nicht mehr durchfinden; da habe ich allzeit um Martini eine bestimmte Summe, und auch mehr, wenn ich es hatte, dem armen Mensch gegeben; und dafür hat sie die Fenne mir übertragen; es ist alles gerichtlich fertig. – – Nun liegt auch sie am Tode: die Krankheit unserer Marschen, der Krebs, hat sie befallen; du wirst nicht mehr zu zahlen brauchen!'

Eine Weile schloß er die Augen; dann sagte er noch: ‚Es ist nicht viel; doch hast du mehr dann, als du bei mir gewohnt warst. Mög es dir zu deinem Erdenleben dienen!'

Unter den Dankesworten des Sohnes schlief der Alte ein. Er hatte nichts mehr zu besorgen; und schon nach einigen Tagen hatte der dunkle Engel des Herrn ihm seine Augen für immer zugedrückt, und Hauke trat sein väterliches Erbe an.

– – Am Tage nach dem Begräbnis kam Elke in dessen Haus. ‚Dank, daß du einguckst, Elke!' rief Hauke ihr als Gruß entgegen.

Aber sie erwiderte: ‚Ich guck nicht ein; ich will bei dir ein wenig Ordnung schaffen, damit du ordentlich in deinem Hause wohnen kannst! Dein Vater hat vor seinen Zahlen und Rissen nicht viel um sich gesehen, und auch der Tod schafft Wirrsal; ich will's dir wieder ein wenig lebig machen!'

Er sah aus seinen grauen Augen voll Vertrauen auf sie hin: ‚So schaff nur Ordnung!' sagte er; ‚ich hab's auch lieber.'

Und dann begann sie aufzuräumen: das Reißbrett, das noch dalag, wurde abgestaubt und auf den Boden getragen, Reißfedern und Bleistift und Kreide sorgfältig in einer Schatullenschublade weggeschlossen; dann wurde die junge Dienstmagd zur Hilfe hereingerufen und mit ihr das Geräte der ganzen Stube in eine andere und bessere Stellung gebracht, so daß es anschien, als sei dieselbe nun heller und größer geworden. Lächelnd sagte Elke: ‚Das können nur wir Frauen!', und Hauke, trotz seiner Trauer um den Vater, hatte mit glücklichen Augen zugesehen, auch wohl selber, wo es nötig war, geholfen.

Und als gegen die Dämmerung – es war zu Anfang des Septembers – alles war, wie sie es für ihn wollte, faßte sie seine Hand und nickte ihm mit ihren dunklen Augen zu: ‚Nun komm und iß bei uns zu Abend; denn meinem Vater hab ich's versprechen müssen, dich mitzubringen; wenn du dann heimgehst, kannst du ruhig in dein Haus treten!'

Als sie dann in die geräumige Wohnstube des Deichgrafen traten, wo bei verschlossenen Läden schon die beiden Lichter auf dem Tische brannten, wollte dieser aus seinem Lehnstuhl in die Höhe; aber mit seinem schweren Körper zurücksinkend, rief er nur seinem früheren Knecht entgegen: ‚Recht, recht, Hauke, daß du deine alten Freunde aufsuchst! Komm nur näher, immer näher!' Und als Hauke an seinen Stuhl getreten war, faßte er dessen Hand mit seinen beiden runden Händen: ‚Nun, nun, mein Junge', sagte er, ‚sei nur ruhig jetzt, denn sterben müssen wir alle, und dein Vater war keiner von den Schlechtesten! – Aber Elke, nun sorg, daß du den Braten auf den Tisch kriegst; wir müssen uns stärken! Es gibt viel Arbeit für uns, Hauke! Die Herbstschau ist in Anmarsch; Deich- und Sielrechnungen haushoch; der neuliche Deichschaden am Westerkoog – ich weiß nicht, wo mir der Kopf steht, aber deiner, gottlob, ist um ein gut Stück jünger; du bist ein braver Junge, Hauke!'

Und nach dieser langen Rede, womit der Alte sein ganzes Herz dargelegt hatte, ließ er sich in seinen Stuhl zurückfallen und blinzelte sehnsüchtig nach der Tür, durch welche Elke eben mit der Bratenschüssel hereintrat. Hauke stand lächelnd neben ihm. ‚Nun setz dich', sagte der Deichgraf, ‚damit wir nicht unnötig Zeit verspillen; kalt schmeckt das nicht!'

Und Hauke setzte sich; es schien im Selbstverstand, die Arbeit von Elkes Vater mitzutun. Und als die Herbstschau dann gekommen war und ein paar Monde mehr ins Jahr gingen, da hatte er freilich auch den besten Teil daran getan.»

*

Der Erzähler hielt inne und blickte um sich. Ein Möwenschrei war gegen das Fenster geschlagen, und draußen, vom Hausflur aus, wurde ein Trampeln hörbar, als ob einer den Klei von seinen schweren Stiefeln abtrete.

Deichgraf und Gevollmächtigte wandten die Köpfe gegen die Stubentür. «Was ist?» rief der erstere.

Ein starker Mann, den Südwester auf dem Kopf, war eingetreten. «Herr», sagte er, «wir beide haben es gesehen, Hans Nickels und ich: der Schimmelreiter hat sich in den Bruch gestürzt!»

«Wo saht Ihr das?» frug der Deichgraf.

– «Es ist ja nur die eine Wehle; in Jansens Fenne, wo der Hauke-Haienkoog beginnt.»

«Saht Ihr's nur einmal?»

– «Nur einmal; es war auch nur wie Schatten, aber es braucht drum nicht das erste Mal gewesen zu sein.»

Der Deichgraf war aufgestanden. «Sie wollen entschuldigen», sagte er, sich zu mir wendend, «wir müssen draußen nachsehen, wo das Unheil hin will!» Dann ging er mit dem Boten zur Tür hinaus; aber auch die übrige Gesellschaft brach auf und folgte ihm.

Ich blieb mit dem Schullehrer allein in dem großen öden Zimmer; durch die unverhangenen Fenster, welche nun nicht mehr durch die Rücken der davorsitzenden Gäste verdeckt wurden, sah man frei hinaus und wie der Sturm die dunklen Wolken über den Himmel jagte.

Der Alte saß noch auf seinem Platze, ein überlegenes, fast mitleidiges Lächeln auf seinen Lippen. «Es ist hier zu leer geworden», sagte er; «darf ich Sie zu mir auf mein Zimmer laden? Ich wohne hier im Hause; und glauben Sie mir, ich kenne die Wetter hier am Deich; für uns ist nichts zu fürchten.»

Ich nahm das dankend an, denn auch mich wollte hier zu frösteln anfangen, und wir stiegen unter Mitnahme eines Lichtes die Stiegen zu einer Giebelstube hinauf, die zwar gleichfalls gegen Westen hinaus lag, deren Fenster aber jetzt mit dunklen Wollteppichen verhangen waren. In einem Bücherregal sah ich eine kleine Bibliothek, daneben die Porträte zweier alter Professoren; vor einem Tische stand ein großer Ohrenlehnstuhl. «Machen Sie sich's bequem!» sagte mein freundlicher Wirt und warf einige Torf in den noch glimmenden kleinen Ofen, der oben von einem Blechkessel gekrönt war. «Nur noch ein Weilchen! Er wird bald sausen; dann brau ich uns ein Gläschen Grog, das hält Sie munter!»

«Dessen bedarf es nicht», sagte ich; «ich werd nicht schläfrig, wenn ich Ihren Hauke auf seinem Lebensweg begleite!»

– «Meinen Sie?», und er nickte mit seinen klugen Augen zu mir herüber, nachdem ich behaglich in seinem Lehnstuhl untergebracht war. «Nun, wo blieben wir denn? – – Ja, ja; ich weiß schon! Also:

Hauke hatte sein väterliches Erbe angetreten, und da die alte Antje Wohlers auch ihrem Leiden erlegen war, so hatte deren Fenne es vermehrt.

Aber seit dem Tode oder, richtiger, seit den letzten Worten seines Vaters war in ihm etwas aufgewachsen, dessen Keim er schon seit seiner Knabenzeit in sich getragen hatte; er wiederholte es sich mehr als zu oft, er sei der rechte Mann, wenn's einen neuen Deichgrafen geben müsse. Das war es; sein Vater, der es verstehen mußte, der ja der klügste Mann im Dorf gewesen war, hatte ihm dieses Wort wie eine letzte Gabe seinem Erbe beigelegt; die Wohlerssche Fenne, die er ihm auch verdankte, sollte den ersten Trittstein zu dieser Höhe bilden! Denn, freilich, auch mit dieser – ein Deichgraf mußte noch einen anderen Grundbesitz aufweisen können! – – Aber sein Vater hatte sich einsame Jahre knapp beholfen, und mit dem, was er sich entzogen hatte, war er des neuen Besitzes Herr geworden; das konnte er auch, er konnte noch mehr; denn seines Vaters Kraft war schon verbraucht gewesen, er aber konnte noch jahrelang die schwerste Arbeit tun! – – Freilich, wenn er es dadurch nach dieser Seite hin erzwang, durch die Schärfen und Spitzen, die er der Verwaltung seines alten Dienstherrn zugesetzt hatte, war ihm eben keine Freundschaft im Dorf zuwege gebracht worden, und Ole Peters, sein alter Widersacher, hatte jüngsthin eine Erbschaft getan und begann ein wohlhabender Mann zu werden! Eine Reihe von Gesichtern ging vor seinem inneren Blick vorüber, und sie sahen ihn alle mit bösen Augen an; da faßte ihn ein Groll gegen diese Menschen; er streckte die Arme aus, als griffe er nach ihnen, denn sie wollten ihn vom Amte drängen, zu dem von allen nur er berufen war. – Und die Gedanken ließen ihn nicht; sie waren immer wieder da, und so wuchsen in seinem jungen Herzen neben der Ehrenhaftigkeit und Liebe auch die Ehrsucht und der Haß. Aber diese beiden verschloß er tief in seinem Inneren; selbst Elke ahnte nichts davon.

– Als das neue Jahr gekommen war, gab es eine Hochzeit; die Braut war eine Verwandte von den Haiens, und Hauke und Elke waren beide dort geladene Gäste; ja, bei dem Hochzeitsessen traf es sich durch das Ausbleiben eines näheren Verwandten, daß sie ihre Plätze nebeneinander fanden. Nur ein Lächeln, das über beider Antlitz glitt, verriet ihre Freude darüber. Aber Elke saß heute teilnahmslos in dem Geräusche des Plauderns und Gläserklirrens.

‚Fehlt dir etwas?' frug Hauke.

– ‚Oh, eigentlich nichts; es sind mir nur zu viele Menschen hier.'

‚Aber du siehst so traurig aus!'

Sie schüttelte den Kopf; dann sprachen sie wieder nicht.

Da stieg es über ihr Schweigen wie Eifersucht in ihm auf, und heimlich unter dem überhängenden Tischtuch ergriff er ihre Hand; aber sie zuckte nicht, sie schloß sich wie vertrauensvoll um seine. Hatte ein Gefühl der Verlassenheit sie befallen, da ihre Augen täglich auf der hinfälligen Gestalt des Vaters haften mußten? – Hauke dachte nicht daran, sich so zu fragen; aber ihm stand der Atem still, als er jetzt seinen Goldring aus der Tasche zog. ‚Läßt du ihn sitzen?' frug er zitternd, während er den Ring auf den Goldfinger der schmalen Hand schob.

Gegenüber am Tische saß die Frau Pastorin; sie legte plötzlich ihre Gabel hin und wandte sich zu ihrem Nachbar: ‚Mein Gott, das Mädchen!' rief sie; ‚sie wird ja totenblaß!'

Aber das Blut kehrte schon zurück in Elkes Antlitz. ‚Kannst du warten, Hauke?' frug sie leise.

Der kluge Friese besann sich doch noch ein paar Augenblicke. ‚Auf was?' sagte er dann.

– ‚Du weißt das wohl; ich brauch dir's nicht zu sagen.'

‚Du hast recht', sagte er; ‚ja, Elke, ich kann warten – wenn's nur ein menschlich Absehen hat!'

‚O Gott, ich fürchte, ein nahes! Sprich nicht so, Hauke; du sprichst von meines Vaters Tod!' Sie legte die andere Hand auf ihre Brust: ‚Bis dahin', sagte sie, ‚trag ich den Goldring hier; du sollst nicht fürchten, daß du bei meiner Lebzeit ihn zurückbekommst!'

Da lächelten sie beide, und ihre Hände preßten sich ineinander, daß bei anderer Gelegenheit das Mädchen wohl laut aufgeschrien hätte.

Die Frau Pastorin hatte indessen unablässig nach Elkes Augen hingesehen, die jetzt unter dem Spitzenstrich des goldbrokatenen Käppchens wie in dunklem Feuer brannten. Bei dem zunehmenden Getöse am Tische aber hatte sie nichts verstanden; auch an ihren Nachbarn wandte sie sich nicht wieder; denn keimende Ehen – und um eine solche schien es ihr sich denn doch hier zu handeln –, schon um des daneben keimenden Traupfennigs für ihren Mann, den Pastor, pflegte sie nicht zu stören.

*

Elkes Vorahnung war in Erfüllung gegangen; eines Morgens nach Ostern hatte man den Deichgrafen Tede Volkerts tot in seinem Bett gefunden; man sah's an seinem Antlitz, ein ruhiges Ende war darauf geschrieben. Er hatte auch mehrfach in den letzten Monden Lebensüberdruß geäußert; sein Leibgericht, der Ofenbraten, selbst seine Enten hatten ihm nicht mehr schmecken wollen.

Und nun gab es eine große Leiche im Dorf. Droben auf der Geest auf dem Begräbnisplatz um die Kirche war zu Westen eine mit Schmiedegitter umhegte Grabstätte; ein breiter blauer Grabstein stand jetzt aufgehoben gegen eine Traueresche, auf welchem das Bild des Todes mit stark gezahnten Kiefern ausgehauen war; darunter in großen Buchstaben:

‚Dat is de Dot, de allens fritt,
Nimmt Kunst un Wetenschop di mit;
De kloke Mann is nu vergan,
Gott gäw em selik Uperstan.'

Es war die Begräbnisstätte des früheren Deichgrafen Volkert Tedsen; nun war eine frische Grube gegraben, wo hinein dessen Sohn, der jetzt verstorbene Deichgraf Tede Volkerts, begraben werden sollte. Und schon kam unten aus der Marsch der Leichenzug heran, eine Menge Wagen aus allen Kirchspielsdörfern; auf dem vordersten stand der schwere Sarg, die beiden blanken Rappen des deichgräflichen Stalles zogen ihn schon den sandigen Anberg zur Geest hinauf; Schweife und Mähnen wehten in dem scharfen Frühjahrswind. Der

Gottesacker um die Kirche war bis an die Wälle mit Menschen angefüllt; selbst auf dem gemauerten Tore huckten Buben mit kleinen Kindern in den Armen; sie wollten alle das Begraben ansehen.

Im Hause drunten in der Marsch hatte Elke in Pesel[1] und Wohngelaß das Leichenmahl gerüstet; alter Wein wurde bei den Gedecken hingestellt; an den Platz des Oberdeichgrafen – denn auch er war heut nicht ausgeblieben – und an den des Pastors je eine Flasche Langkork. Als alles besorgt war, ging sie durch den Stall vor die Hoftür; sie traf niemanden auf ihrem Wege; die Knechte waren mit zwei Gespannen in der Leichenfuhr. Hier blieb sie stehen und sah, während ihre Trauerkleider im Frühlingswinde flatterten, wie drüben an dem Dorfe jetzt die letzten Wagen zur Kirche hinauffuhren. Nach einer Weile entstand dort ein Gewühl, dem eine Totenstille zu folgen schien. Elke faltete die Hände; sie senkten wohl den Sarg jetzt in die Grube: ‚Und zur Erde wieder sollst du werden!' Unwillkürlich, leise, als hätte sie von dort es hören können, sprach sie die Worte nach; dann füllten ihre Augen sich mit Tränen, ihre über der Brust gefalteten Hände sanken in den Schoß; ‚Vater unser, der du bist im Himmel!' betete sie voll Inbrunst. Und als das Gebet des Herrn zu Ende war, stand sie noch lange unbeweglich, sie, die jetzige Herrin dieses großen Marschhofes; und Gedanken des Todes und des Lebens begannen sich in ihr zu streiten.

Ein fernes Rollen weckte sie. Als sie die Augen

[1] *Pesel,* ein für außerordentliche Gelegenheiten bestimmtes Gemach, in den Marschen gewöhnlich neben der Wohnstube.

öffnete, sah sie schon wieder einen Wagen um den anderen in rascher Fahrt von der Marsch herab und gegen ihren Hof herankommen. Sie richtete sich auf, blickte noch einmal scharf hinaus und ging dann, wie sie gekommen war, durch den Stall in die feierlich hergestellten Wohnräume zurück. Auch hier war niemand; nur durch die Mauer hörte sie das Rumoren der Mägde in der Küche. Die Festtafel stand so still und einsam; der Spiegel zwischen den Fenstern war mit weißen Tüchern zugesteckt und ebenso die Messingknöpfe an dem Beilegerofen; es blinkte nichts mehr in der Stube. Elke sah die Türen vor dem Wandbett, in dem ihr Vater seinen letzten Schlaf getan hatte, offenstehen und ging hinzu und schob sie fest zusammen; wie gedankenlos las sie den Sinnspruch, der zwischen Rosen und Nelken mit goldenen Buchstaben daraufgeschrieben stand:

‚Hest du din Dagwark richtig dan,
Da kommt de Slap von sülvst heran.'

Das war noch von dem Großvater! – Einen Blick warf sie auf den Wandschrank; er war fast leer, aber durch die Glastüren sah sie noch den geschliffenen Pokal darin, der ihrem Vater, wie er gern erzählt hatte, einst bei einem Ringreiten in seiner Jugend als Preis zuteil geworden war. Sie nahm ihn heraus und setzte ihn bei dem Gedeck des Oberdeichgrafen. Dann ging sie ans Fenster, denn schon hörte sie die Wagen an der Werfte heraufrollen; einer um den anderen hielt vor dem Hause, und munterer, als sie gekommen waren, sprangen jetzt die Gäste von ihren Sitzen auf den Boden. Händereibend und plaudernd drängte sich alles in die Stube; nicht lange, so setzte man sich an die festliche Tafel, auf der die wohlbereiteten Speisen dampften, im Pesel der Oberdeichgraf mit dem Pastor; und Lärm und lautes Schwatzen lief den Tisch entlang, als ob hier nimmer der Tod seine furchtbare Stille ausgebreitet hätte. Stumm, das Auge auf ihre Gäste, ging Elke mit den Mägden an den Tischen herum, daß an dem Leichenmahle nichts versehen werde. Auch Hauke Haien saß im Wohnzimmer neben Ole Peters und anderen kleineren Besitzern.

Nachdem das Mahl beendet war, wurden die weißen Tonpfeifen aus der Ecke geholt und angebrannt, und Elke war wiederum geschäftig, die gefüllten Kaffeetassen den Gästen anzubieten; denn auch der wurde heute nicht gespart. Im Wohnzimmer, an dem Pulte des eben Begrabenen, stand der Oberdeichgraf im Gespräch mit dem Pastor und dem weißhaarigen Deichgevollmächtigten Jewe Manners. ‚Alles gut, ihr Herren', sagte der erste, ‚den alten Deichgrafen haben wir mit Ehren beigesetzt; aber woher nehmen wir den neuen? Ich denke, Manners, Ihr werdet Euch dieser Würde unterziehen müssen!'

Der alte Manners hob lächelnd das schwarze Sammetkäppchen von seinen weißen Haaren: ‚Herr Oberdeichgraf', sagte er, ‚das Spiel würde zu kurz werden; als der verstorbene Tede Volkerts Deichgraf, da wurde ich Gevollmächtigter und bin es nun schon vierzig Jahre!'

‚Das ist kein Mangel, Manners; so kennt Ihr die Geschäfte um so besser und werdet nicht Not mit ihnen haben!'

Aber der Alte schüttelte den Kopf: ‚Nein, nein, Euer Gnaden, lasset mich, wo ich bin, so laufe ich wohl noch ein paar Jahre mit!'

Der Pastor stand ihm bei: ‚Weshalb', sagte er, ‚nicht den ins Amt nehmen, der es tatsächlich in den letzten Jahren doch geführt hat?'

Der Oberdeichgraf sah ihn an: ‚Ich verstehe nicht, Herr Pastor!'

Aber der Pastor wies mit dem Finger in den Pesel, wo Hauke in langsam-ernster Weise zwei älteren Leuten etwas zu erklären schien. ‚Dort steht er', sagte er, ‚die lange Friesengestalt mit den klugen grauen Augen neben der hageren Nase und den zwei Schädelwölbungen darüber! Er war des Alten Knecht und sitzt jetzt auf seiner eigenen kleinen Stelle; er ist zwar etwas jung!'

‚Er scheint ein Dreißiger', sagte der Oberdeichgraf, den ihm so Vorgestellten musternd.

‚Er ist kaum vierundzwanzig', bemerkte der Gevollmächtigte Manners; ‚aber der Pastor hat recht: was in den letzten Jahren Gutes für Deiche und Siele und dergleichen vom Deichgrafenamt in Vorschlag kam, das war von ihm; mit dem Alten war's doch zuletzt nichts mehr.'

‚So, so?' machte der Oberdeichgraf; ‚und Ihr meinet, er wäre nun auch der Mann, um in das Amt seines alten Herrn einzurücken?'

‚Der Mann wäre er schon', entgegnete Jewe Manners; ‚aber ihm fehlt das, was man hier ‹Klei unter den Füßen› nennt; sein Vater hatte so um fünfzehn, er mag gut zwanzig Demath haben; aber damit ist bis jetzt hier niemand Deichgraf geworden.'

Der Pastor tat schon den Mund auf, als wolle er etwas einwenden; da trat Elke Volkerts, die eine Weile schon im Zimmer gewesen, plötzlich zu ihnen: ,Wollen Euer Gnaden mir ein Wort erlauben?' sprach sie zu dem Oberbeamten; ,es ist nur, damit aus einem Irrtum nicht ein Unrecht werde!'

,So sprecht, Jungfer Elke!' entgegnete dieser; ,Weisheit von hübschen Mädchenlippen hört sich allzeit gut!'

– ,Es ist nicht Weisheit, Euer Gnaden; ich will nur die Wahrheit sagen.'

,Auch die muß man ja hören können, Jungfer Elke!'

Das Mädchen ließ ihre dunklen Augen noch einmal zur Seite gehen, als ob sie wegen überflüssiger Ohren sich versichern wolle: ,Euer Gnaden', begann sie dann, und ihre Brust hob sich in stärkerer Bewegung, ,mein Pate, Jewe Manners, sagte Ihnen, daß Hauke Haien nur etwa zwanzig Demath im Besitz habe; das ist im Augenblick auch richtig, aber sobald es sein muß, wird Hauke noch um so viel mehr sein eigen nennen, als dieser, meines Vaters, jetzt mein Hof, an Demathzahl beträgt; für einen Deichgrafen wird das zusammen denn wohl reichen.'

Der alte Manners reckte den weißen Kopf gegen sie, als müsse er erst sehen, wer denn eigentlich da rede: ,Was ist das?' sagte er; ,Kind, was sprichst du da?'

Aber Elke zog an einem schwarzen Bändchen einen blinkenden Goldring aus ihrem Mieder: ‚Ich bin verlobt, Pate Manners', sagte sie; ‚hier ist der Ring, und Hauke Haien ist mein Bräutigam.'

‚Und wann – ich darf's wohl fragen, da ich dich aus der Taufe hob, Elke Volkerts –, wann ist denn das passiert?'

– ‚Das war schon vor geraumer Zeit; doch war ich mündig, Pate Manners', sagte sie; ‚mein Vater war schon hinfällig worden, und da ich ihn kannte, so wollt ich ihn nicht mehr damit beunruhigen; jetzt, da er bei Gott ist, wird er einsehen, daß sein Kind bei diesem Manne wohl geborgen ist. Ich hätte es auch das Trauerjahr hindurch schon ausgeschwiegen; jetzt aber, um Haukes und um des Kooges willen, hab ich reden müssen.' Und zum Oberdeichgrafen gewandt, setzte sie hinzu: ‚Euer Gnaden wollen mir das verzeihen!'

Die drei Männer sahen sich an; der Pastor lachte, der alte Gevollmächtigte ließ es bei einem ‚Hmm, hmm!' bewenden, während der Oberdeichgraf wie vor einer wichtigen Entscheidung sich die Stirn rieb. ‚Ja, liebe Jungfer', sagte er endlich, ‚aber wie steht es denn hier im Kooge mit den ehelichen Güterrechten? Ich muß gestehen, ich bin augenblicklich nicht recht kapitelfest in diesem Wirrsal!'

‚Das brauchen Euer Gnaden auch nicht', entgegnete des Deichgrafen Tochter, ‚ich werde vor der Hochzeit meinem Bräutigam die Güter übertragen. Ich habe auch meinen kleinen Stolz', setzte sie lächelnd hinzu; ‚ich will den reichsten Mann im Dorfe heiraten!'

‚Nun, Manners', meinte der Pastor, ‚ich denke, Sie werden auch als Pate nichts dagegen haben, wenn ich den jungen Deichgrafen mit des alten Tochter zusammengebe!'

Der Alte schüttelte leis den Kopf: ‚Unser Herr Gott gebe seinen Segen!' sagte er andächtig.

Der Oberdeichgraf aber reichte dem Mädchen seine Hand: ‚Wahr und weise habt Ihr gesprochen, Elke Volkerts; ich danke Euch für so kräftige Erläuterungen und hoffe auch in Zukunft, und bei freundlicheren Gelegenheiten als heute, der Gast Eures Hauses zu sein; aber – daß ein Deichgraf von solch junger Jungfer gemacht wurde, das ist das Wunderbare an der Sache!'

‚Euer Gnaden', erwiderte Elke und sah den gütigen Oberbeamten noch einmal mit ihren ernsten Augen an, ‚einem rechten Manne wird auch die Frau wohl helfen dürfen!' Dann ging sie in den anstoßenden Pesel und legte schweigend ihre Hand in Hauke Haiens.

*

Es war um mehrere Jahre später: in dem kleinen Hause Tede Haiens wohnte jetzt ein rüstiger Arbeiter mit Frau und Kind; der junge Deichgraf Hauke Haien saß mit seinem Weibe Elke Volkerts auf deren väterlicher Hofstelle. Im Sommer rauschte die gewaltige Esche nach wie vor am Hause; aber auf der Bank, die jetzt darunterstand, sah man abends meist nur die junge Frau, einsam mit einer häuslichen Arbeit in den Händen; noch immer fehlte ein Kind in dieser Ehe; der Mann aber hatte anderes zu tun, als Feierabend vor der Tür zu halten, denn trotz seiner früheren Mithilfe lagen aus des Alten Amtsführung eine Menge unerledigter Dinge, an die auch er derzeit zu rühren nicht für gut gefunden hatte; jetzt aber mußte allmählich alles aus dem Wege; er fegte mit einem scharfen Besen. Dazu kam die Bewirtschaftung der durch seinen eigenen Landbesitz vergrößerten Stelle, bei der er gleichwohl den Kleinknecht noch zu sparen suchte; so sahen sich die beiden Eheleute, außer am Sonntag, wo Kirchgang gehalten wurde, meist nur bei dem von Hauke eilig besorgten Mittagessen und beim Auf- und Niedergang des Tages; es war ein Leben fortgesetzter Arbeit, doch gleichwohl ein zufriedenes.

Dann kam ein störendes Wort in Umlauf. – Als von den jüngeren Besitzern der Marsch- und Geestgemeinde eines Sonntags nach der Kirche ein etwas unruhiger Trupp im Kruge droben am Trunke festgeblieben war, redeten sie beim vierten und fünften Glase zwar nicht über Könige und Regierung – so hoch wurde damals noch nicht gegriffen–, wohl aber über Kommunal- und Oberbeamte, vor allem über Gemeindeabgaben und -lasten, und je länger sie redeten, desto weniger fand davon Gnade vor ihren Augen, insonders nicht die neuen Deichlasten; alle Siele und Schleusen, die sonst immer gehalten hätten, seien jetzt reparaturbedürftig; am Deiche fänden sich immer neue Stellen, die Hunderte von Karren Erde nötig hätten; der Teufel möchte die Geschichte holen!

‚Das kommt von eurem klugen Deichgrafen', rief

einer von den Geestleuten, ‚der immer grübeln geht und seine Finger dann in alles steckt!‘

‚Ja, Marten‘, sagte Ole Peters, der dem Sprecher gegenübersaß; ‚recht hast du, er ist hinterspinnig und sucht beim Oberdeichgraf sich ’nen weißen Fuß zu machen; aber wir haben ihn nun einmal!‘

‚Warum habt ihr ihn euch aufhucken lassen?‘ sagte der andere; ‚nun müßt ihr’s bar bezahlen.‘

Ole Peters lachte. ‚Ja, Marten Fedders, das ist nun so bei uns, und davon ist nichts abzukratzen: der alte wurde Deichgraf von seines Vaters, der neue von seines Weibes wegen.‘ Das Gelächter, das jetzt um den Tisch lief, zeigte, welchen Beifall das geprägte Wort gefunden hatte.

Aber es war an öffentlicher Wirtstafel gesprochen worden, es blieb nicht da, es lief bald um im Geest- wie unten in dem Marschdorf; so kam es auch an Hauke. Und wieder ging vor seinem inneren Auge die Reihe übelwollender Gesichter vorüber, und noch höhnischer, als es gewesen war, hörte er das Gelächter an dem Wirtshaustische. ‚Hunde!‘ schrie er, und seine Augen sahen grimmig zur Seite, als wolle er sie peitschen lassen.

Da legte Elke ihre Hand auf seinen Arm: ‚Laß sie; die wären alle gern, was du bist!‘

– ‚Das ist es eben!‘ entgegnete er grollend.

‚Und‘, fuhr sie fort, ‚hat denn Ole Peters sich nicht selber eingefreit?‘

‚Das hat er, Elke; aber was er mit Vollina freite, das reicht nicht zum Deichgrafen!‘

– ‚Sag lieber: *er* reichte nicht dazu!‘, und Elke

drehte ihren Mann, so daß er sich im Spiegel sehen mußte, denn sie standen zwischen den Fenstern in ihrem Zimmer. ‚Da steht der Deichgraf!' sagte sie; ‚nun sieh ihn an; nur wer ein Amt regieren kann, der hat es!'

‚Du hast nicht unrecht', entgegnete er sinnend, ‚und doch ... Nun, Elke; ich muß zur Osterschleuse; die Türen schließen wieder nicht!'

Sie drückte ihm die Hand: ‚Komm, sieh mich erst einmal an! Was hast du, deine Augen sehen so ins Weite?'

‚Nichts, Elke; du hast ja recht.'

Er ging; aber nicht lange war er gegangen, so war die Schleusenreparatur vergessen. Ein anderer Gedanke, den er halb nur ausgedacht und seit Jahren mit sich umhergetragen hatte, der aber vor den drängenden Amtsgeschäften ganz zurückgetreten war, bemächtigte sich seiner jetzt aufs neue und mächtiger als je zuvor, als seien plötzlich die Flügel ihm gewachsen.

Kaum daß er es selber wußte, befand er sich oben auf dem Hafdeich, schon eine weite Strecke südwärts nach der Stadt zu; das Dorf, das nach dieser Seite hinauslag, war ihm zur Linken längst verschwunden; noch immer schritt er weiter, seine Augen unablässig nach der Seeseite auf das breite Vorland[1] gerichtet; wäre jemand neben ihm gegangen, er hätte es sehen müssen, welche eindringliche Geistesarbeit hinter diesen Augen vorging. Endlich blieb er stehen: das Vorland schwand hier zu einem schmalen Streifen an dem Deich zusammen. ‚Es

[1] *Vorland*, der Teil des Festlandes vor den Deichen.

muß gehen!' sprach er bei sich selbst. ‚Sieben Jahr im Amt; sie sollen nicht mehr sagen, daß ich nur Deichgraf bin von meines Weibes wegen!'

Noch immer stand er, und seine Blicke schweiften scharf und bedächtig nach allen Seiten über das grüne Vorland; dann ging er zurück, bis wo auch hier ein schmaler Streifen grünen Weidelands die vor ihm liegende breite Landfläche ablöste. Hart an dem Deiche aber schoß ein starker Meeresstrom durch diese, der fast das ganze Vorland von dem Festlande trennte und zu einer Hallig machte; eine rohe Holzbrücke führte nach dort hinüber, damit man mit Vieh und Heu- oder Getreidewagen hinüber und wieder zurück gelangen könne. Jetzt war es Ebbzeit, und die goldene Septembersonne glitzerte auf dem etwa hundert Schritte breiten Schlickstreifen und auf dem tiefen Priehl[1] in seiner Mitte, durch den auch jetzt das Meer noch seine Wasser trieb. ‚Das läßt sich dämmen!' sprach Hauke bei sich selber, nachdem er diesem Spiele eine Zeitlang zugesehen; dann blickte er auf, und von dem Deiche, auf dem er stand, über den Priehl hinweg, zog er in Gedanken eine Linie längs dem Rande des abgetrennten Landes, nach Süden herum und ostwärts wiederum zurück über die dortige Fortsetzung des Priehles und an den Deich heran. Die Linie aber, welche er unsichtbar gezogen hatte, war ein neuer Deich, neu auch in der Konstruktion seines Profiles, welches bis jetzt nur noch in seinem Kopf vorhanden war.

‚Das gäbe einen Koog von zirka tausend Demath',

[1] *Priehl,* Wasserlauf in den Watten und Außendeichen.

sprach er lächelnd zu sich selber; ‚nicht groß just; aber ...'

Eine andere Kalkulation überkam ihn: das Vorland gehörte hier der Gemeinde, ihren einzelnen Mitgliedern eine Zahl von Anteilen, je nach der Größe ihres Besitzes im Gemeindebezirk oder nach sonst zu Recht bestehender Erwerbung; er begann zusammenzuzählen, wie viele Anteile er von seinem, wie viele er von Elkes Vater überkommen, und was an solchen er während seiner Ehe schon selbst gekauft hatte, teils in dem dunklen Gefühle eines künftigen Vorteils, teils bei Vermehrung seiner Schafzucht. Es war schon eine ansehnliche Menge; denn auch von Ole Peters hatte er dessen sämtliche Teile angekauft, da es diesem zum Verdruß geschlagen war, als bei einer teilweisen Überströmung ihm sein bester Schafbock ertrunken war. Aber das war ein seltsamer Unfall gewesen; denn so weit Haukes Gedächtnis reichte, waren selbst bei hohen Fluten dort nur die Ränder überströmt worden. Welch treffliches Weide- und Kornland mußte es geben und von welchem Werte, wenn das alles von seinem neuen Deich umgeben war! Wie ein Rausch stieg es ihm ins Gehirn; aber er preßte die Nägel in seine Handflächen und zwang seine Augen, klar und nüchtern zu sehen, was dort vor ihm lag: eine große deichlose Fläche, wer wußte es, welchen Stürmen und Fluten schon in den nächsten Jahren preisgegeben, an deren äußerstem Rande jetzt ein Trupp von schmutzigen Schafen langsam grasend entlangwanderte; dazu für ihn ein Haufen Arbeit, Kampf und Ärger!

Trotz alledem, als er vom Deich hinab und den Fußsteig über die Fennen auf seine Werfte zuging, ihm war's, als brächte er einen großen Schatz mit sich nach Hause.

Auf dem Flur trat Elke ihm entgegen: ‚Wie war es mit der Schleuse?' frug sie.

Er sah mit geheimnisvollem Lächeln auf sie nieder: ‚Wir werden bald eine andere Schleuse brauchen', sagte er; ‚und Sielen und einen neuen Deich!'

‚Ich versteh dich nicht', entgegnete Elke, während sie in das Zimmer gingen; ‚was willst du, Hauke?'

‚Ich will', sagte er langsam und hielt dann einen Augenblick inne, ‚ich will, daß das große Vorland, das unserer Hofstatt gegenüber beginnt und dann nach Westen ausgeht, zu einem festen Kooge eingedeicht werde: die hohen Fluten haben fast ein Menschenalter uns in Ruh gelassen; wenn aber eine von den schlimmen wiederkommt und den Anwachs stört, so kann mit einemmal die ganze Herrlichkeit zu Ende sein; nur der alte Schlendrian hat das bis heut so lassen können!'

Sie sah ihn voll Erstaunen an: ‚So schiltst du dich ja selber!' sagte sie.

– ‚Das tu ich, Elke; aber es war bisher auch so viel anderes zu beschaffen!'

‚Ja, Hauke; gewiß, du hast genug getan!'

Er hatte sich in den Lehnstuhl des alten Deichgrafen gesetzt, und seine Hände griffen fest um beide Lehnen.

‚Hast du denn guten Mut dazu?' frug ihn sein Weib.

– ‚Das hab ich, Elke!' sprach er hastig.

‚Sei nicht zu hastig, Hauke; das ist ein Werk auf Tod und Leben; und fast alle werden dir entgegen sein, man wird dir deine Müh und Sorg nicht danken!'

Er nickte: ‚Ich weiß!' sagte er.

‚Und wenn es nun nicht gelänge!' rief sie wieder; ‚von Kindesbeinen an hab ich gehört, der Priehl sei nicht zu stopfen, und darum dürfe nicht daran gerührt werden.'

‚Das war ein Vorwand für die Faulen!' sagte Hauke; ‚weshalb denn sollte man den Priehl nicht stopfen können?'

– ‚Das hört ich nicht; vielleicht, weil er gerade durchgeht; die Spülung ist zu stark.' – Eine Erinnerung überkam sie, und ein fast schelmisches Lächeln brach aus ihren ernsten Augen: ‚Als ich Kind war', sprach sie, ‚hörte ich einmal die Knechte darüber reden; sie meinten, wenn ein Damm dort halten solle, müsse was Lebigs da hineingeworfen und mit verdämmt werden; bei einem Deichbau auf der anderen Seite, vor wohl hundert Jahren, sei ein Zigeunerkind verdämmt worden, das sie um schweres Geld der Mutter abgehandelt hätten; jetzt aber würde wohl keine ihr Kind verkaufen!'

Hauke schüttelte den Kopf: ‚Da ist es gut, daß wir keins haben; sie würden es sonst noch schier von uns verlangen!'

‚Sie sollten's nicht bekommen!' sagte Elke und schlug wie in Angst die Arme über ihren Leib.

Und Hauke lächelte; doch sie frug noch einmal:

,Und die ungeheuren Kosten? Hast du das bedacht?'

– ,Das hab ich, Elke; was wir dort herausbringen, wird sie bei weitem überholen, auch die Erhaltungskosten des alten Deiches gehen für ein gut Stück in dem neuen unter; wir arbeiten ja selbst und haben über achtzig Gespanne in der Gemeinde, und an jungen Fäusten ist hier auch kein Mangel. Du sollst mich wenigstens nicht umsonst zum Deichgrafen gemacht haben, Elke; ich will ihnen zeigen, daß ich einer bin!'

Sie hatte sich vor ihm niedergehuckt und ihn sorgvoll angeblickt; nun erhob sie sich mit einem Seufzer: ,Ich muß weiter zu meinem Tagewerk', sagte sie, und ihre Hand strich langsam über seine Wange; ,tu du das deine, Hauke!'

,Amen, Elke!' sprach er mit ernstem Lächeln; ,Arbeit ist für uns beide da!'

– – Und es war Arbeit genug für beide; die schwerste Last aber fiel jetzt auf des Mannes Schulter. An Sonntagnachmittagen, oft auch nach Feierabend, saß Hauke mit einem tüchtigen Feldmesser zusammen, vertieft in Rechenaufgaben, Zeichnungen und Risse; war er allein, dann ging es ebenso und endete oft weit nach Mitternacht. Dann schlich er in die gemeinsame Schlafkammer – denn die dumpfen Wandbetten im Wohngemach wurden in Haukes Wirtschaft nicht mehr gebraucht –, und sein Weib, damit er endlich nur zur Ruhe komme, lag wie schlafend mit geschlossenen Augen, obgleich sie mit klopfendem Herzen nur auf ihn gewartet hatte; dann küßte er mitunter ihre Stirn und sprach ein leises Liebeswort dabei und legte sich selbst zum Schlafe, der ihm oft nur beim ersten Hahnenkraht zu Willen war. Im Wintersturm lief er auf den Deich hinaus, mit Bleistift und Papier in der Hand, und stand und zeichnete und notierte, während ein Windstoß ihm die Mütze vom Kopfe riß und das lange, fahle Haar ihm um sein heißes Antlitz flog; bald fuhr er, solange nur das Eis ihm nicht den Weg versperrte, mit einem Knecht zu Boot ins Wattenmeer hinaus und maß dort mit Lot und Stange die Tiefen der Ströme, über die er noch nicht sicher war. Elke zitterte oft genug für ihn; aber war er wieder da, so hätte er das nur aus ihrem festen Händedruck oder dem leuchtenden Blitz aus ihren sonst so stillen Augen merken können. ‚Geduld, Elke', sagte er, da ihm einmal war, als ob sein Weib ihn nicht lassen könne; ‚ich muß erst selbst im reinen sein, bevor ich meinen Antrag stelle!' Da nickte sie und ließ ihn gehen. Der Ritte in die Stadt zum Oberdeichgrafen wurden auch nicht wenige, und allem diesen und den Mühen in Haus- und Landwirtschaft folgten immer wieder die Arbeiten in die Nacht hinein. Sein Verkehr mit anderen Menschen außer in Arbeit und Geschäft verschwand fast ganz; selbst der mit seinem Weibe wurde immer weniger. ‚Es sind schlimme Zeiten, und sie werden noch lange dauern', sprach Elke bei sich selber und ging an ihre Arbeit.

Endlich, Sonne und Frühlingswinde hatten schon überall das Eis gebrochen, war auch die letzte Vorarbeit getan; die Eingabe an den Oberdeichgrafen zu Befürwortung an höherem Orte, enthaltend den Vorschlag einer Bedeichung des erwähnten Vorlandes, zur Förderung des öffentlichen Besten, insonders des Kooges, wie nicht weniger der Herrschaftlichen Kasse, da höchstderselben in kurzen Jahren die Abgaben von zirka tausend Demath daraus erwachsen würden – war sauber abgeschrieben und nebst anliegenden Rissen und Zeichnungen aller Lokalitäten, jetzt und künftig, der Schleusen und Siele und was noch sonst dazugehörte, in ein festes Konvolut gepackt und mit dem deichgräflichen Amtssiegel versehen worden.

‚Da ist es, Elke', sagte der junge Deichgraf, ‚nun gib ihm deinen Segen!'

Elke legte ihre Hand in seine: ‚Wir wollen fest zusammenhalten', sagte sie.

– ‚Das wollen wir.'

*

Dann wurde die Eingabe durch einen reitenden Boten in die Stadt gesandt.

Sie wollen bemerken, lieber Herr», unterbrach der Schulmeister seine Erzählung, mich freundlich mit seinen feinen Augen fixierend, «daß ich das bisher Berichtete während meiner fast vierzigjährigen Wirksamkeit in diesem Kooge aus den Überlieferungen verständiger Leute oder aus Erzählungen der Enkel und Urenkel solcher zusammengefunden habe; was ich, damit Sie dieses mit dem endlichen Verlauf in Einklang zu bringen vermögen, Ihnen jetzt vorzutragen habe, das war derzeit und ist auch jetzt noch das Geschwätz des ganzen Marschdorfes, sobald nur um Allerheiligen die Spinnräder zu schnurren anfangen.

Von der Hofstelle des Deichgrafen, etwa fünf- bis sechshundert Schritte weiter nordwärts, sah man derzeit, wenn man auf dem Deiche stand, ein paar tausend Schritte ins Wattenmeer hinaus und etwas weiter von dem gegenüberliegenden Marschufer entfernt eine kleine Hallig, die sie ‚Jeverssand', auch ‚Jevershallig' nannten. Von den derzeitigen Großvätern war sie noch zur Schafweide benutzt worden, denn Gras war damals noch darauf gewachsen; aber auch das hatte aufgehört, weil die niedrige Hallig ein paarmal, und just im Hochsommer, unter Seewasser gekommen und der Graswuchs dadurch verkümmert und auch zur Schafweide unnutzbar geworden war. So kam es denn, daß außer von Möwen und den anderen Vögeln, die am Strande fliegen, und etwa einmal von einem Fischadler dort kein Besuch mehr stattfand; und an mondhellen Abenden sah man vom Deiche aus nur die Nebeldünste leichter oder schwerer darüber hinziehen. Ein paar weißgebleichte Knochengerüste ertrunkener Schafe und das Gerippe eines Pferdes, von dem freilich niemand begriff, wie es dort hingekommen sei, wollte man, wenn der Mond von Osten auf die Hallig schien, dort auch erkennen können.

Es war zu Ende März, als an dieser Stelle nach Feierabend der Tagelöhner aus dem Tede Haieschen Hause und Iven Johns, der Knecht des jungen Deichgrafen, nebeneinander standen und unbeweglich nach der im trüben Mondduft kaum erkennbaren Hallig hinüberstarrten; etwas Auffälliges schien sie dort so festzuhalten. Der Tagelöhner steckte die Hände in die Tasche und schüttelte sich: ‚Komm, Iven', sagte er, ‚das ist nichts Gutes; laß uns nach Haus gehen!'

Der andere lachte, wenn auch ein Grauen bei ihm hindurchklang: ‚Ei was, es ist eine lebige Kreatur, eine große! Wer, zum Teufel, hat sie nach dem Schlickstück hinaufgejagt! Sieh nur, nun reckt's den Hals zu uns hinüber! Nein, es senkt den Kopf; es frißt! Ich dächt, es wär dort nichts zu fressen! Was es nur sein mag?'

‚Was geht das uns an!' entgegnete der andere. ‚Gute Nacht, Iven, wenn du nicht mit willst; ich gehe nach Haus!'

– ‚Ja, ja; du hast ein Weib, du kommst ins warme Bett! Bei mir ist auch in meiner Kammer lauter Märzenluft!'

‚Gute Nacht denn!' rief der Tagelöhner zurück, während er auf dem Deich nach Hause trabte. Der Knecht sah sich ein paarmal nach dem Fortlaufenden um; aber die Begier, Unheimliches zu schauen, hielt ihn noch fest. Da kam eine untersetzte, dunkle Gestalt auf dem Deich vom Dorf her gegen ihn heran; es war der Dienstjunge des Deichgrafen. ‚Was willst du, Carsten?' rief ihm der Knecht entgegen.

‚Ich? – nichts', sagte der Junge; ‚aber unser Wirt will dich sprechen, Iven Johns!'

Der Knecht hatte die Augen schon wieder nach der Hallig: ‚Gleich; ich komme gleich!' sagte er.

,Wonach guckst du denn so?' frug der Junge.

Der Knecht hob den Arm und wies stumm nach der Hallig. ,Oha!' flüsterte der Junge; ,da geht ein Pferd – ein Schimmel – das muß der Teufel reiten – wie kommt ein Pferd nach Jevershallig?'

– ,Weiß nicht, Carsten; wenn's nur ein richtiges Pferd ist!'

,Ja, ja, Iven; sieh nur, es frißt ganz wie ein Pferd! Aber wer hat's dahin gebracht; wir haben im Dorf so große Boote gar nicht! Vielleicht auch ist es nur ein Schaf; Peter Ohm sagt, im Mondschein wird aus zehn Torfringeln ein ganzes Dorf. Nein, sieh! Nun springt es – es muß doch ein Pferd sein!'

Beide standen eine Weile schweigend, die Augen nur nach dem gerichtet, was sie drüben undeutlich vor sich gehen sahen. Der Mond stand hoch am Himmel und beschien das weite Wattenmeer, das eben in der steigenden Flut seine Wasser über die glitzernden Schlickflächen zu spülen begann. Nur das leise Geräusch des Wassers, keine Tierstimme war in der ungeheuren Weite hier zu hören; auch in der Marsch, hinter dem Deiche, war es leer; Kühe und Rinder waren alle noch in den Ställen. Nichts regte sich; nur was sie für ein Pferd, einen Schimmel, hielten, schien dort auf Jevershallig noch beweglich. ,Es wird heller', unterbrach der Knecht die Stille; ,ich sehe deutlich die weißen Schafgerippe schimmern!'

,Ich auch', sagte der Junge und reckte den Hals; dann aber, als komme es ihm plötzlich, zupfte er den Knecht am Ärmel: ,Iven', raunte er, ,das Pferdgerippe, das sonst dabei lag, wo ist es? Ich kann's nicht sehen!'

,Ich seh es auch nicht! Seltsam!' sagte der Knecht.

– ,Nicht so seltsam, Iven! Mitunter, ich weiß nicht, in welchen Nächten, sollen die Knochen sich erheben und tun, als ob sie lebig wären!'

,So?' machte der Knecht; ,das ist ja Altweiberglaube!'

,Kann sein, Iven', meinte der Junge.

,Aber, ich mein, du sollst mich holen; komm, wir müssen nach Haus! Es bleibt hier immer doch dasselbe.'

Der Junge war nicht fortzubringen, bis der Knecht ihn mit Gewalt herumgedreht und auf den Weg gebracht hatte. ,Hör, Carsten', sagte dieser, als die gespensterhafte Hallig ihnen schon ein gut Stück im Rücken lag, ,du giltst ja für einen Allerweltsbengel; ich glaub, du möchtest das am liebsten selber untersuchen!'

,Ja', entgegnete Carsten, nachträglich noch ein wenig schaudernd, ,ja, das möcht ich, Iven!'

– ,Ist das dein Ernst? – dann', sagte der Knecht, nachdem der Junge ihm nachdrücklich darauf die Hand geboten hatte, ,lösen wir morgen abend unser Boot; du fährst nach Jeverssand; ich bleib so lange auf dem Deiche stehen.'

,Ja', erwiderte der Junge, ,das geht! Ich nehme meine Peitsche mit!'

,Tu das!'

Schweigend kamen sie an das Haus ihrer Herrschaft, zu dem sie langsam die hohe Werft hinanstiegen.

*

Um dieselbe Zeit des folgenden Abends saß der Knecht auf dem großen Steine vor der Stalltür, als der Junge mit seiner Peitsche knallend zu ihm kam. ‚Das pfeift ja wunderlich!‘ sagte jener.

‚Freilich, nimm dich in acht‘, entgegnete der Junge; ‚ich hab auch Nägel in die Schnur geflochten.‘

‚So komm!‘ sagte der andere.

Der Mond stand, wie gestern, am Osthimmel und schien klar aus seiner Höhe. Bald waren beide wieder draußen auf dem Deich und sahen hinüber nach Jevershallig, die wie ein Nebelfleck im Wasser stand. ‚Da geht es wieder‘, sagte der Knecht; ‚nach Mittag war ich hier, da war's nicht da; aber ich sah deutlich das weiße Pferdgerippe liegen!‘

Der Junge reckte den Hals: ‚Das ist jetzt nicht da, Iven‘, flüsterte er.

‚Nun, Carsten, wie ist's?‘ sagte der Knecht. ‚Juckt's dich noch, hinüberzufahren?‘

Carsten besann sich einen Augenblick; dann klatschte er mit seiner Peitsche in die Luft: ‚Mach nur das Boot los, Iven!‘

Drüben aber war es, als hebe, was dorten ging, den Hals und recke gegen das Festland hin den Kopf. Sie sahen es nicht mehr; sie gingen schon den Deich hinab und bis zur Stelle, wo das Boot gelegen war. ‚Nun, steig nur ein!‘ sagte der Knecht, nachdem er es losgebunden hatte. ‚Ich bleib, bis du zurück bist! Zu Osten mußt du anlegen; da hat man immer landen können!‘ Und der Junge nickte schweigend und fuhr mit seiner Peitsche in die Mondnacht hinaus; der Knecht wanderte unterm

Deich zurück und bestieg ihn wieder an der Stelle, wo sie vorhin gestanden hatten. Bald sah er, wie drüben bei einer schroffen, dunklen Stelle, an die ein breiter Priehl hinanführte, das Boot sich beilegte und eine untersetzte Gestalt daraus ans Land sprang. – War's nicht, als klatschte der Junge mit seiner Peitsche? Aber es konnte auch das Geräusch der steigenden Flut sein. Mehrere hundert Schritte nordwärts sah er, was sie für einen Schimmel angesehen hatten; und jetzt! – ja, die Gestalt des Jungen kam gerade darauf zugegangen. Nun hob es den Kopf, als ob es stutze; und der Junge – es war deutlich jetzt zu hören – klatschte mit der Peitsche. Aber – was fiel ihm ein? er kehrte um, er ging den Weg zurück, den er gekommen war. Das drüben schien unablässig fortzuweiden, kein Wiehern war von dort zu hören gewesen; wie weiße Wasserstreifen schien es mitunter über die Erscheinung hinzuziehen. Der Knecht sah wie gebannt hinüber.

Da hörte er das Anlegen des Bootes am diesseitigen Ufer, und bald sah er aus der Dämmerung den Jungen gegen sich am Deich heraufsteigen. ‚Nun, Carsten', frug er, ‚was war es?'

Der Junge schüttelte den Kopf. ‚Nichts war es!' sagte er. ‚Noch kurz vom Boot aus hatte ich es gesehen; dann aber, als ich auf der Hallig war – weiß der Henker, wo sich das Tier verkrochen hatte; der Mond schien doch hell genug; aber als ich an die Stelle kam, war nichts da als die bleichen Knochen von einem halben Dutzend Schafen, und etwas weiter lag auch das Pferdgerippe mit seinem weißen, langen Schädel und ließ den Mond in seine leeren Augenhöhlen scheinen!'

‚Hmm!' meinte der Knecht; ‚hast auch recht zugesehen?'

‚Ja, Iven, ich stand dabei; ein gottvergessener Kiewiet, der hinter dem Gerippe sich zur Nachtruh hingeduckt hatte, flog schreiend auf, daß ich erschrak und ein paarmal mit der Peitsche hintennach klatschte.'

‚Und das war alles?'

‚Ja, Iven; ich weiß nicht mehr.'

‚Es ist auch genug', sagte der Knecht, zog den Jungen am Arm zu sich heran und wies hinüber nach der Hallig. ‚Dort, siehst du etwas, Carsten?'

– ‚Wahrhaftig, da geht's ja wieder!'

‚Wieder?' sagte der Knecht; ‚ich hab die ganze Zeit hinübergeschaut, aber es ist gar nicht fortgewesen; du gingst ja gerade auf das Unwesen los!'

Der Junge starrte ihn an; ein Entsetzen lag plötzlich auf seinem sonst so kecken Angesicht, das auch dem Knechte nicht entging. ‚Komm!' sagte dieser, ‚wir wollen nach Haus: von hier aus geht's wie lebig, und drüben liegen nur die Knochen – das ist mehr, als du und ich begreifen können. Schweig aber still davon, man darf dergleichen nicht verreden!'

So wandten sie sich, und der Junge trabte neben ihm; sie sprachen nicht, und die Marsch lag in lautlosem Schweigen an ihrer Seite.

– – Nachdem aber der Mond zurückgegangen und die Nächte dunkel geworden waren, geschah ein anderes.

Hauke Haien war zur Zeit des Pferdemarktes in die Stadt geritten, ohne jedoch mit diesem dort zu tun zu haben. Gleichwohl, da er gegen Abend heimkam, brachte er ein zweites Pferd mit sich nach Hause; aber es war rauhhaarig und mager, daß man jede Rippe zählen konnte, und die Augen lagen ihm matt und eingefallen in den Schädelhöhlen. Elke war vor die Haustür getreten, um ihren Eheliebsten zu empfangen: ‚Hilf, Himmel!' rief sie, ‚was soll uns der alte Schimmel?' Denn da Hauke mit ihm vor das Haus geritten kam und unter der Esche hielt, hatte sie gesehen, daß die arme Kreatur auch lahmte.

Der junge Deichgraf aber sprang lachend von seinem braunen Wallach: ‚Laß nur, Elke; es kostet auch nicht viel!'

Die kluge Frau erwiderte: ‚Du weißt doch, das Wohlfeilste ist auch meist das Teuerste.'

– ‚Aber nicht immer, Elke; das Tier ist höchstens vier Jahre alt; sieh es dir nur genauer an! Es ist verhungert und mißhandelt; da soll ihm unser Hafer gut tun; ich werd es selbst versorgen, damit sie mir's nicht überfüttern.'

Das Tier stand indessen mit gesenktem Kopf; die Mähnen hingen lang am Hals herunter. Frau Elke, während ihr Mann nach den Knechten rief, ging betrachtend um dasselbe herum; aber sie schüttelte den Kopf: ‚So eins ist noch nie in unserem Stall gewesen!'

Als jetzt der Dienstjunge um die Hausecke kam, blieb er plötzlich mit erschrockenen Augen stehen. ‚Nun, Carsten', rief der Deichgraf, ‚was fährt dir in die Knochen? Gefällt dir mein Schimmel nicht?'

,Ja – o ja, uns' Weert, warum denn nicht!'

– ,So bring die Tiere in den Stall; gib ihnen kein Futter; ich komme gleich selber hin!'

Der Junge faßte mit Vorsicht den Halfter des Schimmels und griff dann hastig, wie zum Schutze, nach dem Zügel des ihm ebenfalls vertrauten Wallachs. Hauke aber ging mit seinem Weibe in das Zimmer; ein Warmbier hatte sie für ihn bereit, und Brot und Butter waren auch zur Stelle.

Er war bald gesättigt; dann stand er auf und ging mit seiner Frau im Zimmer auf und ab. ,Laß dir erzählen, Elke', sagte er, während der Abendschein auf den Kacheln an den Wänden spielte, ,wie ich zu dem Tier gekommen bin: Ich war wohl eine Stunde beim Oberdeichgrafen gewesen; er hatte gute Kunde für mich – es wird wohl dies und jenes anders werden als in meinen Rissen; aber die Hauptsache, mein Profil, ist akzeptiert, und schon in den nächsten Tagen kann der Befehl zum neuen Deichbau da sein!'

Elke seufzte unwillkürlich: ,Also doch?' sagte sie sorgenvoll.

,Ja, Frau', entgegnete Hauke; ,hart wird's hergehen; aber dazu, denk ich, hat der Herrgott uns zusammengebracht! Unsere Wirtschaft ist jetzt so gut in Ordnung; ein groß Teil kannst du schon auf deine Schultern nehmen; denk nur um zehn Jahre weiter – dann stehen wir vor einem anderen Besitz.'

Sie hatte bei seinen ersten Worten die Hand ihres Mannes versichernd in die ihrigen gepreßt; seine letzten Worte konnten sie nicht erfreuen. ‚Für wen soll der Besitz?' sagte sie. ‚Du müßtest denn ein ander Weib nehmen; ich bring dir keine Kinder.'

Tränen schossen ihr in die Augen; aber er zog sie fest in seine Arme: ‚Das überlassen wir dem Herrgott', sagte er; ‚jetzt aber und auch dann noch sind wir jung genug, um uns der Früchte unserer Arbeit zu erfreuen.'

Sie sah ihn lange, während er sie hielt, aus ihren dunklen Augen an. ‚Verzeih, Hauke', sprach sie; ‚ich bin mitunter ein verzagt Weib!'

Er neigte sich zu ihrem Antlitz und küßte sie: ‚Du bist mein Weib und ich dein Mann, Elke! Und anders wird es nun nicht mehr.'

Da legte sie die Arme fest um seinen Nacken: ‚Du hast recht, Hauke, und was kommt, kommt für uns beide.' Dann löste sie sich errötend von ihm. ‚Du wolltest von dem Schimmel mir erzählen', sagte sie leise.

‚Das wollt ich, Elke. Ich sagte dir schon, mir war Kopf und Herz voll Freude über die gute Nachricht, die der Oberdeichgraf mir gegeben hatte; so ritt ich eben wieder aus der Stadt hinaus, da, auf dem Damm, hinter dem Hafen, begegnet mir ein ruppiger Kerl; ich wußt nicht, war's ein Vagabund, ein Kesselflicker oder was denn sonst. Der Kerl zog den Schimmel am Halfter hinter sich; das Tier aber hob den Kopf und sah mich aus blöden Augen an; mir war's, als ob es mich um etwas bitten wolle; ich war ja auch in diesem Augenblicke reich genug. ‹He, Landsmann!› rief ich, ‹wo wollt Ihr mit der Kracke hin?›

Der Kerl blieb stehen und der Schimmel auch. ‹Verkaufen!› sagte jener und nickte mir listig zu.

‹Nur nicht an mich!› rief ich lustig.

‹Ich denke doch!› sagte er; ‹das ist ein wacker Pferd und unter hundert Talern nicht bezahlt.›

Ich lachte ihm ins Gesicht.

‹Nun›, sagte er, ‹lacht nicht so hart; Ihr sollt's mir ja nicht zahlen! Aber ich kann's nicht brauchen, bei mir verkommt's; es würde bei Euch bald ander Ansehen haben!›

Da sprang ich von meinem Wallach und sah dem Schimmel ins Maul, und sah wohl, es war noch ein junges Tier. ‹Was soll's denn kosten?› rief ich, da auch das Pferd mich wiederum wie bittend ansah.

‹Herr, nehmt's für dreißig Taler!› sagte der Kerl, ‹und den Halfter geb ich Euch darein!›

Und da, Frau, hab ich dem Burschen in die dargebotene braune Hand, die fast wie eine Klaue aussah, eingeschlagen. So haben wir den Schimmel, und ich denk auch, wohlfeil genug! Wunderlich nur war es, als ich mit den Pferden wegritt, hört ich bald hinter mir ein Lachen, und als ich den Kopf wandte, sah ich den Slowaken; der stand noch sperrbeinig, die Arme auf dem Rücken, und lachte wie ein Teufel hinter mir darein.'

‚Pfui', rief Elke; ‚wenn der Schimmel nur nichts von seinem alten Herrn dir zubringt! Mög er dir gedeihen, Hauke!'

‚Er selber soll es wenigstens, soweit ich's leisten kann!' Und der Deichgraf ging in den Stall, wie er vorhin dem Jungen es gesagt hatte.

– – Aber nicht allein an jenem Abend fütterte er

den Schimmel, er tat es fortan immer selbst und ließ kein Auge von dem Tiere; er wollte zeigen, daß er einen Priesterhandel gemacht habe; jedenfalls sollte nichts versehen werden. – Und schon nach wenig Wochen hob sich die Haltung des Tieres; allmählich verschwanden die rauhen Haare; ein blankes, blau geapfeltes Fell kam zum Vorschein, und da er es eines Tages auf der Hofstatt umherführte, schritt es schlank auf seinen festen Beinen. Hauke dachte des abenteuerlichen Verkäufers: ‚Der Kerl war ein Narr oder ein Schuft, der es gestohlen hatte!' murmelte er bei sich selber. – Bald auch, wenn das Pferd im Stall nur seine Schritte hörte, warf es den Kopf herum und wieherte ihm entgegen; nun sah er auch, es hatte, was die Araber verlangten, ein fleischlos Angesicht; draus blitzten ein Paar feurige braune Augen. Dann führte er es aus dem Stall und legte ihm einen leichten Sattel auf; aber kaum saß er droben, so fuhr dem Tier ein Wiehern wie ein Lustschrei aus der Kehle; es flog mit ihm davon, die Werfte hinab auf den Weg und dann dem Deiche zu; doch der Reiter saß fest, und als sie oben waren, ging es ruhiger, leicht, wie tanzend, und warf den Kopf dem Meere zu. Er klopfte und streichelte ihm den blanken Hals, aber es bedurfte dieser Liebkosung schon nicht mehr; das Pferd schien völlig eins mit seinem Reiter, und nachdem er eine Strecke nordwärts den Deich hinausgeritten war, wandte er es leicht und gelangte wieder an die Hofstatt.

Die Knechte standen unten an der Auffahrt und warteten der Rückkunft ihres Wirtes. ‚So, John', rief dieser, indem er von seinem Pferde sprang, ‚nun reite du es in die Fenne zu den anderen; es trägt dich wie in einer Wiege!'

Der Schimmel schüttelte den Kopf und wieherte laut in die sonnige Marschlandschaft hinaus, während ihm der Knecht den Sattel abschnallte und der Junge damit zur Geschirrkammer lief; dann legte er den Kopf auf seines Herrn Schulter und duldete behaglich dessen Liebkosung. Als aber der Knecht sich jetzt auf seinen Rücken schwingen wollte, sprang er mit einem jähen Satz zur Seite und stand dann wieder unbeweglich, die schönen Augen auf seinen Herrn gerichtet. ‚Hoho, Iven', rief dieser, ‚hat er dir Leids getan?' und suchte seinen Knecht vom Boden aufzuhelfen.

Der rieb sich eifrig an der Hüfte: ‚Nein, Herr, es geht noch; aber den Schimmel reit der Teufel!'

‚Und ich!' setzte Hauke lachend hinzu. ‚So bring ihn am Zügel in die Fenne!'

Und als der Knecht etwas beschämt gehorchte, ließ sich der Schimmel ruhig von ihm führen.

– – Einige Abende später standen Knecht und Junge miteinander vor der Stalltür; hinterm Deiche war das Abendrot erloschen, innerhalb desselben war schon der Koog von tiefer Dämmerung überwallt; nur selten kam aus der Ferne das Gebrüll eines aufgestörten Rindes oder der Schrei einer Lerche, deren Leben unter dem Überfall eines Wiesels oder einer Wasserratte endete. Der Knecht lehnte gegen den Türpfosten und rauchte aus einer kurzen Pfeife, deren Rauch er schon nicht mehr sehen konnte; gesprochen hatten er und der Junge noch nicht zusammen. Dem letzteren aber drückte etwas auf die Seele, er wußte nur nicht, wie er dem schweigsamen Knechte ankommen sollte. ‚Du, Iven!' sagte er endlich, ‚weißt du, das Pferdsgeripp auf Jeverssand!'

‚Was ist damit?' frug der Knecht.

‚Ja, Iven, was ist damit? Es ist gar nicht mehr da; weder Tages noch bei Mondenschein; wohl zwanzigmal bin ich auf den Deich hinausgelaufen!'

‚Die alten Knochen sind wohl zusammengepoltert?' sagte Iven und rauchte ruhig weiter.

‚Aber ich war auch bei Mondschein draußen; es geht auch drüben nichts auf Jeverssand!'

‚Ja', sagte der Knecht, ‚sind die Knochen auseinandergefallen, so wird's wohl nicht mehr aufstehen können!'

‚Mach keinen Spaß, Iven! Ich weiß jetzt; ich kann dir sagen, wo es ist!'

Der Knecht drehte sich jäh zu ihm: ‚Nun, wo ist es denn?'

‚Wo?' wiederholte der Junge nachdrücklich. ‚Es steht in unserem Stall; da steht's, seit es nicht mehr auf der Hallig ist. Es ist auch nicht umsonst, daß der Wirt es allzeit selber füttert; ich weiß Bescheid, Iven!'

Der Knecht paffte eine Weile heftig in die Nacht hinaus. ‚Du bist nicht klug, Carsten', sagte er dann; ‚unser Schimmel? Wenn je ein Pferd ein lebigs war, so ist es der! Wie kann so ein Allerweltsjunge wie du in solchem Altweiberglauben sitzen!'

– – Aber der Junge war nicht zu bekehren: wenn der Teufel in dem Schimmel steckte, warum sollte er dann nicht lebendig sein? Im Gegenteil, um desto schlimmer! – Er fuhr jedesmal erschreckt zusammen, wenn er gegen Abend den Stall betrat, in dem auch sommers das Tier mitunter eingestellt wurde, und es dann den feurigen Kopf so jäh nach ihm herumwarf. ‚Hol's der Teufel!' brummte er dann; ‚wir bleiben auch nicht lange mehr zusammen!'

So tat er sich denn heimlich nach einem neuen Dienste um, kündigte und trat um Allerheiligen als Knecht bei Ole Peters ein. Hier fand er andächtige Zuhörer für seine Geschichten von dem Teufelspferd des Deichgrafen; die dicke Frau Vollina und deren geistesstumpfer Vater, der frühere Deichgevollmächtigte Jeß Harders, hörten in behaglichem Gruseln zu und erzählten sie später allen, die gegen den Deichgrafen einen Groll im Herzen oder die an derart Dingen ihr Gefallen hatten.

*

Inzwischen war schon Ende März durch die Oberdeichgrafschaft der Befehl zur neuen Eindeichung eingetroffen. Hauke berief zunächst die Deichgevollmächtigten zusammen, und im Kruge oben bei der Kirche waren eines Tages alle erschienen und hörten zu, wie er ihnen die Hauptpunkte aus den bisher erwachsenen Schriftstücken vorlas: aus seinem Antrage, aus dem Bericht des Oberdeichgrafen, zuletzt den schließlichen Bescheid, worin vor allem auch die Annahme des von ihm vorgeschlagenen Profiles enthalten war, und der neue Deich nicht steil wie früher, sondern allmählich verlaufend nach der Seeseite abfallen sollte; aber mit heiteren oder auch nur zufriedenen Gesichtern hörten sie nicht.

‚Ja, ja', sagte ein alter Gevollmächtigter, ‚da haben wir nun die Bescherung, und Proteste werden nicht helfen, da der Oberdeichgraf unserem Deichgrafen den Daumen hält!'

‚Hast wohl recht, Detlev Wiens', setzte ein zweiter hinzu; ‚die Frühlingsarbeit steht vor der Tür, und nun soll auch ein millionenlanger Deich gemacht werden – da muß ja alles liegenbleiben.'

‚Das könnt ihr dies Jahr noch zu Ende bringen', sagte Hauke; ‚so rasch wird der Stecken nicht vom Zaun gebrochen!'

Das wollten wenige zugeben. ‚Aber dein Profil!' sprach ein dritter, was Neues auf die Bahn bringend; ‚der Deich wird ja auch an der Außenseite nach dem Wasser so breit, wie Lawrenz sein Kind nicht lang war! Wo soll das Material herkommen? Wann soll die Arbeit fertig werden?'

‚Wenn nicht in diesem, so im nächsten Jahre; das wird am meisten von uns selber abhängen!' sagte Hauke.

Ein ärgerliches Lachen ging durch die Gesellschaft. ‚Aber wozu die unnütze Arbeit; der Deich soll ja nicht höher werden als der alte', rief eine neue Stimme; ‚und ich mein, der steht schon über dreißig Jahre!'

‚Da sagt Ihr recht', sprach Hauke, ‚vor dreißig Jahren ist der alte Deich gebrochen; dann rückwärts vor fünfunddreißig, und wiederum vor fünfundvierzig Jahren; seitdem aber, obgleich er noch immer steil und unvernünftig dasteht, haben die höchsten Fluten uns verschont. Der neue Deich aber soll trotz solchen hundert und aber hundert Jahre stehen; denn er wird nicht durchbrochen werden, weil der milde Abfall nach der Seeseite den Wellen keinen Angriffspunkt entgegenstellt, und so werdet ihr für euch und eure Kinder ein sicheres Land gewinnen, und das ist es, weshalb die Herrschaft und der Oberdeichgraf mir den Daumen halten; das ist es auch, was ihr zu eurem eigenen Vorteil einsehen solltet!‘

Als die Versammelten hierauf nicht sogleich zu antworten bereit waren, erhob sich ein alter, weißhaariger Mann mühsam von seinem Stuhle; es war Frau Elkes Pate, Jewe Manners, der auf Haukes Bitten noch immer in seinem Gevollmächtigtenamt verblieben war. ‚Deichgraf Hauke Haien‘, sprach er, ‚du machst uns viel Unruhe und Kosten, und ich wollte, du hättest damit gewartet, bis mich der Herrgott hätt zur Ruhe gehen lassen; aber – recht hast du, das kann nur die Unvernunft bestreiten. Wir haben Gott mit jedem Tag zu danken, daß er uns trotz unserer Trägheit das kostbare Stück Vorland gegen Sturm und Wasserdrang erhalten hat; jetzt ist es wohl die elfte Stunde, in der wir selbst die Hand anlegen müssen, es auch nach all unserem Wissen und Können selber uns zu wahren und auf Gottes Langmut weiter nicht zu trotzen. Ich, meine Freunde, bin ein Greis; ich habe Deiche bauen und brechen sehen; aber den Deich, den Hauke Haien nach ihm von Gott verliehener Einsicht projektiert und bei der Herrschaft für euch durchgesetzt hat, den wird niemand von euch Lebenden brechen sehen; und wolltet ihr ihm selbst nicht danken, eure Enkel werden ihm den Ehrenkranz doch einstens nicht versagen können!'

Jewe Manners setzte sich wieder; er nahm sein blaues Schnupftuch aus der Tasche und wischte sich ein paar Tropfen von der Stirn. Der Greis war noch immer als ein Mann von Tüchtigkeit und unantastbarer Rechtschaffenheit bekannt, und da die Versammlung eben nicht geneigt war, ihm zuzustimmen, so schwieg sie weiter. Aber Hauke Haien nahm das Wort; doch sahen alle, daß er bleich geworden. ‚Ich danke Euch, Jewe Manners', sprach er, ‚daß Ihr noch hier seid und daß Ihr das Wort gesprochen habt; ihr anderen Herren Gevollmächtigten wollet den neuen Deichbau, der freilich mir zur Last fällt, zum mindesten ansehen als ein Ding, das nun nicht mehr zu ändern steht, und lasset uns demgemäß beschließen, was nun not ist!'

‚Sprechet!' sagte einer der Gevollmächtigten. Und Hauke breitete die Karte des neuen Deiches auf dem Tische aus: ‚Es hat vorhin einer gefragt', begann er, ‚woher die viele Erde nehmen? – Ihr seht, soweit das Vorland in die Watten hinausgeht, ist außerhalb der Deichlinie ein Streifen Landes freigelassen; daher und von dem Vorlande, das nach Nord und Süd von dem neuen Kooge an dem Deiche hinläuft, können wir die Erde nehmen; haben wir an den Wasserseiten nur eine tüchtige Lage Klei, nach innen oder in der Mitte kann auch Sand genommen werden! – Nun aber ist zunächst ein Feldmesser zu berufen, der die Linie des neuen Deiches auf dem Vorland absteckt! Der mir bei

Ausarbeitung des Planes behilflich gewesen, wird wohl am besten dazu passen. Ferner werden wir zur Heranholung des Kleis oder sonstigen Materials die Anfertigung einspänniger Sturzkarren mit Gabeldeichsel bei einigen Stellmachern verdingen müssen; wir werden für die Durchdämmung des Priehles und nach den Binnenseiten, wo wir etwa mit Sand fürlieb nehmen müssen, ich kann jetzt nicht sagen, wieviel hundert Fuder Stroh zur Bestickung des Deiches gebrauchen, vielleicht mehr, als in der Marsch hier wird entbehrlich sein! – Lasset uns denn beraten, wie zunächst dies alles zu beschaffen und einzurichten ist; auch die neue Schleuse hier an der Westseite gegen das Wasser zu ist später einem tüchtigen Zimmermann zur Herstellung zu übergeben.‘

Die Versammelten hatten sich um den Tisch gestellt, betrachteten mit halbem Auge die Karte und begannen allgemach zu sprechen; doch war's, als geschähe es, damit nur überhaupt etwas gesprochen werde. Als es sich um Zuziehung des Feldmessers handelte, meinte einer der Jüngeren: ‚Ihr habt es ausgesonnen, Deichgraf; Ihr müsset selbst am besten wissen, wer dazu taugen mag.‘

Aber Hauke entgegnete: ‚Da ihr Geschworene seid, so müsset ihr aus eigener, nicht aus meiner Meinung sprechen, Jakob Meyen; und wenn ihr's dann besser sagt, so werd ich meinen Vorschlag fallenlassen!‘

‚Nun ja, es wird schon recht sein‘, sagte Jakob Meyen.

Aber einem der Älteren war es doch nicht völlig

recht; er hatte einen Brudersssohn: so einer im Feldmessen sollte hier in der Marsch noch nicht gewesen sein, der sollte noch über des Deichgrafen Vater, den seligen Tede Haien, gehen!

So wurde denn über die beiden Feldmesser verhandelt und endlich beschlossen, ihnen gemeinschaftlich das Werk zu übertragen. Ähnlich ging es bei den Sturzkarren, bei der Strohlieferung und allem anderen, und Hauke kam spät und fast erschöpft auf seinem Wallach, den er noch derzeit ritt, zu Hause an. Aber als er in dem alten Lehnstuhl saß, der noch von seinem gewichtigen, aber leichter lebenden Vorgänger stammte, war auch sein Weib ihm schon zur Seite: ‚Du siehst so müd aus, Hauke', sprach sie und strich mit ihrer schmalen Hand das Haar ihm von der Stirn.

‚Ein wenig wohl!' erwiderte er.

– ‚Und geht es denn?'

‚Es geht schon', sagte er mit bitterem Lächeln; ‚aber ich selber muß die Räder schieben und froh sein, wenn sie nicht zurückgehalten werden!'

– ‚Aber doch nicht von allen?'

‚Nein, Elke; dein Pate, Jewe Manners, ist ein guter Mann; ich wollt, er wär um dreißig Jahre jünger.'

*

Als nach einigen Wochen die Deichlinie abgesteckt und der größte Teil der Sturzkarren geliefert war, waren sämtliche Anteilbesitzer des einzudeichenden Kooges, ingleichen die Besitzer der hinter dem alten Deich gelegenen Ländereien, durch den Deichgrafen im Kirchspielkrug versammelt worden; es galt, ihnen einen Plan über die Verteilung der Arbeit und Kosten vorzulegen und ihre etwaigen Einwendungen zu vernehmen; denn auch die letzteren hatten, sofern der neue Deich und die neuen Siele die Unterhaltskosten der älteren Werke verminderten, ihren Teil zu schaffen und zu tragen. Dieser Plan war für Hauke ein schwer Stück Arbeit gewesen, und wenn ihm durch Vermittlung des Oberdeichgrafen neben einem Deichboten nicht auch noch ein Deichschreiber wäre zugeordnet worden, er würde es so bald nicht fertiggebracht haben, obwohl auch jetzt wieder an jedem neuen Tage in die Nacht hinein gearbeitet war. Wenn er dann todmüde sein Lager suchte, so hatte nicht wie vordem sein Weib in nur verstelltem Schlaf seiner gewartet; auch sie hatte so vollgemessen ihre tägliche Arbeit, daß sie nachts wie am Grunde eines tiefen Brunnens in unstörbarem Schlafe lag.

Als Hauke jetzt seinen Plan verlesen und die Papiere, die freilich schon drei Tage hier im Kruge zur Einsicht ausgelegen hatten, wieder auf den Tisch breitete, waren zwar ernste Männer zugegen, die mit Ehrerbietung diesen gewissenhaften Fleiß betrachteten und sich nach ruhiger Überlegung den billigen Ansätzen ihres Deichgrafen unterwarfen; andere aber, deren Anteile an dem neuen Lande von ihnen selbst oder ihren Vätern oder sonstigen Vorbesitzern waren veräußert worden, beschwerten sich, daß sie zu den Kosten des neuen Kooges hinzugezogen seien, dessen Land sie nichts mehr angehe, uneingedenk, daß durch die neuen

Arbeiten auch ihre alten Ländereien nach und nach entbürdet würden; und wieder andere, die mit Anteilen in dem neuen Koog gesegnet waren, schrieen, man möge ihnen doch dieselben abnehmen, sie sollten um ein geringes feil sein; denn wegen der unbilligen Leistungen, die ihnen dafür aufgebürdet würden, könnten sie nicht damit bestehen. Ole Peters aber, der mit grimmigem Gesicht am Türpfosten lehnte, rief dazwischen: ‚Besinnt euch erst, und dann vertrauet unserem Deichgrafen! der versteht zu rechnen; er hatte schon die meisten Anteile, da wußte er auch mir die meinen abzuhandeln, und als er sie hatte, beschloß er, diesen neuen Koog zu deichen!'

Es war nach diesen Worten einen Augenblick totenstill in der Versammlung. Der Deichgraf stand an dem Tisch, auf den er zuvor seine Papiere gebreitet hatte; er hob seinen Kopf und sah nach Ole Peters hinüber: ‚Du weißt wohl, Ole Peters', sprach er, ‚daß du mich verleumdest; du tust es dennoch, weil du überdies auch weißt, daß doch ein gut Teil des Schmutzes, womit du mich bewirfst, an mir wird hängenbleiben! Die Wahrheit ist, daß du deine Anteile los sein wolltest und daß ich ihrer derzeit für meine Schafzucht bedurfte; und willst du weiteres wissen, das ungewaschene Wort, das dir im Krug vom Mund gefahren, ich sei nur Deichgraf meines Weibes wegen, das hat mich aufgerüttelt, und ich hab euch zeigen wollen, daß ich wohl um meiner selbst willen Deichgraf sein könne; und somit, Ole Peters, hab ich getan, was schon der Deichgraf vor mir hätte tun sollen. Trägst du mir aber Groll, daß derzeit deine Anteile die meinen geworden sind – du hörst es ja, es sind genug, die jetzt die ihrigen um ein billiges feilbieten, nur weil die Arbeit ihnen jetzt zu viel ist!‘

Von einem kleinen Teil der versammelten Männer ging ein Beifallsmurmeln aus, und der alte Jewe Manners, der dazwischenstand, rief laut: ‚Bravo, Hauke Haien! Unser Herrgott wird dir dein Werk gelingen lassen!‘

Aber man kam doch nicht zu Ende, obgleich Ole Peters schwieg und die Leute erst zum Abendbrote auseinandergingen; erst in einer zweiten Versammlung wurde alles geordnet; aber auch nur, nachdem Hauke statt der ihm zukommenden drei Gespanne für den nächsten Monat deren vier auf sich genommen hatte.

Endlich, als schon die Pfingstglocken durch das Land läuteten, hatte die Arbeit begonnen: unablässig fuhren die Sturzkarren von dem Vorland an die Deichlinie, um den geholten Klei dort abzustürzen, und gleicherweise war dieselbe Anzahl schon wieder auf der Rückfahrt, um auf dem Vorland neuen aufzuladen; an der Deichlinie selber standen Männer mit Schaufeln und Spaten, um das Abgeworfene an seinen Platz zu bringen und zu ebnen; ungeheure Fuder Stroh wurden angefahren und abgeladen; nicht nur zur Bedeckung des leichteren Materials, wie Sand und lose Erde, dessen man an den Binnenseiten sich bediente, wurde das Stroh benutzt; allmählich wurden einzelne Strekken des Deiches fertig, und die Grassoden, womit man sie belegt hatte, wurden stellenweis zum

Schutz gegen die nagenden Wellen mit fester Strohbestickung überzogen. Bestellte Aufseher gingen hin und her, und wenn es stürmte, standen sie mit aufgerissenen Mäulern und schrieen ihre Befehle durch Wind und Wetter; dazwischen ritt der Deichgraf auf seinem Schimmel, den er jetzt ausschließlich in Gebrauch hatte, und das Tier flog mit dem Reiter hin und wieder, wenn er rasch und trocken seine Anordnungen machte, wenn er die Arbeiter lobte oder, wie es wohl geschah, einen Faulen oder Ungeschickten ohn Erbarmen aus der Arbeit wies. ‚Das hilft nicht!' rief er dann; ‚um deine Faulheit darf uns nicht der Deich verderben!' Schon von weitem, wenn er unten aus dem Koog heraufkam, hörten sie das Schnauben seines Rosses, und alle Hände faßten fester in die Arbeit: ‚Frisch zu! Der Schimmelreiter kommt!'

War es um die Frühstückszeit, wo die Arbeiter mit ihrem Morgenbrot haufenweis beisammen auf der Erde lagen, dann ritt Hauke an den verlassenen Werken entlang, und seine Augen waren scharf, wo liederliche Hände den Spaten geführt hatten. Wenn er aber zu den Leuten ritt und ihnen auseinandersetzte, wie die Arbeit müsse beschafft werden, sahen sie wohl zu ihm auf und kauten geduldig an ihrem Brote weiter; aber eine Zustimmung oder auch nur eine Äußerung hörte er nicht von ihnen. Einmal zu solcher Tageszeit, es war schon spät, da er an einer Deichstelle die Arbeit in besonderer Ordnung gefunden hatte, ritt er zu dem nächsten Haufen der Frühstückenden, sprang von seinem Schimmel und frug heiter, wer dort so sauberes

Tagewerk verrichtet hätte; aber sie sahen ihn nur scheu und düster an, und nur langsam und wie widerwillig wurden ein paar Namen genannt. Der Mensch, dem er sein Pferd gegeben hatte, das ruhig wie ein Lamm stand, hielt es mit beiden Händen und blickte wie angstvoll nach den schönen Augen des Tieres, die es, wie gewöhnlich, auf seinen Herrn gerichtet hielt.

‚Nun, Marten!' rief Hauke; ‚was stehst du, als ob dir der Donner in die Beine gefahren sei?'

– ‚Herr, Euer Pferd, es ist so ruhig, als ob es Böses vorhabe!'

Hauke lachte und nahm das Pferd selbst am Zügel, das sogleich liebkosend den Kopf an seiner Schulter rieb. Von den Arbeitern sahen einige scheu zu Roß und Reiter hinüber, andere, als ob das alles sie nicht kümmere, aßen schweigend ihre Frühkost, dann und wann den Möwen einen Brokken hinwerfend, die sich den Futterplatz gemerkt hatten und mit ihren schlanken Flügeln sich fast auf ihre Köpfe senkten. Der Deichgraf blickte eine Weile wie gedankenlos auf die bettelnden Vögel und wie sie die zugeworfenen Bissen mit ihren Schnäbeln haschten; dann sprang er in den Sattel und ritt, ohne sich nach den Leuten umzusehen, davon; einige Worte, die jetzt unter ihnen laut wurden, klangen ihm fast wie Hohn. ‚Was ist das?' sprach er bei sich selber. ‚Hatte denn Elke recht, daß sie alle gegen mich sind? Auch diese Knechte und kleinen Leute, von denen vielen durch meinen neuen Deich doch eine Wohlhabenheit ins Haus wächst?'

Er gab seinem Pferde die Sporen, daß es wie toll in den Koog hinabflog. Von dem unheimlichen Glanze freilich, mit dem sein früherer Dienstjunge den Schimmelreiter bekleidet hatte, wußte er selber nichts; aber die Leute hätten ihn jetzt nur sehen sollen, wie aus seinem hageren Gesicht die Augen starrten, wie sein Mantel flog und wie der Schimmel sprühte!

– – So war der Sommer und der Herbst vergangen; noch bis gegen Ende November war gearbeitet worden; dann geboten Frost und Schnee dem Werke Halt; man war nicht fertig geworden und beschloß, den Koog offen liegen zu lassen. Acht Fuß ragte der Deich aus der Fläche hervor; nur wo westwärts gegen das Wasser hin die Schleuse gelegt werden sollte, hatte man eine Lücke gelassen; auch oben, vor dem alten Deiche, war der Priehl noch unberührt. So konnte die Flut, wie in den letzten dreißig Jahren, in den Koog hineindringen, ohne dort oder an dem neuen Deiche großen Schaden anzurichten. Und so überließ man dem großen Gott das Werk der Menschenhände und stellte es in seinen Schutz, bis die Frühlingssonne die Vollendung würde möglich machen.

– – Inzwischen hatte im Hause des Deichgrafen sich ein frohes Ereignis vorbereitet: im neunten Ehejahre war noch ein Kind geboren worden. Es war rot und hutzelig und wog seine sieben Pfund, wie es für neugeborene Kinder sich gebührt, wenn sie, wie dies, dem weiblichen Geschlechte angehören; nur sein Geschrei war wunderlich verhohlen und hatte der Wehmutter nicht gefallen wollen.

Das Schlimmste war: am dritten Tage lag Elke im hellen Kindbettfieber, redete Irrsal und kannte weder ihren Mann noch ihre alte Helferin. Die unbändige Freude, die Hauke beim Anblick seines Kindes ergriffen hatte, war zu Trübsal geworden; der Arzt aus der Stadt war geholt, er saß am Bett und fühlte den Puls und verschrieb und sah ratlos um sich her. Hauke schüttelte den Kopf: ‚Der hilft nicht; nur Gott kann helfen!‘ Er hatte sich sein eigen Christentum zurecht gerechnet, aber es war etwas, das sein Gebet zurückhielt. Als der alte Doktor davongefahren war, stand er am Fenster, in den winterlichen Tag hinausstarrend, und während die Kranke aus ihren Phantasien aufschrie, schränkte er die Hände zusammen; er wußte selber nicht, war es aus Andacht oder war es nur, um in der ungeheuren Angst sich selbst nicht zu verlieren.

‚Wasser! Das Wasser!‘ wimmerte die Kranke. ‚Halt mich!‘ schrie sie; ‚halt mich, Hauke!‘ Dann sank die Stimme; es klang, als ob sie weine: ‚In See, ins Haf hinaus? O lieber Gott, ich seh ihn nimmer wieder!‘

Da wandte er sich und schob die Wärterin von ihrem Bette; er fiel auf seine Knie, umfaßte sein Weib und riß sie an sich: ‚Elke! Elke, so kenn mich doch, ich bin ja bei dir!‘

Aber sie öffnete nur die fieberglühenden Augen weit und sah wie rettungslos verloren um sich.

Er legte sie zurück auf ihre Kissen, dann krampfte er die Hände ineinander: ‚Herr, mein Gott‘, schrie er; ‚nimm sie mir nicht! Du weißt, ich kann sie nicht entbehren!‘ Dann war's, als ob er sich besinne, und leiser setzte er hinzu: ‚Ich weiß ja wohl, du kannst nicht allezeit, wie du willst, auch du nicht; du bist allweise; du mußt nach deiner Weisheit tun – o Herr, sprich nur durch einen Hauch zu mir!'

Es war, als ob plötzlich eine Stille eingetreten sei; er hörte nur ein leises Atmen; als er sich zum Bette kehrte, lag sein Weib in ruhigem Schlaf, nur die Wärterin sah mit entsetzten Augen auf ihn. Er hörte die Tür gehen. ‚Wer war das?' frug er.

‚Herr, die Magd Ann Grethe ging hinaus; sie hatte den Warmkorb hereingebracht.'

‚Was sieht Sie mich denn so verfahren an, Frau Levke?'

‚Ich? Ich hab mich ob Eurem Gebet erschrocken; damit betet Ihr keinen vom Tode los!'

Hauke sah sie mit seinen durchdringenden Augen an: ‚Besucht Sie denn auch, wie unsere Ann Grethe, die Konventikel bei dem holländischen Flickschneider Jantje?'

‚Ja, Herr; wir haben beide den lebendigen Glauben!'

Hauke antwortete ihr nicht. Das damals stark im Schwange gehende separatistische Konventikelwesen hatte auch unter den Friesen seine Blüten getrieben; heruntergekommene Handwerker oder wegen Trunkes abgesetzte Schulmeister spielten darin die Hauptrolle, und Dirnen, junge und alte Weiber, Faulenzer und einsame Menschen liefen eifrig in die heimlichen Versammlungen, in denen jeder den Priester spielen konnte. Aus des Deichgrafen Hause brachten Ann Grethe und der in sie verliebte Dienstjunge ihre freien Abende dort zu. Freilich hatte Elke ihre Bedenken darüber gegen Hauke nicht zurückgehalten; aber er hatte gemeint, in Glaubenssachen solle man keinem dreinreden: das schade niemandem, und besser dort doch als im Schnapskrug!

So war es dabei geblieben, und so hatte er auch jetzt geschwiegen. Aber freilich über ihn schwieg man nicht; seine Gebetsworte liefen um von Haus zu Haus: er hatte Gottes Allmacht bestritten; was war ein Gott denn ohne Allmacht? Er war ein Gottesleugner; die Sache mit dem Teufelspferde mochte am Ende richtig sein!

Hauke erfuhr nichts davon; er hatte in diesen Tagen nur Ohren und Augen für sein Weib; selbst das Kind war für ihn nicht mehr auf der Welt.

Der alte Arzt kam wieder, kam jeden Tag, mitunter zweimal, blieb dann eine ganze Nacht, schrieb wieder ein Rezept, und der Knecht Iven Johns ritt damit im Flug zur Apotheke. Dann aber wurde sein Gesicht freundlicher, er nickte dem Deichgrafen vertraulich zu: ‚Es geht! Es geht! Mit Gottes Hilfe!‘ Und eines Tags – hatte nun seine Kunst die Krankheit besiegt oder hatte auf Haukes Gebet der liebe Gott doch noch einen Ausweg finden können –, als der Doktor mit der Kranken allein war, sprach er zu ihr, und seine alten Augen lachten: ‚Frau, jetzt kann ich's getrost Euch sagen: heut hat der Doktor seinen Festtag; es stand schlimm um Euch, aber nun gehöret Ihr wieder zu uns, zu den Lebendigen!‘

Da brach es wie ein Strahlenmeer aus ihren dunklen Augen: ‚Hauke! Hauke, wo bist du?‘ rief sie, und als er auf den hellen Ruf ins Zimmer und an ihr Bett stürzte, schlug sie die Arme um seinen Nakken: ‚Hauke, mein Mann, gerettet! Ich bleibe bei dir!‘

Da zog der alte Doktor sein seiden Schnupftuch aus der Tasche, fuhr sich damit über Stirn und Wangen und ging kopfnickend aus dem Zimmer.

– – Am dritten Abend nach diesem Tage sprach ein frommer Redner – es war ein vom Deichgrafen aus der Arbeit gejagter Pantoffelmacher – im Konventikel bei dem holländischen Schneider, da er seinen Zuhörern die Eigenschaften Gottes auseinandersetzte: ‚Wer aber Gottes Allmacht bestreitet, wer da sagt: Ich weiß, du kannst nicht, was du willst – wir kennen den Unglückseligen ja alle; er lastet gleich einem Stein auf der Gemeinde –, der ist von Gott gefallen und suchet den Feind Gottes, den Freund der Sünde, zu seinem Tröster; denn nach irgendeinem Stabe muß die Hand des Menschen greifen. Ihr aber, hütet euch vor dem, der also betet; sein Gebet ist Fluch!‘

– – Auch das lief um von Haus zu Haus. Was läuft nicht um in einer kleinen Gemeinde? Und auch zu Haukes Ohren kam es. Er sprach kein Wort darüber, nicht einmal zu seinem Weibe; nur mitunter konnte er sie heftig umfassen und an sich ziehen: ‚Bleib mir treu, Elke! Bleib mir treu!‘ – Dann sahen ihre Augen voll Staunen zu ihm auf: ‚Dir treu? Wem sollte ich denn anders treu sein?‘ – Nach einer kurzen Weile aber hatte sie sein Wort verstanden: ‚Ja, Hauke, wir sind uns treu; nicht nur, weil wir uns brauchen.' Und dann ging jedes seinen Arbeitsweg.

Das wäre soweit gut gewesen; aber es war doch trotz aller lebendigen Arbeit eine Einsamkeit um ihn, und in seinem Herzen nistete sich ein Trotz und abgeschlossenes Wesen gegen andere Menschen ein; nur gegen sein Weib blieb er allezeit der gleiche, und an der Wiege seines Kindes lag er abends und morgens auf den Knien, als sei dort die Stätte seines ewigen Heils. Gegen Gesinde und Arbeiter aber wurde er strenger; die Ungeschickten und Fahrlässigen, die er früher durch ruhigen Tadel zurechtgewiesen hatte, wurden jetzt durch hartes Anfahren aufgeschreckt, und Elke ging mitunter leise bessern.

*

Als der Frühling nahte, begannen wieder die Deicharbeiten; mit einem Kajedeich wurde zum Schutz der jetzt aufzubauenden neuen Schleuse die Lücke in der westlichen Deichlinie geschlossen, halbmondförmig nach innen und ebenso nach außen; und gleich der Schleuse wuchs allmählich auch der Hauptdeich zu seiner immer rascher herzustellenden Höhe empor. Leichter wurde dem leitenden Deichgrafen seine Arbeit nicht; denn an Stelle des im Winter verstorbenen Jewe Manners war Ole Peters als Deichgevollmächtigter eingetreten. Hauke hatte nicht versuchen wollen, es zu hindern; aber anstatt der ermutigenden Worte und der dazugehörigen zutunlichen Schläge auf seine linke Schulter, die er so oft von dem alten Paten seines Weibes einkassiert hatte, kamen ihm jetzt von dem Nachfolger ein heimliches Widerhalten und unnötige Einwände und waren mit unnötigen Gründen zu bekämpfen; denn Ole gehörte zwar zu den Wichtigen, aber in Deichsachen nicht zu den Klugen; auch war von früher her der ‚Schreiberknecht' ihm immer noch im Wege.

Der glänzendste Himmel breitete sich wieder über Meer und Marsch, und der Koog wurde wieder bunt von starken Rindern, deren Gebrüll von Zeit zu Zeit die weite Stille unterbrach; unablässig sangen in hoher Himmelsluft die Lerchen, aber man hörte es erst, wenn einmal auf eines Atemzuges Länge der Gesang verstummt war. Kein Unwetter störte die Arbeit, und die Schleuse stand schon mit ihrem ungestrichenen Balkengefüge, ohne daß auch nur in einer Nacht sie eines Schutzes von dem Interimsdeich bedurft hätte; der Herrgott schien seine Gunst dem neuen Werke zuzuwenden. Auch Frau Elkes Augen lachten ihrem Manne zu, wenn er auf seinem Schimmel draußen von dem Deich nach Hause kam: ‚Bist doch ein braves Tier geworden!' sagte sie dann und klopfte den blanken Hals des Pferdes. Hauke aber, wenn sie das Kind am Halse hatte, sprang herab und ließ das winzige Dinglein auf seinen Armen tanzen; wenn dann der Schimmel seine braunen Augen auf das Kind gerichtet hielt, dann sprach er wohl: ‚Komm her; sollst auch die Ehre haben!', und er setzte die kleine Wienke – denn so war sie getauft worden – auf seinen Sattel und führte den Schimmel auf der Werft im Kreise herum. Auch der alte Eschenbaum hatte mitunter die Ehre; er setzte das Kind auf einen schwanken Ast und ließ es schaukeln. Die Mutter stand mit lachenden Augen in der Haustür; das Kind aber lachte nicht, seine Augen, zwischen denen ein feines Näschen stand, schauten ein wenig stumpf ins Weite, und die kleinen Hände griffen nicht nach dem Stöckchen, das der Vater ihr hinhielt. Hauke achtete nicht darauf, er wußte auch nichts von so kleinen Kindern; nur Elke, wenn sie das helläugige Mädchen auf dem Arm ihrer Arbeitsfrau erblickte, die mit ihr zugleich das Wochenbett bestanden hatte, sagte mitunter schmerzlich: ‚Das Meine ist noch nicht so weit wie deines, Stina!', und die Frau, ihren dicken Jungen, den sie an der Hand hatte, mit derber Liebe schüttelnd, rief dann wohl: ‚Ja, Frau, die Kinder sind verschieden; der da, der stahl mir schon die Äpfel aus der Kammer, bevor er übers zweite Jahr hinaus war!' Und Elke strich dem dicken Buben sein Kraushaar aus den Augen und drückte dann heimlich ihr stilles Kind ans Herz.

-- Als es in den Oktober hineinging, stand an der Westseite die neue Schleuse schon fest in dem von beiden Seiten schließenden Hauptdeich, der bis auf die Lücken bei dem Priehle nun mit seinem sanften Profile ringsum nach den Wasserseiten abfiel und um fünfzehn Fuß die ordinäre Flut überragte. Von seiner Nordwestecke sah man an Jevershallig vorbei ungehindert in das Wattenmeer hinaus; aber freilich auch die Winde faßten hier schärfer; die Haare flogen, und wer hier ausschauen wollte, der mußte die Mütze fest auf dem Kopf haben.

Zu Ende November, wo Sturm und Regen eingefallen waren, blieb nur noch hart am alten Deich die Schlucht zu schließen, auf deren Grunde an der Nordseite das Meerwasser durch den Priehl in den neuen Koog hineinschoß. Zu beiden Seiten standen die Wände des Deiches; der Abgrund zwischen ihnen mußte jetzt verschwinden. Ein trocken Sommerwetter hätte die Arbeit wohl erleichtert; aber auch so mußte sie getan werden, denn ein aufbrechender Sturm konnte das ganze Werk gefährden. Und Hauke setzte alles daran, um jetzt den Schluß herbeizuführen. Der Regen strömte, der Wind pfiff; aber seine hagere Gestalt auf dem feurigen Schimmel tauchte bald hier, bald dort aus den schwarzen Menschenmassen empor, die oben wie unten an der Nordseite des Deiches neben der Schlucht beschäftigt waren. Jetzt sah man ihn unten bei den Sturzkarren, die schon weither die Kleierde aus dem Vorlande holen mußten, und von denen eben ein gedrängter Haufen bei dem Priehle anlangte und seine Last dort abzuwerfen suchte. Durch das Geklatsch des Regens und das Brausen des Windes klangen von Zeit zu Zeit die scharfen Befehlsworte des Deichgrafen, der heute hier allein gebieten wollte; er rief die Karren nach den Nummern vor und wies die Drängenden zurück; ein ‚Halt!' scholl von seinem Munde, dann ruhte unten die Arbeit; ‚Stroh! ein Fuder Stroh hinab!' rief er denen droben zu, und von einem der oben haltenden Fuder stürzte es auf den nassen Klei hinunter. Unten sprangen Männer dazwischen und zerrten es auseinander und schrien nach oben, sie nur nicht zu begraben. Und wieder kamen neue Karren, und Hauke war schon wieder oben und sah von seinem Schimmel in die Schlucht hinab und wie sie dort schaufelten und stürzten; dann warf er seine Augen nach dem Haf hinaus. Es wehte scharf, und er sah, wie mehr und mehr der Wassersaum am Deich hinaufklimmte und wie die Wellen sich noch höher hoben; er sah auch, wie die Leute trieften und kaum atmen konnten in der schweren Arbeit vor dem Winde, der ihnen die Luft am Munde abschnitt, und vor dem kalten Regen, der sie überströmte. ‚Ausgehalten, Leute! Ausgehalten!' schrie er zu ihnen hinab. ‚Nur einen Fuß noch höher; dann ist's genug für diese Flut!' Und durch alles Getöse des Wetters hörte man das Geräusch der Arbeiter: das Klatschen der hineingestürzten Kleimassen, das Rasseln der Karren und das Rauschen des von oben hinabgelassenen Strohs ging unaufhaltsam vorwärts; dazwischen war mitunter das Winseln eines kleinen gelben Hundes laut geworden, der frierend und wie verloren zwischen Menschen und Fuhrwerken herumgestoßen wurde; plötzlich aber scholl ein jammervoller Schrei des kleinen Tieres von unten aus der Schlucht herauf. Hauke blickte hinab; er hatte es von oben hinunterschleudern sehen; eine jähe Zornröte stieg ihm ins Gesicht. ‚Halt! Haltet ein!' schrie er zu den Karren hinunter; denn der nasse Klei wurde unaufhaltsam aufgeschüttet.

‚Warum?' schrie eine rauhe Stimme von unten herauf; ‚doch um die elende Hundekreatur nicht?'

‚Halt! sag' ich', schrie Hauke wieder; ‚bring mir

den Hund! Bei unserem Werke soll kein Frevel sein!‘

Aber es rührte sich keine Hand; nur ein paar Spaten zähen Kleis flogen noch neben das schreiende Tier. Da gab er seinem Schimmel die Sporen, daß das Tier einen Schrei ausstieß, und stürmte den Deich hinab, und alles wich vor ihm zurück. ‚Den Hund!‘ schrie er; ‚ich will den Hund!‘

Eine Hand schlug sanft auf seine Schulter, als wäre es die Hand des alten Jewe Manners; doch als er umsah, war es nur ein Freund des Alten. ‚Nehmt Euch in acht, Deichgraf!‘ raunte der ihm zu. ‚Ihr habt nicht Freunde unter diesen Leuten; laßt es mit dem Hunde gehen!‘

Der Wind pfiff, der Regen klatschte; die Leute hatten die Spaten in den Grund gesteckt, einige sie fortgeworfen. Hauke neigte sich zu dem Alten: ‚Wollt Ihr meinen Schimmel halten, Harke Jens?‘ frug er; und als jener noch kaum den Zügel in der Hand hatte, war Hauke schon in die Kluft gesprungen und hielt das kleine winselnde Tier in seinem Arm; und fast im selben Augenblicke saß er auch wieder hoch im Sattel und sprengte auf den Deich zurück. Seine Augen flogen über die Männer, die bei den Wagen standen. ‚Wer war es?‘ rief er. ‚Wer hat die Kreatur hinabgeworfen?‘

Einen Augenblick schwieg alles, denn aus dem hageren Gesicht des Deichgrafen sprühte der Zorn, und sie hatten abergläubische Furcht vor ihm. Da trat von einem Fuhrwerk ein stiernackiger Kerl vor ihn hin. ‚Ich tat es nicht, Deichgraf‘, sagte er und biß von einer Rolle Kautabak ein Endchen ab, das er sich erst ruhig in den Mund schob; ‚aber der es tat, hat recht getan; soll Euer Deich sich halten, so muß was Lebiges hinein!'

– ‚Was Lebiges? Aus welchem Katechismus hast du das gelernt?'

‚Aus keinem, Herr!' entgegnete der Kerl, und aus seiner Kehle stieß ein freches Lachen; ‚das haben unsere Großväter schon gewußt, die sich mit Euch im Christentum wohl messen durften! Ein Kind ist besser noch; wenn das nicht da ist, tut's auch wohl ein Hund!'

‚Schweig du mit deinen Heidenlehren', schrie ihn Hauke an, ‚es stopfte besser, wenn man dich hineinwürfe.'

‚Oho!' erscholl es; aus einem Dutzend Kehlen war der Laut gekommen, und der Deichgraf gewahrte ringsum grimmige Gesichter und geballte Fäuste; er sah wohl, daß das keine Freunde waren; der Gedanke an seinen Deich überfiel ihn wie ein Schrecken: Was sollte werden, wenn jetzt alle ihre Spaten hinwürfen? – Und als er nun den Blick nach unten richtete, sah er wieder den Freund des alten Jewe Manners; der ging dort zwischen den Arbeitern, sprach zu dem und jenem, lachte hier einem zu, klopfte dort mit freundlichem Gesicht einem auf die Schulter, und einer nach dem anderen faßte wieder seinen Spaten; noch einige Augenblicke, und die Arbeit war wieder in vollem Gange. – Was wollte er denn noch? Der Priehl mußte geschlossen werden, und den Hund barg er sicher genug in den Falten seines Mantels. Mit plötzlichem Entschluß wandte er seinen Schimmel gegen den nächsten

Wagen: ‚Stroh an die Kante!‘ rief er herrisch, und wie mechanisch gehorchte ihm der Fuhrknecht; bald rauschte es hinab in die Tiefe, und von allen Seiten regte es sich aufs neue und mit allen Armen.

Eine Stunde war noch so gearbeitet; es war nach sechs Uhr, und schon brach tiefe Dämmerung herein; der Regen hatte aufgehört, da rief Hauke die Aufseher an sein Pferd: ‚Morgen früh vier Uhr‘, sagte er, ‚ist alles wieder auf dem Platz; der Mond wird noch am Himmel sein; da machen wir mit Gott den Schluß! Und dann noch eines!‘ rief er, als sie gehen wollten: ‚Kennt ihr den Hund?‘, und er nahm das zitternde Tier aus seinem Mantel.

Sie verneinten das; nur einer sagte: ‚Der hat sich tagelang schon im Dorf herumgebettelt; der gehört gar keinem!‘

‚Dann ist er mein!‘ entgegnete der Deichgraf. ‚Vergesset nicht: morgen früh vier Uhr!‘, und ritt davon.

Als er heimkam, trat Ann Grethe aus der Tür; sie hatte saubere Kleidung an, und es fuhr ihm durch den Kopf, sie gehe jetzt zum Konventikelschneider: ‚Halt die Schürze auf!‘ rief er ihr zu, und da sie es unwillkürlich tat, warf er das kleibeschmutzte Hündlein ihr hinein: ‚Bring ihn der kleinen Wienke; er soll ihr Spielkamerad werden! Aber wasch und wärm ihn zuvor; so tust du auch ein gottgefällig Werk, denn die Kreatur ist schier verklommen.‘

Und Ann Grethe konnte nicht lassen, ihrem Wirt Gehorsam zu leisten, und kam deshalb heute nicht in den Konventikel.

*

Und am anderen Tage wurde der letzte Spatenstich am neuen Deich getan; der Wind hatte sich gelegt; in anmutigem Fluge schwebten Möwen und Avosetten über Land und Wasser hin und wieder; von Jevershallig tönte das tausendstimmige Geknorr der Rottgänse, die sich's noch heute an der Küste der Nordsee wohl sein ließen, und aus den weißen Morgennebeln, welche die weite Marsch bedeckten, stieg allmählich ein goldener Herbsttag und beleuchtete das neue Werk der Menschenhände.

Nach einigen Wochen kamen mit dem Oberdeichgrafen die herrschaftlichen Kommissäre zur Besichtigung desselben; ein großes Festmahl, das erste nach dem Leichenmahl des alten Tede Volkerts, wurde im deichgräflichen Hause gehalten; alle Deichgevollmächtigten und die größten Interessenten[1] waren dazu geladen. Nach Tische wurden sämtliche Wagen der Gäste und des Deichgrafen angespannt; Frau Elke wurde von dem Oberdeichgrafen in die Karriole gehoben, vor der der braune Wallach mit seinen Hufen stampfte; dann sprang er selber hintennach und nahm die Zügel in die Hand; er wollte die gescheite Frau seines Deichgrafen selber fahren. So ging es munter von der Werfte und in den Weg hinaus, den Akt zum neuen Deich hinan und auf demselben um den jungen Koog herum. Es war inmittelst ein leichter Nordwestwind aufgekommen, und an der Nord- und Westseite des neuen Deiches wurde die Flut hinaufgetrieben; aber es war unverkennbar, der sanfte

[1] *Interessenten,* die wegen Landbesitz bei den Deichen interessiert sind.

Abfall bedingte einen sanfteren Anschlag; aus dem Munde der herrschaftlichen Kommissäre strömte das Lob des Deichgrafen, daß die Bedenken, welche hie und da von den Gevollmächtigten dagegen langsam vorgebracht wurden, gar bald darin erstickten.

– Auch das ging vorüber; aber noch eine Genugtuung empfing der Deichgraf eines Tages, da er in stillem, selbstbewußtem Sinnen auf dem neuen Deich entlangritt. Es mochte ihm wohl die Frage kommen, weshalb der Koog, der ohne ihn nicht da wäre, in dem sein Schweiß und seine Nachtwachen steckten, nun schließlich nach einer der herrschaftlichen Prinzessinnen ‚der neue Carolinenkoog' getauft sei; aber es war doch so: auf allen dahingehörigen Schriftstücken stand der Name, auf einigen sogar in roter Frakturschrift. Da, als er aufblickte, sah er zwei Arbeiter mit ihren Feldgerätschaften, der eine etwa zwanzig Schritte hinter dem anderen, sich entgegenkommen: ‚So wart doch!' hörte er den Nachfolgenden rufen; der andere aber – er stand eben an einem Akt, der in den Koog hinunterführte – rief ihm entgegen: ‚Ein andermal, Jens! Es ist schon spät; ich soll hier Klei schlagen!'

– ‚Wo denn?'

‚Nun hier, im Hauke-Haien-Koog!'

Er rief es laut, indem er den Akt hinabtrabte, als solle die ganze Marsch es hören, die darunterlag. Hauke aber war es, als höre er seinen Ruhm verkünden; er hob sich im Sattel, gab seinem Schimmel die Sporen und sah mit festen Augen über die weite Landschaft hin, die zu seiner Linken lag.

‚Hauke-Haien-Koog!‘ wiederholte er leis; das klang, als könnt es alle Zeit nicht anders heißen! Mochten sie trotzen, wie sie wollten, um seinen Namen war doch nicht herumzukommen; der Prinzessinnen-Name – würde er nicht bald nur noch in alten Schriften modern? – Der Schimmel ging in stolzem Galopp; vor seinen Ohren aber summte es: ‚Hauke-Haien-Koog! Hauke-Haien-Koog!‘ In seinen Gedanken wuchs fast der neue Deich zu einem achten Weltwunder; in ganz Friesland war nicht seinesgleichen! Und er ließ den Schimmel tanzen; ihm war, er stünde inmitten aller Friesen; er überragte sie um Kopfeshöhe, und seine Blicke flogen scharf und mitleidig über sie hin.

– – Allmählich waren drei Jahre seit der Eindeichung hingegangen; das neue Werk hatte sich bewährt, die Reparaturkosten waren nur gering gewesen; im Kooge aber blühte jetzt fast überall der weiße Klee, und ging man über die geschützten Weiden, so trug der Sommerwind einem ganze Wolken süßen Dufts entgegen. Da war die Zeit gekommen, die bisher nur idealen Anteile in wirkliche zu verwandeln und allen Teilnehmern ihre bestimmten Stücke für immer eigentümlich zuzusetzen. Hauke war nicht müßig gewesen, vorher noch einige neue zu erwerben; Ole Peters hatte sich verbissen zurückgehalten, ihm gehörte nichts im neuen Kooge. Ohne Verdruß und Streit hatte auch so die Teilung nicht abgehen können; aber fertig war er gleichwohl geworden; auch dieser Tag lag hinter dem Deichgrafen.

*

Fortan lebte er einsam seinen Pflichten als Hofwirt wie als Deichgraf und denen, die ihm am nächsten angehörten; die alten Freunde waren nicht mehr in der Zeitlichkeit, neue zu erwerben war er nicht geeignet. Aber unter seinem Dach war Frieden, den auch das stille Kind nicht störte; es sprach wenig, das stete Fragen, was den aufgeweckten Kindern eigen ist, kam selten und meist so, daß dem Gefragten die Antwort darauf schwer wurde; aber ihr liebes, einfältiges Gesichtlein trug fast immer den Ausdruck der Zufriedenheit. Zwei Spielkameraden hatte sie, die waren ihr genug: wenn sie über die Werfte wanderte, sprang das gerettete gelbe Hündlein stets um sie herum, und wenn der Hund sich zeigte, war auch Klein Wienke nicht mehr fern. Der zweite Kamerad war eine Lachmöwe, und wie der Hund ‚Perle', so hieß die Möwe ‚Claus'.

Claus war durch ein greises Menschenkind auf dem Hofe installiert worden: die achtzigjährige Trin Jans hatte in ihrer Kate auf dem Außendeich sich nicht mehr durchbringen können; da hatte Frau Elke gemeint, die verlebte Dienstmagd ihres Großvaters könnte bei ihnen noch ein paar stille Abendstunden und eine gute Sterbekammer finden, und so, halb mit Gewalt, war sie von ihr und Hauke nach dem Hofe geholt und in dem Nordweststübchen der neuen Scheuer untergebracht worden, die der Deichgraf vor einigen Jahren neben dem Haupthause bei der Vergrößerung seiner Wirtschaft hatte bauen müssen. Ein paar der Mägde hatten daneben ihre Kammer erhalten und konnten der Greisin nachts zur Hand gehen. Rings an den Wänden hatte sie ihr altes Hausgerät: eine Schatulle von Zuckerkistenholz, darüber zwei bunte Bilder vom verlorenen Sohn, ein längst zur Ruhe gestelltes Spinnrad und ein sehr sauberes Gardinenbett, vor dem ein ungefüger, mit dem weißen Fell des weiland Angorakaters überzogener Schemel stand. Aber auch was Lebiges hatte sie noch um sich gehabt und mit hiehergebracht: das war die Möwe Claus, die sich schon jahrelang zu ihr gehalten hatte und von ihr gefüttert worden war; freilich, wenn es Winter wurde, flog sie mit den anderen Möwen südwärts und kam erst wieder, wenn am Strand der Wermut duftete.

Die Scheuer lag etwas tiefer an der Werfte; die Alte konnte von ihrem Fenster aus nicht über den Deich auf die See hinausblicken. ‚Du hast mich hier als wie gefangen, Deichgraf!' murrte sie eines Tages, als Hauke zu ihr eintrat, und wies mit ihrem verkrümmten Finger nach den Fennen hinaus, die sich dort unten breiteten. ‚Wo ist denn Jeverssand? Da über den roten oder über den schwarzen Ochsen hinaus?'

‚Was will Sie denn mit Jeverssand?' frug Hauke.

– ‚Ach was, Jeverssand!' brummte die Alte. ‚Aber ich will doch sehen, wo mein Jung mir derzeit ist zu Gott gegangen!'

– ‚Wenn Sie das sehen will', entgegnete Hauke, ‚so muß Sie sich oben unter den Eschenbaum setzen, da sieht Sie das ganze Haf!'

‚Ja', sagte die Alte; ‚ja, wenn ich deine jungen Beine hätte, Deichgraf!'

Dergleichen blieb lange der Dank für die Hilfe, die ihr die Deichgrafsleute angedeihen ließen; dann aber wurde es auf einmal anders. Der kleine Kindskopf Wienkes guckte eines Morgens durch die halbgeöffnete Tür zu ihr herein. ‚Na', rief die Alte, welche mit den Händen ineinander auf ihrem Holzstuhl saß, ‚was hast du denn zu bestellen?'

Aber das Kind kam schweigend näher und sah sie mit ihren gleichgültigen Augen unablässig an.

‚Bist du das Deichgrafskind?' frug sie Trin Jans, und da das Kind wie nickend das Köpfchen senkte, fuhr sie fort: ‚So setz dich hier auf meinen Schemel! Ein Angorakater ist's gewesen – so groß! Aber dein Vater hat ihn totgeschlagen. Wenn er noch lebig wäre, so könntst du auf ihm reiten.'

Wienke richtete stumm ihre Augen auf das weiße Fell; dann kniete sie nieder und begann es mit ihren kleinen Händen zu streicheln, wie Kinder es bei einer lebenden Katze oder einem Hunde zu machen pflegen. ‚Armer Kater!' sagte sie dann und fuhr wieder in ihren Liebkosungen fort.

‚So!' rief nach einer Weile die Alte, ‚jetzt ist es genug; und sitzen kannst du auch noch heut auf ihm; vielleicht hat dein Vater ihn auch nur um deshalb totgeschlagen!' Dann hob sie das Kind an beiden Armen in die Höhe und setzte es derb auf den Schemel nieder. Da es aber stumm und unbeweglich sitzenblieb und sie nur immer ansah, begann sie mit dem Kopfe zu schütteln: ‚Du strafst ihn, Gott der Herr! Ja, ja, du strafst ihn!' murmelte sie; aber ein Erbarmen mit dem Kinde schien sie doch zu überkommen; ihre knöcherne Hand strich über das dürftige Haar desselben, und aus den Augen der Kleinen kam es, als ob ihr damit wohl geschehe.

Von nun an kam Wienke täglich zu der Alten in die Kammer; sie setzte sich bald von selbst auf den Angoraschemel, und Trin Jans gab ihr kleine Fleisch- und Brotstückchen in ihre Händchen, welche sie allezeit in Vorrat hatte, und ließ sie diese auf den Fußboden werfen; dann kam mit Gekreisch und ausgespreizten Flügeln die Möwe aus irgendeinem Winkel hervorgeschossen und machte sich darüber her. Erst erschrak das Kind und schrie auf vor dem großen stürmenden Vogel; bald aber war es wie ein eingelerntes Spiel, und wenn sie nur ihr Köpfchen durch den Türspalt steckte, schoß schon der Vogel auf sie zu und setzte sich ihr auf Kopf oder Schulter, bis die Alte ihr zu Hilfe kam und die Fütterung beginnen konnte. Trin Jans, die es sonst nicht hatte leiden können, daß einer auch nur die Hand nach ihrem Claus ausstreckte, sah jetzt geduldig zu, wie das Kind allmählich ihr den Vogel völlig abgewann. Er ließ sich willig von ihr haschen; sie trug ihn umher und wickelte ihn in ihre Schürze, und wenn dann auf der Werfte etwa das gelbe Hündlein um sie herum und eifersüchtig gegen den Vogel aufsprang, dann rief sie wohl: ‚Nicht du, nicht du, Perle!‘ und hob mit ihren Ärmchen die Möwe so hoch, daß diese, sich selbst befreiend, schreiend über die Werfte hinflog und statt ihrer nun der Hund durch Schmeicheln und Springen den Platz auf ihren Armen zu erobern suchte.

Fielen zufällig Haukes oder Elkes Augen auf dies wunderliche Vierblatt, das nur durch einen gleichen Mangel am selben Stengel festgehalten wurde, dann flog wohl ein zärtlicher Blick auf ihr Kind; hatten sie sich gewandt, so blieb nur noch ein Schmerz auf ihrem Antlitz, den jedes einsam mit sich von dannen trug, denn das erlösende Wort war zwischen ihnen noch nicht gesprochen worden. Da eines Sommervormittags, als Wienke mit der Alten und den beiden Tieren auf den großen Steinen vor der Scheuntür saß, gingen ihre beiden Eltern, der Deichgraf seinen Schimmel hinter sich, die Zügel über dem Arme, hier vorüber; er wollte auf den Deich hinaus und hatte das Pferd sich selber von der Fenne heraufgeholt; sein Weib hatte auf der Werfte sich an seinen Arm gehängt. Die Sonne schien warm hernieder; es war fast schwül, und mitunter kam ein Windstoß aus Südsüdost. Dem Kinde mochte es auf dem Platze unbehaglich werden: ‚Wienke will mit!' rief sie, schüttelte die Möwe von ihrem Schoß und griff nach der Hand ihres Vaters.

‚So komm!' sagte dieser.

– Frau Elke aber rief: ‚In den Wind? Sie fliegt dir weg!'

‚Ich halt sie schon; und heut haben wir warme Luft und lustig Wasser, da kann sie's tanzen sehen.'

Und Elke lief ins Haus und holte noch ein Tüchlein und ein Käppchen für ihr Kind. ‚Aber es gibt ein Wetter', sagte sie; ‚macht, daß ihr fortkommt, und seid bald wieder hier!'

Hauke lachte: ‚Das soll uns nicht zu fassen kriegen!' und hob das Kind zu sich auf den Sattel. Frau Elke blieb noch eine Weile auf der Werfte und sah, mit der Hand ihre Augen beschattend, die beiden auf den Weg und nach dem Deich hinübertraben; Trin Jans saß auf dem Stein und murmelte Unverständliches mit ihren welken Lippen.

Das Kind lag regungslos im Arm des Vaters; es war, als atme es beklommen unter dem Druck der Gewitterluft; er neigte den Kopf zu ihm: ‚Nun, Wienke?' frug er.

Das Kind sah ihn eine Weile an: ‚Vater', sagte es, ‚du kannst das doch! Kannst du nicht alles?'

‚Was soll ich können, Wienke?'

Aber sie schwieg; sie schien die eigene Frage nicht verstanden zu haben.

Es war Hochflut; als sie auf den Deich hinaufkamen, schlug der Widerschein der Sonne von dem weiten Wasser ihr in die Augen, ein Wirbelwind trieb die Wellen strudelnd in die Höhe, und neue kamen heran und schlugen klatschend gegen den Strand; da klammerte sie ihre Händchen angstvoll um die Faust ihres Vaters, die den Zügel führte, daß der Schimmel mit einem Satz zur Seite fuhr. Die blaßblauen Augen sahen in wirrem Schreck zu Hauke auf: ‚Das Wasser, Vater! das Wasser!' rief sie.

Aber er löste sich sanft und sagte: ‚Still, Kind, du bist bei deinem Vater; das Wasser tut dir nichts!'

Sie strich sich das fahlblonde Haar aus der Stirn und wagte es wieder, auf die See hinauszusehen. ‚Es tut mir nichts', sagte sie zitternd; ‚nein, sag, daß es uns nichts tun soll; du kannst das, und dann tut es uns auch nichts!'

‚Nicht ich kann das, Kind', entgegnete Hauke

ernst; ‚aber der Deich, auf dem wir reiten, der schützt uns, und den hat dein Vater ausgedacht und bauen lassen.'

Ihre Augen gingen wider ihn, als ob sie das nicht ganz verstände; dann barg sie ihr auffallend kleines Köpfchen in dem weiten Rocke ihres Vaters.

‚Warum versteckst du dich, Wienke?' raunte der ihr zu; ‚ist dir noch immer bange?' Und ein zitterndes Stimmchen kam aus den Falten des Rockes: ‚Wienke will lieber nicht sehen; aber du kannst doch alles, Vater?'

Ein ferner Donner rollte gegen den Wind herauf. ‚Hoho!' rief Hauke, ‚da kommt es!' und wandte sein Pferd zur Rückkehr. ‚Nun wollen wir heim zur Mutter!'

Das Kind tat einen tiefen Atemzug; aber erst, als sie die Werfte und das Haus erreicht hatten, hob es das Köpfchen von seines Vaters Brust. Als dann Frau Elke ihr im Zimmer das Tüchelchen und die Kapuze abgenommen hatte, blieb sie wie ein kleiner stummer Kegel vor der Mutter stehen. ‚Nun, Wienke', sagte diese und schüttelte sie leise, ‚magst du das große Wasser leiden?'

Aber das Kind riß die Augen auf: ‚Es spricht', sagte sie; ‚Wienke ist bange!'

– ‚Es spricht nicht; es rauscht und toset nur!'

Das Kind sah ins Weite: ‚Hat es Beine?' frug es wieder; ‚kann es über den Deich kommen?'

– ‚Nein, Wienke; dafür paßt dein Vater auf, er ist der Deichgraf.'

‚Ja', sagte das Kind und klatschte mit blödem Lächeln in seine Händchen; ‚Vater kann alles – alles!'

Dann plötzlich, sich von der Mutter abwendend, rief sie: ‚Laß Wienke zu Trin Jans, die hat rote Äpfel!'

Und Elke öffnete die Tür und ließ das Kind hinaus. Als sie dieselbe wieder geschlossen hatte, schlug sie mit einem Ausdruck des tiefsten Grams die Augen zu ihrem Manne auf, aus denen ihm sonst nur Trost und Mut zu Hilfe gekommen war.

Er reichte ihr die Hand und drückte sie, als ob es zwischen ihnen keines weiteren Wortes bedürfe; sie aber sagte leis: ‚Nein, Hauke, laß mich sprechen: das Kind, das ich nach Jahren dir geboren habe, es wird für immer ein Kind bleiben. O lieber Gott! es ist schwachsinnig; ich muß es einmal vor dir sagen.'

‚Ich wußte es längst', sagte Hauke und hielt die Hand seines Weibes fest, die sie ihm entziehen wollte.

‚So sind wir denn doch allein geblieben', sprach sie wieder.

Aber Hauke schüttelte den Kopf: ‚Ich hab sie lieb, und sie schlägt ihre Ärmchen um mich und drückt sich fest an meine Brust; um alle Schätze wollt ich das nicht missen!'

Die Frau sah finster vor sich hin: ‚Aber warum?' sprach sie; ‚was hab ich arme Mutter denn verschuldet?'

– ‚Ja, Elke, das hab ich freilich auch gefragt, den, der allein es wissen kann; aber du weißt ja auch, der Allmächtige gibt den Menschen keine Antwort – vielleicht, weil wir sie nicht begreifen würden.'

Er hatte auch die andere Hand seines Weibes gefaßt und zog sie sanft zu sich heran: ‚Laß dich nicht irren, dein Kind, wie du es tust, zu lieben; sei sicher, das versteht es!‘

Da warf sich Elke an ihres Mannes Brust und weinte sich satt und war mit ihrem Leid nicht mehr allein. Dann plötzlich lächelte sie ihn an; nach einem heftigen Händedruck lief sie hinaus und holte sich ihr Kind aus der Kammer der alten Trin Jans und nahm es auf ihren Schoß und hätschelte und küßte es, bis es stammelnd sagte: ‚Mutter, meine liebe Mutter!‘

*

So lebten die Menschen auf dem Deichgrafshofe still beisammen; wäre das Kind nicht dagewesen, es hätte viel gefehlt.

Allmählich verfloß der Sommer; die Zugvögel waren durchgezogen, die Luft wurde leer vom Gesang der Lerchen; nur vor den Scheunen, wo sie beim Dreschen Körner pickten, hörte man hie und da einige kreischend davonfliegen; schon war alles hart gefroren. In der Küche des Haupthauses saß eines Nachmittags die alte Trin Jans auf der Holzstufe einer Treppe, die neben dem Feuerherd nach dem Boden lief. Es war in den letzten Wochen, als sei sie aufgelebt; sie kam jetzt gern einmal in die Küche und sah Frau Elke hier hantieren; es war keine Rede mehr davon, daß ihre Beine sie nicht hätten dahin tragen können, seit eines Tages Klein Wienke sie an der Schürze hier heraufgezogen hatte. Jetzt kniete das Kind an ihrer Seite und sah mit seinen stillen Augen in die Flammen, die aus dem Herdloch aufflackerten; sein eines Händchen klammerte sich an den Ärmel der Alten, das andere lag in seinem eigenen fahlblonden Haar. Trin Jans erzählte: ‚Du weißt', sagte sie, ‚ich stand in Dienst bei deinem Urgroßvater, als Hausmagd, und dann mußt ich die Schweine füttern; der war klüger als sie alle – da war es, es ist grausam lange her, aber eines Abends, der Mond schien, da ließen sie die Hafschleuse schließen, und sie konnte nicht wieder zurück in See. Oh, wie sie schrie und mit ihren Fischhänden sich in ihre harten struppigen Haare griff! Ja, Kind, ich sah es und hörte sie selber schreien! Die Gräben zwischen den Fennen waren alle voll Wasser, und der Mond schien darauf, daß sie wie Silber glänzten, und sie schwamm aus einem Graben in den anderen und hob die Arme und schlug, was ihre Hände waren, aneinander, daß man es weiter klatschen hörte, als wenn sie beten wollte; aber, Kind, beten können diese Kreaturen nicht. Ich saß vor der Haustür auf ein paar Balken, die zum Bauen angefahren waren, und sah weithin über die Fennen; und das Wasserweib schwamm noch immer in den Gräben, und wenn sie die Arme aufhob, so glitzerten auch die wie Silber und Demanten. Zuletzt sah ich sie nicht mehr, und die Wildgänse und Möwen, die ich all die Zeit nicht gehört hatte, zogen wieder mit Pfeifen und Schnattern durch die Luft.'

Die Alte schwieg; das Kind hatte ein Wort sich aufgefangen: ‚Konnte nicht beten?' frug sie. ‚Was sagst du? Wer war es?'

‚Kind', sagte die Alte; ‚die Wasserfrau war es; das sind Undinger, die nicht selig werden können.'

‚Nicht selig!' wiederholte das Kind, und ein tiefer Seufzer, als habe sie das verstanden, hob die kleine Brust.

– ‚Trin Jans!' kam eine tiefe Stimme von der Küchentür, und die Alte zuckte leicht zusammen. Es war der Deichgraf Hauke Haien, der dort am Ständer lehnte: ‚Was redet Sie dem Kinde vor? Hab ich Ihr nicht geboten, Ihre Mären für sich zu behalten oder sie den Gäns' und Hühnern zu erzählen?'

Die Alte sah ihn mit einem bösen Blick an und schob die Kleine von sich fort: ‚Das sind keine Mären', murmelte sie in sich hinein, ‚das hat mein Großohm mir erzählt.'

– ‚Ihr Großohm, Trin? Sie wollte es ja eben selbst erlebt haben.'

‚Das ist egal', sagte die Alte; ‚aber Ihr glaubt nicht, Hauke Haien; Ihr wollt wohl meinen Großohm noch zum Lügner machen!' Dann rückte sie näher an den Herd und streckte die Hände über die Flammen des Feuerlochs.

Der Deichgraf warf einen Blick gegen das Fenster: draußen dämmerte es noch kaum. ‚Komm, Wienke!' sagte er und zog sein schwachsinniges Kind zu sich heran; ‚komm mit mir, ich will dir draußen vom Deich aus etwas zeigen! Nur müssen wir zu Fuß gehen; der Schimmel ist beim Schmied.' Dann ging er mit ihr in die Stube, und Elke band dem Kinde dicke wollene Tücher um Hals und Schultern; und bald danach ging der Vater mit ihr auf dem alten Deiche nach Nordwest hinauf, Jeverssand vorbei, bis wo die Watten breit, fast unübersehbar wurden.

Bald hatte er sie getragen, bald ging sie an seiner Hand; die Dämmerung wuchs allmählich; in der Ferne verschwand alles in Dunst und Duft. Aber dort, wohin noch das Auge reichte, hatten die unsichtbar schwellenden Wattströme das Eis zerrissen, und, wie Hauke Haien es in seiner Jugend einst gesehen hatte, aus den Spalten stiegen wie damals die rauchenden Nebel, und daran entlang waren wiederum die unheimlichen närrischen Gestalten und hüpften gegeneinander und dienerten und dehnten sich plötzlich schreckhaft in die Breite.

Das Kind klammerte sich angstvoll an seinen Vater und deckte dessen Hand über sein Gesichtlein: ‚Die Seeteufel!' raunte es zitternd zwischen seine Finger; ‚die Seeteufel!'

Er schüttelte den Kopf: ‚Nein, Wienke, weder Wasserweiber noch Seeteufel; so etwas gibt es nicht; wer hat dir davon gesagt?'

Sie sah mit stumpfem Blicke zu ihm herauf; aber sie antwortete nicht. Er strich ihr zärtlich über die Wangen: ‚Sieh nur wieder hin!' sagte er, ‚das sind nur arme hungrige Vögel! Sieh nur, wie jetzt der große seine Flügel breitet; die holen sich die Fische, die in die rauchenden Spalten kommen.'

‚Fische', wiederholte Wienke.

‚Ja, Kind, das alles ist lebig, so wie wir; es gibt nichts anderes; aber der liebe Gott ist überall!'

Klein Wienke hatte ihre Augen fest auf den Boden gerichtet und hielt den Atem an; es war, als sähe sie erschrocken in einen Abgrund. Es war vielleicht nur so; der Vater blickte lange auf sie hin, er bückte sich und sah in ihr Gesichtlein; aber keine

Regung der verschlossenen Seele wurde darin kund. Er hob sie auf den Arm und steckte ihre verklommenen Händchen in einen seiner dicken Wollhandschuhe: ‚So, mein Wienke' – und das Kind vernahm wohl nicht den Ton von heftiger Innigkeit in seinen Worten – ‚so, wärm dich bei mir! Du bist doch unser Kind, unser einziges. Du hast uns lieb...!' Die Stimme brach dem Manne; aber die Kleine drückte zärtlich ihr Köpfchen in seinen rauhen Bart.

So gingen sie friedlich heimwärts.

*

Nach Neujahr war wieder einmal die Sorge in das Haus getreten; ein Marschfieber hatte den Deichgrafen ergriffen; auch mit ihm ging es nah am Rand der Grube her, und als er unter Frau Elkes Pfleg und Sorge wieder erstanden war, schien er kaum derselbe Mann. Die Mattigkeit des Körpers lag auch auf seinem Geiste, und Elke sah mit Besorgnis, wie er allzeit leicht zufrieden war. Dennoch, gegen Ende März, drängte es ihn, seinen Schimmel zu besteigen und zum ersten Male wieder auf seinem Deich entlangzureiten; es war an einem Nachmittage, und die Sonne, die zuvor geschienen hatte, lag längst schon wieder hinter trübem Duft.

Im Winter hatte es ein paarmal Hochwasser gegeben; aber es war nicht von Belang gewesen; nur drüben, am anderen Ufer, war auf einer Hallig eine Herde Schafe ertrunken und ein Stück vom Vorland abgerissen worden: hier, an dieser Seite, und am neuen Kooge war ein nennenswerter Schaden nicht geschehen. Aber in der letzten Nacht hatte ein stärkerer Sturm getobt; jetzt mußte der Deichgraf selbst hinaus und alles mit eigenem Aug besichtigen. Schon war er unten von der Südostecke aus auf dem neuen Deich herumgeritten, und es war alles wohl erhalten; als er aber an die Nordostecke gekommen war, dort, wo der neue Deich auf den alten stößt, war zwar der erstere unversehrt, aber wo früher der Priehl den alten erreicht hatte und an ihm entlanggeflossen war, sah er in großer Breite die Grasnarbe zerstört und fortgerissen und in dem Körper des Deiches eine von der Flut gewühlte Höhlung, durch welche überdies ein Gewirr von Mäusegängen bloßgelegt war. Hauke stieg vom Pferde und besichtigte den Schaden in der Nähe: das Mäuseunheil schien unverkennbar noch unsichtbar weiter fortzulaufen.

Er erschrak heftig; gegen alles dieses hätte schon beim Bau des neuen Deiches Obacht genommen werden müssen; da es damals übersehen worden, so mußte es jetzt geschehen! – Das Vieh war noch nicht auf den Fennen, das Gras war ungewohnt zurückgeblieben; wohin er blickte, es sah ihn leer und öde an. Er bestieg wieder sein Pferd und ritt am Ufer hin und her: es war Ebbe, und er gewahrte wohl, wie der Strom von außen her sich wieder ein neues Bett im Schlick gewühlt hatte und jetzt von Nordwesten auf den alten Deich gestoßen war; der neue aber, soweit es ihn traf, hatte mit seinem sanfteren Profile dem Anprall widerstehen können.

Ein Haufen neuer Plag und Arbeit erhob sich vor der Seele des Deichgrafen; nicht nur der alte Deich mußte hier verstärkt, auch dessen Profil dem des neuen angenähert werden; vor allem aber mußte der als gefährlich wieder aufgetretene Priehl durch neu zu legende Dämme oder Lahnungen[1] abgeleitet werden. Noch einmal ritt er auf dem neuen Deich bis an die äußerste Nordwestecke, dann wieder rückwärts, die Augen unablässig auf das neu gewühlte Bett des Priehles heftend, der ihm zur Seite sich deutlich genug in dem bloßgelegten Schlickgrund abzeichnete. Der Schimmel drängte vorwärts und schnob und schlug mit den Vorderhufen; aber der Reiter drückte ihn zurück, er wollte langsam reiten, er wollte auch die innere Unruhe bändigen, die immer wilder in ihm aufgor.

Wenn eine Sturmflut wiederkäme – eine, wie 1655 dagewesen, wo Gut und Menschen ungezählt verschlungen wurden –, wenn sie wiederkäme, wie sie schon mehrmals einst gekommen war! – Ein heißer Schauer überrieselte den Reiter – der alte Deich, er würde den Stoß nicht aushalten, der gegen ihn heraufschösse! Was dann, was sollte dann geschehen? – Nur eines, ein einzig Mittel würde es geben, um vielleicht den alten Koog und Gut und Leben darin zu retten. Hauke fühlte sein Herz stillstehen, sein sonst so fester Kopf schwindelte; er sprach es nicht aus, aber in ihm sprach es stark genug: Dein Koog, der Hauke-Haien-Koog müßte preisgegeben und der neue Deich durchstochen werden!

Schon sah er im Geist die stürzende Hochflut her-

[1] *Lahnungen,* Zäune von Buschwerk, die zur besseren Anschlikkung vom Strande in die Watten hinausgesteckt werden.

einbrechen und Gras und Klee mit ihrem salzen schäumenden Gischt bedecken. Ein Sporenstich fuhr in die Weichen des Schimmels, und einen Schrei ausstoßend, flog er auf dem Deich entlang und dann den Akt hinab, der deichgräflichen Werfte zu.

Den Kopf voll von innerem Schrecknis und ungeordneten Plänen kam er nach Hause. Er warf sich in seinen Lehnstuhl, und als Elke mit der Tochter in das Zimmer trat, stand er wieder auf und hob das Kind zu sich empor und küßte es; dann jagte er das gelbe Hündlein mit ein paar leichten Schlägen von sich. ‚Ich muß noch einmal droben nach dem Krug!' sagte er und nahm seine Mütze vom Türhaken, wohin er sie eben erst gehängt hatte.

Seine Frau sah ihn sorgvoll an: ‚Was willst du dort? Es wird schon Abend, Hauke!'

‚Deichgeschichten!' murmelte er vor sich hin, ‚ich treffe von den Gevollmächtigten dort.'

Sie ging ihm nach und drückte ihm die Hand, denn er war mit diesen Worten schon zur Tür hinaus. Hauke Haien, der sonst alles bei sich selber abgeschlossen hatte, drängte es jetzt, ein Wort von jenen zu erhalten, die er sonst kaum eines Anteils wert gehalten hatte. Im Gastzimmer traf er Ole Peters mit zweien der Gevollmächtigten und einem Koogeinwohner am Kartentisch.

‚Du kommst wohl von draußen, Deichgraf?' sagte der erstere, nahm die halb ausgeteilten Karten auf und warf sie wieder hin.

‚Ja, Ole', erwiderte Hauke; ‚ich war dort; es sieht übel aus.'

‚Übel? – Nun, ein paar hundert Soden und eine Bestickung wird's wohl kosten; ich war dort auch am Nachmittag.'

‚So wohlfeil wird's nicht abgehen, Ole', erwiderte der Deichgraf, ‚der Priehl ist wieder da, und wenn er jetzt auch nicht von Norden auf den alten Deich stößt, so tut er's doch von Nordwesten!'

‚Du hättst ihn lassen sollen, wo du ihn fandest!' sagte Ole trocken.

‚Das heißt', entgegnete Hauke, ‚der neue Koog geht dich nichts an; und darum sollte er nicht existieren. Das ist deine eigene Schuld! Aber wenn wir Lahnungen legen müssen, um den alten Deich zu schützen, der grüne Klee hinter dem neuen bringt das übermäßig ein!'

‚Was sagt Ihr, Deichgraf?' riefen die Gevollmächtigten; ‚Lahnungen? Wie viele denn? Ihr liebt es, alles beim teuersten Ende anzufassen!'

Die Karten lagen unberührt auf dem Tisch. ‚Ich will's dir sagen, Deichgraf', sagte Ole Peters und stemmte beide Arme auf, ‚dein neuer Koog ist ein fressend Werk, was du uns gestiftet hast! Noch laboriert alles an den schweren Kosten deiner breiten Deiche; nun frißt er uns auch den alten Deich, und wir sollen ihn verneuen! – Zum Glück ist's nicht so schlimm; er hat diesmal gehalten und wird es auch noch ferner tun! Steig nur morgen wieder auf deinen Schimmel und sieh es dir noch einmal an!'

Hauke war aus dem Frieden seines Hauses hiehergekommen; hinter den immerhin noch gemäßigten Worten, die er eben hörte, lag – er konnte es nicht verkennen – ein zäher Widerstand; ihm war, als fehle ihm dagegen noch die alte Kraft. ‚Ich will tun, wie du es rätst, Ole', sprach er; ‚nur fürcht ich, ich werd es finden, wie ich es heut gesehen habe.'

– Eine unruhige Nacht folgte diesem Tage; Hauke wälzte sich schlaflos in seinen Kissen. ‚Was ist dir?' frug ihn Elke, welche die Sorge um ihren Mann wach hielt; ‚drückt dich etwas, so sprich es von dir; wir haben's ja immer so gehalten!'

‚Es hat nichts auf sich, Elke!' erwiderte er, ‚am Deiche, an den Schleusen ist was zu reparieren; du weißt, daß ich das allzeit nachts in mir zu verarbeiten habe.' Weiter sagte er nichts; er wollte sich die Freiheit seines Handelns vorbehalten; ihm unbewußt waren die klare Einsicht und der kräftige Geist seines Weibes ihm in seiner augenblicklichen Schwäche ein Hindernis, dem er unwillkürlich auswich.

– – Am folgenden Vormittag, als er wieder auf den Deich hinauskam, war die Welt eine andere, als wie er sie tags zuvor gefunden hatte; zwar war wieder hohl Ebbe, aber der Tag war noch im Steigen, und eine lichte Frühlingssonne ließ ihre Strahlen fast senkrecht auf die unabsehbaren Watten fallen; die weißen Möwen schwebten ruhig hin und wieder, und unsichtbar über ihnen, hoch unter dem azurblauen Himmel, sangen die Lerchen ihre ewige Melodie. Hauke, der nicht wußte, wie uns die Natur mit ihrem Reiz betrügen kann, stand auf der Nordwestecke des Deiches und suchte nach dem neuen Bett des Priehls, das ihn gestern so erschreckt hatte; aber bei dem vom Zenit herabschießenden

Sonnenlichte fand er es anfänglich nicht einmal. Erst da er gegen die blendenden Strahlen seine Augen mit der Hand beschattete, konnte er es nicht verkennen; aber dennoch, die Schatten in der gestrigen Dämmerung mußten ihn getäuscht haben: es kennzeichnete sich jetzt nur schwach; die bloßgelegte Mäusewirtschaft mußte mehr als die Flut den Schaden in dem Deich veranlaßt haben. Freilich, Wandel mußte hier geschafft werden, aber durch sorgfältiges Aufgraben und, wie Ole Peters gesagt hatte, durch frische Soden und einige Ruten Strohbestickung war der Schaden auszuheilen.

‚Es war so schlimm nicht', sprach er erleichtert zu sich selber, ‚du bist gestern doch dein eigner Narr gewesen!' – Er berief die Gevollmächtigten, und die Arbeiten wurden ohne Widerspruch beschlossen, was bisher noch nie geschehen war. Der Deichgraf meinte eine stärkende Ruhe in seinem noch geschwächten Körper sich verbreiten zu fühlen, und nach einigen Wochen war alles sauber ausgeführt.

Das Jahr ging weiter, aber je weiter es ging und je ungestörter die neugelegten Rasen durch die Strohdecke grünten, um so unruhiger ging oder ritt Hauke an dieser Stelle vorüber, er wandte die Augen ab, er ritt hart an der Binnenseite des Deiches; ein paarmal, wo er dort hätte vorüber müssen, ließ er sein schon gesatteltes Pferd wieder in den Stall zurückführen; dann wieder, wo er nichts dort zu tun hatte, wanderte er, um nur rasch und ungesehen von seiner Werfte fortzukommen, plötzlich und zu Fuß dahin; manchmal auch war er umgekehrt, er hatte es sich nicht zumuten können, die unheimliche Stelle aufs neue zu betrachten; und endlich, mit den Händen hätte er alles wieder aufreißen mögen, denn wie ein Gewissensbiß, der außer ihm Gestalt gewonnen hatte, lag dies Stück des Deiches ihm vor Augen. Und doch, seine Hand konnte nicht mehr daran rühren; und niemandem, selbst nicht seinem Weibe, durfte er davon reden. So war der September gekommen; nachts hatte ein mäßiger Sturm getobt und war zuletzt nach Nordwest umgesprungen. An trübem Vormittag danach, zur Ebbezeit, ritt Hauke auf den Deich hinaus, und es durchfuhr ihn, als er seine Augen über die Watten schweifen ließ; dort, von Nordwest herauf, sah er plötzlich wieder, und schärfer und tiefer ausgewühlt, das gespenstische neue Bett des Priehls; so sehr er seine Augen anstrengte, es wollte nicht mehr weichen.

Als er nach Haus kam, ergriff Elke seine Hand: ‚Was hast du, Hauke?' sprach sie, als sie in sein düsteres Antlitz sah; ‚es ist doch kein neues Unheil? Wir sind jetzt so glücklich; mir ist, du hast nun Frieden mit ihnen allen!'

Diesen Worten gegenüber vermochte er seine verworrene Furcht nicht in Worten kundzugeben.

‚Nein, Elke', sagte er, ‚mich feindet niemand an; es ist nur ein verantwortlich Amt, die Gemeinde vor unseres Herrgotts Meer zu schützen.'

Er machte sich los, um weiteren Fragen des geliebten Weibes auszuweichen. Er ging in Stall und Scheuer, als ob er alles revidieren müsse; aber er sah nichts um sich her; er war nur beflissen, seinen Gewissensbiß zur Ruhe, ihn sich selber als eine krankhaft übertriebene Angst zur Überzeugung zu bringen.

– – Das Jahr, von dem ich Ihnen erzähle», sagte nach einer Weile mein Gastfreund, der Schulmeister, «war das Jahr 1756, das in dieser Gegend nie vergessen wird; im Hause Hauke Haiens brachte es eine Tote. Zu Ende des Septembers war in der Kammer, welche ihr in der Scheune eingeräumt war, die fast neunzigjährige Trin Jans am Sterben. Man hatte sie nach ihrem Wunsche in den Kissen aufgerichtet, und ihre Augen gingen durch die kleinen bleigefaßten Scheiben in die Ferne; es mußte dort am Himmel eine dünnere Luftschicht über einer dichteren liegen, denn es war hohe Kimmung, und die Spiegelung hob in diesem Augenblick das Meer wie einen flimmernden Silberstreifen über den Rand des Deiches, so daß es blendend in die Kammer schimmerte; auch die Südspitze von Jeverssand war sichtbar.

Am Fußende des Bettes kauerte die kleine Wienke und hielt mit der einen Hand sich fest an der ihres Vaters, der danebenstand. In das Antlitz der Sterbenden grub eben der Tod das hippokratische Gesicht, und das Kind starrte atemlos auf die unheimliche, ihr unverständliche Verwandlung des unschönen, aber ihr vertrauten Angesichts.

‚Was macht sie? Was ist das, Vater?' flüsterte sie angstvoll und grub die Fingernägel in ihres Vaters Hand.

‚Sie stirbt!' sagte der Deichgraf.

‚Stirbt!' wiederholte das Kind und schien in verworrenes Sinnen zu verfallen.

Aber die Alte rührte noch einmal ihre Lippen: ‚Jins! Jins!', und kreischend, wie ein Notschrei, brach es hervor, und ihre knöchernen Arme streckten sich gegen die draußen flimmernde Meeresspiegelung: ‚Hölp mi! Hölp mi! Du bist ja bawen Water ... Gott gnad de annern!'

Ihre Arme sanken, ein leises Krachen der Bettstatt wurde hörbar; sie hatte aufgehört zu leben.

Das Kind tat einen tiefen Seufzer und warf die blassen Augen zu ihrem Vater auf: ‚Stirbt sie noch immer?' frug es.

‚Sie hat es vollbracht!' sagte der Deichgraf und nahm das Kind auf seinen Arm: ‚Sie ist nun weit von uns, beim lieben Gott.'

‚Beim lieben Gott!' wiederholte das Kind und schwieg eine Weile, als müsse es den Worten nachsinnen. ‚Ist das gut, beim lieben Gott?'

‚Ja, das ist das Beste.' – In Haukes Innerem aber klang schwer die letzte Rede der Sterbenden. ‚Gott gnad de annern!' sprach es leise in ihm. ‚Was wollte die alte Hexe? Sind denn die Sterbenden Propheten – –?'

– – Bald, nachdem Trin Jans oben bei der Kirche eingegraben war, begann man immer lauter von allerlei Unheil und seltsamem Geschmeiß zu reden, das die Menschen in Nordfriesland erschreckt haben sollte: und sicher war es, am Sonntage Lätare war droben von der Turmspitze der goldene Hahn durch einen Wirbelwind herabgeworfen worden; auch das war richtig, im Hochsommer fiel, wie ein Schnee, ein groß Geschmeiß vom Himmel, daß man die Augen davor nicht auftun konnte und es hernach fast handhoch auf den Fennen lag, und hatte niemand je so was gesehen. Als aber nach Ende September der Großknecht mit Korn und die Magd Ann Grethe mit Butter in die Stadt zu Markt gefahren waren, kletterten sie bei ihrer Rückkunft mit schreckensbleichen Gesichtern von ihrem Wagen. ‚Was ist? Was habt ihr?' riefen die anderen Dirnen, die hinausgelaufen waren, da sie den Wagen rollen hörten.

Ann Grethe in ihrem Reiseanzug trat atemlos in die geräumige Küche. ‚Nun, so erzähl doch!' riefen die Dirnen wieder, ‚wo ist das Unglück los?'

‚Ach, unser lieber Jesus wolle uns behüten!' rief Ann Grethe. ‚Ihr wißt, von drüben, überm Wasser, das alt Mariken vom Ziegelhof, wir stehen mit unserer Butter ja allzeit zusammen an der Apothekerecke, die hat es mir erzählt, und Iven Johns sagte auch, ‹das gibt ein Unglück!› sagte er; ‹ein Unglück über ganz Nordfriesland; glaub mir's, Ann Greth! Und›' – sie dämpfte ihre Stimme – ‚‹mit des Deichgrafs Schimmel ist's am Ende auch nicht richtig!›'

‚Scht! scht!' machten die anderen Dirnen.

– ‚Ja, ja; was kümmert's mich! Aber drüben, an der anderen Seite, geht's noch schlimmer als bei uns! Nicht bloß Fliegen und Geschmeiß, auch Blut ist wie Regen vom Himmel gefallen; und da am Sonntagmorgen danach der Pastor sein Waschbekken genommen hat, sind fünf Totenköpfe, wie Erbsen groß, darin gewesen, und alle sind gekommen, um das zu sehen; im Monat Augusti sind grausige rotköpfige Raupenwürmer über das Land gezogen und haben Korn und Mehl und Brot, und was sie fanden, weggefressen, und hat kein Feuer sie vertilgen können!‘

Die Erzählerin verstummte plötzlich; keine der Mägde hatte bemerkt, daß die Hausfrau in die Küche getreten war. ‚Was redet ihr da?‘ sprach diese. ‚Laßt das den Wirt nicht hören!‘ Und da sie alle jetzt erzählen wollten: ‚Es tut nicht not; ich habe genug davon vernommen; geht an eure Arbeit, das bringt euch besseren Segen!‘ Dann nahm sie Ann Grethe mit sich in die Stube und hielt mit dieser Abrechnung über ihre Marktgeschäfte.

So fand im Hause des Deichgrafen das abergläubische Geschwätz bei der Herrschaft keinen Anhalt; aber in die übrigen Häuser, und je länger die Abende wurden, um desto leichter drang es mehr und mehr hinein. Wie schwere Luft lag es auf allen, und heimlich sagte man es sich, ein Unheil, ein schweres, würde über Nordfriesland kommen.

*

Es war vor Allerheiligen, im Oktober. Tagsüber hatte es stark aus Südwest gestürmt; abends stand ein halber Mond am Himmel, dunkelbraune Wolken jagten überhin, und Schatten und trübes Licht flogen auf der Erde durcheinander; der Sturm war im Wachsen. Im Zimmer des Deichgrafen stand noch der geleerte Abendtisch; die Knechte waren in den Stall gewiesen, um dort des Viehs zu achten; die Mägde mußten im Hause und auf den Böden nachsehen, ob Türen und Luken wohl verschlossen seien, daß nicht der Sturm hineinfasse und Unheil anrichte. Drinnen stand Hauke neben seiner Frau am Fenster; er hatte eben sein Abendbrot hinabgeschlungen; er war draußen auf dem Deich gewesen. Zu Fuße war er hinausgetrabt, schon früh am Nachmittag; spitze Pfähle und Säcke voll Klei oder Erde hatte er hie und dort, wo der Deich eine Schwäche zu verraten schien, zusammentragen lassen; überall hatte er Leute angestellt, um die Pfähle einzurammen und mit den Säcken vorzudämmen, sobald die Flut den Deich zu schädigen beginne; an dem Winkel zu Nordwesten, wo der alte und der neue Deich zusammenstießen, hatte er die meisten Menschen hingestellt; nur im Notfalle durften sie von den angewiesenen Plätzen weichen. Das hatte er zurückgelassen; dann, vor kaum einer Viertelstunde, naß, zerzaust, war er in seinem Hause angekommen, und jetzt, das Ohr nach den Windböen, welche die in Blei gefaßten Scheiben rasseln machten, blickte er wie gedankenlos in die wüste Nacht hinaus; die Wanduhr hinter ihrer Glasscheibe schlug eben acht. Das Kind, das neben der Mutter stand, fuhr zusammen und barg den Kopf in deren Kleider. ‚Claus!' rief sie weinend; ‚wo ist mein Claus?'

Sie konnte wohl so fragen, denn die Möwe hatte, wie schon im vorigen Jahre, so auch jetzt ihre Winterreise nicht mehr angetreten. Der Vater überhörte die Frage; die Mutter aber nahm das Kind auf ihren Arm. ‚Dein Claus ist in der Scheune', sagte sie; ‚da sitzt er warm.'

‚Warum?' sagte Wienke, ‚ist das gut?'

– ‚Ja, das ist gut.'

Der Hausherr stand noch am Fenster: ‚Es geht nicht länger, Elke!' sagte er; ‚ruf eine von den Dirnen; der Sturm drückt uns die Scheiben ein, die Luken müssen angeschroben werden!'

Auf das Wort der Hausfrau war die Magd hinausgelaufen; man sah vom Zimmer aus, wie ihr die Röcke flogen; aber als sie die Klammern gelöst hatte, riß ihr der Sturm den Laden aus der Hand und warf ihn gegen die Fenster, daß ein paar Scheiben zersplittert in die Stube flogen und eins der Lichter qualmend auslosch. Hauke mußte selbst hinaus, zu helfen, und nur mit Not kamen allmählich die Luken vor die Fenster. Als sie beim Wiedereintritt in das Haus die Tür aufrissen, fuhr eine Böe hinterdrein, daß Glas und Silber im Wandschrank durcheinanderklirrten; oben im Hause, über ihren Köpfen, zitterten und krachten die Balken, als wolle der Sturm das Dach von den Mauern reißen. Aber Hauke kam nicht wieder in das Zimmer; Elke hörte, wie er durch die Tenne nach dem Stalle schritt. ‚Den Schimmel! Den Schimmel, John! Rasch!' So hörte sie ihn rufen; dann kam er wieder in die Stube, das Haar zerzaust, aber die grauen Augen leuchtend. ‚Der Wind ist umgesprungen!' rief er – ‚nach Nordwest, auf halber Springflut! Kein Wind; – wir haben solchen Sturm noch nicht erlebt!'

Elke war totenblaß geworden: ‚Und du mußt noch einmal hinaus?'

Er ergriff ihre beiden Hände und drückte sie wie im Krampfe in die seinen: ‚Das muß ich, Elke.'

Sie erhob langsam ihre dunklen Augen zu ihm, und ein paar Sekunden lang sahen sie sich an; doch war's wie eine Ewigkeit. ‚Ja, Hauke', sagte das Weib; ‚ich weiß es wohl, du mußt!'

Da trabte es draußen vor der Haustür. Sie fiel ihm um den Hals, und einen Augenblick war's, als könne sie ihn nicht lassen; aber auch das war nur ein Augenblick. ‚Das ist unser Kampf!' sprach Hauke; ‚ihr seid hier sicher; an dies Haus ist noch keine Flut gestiegen. Und bete zu Gott, daß er auch mit mir sei!'

Hauke hüllte sich in seinen Mantel, und Elke nahm ein Tuch und wickelte es ihm sorgsam um den Hals; sie wollte ein Wort sprechen, aber die zitternden Lippen versagten es ihr.

Draußen wieherte der Schimmel, daß es wie Trompetenschall in das Heulen des Sturmes hineinklang. Elke war mit ihrem Mann hinausgegangen; die alte Esche knarrte, als ob sie auseinanderstürzen solle. ‚Steigt auf, Herr!' rief der Knecht, ‚der Schimmel ist wie toll; die Zügel könnten reißen.' Hauke schlug die Arme um sein Weib: ‚Bei Sonnenaufgang bin ich wieder da!'

Schon war er auf sein Pferd gesprungen; das Tier stieg mit den Vorderhufen in die Höhe, dann, gleich einem Streithengst, der sich in die Schlacht stürzt, jagte es mit seinem Reiter die Werfte hinunter, in Nacht und Sturmgeheul hinaus. ‚Vater, mein Vater!' schrie eine klägliche Kinderstimme hinter ihm darein; ‚mein lieber Vater!'

Wienke war im Dunkeln hinter dem Fortjagenden hergelaufen; aber schon nach hundert Schritten strauchelte sie über einen Erdhaufen und fiel zu Boden.

Der Knecht Iven Johns brachte das weinende Kind der Mutter zurück; die lehnte am Stamme der Esche, deren Zweige über ihr die Luft peitschten, und starrte wie abwesend in die Nacht hinaus, in der ihr Mann verschwunden war; wenn das Brüllen des Sturmes und das ferne Klatschen des Meeres einen Augenblick aussetzten, fuhr sie wie in Schreck zusammen; ihr war jetzt, als suche alles nur ihn zu verderben und werde jäh verstummen, wenn es ihn gefaßt habe. Ihre Knie zitterten, ihre Haare hatte der Sturm gelöst und trieb damit sein Spiel. ‚Hier ist das Kind, Frau!' schrie John ihr zu; ‚haltet es fest!' und drückte die Kleine der Mutter in den Arm.

‚Das Kind? – Ich hatte dich vergessen, Wienke!' rief sie; ‚Gott verzeih' mir's.' Dann hob sie es an ihre Brust, so fest nur Liebe fassen kann, und stürzte mit ihr in die Knie: ‚Herr Gott und du, mein Jesus, laß uns nicht Witwe und nicht Waise werden! Schütz ihn, o lieber Gott; nur du und ich, wir kennen ihn allein!' Und der Sturm setzte nicht mehr aus; es tönte und donnerte, als solle die ganze Welt in ungeheurem Hall und Schall zugrunde gehen.

‚Geht in das Haus, Frau!' sagte John; ‚kommt!', und er half ihnen auf und leitete die beiden in das Haus und in die Stube.

– – Der Deichgraf Hauke Haien jagte auf seinem Schimmel dem Deiche zu. Der schmale Weg war grundlos, denn die Tage vorher war unermeßlicher Regen gefallen; aber der nasse saugende Klei schien gleichwohl die Hufe des Tieres nicht zu halten, es war, als hätte es festen Sommerboden unter sich. Wie eine wilde Jagd trieben die Wolken am Himmel; unten lag die weite Marsch wie eine unerkennbare, von unruhigen Schatten erfüllte Wüste; von dem Wasser hinter dem Deiche, immer ungeheurer, kam ein dumpfes Tosen, als müsse es alles andere verschlingen. ‚Vorwärts, Schimmel!' rief Hauke; ‚wir reiten unseren schlimmsten Ritt!'

Da klang es wie ein Todesschrei unter den Hufen seines Rosses. Er riß den Zügel zurück; er sah sich um: ihm zur Seite, dicht über dem Boden, halb fliegend, halb vom Sturme geschleudert, zog eine Schar von weißen Möwen, ein höhnisches Gegakker ausstoßend; sie suchten Schutz im Lande. Eine von ihnen – der Mond schien flüchtig durch die Wolken – lag am Weg zertreten: dem Reiter war's, als flattere ein rotes Band an ihrem Halse. ‚Claus!' rief er. ‚Armer Claus!'

War es der Vogel seines Kindes? Hatte er Roß und Reiter erkannt und sich bei ihnen bergen wollen? – Der Reiter wußte es nicht. ‚Vorwärts!' rief er wieder, und schon hob der Schimmel zu neuem Rennen seine Hufe; da setzte der Sturm plötzlich aus, eine Totenstille trat an seine Stelle; nur eine Sekunde lang, dann kam er mit erneuter Wut zurück; aber Menschenstimmen und verlorenes Hundegebell waren inzwischen an des Reiters Ohr geschlagen, und als er rückwärts nach seinem Dorf den Kopf wandte, erkannte er in dem Mondlicht, das hervorbrach, auf den Werften und vor den Häusern Menschen an hochbeladenen Wagen umherhantierend; er sah, wie im Fluge, noch andere Wagen eilend nach der Geest hinauffahren; Gebrüll von Rindern traf sein Ohr, die aus den warmen Ställen nach dort hinaufgetrieben wurden. ‚Gott Dank! sie sind dabei, sich und ihr Vieh zu retten!‘ rief es in ihm; und dann, mit einem Angstschrei: ‚Mein Weib! Mein Kind! – Nein, nein; auf unsere Werfte steigt das Wasser nicht!‘

Aber nur einen Augenblick war es; nur wie eine Vision flog alles an ihm vorbei.

Eine furchtbare Böe kam brüllend vom Meer herüber, und ihr entgegen stürmten Roß und Reiter den schmalen Akt zum Deich hinan. Als sie oben waren, stoppte Hauke mit Gewalt sein Pferd. Aber wo war das Meer? Wo Jeverssand? Wo blieb das Ufer drüben? – – Nur Berge von Wasser sah er vor sich, die dräuend gegen den nächtlichen Himmel stiegen, die in der furchtbaren Dämmerung sich übereinanderzutürmen suchten und übereinander gegen das feste Land schlugen. Mit weißen Kronen kamen sie daher, heulend, als sei in ihnen der Schrei alles furchtbaren Raubgetiers der Wildnis. Der Schimmel schlug mit den Vorderhufen und schnob mit seinen Nüstern in den Lärm hinaus; den Reiter aber wollte es überfallen, als sei hier alle Menschenmacht zu Ende; als müsse jetzt die Nacht, der Tod, das Nichts hereinbrechen.

Doch er besann sich: es war ja Sturmflut; nur hatte er sie selbst noch nimmer so gesehen; sein Weib, sein Kind, sie saßen sicher auf der hohen Werfte, in dem festen Hause; sein Deich aber – und wie ein Stolz flog es ihm durch die Brust – der

Hauke-Haien-Deich, wie ihn die Leute nannten, der mochte jetzt beweisen, wie man Deiche bauen müsse!

Aber – was war das? – Er hielt an dem Winkel zwischen beiden Deichen; wo waren die Leute, die er hieher gestellt, die hier die Wacht zu halten hatten? – Er blickte nach Norden den alten Deich hinan; denn auch dorthin hatte er einzelne beordert. Weder hier noch dort vermochte er einen Menschen zu erblicken; er ritt ein Stück hinaus, aber er blieb allein; nur das Wehen des Sturmes und das Brausen des Meeres bis aus unermessener Ferne schlug betäubend an sein Ohr. Er wandte das Pferd zurück: er kam wieder zu der verlassenen Ecke und ließ seine Augen längs der Linie des neuen Deiches gleiten; er erkannte deutlich: langsamer, weniger gewaltig rollten hier die Wellen heran; fast schien's, als wäre dort ein ander Wasser. ‚Der soll schon stehen!' murmelte er, und wie ein Lachen stieg es in ihm herauf.

Aber das Lachen verging ihm, als seine Blicke weiter an der Linie seines Deiches entlangglitten: an der Nordwestecke – was war das dort? Ein dunkler Haufen wimmelte durcheinander; er sah, wie es sich emsig rührte und drängte – kein Zweifel, es waren Menschen! Was wollten, was arbeiteten die jetzt an seinem Deiche? – Und schon saßen seine Sporen dem Schimmel in den Weichen, und das Tier flog mit ihm dahin; der Sturm kam von der Breitseite; mitunter drängten die Böen so gewaltig, daß sie fast vom Deiche in den neuen Koog hinabgeschleudert wären; aber Roß und

Reiter wußten, wo sie ritten. Schon gewahrte Hauke, daß wohl ein paar Dutzend Menschen in eifriger Arbeit dort beisammen seien, und schon sah er deutlich, daß eine Rinne quer durch den neuen Deich gegraben war. Gewaltsam stoppte er sein Pferd: ‚Halt!' schrie er; ‚halt! Was treibt ihr hier für Teufelsunfug?'

Sie hatten im Schreck die Spaten ruhen lassen, als sie auf einmal den Deichgrafen unter sich gewahrten; seine Worte hatte der Sturm ihnen zugetragen, und er sah wohl, daß mehrere ihm zu antworten strebten; aber er gewahrte nur ihre heftigen Gebärden, denn sie standen alle ihm zur Linken, und was sie sprachen, nahm der Sturm hinweg, der hier draußen jetzt die Menschen mitunter wie im Taumel gegeneinander warf, so daß sie sich dicht zusammenscharten. Hauke maß mit seinen raschen Augen die gegrabene Rinne und den Stand des Wassers, das, trotz dem neuen Profile, fast an die Höhe des Deiches hinaufklatschte und Roß und Reiter überspritzte. Nur noch zehn Minuten Arbeit – er sah es wohl –, dann brach die Hochflut durch die Rinne, und der Hauke-Haien-Koog wurde vom Meer begraben!

Der Deichgraf winkte einem der Arbeiter an die andere Seite seines Pferdes. ‚Nun, so sprich!' schrie er, ‚was treibt ihr hier, was soll das heißen?'

Und der Mensch schrie dagegen: ‚Wir sollen den neuen Deich durchstechen, Herr! damit der alte Deich nicht bricht!'

‚Was sollt ihr?'

– ‚Den neuen Deich durchstechen!'

‚Und den Koog verschütten? – Welcher Teufel hat euch das befohlen?‘

‚Nein, Herr, kein Teufel; der Gevollmächtigte Ole Peters ist hier gewesen, der hat's befohlen!‘

Der Zorn stieg dem Reiter in die Augen: ‚Kennt ihr mich?‘ schrie er. ‚Wo ich bin, hat Ole Peters nichts zu ordinieren! Fort mit euch! An eure Plätze, wo ich euch hingestellt!‘

Und da sie zögerten, sprengte er mit seinem Schimmel zwischen sie: ‚Fort, zu eurer oder des Teufels Großmutter!‘

‚Herr, hütet Euch!‘ rief einer aus dem Haufen und stieß mit seinem Spaten gegen das wie rasend sich gebärdende Tier; aber ein Hufschlag schleuderte ihm den Spaten aus der Hand, ein anderer stürzte zu Boden. Da plötzlich erhob sich ein Schrei aus dem übrigen Haufen, ein Schrei, wie ihn nur die Todesangst einer Menschenkehle zu entreißen pflegt; einen Augenblick war alles, auch der Deichgraf und der Schimmel, wie gelähmt; nur ein Arbeiter hatte gleich einem Wegweiser seinen Arm gestreckt; der wies nach der Nordwestecke der beiden Deiche, dort, wo der neue auf den alten stieß. Nur das Tosen des Sturmes und das Rauschen des Wassers war zu hören. Hauke drehte sich im Sattel: was gab das dort? Seine Augen wurden groß: ‚Herrgott! Ein Bruch! Ein Bruch im alten Deich!‘

‚Eure Schuld, Deichgraf!‘ schrie eine Stimme aus dem Haufen: ‚Eure Schuld! Nehmt's mit vor Gottes Thron!‘

Haukes zornrotes Antlitz war totenbleich geworden; der Mond, der es beschien, konnte es nicht bleicher machen; seine Arme hingen schlaff, er wußte kaum, daß er den Zügel hielt. Aber auch das war nur ein Augenblick; schon richtete er sich auf, ein hartes Stöhnen brach aus seinem Munde; dann wandte er stumm sein Pferd, und der Schimmel schnob und raste ostwärts auf dem Deich mit ihm dahin. Des Reiters Augen flogen scharf nach allen Seiten; in seinem Kopfe wühlten die Gedanken: Was hatte er für Schuld vor Gottes Thron zu tragen? – Der Durchstich des neuen Deiches – vielleicht, sie hätten's fertiggebracht, wenn er sein Halt nicht gerufen hätte; aber – es war noch eins, und es schoß ihm heiß zu Herzen, er wußte es nur zu gut – im vorigen Sommer, hätte damals Ole Peters' böses Maul ihn nicht zurückgehalten – da lag's! Er allein hatte die Schwäche des alten Deiches erkannt; er hätte trotz alledem das neue Werk betreiben müssen: ‚Herrgott, ja, ich bekenn es', rief er plötzlich laut in den Sturm hinaus, ‚ich habe meines Amtes schlecht gewartet!'

Zu seiner Linken, dicht an des Pferdes Hufen, tobte das Meer; vor ihm, und jetzt in voller Finsternis, lag der alte Koog mit seinen Werften und heimatlichen Häusern; das bleiche Himmelslicht war völlig ausgetan; nur von einer Stelle brach ein Lichtschein durch das Dunkel. Und wie ein Trost kam es an des Mannes Herz; es mußte von seinem Haus herüberscheinen, es war wie ein Gruß von Weib und Kind. Gottlob, die saßen sicher auf der hohen Werfte! Die anderen, gewiß, sie waren schon im Geestdorf droben; von dorther schimmerte so viel Lichtschein, wie er niemals noch gesehen hatte; ja selbst hoch oben aus der Luft, es mochte wohl vom Kirchturm sein, brach solcher in die Nacht hinaus. ‚Sie werden alle fort sein, alle!‘ sprach Hauke bei sich selber; ‚freilich, auf mancher Werfte wird ein Haus in Trümmern liegen, schlechte Jahre werden für die überschwemmten Fennen kommen, Siele und Schleusen zu reparieren sein! Wir müssen's tragen, und ich will helfen, auch denen, die mir Leids getan; nur, Herr, mein Gott, sei gnädig mit uns Menschen!‘

Da warf er seine Augen seitwärts nach dem neuen Koog; um ihn schäumte das Meer; aber in ihm lag es wie nächtlicher Friede. Ein unwillkürliches Jauchzen brach aus des Reiters Brust: ‚Der Hauke-Haien-Deich, er soll schon halten; er wird es noch nach hundert Jahren tun!‘

Ein donnerartiges Rauschen zu seinen Füßen weckte ihn aus diesen Träumen; der Schimmel wollte nicht mehr vorwärts. Was war das? – Das Pferd sprang zurück, und er fühlte es, ein Deichstück stürzte vor ihm in die Tiefe. Er riß die Augen auf und schüttelte alles Sinnen von sich: er hielt am alten Deich, der Schimmel hatte mit den Vorderhufen schon daraufgestanden. Unwillkürlich riß er das Pferd zurück; da flog der letzte Wolkenmantel von dem Mond, und das milde Gestirn beleuchtete den Graus, der schäumend, zischend vor ihm in die Tiefe stürzte, in den alten Koog hinab.

Wie sinnlos starrte Hauke darauf hin; eine Sündflut war's, um Tier und Menschen zu verschlingen. Da blinkte wieder ihm der Lichtschein in die Augen; es war derselbe, den er vorhin gewahrt hatte; noch immer brannte der auf seiner Werfte; und als er jetzt ermutigt in den Koog hinabsah, gewahrte er wohl, daß hinter dem sinnverwirrenden Strudel, der tosend vor ihm hinabstürzte, nur noch eine Breite von etwa hundert Schritten überflutet war; dahinter konnte er deutlich den Weg erkennen, der vom Koog heranführte. Er sah noch mehr: ein Wagen, nein, eine zweiräderige Karriole kam wie toll gegen den Deich herangefahren; ein Weib, ja auch ein Kind saßen darin. Und jetzt – war das nicht das kreischende Gebell eines kleinen Hundes, das im Sturm vorüberflog? Allmächtiger Gott! Sein Weib, sein Kind waren es; schon kamen sie dicht heran, und die schäumende Wassermasse drängte auf sie zu. Ein Schrei, ein Verzweiflungsschrei brach aus der Brust des Reiters: ‚Elke!' schrie er; ‚Elke! Zurück! Zurück!'

Aber Sturm und Meer waren nicht barmherzig, ihr Toben zerwehte seine Worte; nur seinen Mantel hatte der Sturm erfaßt, es hätte ihn bald vom Pferd herabgerissen; und das Fuhrwerk flog ohne Aufenthalt der stürzenden Flut entgegen. Da sah er, daß das Weib wie gegen ihn hinauf die Arme streckte: Hatte sie ihn erkannt? Hatte die Sehnsucht, die Todesangst um ihn sie aus dem sicheren Haus getrieben? Und jetzt – rief sie ein letztes Wort ihm zu? – Die Fragen fuhren durch sein Hirn; sie blieben ohne Antwort: von ihr zu ihm, von ihm zu ihr waren die Worte all verloren; nur ein Brausen wie vom Weltenuntergang füllte ihre Ohren und ließ keinen anderen Laut hinein.

‚Mein Kind! O Elke, o getreue Elke!' schrie Hauke in den Sturm hinaus. Da sank aufs neue ein großes Stück des Deiches vor ihm in die Tiefe, und donnernd stürzte das Meer sich hinterdrein; noch einmal sah er drunten den Kopf des Pferdes, die Räder des Gefährtes aus dem wüsten Greuel emportauchen und dann quirlend darin untergehen. Die starren Augen des Reiters, der so einsam auf dem Deiche hielt, sahen weiter nichts. ‚Das Ende!' sprach er leise vor sich hin; dann ritt er an den Abgrund, wo unter ihm die Wasser, unheimlich rauschend, sein Heimatdorf zu überfluten begannen; noch immer sah er das Licht von seinem Hause schimmern; es war ihm wie entseelt. Er richtete sich hoch auf und stieß dem Schimmel die Sporen in die Weichen; das Tier bäumte sich, es hätte sich fast überschlagen; aber die Kraft des Mannes drückte es herunter. ‚Vorwärts!' rief er noch einmal, wie er es so oft zum festen Ritt gerufen hatte: ‚Herrgott, nimm mich; verschon die anderen!'

Noch ein Sporenstich; ein Schrei des Schimmels, der Sturm und Wellenbrausen überschrie; dann unten aus dem hinabstürzenden Strom ein dumpfer Schall, ein kurzer Kampf.

Der Mond sah leuchtend aus der Höhe; aber unten auf dem Deiche war kein Leben mehr, als nur die wilden Wasser, die bald den alten Koog fast völlig überflutet hatten. Noch immer aber ragte die Werfte von Hauke Haiens Hofstatt aus dem Schwall hervor, noch schimmerte von dort der Lichtschein, und von der Geest her, wo die Häuser allmählich dunkel wurden, warf noch die einsame Leuchte aus dem Kirchturm ihre zitternden Lichtfunken über die schäumenden Wellen.»

*

Der Erzähler schwieg; ich griff nach dem gefüllten Glase, das seit lange vor mir stand; aber ich führte es nicht zum Munde; meine Hand blieb auf dem Tische ruhen.

«Das ist die Geschichte von Hauke Haien», begann mein Wirt noch einmal, «wie ich sie nach bestem Wissen nur berichten konnte. Freilich, die Wirtschafterin unseres Deichgrafen würde sie Ihnen anders erzählt haben; denn auch das weiß man zu berichten: jenes weiße Pferdegerippe ist nach der Flut wiederum, wie vormals, im Mondschein auf Jevershallig zu sehen gewesen; das ganze Dorf will es gesehen haben. – Soviel ist sicher: Hauke Haien mit Weib und Kind ging unter in dieser Flut; nicht einmal ihre Grabstätte hab ich droben auf dem Kirchhof finden können; die toten Körper werden von dem abströmenden Wasser durch den Bruch ins Meer hinausgetrieben und auf dessen Grunde allmählich in ihre Urbestandteile aufgelöst sein – so haben sie Ruhe vor den Menschen gehabt. Aber der Hauke-Haien-Deich steht noch jetzt, nach hundert Jahren, und wenn Sie morgen nach der Stadt reiten und die halbe Stunde Umweg nicht scheuen wollen, so werden Sie ihn unter den Hufen Ihres Pferdes haben.

Der Dank, den einstmals Jewe Manners bei den Enkeln seinem Erbauer versprochen hatte, ist, wie Sie gesehen haben, ausgeblieben; denn so ist es,

Herr: dem Sokrates gaben sie ein Gift zu trinken, und unseren Herrn Christus schlugen sie an das Kreuz! Das geht in den letzten Zeiten nicht mehr so leicht; aber – einen Gewaltsmenschen oder einen bösen stiernackigen Pfaffen zum Heiligen oder einen tüchtigen Kerl, nur weil er uns um Kopfeslänge überwachsen war, zum Spuk und Nachtgespenst zu machen – das geht noch alle Tage.»

Als das ernsthafte Männlein das gesagt hatte, stand es auf und horchte nach draußen. «Es ist dort etwas anders worden», sagte er und zog die Wolldecke vom Fenster; es war heller Mondschein. «Seht nur», fuhr er fort, «dort kommen die Gevollmächtigten zurück; aber sie zerstreuen sich, sie gehen nach Hause; – drüben am anderen Ufer muß ein Bruch geschehen sein; das Wasser ist gefallen.»

Ich blickte neben ihm hinaus; die Fenster hier oben lagen über dem Rand des Deiches; es war, wie er gesagt hatte. Ich nahm mein Glas und trank den Rest: «Haben Sie Dank für diesen Abend!» sagte ich; «ich denk, wir können ruhig schlafen!»

«Das können wir», entgegnete der kleine Herr; «ich wünsche von Herzen eine wohlschlafende Nacht!»

– – Beim Hinabgehen traf ich unten auf dem Flur den Deichgrafen; er wollte noch eine Karte, die er in der Schenkstube gelassen hatte, mit nach Hause nehmen. «Alles vorüber!» sagte er. «Aber unser Schulmeister hat Ihnen wohl schön was weisgemacht; er gehört zu den Aufklärern!»

– «Er scheint ein verständiger Mann!»

«Ja, ja, gewiß; aber Sie können Ihren eigenen Augen doch nicht mißtrauen; und drüben, an der anderen Seite, ich sagte es ja voraus, ist der Deich gebrochen!»

Ich zuckte die Achseln: «Das muß beschlafen werden! Gute Nacht, Herr Deichgraf!»

Er lachte: «Gute Nacht!»

– – Am anderen Morgen, beim goldensten Sonnenlichte, das über einer weiten Verwüstung aufgegangen war, ritt ich über den Hauke-Haien-Deich zur Stadt hinunter.

DIE SÖHNE DES SENATORS

*

Der nun längst vergessene alte Senator Christian Albrecht Jovers, dessen Sarg bei Beginn dieser einfachen Geschichte schon vor mehreren Jahren die stille Gesellschaft der Familiengruft vermehrt hatte, war einer der letzten größeren Kaufherren unserer Küstenstadt gewesen. Außer seiner Witwe, der von klein und groß geliebten Frau Senatorn, hatte er zwei Söhne hinterlassen, von denen er den ältesten, gleichen Namens mit ihm, kurz vor seinem Tode als Compagnon der Firma aufgenommen hatte, während für den um ein Jahr jüngeren Herrn Friedrich Jovers am selben Orte ein durch den Tod des Inhabers freigewordenes Weingeschäft erworben war.

Dem alten, nun in Gott ruhenden Herrn war derzeit der Ruf gefolgt, daß er in seinem Hause, selbst gegen seine im vorgeschrittenen Mannesalter stehenden Söhne, die Familiengewalt mit Strenge, ja oft mit Heftigkeit geübt habe; nicht minder aber, daß er ein Mann gewesen sei, stets eingedenk der Würde seiner Stellung und des wohlerworbenen

Ansehens seiner Voreltern, mit einem offenen Herzen für seine Vaterstadt und alle reputierlichen Leute in derselben, mochten sie in den großen Giebelhäusern am Markte oder in den Katen an den Stadtenden wohnen. Beim Jahreswechsel mußte unfehlbar der Buchhalter und Kassierer Friedebohm einen gewichtigen Haufen dänischer und holländischer Dukaten in einzelne Päckchen siegeln, sei es zu Ehrengeschenken für die Prediger, für Kirchen- und Schulbediente oder für am Orte wohnende frühere Dienstboten als einen Beitrag zu den Kosten der verflossenen Feiertage; ebenso sicher aber war auch dann schon vor Einbruch der schlimmsten Wintersnot ein auf dem naheliegenden Marschhofe des Senators fettgegraster Mastochse für die Armen ausgeschlachtet und verteilt worden. So stand denn nicht zu verwundern, daß die Mitbürger des alten Herrn, wenn sie ihm bei seinen seltenen Gängen durch die Stadt begegneten, stets mit einer Art sorglicher Feierlichkeit ihren Dreispitz von der Perücke hoben, auch wohl erwartungsvoll hinblickten, ob bei dem Gegengruße ein Lächeln um den streng geschlossenen Mund sich zeige.

Das Haus der Familie lag inmitten der Stadt in einer nach dem Hafen hinabgehenden Straße. Es hatte einen weiten, hohen Flur mit breiter Treppe in das Oberhaus, zur Linken neben der mächtigen Haustür das Wohnzimmer, in dem langgestreckten Hinterhause die beiden Schreibstuben für die Kaufmannsgesellen und den Prinzipal; darüber, im oberen Stockwerk, lag der nur bei feierlichen Anlässen gebrauchte große Festsaal. Auch was derzeit sonst an Raum und Gelaß für eine angesehene Familie nötig war, befand sich in und bei dem Hause; nur eines fehlte: es hatte keinen Garten, sondern nur einen mäßig großen Steinhof, auf welchen oben die drei Fenster des Saales, unten die der Schreibstuben hinaussahen. Der karge Ausblick aus diesem Hofe ging über eine niedrige Grenzmauer auf einen Teil des hier nicht breiteren Nachbarhofes; der Nachbar selber aber war Herr Friedrich Jovers, und über die niedrige Mauer pflegten die beiden Brüder sich den Morgengruß zu bieten.

Gleichwohl fehlte es der Familie nicht an einem stattlichen Lust- und Nutzgarten, nur lag er einige Straßen weit vom Hause; doch immerhin so, daß er, wie man hier sich ausdrückt, «hintenum» zu erreichen war. Und für den vielbeschäftigten alten Kaufherrn mag es wohl gar eine Erquickung gewesen sein, wenn er spät nachmittags am Westrande der Stadt entlangwandelte, bisweilen anhaltend, um auf die grüne Marschweide hinabzuschauen, oder, wenn bei feuchter Witterung der Meeresspiegel wie emporgehoben sichtbar wurde, darüber hinaus nach den Masten eines seiner auf der Reede ankernden Schiffe. Er zögerte dann wohl noch ein Weilchen, bevor er sich wieder in die Stadt zurückwandte; denn freilich galt es, von hier aus nun noch etwa zwanzig Schritte in eine breite Nebengasse hineinzubiegen, wo die niedrigen, aber saubergehaltenen Häuser von Arbeitern und kleinen Handwerkern der hereinströmenden Seeluft wie dem lieben Sonnenlichte freien Eingang ließen. Hier wurde die nördliche Häuserreihe von einem grünen Weißdornzaune und dieser wiederum durch eine breite Staketpforte unterbrochen. Mit dem schweren Schlüssel, den er aus der Tasche zog, schloß der alte Herr die Pforte auf, und bald konnte man ihn auf dem geradlinigen, mit weißen Muscheln ausgestampften Steige in den Garten hineinschreiten sehen, je nach der Jahreszeit den weißen Kopf seitwärts zu einer frisch erschlossenen Provinzrose hinabbeugend oder das Obst an den jungen, in den Rabatten neu gepflanzten Bäumen prüfend.

Der zwischen Buchseinfassung hinlaufende breite Steig führte nach etwa hundert Schritten zu einem im Zopfstil erbauten Pavillon; und es war für die angrenzende Gasse allemal ein Fest, wenn an Sonntagnachmittagen die Familie sich hier zum Kaffee versammelt hatte und dann beide Flügeltüren weit geöffnet waren. Der alte Andreas, welcher dicht am Garten wohnte, hatte an solchen Tagen schon in der Morgenfrühe oder vorher, am Sonnabend, alle Nebensteige geharkt und Blumen und Gesträuche sauber aufgebunden. Weiber mit ihrem Nachwuchs auf den Armen, halbgewachsene Jungen und Mädchen drängten sich um die Pforte, um durch deren Stäbe einen Blick in die patrizischen Sommerfreuden zu erhaschen, mochten sie nun das blinkende Service des Kaffeetisches bewundern oder schärfer Blickende die nicht übel gemalte tanzende Flora an der Rückwand des Pavillons gewahren und nun lebhaft dafür eintreten, daß diese fliegende Dame das Bild der guten Frau Senatorn in ihren jungen Tagen vorstelle. Die ganze Freude der Jugend aber war ein grüner Papagei aus Kuba, der bei solchen Anlässen als vieljähriger Haus- und Festgenosse vor den Türen des Pavillons seinen Platz zu finden pflegte. Auf seiner Stange sitzend, pfiff er bald ein heimatliches Negerliedchen, bald, wenn von der Pforte her zu viele Finger und blanke Augen auf ihn zielten, schrie er flügelschlagend ein fast verständliches Wort zu der Gassenbrut hinüber. Dann frugen die Jungen untereinander: «Wat seggt he? Wat seggt de Papagoy?» Und immer war einer dazwischen, welcher Antwort geben konnte. «Wat he seggt? – ‚Komm röwer!' seggt he!» – Dann lachten die Jungen und stießen sich mit den Ellenbogen, und wenn Stachelbeeren an den Büschen oder Eierpflaumen an den Bäumen hingen, so hatten sie zum Herüberkommen gewiß nicht übel Lust. Aber das war schwerlich die Meinung des alten Papageien; denn wenn Herr Christian Albrecht, sein besonderer Gönner, mit einem Stückchen Zucker an die Stange trat, so schrie er ebenfalls: «Komm röwer!» Er hatte dasselbe schon geschrien, als ein alter Kapitän ihres Vaters den Knaben Friedrich und Christian Albrecht den fremden Vogel zum Geschenke brachte; und als auch sie ihn damals frugen: «Wat seggt de Papagoy?», da hatte der alte Mann nur lachend erwidert: «Ja, ja, se hebbt upt Schipp em allerlei dumm Tüges lehrt!» Der Himmel mochte wissen, was der Vogel mit seinem plattdeutschen Zuruf sagen wollte!

Mitunter ging auch wohl die kleine freundliche

Frau Senatorn mit ihrer Kaffeetasse in der Hand den Steig hinab, um die Enkelinnen des alten Andreas mit einer Frucht oder einem Sonntagsschilling zu erfreuen; dann putzten die Weiber ihren Säuglingen rasch die Näschen, die Jungen aber blieben grinsend stehen: sie wußten zu genau, daß die gute Dame es mit der Verwandtschaft zum Andreas nicht allzu peinlich nahm. Ebenso geschah es mit Herrn Christian Albrecht, denn er glich seiner Mutter an froher Leichtlebigkeit; er kannte die Buben all bei Namen und erzählte ihnen von dem Papageien die wunderbarsten und ergötzlichsten Geschichten. Anders, wenn der alte Kaufherr mit seiner holländischen Kalkpfeife auf den Steig hinaustrat; dann zogen sich alle ausgestreckten Finger zwischen den Stäben der Pforte zurück, und alt und jung schaute in ehrerbietigem Schweigen auf ihn hin; war es aber Herr Friedrich Jovers, der den Steig herabkam, so waren plötzlich mit dem Rufe: «De junge Herr!» alle Jungen zu beiden Seiten der Pforte hinter dem hohen Zaun verschwunden, denn der unbequeme Verkehr mit Kindern lag nicht in seiner Art; wohl aber hatte er einmal einen der größeren Jungen derb geschüttelt, als dieser eben von der Gasse aus mit seinem Flitzbogen auf einen im Garten singenden Hänfling schießen wollte.

– – Diese Familienfeste waren nun vorüber. – Der nördliche, hinter dem Pavillon liegende Teil des Gartens grenzte an den schon außerhalb der Stadt liegenden Kirchhof, und hier, in der von seinem Vater erbauten Familiengruft, ruhte der alte

Kaufherr und Senator von seiner langen Lebensarbeit; mit dem Liede «O du schönes Weltgebäude» hatten die Gelehrten- und die Bürgerschule ihn zu Grabe gesungen, denen beiden, oft im Kampfe mit seinem Schwager, dem regierenden Bürgermeister, er zeitlebens ein starker Schutz und Halt gewesen war. Hier ruhte seit kurzem auch die freundliche Frau Senatorn, nachdem noch kurz zuvor Herr Christian Albrecht eine ihr gleichgeartete rosige Schwiegertochter in das alte Haus geführt hatte. «Du brauchst mich nun nicht weiter», hatte sie lächelnd zu dem trostbedürftigen Sohne gesagt; «in der da hast du mich ja wieder, und noch jung und hübsch dazu!» Und dann hatte auch sie die Augen geschlossen, und viele Augen hatten um sie geweint, und ihr sie verehrender Freund, der alte Kantor van Essen, hatte bei ihrem Begräbnis mit einer eigens dazu komponierten Trauermusik aufgewartet.

Der Kirchhof war durch einen niedrigen Zaun von dem Garten getrennt, und Herr Christian Albrecht hatte sonst, ohne viele Gedanken, darüber weg auf den unweit belegenen Überbau der Gruft geblickt; seitdem aber sein Vater darunter ruhte, war ihm unwillkürlich der Wunsch gekommen, daß eine hohe Planke oder Mauer hier die Aussicht schließen möchte. Nicht, daß er die Grabstätte seines Vaters scheute; nur vom Garten aus wollte er sie nicht vor Augen haben: wenn ihn sein Herz dahin trieb, so wollte er auf dem Umwege der Gassen und auf dem allgemeinen Totengang dahin gelangen. Er hatte diese Gedanken wohl auch gegen seinen Bruder ausgesprochen; er hatte sie dann über sein junges Eheglück vergessen; als aber jetzt auch der Leichnam der ihm herzverwandten Mutter unter jenen schweren Steinen lag, waren sie aufs neue hervorgetreten.

Allein zunächst galt es, sich mit dem Bruder über den elterlichen Nachlaß zu vereinigen; es war ja noch unbestimmt, in wessen Hand der Garten kommen würde.

*

An einem Sonntagvormittage im November gingen die beiden Brüder, Herr Christian Albrecht und Herr Friedrich Jovers, in dem großen, ungeheizten Festsaale des Familienhauses schweigend auf und ab. Die Morgensonne, welche noch vor kurzem durch die kleinen Scheiben der drei hohen Fenster hineingeschienen hatte, war schon fortgegangen; die großen Spiegel an den Zwischenwänden standen fast düster zwischen den grauseidenen Vorhängen. Fast behutsam traten die Männer auf, als wollten sie in dem weiten Gemache den Widerhall nicht wecken; endlich blieben sie vor einer zierlichen Schatulle mit Spiegelaufsatz stehen, dessen reichvergoldete Bekrönung aus einer von Amoretten gehaltenen Rosengirlande bestand. «Hm», sagte Christian Albrecht, «Mama selig, als sie in ihren letzten Jahren einmal ihren Muff hier aus der Schublade nahm, da nickte sie dem einen Spiegel zu; ‚Du Schelm', sagte sie, ‚wo hast du das schmucke Antlitz hingetan, das du mir sonst so eifrig vorgehalten hast! Nun guck einmal, Christian Albrecht, was itzo da herausschaut!' Die alte, heitere Frau, dann gab sie mir die Hand und lachte herzlich.»

Die beiden Brüder blickten auf das stumme Glas: kein junges Antlitz blickte mehr heraus; auch nicht das liebe alte, das sie besser noch als jenes kannten. Schweigend gingen sie weiter; sie legten fast wie mit Ehrfurcht ihre Hand bald auf das eine, bald auf das andere der umherstehenden Geräte, als wäre es noch in ihrer Knabenzeit, wo ihnen der Eintritt hier nur bei Familienfesten und zur Weihnachtszeit vergönnt gewesen war. Wie damals war unter der schweren Stuckrosette der Gipsdecke das stille Blitzen der großen Kristallkrone; wie damals hingen über dem Kanapee, den Fenstern gegenüber, die lebensgroßen Brustbilder der Eltern in ihrem Brautstaate, daneben in höherem Alter die der Großeltern, deren altmodische Gestalten ihnen in der Dämmerung ihrer frühesten Jugendzeit entschwanden.

«Christian Albrecht», sagte der Jüngere, und der vom Vater ererbte strenge Zug um den Mund verschwand ein wenig; «hier darf nichts gerückt werden.»

«Ich meine auch nicht, Friedrich.»

«Es verbleibt dir sonach mit dem Hause.»

«Und der Papagei? Den haben wir vergessen.»

«Ich denke, der gehört auch mit zum Hause.»

Christian Albrecht nickte. «Und du nimmst dagegen das beste Tafelsilber und das Sèvresporzellan, das hier neben in der Geschirrkammer steht!»

Friedrich nickte; eine Pause entstand.

«So wären wir denn mit unserer Teilung fertig!» sagte Christian Albrecht wieder.

Friedrich antwortete nicht; er stand vor den Familienbildern, als ob er eingehend sie betrachten müsse; sein Kopf drückte sich immer weiter in den Nacken, bis der schwarzseidene Haarbeutel im rechten Winkel von dem schokoladenfarbenen Rocke abstand. «Es ist nur noch der Garten», sagte er endlich, als ob er etwas ganz Beiläufiges erwähne.

Aber in des Bruders sonst so ruhigem Antlitz zuckte es, wie wenn ein lang Gefürchtetes plötzlich ausgesprochen wäre. «Den Garten könntest du *mir* lassen», sagte er beklommen; «die Auslösungssumme magst du selbst bestimmen!»

«Meinst du, Christian Albrecht?»

«Ich meine es, Friedrich. Du sagst es selbst, du seiest ein geborener Hagestolz; – aber ich und meine Christine, unsere Ehe wird gesegnet sein! Hier haben wir nur den engen Steinhof; bedenk es, Bruder, wo sollen wir mit den lieben Geschöpfen hin? Und dann – du selber! Im Pavillon, an den Sonntagnachmittagen! Du wirst doch lieber deine junge Schwägerin als deine bärbeißige Witwe Antje Möllern unserer Mutter Kaffeetisch verwalten sehen!»

«Deinen Kindern», erwiderte der andere, ohne umzublicken, «wird mein Garten nicht verschlossen sein.»

«Das weiß ich, lieber Friedrich; aber Kinderhände in meines ordnungliebenden Herrn Bruders Ranunkel- und Levkojenbeeten!»

Friedrich antwortete hierauf nicht. «Es ist ein Kodizill zu unseres Vaters Testament gewesen», sagte er, als spräche er es zu den Bildern oder zu der Wand ihm gegenüber, «danach sollte mir der Garten werden; die Auslösungssumme ist mir nicht bekannt geworden, die magst du bestimmen oder sonst bestimmen lassen.»

Der Ältere nahm fast gewaltsam seines Bruders Hand. «Du weißt es von unserer seligen Mutter, daß unser Vater, da sie das Schriftstück einmal in die Hand bekam, ausdrücklich ihr geheißen hat: ‚Zerreiße es; die Brüder sollen sich darum vertragen.‘»

«Es ist aber nicht zerrissen worden.»

«Das weiß ich wohl; es trat im selben Augenblick ein Fremder in das Zimmer, und dessenthalben unterblieb es damals; aber später, am Tage nach selig Vaters Begräbnis, hat unsere Mutter den Willen des Verstorbenen ausgeführt.»

«Das war ein volles Jahr nachher.»

«Friedrich, Friedrich!» rief der Ältere. «Willst du verklagen, was unsere Mutter tat!»

«Das nicht, Christian Albrecht, aber Mama selig versierte in einem Irrtum; sie war nicht mehr befugt, das Schriftstück zu zerreißen.»

Auf dem Antlitz des älteren Bruders stand es für einen Augenblick wie eine ratlose Frage; dann begann er in dem weiten Saale auf und ab zu wandern, bis er mit ausgestreckten Armen in der Mitte stehenblieb. «Gut», sagte er, «du wünschest den Garten, wir beide wünschen ihn! Aber dabei soll unseres Vaters Wort in Ehren bleiben; teilen wir, wenn du es willst, daß jeder seine Hälfte habe!»

«Und jeder ein verhunztes Stück bekäme!»

«Nun denn, so losen wir! Laß uns hinuntergehen, Christine kann die Lose machen!»

Herr Friedrich hatte sich umgewandt; sein dem Bruder zugekehrtes Antlitz war bis über die dichten Augenbrauen hinauf gerötet. «Was mein Recht ist», sagte er heftig, «das setze ich nicht aufs Los.»

In diesem Augenblicke klang das Negerlied des Papageien aus dem Unterhaus herauf; ein alter Diener hatte die Tür des Saales geöffnet: «Madame läßt bitten; es ist angerichtet.»

«Gleich! Sogleich!» rief Christian Albrecht. «Wir werden gleich hinunterkommen!»

Der Diener verschwand; aber die Herren kamen nicht.

Nach einer Viertelstunde trat unten aus dem Wohnzimmer eine jugendliche Frau mit leicht gepudertem Köpfchen auf den Flur hinaus; behende erstieg sie die breite Treppe bis zur Hälfte und rief dann nach dem Saal hinauf: «Seid ihr denn noch nicht fertig? Friedrich! Christian Albrecht! Soll denn die Suppe noch zum drittenmal zu Feuer?»

Es erfolgte keine Antwort; aber nach einer Weile, während der Stöckelschuh der hübschen Frau ein paarmal ungeduldig auf der Stufe aufgeklappert hatte, wurde oben die Saaltür aufgestoßen, und Friedrich kam allein die Treppe herab.

Die junge Frau Senatorin – denn ihr Eheliebster war kürzlich seinem Vater in dieser Würde nachgefolgt – sah ihn ganz erschrocken an. «Friedrich!» rief sie, «wie siehst du aus? Und wo bleibt Christian Albrecht?»

Aber der Schwager stürmte ohne Antwort an ihr vorüber. «Wünsche wohl zu speisen!» murmelte er und stand gleich darauf schon unten an der Haustür, die Klinke in der Hand.

Sie lief ihm nach. «Friedrich! Friedrich, was fällt dir ein? Dein Leibgericht, Perdrix aux truffes!»

Aber er war schon auf der Gasse, und durch das Flurfenster sah sie ihn seinem Hause zueilen. «Nun sieh mir einer diesen Querkopf an!» Und sie schüttelte ihr Köpfchen und stieg nachdenklich die Treppe wieder hinauf. Als sie die Tür des Saales öffnete, sah sie den jungen Herrn Senator, die Hände in den Rockschößen, vom anderen Ende des Gemaches herschreiten, so ernsthaft vor sich auf die Dielen schauend, als wolle er die Nägelköpfe zählen.

«Christian! Christian Albrecht!» rief sie, als er vor ihr stand.

Als er den Klang ihrer Stimme hörte und, den Kopf erhebend, ihr in die kinderblauen Augen sah, gewannen seine Züge die gewohnte Heiterkeit zurück. «Gehen wir zu Tisch, Madame!» sagte er lächelnd. «Bruder Friedrich muß nun heute mit der Frau Witwe Antje Möllern speisen; das ist gerechte Strafe! Morgen wird er schon wieder kommen; aber ich habe denn doch auch meinen Kopf, und – unseres Vaters Wort muß gelten!»

Damit bot er seiner erstaunten Frau den Arm und führte sie die Treppe hinab und zu Tische.

*

Das Wiederkommen hatte indessen gute Weile; vierzehn Tage waren verflossen, und Herr Friedrich hatte seinen Fuß noch nicht wieder über die Schwelle des Familienhauses gesetzt. Gleich am ersten Morgen nach jenem verfehlten Mittage war Christian Albrecht wiederholt auf seinen Steinhof hinausgegangen, um wie sonst über die niedrige Grenzmauer seinem Bruder den Morgengruß zu bieten; aber von Herrn Friedrich war nichts zu sehen gewesen; ja, eines Morgens hatte Herr Christian Albrecht ganz deutlich den Schritt des Bruders aus der in einem Winkel verborgenen Hoftür kommen hören: als ihn aber im selben Augenblicke ob einer in der Alteration zu scharf genommenen Prise ein lautes Niesen anfiel, hörte er gleich darauf die Schritte wieder umkehren und die ihm unsichtbare Hoftür zuschlagen.

Herr Christian Albrecht wurde ganz still in sich bei dieser Lage der Dinge; nur mit halbem Ohre lauschte er, wenn, um ihn aufzumuntern, die hübsche Frau Senatorin sich in der Dämmerstunde ans Klavier setzte und ihm die allerneuesten Lieder: «Beschattet von der Pappelweide» und «Blühe, liebes Veilchen», eines nach dem andern mit ihrer hellen Stimme vorsang.

Er hatte gegen sie nach der ersten Mitteilung «der kleinen Differenze» kein Wort über den Bruder mehr geäußert; endlich aber, eines Morgens, da die Eheleute beim Kaffee auf dem Kanapee beisammensaßen, legte die Frau Senatorin sanft ihre kleine Hand auf die des Mannes. «Siehst du nun», sagte sie leise; «er kommt nicht wieder; ich hab es gleich gesagt.»

«Hm, ja, Christinchen; ich glaub es selber fast.»

«Nein, nein, Christian Albrecht; es ist ganz gewiß, er kommt nicht wieder; er *kann* nicht wieder kommen, denn er ist ein Trotzkopf!»

Christian Albrecht lächelte; aber zugleich stützte er den Kopf in seine Hand. «Ja freilich, das ist er; das war er schon als kleiner Knabe; ich und das Kindermädchen tanzten dann um ihn herum und sangen: ‚Der Bock, der Bock! O jemine, der Bock!', bis er zuletzt einen Kegel oder ein Stück von seinem Bauholz aufgriff und damit nach unseren Köpfen warf; am liebsten warf er noch mit seinem Bauholz! Aber, Christinchen – wenn's Herz nur gut ist!»

«Nicht wahr?» rief die hübsche Frau und sah ihrem Mann mit lebhafter Zärtlichkeit ins Antlitz, «ein gutes Herz hat unser Friedrich, und deshalb – ich meine, du könntest zu ihm gehen; du bist kein Trotzkopf, Christian Albrecht, du hast es leichter in der Welt!»

Der Senator streichelte sanft die geröteten Wangen seiner Eheliebsten. «Was ich für eine kluge Frau bekommen habe!» sagte er neckend.

«Ei was, Christian Albrecht, sag lieber, daß du zu deinem armen Bruder gehen willst!»

«Arm, Christinchen? – Eine sonderbare Armut, wenn einer alles Recht für sich allein verlangt! Aber du sollst schon deinen Willen haben; heut abend oder schon heute nachmittag ...»

«Warum nicht schon heut vormittag?»

«Nun, wenn du willst, auch heute vormittag!»

«Und du bist versöhnlich, du gibst nach?»

«Das heißt, ich gebe ihm den Garten?»

Sie nickte: «Wenn es sein muß! Doch lieber, als daß ihr im Zorne auseinandergeht!»

«Und, Christinchen, unsere Kinder? Sollen sie mit den Hühnern hier auf dem engen Steinhof laufen?»

«Ach, Christian Albrecht!», und sie fiel ihm um den Hals und sagte leise: «Wir sind so glücklich, Christian Albrecht!»

*

Während bald darauf der junge Kaufherr über den Flur nach seinen Geschäftsräumen im Hinterhause schritt, hatte im Wohnzimmer seine Frau sich an das Fenster gesetzt; an einem möglichst kleinen Häubchen strickend, schaute sie über die Straße nach dem gegenüberliegenden Nachbarhause, mehr nur, wie es schien, um bei dem inneren Gedankentausche doch irgendwohin die Augen zu richten. Jetzt aber sah sie Frau Antje Möllern in Futterhemd und Schürze über die Straße schreiten und mit der Frau Nachbarin Jipsen, die soeben auch aus ihrem Hause trat, sich auf eine der steinernen Beischlagsbänke setzen. Frau Antje Möllern war die Erzählende, wobei sie sehr vergnügt und triumphierend aussah und mehrmals mit einer schwerfälligen Bewegung ihres dicken Kopfes nach dem elterlichen Hause ihres Herrn hinüberwinkte. Frau Nachbarin Jipsen schlug zuerst ihre Hände, wie vor Staunen, klatschend ineinander; dann aber nickte sie wiederholt und lebhaft; auch ihr schienen die Dinge, um die es sich handelte, ausnehmend zu gefallen; und bald, während das eifrigste Wechselgespräch im

Gange war, zuckten und deuteten die Köpfe und Hände der beiden Weiber in keineswegs respektvoller Gebärde nach dem altehrwürdigen Kaufmannshaus hinüber.

Die junge Frau am Fenster wurde denn doch aufmerksam: die da drüben waren nicht eben ihre Freunde; der einen – das wußte sie – war es zugetragen worden, daß sie Herrn Friedrich Jovers abgeraten hatte, ihre mauldreiste Personnage in sein Haus zu nehmen; der anderen hatte sie einmal ihre große Tortenpfanne nicht leihen können, weil sie eben beim Kupferschmied zum Löten war.

Unwillkürlich hatte sie die Arbeit sinken lassen: was mochten die Weiber zu verhandeln haben?

Aber die Unterhaltung drüben wurde unterbrochen. Von der Hafenstraße herauf kam der kleine bewegliche Advokat, Herr Siebert Sönksen, den sie den «Goldenen» nannten, weil er bei feierlichen Gelegenheiten es niemals unter einer goldbrokatenen Weste tat, deren unmäßig lange Schöße fast seinen ganzen Leib bedeckten. Eilig schritt er auf die beiden zu, richtete, wie es schien, eine Frage an Frau Antje Möllern und schritt, nachdem diese mit einem Kopfnicken beantwortet worden, lebhaft, wie er herangetreten war, quer über die Gasse nach Herrn Friedrichs Hause zu.

«Hm», kam es aus dem Munde der jungen Frau, «der Goldene? Gehört der auch dazu? Was will denn der bei unserem Bruder Friedrich?»

Die hervorragenden Eigenschaften des Herrn Siebert Sönksen waren bekannt genug: er jagte wie ein Trüffelhund nach verborgen liegenden Prozessen und galt für einen spitzfindigen Gesellen und höchst beschwerlichen Gegenpart auch in den einfachsten Rechtsstreitigkeiten. Im übrigen wußte er, je nach welcher Seite hin sein Vorteil lag, ebensowohl einen sauberen Vergleich zustande zu bringen, als einen schikanösen Prozeß durch alle Instanzen hindurchzuziehen.

Die Frau Senatorin war aufgestanden; sie mußte doch zu ihrem Christian Albrecht, um seine Meinung über diese Dinge einzuholen! Allein, da trat die Köchin in das Zimmer, ein altes Inventarienstück aus dem schwiegerelterlichen Nachlaß, eine halbe Respektsperson, die nicht so abzuweisen war. Die junge Frau mußte ihr Haushaltungsbuch aus der Schatulle nehmen; sie mußte notieren und rechnen, um dann die näheren Positionen der heutigen Küchenkampagne mit der kundigen Alten festzustellen.

*

Hinten in der vorderen Schreibstube saßen indessen der alte Friedebohm und ein jüngerer Kaufmannsgeselle sich an dem schweren Doppelpulte gegenüber. Es gab viel zu tun heute, denn die Brigg «Elsabea Fortuna», welche der selige Herr nach seiner alten Ehefrau getauft hatte, lag zum Löschen fertig draußen auf der Reede. «Musche Peters», sagte der Buchhalter zu seinem Gegenüber, «wir müssen noch einen Lichter haben; ist Er bei Kaptän Rickersen gewesen?»

Aber bevor der junge Mensch zur Antwort kam, wurde an die Tür geklopft, und ehe noch ein «Herein» erfolgen konnte, stand schon der goldene Advokat am Pulte und legte seine Hand vertraulich auf den Arm des alten Mannes. «Der Herr Prinzipal in seinem Kabinette, lieber Friedebohm?» Er frug das so zärtlich, daß der Alte ihn höchst erstaunt ansah, denn dieser Mann war nicht der betraute Sachwalter ihres Hauses. Deshalb gedachte er eben von seinem Bock herabzurutschen, um ihn selber bei dem Herrn Senator anzumelden; aber Herr Siebert Sönksen war schon nach flüchtigem Anpochen in das Privatkabinett des Prinzipals hineingeschlüpft.

«Ei, ei ja doch!» murmelte der Alte. «Die Klatschmäuler werden doch nicht recht behalten?» Er kniff die Lippen zusammen und schaute eine Weile durch das Fenster auf den Steinhof, wo ihm die niedrige Mauer jetzt auch eine innere Scheidung der beiden verwandten Häuser zu bedeuten schien.

Drinnen im Kabinette war nach ein paar Hin- und Widerreden der Herr Senator wirklich von seinem Bock herabgekommen. «Herr!» rief er und stieß seine Feder auf das Pult, daß sie bis zur Fahne aufriß, «verklagen, sagt Ihr? Meines Vaters Sohn will mich verklagen? Herr Siebert Sönksen, Sie sollten nicht solche Scherze machen!»

Der Goldene zog ein Papier aus seiner Tasche. «Mein werter Herr Senator, es wird ja nicht sogleich ad processum ordinarium geschritten.»

«Auch nicht, da Herr Siebert Sönksen dem Gegenpart bedienet ist?»

Der Goldene lächelte und legte das Schriftstück, welches er in der Hand hielt, vor Herrn Christian

Albrecht auf das Pult. «Laut dieser Vollmacht», sagte er vertraulich, «bin ich so gut zum Abschluß von Vergleichen wie zur Anstellung der Klage legitimiert!»

«Und wegen des Vergleiches sind Sie zu mir gekommen?» frug der Kaufherr nicht ohne ziemliche Verwunderung; denn er wußte nicht, daß Herr Siebert Sönksen schon längst darauf spekuliert hatte, statt seines alten und, wie er sagte, «fürtrefflichen, aber abgängigen» Kollegen der Anwalt dieses angesehenen Hauses zu werden.

Der Advokat hatte mit einem höflichen Kopfnicken die an ihn gerichtete Frage beantwortet.

«Herr Siebert Sönksen», sagte der Senator, und er sprach diese Worte in großer innerlicher Erregung, «so kommen Sie also im Auftrage, im ausdrücklichen Auftrage meines Bruders?»

Herr Siebert stutzte einen Augenblick. «In Vollmacht, mein werter Herr Senator; wie Sie zu bemerken belieben, laut richtig subskribierter Vollmacht! Es ist für den erwünschten Frieden unterweilen tauglich, wenn eine unbeteiligte sachkundige Person ...»

Herr Christian Albrecht unterbrach ihn: «Also», sagte er aufatmend, «mein Bruder weiß nichts von Ihrem werten Besuche? Ich danke Ihnen, Herr Sönksen; das freut mich recht von Herzen!»

Der Goldene schaute etwas verblüfft in das gerötete Antlitz des stattlichen Kaufherrn. «Aber mein wertester Herr Ratsverwandter!»

«Nein, nein, Herr Siebert Sönksen, führen Sie meinethalben so viele Prozesse, als Sie fertigbringen können; aber wo zwei Brüder in der Güte miteinander handeln wollen, da gehöret weder der Beichtvater noch der Advokat dazwischen.»

«Aber, ich dächte doch –»

«Sie denken sonder Zweifel anders, Herr Siebert Sönksen», sagte der Senator mit einer unwillkürlichen Verbeugung. «Kann ich Ihnen sonstwie meine Dienste offerieren?»

«Allersubmisseste Danksagung! Nun, schönsten guten Morgen, mein werter Herr Senator!»

Gleich darauf schritt der Goldene mit einem eiligen «Serviteur, Musche Friedebohm» durch die vordere Schreibstube und hielt erst an, als er draußen auf den Treppenstufen vor der Haustür stand. Seinen Rohrstock unter den Arm nehmend, zog er die Horndose aus der Westentasche und nahm bedächtig eine Prise. «Eigene Käuze das, die Söhne des alten Herrn Senators Christian Albrecht Jovers!» murmelte er und tauchte zum zweiten Male seine spitzen Finger in die volle Dose. «Nun, nehmen wir fürerst mit dem Prozeß fürlieb!»

– – Bald nach dem Goldenen war auch der junge Kaufherr an dem ihm kopfschüttelnd nachschauenden Musche Friedebohm vorbeigeeilt, um gleich darauf in die Wohnstube zu treten, wo seine Eheliebste auf dem Kanapee an ihrem Kinderhäubchen strickte. Aber er sprach nicht zu ihr; er hatte wieder beide Hände in den Rockschößen und lief im Zimmer auf und ab, bis die Frau Senatorin aufstand und so glücklich war, ihn zu erhaschen.

«Weshalb rennst du so, Christian Albrecht?» sagte die junge Frau und stellte sich tapfer vor ihm hin.

«Nun, Christine, wer da nicht rennen sollte!»

«Nein, nein, Christian Albrecht, du bleibst mir stehen!», und sie legte beide Arme um seinen Hals. «So», sagte sie; «nun sieh mich an und sprich!»

Aber Herr Christian Albrecht tat auch nicht einen Blick in ihre hübschen Augen. «Christine», sagte er und sah dabei schier über sie hinweg, «ich kann nicht zu Bruder Friedrich gehen.»

Sie ließ ihn ganz erschrocken los. «Aber du hast es mir versprochen!»

«Aber ich kann nicht!»

«Du kannst nicht? Weshalb kannst du nicht?»

«Christinchen», sagte er und faßte seine Frau an beiden Händen, «ich kann nicht, weil er wieder in seine Kinderstreiche verfallen ist; er hat mir ein Stück Bauholz nach dem Kopf geworfen.»

«Was soll das heißen, Christian Albrecht?»

«Das soll heißen, daß mein Bruder Friedrich den goldenen Advokaten zum Prozesse gegen mich bevollmächtigt hat. Es ist justement als wie in seinen Kinderjahren; er hat den Bock, und zwar im allerhöchsten Grade! Und so mag's denn auch von meinetwegen jetzt ein Tänzchen geben!»

Die junge Frau suchte wieder zu begütigen, allein Herr Christian Albrecht war unerbittlich. «Nein, nein, Christinchen; er muß diesmal fühlen, wie der Bock ihn selber stößt, so wird er sich ein andermal in acht zu nehmen wissen. Wir sollen, so Gott will, noch lange mit unserem Bruder Friedrich leben; bedenk einmal, was sollte daraus werden, wenn wir allzeit laufen müßten, um seinen stößigen Bock ihm anzubinden!»

Und dabei hatte es sein Bewenden. Zwar will man wissen, daß die junge Frau noch einmal hinter ihres Mannes Rücken in des Schwagers Haus geschlüpft sei, um mit den eigenen kleinen Händen den Knoten zu entwirren; aber Frau Antje Möllern hatte sie mit frecher Stirne fortgelogen, indem sie fälschlich angab, Herr Friedrich Jovers sei soeben in dringenden Geschäften zum Herrn Siebert Sönksen fortgegangen. Und die Augen der alten Personnage sollen dabei so von Bosheit voll geleuchtet haben, daß die junge Frau zu einem zweiten Versuche keinen Mut hatte gewinnen können.

*

Ein neues Jahr hatte begonnen, und der Prozeß zwischen den beiden Brüdern war in vollem Gange. Der Herr Vetter Kirchenpropst und der Onkel Bürgermeister hatten sich vergebens als Vermittler zum gütlichen Austrag angeboten; vergebens hatte der letztere gegen den jungen Senator hervorgehoben, daß «kraft seines tragenden Amtes, abseiten des Ansehens der Familie», die Augen der ganzen Stadt auf ihn gerichtet seien; denn darin schienen die Streitenden stillschweigend einverstanden, daß das Wort der Güte nur fern von fremder Einmischung von dem einen zu dem andern gehen könne. Aber freilich, dazu gab keiner von ihnen die Gelegenheit; der notwendige geschäftliche Verkehr wurde schriftlich fortgesetzt, und eine Menge Zettel: «Der Herr Bruder wolle gelieben» oder «Dem Herrn Bruder zur gefälligen Unterweisung» gingen hin und wieder.

Die kleine Seestadt in allen ihren Kreisen hatte sich müde an diesem unerhörten Fall gesprochen, und das Gespräch, wenn irgendwie der Stoff zu anderem ausging, wurde noch immer mit Begierde wieder aufgegriffen. Vollständig munter aber, trotz der Winterkälte, erhielt es sich drüben auf der Beischlagsbank der Frau Nachbarin Jipsen; diese und Frau Antje Möllern winkten jetzt nicht nur mit ihren Köpfen, sondern mit beiden Armen und dem ganzen Leibe nach dem Senatorshause hinüber. Aber in dem letzteren war freilich mittlerweile auch noch ein ganz Besonderes passiert: ein Sohn war dort geboren worden, und Herr Friedrich Jovers hatte ja für solchen Fall Gevatter stehen sollen!

– – Die junge Frau Senatorin lief indessen schon wieder flink von der Wiege ihres Kindes treppunter nach der Küche und noch flinker von der Küche treppauf nach ihrer Wiege, als eines Morgens Herr Christian Albrecht, nachdem er erst soeben vom gemeinschaftlichen Kaffeetische in sein Kontor gegangen war, wieder zu ihr in das Wohnzimmer trat. «Christine», sagte er zu seiner immerhin noch etwas bläßlichen Eheliebsten, «bist du heute schon draußen auf unserem Steinhofe gewesen? – – Nicht? – Nun, so alteriere dich nur nicht, wenn du dahin kommst!»

«Um Gottes willen, es hat doch kein Unglück gegeben?» rief die junge Frau.

«Nein, nein, Christine.»

«Aber ein Malheur doch, Christian Albrecht; du bist ja selber alteriert!»

Ein Lächeln flog über sein freilich ungewöhnlich

ernstes Gesicht. «Ich denke nicht, Christine; aber komm nur mit und siehe selber!»

Er faßte ihre Hand und führte sie über den Hausflur in die große Schreibstube. Der jüngere Kontorist war nicht zugegen; der alte Friedebohm stand neben seinem Schreibbocke am Fenster und nahm eine Prise nach der andern.

Auch Frau Christine sah jetzt in den Hof hinaus, fuhr aber gleich darauf mit der Hand über ihre Augen, als gält es, dort ein Spinnweb fortzuwischen. «Um Gottes willen, was ist das, Friedebohm? Was machen die Leute da auf Bruder Friedrichs Hof? Die Mauer ist ja auf einmal fast um zwei Fuß höher!»

«Frau Prinzipalin», sagte der Alte, «das sind Meister Hansens Leute; sehen Sie, dort kommt schon einer mit der Kelle!»

«Aber was soll denn das bedeuten?»

«Nun» – und Monsieur Friedebohm nahm wieder eine Prise –, «Herr Friedrich läßt wohl ein paar Schuh höher mauern.»

«Aber, Christian Albrecht», und Frau Christine wandte sich lebhaft zu ihrem Mann, der schweigend hinter ihr gestanden hatte, «geschieht denn das mit deinem Willen?»

Herr Christian Albrecht schüttelte den Kopf.

«Aber die Grenzmauer, sie gehört doch uns gleichwohl; wie kann sich Friedrich so etwas unterstehen!»

«Mein Schatz, die Mauer steht auf Friedrichs Grund und Boden.»

Die Augen der kleinen Frau funkelten.

«Oh, das ist schlecht von ihm, das hätte ich ihm nicht zugetraut; er hat ein hartes Herz!»

«Da irrst du doch gewaltig, Christinchen», erwiderte Herr Christian Albrecht; «das ist's ja gerade, daß er noch immer sein altes weiches Herz hat; er schämt sich nur, und deshalb läßt er diese große steinerne Gardine zwischen sich und seinem Bruder aufziehen.»

Die junge Frau blickte mit unverhohlener Bewunderung auf ihren Mann. «Aber», sagte sie fast schüchtern und legte ihre Hand in seine; «wie wird er sich erst schämen, wenn er den Prozeß gewinnen sollte!»

«Dann», erwiderte der Senator, «dann kommt mein Bruder zu mir, denn dann ist der böse Bock gezähmt. Hab ich nicht recht, Papa Friedebohm?» setzte er in munterem Ton hinzu.

«Ei ja, Gott lenkt die Herzen», erwiderte der alte Mann, indem er seine Dose in die Tasche steckte und dafür die Feder wieder in die Hand nahm; «aber beim wohlseligen Herrn Senator ist uns solcher Umstand im Geschäft nicht vorgekommen.»

*

Zwei Tage darauf hatte die Mauer schon eine beträchtliche Höhe erreicht, und noch immer wurde daran gearbeitet. Aus der Schreibstube hinten war dergleichen nie gesehen worden, und der junge Kaufmannsgeselle konnte es nicht lassen, je um eine kleine Weile mit offenem Munde nach den Arbeitern hinzustarren. «Musche Peters», sagte der alte Friedebohm, «wolle Er lieber in Seine Bilanzrechnung schauen! Es will sich für Ihn nicht schicken, daß Er über das neue Werk da draußen sich irgendwelche überflüssige Gedanken mache!» Und der junge Mensch wurde über und über rot und tauchte hastig seine Feder in das Tintenfaß.

Aber auch Monsieur Friedebohm selber konnte sich nicht enthalten, unterweilen über seine Arbeit wegzuschauen; die beiden Gesellen da draußen, insonders der Alte mit dem respektwidrigen langen Barte, wurden ihm mit jeder Stunde mehr zuwider. «Der struppige Assyrer!» brummte er vor sich hin, «mag wohl am Turm zu Babel schon getagwerkt haben; wird aber diesmal auch nicht in den Himmel bauen!»

Als gleich darauf Herr Christian Albrecht aus seinem Kabinett hereintrat, sah er seinen Buchhalter sich mit dem Schneiden einer Feder mühen, die er immer näher an die Nase rückte. «Will's nicht mit den alten Augen, Papa Friedebohm?» sagte er freundlich.

Aber Monsieur Friedebohm zuckte bedeutsam mit der einen Schulter nach der Mauer draußen. «Herr Christian Albrecht, wir haben schon immer das Licht nicht justement mit Scheffeln hier gehabt.»

Der Senator warf einen Blick nach dem hohen Werke, an welchem die beiden Gesellen unter lustigem Singen noch immer weiter arbeiteten. «Ja, ja, Friedebohm», rief er heftig, «du hast recht! Alle Tausend, das geht denn doch übers –»

«Übers Bohnenlied» wollte er sagen, wo schon derzeit gar nichts darüber ging; aber er schwieg plötzlich, da er auf den jungen Musche Peters sah, der wieder mit offenem Mund an seinem Pulte saß, und ging, nachdem er eine geschäftliche Anordnung erteilt hatte, in sein Kabinett zurück.

-- Nach ein paar Stunden steckte Frau Christine ihr hübsches Köpfchen durch die Tür. «Darf man eintreten?» frug sie.

«Komm nur!» erwiderte Herr Christian Albrecht von seinem Schreibstuhl aus. «Was hast du auf dem Herzen?»

«Oh», und sie stand schon mitten in dem Stübchen und ließ ihre Blicke an der geschwärzten Decke wandern – «ich wollte nur; – – – aber, Christian Albrecht, hier herrscht ja ägyptische Finsternis! Die schönen Spinngewebe, die unsere Wiebke immer sitzen läßt, die können deine Spinnen nun ruhig weiterweben! Und weißt du, das naseweise Ding – aber ich habe ihr auch einen tüchtigen Wischer gegeben –, sie hat eben die Mauer mit ihrem Eulbesenstiel gemessen; genau elf Fuß nach meiner Elle, sagt sie! Aber sieh nur, Christian Albrecht, nun wird's denn auch nicht höher; sie legen schon die runden Steine oben auf.»

Herr Christian Albrecht saß noch immer auf seinem hohen Schreibstuhl, die Feder in der Hand. «Weißt du, Christine», sagte er, indem er ernsthaft vor sich hinsah, «der Bock meines Herrn Bruders wird mir doch zu mächtig; es tut jetzt not, und ich habe mich auf einen guten Gegenstoß besonnen.» Und als sie ihn unterbrechen wollte: «Nein, red mir nicht dazwischen, Frau; ich will auch einmal meinen Willen haben.»

Sie faßte ihn leise an dem Aufschlag seines Rokkes und zog ihn sanft von seinem Thron herab und dicht zu sich heran. «O weh», sagte sie und sah ihm ernsthaft in die Augen, «da habe ich am Ende einen Mann geheiratet, den ich erst heute kennenlerne! Gesteh mir's, Christian Albrecht, du hast doch nicht auch etwa so einen –»

«Zum Kuckuck», rief Herr Christian Albrecht lachend, «im hintersten Stallwinkel wird auch wohl bei mir so einer angebunden stehen; und der soll jetzt heraus ans Tageslicht, trotz allen klugen Frauenzimmern und meinem allerklügsten noch dazu!»

«So, Christian Albrecht? Und in welcher Art» – sie zögerte ein wenig – «soll denn der deine seinen Gegenstoß vollführen?»

«Setz dich, Christine», sagte der Senator, indem er die anmutige Frau auf seinen Schreibthron hob, «und reden wir deutsch mitsammen! In jener Sache da draußen auf dem Hof will *ich* mein Recht und keinen Titel davon aufgeben! Aber dazu bedarf es keines Prozessierens, denn es steht klar und bündig in den alten Kaufkontrakten.»

«Und weiter, Christian Albrecht?»

«Und weiter, Christine, hat zwar der Besitzer von Friedrichs Hause die Mauer zwischen beiden Häusern aufzuführen und zu unterhalten; aber der des unserigen hat den Halbschied der Kosten dazu beizutragen.»

«Wirklich? Auf Höhe von elf Fuß?»

«Ei was, und wenn's die Mauer von Jericho wäre! Das ist *meine* Sache; wenn ich ihm zahlen will, er muß schon stillhalten und Quittanz dafür erteilen!»

«Und du willst wirklich die Halbschied der Kosten, so das blanke bare Geld dafür dem Bruder Friedrich in sein Haus schicken?»

«Das will ich, Christine; ganz gewiß, das will ich.»

Sie sah ihn eine Weile ganz nachdenklich an.

«So, also auf die Art, Christian Albrecht!» sagte sie langsam.

Aber bevor sie ihre Gedanken über diesen kritischen Fall zu ordnen vermochte, kam Botschaft aus der Küche: die Kochfrau war eben angelangt, und der Bratenwender sollte aufgestellt werden, denn auf morgen gab es ein großes Fest im Hause. Frau Christine gedachte plötzlich wieder der Veranlassung, um derentwillen sie das Allerheiligste ihres Mannes aufgesucht hatte; sie ließ sich ihr blaues Haushaltungsbeutelchen bis zum Rande füllen und verließ das Stübchen, den Kopf voll junger Wirtschaftssorgen.

*

In dem Hause nebenan sollte heute Herr Friedrich Jovers mit seiner ehrsamen Haushälterin selbander speisen, denn sein junger Lübecker Küfer war auswärts in Geschäften. Zuvor aber trat er nach seiner Gewohnheit vor die Haustür und schaute von dem obersten Treppensteine ein paar Augenblicke in das Wetter und rechts die Straße hinab nach dem dort unten sichtbaren Teile des Hafens.

Als er dann wieder ins Haus und gleich darauf in das Wohnzimmer getreten war, stand die Matrone schon mit vorgesteckter Serviette in der kalmankenen Sonntagskontusche hinter ihrem Stuhle.

«Ist Hochzeit in der Stadt, Frau Möllern?» frug er. «Die Schiffe flaggen ja!»

Er setzte sich, und die Alte setzte sich ihm gegenüber; die Frage mochte er wohl schon vergessen haben, denn Herr Friedrich Jovers pflegte seit geraumer Zeit auf dergleichen keine Antwort zu erwarten.

Aber Frau Antje Möllern, welche auf gewisse Dinge ihren Herrn nicht anzusprechen wagte, ließ sich die Gelegenheit nicht entschlüpfen. «Hochzeit?» wiederholte sie scharf, und ein gewisses Zukken um ihre derben Lippen zeigte, daß eine verhaltene Entrüstung zum Ausbruch drängte. «Nein, es ist keine Hochzeit, es ist nur eine Kindtaufe!»

«Eine Kindtaufe, und die Schiffe flaggen?» sagte Herr Jovers gleichgültig. «Ich wüßte doch nicht, daß bei den Honoratioren –»

Aber Frau Möllern vermochte nicht, ihn ausreden zu lassen. «Oh, Herr Jovers, freilich ist es bei den Honoratioren, bei den allerersten Honoratioren; aber eine Schande ist es, eine offenbare Schande, sag ich!»

Herr Jovers wurde doch aufmerksam. «Was will Sie damit sagen?» frug er kurz.

«Damit, Herr Jovers, will ich sagen, daß Ihr einziger Bruder, der Herr Senator Christian Albrecht Jovers, heute sein erstes Söhnchen taufen läßt; und *Sie* fragen noch, warum die Schiffe flaggen?»

Herr Friedrich sagte nichts; aber Frau Antje Möllern entging es nicht, wie ihm die Hand zitterte, während er schweigend den Rest seiner Suppe hinunterlöffelte.

Die grimmigen Augen der Alten begannen plötzlich einen wehleidigen Ausdruck anzunehmen. «Herr Jovers», begann sie seufzend, «Ihr Herr Großvater selig und meines Vaters Onkel, was waren das für gute Freunde! Sie wissen das ja auch, Herr Jovers!»

«Zum mindesten», sagte Herr Jovers, «hat Sie mir das oft genug erzählt.»

«Nun, Herr Jovers, selig Senatorn wußte das ja auch!»

«Ja, ja, Möllern, und auch der alte Friedebohm! Denn in den Büchern meines Großvaters läuft bis zu seinem seligen Ende eine jährliche Ausgabepost: Zehn Pfund Tabak und ein Gewandstück für den armen Krischan Möller.»

Frau Antje schluckte etwas; dann aber, nachdem sie den mittlerweile erschienenen Braten vorgelegt hatte, nahm sie doch den Faden wieder auf. «Ja, Herr Jovers, sie waren Schulkameraden, und das vergaßen sie sich nicht! Für alle Mittwoch war Herr Christian Möller zu dem Herrn Senator Christian Jovers auf den Kaffee eingeladen; im Sommer tranken sie denselben in dem schönen Gartenpavillon, den Ihr Herr Großvater damalen erst gebaut hatte. Nicht wahr, Herr Jovers, man hätte sie wohl sehen mögen, die alten Herren, wie sie in liebevoller Unterhaltung mit ihren holländischen Pfeifen vor den offenen Gartentüren saßen! – Wenn sie es damalen hätten voraussehen können», fuhr Frau Antje fort, vor ihrem noch immer unberührten Braten sitzend, «daß der nunmehrige Herr Senator Jovers oder, sagen wir's nur gerad heraus, die nunmehrige Frau Senatorn einen solchen Prozeß um diesen schönen Lustgarten anheben würde, was würden die beiden braven Freunde dazu wohl gesagt haben?»

«Weiß nicht, Möllern», sagte Herr Friedrich, der bisher in halber Zerstreuung dagesessen hatte; «vielleicht wäre es meinem Großvater zum Verdruß geschlagen, und er hätte den laufenden Posten von zehn Pfund Tabak und einem Gewandstück ein für allemal gestrichen!»

Die Matrone nagte sich ein paarmal auf die Lippe; dann sprach sie mit andächtigem Aufblick: «Wie wohl hat unser Herrgott es gemacht, daß diese lieben Männer jetzt in ihrem Grabe ruhen!»

«Sehr wohl», sagte Herr Friedrich, indem er vom Tische aufstand; «und da lasse Sie die beiden alten Leute nur, und sorge Sie für Ihre Leibesnahrung, damit Sie nicht vor der Zeit bei Ihres Vaters Onkel zu ruhen komme! Zunächst aber hole Sie mir den Überrock von draußen aus dem Schrank!»

Als das geschehen war, ging Herr Friedrich aus dem Hause, ohne zu sagen, wohin, und wann er wiederkommen werde; Frau Antje aber legte zuvörderst die Serviette zusammen, welche der sonst so akkurate Herr als wie ein Wischtuch auf dem Tische hatte liegenlassen, und machte sich dann voll stillen Ingrimms über ihren Braten her.

– Am selbigen Abend, da es vom Kirchturme acht geschlagen hatte, stand Herr Friedrich Jovers auf seinem Steinhofe mit dem Rücken an der Mauer eines Hintergebäudes und blickte unverwandt nach den hellerleuchteten Saalfenstern seines Elternhauses, deren unterste Scheiben die neue Mauer noch so eben überragten.

Ganz heimlich, vor allem als dürfe Frau Antje Möllern nichts davon gewahren, war er nach seiner Rückkehr hier hinausgeschlichen. Weshalb, wußte er wohl selber kaum; denn mit jedem Gläserklingen, das zu ihm herüberscholl, mit jeder neuen Gesundheit, deren Worte er deutlich zu verstehen glaubte, drückte er die Zähne fester aufeinander. Gleichwohl stand er wie gebannt an seinem Platze, sah in das Blitzen der brennenden Kristallkrone und horchte, wenn nichts anderes laut wurde, auf den Schrei des alten Papageien, der, wie er wohl wußte, bei der Festtafel heute nicht fehlen durfte.

Da erschien an einem der Fenster, gerade an dem, welches seinen Schein auf Herrn Friedrichs Standplatz warf, eine zierliche Frauengestalt. Er konnte das Antlitz nicht erkennen; aber er sah es deutlich, daß der Kopf des Frauenzimmers, wie um ungehinderter hinauszuschauen, sich mit der Stirn an eine Scheibe drückte. Doch auch das schien ihr noch nicht zu genügen; ein Arm streckte sich empor, wie um die obere Haspe zu erreichen, und jetzt, während im Saale neues Gläserklingen sich erhob und der Papagei dazwischen schrie, wurde leise der Fensterflügel aufgestoßen.

Herr Friedrich erkannte seine Schwägerin. Sie lehnte sich hinaus, sie legte die Hand an ihren Mund, als ob sie zu ihm hinüberrufen wolle; und jetzt hörte er es deutlich, wenn es auch nur wie geflüstert klang: es war sein Name, den sie gerufen hatte. Und da er wie ein steinern Bild an seiner Mauer blieb, kam es noch einmal zu ihm herüber, und dann, als wolle sie ihm winken, erhob sie langsam ihre Hand und deutete dann wieder nach dem hellen Festsaal. – Was hatte sie vor? Wollte sie ihn noch jetzt zur Taufe laden? Er wußte, sie konnte solche Einfälle haben; er wußte auch, wenn er jetzt ihr folgte, er würde seinem Bruder den besten Teil des Festes bringen; aber – der Garten! Nach ein paar fürsorglichen Andeutungen des Herrn Siebert Sönksen stand in allernächster Zeit eine abfällige Sentenz bei dem Magistrate hier in Aussicht! – Nein, nein, die zweite Instanz mußte beschritten, der Prozeß mußte dort gewonnen werden; waren doch auch die weitschichtigen Rezesse des Goldenen von vornherein auf diese höhere Weisheit nur berechnet gewesen!

Herr Friedrich Jovers wollte sein Recht. Frau Christine hatte es selbst gesagt, er konnte nicht anders, er war ein Trotzkopf; er rührte sich nicht, der Bock hielt ihn mit beiden Hörnern gegen die Mauer gepreßt.

Freilich wußte er es nicht, daß Christian Albrecht ihn im Gevatterstande vertreten und seinen Erstgeborenen getrost auf seines Bruders und des Urgroßvaters Namen hatte taufen lassen. Da drüben aber wurde das Fenster zögernd wieder zugeschlossen.

*

Wenige Tage später stand der vierschrötige Maurermeister Heinrich Hansen, wohlrasiert, seinen

Dreispitz in der Hand, im Kabinette des Senators Christian Albrecht Jovers.

«Also», frug dieser, «zweihundertundvierzig Reichstaler war die Verdingsumme für das Werk da draußen, und Er hat den Betrag bereits empfangen?»

Meister Hansen bejahte das.

«Weiß Er denn wohl», sagte der Senator wieder, «daß mein Bruder Ihm da um die Hälfte zu viel gegeben hat?»

Der alte Handwerksmann wollte aufbrausen; das griff an seine Zunft- und Bürgerehre. «Laß Er nur, Meister», sagte Herr Christian Albrecht und legte beschwichtigend die Hand auf den Arm des neben ihm Stehenden, «Seine Arbeit ist auch diesmal rechtschaffen; aber Er weiß doch, was ein Hauskontrakt bedeutet?» Und damit schob er ihm das vergilbte Schriftstück zu, welches aufgeschlagen auf dem Pulte lag.

Der Meister zog seine Messingbrille hervor und studierte lange und bedächtig unter Beistand seines Zeigefingers den ihm bezeichneten Paragraphen; endlich klappte er die Brille zusammen und steckte sie wieder in das Futteral.

«Nun?» frug Herr Christian Albrecht.

Der Meister antwortete nicht; er fuhr mit seinen Fingern in die Westentasche und suchte nach einem Endchen Kautabak, womit er in schwierigen Umständen seinen Verstand zu ermuntern pflegte.

«Nicht wahr, Meister», sagte der Senator wieder, «da steht es klar und deutlich?»

Der Meister kam nun doch zu Worte. «Mag sein,

Herr», erwiderte er stockend, «aber es ist mir denn doch alles voll und richtig ausbezahlt!»

Der Senator ließ sich das nicht anfechten. «Freilich, Meister; aber die eine Hälfte war ja nicht Herr Friedrich Jovers, sondern ich Ihm schuldig! Das macht auf den Punkt einhundertzwanzig Reichstaler. Hier sind sie, wohlgezählt in Kron- und Markstücken; und nun gehe Er zu Herrn Friedrich Jovers und zahle Er ihm zurück, was Er von ihm zuviel empfangen hat!»

Meister Hansen zögerte noch; in seinem Kopfe mochte die Vorstellung von einem etwas kuriosen Umwege auftauchen, aber bevor er mit seinen schwer beweglichen Gedanken darüber ins reine kam, war schon das Geld in seiner Tasche und er selbst zur Tür hinaus.

Herr Christian Albrecht rieb sich vergnügt die Hände. «Was wird Bruder Friedrich dazu sagen? Stillhalten muß er schon; hier steht's!» Und er tupfte mit den Fingern dreimal zuversichtlich auf den alten Hauskontrakt.

Da wurde an die Tür gepocht. Der Schreiber seines Sachwalters überbrachte ihm einen Brief.

Als der Überbringer sich entfernt und Herr Christian Albrecht den Brief gelesen hatte, war der eben noch so vergnügliche Ausdruck seines Angesichts mit einem Mal wie fortgeblasen. «Musche Peters», sagte er kleinlaut, indem er die Tür zur großen Schreibstube öffnete, «bitte Er doch die Frau Senatorin, auf ein paar Augenblicke bei mir vorzusprechen!»

Die Frau Senatorin ließ nicht auf sich warten.

«Da hast du mich, Christian Albrecht!» rief sie fröhlich; «aber» – – und sie schaute ihm ganz nahe in die Augen, «fehlt dir etwas? Es ist doch kein Unglück geschehen?»

«Freilich ist ein Unglück geschehen; da – lies nur diesen Brief!»

Ihre Augen flogen über das Papier. «Aber, Christian Albrecht, du hast ja den Prozeß gewonnen!»

«Freilich, Christinchen, hab ich ihn gewonnen.»

«Und das nennst du ein Unglück? Da hast du ja alles nun in deiner Hand!»

«Hatte ich in meiner Hand, mußt du sagen! Fünf Minuten vor Empfang dieses Schreibens habe ich durch Meister Hansen die Hälfte der unseligen Mauergelder an Bruder Friedrich abgesandt.»

Frau Christine schlug die Hände ineinander. «Das wird eine schöne Geschichte werden! – du!?» – und sie drohte ihm mit dem Finger – «ich hatte es dir vorhergesagt!»

*

Und es wurde eine schöne Geschichte; denn zu derselben Zeit stand im Nachbarhause der Meister Hansen vor dem Herrn Friedrich Jovers.

Bei seinem Eintritt in den Hausflur war der goldene Advokat gegen ihn angeprallt und dann wie im blinden Geschäftseifer an ihm vorbeigeschossen. Im Zimmer selbst saß der Hausherr mit einem Schriftstück in der herabhängenden Hand, das mit vielen Schnörkeln begann und mit dem großen Magistratssiegel endete. Er schien über den zuvor gelesenen Inhalt nachzusinnen und nicht gehört zu haben, was ihm der Meister eben vorgetragen hatte; als dieser aber aus seiner Hand ein paar schwere Geldrollen auf den Tisch fallen ließ, richtete er sich plötzlich auf. «Geld? Was soll das?» rief er. «Was sagt Er, Meister Hansen?»

Der Meister trug noch einmal seine Sache vor, und jetzt hatte Herr Friedrich zugehört und recht verstanden.

«So?» sagte er anscheinend ruhig, indem er sich von seinem Sitz erhob; aber sein Antlitz rötete sich bis unter das dunkle Stirnhaar. «Also dazu hat Er sich gebrauchen lassen?» – Dann ergriff er plötzlich die beiden Geldrollen und machte eine Armbewegung, die den stämmigen Meister fast zur Gegenwehr veranlaßt hätte.

Aber Herr Friedrich besann sich wieder. «Setz Er sich!» sagte er kurz; dann ging er rasch zur Stubentür und über den Hausflur nach dem Hof hinaus.

Der junge Küfer, der vor der offenen Kellertür des Lagerraums beschäftigt war, sah mit Verwunderung den Herrn Prinzipal bald mit vorgestrecktem Kopfe auf dem Klinkersteige des Hofes dröhnend hin und wieder schreiten, bald wieder ein Weilchen stillestehen und mit halbscheuen Blicken an der hohen Scheidemauer hinaufschauen.

Das mochte eine Viertelstunde so gedauert haben; endlich, wie in raschem Entschluß, ging Herr Friedrich in das Haus zurück. Als er ins Zimmer trat, fand er den Handwerksmann auf demselben Stuhle, wo er ihn gelassen hatte.

«Meister», sagte er, aber es war, als werde bei den wenigen Worten ihm der Atem kurz, «hat Er Leute in Bereitschaft? So etwa fünf oder sechs, und noch heute oder doch morgen schon?»

Der Meister war aufgestanden und besann sich. «Nun, Herr Jovers, es ginge wohl! Mit der Stadtwaage sind wir jetzt so weit; ein Stücker fünfe könnten schon gemißt werden.»

«Gut denn, Meister» – und Herr Friedrich ergriff noch einmal, und nicht minder heftig als vorhin, die beiden auf dem Tische liegenden Geldrollen –, «so baue Er mir die Mauer auf meinem Hofe noch um so viel höher, als dieses Silber dazu reichen will!»

Der Handwerksmann schien kaum zu merken, daß während dieser Worte die Rollen schon in seinen Händen lagen.

«Hat Er mich nicht verstanden?» fuhr Herr Friedrich fort, da der andere keine Antwort gab.

«Freilich, Herr; das ist wohl zu verstehen; aber» – und der Meister schien ein paar Augenblicke nachzurechnen – «das gäbe ja noch an die sechs bis sieben Fuß!»

«Meinetwegen», sagte Herr Friedrich finster, «nur sorge Er dafür, daß es um keinen Schilling niedriger und auch um keinen höher werde, als wozu Er da das Geld in Händen hat!»

«Hm», machte der alte Mann und sah den jüngeren mit einem Blicke an, als ob ihm plötzlich ein Verständnis komme, «wenn Sie es denn so wollen, Herr Jovers; es ist Ihre Sache.»

Herr Jovers wandte sich ab. «So wären wir fertig

miteinander!» sagte er hastig. «Fanget nur gleich morgen an, damit ich der Unruhe in Bälde wieder ledig werde!»

Als Meister Hansen dann hinausgegangen war, warf er sich auf einen Stuhl am Fenster und starrte auf die leere Straße. Er schien keine Gedanken zu haben; vielleicht auch wollte er keine haben.

*

Und schon am anderen Tage, während der Herr Onkel Bürgermeister und der Herr Vetter Kirchenpropst noch einmal ihr vergebliches Versöhnungswerk betrieben, wurde zwischen den Höfen der beiden Brüder rüstig fortgemauert, und der struppige Assyrer sang dabei alle Lieder, die er aus seinen Kreuz- und Querzügen aus der Fremde heimgebracht hatte. Im Hause des Senators wurden die Schreibstuben mit jeder neuen Steinlage immer mehr verdunkelt, und der alte Friedebohm ertappte sich zu seinem Schrecken mehr als einmal, wie er müßig vor dem Fenster stand und, eine vergessene Prise zwischen den Fingern, diesem, wie er es bei sich selber nannte, babylonischen Beginnen zusah. Auf der anderen Seite ging Herr Friedrich Jovers, wenn er auf dem Weg zu seinen Geschäftsräumen den Hof betreten mußte, hastig und ohne jemals aufzublicken daran vorüber. Dann, nach Verlauf einiger Tage, hörte das Mauern und das Singen auf; die Handwerker waren fort, das neue Werk war fertig.

Statt dessen vernahm Herr Friedrich am nächsten Vormittage ein Geräusch, das ihm wie mit einem Schlage die seltensten, aber höchsten Freuden seiner Knabenjahre vor die Seele führte; er hatte eben die Hoftür geöffnet und seinem draußen beschäftigten Ausläufer etwas zugerufen, als er horchend stehenblieb. Er wußte es genau; er sah es vor sich, wie jetzt drüben auf dem Hofe des Elternhauses die großen Reisemäntel ausgeklopft wurden; ja, er sah sich selbst als Knaben in seinen Sonntagskleidern an seiner Mutter Hand danebenstehen und hörte den frohen Ton ihrer Stimme, womit sie bei solchem Anlaß einstmals ihrer Kinder Herz erfreute.

Er erschrak fast, als der Gerufene ihm jetzt entgegentrat, und ihm entfiel unwillkürlich die Frage, was denn für eine Reise drüben wohl im Werke sei. Aber bevor der Mann den Mund aufzutun vermochte, kam bereits die Antwort aus der naheliegenden Küche: Frau Antje Möllern hatte selbstverständlich schon lange die genauesten Nachrichten; ein Glück, daß sie es endlich nun erzählen konnte! Die junge Frau Senatorn wollte mit ihrem Erbprinzen auf Besuch zu ihren Eltern, obschon das liebe Kind mit jedem Tag ins Zahnen fallen könne und Pankratius und Servatius noch nicht einmal vorüber seien; und der gute Herr Senator müsse auch mit auf die Reise, denn was kümmere das die Frau Senatorin, daß eine große Ladung Ostseeroggen erst eben auf der Reede angekommen sei! «Herr Jovers!» schloß Frau Antje ihre Rede, als der Arbeitsmann sich entfernt hatte, und wies mit dem Daumen nach dem Hofe zu, «glauben Sie es oder glauben Sie es nicht – die hat's nicht ausgehalten, daß sie uns von drüben nun nicht mehr in unsere Töpfe gucken kann!»

Ein fast grimmiges Zucken fuhr um Herrn Friedrichs Lippen; dann aber sah er die alte Dame nur eine Weile mit etwas starren Augen an. «Also das ist Ihre Meinung, Möllersch?» sagte er trocken, und als sie hierauf beteuernd mit ihrem dicken Kopf genickt hatte, setzte er hinzu: «So wolle Sie die Güte haben, dergleichen Meinung künftig bei sich selber zu behalten!»

Als er das gesprochen hatte, ging er fort, und Frau Antje blieb, die Hände über ihrem starken Busen gefaltet, noch eine ganze Weile stehen, die Augen unbeweglich nach der Richtung, in der ihr Herr verschwunden war. Dann plötzlich trabte sie an den verlassenen Herd zurück und rührte unter heftigen Selbstgesprächen in dem über dem Dreifuß stehenden Topfe, daß die kochende Brühe zu allen Seiten in die lodernden Flammen spritzte.

*

Es war unverkennbar, daß die Mauer draußen, obgleich sie keineswegs behagliche Gefühle in ihm erweckte, nach ihrer abermaligen Vollendung eine geheimnisvolle Anziehungskraft auf Herrn Friedrich Jovers übte. Freilich hatte er noch immer vermieden, an dem neuen Werk emporzusehen; jetzt aber, nachdem der Abend herangekommen war, ließ es ihm auch hierzu keine Ruhe mehr. Er hatte sich vorgespiegelt, sein junger Küfer, der zur gewohnten Stunde aus dem Geschäft gegangen war, könne das Auffüllen der neuen Fässer unterlassen haben, welche in dem Keller hinter dem Hofe lagen; allein er hatte schon darum vergessen, als er kaum den Hof betreten hatte.

Oben an dem dunkeln Frühlingshimmel schwamm die schmale Sichel des Mondes und warf ihr bläuliches Licht auf den oberen Rand der Scheidemauer und das Dach des elterlichen Hauses. Herr Friedrich stand jetzt an derselben Stelle, von wo aus er an jenem Abend ein stummer Zeuge der Familienfeierlichkeit gewesen war; er stand dort ebenso stumm und unbeweglich, aber auf seinem Antlitz lag jetzt ein unverkennbarer Ausdruck der Bestürzung. So sehr er seine Augen anstrengte, es wurde nicht anders; hinter dem neuen Maueraufsatz waren die Fenster des alten Familiensaales bis zum letzten Rand verschwunden.

Es war schon spät am Abend; nichts regte sich, weder hüben noch drüben; nur das Klirren eines Fensterflügels, der im Hauptbau auf der anderen Seite offenstehen mochte, wurde dann und wann im Aufwehen der Nachtluft hörbar. Herr Friedrich wollte eben in sein Haus zurückkehren, da tönte von drüben plötzlich die Stimme des alten Kuba-Papageien: «Komm röwer!» und nach einer Weile noch einmal: «Komm röwer!» Wie ein eindringlicher Ruf, fast schneidend, klang es durch die Stille der Nacht; dann nach kurzer Pause folgte ein gellendes Gelächter. Herr Friedrich kannte es sehr wohl; der verwöhnte Vogel pflegte es auszustoßen, wenn ihm die Nachahmung der eingelernten Worte besonders wohl gelungen war. Aber was sonst als der unbehilfliche Laut eines abgerichteten Tieres gleichgültig an seinem Ohr vorbeigegangen war, das traf den einsamen Mann jetzt wie der neckende Hohn eines schadenfrohen Dämons.

«Komm röwer!» seine Lippen sprachen unwillkürlich diese Worte nach; über seine selbstgebaute Mauer konnte er nicht hinüberkommen.

Noch lange stand er, das Hirn voll grübelnder Gedanken, ohne daß etwas anderes als das gewöhnliche Geräusch der Nacht zu seinem Ohr gedrungen wäre; fast sehnte er sich, noch einmal den Schrei des Vogels zu vernehmen; als aber alles stillblieb, ging er ins Haus und legte sich zum Schlafen nieder.

Allein er hörte eine Stunde nach der anderen schlagen, und da er endlich schlief, war es nur eine halbe Ruhe. Ihm war, als sei er auf dem Wege zum Garten; aus der Pforte kamen seine Eltern ihm entgegen, von denen er gemeint hatte, daß sie beide schon im Grabe lägen; als er auf sie zuging, sah er, daß ihre Augen fest geschlossen waren; er wollte sie eben bitten, ihn doch anzusehen, da war die hohe Mauer vor ihm aufgestiegen, und dahinter scholl das Gelächter des alten Kubavogels, das wie in einem Echo an hundert Mauern hin und wieder sprang.

– – Das Geräusch eines dicht unter seinen Fenstern vorüberrollenden Wagens weckte ihn. Es war schon Morgenfrühe; die dicke goldene Taschenuhr, welche er von seinem Nachttisch langte, zeigte auf reichlich fünf Uhr. Rasch war er aus dem Bette, zog das Vorhängsel von einem Guckfenster in der vorspringenden Seitenwand zurück und sah auf die Straße hinab. Von Osten her lagen die Häuserschatten noch auf den feuchten Steinen und bis hoch an den gegenüber stehenden Gebäuden hinauf; vor der Treppe des brüderlichen Hauses hielt ein bespannter Reisewagen: Koffer wurden durch den alten Diener hintenauf geladen und Kisten und Schachteln unter den Wagenstühlen festgebunden. Bald darauf sah er seinen Bruder und Frau Christine in Reiserock und Mantel aus dem Hause treten; dann folgte eine gleichfalls reisefertige Magd mit einem anscheinend nur aus Tüchern bestehenden Bündelchen, an welchem die junge Frau Senatorn noch viel zu zupfen und zu stecken hatte und worin Herr Friedrich nicht ohne Grund seinen ihm noch unbekannten jungen Neffen vermutete.

Endlich war alles auf dem Wagen. Herr Friedebohm, von der obersten Treppenstufe, schien eiligst noch mit Kopf und Händen die Versicherung getreuen Einhütens zu erteilen; dann klatschte der Kutscher, und bald war die Straße leer, und Herr Friedrich hörte nur noch das schwache Rollen des Wagens droben in der Stadt, wo es zum Ostertore hinausführte.

Aber auch ihn selbst duldete es nun nicht länger im Hause; rasch war er angekleidet und ging in den frischen Morgen hinaus. Er war hinten um die Stadt herumgegangen, an der stillen Gasse vorüber, in welcher die Pforte zu dem Familiengarten sich befand; jetzt schritt er langsam, seinen Rohrstock unter dem Arme, drüben auf dem breiten Gange des Kirchhofes und schaute über den alten Hagedornzaun nach dem seit einem halben Jahre von ihm gemiedenen Familiengrundstück hinüber. Bäume und Sträucher standen schon in lichtem Grün, und dort von den jungen Apfelbäumen, die sein Vater, der alte Herr Senator, noch gepflanzt hatte, lachten ihn die ersten roten Blütensträuße an. Bald auch gewahrte er mit Verwunderung, daß der Garten, wie in jedem Frühjahr, in ordnungsmäßigen Stand gesetzt war, und – täuschte ihn denn sein Ohr? – er hörte ein Geräusch, als ob gehackt und darauf Beete mit dem Spaten angeklopft würden; aber der Pavillon und das hohe Gebüsch zu dessen Seiten verwehrten ihm die Aussicht.

Er blieb stehen und lauschte, während das Geräusch des Arbeitens sich ebenmäßig fortsetzte. Da wallte es in ihm auf; wer konnte sich unterstehen, den in Streit befangenen Garten anzufassen?

«Heda!» rief er. «Was wird da getrieben?»

Das Arbeiten hörte auf, und nach einigen Augenblicken trat der alte Andreas mit einem Spaten auf der Schulter hinter dem Pavillon hervor.

«Er, Andreas?» herrschte ihn Herr Friedrich an. «Was hat Er hier zu schaffen? Hat Ihn mein Bruder etwa hier zur Arbeit herbeordert?»

Der Alte schob seine Pudelmütze von einem Ohr zum anderen. Die Frage mochte ihm unerwartet kommen; hatte er doch noch von dem seligen Herrn her einen Schlüssel zu der Gartenpforte und seit über einem Vierteljahrhundert einzig nach dem Kalender, den er in seinem Kopfe trug, die Beete umgegraben, Erbsen und Bohnen nach seiner eigenen Wissenschaft gelegt und Bäume und Gesträuche angebunden und beschnitten. «Herbeordert?» sagte er endlich. «Nein, Herr; so herbeordert hat mich niemand; aber wenn's nicht alles in die Wildnis gehen sollte, so war es just die höchste Zeit.»

«Was kümmert Ihn das», rief Herr Friedrich, «ob es hier verwildert?»

Der Alte hatte seinen Spaten in die Erde gestoßen. «Was mich das kümmert?» wiederholte er und sah völlig verdutzt zu dem Sohne seines alten Herrn hinüber.

«Freilich Ihn!» fuhr dieser fort; «denn wer wohl, meint Er, daß Ihm Seine Arbeit hier bezahlen werde?»

«Nun, Herr; es wird schon alles angeschrieben.»

«So schreib Er's gleich nur in den Schornstein», rief Herr Friedrich, «und vertu Er seine Zeit nicht, die Er besser brauchen kann!»

Andreas wischte mit der Hand den Schweiß von seiner Stirne. «Wenn das Ihr Ernst ist, Herr Jovers», sagte er, «so kann ich freilich nur nach Feierabend hier noch arbeiten; das aber» – und er erhob den Spaten und zeigte damit nach dem Kirchhofe hinüber – «tu ich meiner alten Herrschaft da zuliebe.»

Herr Friedrich sagte nichts; Andreas aber ging mit seinem Spaten fort, und bald wurde wieder das einförmige Geräusch des Grabens in der Morgenstille hörbar.

Der andere stand noch eine Weile an derselben Stelle, als müsse er die Spatenstiche zählen, die er drüben den alten Arbeiter machen hörte; dann wandte er sich plötzlich und ging weiter in den Kirchhof hinein, bis zu dem Grabe seiner Eltern. Hier saß er lange auf den Steinen, welche die Familiengruft bedeckten, und blickte auf den grünen Koog hinunter und darüber hinaus auf den silbernen Strich des Meeres, wo in der Ferne die Masten des guten, ihm so wohlbekannten Schiffes «Elsabea Fortuna» sichtbar wurden.

Als es in der Stadt vom Turme sieben schlug, stand er wieder an dem alten Gartenzaune. Der vorübergehende Totengräber, dessen Gruß er nicht zu bemerken schien, gewahrte mit Verwunderung, wie Herr Friedrich Jovers mit seinem Stocke recht unbarmherzig gegen einzelne der alten Büsche stieß, während doch, wie von einem frohen Entschluß, ein stilles Lächeln auf seinem Antlitz lag.

Plötzlich aber richtete Herr Friedrich sich auf und schritt aus dem Kirchhofe in die Stadt hinein; er schritt nicht seiner Wohnung zu, sondern die lange Osterstraße hinauf, wo das Haus des Meisters Heinrich Hansen lag.

*

Und acht Tage später, an einem sonnigen Spätnachmittage, hielt der Chaisewagen des Senators wieder vor dessen Haustür; die Reisenden samt Kind und Kindsmagd waren heimgekehrt. Als der schlafende Erbe glücklich vom Wagen und oben in der Kinderstube untergebracht war, lief die junge Frau, wie zu neuer freudiger Besitznahme, durch alle Räume ihres Hauses, und als sie hier überall gewesen war und, dank der alten schwiegerelterlichen Köchin, alles in musterhafter Ordnung vorgefunden hatte, schritt sie langsam den Gang hinab, der an der Küche vorbei zur Hoftür führte. Ihr Gesicht war plötzlich ernst geworden, und es dauerte eine Weile, bevor sie die Klinke aufdrückte und hinaustrat.

Allein so zögernd sie hinausgegangen war, so rasch kam sie jetzt zurück; sie flog fast an der Küche vorüber nach dem Hausflur; ihre Augen strahlten: «Christian, Christian Albrecht!» rief sie. «Wo steckst du? Komm doch, komm geschwinde!»

Da trat er schon mit heiterem Antlitz aus der Schreibstube auf sie zu.

«Komm!» rief sie nochmals und ergriff ihn bei der Hand. «Ein Wunder, Christian Albrecht, ein wirkliches Wunder! Wie aus dem Döntje von dem Fischer un sine Fru! Ein schwarzer jütscher Topf, ein Haus, ein Palast; immer höher und höher, und dann eines angenehmen Morgens – ‚Mantje, Mantje Timpe Te!' – da sitzen sie wieder in ihrem schwarzen Pott!» Und sie sah mit glückseligen Augen zu ihrem Mann empor.

Auch aus seinen guten Augen leuchtete ein Strahl des Glückes. «Ich habe es schon gesehen», sagte er; «aber es ist kein Wunder, es ist viel besser als ein Wunder.»

Und als sie dann Arm in Arm auf den Hof hinaustraten, der wieder hell und frei wie früher vor ihnen lag, da sahen sie die hohe Mauer bis auf ihr altes Maß hinabgeschwunden, und hinter der niedrigen Grenzscheide stand Herr Friedrich Jovers und streckte schweigend dem Bruder seine Hand entgegen.

«Friedrich!»

«Christian Albrecht!»

Die Hände lagen ineinander; aber jetzt erhob Herr Friedrich den Kopf, als ob er nach den Fenstern des elterlichen Hauses hinüberlausche.

«Worauf hörst du, Bruder?» frug ihn der Senator.

Einen Augenblick noch blieb der andere in seiner horchenden Stellung, dann ging ein Lächeln über sein ernstes Gesicht. «Ich meinte, Bruder, daß unser alter Papagei mich riefe, aber er hat es neulich abends schon getan.»

Und als er das gesagt hatte, legte er die eine Hand auf den oberen Rand der Mauer, und mit einem Satze schwang er sich hinüber.

«Mein Gott, Friedrich», rief Frau Christine, indem sie einen raschen Schritt zurücktrat, «ich habe dich noch niemals springen sehen!» Und dabei standen ihre Augen voll von Tränen.

Er faßte seine Schwägerin an beiden Händen. «Christine», sagte er, «dieser Sprung war nur ein Symbolum; ich werde künftig wieder hübsch auf ebener Erde bleiben.»

Der Senator blickte heiter in den nun wieder frei gewordenen Luftraum. «Lieber Bruder», begann er mit bedächtigem Lächeln, «die ganze Mauer war ja eigentlich nur ein Symbolum, außer daß sie denn doch leibhaftig dagestanden, und währenddem der alte Friedebohm sich seine Federn nicht mehr schneiden konnte –»

Herr Friedrich unterbrach ihn: «Wenn's gefällig wäre, so nehmet noch einmal eure eben abgelegten Hüte und begleitet mich auf einer kurzen Promenade!»

«Was du willst, Friedrich!» rief Frau Christine.

«Alles, was du willst!» Und da Herr Christian Albrecht gleichfalls einverstanden war, so gingen sie miteinander durch das elterliche Haus, und Herr Friedrich führte sie den bekannten Weg hinten um die Stadt, an der grünen Marsch entlang und wieder in die Stadt hinein.

Sie hatten längst bemerkt, daß er sie zu dem in Streit befangenen Garten führte; aber sie fragten nicht, sie gingen schweigend und in freudiger Erwartung neben dem Bruder her.

Am Eingange empfing sie der alte Andreas, die Steigharke in der Hand, ein schelmisches Schmunzeln im Gesicht. Alles zeigte sich in schönster Ordnung; an den jungen Apfelbäumen waren alle Blütensträuße aufgebrochen.

Herr Friedrich beschleunigte seine Schritte, während er den Muschelsteig zum Pavillon hinauf, dann aber an demselben vorbei und nach der Kirchhofseite zuschritt. Als sie hier aus dem Gebüsch hinaustraten, stieß Frau Christine einen leichten Schrei aus, wie er sich in freudiger Überraschung so anmutig von dem Frauenherz löst; denn an der Stelle des krüppelhaften Zaunes, welcher sonst die Scheide gegen den Kirchhof hin bezeichnet hatte, erhob sich vor ihnen eine stattliche Mauer, wie Herr Christian Albrecht sie sich immer hier gewünscht hatte. «Nun gewißlich», rief die hübsche Frau, «da steht es vor uns, auch die Liebe kann –»

Aber Herr Friedrich nahm ihr das Wort vom Munde. «Die Frau Schwester meinen», sagte er höflich, «Meister Hansens Leute können, wenn auch keine Berge, so doch eine Mauer recht gescheit versetzen; mich selber anbelangend, so habe ich hierbei auf des Herrn Bruders gütigen Konsens gerechnet. Und, Christian Albrecht», fuhr er in herzlichem Tone fort, indem er sich zu seinem Bruder wandte, «hiemit, so du gleichen Sinnes bist, ist unser Prozeß am Ende; du hast das Urteil unseres Magistraten für dich; meinen Einspruch habe ich zurückgezogen. Tue du nun ein übriges und bestimme als der Älteste, wie es mit dem Garten soll verhalten werden! Wie du die Teilung vornimmst, ich bin es jedenfalls zufrieden.»

Herr Christian Albrecht hatte dieser Rede zugehört wie einer, welcher zugleich einem eigenen Gedanken nachgeht. «Ist das dein Ernst, Friedrich?» sagte er, seinem Bruder voll ins Antlitz sehend; «dein wohlbedachter Ernst?»

«Mein voller, wohlbedachter Ernst», erwiderte Herr Friedrich ohne Zögern.

«Nun denn», rief Christian Albrecht freudig, «so teilen wir gar nicht, Bruder Friedrich! ‚Jovers Garten' hat es hier von Großvaters Zeiten her geheißen; so darf es jetzt nicht Christian Albrechts oder Friedrichs Garten heißen!»

Einen Augenblick lang zogen Herrn Friedrichs dunkle Brauen sich zusammen, als ob er über einen Gewaltstreich seines Bruders zürnen müsse; dann aber wurde es plötzlich hell auf seinem Antlitz, wie Christian Albrecht in so raschem Wechsel es nur bei ihrem Vater einst gesehen hatte. Lebhaft ergriff er seines Bruders Hand: «Topp, Christian Albrecht! Aber wie war's nur möglich, daß dies damals keinem von uns beiden eingefallen ist?»

Herr Christian Albrecht lächelte. «Ich glaube, Friedrich, wir haben damals beide etwas laut geredet; da konnten wir die eigene Herzensmeinung nicht vernehmen.»

Frau Christine, die in stiller Freude dem Gespräch der Brüder zugehört hatte, hob jetzt ihre Uhr empor, die sie, noch von der Reise her, an einem schweren Gürtelhaken bei sich führte. «Vesperzeit, wenn's beliebet!» rief sie. «Und, Friedrich, du speisest doch heut abend bei uns? Die alte Margret wird schon löblich vorgesehen haben! Freilich – deine Perdrix aux truffes, die hast du ein für allemal verlaufen.»

*

Es war zu Ende Juli. Frau Antje Möllern saß bei Frau Nachbarn Jipsen auf der Beischlagsbank und erzählte dieser noch einmal, wie schon mehrere Mal zuvor, daß es nun nichts nütze, da drüben noch länger hauszuhalten; denn die da – und sie nickte nicht eben sanft nach dem alten Kaufherrnhaus hinüber – haben nun auch Herrn Friedrich Jovers ganz in ihren Schlingen; sie, Antje Möllern, habe dies dem letzteren auch rundheraus gesagt und dann zugleich auf Michael gekündigt; und Frau Nachbarn Jipsen erwiderte darauf, heute gleichfalls nicht zum erstenmal, daß sie das alles längst vorausgesehen habe.

Unten im Ratsweinkeller saß an diesem warmen Nachmittage der goldene Advokat und demonstrierte dem Herrn Stadtsekretär, der aus den oberen Rathausräumen zu einem kühlen Trunk herabgestiegen war, wie er die scharfsinnigen Deduktionen seiner Klage- und Replikrezesse, welche – ganz sub rosa – denn doch über den Horizont des ehrenwerten Magistrats hinausgingen, nun leider ganz umsonst geschrieben habe; und der stets höfliche Herr Stadtsekretär tupfte dem Goldenen recht freundlich auf die Schulter und sagte lächelnd: «Umsonst, Herr Siebert Sönksen? Doch wohl nicht ganz umsonst! Da müßten wir die Herren Jovers sonst nicht kennen!» – Und der Goldene lächelte gleichfalls und griff behaglich nach seinem Spitzglas Roten.

Draußen in den Gärten aber war es in der Stachelbeerenzeit, und in «Jovers Garten» war heute überdies ein großer Familienkaffee. Der Herr Onkel Bürgermeister und der Herr Vetter Kirchenpropst mit ihren Frauen waren da, und der alte Friedebohm und der alte Andreas waren da, jeder an dem Platze, der ihnen zukam, und der alte Papagei saß auf seiner hohen Stange vor dem Pavillon, und auch Musche Peters in seinem neuesten Anzug mit einer kleinen Zopfperücke fehlte nicht. Selbst den kleinen Erbprinzen hätte man in seinem Kinderwagen an einem stillen Schattenplätzchen finden können, freilich bis jetzt nur schlummernd unter der Hut der treuen Kindsmagd. Im Inneren des Pavillons aber, vor den weit geöffneten Flügeltüren, waltete Frau Christine des blinkenden Kaffeetisches, während drunten vor der Staketpforte sich zusammendrängte, was die kleine Gasse an neugierigen Weibern und lustiger Jugend aufzubieten hatte. Die Weiber erzählten sich von der guten seligen Frau Senatorn und nickten dabei nach der inneren Wand des Pavillons hinüber, wo die unermüdliche Dame Flora nach wie vor mit ihrer Rosengirlande tanzte; die Buben dagegen, die sich allmählich den ersten Platz vor der Pforte erobert hatten, wiesen mit ausgestreckten Armen nach den großen roten Stachelbeeren, die auf den Rabatten in schwerer Fülle an den Büschen hingen. Mitunter hörte man sie den Namen des jungen Herrn Senators nennen; sie schienen auf ihn zu warten, dessen milde Hand ja auch nach dem Hintritt der guten alten Frau Senatorn noch vorhanden war. «Da kommt he! Kiek mal, da kommt he!» riefen ein paar von ihnen, deren gierige Augen eben einen Schimmer seines pfirsichfarbenen Rockes erspähte hatten; aber sie wurden plötzlich stille, als sie ihn an der Seite des gefürchteten Herrn Friedrich Jovers aus einem belaubten Seitengange treten sahen.

Die beiden Brüder gingen schweigend nebeneinander; aber auf ihrem Antlitz lag noch der friedliche Ausdruck des traulichen Gespräches, welches sie vorhin die einsameren Seitengänge hatte aufsuchen lassen. Auch jetzt noch wandten sie sich nicht wieder zur Gesellschaft, sondern schritten in stummem Einverständnis den breiten Muschelsteig hinab.

Ihnen im Rücken hatte inzwischen Musche Peters sich der Papageienstange genähert und suchte in Ermangelung gleichberechtigter Unterhaltung mit dem gefiederten Gaste in bescheidenem Flüstertone anzuknüpfen; sogar ein Stückchen Zukker wagte er dem Papchen hinzuhalten. Aber der grüne Unhold schien für diese Aufmerksamkeit keinen Sinn zu haben; statt nach dem Zucker hackte er nach Musche Peters' Finger und schrie dann gellend, als wolle er's nun ein für allemal gesagt haben: «Komm röwer!»

Als der Schrei des Vogels das Ohr der beiden Brüder erreichte, flog über Herrn Friedrichs Angesicht ein Schatten, wie aus jener Nacht, von der er seinen Bruder heut zum erstenmal gesprochen hatte. Der Senator aber faßte seine Hand und sagte leise: «Mein Friedrich, das hat jetzt keine Bedeutung mehr; du bist nun ein für allemal herüber.»

Als Herr Friedrich hierauf den Kopf erhob, um seinen Bruder anzublicken, blieben seine Augen auf dem Bubenhaufen vor der Pforte haften, und die finstere Miene wurde von einem fast schelmischen Lächeln fortgedrängt. «Keine Bedeutung mehr?» sagte er, die Worte des Bruders wiederholend. «Meinst du, ich verstünde ganz allein die Papageiensprache?» und ohne eine Antwort abzuwarten, rief er mit lauter, kräftiger Stimme: «Holla, Jungens, wat seggt de Papagoy?»

Da kam zuerst eine noch etwas zaghafte Stimme, dann aber eine nach der anderen, und immer lauter und lauter: «‚Komm röwer! Komm röwer!' seggt de Papagoy.»

Und lustig winkend erhob Herr Friedrich den Arm: «Nun denn, alle Mann hoch: ‚Komm röwer!'» und ebenso lustig wies seine Hand nach den brechend voll beladenen Stachelbeerbüschen.

Zuerst sahen die Jungen nur einander an und flüsterten angelegentlich mitsammen; sie konnten sich's nicht denken, daß der böse Herr Friedrich Jovers mit einem Male so erstaunlich gut geworden sei. Als aber jetzt die beiden Herren Jovers in ein unverkennbar herzliches Lachen ausbrachen, da war kein Halten mehr, einer wollte noch eher als der andere, und bald sprang und fiel und purzelte der ganze Schwarm über die Pforte in den Garten hinab, und unter jeder Stachelbeerstaude saß mit lachendem Angesicht ein unermüdlich schmausender Junge.

«Christian Albrecht», sagte Herr Friedrich, den Arm um seines Bruders Schulter legend, «wenn erst deine Jungen hier so in den Büschen liegen!»

Da erscholl hinter ihnen vom oberen Teil des Gartensteiges ein helles fröhliches «Bravissimo!», und als sie sich hierauf umwandten, da stand in der offenen Tür des Pavillons inmitten aller Gäste die junge anmutige Frau Senatorin; mit emporgehobenen Armen hielt sie den Brüdern ihr eben erwachtes Kind entgegen, das mit großen Augen in die bunte Welt hinaussah.

IM NACHBARHAUSE LINKS

*

«Wenn du es hören willst», sagte mein Freund und streifte mit dem kleinen Finger die Asche von seiner Zigarre. «Aber die Heldin meiner Geschichte ist nicht gar zu anziehend; auch ist es eigentlich keine Geschichte, sondern nur etwa der Schluß einer solchen.»

«Danke es», versetzte ich, «unserer heurigen Novellistik, daß mir das letzte jedenfalls besonders angenehm erscheint.»

«So? – Nun also!

Es sind jetzt dreißig Jahre, daß ich als Stadtsekretär in diese treffliche See- und Handelsstadt kam, in welcher die Groß- und Urgroßväter meiner Mutter einst als einflußreiche Handelsherren gelebt hatten. Das derzeit von mir gemietete Wohnhaus stand zwischen zwei sehr ungleichen Nachbarn: an der Südseite ein saubergehaltenes Haus voll lustiger Kinderstimmen, mit hellpolierten Scheiben und blühenden Blumen dahinter; nach Norden ein hohes düsteres Gebäude; zwar auch mit großen Fenstern, aber die Scheiben derselben waren klein, zum Teil erblindet und nichts dahinter sichtbar als hie und da ein graues Spinngewebe. Der einstige Ölanstrich an der Mauer und der mächtigen Haustür war gänzlich abgeblättert, die Klinke und der Messingklopfer mit dem Löwenkopf von Grünspan überzogen. Das Haus stand am hellen Tage und mitten in der belebten Straße wie in Todesschweigen; nur nachts, sagten die Leute, wenn es anderswo still geworden, dann werde es drinnen unruhig.

Wie ich von meinem Steinhofe aus übersehen konnte, erstreckte sich dasselbe noch mit einem langen Flügel nach hinten zu. Auch hier war in dem oberen Stockwerke, das ich der hohen Zwischenmauer wegen allein gewahren konnte, eine stattliche Fensterreihe, vermutlich einem einstigen Festsaal angehörig; ja, als einmal die Sonne auf die trüben Scheiben fiel, ließen sich deutlich die schweren Falten seidener Vorhänge dahinter erkennen.

Nur eine einzige Menschenseele – so sagte man mir –, die uralte Witwe des längst verstorbenen Kaufherrn Sievert Jansen, hause in diesen weitläufigen Räumen; wenigstens glaube man, daß sie noch darin lebendig sei; gesehen wollte sie keiner von denen haben, welche ich zu befragen Gelegenheit hatte. Aber ich möchte nur aufpassen, ob nicht früh morgens, bevor die anderen Häuser aufgeschlossen würden, eine alte Brotfrau dort an die Haustür komme. Dann werde diese, nachdem die Frau ein dutzendmal mit dem Löwenklopfer aufgeschlagen, eine Spalte weit geöffnet, und eine dürre Hand lange daraus hervor und nehme sich ein paar trockene Semmeln aus dem Korbe.

Ich habe diese Beobachtungen nicht angestellt. Doch ging bald darauf bei einer amtlichen Durchsicht der Depositen ein von meiner unsichtbaren Nachbarin bei dem Stadtgerichte niedergelegtes wohlversiegeltes Testament durch meine Hände. Sie lebte also und hatte ohne Zweifel auch noch ihre Beziehungen in das Leben; nur im Munde des Volkes war sie fast zur Sage geworden.

Als ich und meine Frau, der hier noch bestehenden guten Sitte folgend, der Kaufmannsfamilie in dem freundlichen Hause rechts unseren Nachbarbesuch abstatteten, wurden wir von den heiteren Leuten fast ausgelacht, daß wir es wagen wollten, auch zur Linken an die Nachbarstür zu klopfen.

‚Sie kommen nicht hinein!‘ sagte der Hausherr; ‚ich glaube, es ist seit Jahren niemand hineingekommen, denn, Gott weiß, wie sie es macht, aber die alte Dame wirtschaftet ganz allein. Wenn es Ihnen aber auch gelänge, den Eingang zu erzwingen, so würden Sie mit Ihrer Aufmerksamkeit nur den Verdacht erwecken, Sie hätten es auf die nachbarliche Erbschaft abgesehen.‘

‚Aber ihr Testament‘, bemerkte ich, ‚liegt ja seit Jahren schon im Stadtgerichte; und überdies – wie mir erzählt wurde – ein Viertel an die Stadt, drei Viertel an eine milde Stiftung; das lautet doch nicht eben menschenfeindlich.‘

Mein Nachbar nickte: ‚Freilich! Aber zum ersten war sie durch das Testament ihres Seligen gezwungen; das andere – eine schöne Stiftung, dieses Land- und Seespital!‘

Ich fragte näher nach.

‚Sie werden', fuhr der Nachbar fort, ‚es bei der Kürze Ihres hiesigen Aufenthalts noch kaum gesehen haben: es ist eine reich dotierte Versorgungsanstalt für ausgebrauchte Seeleute und Soldaten, das heißt für die unterste Klasse derselben. Die Stiftung rührt von einem reichen kinderlosen Geschwisterpaare her, einem alten Major und einer Seekapitänswitwe. Unter den Linden vor dem schönen Hause, draußen auf einem Hügel vor dem Nordertore, das sie in den letzten Jahren gemeinschaftlich bewohnten, sieht man jetzt reihenweis die alten Burschen mit ihren blauroten Nasen vor der Tür sitzen; die einen in alten roten oder blauen Soldatenröcken, die anderen in schlotterigen Seemannsjacken, alle aber mit einem Pfeifenstummel im Munde und einem Schrotdöschen in der Westentasche. Bleibt man ein Weilchen auf dem Wege stehen, so sieht man sicher bald den einen, bald den anderen ein grünes oder blaues Fläschchen aus der Seitentasche holen und mit wahrhaft weltverachtendem Behagen an die Lippen setzen. Die Fläschchen, über deren Inhalt kein gerechter Zweifel sein kann, nennen sie ihre «Flötenvögel»; und für diese Vögel, welche – getreu dem Willen der Stifter – nur zu oft gefüllt werden, sind jene drei Viertel des ungeheuren Vermögens bestimmt worden.'

‚Und welches Interesse', fragte ich, ‚kann die Testatrix an diesen alten Branntweinsnasen haben?'

‚Interesse? – Ich denke, keins, als daß das Geld aus einem Rumpelkasten in den anderen kommt.'

‚Hmm! Die Alte muß doch eine merkwürdige

Frau sein; ich denke, wir versuchen dennoch unsere Visite!'

Man wünschte uns lachend Glück auf den Weg.

Aber wir kamen nicht hinein. Zwar öffnete sich die Haustür; aber nur eine Hand breit, so stieß sie auf eine von innen vorgelegte Kette. Ich schlug den Messingklopfer an und hörte, wie es drinnen widerhallte und in der Tiefe wie in leeren Räumen sich zu verlieren schien; dann aber folgte eine Totenstille. Als ich noch einmal hämmern wollte, zupfte meine Frau mich am Ärmel: ‚Du, die Leute lachen uns aus!' Und wirklich, die Vorübergehenden schienen uns mit einer gewissen Schadenfreude zu betrachten.

So ließen wir es denn an unserer guten Absicht genug sein und kehrten in unser eigenes Heim zurück.

*

Gleichwohl sollte sich bald darauf eine gewisse Beziehung zwischen mir und der Nachbarin links ergeben.

Es war im Nachsommer, als ich und meine Frau in den Garten gingen, um uns das Vergnügen einer kleinen Obsternte zu verschaffen. Der Augustapfelbaum, an den ich schon vorher eine Leiter hatte ansetzen lassen, befand sich dicht an der hohen Mauer, welche unseren Garten von dem des Jansenschen Hauses trennte. Meine Frau stand mit einem Korbe in der Hand und blickte behaglich in das Gezweige über ihr, wo die roten Äpfel aus den Blättern lugten; ich selbst begann eben die Leiter hinaufzusteigen, als ich von der anderen Seite einen scharfen Steinwurf gegen die Mauer hörte und gleich darauf unser dreifarbiger Kater mit einem Angstsatz von drüben zu uns herabsprang.

Neugierig über dieses Lebenszeichen aus dem Nachbargarten, von wo man sonst nur bei bewegter Luft die Blätter rauschen hörte, lief ich rasch die Leiter hinauf, bis ich hoch genug war, um in denselben hinabzusehen.

– Mir ist niemals so ellenlanges Unkraut vorgekommen! Von Blumen oder Gemüsebeeten, überhaupt von irgendeiner Gartenanlage, war dort keine Spur zu sehen; alles schien sich selbst gesät zu haben; hoher Gartenmohn und in Saat geschossene Möhren wucherten durcheinander; in geilster Üppigkeit sproßte überall der Hundsschierling mit seinem dunklen Kraute. Aus diesem Wirrsal aber erhoben sich einzelne, schwer mit Früchten beladene Obstbäume, und unter einem derselben stand eine fast winzige zusammengekrümmte Frauengestalt. Ihr schwarzes verschossenes Kleid war von einem Stoffe, den man damals Bombassin nannte; auf dem Kopfe trug sie einen italienischen Strohhut mit einer weißen Straußenfeder. Sie stand knietief in dem hohen Unkraut, und jetzt tauchte sie gänzlich in dasselbe unter, kam aber gleich darauf mit einem langen Obstpflücker wieder daraus zum Vorschein, den sie vermutlich bei dem Angriff auf meinen armen Kater von sich geworfen hatte. – Obgleich sie das Ding nur mühsam zu regieren schien, stocherte sie doch emsig damit zwischen den Zweigen umher und brachte auch rasch genug eine Birne nach der anderen herunter, die sie dann scheinbar in das Unkraut, in Wirklichkeit aber wohl in ein darin verborgenes Gefäß mit einer gewissen feierlichen Sorgfalt niederlegte.

Ich beobachtete das alles mit großer Aufmerksamkeit und fühlte erst jetzt, daß meine Frau in ihrer weiblichen Ungeduld mich in höchst gefährlicher Weise von der Leiter zu schütteln suchte; aber ich blieb standhaft und umklammerte schweigend einen derben Ast, denn in demselben Augenblicke war der Alten drüben eine Birne aus ihrem Obstpflücker gefallen, und als sie sich wandte, um sie aufzuheben, war sie mich gewahr geworden. Sie war sichtlich erschrocken und blieb ganz unbeweglich stehen; aus dem verfallenen Antlitz einer Greisin starrten unter dem großen Strohhute mich ein Paar schwarze Augen so grellen Blickes an, daß ich fast gezwungen war, eine unverkennbar scharfe Musterung über mich ergehen zu lassen. Aber auch ich betrachtete mir indessen das Gesicht der alten Dame, das zu beiden Seiten der ziemlich fein geformten Nase mit einigen Rollen falscher Locken eingerahmt war, wie sie vordem auch wohl von jüngeren Frauen getragen wurden. Als ich dann fast verlegen meinen Hut vom Kopfe zog, erwiderte sie dies Kompliment durch einen feierlichen Knicks im strengsten Stile, wobei sie ihren Obstbrecher wie eine Partisane in der Hand hielt.

Aber meine Frau begann wieder zu schütteln, und nun stieg ich als guter Ehemann zur Erde nieder.

Natürlich hatte ich Rechenschaft zu geben. ‚Wo sind die Äpfel, Mann?‘

– ‚Wo sie immer waren, droben im Baume.'

‚Aber, was hast du denn getrieben?'

– ‚Ich habe der Madame Sievert Jansen unsere Nachbarvisite abgestattet.' Und nun erzählte ich.

– – Am anderen Morgen in der Frühe brachte eine alte Frau, voraussetzlich die bewußte Brotfrau, uns einen Korb voll Birnen und eine Empfehlung von Madame Jansen: der Herr Stadtsekretär möge doch einmal ihre Moule-Bouches probieren; sie hätten immer für besonders schön gegolten.

Wir waren sehr erstaunt; aber die Birnen waren köstlich, und ich konnte es nicht unterlassen, meinem Nachbar zur Rechten diese kleinen Vorfälle mitzuteilen, als wir uns bald danach vor unseren Häusern begegneten.

‚Das bedeutet den Tod der Alten', sagte er, ‚oder aber' – und er betrachtete mich fast bedenklich von oben bis unten – ‚Sie müssen einen ganz besonderen Zauber an sich haben!'

‚Der, leider, von jüngeren Augen bisher noch nicht entdeckt wurde', erwiderte ich.

Und wir schüttelten uns lachend die Hände.

*

Im Garten fiel schon das Laub von den Bäumen, und noch immer hatte ich einen Besuch nicht ausgeführt, den ich mir eigentlich als den allerersten vorgenommen hatte.

Er galt freilich nur einer Erinnerung.

Aus dem Flur meines elterlichen Hauses führten ein paar Stufen zu einem nach dem Garten liegenden Zimmer, dessen Fenster ich mir noch heute nicht ohne Sonnenschein und blühende Topfgewächse zu denken vermag. Der Pfleger derselben war ein schöner, milder Greis, der Vater meiner Mutter, welcher hier nach einem einst bewegten Leben die stillen Tage seines Alters auslebte. Wie oft habe ich als Knabe neben seinem Lehnstuhl gesessen, wie oft ihn gebeten, mir aus seinem Leben in fernen Ländern zu erzählen! Aber es dauerte immer nicht lange, so waren wir in seiner Vaterstadt, auf den Spielplätzen seiner Jugend. Das urgroßelterliche Haus mit allen Treppen und Winkeln kannte ich bald so genau, daß ich eines Tages die sämtlichen drei Stockwerke ohne alle Nachhilfe zu Papier gebracht hatte. Da leuchteten die Augen des alten Herrn. ‚Wenn du einmal dahin gelangen solltest', sagte er und legte die Hand auf meinen Kopf, ‚geh nicht daran vorüber!'

Plötzlich war er aufgestanden und hatte die Klappe seines an Erinnerungsschätzen reichen Mahagonischrankes aufgeschlossen. ‚Sieh dir doch die einmal an!' Mit diesen Worten legte er ein Miniaturbild in silberner Fassung vor mir hin. ‚Das war mein Spielkamerad, sie wohnte Haus an Haus mit uns. Auf ihrer Außendiele hing ein Ungeheuer, ein ausgestopfter Hai; da sah man gleich, daß ihr Vater Kapitän auf dem großen Ozean war.'

Ich hatte nichts geantwortet, aber meine Knabenaugen glühten; es war ein Mädchenkopf von bestrickendem Liebreiz.

‚Gefällt sie dir?' fragte der Großvater. ‚Aber hier ist sie als Braut gemalt; in deinen Jahren hättest du den kleinen wilden Schwarzkopf sehen sollen!'

Und nun erzählte er mir von diesem hübschen Spielgesellen. – Allerlei Zeitvertreib, Schmuck und farbige Gewänder hatte der selten daheim weilende Vater dem einzigen Töchterlein von seinen Reisen mitgebracht; von ausländischen goldenen Münzen und Schaustücken hatte sie eine ganze Sparbüchse voll gehabt. In ihrem Garten war ein seltsames Lusthäuschen gewesen, das der Vater einmal aus den Trümmern eines früheren Schiffes hatte bauen lassen. ‚Dort', sagte der Großvater, ‚auf den Treppenstufen saßen wir oft zusammen, und ich durfte dann mit ihr den goldenen Schatz besehen, den sie aus der Blechbüchse in ihren Schoß geschüttet hatte.'

Er ging, während er so erzählte, langsam auf und ab; an seinem Lächeln konnte ich sehen, wie eine Erinnerung nach der anderen in ihm aufstieg. ‚Min swartes Mäusje!' sagte er. ‚Ja, so pflegte der alte Seebär das verzogene Kind zu nennen; aber wenn sie so im goldgestickten griechischen Jäckchen, mit allerlei Federschmuck ausstaffiert, in ihrem Gärtchen umherstolzierte, dann hätte man sie wohl noch mehr einem bunten fremdländischen Vogel vergleichen mögen. O, und auch fliegen konnte sie! Über der Tür des Lusthauses war die frühere Gallion des Schiffes angebracht, eine schöne hölzerne Fortuna, die mit vorgestrecktem Leibe aus dem Frontispiz hervorragte. Dort oben auf deren Rücken war der Lieblingsplatz des Kindes; dort lag sie stundenlang, ein buntes chinesisches Schirmchen über sich, oder im Sonnenschein mit ihren goldenen Münzen Fangball spielend.'

Noch vielerlei erzählte mir der Großvater, aber

nur jenes eine Mal; auch das verführerische Bildchen zeigte er mir niemals wieder. Obgleich meine Augen oft begehrlich an dem Schranke hingen, so wagte ich doch nicht, ihn darum anzugehen; denn als er es mir damals endlich wieder aus der Hand genommen hatte, war der alte Herr so seltsam feierlich gewesen und hatte es in so viele Seidenpapierchen eingewickelt, daß das Ganze einer symbolischen Beisetzung nicht ungleich war.

– – Wie es nun geschieht, seit Monden war ich jetzt hier in der Geburtsstadt meines Großvaters, und doch, erst heute ging ich zu diesem Besuche der Vergangenheit in den schon winterlichen Tag hinaus.

Absichtlich hatte ich jede Erkundigung unterlassen; wenn auch der Name der Straße mir nicht mehr erinnerlich war, ich hoffte mich schon allein zurechtzufinden. So hatte ich schon verschiedene Stadtteile kreuz und quer durchwandert, als mir plötzlich durch eine offene Haustür die schwebende Ungestalt eines Haies in die Augen fiel. – Ich stutzte; – aber weshalb sollte denn der ausgestopfte Hai nicht noch am Leben sein? Das Haus sah völlig danach aus, als sei es mit allen seinen Raritäten von einem Besitzer auf den anderen fortgeerbt. Und richtig! als ich in die Höhe blickte, da drehte sich auch ein Schiffchen auf der Wetterstange des Daches! Das war das Haus des schönen Nachbarkindes; das urgroßelterliche mußte nun dicht daneben sein! Aber – es war überhaupt kein Haus mehr da; nur ein leerer Platz mit Mauerresten und gähnenden Kellerhöhlen; auch frisch behauene Granitblöcke zum Fundament eines Neubaues lagen rings umher.

Ich sah es wohl, ich war zu spät gekommen. Sinnend schritt ich über die wüste Stätte, die einst für Menschen meines Blutes eine kleine Welt getragen hatte. Ich ging in den dahinter liegenden Steinhof und blickte in den Brunnen, mit dessen Eimer der Großvater einmal, wie er mir erzählt hatte, in die Tiefe hinabgeschnurrt war; dann trat ich auf einen Haufen Steine, von wo aus ich über eine Grenzplanke in den Nachbargarten sehen konnte. Und dort – kaum wollte ich meinen Augen trauen – stand, unverkennbar, noch das seltsame Lusthäuschen, und auch die hölzerne Fortuna streckte sich noch gar stattlich in die Luft; ja, die Wangen waren noch ganz ziegelrot, und lichtblaue Perlenschnüre zogen sich durch die gelben Haare; sie war augenscheinlich erst neulich wieder aufgemuntert.

Wie lebendig trat mir jetzt alles vor die Seele! Jener Efeu, der die Mauer des Gartenhäuschens überzog, war schon damals dort gewesen; an seinen Trieben war der kleine wilde Schwarzkopf auf- und abgeklettert; drüben von dem Rücken der Fortuna herab war ihr neckendes Stimmlein erschollen, wenn der gutmütige Nachbarsjunge unten im Gebüsche des Gartens nach ihr gesucht hatte. Ich mußte plötzlich eines Wortes gedenken, das der Großvater, so vor sich hin redend und wie mit einem Seufzer über Unwiederbringliches, seiner damaligen Erzählung beigefügt hatte. ‚Sie war eigentlich schon damals eine kleine Unbarmherzige', hatte er gesagt; ‚das eine Füßchen mit dem roten

Saffianschühchen baumelte ganz lustig in der Luft; aber ich stand unten und mußte ihr die goldenen Stücke wieder zuwerfen, wenn sie bei ihrem Spiel zur Erde fielen, und oft sehr lange betteln, bis das Vögelchen zu mir herunterkam.»

– Schon damals unbarmherzig? – Es war mir niemals eingefallen, den Großvater zu fragen, inwiefern oder gegen wen sie es späterhin gewesen oder wie überhaupt das Leben seiner schönen Spielgenossin dann verlaufen sei. – Freilich hätte auch wohl der Knabe keine Antwort darauf erhalten, denn als nach seinem Tode das kleine Bild noch einmal durch meine Hand ging, vertraute mein Vater mir, daß dieses schöne Mädchen nicht nur die Jugendgespielin, sondern ganz ernstlich die Jugendliebe des alten Herrn gewesen sei. Zuletzt, als junger Kaufmann, sei er in Antwerpen mit ihr zusammengetroffen, habe aber bald darauf – wie es geheißen, durch ein Zerwürfnis mit ihr getrieben – einen Platz in einem überseeischen Handlungshause angenommen, von wo er erst in reiferen Mannesjahren zurückgekehrt sei. – Weiteres wußte auch er nicht zu berichten; nur daß die gute Großmutter, die er dann geheiratet habe, mitunter wirklich eifersüchtig auf das kleine Bild gewesen sei.

– – Voll Gedanken über das schöne schwarzköpfige Mädchen war ich zu Hause angelangt; immer sah ich sie vor mir, bald auf dem Rücken der Fortuna mit den goldenen Münzen spielend, bald in ihrer üppigen Mädchenschönheit, wie jenes Bild sie mir gezeigt hatte, mit dem übermütigen Füßchen den armen Großvater in die Welt hinausstoßend.

,Seltsam', sagte ich zu meiner Frau, ,woran ich als Knabe nie gedacht – jetzt brenne ich vor Begierde, noch einmal den Vorhang aufzuheben, hinter dem sich jenes nun wohl längst verrauschte Leben birgt.'

,Vielleicht', erwiderte sie, ,wenn du die Ureinwohner dieser Stadt zu Protokoll vernimmst!'

,Zum Beispiel, unsere Nachbarin links!' sagte ich lächelnd.

,Warum denn nicht? Sie wird ja doch einmal deine Visite par distance erwidern.'

Wir sprachen nicht weiter von der Sache; aber im stillen dachte ich selber auch: Warum denn nicht?

*

Es war Winter geworden. Ein klingender Frost war eingefallen, der eisige Nordost blies durch alle Ritzen. Ich schüttelte eben eine Ladung Steinkohlen in meinen Ofen und verhandelte dabei mit meiner Frau, ob wir nicht aus schierer Barmherzigkeit unsere Hühner schlachten sollten, denen wir keinen warmen Stall zu bieten hatten; da – es war noch früh am Morgen – trat fast ohne Anklopfen mein jetzt verstorbener Freund, der Bürgermeister, in das Zimmer. Auf meine Frage, was ihn schon jetzt aus Schlafrock und Pantoffeln herausgebracht habe, erklärte er, meine Nachbarin, die alte Madame Jansen, sei soeben besinnungslos und fast verklommen auf ihrer Bodentreppe gefunden worden. ,Der alte Geizdrache', setzte er hinzu, ,heizt nur mit dem Fallholz aus dem Apfelgarten; es ist kein warmer

Fleck in dem ganzen Rumpelkasten; und nachts, wenn ehrliche Leute in ihren Betten liegen, kriecht sie vom Boden bis zum Keller, um ihre Schätze zu beäugeln, die sie überall hinter Kisten und Kasten weggestaucht hat.'

'So sagt man', ließ ich einfließen.

– 'Freilich, und so wird's auch sein! Wie ein toter Alraun huckte sie in dem dunklen Treppenwinkel, ein ausgebranntes Diebslaternchen noch in der erstarrten Hand. Das Schlimmste bei der Geschichte ist, sie hat das Leben wieder bekommen; aber nach Angabe des Polizeimeisters, der – glaub ich – ein Verwandter von ihr ist, soll der Verstand zum Teufel sein; sonderbar genug, daß der die alte Hexe nicht auf einmal ganz geholt hat!'

'Nun aber, Verehrtester', sagte ich, als der Bürgermeister innehielt, 'was können wir beide bei der Sache machen?'

'Wir? – Hmm, sie könnte in diesem Zustande Unheil anrichten; es wird schon der Stadt wegen unsere Pflicht erheischen, ihr causa cognita einen Kurator zu bestellen.'

– 'Sie meinen des Vermächtnisses wegen? Aber ich dächte, das beruhe auf einer Disposition des seligen Herrn Sievert Jansen!'

'Da liegt es gerade; die Sache ist nicht völlig außer Frage.'

So mußte ich denn in den sauren Apfel beißen und versprach, die alte Dame noch heute zu besuchen.

Indem der Bürgermeister sich entfernte, fragte ich noch: 'Was war denn der Selige für ein Mann?'

‚Hmm! Ich denke, ein Lebemann!' erwiderte er. ‚Es ist einst flott hergegangen dort; man sagt, das Ehepaar habe sich einander nichts vorzuwerfen gehabt. Ich war damals ein Junge; aber sie sah noch nicht so übel aus, als der Alte in die Grube fuhr, und es gab noch manches Gläserklingen mit jungen vornehmen Herren in dem großen Saale des Hinterflügels; aber endlich – das Lustfeuerwerk ist verpufft, der schmucke Leib verdorrt; statt der Gläser läßt sie jetzt ihre Gold- und Silberstücke klingen.'

– – Bald darauf trat ich ohne Hindernis in das Haus und in das Zimmer der Kranken, zu welchem letzteren eine von der Stadt bestellte Wärterin mir die Tür geöffnet hatte.

Es war ein seltsamer Anblick. Auf den Stühlen, von deren Polstern die Fetzen herabhingen, lagen auf den einen verschlissene Kleider und Hüte, auf den anderen standen Töpfe und Pfannen mit kärglichen Speiseresten; an der schweren Stuckdecke und an den gardinenlosen Fenstern hing es voll von Spinngeweben. Eine seltsam tote Luft hielt mich einen Augenblick zurück, so daß ich mich nur langsam dem großen an der einen Wand stehenden Himmelbette näherte.

Als die Wärterin die bestäubten Vorhänge zurückzog, hörte ich ein Klirren wie von einem schweren Schlüsselbunde, das, wie ich nun sah, von einer kleinen dürren Hand umklammert war, und eine winzige, in einen alten Soldatenmantel eingeknöpfte Gestalt suchte sich aus den Kissen aufzurichten. Das kleine runzelige Gesicht meiner Nachbarin starrte mich aus seinen grellen Augen an. ‚Jag die Hexe fort!' schrie sie und schlug mit den Schlüsseln gegen die Vorhänge, daß die Wärterin erschreckt zurücksprang; dann, sich zu mir wendend, setzte sie in hohem Ton hinzu: ‚Sie wollten sich nach meinem Befinden erkundigen, Herr Nachbar; ich danke für Ihre Aufmerksamkeit, aber – man hat mir eine Person hier aufgedrängt; es scheint, als wolle man mich überwachen!'

‚Aber Sie hatten einen Unfall; Sie bedürfen ihrer!' sagte ich.

‚Ich bedarf keiner bestellten Wärterin; ich kenne diese Person nicht!' erwiderte sie scharf. ‚Allerdings, heute nacht – man hat mich berauben wollen; es tappte auf dem Hausboden, vermummte Gestalten stiegen zu den Dachluken herein; es klingelte im ganzen Hause –'

‚Klingelte?' unterbrach ich sie und mag dabei wohl etwas verwundert ausgesehen haben; ‚das pflegen doch die Räuber nicht zu tun.'

‚Ich sage, es klingelte!' wiederholte sie mit Nachdruck. ‚Mein Herr Neffe, der Chef der hiesigen Polizei – ich pflege ihn nur das Schaf der Polizei zu nennen – ist zu dumm, um die Spitzbuben einzufangen! Er war höchstpersönlich hier und suchte mir einzureden, daß ich das alles nur geträumt hätte. – Geträumte Spitzbuben!' – Ein unaussprechlich höhnisches Kichern brach aus dem zahnlosen Munde. – ‚Er möchte wohl, daß auch mein Testament nur so geträumt wäre!'

Der Polizeimeister hatte ein kinderreiches Haus und eine nicht zu große Einnahme. Ich dachte deshalb ein gutes Wort für die Blutsverwandtschaft einzulegen und fragte wider besseres Wissen: ,Ihr Herr Neffe befindet sich also nicht unter Ihren Testamentserben?'

Die Alte fuhr mit dem Arm über die Bettdecke und öffnete und schloß die Hand, als ob sie Fliegen fange. ,Unter meinen Erben? – – Nein, mein Lieber; mein Erbe ist der, den ich zu bestimmen beliebe; – und ich habe ihn bestimmt!'

Sie begann nun mit sichtlicher Genugtuung mir den Inhalt des Testamentes auseinanderzusetzen, wie er mir im wesentlichen schon bekannt war.

,Aber jene Stiftung', sagte ich, ,soll ja an sich sehr reich dotiert sein!'

,So, meinen Sie?' erwiderte die Alte. ,Aber es ist nun einmal meine Freude! Die alten Taugenichtse sollen was Besseres in ihre Fläschchen haben; bis jetzt wird es wohl nur Kartoffelfusel gewesen sein. Nach meinem Abscheiden sollen sie Jamaika-Rum trinken, der dreimal die Linie passiert ist.'

,Und die vielen hübschen Kinder Ihres Verwandten?'

,Ja, ja!' sagte sie grimmig. ,Das vermehrt sich und will dann aus anderer Leute Beutel leben! Ich, mein Herr Stadtsekretär' – sie schnarrte das Wort mit einer besonderen Schärfe heraus – ,ich habe *keine* Kinder.'

Noch einmal strengte ich meine Wohlredenheit an: sie möge wenigstens ein Kodizill machen, um für die Aussteuer der armen Mädchen ein paar tausend Taler auszusetzen.

Aber da kam ich übel an.

,Tausend Taler!' Sie schrie es fast, und der greise

Kopf zitterte auf und ab. ‚Keinen Schilling sollen sie haben; keinen Schilling!'

Sie legte sich erschöpft zurück, und ich betrachtete mit Grauen dies zerbrechliche Wesen, dessen Glieder nur noch in den Zuckungen des Hasses zu leben schienen. ‚Keinen Schilling!' wiederholte sie noch einmal.

Der kleine runde Polizeimeister war ein Mann, der als armer Familienvater stark aufs Karrieremachen aus war, der aber sonst ganz hübsch im großen Haufen mitging. ‚Was haben Sie gegen Ihren Herrn Neffen?' fragte ich. ‚Hat er Sie irgendwie beleidigt?'

‚Mich? – Nein, mein Lieber', erwiderte sie. ‚Im Gegenteil; er machte mir sogleich die feierliche Visite, als er nur eben seine segensreiche Wirksamkeit in dieser Stadt begonnen hatte; natürlich' – sie schien mit Behagen auf diesem Worte zu verweilen – ‚natürlich, um zu erbschleichen; aber das tut ja nichts zur Sache! O, ein ganz charmanter Mann! Ich hatte vorher nicht das Vergnügen, ihn zu kennen; aber das ging so glatt: ‹Liebe Tante› hinten und ‹Liebe Tante› vorn.' Sie streckte einen Arm unter der Decke hervor und ließ die Hand wie eine Puppe gegen sich auf und ab knicksen.

‚Ich habe ihn aber nicht eingeladen', fuhr sie fort; ‚ich mache kein Haus mehr, es ist zu unbequem in meinem hohen Alter.'

Es mochte ihren argwöhnischen Augen nicht entgangen sein, daß bei dieser Äußerung meine Blicke unwillkürlich die traurige Wüstenei des Zimmers überflogen hatten.

‚Sie wundern sich wohl', sagte sie, ‚wie es hier unten bei mir aussieht! Aber oben in der Bel-Etage habe ich meine Prunkgemächer! Einst, mein Herr Stadtsekretär, waren sie oft genug geöffnet! Karossen mit Rappen und Isabellen hielten vor meiner Tür, und Grafen und Generalkonsuln fremder Staaten haben an meiner Tafel gesessen!'

Dann sprang sie wieder auf jenen Antrittsbesuch ihres Neffen über. ‚Er hatte mir auch sein ältestes Mädchen hergebracht – eine Dame, sag ich Ihnen, o, eine ganze Dame! Das müssen reiche Leute sein, der Herr Neffe und seine Demoisellen Töchter; ein Kleid mit echten Spitzen, eine römische Kamee zur Vorstecknadel! Aber sagen tat sie just nicht viel; sie war auch wohl nur da, damit ich in das schmucke Lärvchen mich verliebe! – Ich!' – sie lachte voll Verachtung – ‚ich brauchte einst nicht aus der Tür zu gehen, um ganz was anderes zu erblicken! Aber das Mündchen wurde so süß, so unschuldsvoll; – es tat einem leid, zu denken, daß dadurch auch die liebe Leibesnotdurft, gebratene Hühnchen und Krammetsvögelchen, hineinspazieren mußten. Nicht wahr, Herr Stadtsekretarius, ein schönes Weib ist doch auch nur ein schönes Raubtier?'

Sie nickte vor sich hin, als gedächte sie mit Befriedigung einer Zeit, wo auch sie selber beides dies gewesen sei. Plötzlich aber den Kopf zu mir wendend, mit einem Aufblitzen der Augen, als käme es aus dem Abgrund, worin ihre Jugend begraben lag, sagte sie mit einem zitternden Pathos: ‚Sehen Sie mich an; ich bin einst *sehr* schön gewesen!'

Ich erschrak fast, als ich die kleine dürre Gestalt

wie durch einen Ruck sich kerzengerade in den Kissen aufrichten sah; aber schon waren die großen Augen wieder grell und kalt.

‚Nicht wahr, Sie sehen das nicht mehr? denn ich bin alt, und‘ – sie sprach das fast nur flüsternd – ‚der Tod ist hinter mir her; des Nachts, immer nur des Nachts! Ich muß dann wandern; es ist nur gut, daß mein Haus so groß ist.‘

‚Sie leiden an Schlaflosigkeit‘, sagte ich, ‚es ist das Leiden vieler alten Leute!‘

Sie schüttelte den Kopf. ‚Nein, nein, mein Lieber; ich halte mich gewaltsam wach; merken Sie wohl – gewaltsam! Ich fürchte den Hans Klapperbein auch nur im Schlaf; er hat schon manchen so erwürgt, aber – ich bin nicht so dumm, er soll mich noch so bald nicht kriegen! Die Herren von der Stadt hätten freilich nichts dagegen; – aber sie sollen sich in acht nehmen! Am liebsten, glaub ich, möchten sie mich gar noch unmündig machen.‘

Auf einmal schien ihr etwas aufzudämmern. ‚Sie sind auch bei der Stadt angestellt, mein Lieber?‘ sagte sie und sah mich mit einem unbeschreiblich lauernden Blicke an.

‚Sie wissen das‘, antwortete ich; ‚Sie haben mich ja mehrfach mit meinem Amtstitel angeredet.‘

‚Ja, allerdings!‘ Ihr Blick hatte mich noch immer festgehalten. ‚Hat man Sie‘, fragte sie vorsichtig, ‚vielleicht mit einem Auftrage zu mir geschickt?‘

Ich stutzte einen Augenblick, dann aber beschloß ich, ihr die ganze Wahrheit zu sagen. ‚Man hatte freilich gefürchtet‘, sagte ich, ‚daß Ihre Altersschwäche die Einleitung einer Kuratel erforderlich machen würde.'

Sie wurde sehr aufgeregt. ,Schwach!' schrie sie, und es war eine dünne gläserne Stimme, die mir in die Seele schnitt. – ,Nein, nicht schwach; reich bin ich – reich! Und plündern will man mich! Aber ich werde mein Haus vermauern lassen, und sollte ich darin verhungern!' Sie griff in die Vorhänge und suchte die Füße aus dem Bett zu strecken; sie wollte heraus, sie wollte zeigen, daß sie kräftig und gesund sei.

Die Wärterin kam herbei; ich redete ihr zu, aber wir suchten vergebens, sie zu beruhigen. Dabei hatte ich meinen Stuhl verlassen, auf dem ich bisher mit dem Rücken gegen die Fenster gesessen hatte, und stand jetzt so, daß mein Gesicht in der vollen Tagesbeleuchtung der Alten gegenüber war. Plötzlich wurde sie still, sie schien sogar meinen Worten zuzuhören. Ich konnte ihr jetzt sagen, daß nach meiner Ansicht zu einer Kuratel bei ihr keine Veranlassung sei, daß aber das unnütze Aufspeichern ihrer großen Zinsenernten den Verdacht einer Unfähigkeit zur eigenen Vermögensverwaltung erregen könne, und schlug ihr endlich vor, einem Mann, dem sie vertraue, dieselbe zu übertragen.

Schon während des Sprechens hatte ich gefühlt, daß ihre Augen fest auf mein Gesicht gerichtet waren, fast wie bei unserer ersten Begegnung in den beiderseitigen Gärten. ,Vertrauen! Ja, vertrauen!' stieß sie ein paarmal hervor; dabei wand sie die Hände umeinander, als wenn sie einen inneren Kampf zu überstehen habe. Plötzlich griff die eine

Hand nach meiner und hielt sie fest. ‚*Sie!*' sagte sie hastig. ‚Ja, wenn *Sie* es wollten!'

‚Ich, Madame Jansen! Sie kennen mich ja nicht!'

Wieder sah sie mir musternd in die Augen.

‚Nein', sagte sie dann; ‚Sie sind ein junger Mann; aber ich weiß es, Sie werden ein armes altes Weib nicht hintergehen.'

Ob das der Zauber war, den mein heiterer Nachbar bei mir voraussetzte! Aber ich gab meine Einwilligung und machte nur zur Bedingung, daß die Überlieferung unter Zuziehung eines Notars geschehen solle; Tag und Stunde möge sie mir selbst bestimmen.

Noch immer hielt sie meine Hand, und als ich jetzt gehen wollte, schien sie sie nur zögernd loszulassen.

Beim Abschiede fragte ich sie, ob ich ihr einen Arzt besorgen dürfe, damit sie rascher wieder zu Kräften komme.

Sie blickte mich an, als suche sie in meinen Augen die Bestätigung einer Teilnahme, die sie in dem Ton meiner Worte gefühlt haben mochte; dann aber streckte sie mir lachend ihre linke Hand entgegen, in der, wie ich jetzt sah, zwei Finger steif geschlossen lagen. ‚Ein Meisterstück unseres berühmten Dr. Nicolovius!' sagte sie in ihrer alten bitteren Weise. ‚Hat er denn noch nicht, wie seine Kollegen, die Quacksalber, einen trompetenden Hanswurst vor seiner Bude stehen? -- Nein, nein, mein Lieber, keinen Arzt! Ich selber kenne meine Natur am besten.'

So war meine Aufgabe für heute denn beendet.

*

Wenigstens das rätselhafte Klingeln schien nicht nur geträumt zu sein. Eine große Schleiereule hatte sich – mit einigem Rechtsgrund, wie mir schien – auf den einsamen Böden einquartiert und mochte bei einer vergeblichen Mausjagd die Klingeldrähte gestreift haben, die durch das ganze Haus und auch dort hinaufliefen. Die alte Dame selbst war schon am zweiten Tage wieder aufgestanden, ja, sie hatte sich sogar mit Hilfe der Wärterin aus der Stange ihres Obstpflückers und einem Tonnenbande einen Ketscher angefertigt und solcherweise den keine Miete zahlenden Vogel wie einen Nachtschmetterling ebenso eifrig als vergeblich über alle Böden hin verfolgt.

Ich erfuhr dies alles, als ich eines Vormittags zu dem verabredeten Geschäfte mit einem befreundeten Notar wieder in das Haus trat. Wir wurden in den dritten Stock hinaufgeführt; hier öffnete die Wärterin eine Tür, an der von einer eisernen Krampe ein schweres Vorlegeschloß herabhing.

Es war eine mäßig große düstere Kammer; in deren Mitte stand die alte Madame Jansen vor einem Tische und sortierte emsig allerlei Päckchen, wie sich nachher ergab, mit den verschiedensten Wertpapieren; rings herum an den Wänden, so daß nur wenig Platz neben dem Tische blieb, standen eine Menge straff gefüllter Geldbeutel, von denen die meisten aus den Resten alter, sogar seidener Frauenkleider angefertigt schienen.

So gesprächig die Alte bei meinem ersten Besuche gewesen war, so wortkarg war sie heute; mit zitternden Händen setzte sie einen Beutel nach dem anderen vor uns hin, mit stummen, fast schmerzlichen Blicken verfolgte sie das Zählen des Geldes, das Versiegeln der Beutel, das Numerieren der Etiketten. – Obwohl die einzelnen Münzsorten sorgsam voneinander gesondert waren, so dauerte die Aufnahme der Wertpapiere und des Barbestandes doch bis in den Abend hinein; zuletzt arbeiteten wir bei dem Lichte einer Talgkerze, die in einem dreiarmigen Silberleuchter brannte.

Endlich wurde der letzte Beutel ausgeschüttet. Er enthielt jene schon derzeit seltenen Vierschillingstücke mit dem Perückenkopf Christians des Vierten, welche in dem Rufe eines besonders feinen Silbergehaltes standen. Als auch der beseitigt war, fragte ich, ob das nun alles, ob nichts mehr zurück sei.

Die Alte blickte unruhig zu mir auf. ‚Ist das nicht genug, mein Lieber?‘

– ‚Ich meinte nur, weil sich gar keine Goldmünzen unter dem Barbestand finden.‘

‚Gold? – In Gold bezahlen mich die Leute nicht.‘

– Somit wurde das Protokoll abgeschlossen, und nachdem die Alte in zwar unsicherer, aber immer noch zierlicher Schrift ihr ‚Botilla Jansen‘ daruntergesetzt hatte, war das Geschäft beendet; die Wertpapiere wurden in eine Kiste gelegt, deren Schlüssel ich an mich nahm; diese selbst und die Barbestände sollten am anderen Tage in mein Haus geschafft werden.

Als ich mit dem Notar auf die Straße hinausgetreten war, bemerkte ich, daß mir ein silberner Bleistifthalter fehle, den ich bei dem Notieren der

Geldsummen benutzt hatte. Ich kehrte sofort um und lief rasch die Treppen wieder hinauf; aber ich prallte fast zurück, als ich nach flüchtigem Anklopfen die Tür der Kammer öffnete. Im Schein der Unschlittkerze sah ich die Alte noch immer an dem Tische stehen; ihre eine Hand hielt einen leeren Beutel von rotem Seidendamast, die andere wühlte in einem Haufen Gold, der vor ihr aufgeschüttet lag.

Sie stieß einen Schreckensruf aus, als sie mich erblickte, und streckte beide Hände über den funkelnden Haufen; gleich darauf aber erhob sie sie bittend gegen mich und rief: ‚O, lassen Sie mir das! Es ist meine einzige Freude; ich habe ja sonst gar keine Freuden mehr!' Eine scharfe zitternde Stimme war es und doch der Ton eines Kinderflehens, was aus der alten Brust hervorbrach.

Dann griff sie nach meiner Hand, riß mich an die Tür und zeigte in das dunkle gähnende Treppenhaus hinab. ‚Es ist alles leer!' sagte sie; ‚alles! Oder glauben Sie, mein Lieber, daß die Tochter aus Elysium hier diese Stufen noch hinaufmarschiert? – Nur das Gold – nehmen Sie mir es nicht – ich bin sonst ganz allein in all den langen Nächten!'

Ich beruhigte sie. Ich hatte kein Recht zu nehmen, was sie mir nicht gab; und übrigens – das Spielwerk war zwar kostbar, aber weshalb sollte die reiche Frau es sich denn nicht erlauben! – Rasch nur noch meinen Bleistift, und dann fort aus dieser erdrückenden Umgebung, in die ich den ganzen Tag hineingebannt gewesen war.

Als ich im Vorbeigehen einen Blick auf die blinkenden Goldhaufen warf, bemerkte ich, daß auch Schaustücke und fremde, namentlich mexikanische und portugiesische Goldmünzen darunter waren. Das erinnerte mich an die Spielgesellin meines Großvaters: der reizende Mädchenkopf, der schon mein Knabenherz erglühen machte, tauchte plötzlich mit all dem erlösenden Zauber der Schönheit vor mir auf, und einen Augenblick dachte ich daran, jetzt meine Erkundigungen nach ihr anzustellen; aber die arme Greisin mir gegenüber befand sich in so fieberhafter Aufregung, daß ich nicht dazu gelangen konnte. Ich verschob es auf gelegenere Zeit und eilte, daß ich in die frische Winternacht hinauskam.

*

Es war inzwischen Frühling geworden; die Buchenwälder um die schönen Ufer unserer Meeresbucht lagen im lichtesten Maiengrün. Zwischen uns und der Familie des Polizeimeisters hatten sich gewisse Beziehungen ergeben; besonders hatte sich dessen älteste Tochter meiner Frau in jugendlicher Freundschaft angeschlossen. Das frische Mädchen mit den weitblickenden Augen gefiel uns beiden wohl; mir niemals besser als an einem Sonntagmorgen, da wir mit einer größeren Gesellschaft auf einem Dampfschiffe über die blaue Föhrde hinfuhren.

An der Schanzkleidung standen junge Damen mit ebenso jungen Offizieren in einer jener wohlgezirkelten Unterhaltungen, die meistens harmlos genug, mitunter aber auch um desto übler sind, je mehr die jungen Köpfe nur die gedankenlosen Träger der Armseligkeiten zu sein pflegen, die darin zutage kommen. Der Gegenstand mußte diesmal sehr anregend sein; die Gesichter der hübschen Frauenzimmer strahlten vor Entzücken.

Unsere junge Freundin – sie trug den etwas ungewöhnlichen Namen ‚Mechtild' – war nicht darunter; sie stand unweit davon, die Hände auf dem Rücken, an dem Schiffsmast und wiegte wie im Vollbehagen ihrer Jugendkraft den schlanken Oberkörper auf und ab, wie die Wellen das Schiff, von welchem sie getragen wurde. Die Stattlichkeit dieser Mädchengestalt war mir noch niemals so in die Augen gefallen wie hier unter dem blauen Frühlingshimmel, wo der Seewind ihr in Haar und Kleidern wühlte und ihre blauen Augen in die Ferne nach den waldbekränzten Ufern schweiften.

Drüben unter der jungen Gruppe war das Gespräch indessen lauter geworden: eine Majorstochter erzählte eben, Mama wolle noch eine große Tanzgesellschaft geben; einige Kaufmannstöchter würden dann natürlich auch mit eingeladen, aber das mache ja gar nichts! – O nein, das mache ja nichts, so in größerem Zirkel! Die jungen Damen hatten alle nichts dagegen. – Die jungen Herren vom Degen und ein junger auf Besuch anwesender Gesandtschaftsattaché meinten auch, das gehe ja ganz vortrefflich! So zum Tanzen, und – was freilich nicht gesagt wurde – zum Heiraten, wenn sie reich seien; warum denn nicht!

Mechtild hatte den Kopf gewandt und schien aufmerksam zu lauschen. Ein überlegenes Lächeln spielte mehr und mehr um ihren schönen, aber keineswegs kleinen Mund; und jetzt mit allem Übermut der Jugend brach es hervor. Es war ein köstlicher Brustton, dieses Lachen; die jungen Damen drüben verstummten plötzlich wie erschrocken.

Dann rief eine zu ihr hinüber: ‚Was hast du, Mechtild? Warum lachst du so?‘

– ‚Ich freu mich über euch!‘

‚Über uns? Weshalb, was hast du wieder?‘

– ‚Daß ihr so allerliebste Wachspuppen seid!‘

‚Was soll denn das nun wieder heißen?‘

– ‚O, ich meine nur! Und das so hier, unter des lieben Gottes offenem Angesicht.‘

‚Ach was! Komm her, und sei nicht immer so apart!‘

Aber sie kam doch nicht; ein wilder Schwan mit blendend weißen Schwingen flog, rasch unser Fahrzeug überholend, in der hohen Luft dahin; dem folgten ihre Augen. – Ich betrachtete sie: sie sah gar nicht aus wie die Tochter eines karrieremachenden Vaters; ja, ich schämte mich aufrichtig, mich so kleinlich um eine Aussteuer für sie mit dem alten Alraun herumgezankt zu haben.

Dennoch reizte es mich; ich trat zu ihr und fragte: ‚Mechtild, möchten Sie wohl eine Erbschaft machen?‘

Sie sah mich groß an. ‚Eine Erbschaft? Ach, das möcht ich wohl!‘ Sie sagte das fast traurig, als ob eine Hoffnung daran hinge.

Die Stadt, von der wir uns mehr und mehr entfernten, war in der klaren Luft noch deutlich sichtbar. ‚Sehen Sie zwischen den kleineren Häusern das hohe graue Gebäude?' fragte ich. ,Dort lebt eine alte Frau; die weiß, auch heute, nichts von Licht und Sonnenschein!'

,Ja, ich sehe das Haus; wer wohnt darin?'

,Eine Tante von Ihnen oder Ihrem Vater.'

,O die! – das ist nicht meine Tante; meine Großmutter war nur Geschwisterkind mit ihr; wir sind auch einmal dort gewesen.' Sie schüttelte sich ein wenig. ,Nein, die möcht ich nicht beerben.'

,Aber sonst?' sagte ich und sah ihr forschend in die Augen.

,Sonst? Ach ja!' und die helle Lohe schlug dem schönen Mädchen ins Gesicht, daß ihre Augen dunkel wurden.

,Vertrauen wir den reinen Sternen, Mechtild!' sagte ich und drückte ihr die Hand. Ich hatte wohl gehört, daß sie einem jungen Offizier ihre Neigung geschenkt habe, daß aber die Armut beider einer näheren Verbindung im Wege stehe; jetzt wußte ich es denn.

*

,Mamas' große Tanzgesellschaft hatte richtig stattgefunden und unter anderem die praktische Folge gehabt, daß einer der Offiziere, der sogenannte ,blaue Graf' – ich weiß nicht, ob er so genannt wegen seines besonders blauen Blutes oder weshalb sonst –, sich kurz danach mit einer der zu dieser Festlichkeit befohlenen reichen Kaufmannstöchter verlobt hatte. Die ganze Stadt, namentlich die junge Damenwelt, besprach den Fall auf das gewissenhafteste.

Aber die Folgen von ,Mamas Tanzgesellschaft'

sollten sich noch weiter fortsetzen. Eines Morgens kam die bewußte Brotfrau, vermutlich die Hauptvermittlerin zwischen meiner verehrlichen Mandantin und der Außenwelt, und brachte mir eine Empfehlung von der Madame Jansen, ich möchte doch nicht unterlassen, noch heute bei ihr vorzusprechen.

Kurz danach trat ich in das bewußte Zimmer; das Haus hatte ich offen gefunden, obgleich die Wärterin schon seit langem von ihr entlassen war. Ich traf meine alte Freundin unruhig mit einem Krückstock auf und ab wandernd, trotz dem heißen Junitage in ihren grauen Soldatenmantel eingeknöpft, worin eine dunkelrote Rose nickte; die falschen Locken waren auch schon vorgebunden.

‚Ich habe Wichtiges mit Ihnen zu besprechen', hub sie in ihrer feierlichen Weise an. ‚Man hat mir gesagt, daß eine reiche Kaufherrntochter dieser Stadt einen Grafen heiraten wird. – Ich sehe nicht ein, warum meine Erbin nicht auch eine Grafenkrone tragen sollte?'

‚Aber ich dachte', wagte ich zu bemerken, ‚die Spitalleute vor dem Nordertore – –'

‚Mein Herr Stadtsekretär', fiel sie mir ins Wort, ‚wenn Sie gleich mein Mandatar sind – ich habe volle Gewalt, mein Testament zu ändern.'

Ich bestätigte das nach Kräften. Die kleine Greisin schien in großer Aufregung; sie mußte oftmals innehalten beim Sprechen. ‚Es soll hier ja noch so ein hungriger Graf herumlaufen', begann sie wieder; ‚dem könnte auch geholfen werden! Meine Nichte – –'

‚Sie meinen die älteste Tochter des Polizeimeisters!'

‚Freilich, die Tochter des Chefdirektors der hiesigen Polizei. Sie ist eine ganz andere Schönheit als die semmelblonde Grafenbraut von heute; sie erinnerte mich bei dem kurzen Besuche, wo ich das Vergnügen hatte, sie zu sehen, sogar an meine eigene Jugend; die junge Dame scheint eine vorzügliche Bildung genossen zu haben – ich werde ihr ein fürstliches Vermögen hinterlassen.'

Ich war sehr erstaunt; aber ich hielt mich vorsichtig zurück und beschloß, der Kugel ihren Lauf zu lassen; die Mechtild sollte schon stillhalten, wenn ihr die Hunderttausende in den Schoß fielen, und der Graf – diese Luftspiegelung würde wohl von selbst verschwinden.

Während solcher Gedanken ersuchte mich die Alte, auf morgen alles Nötige zur Errichtung eines neuen Testamentes vorzubereiten. ‚Denn es hat Eile', setzte sie hinzu. ‚Meine Nichte könnte bei ihrer Schönheit sonst gar leicht eine Verbindung unter ihrem jetzigen Stande eingehen. – Schon in nächster Woche werde ich meine Prunkgemächer öffnen: ich werde den Herrn Grafen einladen und ihm meine Erbin vorstellen; mein Neffe, der Herr Chefdirektor, wird es übernehmen, die Honneurs zu machen! – – Aber jetzt, mein Lieber, begleiten Sie mich nach oben; wir wollen doch ein wenig revidieren!'

Bei diesen Worten hatte sie das große Schlüsselbund unter dem Kopfkissen ihres Bettes hervorgeholt; dann steckte sie ohne weiteres ihre kleine

Knochenhand unter meinen Arm, und so krochen wir miteinander die breiten Treppen zu dem oberen Stockwerk hinauf.

Es war ein großer, nach hinten zu belegener Saal, den wir jetzt betraten, nachdem der Schlüssel sich kreischend und nur mit meiner Hilfe im Schloß herumgedreht hatte; die Wände mit einer verblichenen gelben Tapete bekleidet, in deren Muster sich kannelierte Säulen zu der mit Rosen verzierten Stuckdecke hinaufstreckten; die Möbel alle in den graden Linien der Napoleonszeit, in den Aufsätzen der Spiegel jene Glasmalereien mit auffahrenden Auroras oder einem speerwerfenden Achilleus. Auf den Fensterbänken lagerte dicker Staub und eine Schar von toten Nachtschmetterlingen.

Die Alte erhob ihren Stock und zeigte nach den beiden Kronleuchtern von geschliffenem Glase und nach den Fenstern auf die verschossenen Seidengardinen, die vor Zeiten gewiß im leuchtendsten Rot geprangt hatten; dann ließ sie meinen Arm los und begab sich an eine Untersuchung der mit Schutzdecken versehenen Stuhlpolster.

Mich hatte indes ein anderer Gegenstand gefesselt. An der Wand den Fenstern gegenüber hingen, je über einem Sofa, zwei lebensgroße gut gemalte Brustbilder. Das eine zeigte einen schon älteren, etwas korpulenten Mann mit fleischigen Wangen und kleinen genußsüchtigen Augen. Das andere war das Bild eines bacchantisch schönen Weibes; eine weiße Tunika umschloß die volle Brust, durch das dunkle, kurz verschnittene Haar, von dem nur eine Locke sich über der weißen Stirn kräuselte, zog sich ein kirschrotes Band mit leichter Schleife an der einen Seite; darunter blitzten ein Paar Augen von unersättlicher Lebenslust.

Fast wie ein Schrecken hatte es mich befallen, als ich dieses Bild erblickte, denn ich kannte es seit langem ganz genau. Es konnte kein Zweifel sein, dies war das Original jenes kleinen Porträts aus der Stube meines Großvaters; es war Zug für Zug dasselbe, nur mit allen Vorzügen eines lebensgroßen und in unmittelbarer Gegenwart gemalten Bildes. Ein bestrickender Sinnenzauber ging von dem jugendlichen Antlitz aus, das hier in wahrhaft funkelnder Schönheit auf mich herabsah. Tausend Gedanken kreuzten sich in meinem Hirn; ich hatte fast vergessen, wo ich mich befand.

Da rührte der Krückstock der Alten an meinen Arm; sie mußte leise herangeschlichen sein und stand jetzt schmunzelnd neben mir. ‚Es soll den höchsten Grad der Ähnlichkeit besessen haben', sagte sie pathetisch, mit ihrer Krücke nach dem schönen Weiberkopf deutend, ‚nur wurde derzeit die Meinung ausgesprochen, daß die Frische meiner Farben und der Glanz meiner Augen doch nicht ganz erreicht seien.'

‚Es ist Ihr Porträt?' fragte ich.

– ‚Wessen sollte es denn sonst sein? – Der berühmte Hamburger Gröger hat mich derzeit als Braut gemalt; mein Gemahl zahlte ihm später sechshundert Dukaten für die beiden Bilder.'

Es war freilich eine müßige Frage, die ich getan hatte, aber ich war im Innersten verwirrt; seltsame Gedanken umschwirrten mich: als hätte ich möglicherweise nicht ich selber, als hätte ich der Enkel jener schönen Bacchantin sein können. Die Welt der Erscheinungen fing mir an zu schwanken; die Alte an meiner Seite flößte mir fast Grauen ein.

Aber ich wollte noch größere Gewißheit haben. ‚Waren Sie je in Antwerpen?' fragte ich.

– ‚In Antwerpen!' – Sie schien das Unvermittelte meiner Frage nicht zu fühlen; die alten Augen wurden noch greller als zuvor; mit beiden Händen auf der Krücke und vor Erregung mit dem Kopfe zitternd, stand sie vor mir. ‚Ob ich in Antwerpen gewesen bin? – – In der höchsten Blüte meiner Schönheit! – Mein Vater führte eins der größten Kauffahrteischiffe dieser Handelsstadt; er nahm mich mit dahin, sechs Wochen lang verweilten wir dort im Hafen. Ob ich in Antwerpen gewesen bin!'

Die Alte begann an ihrem Stabe in dem öden Saale auf und ab zu wandern, immer eifriger dabei erzählend: ‚Es war derzeit ein außerordentliches Leben dort; eine russische Flottille lag auf der Reede, die Offiziere gaben Bälle auf den breiten Orlogschiffen; und gar bald hatten sie denn auch entdeckt, daß am Bord meines Vaters sich eine Schönheit ersten Ranges befinde, wie sie dieselbe unter den niederländischen Juffruwen auch mit der schärfsten Brille nicht hätten entdecken können. Bald war ich zu allen Bällen eingeladen – ich war die Königin des Festes!'

Sie stieß heftig mit ihrem Stock auf den Fußboden, daß die Glasbehänge der Kronleuchter aneinander klirrten. ‚In einem mit farbigen Wimpeln und

Bändern geschmückten Boote wurde ich von meines Vaters Schiff geholt! Unter den russischen Offizieren war ein griechischer Prinz; Konstantin Paläologus hieß er, der letzte Sprosse der alten byzantinischen Kaiserfamilie; – er ließ es sich nicht nehmen, mich selbst auf seinen Armen von Bord zu heben und mich sanft auf den seidenen Polstersitz des Bootes niederzulassen. Nur in französischer Sprache konnten wir uns unterhalten: «Rose du Nord!» sagte er, indem er schmachtend zu mir aufblickte, und breitete mit eigenen Händen einen kostbaren Teppich unter meine Füße. – O mein Herr Stadtsekretär!' – sie schnarrte das Wort noch schärfer heraus als sonst – ,wie damals das Meer und meine schwarzen Augen glänzten! Sie lagen alle zu meinen Füßen; alle! Der Prinz, die Offiziere, die Söhne der großen deutschen Handelshäuser, welche damals auf den Kontoren dort ihre Ausbildung erhielten und von denen die vornehmsten auch zu diesen Bällen eingeladen wurden. – – Ich habe sie alle fortgestoßen, alle! – Und das freut mich noch!'

Sie focht mit dem Stocke durch die Luft, daß der Soldatenmantel von ihrer Schulter glitt und sie nun in ihrer ganzen dürren Winzigkeit vor mir stand. In dem langen Spiegel drüben, wie in der Ferne, sah ich noch einmal eine solche Gestalt und mich an ihrer Seite stehen; noch einen zweiten Saal mit dem verblichenen Säulenmuster, den steifen Sofas und mit den großen Glaskronen, deren Kristallbehänge vergebens unter dem Staube zu glitzern suchten, womit still, aber emsig die Zeit sie überzogen hatte. Mir war, als befinde ich mich in einer gespenstischen Welt, deren Wirklichkeit seit lange schon versunken sei.

Als ich den Mantel aufgehoben und ihn der Alten wieder unter dem Kinn zugeknöpft hatte, sah sie mich lange schweigend an. Die runzeligen Wangen waren gerötet, aber dennoch sah sie erschreckend verfallen aus; und jetzt sagte sie mit einer so milden Stimme, daß ich sie dieser Menschenmumie nicht zugetraut hätte: ‚Wissen Sie, mein Lieber, warum ich Ihnen mein Vertrauen schenkte? Gleich, da ich Sie sah – Ihnen allein von allen Menschen? – – Sie haben eine Ähnlichkeit', fuhr sie fort, als sie keine Antwort von mir erhielt, ‚eine Ähnlichkeit! – – Unter den jungen deutschen Kaufleuten war einer; ich kannte ihn seit lange! – Junger Mann, haben Sie es schon erlebt, daß ein Menschenkind mit sehenden Augen sein bestes Glück mit Füßen von sich stieß? – War er nicht schön? – Ja, er war schön wie ein Johannes! – War er nicht reich? – Freilich, der da hatte mehr!' und sie wies mit dem Stabe auf das Seitenstück ihres Jugendbildes.

‚Es ist das Bild Ihres seligen Mannes?' fragte ich dazwischen.

‚Selig?' – Sie lachte grimmig in sich hinein; dann fuhr sie in ihrem Frage- und Antwortespiele fort: ‚Und war er nicht auch gut?' Sie lachte wieder. ‚Ja, ja, er war auch gut; aber da lag es! Ich glaube, ich konnte es nicht leiden, daß er gar so gut war! – – Und er hat mich geliebt, der arme Narr; ich weiß, er ließ sich heimlich eine Kopie von meinem Bilde machen und ging dann in die weite Welt. – – Vorbei, längst vorbei!' murmelte sie leise in sich hinein und begann wieder auf und ab zu wandern.

Plötzlich blieb sie stehen. ‚Wenn ich wüßte, ob er noch am Leben sei oder seine Kinder oder seine Enkel!' Sie ließ den Krückstock fallen und faltete wie betend ihre Hände; ich sah, wie die ganze Gestalt der kleinen Greisin bebte.

Ein namenloses Mitleid befiel mich, und schon öffnete ich die Lippen, um ihr zuzurufen: ich bringe dir den Gruß deiner Jugendliebe, ich bin seines Blutes, du sollst nicht sterben in der Verlassenheit des Hasses!

Da setzte sie hinzu: ‚Wenn ich es wüßte, ich würde auch das schöne Lärvchen laufen lassen! *Sie,* keine anderen sollten meine Erben sein!'

Das verschloß mir den Mund.

Sie nannte mir den Familiennamen meines Großvaters. – ‚Ich habe ihn nie gehört', sagte ich.

Die Greisin seufzte. Sie sah sich noch einmal in dem Saale um. ‚Es ist alles vorzüglich wohlerhalten!' sprach sie dann wieder in ihrer alten hochtrabenden Weise; ‚machen wir das Testament in Ordnung! – Aber, mein Lieber, keine fremden Leute mir ins Haus! Der Mann der alten Brotfrau und ihr Enkelsohn können Zeugen sein; die sind dumm genug dazu!'

Sie nahm den Krückstock, den ich ihr aufgehoben hatte, und hing sich wieder an meinen Arm; aber sie umklammerte mich jetzt, als fürchte sie zu fallen, und da ich zu ihr hinabblickte, starrte eine wahre Totenmaske mir entgegen: die einstmals schöne Nase stand scharf und hippokratisch zwischen den großen, grellen Augen.

Ich erschrak und suchte sie nochmals zu bewegen, sich einem Arzte anzuvertrauen; aber sie schüttelte nur den Kopf, obgleich ihre Kinnbacken wie im Fieber aneinanderschlugen. ,Die Ähnlichkeit!' hörte ich sie nochmals vor sich hin murmeln; ,o, die Ähnlichkeit!'

Sie war so schwach, daß ich sie die Treppe fast hinuntertragen mußte; dennoch, als wir unten angelangt waren, schleppte sie sich an die Haustür, und ich hörte, wie sie hinter mir die Kette einhakte. – – Beim Austritt aus dem Hause sah ich unsere junge Freundin Mechtild die Straße herabkommen. Schon verspürte ich eine Neigung, ihr womöglich zu entweichen – denn ich schämte mich etwas meines Jesuitismus zu ihren Gunsten –, als ich in ihrer heiteren Weise von ihr angerufen wurde.

,Nun, Herr Stadtsekretär? Sie kommen aus dem Hause meiner Tante?'

,Freilich', erwiderte ich, ,die, wie Sie sagen, nicht Ihre Tante ist.'

– ,Was hatten Sie dort zu tun? Am Ende sind Sie es, der mir die große Erbschaft wegfischt!'

,Gewiß! Warten Sie nur noch ein paar Tage, da werden sich große Dinge offenbaren.'

– ,Und Sie glauben wohl, ich werde Ihnen jetzt eine Szene weiblicher Neugierde zum besten geben! Sie irren sich, Herr Stadtsekretär! Aber' – und sie zeigte mit ihrem Sonnenschirm nach dem finsteren Hause – ,wenn Sie dort Gewalt haben, reißen Sie doch einmal alle Fenster auf. Die arme alte Frau –

das wird ihr wohltun, wenn diese Frühlingsluft das Haus durchweht!'

Sie nickte mir zu und ging die Straße hinab.

Ich sah ihr lange nach und dachte: ,Komm du nur selbst hinein! Dir wird auf die Länge auch jenes arme alte Herz nicht widerstehen; du selber bist der rechte Frühlingsschein!'

*

,Das Testament! Die Alte sagte, es habe Eile!' Mit diesem Gedanken war ich am anderen Morgen schon früh an meinem Schreibtisch, um einen möglichst vollständigen Entwurf desselben auszuarbeiten.

Während ich damit beschäftigt war, brachte meine Frau mir den Kaffee, den ich mir heute nicht Zeit ließ, im Familienzimmer einzunehmen.

,Du', sagte sie, ,es soll die Nacht wieder recht unruhig gewesen sein im Hause links.'

,Schön!' erwiderte ich. ,Nächstens soll es darin auch bei Tage unruhig werden!'

– ,Nein, ohne Scherz! Die Mägde – ihre Kammer liegt ja nach jener Seite hin –, sie haben es klirren hören, als wenn ein schwerer Geldsack auf den Boden fiele.'

,Torheit!' sagte ich und schrieb, ohne aufzusehen, weiter; ,die Alte hat gar keinen Geldsack mehr im Hause, nur einen Haufen goldener Spielmarken.'

Da klopfte es.

Auf mein ,Herein' reckte sich ein alter Weiberkopf ins Zimmer. ,Keine Menschenmöglichkeit, bei der Madame Jansen reinzukommen!' sagte die Brotfrau, die jetzt völlig zu uns eintrat. ,Schon Glock sechsen hab ich mit dem Klopfer aufgeschlagen, daß die Nachbarsleute vor die Tür kamen; es muß absolut was passiert sein, Herr Stadtsekretär!'

Das machte mich doch von meinem Tische aufspringen, denn das Klopfen hatte ich freilich auch gehört.

Als wir auf die Straße kamen, war schon ein benachbarter Schlosser mit seinem Werkzeug angelangt. Ich hieß ihn die Haustür öffnen und, als das geschehen war, die innen vorgelegte Kette durchfeilen. Dann traten wir in das untere Zimmer.

Es sah noch wüster als gewöhnlich aus. Schränke und Kommoden waren von den Wänden abgerückt, das Bettzeug bis auf die unterste Strohmatratze ausgepackt; sogar der große Spiegel, wie beim Auflüpfen verschoben, hing fast quer vor den beiden Fenstern; es mußte hier allerdings recht unruhig zugegangen sein.

Aber noch mehr des nächtlichen Spukes bestätigte sich: der Fußboden war mit blanken Speziestalern wie besät; in der Mitte desselben lag der alte Soldatenmantel; ein offener, aber noch halbgefüllter Geldsack ragte daraus hervor, augenscheinlich das Füllhorn, dem diese blinkenden Schätze entrollt waren.

Eine Weile standen wir, ohne eine Hand zu rühren; dann bückte sich der Schlosser und hob den Mantel auf. Ein kleiner, zusammengekrümmter Leichnam lag darunter, die Leiche meiner Nachbarin Madame Sievert Jansen. – Das schöne übermütige Kind, das einst das Knabenherz des Großvaters mit so unvergänglicher Leidenschaft erfüllt hatte, das lebensprühende Frauenbild, dessen Scheingestalt noch jetzt von der Wand des öden Saales herabblickte – was hier zu meinen Füßen lag, es war der Rest davon.

*

Was soll ich weiter erzählen! Eine förmliche Haussuchung, die nach dem Begräbnis der alten Dame abgehalten wurde, ergab, daß überall, im Keller wie auf den Böden, hinter Dachsparren und Panelen, noch mancher Jahrgang ihrer Zinsenernten versteckt lag; nur der rotseidene Beutel mit den fremden Goldmünzen ist niemals aufgefunden worden.

Das neue Testament war nicht zustande gekommen; und so ist das bedeutende, wenn auch nicht fürstliche Vermögen, wie vorher bestimmt war, mit drei Vierteln an das Land- und Seespital gefallen. – Ob die blaunasigen alten Burschen jetzt alten Jamaika-Rum in ihren Flötenvögeln haben, bin ich nicht in die Lage gekommen zu untersuchen; nur weiß ich, daß sie jetzt in doppelten Reihen auf den Bänken sitzen und ihren Vogel nach wie vor recht fleißig aus der Tasche holen.

Und Mechtild? – Sie hat dennoch ihren Leutenant geehelicht, der jetzt sogar ein Oberstleutenant ist. Da sie bald nach ihrer Verheiratung unsere Stadt verließ, so vermag ich Näheres über sie nicht zu berichten; hoffen wir indes, daß sie auch in ihrem späteren Alter ein wenig höher geblieben ist als das um sie herum. Mitunter ist ja doch dergleichen vorgekommen.

In dem alten Hause spukt es selbstverständlich, zumal wenn sich die Todesnacht der armen Greisin jährt; dann hört man sie auf Trepp und Gängen stöhnen, als jammere sie über die vergrabenen Schätze ihrer Jugend.

Und daß es noch dergleichen in der Welt gibt» – so schloß mein Freund seine Erzählung, indem er sich statt der längst in Rauch aufgegangenen eine neue Zigarre anzündete –, «das und den Dampf einer guten Importierten, beides finde ich unter Umständen außerordentlich tröstlich.»

Nachwort

Zu Beginn des letzten Jahrhundertviertels korrespondieren zwei Sechziger, die sich nie zu Gesicht bekommen sollten: Theodor Storm, Amtsgerichtsrat in Husum, und Gottfried Keller, Staatsschreiber von Zürich. Der Briefwechsel wurde zu einem Schatzbehälter für die Erkenntnis menschlicher und künstlerischer Zusammenhänge. Im Widerspruch zu der Legende von der norddeutschen Ungesprächigkeit, begann Storm ihn. Keller bleibt der Zurückhaltendere, er verstummt auch zuerst. Manchem, dem Storm unbehindert das Wort gibt, steht er spröde gegenüber. Jener schreibt aus inniger Häuslichkeit, dieser aus seiner Junggesellenwirtschaft. Storm pflegt zwar den Verkehr mit einigen Personen seiner Provinzstadt, mit denen er jedoch über das Eigentliche nicht sprechen kann, und auch Keller äußert, anläßlich einer Stormschen Kritik an einem seiner Gedichte, er habe niemand, der ihm was sagen könne. Beide eint ihr dichterisches Tun. Berühmt wurde Kellers Gleichnis: «Es ist mir übrigens, wenn ich von dergleichen schreibe, nicht zumute, als ob ich von literarischen Dingen spräche, sondern eher wie einem ältlichen Klosterherren, der einem Freunde in einer anderen Abtei von den gesprenkelten Nelkenstöcken schreibt, die sie jeder an seinem Orte züchten.» Die beiden Abteien waren allerdings verschieden: Husum in einer unter weitem Himmel flachen, vom Meer bestimmten, zur Melancholie treibenden, schweren Landschaft, Zürich im Bereich der Berge: «Da sah ich das ganze Alpengebirge im Süden, auf acht bis zwölf Meilen entfernt, im hellen Mondschein liegen, wie einen Traum, durch die von Föhnwind verdünnte Luft.» Beide eint die Überzeugung, daß Dichtung nicht ein dem Leben aufgesetzter Schmuck, sondern eine tiefe Notwendigkeit sei. Storm findet sich mit seinem Beruf anfangs nur schlecht und recht ab, bis ihn Altersweisheit lehrt, «wie sehr poetische Produktion durch ganz davon verschiedene Arbeit getragen und gefördert wird». Beide sind letzte Ausläufer des Bürgertums, wobei wir uns vor der Phrase von dessen «Geborgenheit» hüten wollen. Beide fühlen sich als Glieder einer Gemeinschaft, Storm in einem lockeren, Keller in einem festen Verstande; der Advokatensohn Storm empfindet sich zwar auch stolz als Nachkommen eines alten städtischen Geschlechts, aber mehr ästhetischer als politischer Weise, der Drechslermeisterssohn Keller sich als vollblütigen Demokraten in einem altbegründeten Gemeinwesen, dem auch seine Kunst erzieherisch dient und das ihn trotz schweizerischer Enge weiter als den im Politischen übrigens mutigen Storm sehen läßt. Erzieherisch betrug sich Storm komischerweise nur den Seinen gegenüber. Hat Keller früh «der Privatliebhaberei für das sogenannte spezifisch Poetische Abschied gegeben», so hat Storm sich nicht immer frei davon gehalten.

Umgekehrt möchte man Kellers Lob, Storm gleiche einem stillen Goldschmied und silbernen Filigranarbeiter, lieber auf Keller selbst beziehen; denn Keller konnte der Vorliebe für Schnörkel und Arabeske nicht widerstehen. Dieser Schwäche entspricht bei Storm eine Neigung zur Schönseherei, zu einer Requisitenpoesie, wenn zum Beispiel in der auch sonst nicht gelungenen Novelle «Ein Bekenntnis» der Heldin Elsi eine weiße Katze nicht nur folgt, sondern auf die Schleppe tritt und, noch nicht genug, ein Pfauenauge im Haar sitzt. Grundanlage läßt beide die Welt als ein sinnliches Phänomen umwerben, und Storm würde Keller beipflichten, «die Pietät für allerlei Dinge, die man *sieht*, sei die gute Ackerkrume für gute Früchte».

Die neuere deutsche Literatur mußte bis zur Reichsgründung im Regionalen verharren. Sie konnte keinen Dostojewski ergeben, der für Rußland steht, keinen Balzac oder Flaubert, die Frankreich bedeuten, keinen Dickens, der England darstellt. Sie mühte sich in der Enge; selbst Fontane, der Berliner Gascogner, ist wie sein bedeutender Vorgänger Willibald Alexis Märker und schreibt als Märker. Zum Vorwurf des Idyllisch-Kauzigen ist es da nicht weit. Den deutschen Autoren wird die Welt zur Privatsache. Erst aus dieser gründlichen Subjektivität kann Objektives erwachsen. «Vielleicht sollten wir», urteilt Oskar Loerke, «diese Erscheinung nicht bemängeln, wie wir es so gern tun. Vielleicht ist es bei uns eine Notwendigkeit, daß die Darstellungsweise dem Dichter und nicht der Dichtung angehört.» Theodor Fontane, großstädtischer als Storm, den er sonst liebend schätzt, verspottet dessen «Husumerei»: «Es steckt Poesie darin, aber noch viel mehr Selbstsucht und

Beschränktheit.» Der eilige Leser möchte zustimmen. Aber dann melden sich Bedenken. Bilden Selbstsucht und Beschränktheit nicht das Grundkapital des Dichters, aus dem erst als unrhetorische Leistung die selbstlose Wohltat der Dichtung überhaupt erwachsen kann? Diese «Beschränktheit» war für Storm eine Notwendigkeit; ja, ihr entspringt schlechtweg seine Poesie. Was für Kellers Schaffen die überpersönliche, allgemeingültige Grundlage abgab, die Tradition, bedeutete für Storm ein höchst persönliches Bedürfnis. Er hält sie deshalb mit einer gewissen Besorgtheit fest. Paul Heyse meldet: «Mit Stormen habe ich drei Tage erlebt und ganz den Alten in ihm gefunden, der alle kleinen Freuden seines vierundsechzigjährigen Lebens beständig wie ein stehendes Heer um sich geschart hat und sich damit gegen die Unbilden von Zeit und Welt siegreich verteidigt, ein wahrer Lebenskünstler.» Aus tiefem Grunde braucht Storm, heimatbedürftiger, entzündlicher Mann, die Dinge seiner nächsten Umgebung, die Formen, die eine bürgerliche Überlieferung noch hinterließ, die Feste, besonders die Weihnacht, die er sehnsüchtig ausschöpft und minutiös feiert. Vor allem aber braucht seine empfindliche Isoliertheit die sinnlichen Phänomene; er ruft sie wie zur Hilfe, und da er sie auf besondere Weise ruft, kommen sie zu ihm, seine Einsamkeit zu teilen. Einig mit ihnen, gewinnt er menschliche und künstlerische Sicherheit; denn von keiner Ideologie, auch nicht von der Religion, will er sich sein Leben abnehmen lassen: darin ist er modern. Anders gerichtetes Wesen ließ Fontane wieder spotten, wie «meiner Großmutter alter Uhrkasten die Welt sein» könne, zu Unrecht, denn schon in der frühen Skizze «Marthe und ihre Uhr» gewinnen die Requisiten wirkliches Leben: «Die Uhr hatte auch wirklich ihren eigenen Kopf; sie war alt geworden und kehrte sich nicht mehr so gar viel an die neue Zeit; daher schlug sie oft sechs, wenn sie zwölf schlagen sollte, und ein andermal, wie um es wieder gut zu machen, wollte sie nicht aufhören zu schlagen, bis Marthe das Schlaglot von der Kette nahm.» Solche Sätze könnten in einem Märchen Hans Christian Andersens vorkommen; das um die selbe Zeit (1847–1848) entstandene reizende Stück «Im Saal» könnte ganz von ihm sein, wobei noch Kellers Lob stimmt, es sei ein schönes, aber seltenes Beispiel, wie ein Faktisches in ein rein Poetisches aufgelöst werde. Einsichtig will Storm seine frühen «Sommergeschichten» lieber *Situationen* genannt wissen. Erzählerisch gibt er sein Bestes, wenn ihn das nackte Dasein reizt, als Vorfall seiner juristischen Praxis, als Begegnung mit Mensch und Natur: lange besonnen rufen ihm die Dinge dann gleichsam zu wie den Mädchen im Märchen von Frau Holle die Äpfel: «Pflück uns, wir sind reif!» Er darf seine Wesen nicht in einer ihm von Haus aus fremden Umgegend ansiedeln, sonst gerät eine Novelle wie «Es waren zwei Königskinder» nicht ganz. und mißrät «Schweigen», letztere aber wie auch «Ein Bekenntnis» hauptsächlich deshalb, weil sie aus bloßer Gedankenquälerei entstanden ist. Kältend mischt sich Erklügeltes und Allegorisches mit phantasievoll Gesehenem im «Hinzelmeier» und den drei «Geschichten aus der Tonne», während «Der kleine Häwelmann» zu einem Meisterwerkchen gedeiht.

Der Traum gehört für Storm zur Konstitution der Erscheinungen. Der Traum dichtet ihm die Wesen gleichsam erst zu Ende. Man vernimmt zum Überdruß, er sei der Dichter der Erinnerung, und die starre Strenge Rudolf Borchardts glaubt ihn abtun zu können, er zeichne in einen schmalen Erzählungsraum historische Gestalten, gegenwärtige so, als wären sie schon vergangen, Vergangene als maskierte Gegenwart – ein bescheidenes Unterhaltungsvergnügen. Aber um der Erscheinungen überhaupt habhaft zu werden, bedürfen wir der erinnernden Phantasie. Der Traum ist für Storm keine Gelegenheit zur Flucht, sondern Mittel der Vergegenwärtigung. Realität und Phantasie führen einen beständigen Dialog. Es bleibt wunderbar, wie inmitten der verschwebenden Luft eines Erstlingsstückes wie «Immensee» ein so genauer physiognomischer Blick geschieht – er ersteht übrigens auch in Versen, so sehr erfüllt er den Dichter – : «Er sah auf ihrer Hand jenen Zug geheimen Schmerzes, der sich so gern schöner Frauenhände bemächtigt, die nachts auf krankem Herzen liegen.» Einem solchen Zuge dürfte das berühmte, tiefsentimentalische Werk seine Dauer mit verdanken. Storms Frauen, gerade die zärtlichen, die schmelzenden, haben Hände und Füße. In der gleichnamigen Novelle vernachlässigt Angelika ihre Hände, als ihre Liebe welkt.

Da Storm allzeit fühlt, daß es dem Dämon der Vergänglichkeit nie an Beschäftigung mangelt, beschwört er ihn auch in den kräftigsten Daseinsmomenten. Er stellt ihm gleichsam die Holdheit des Erdendaseins eindringlich vor. Weil es flieht, zeichnet er es auf; denn «die Welt ist gar zu lustig, es wird doch alles vergessen!» Eine heidnische Resignation ist seine Belohnung: «Da diese Augen nun in Staub vergehn, so weiß ich nicht, wo wir uns wiedersehn.» Schwermütiges Träumen produziert kräftig Reales. Storms Phantasie für das Wirkliche läßt Menschen wie den Bötjer Basch idyllisch-herb, den Amtschirurgus einsam-gesellig, den Vetter Christian in behaglichem Interieur, Lena Wies gütig und weltfromm, den Carsten Curator in der namentlich zu Anfang vortrefflich erzählten Geschichte gleichen Namens, zusamt Julianen entschieden und tragisch vor unsern Augen ihr Leben leben. Die Umrisse mancher anderer Gestalten mögen sich in unsrer Erinnerung zuweilen verwischen. Mit scharfem Profil aber stoßen Personen wie der Herr Etatsrat und Madame Jansen vor. Immer noch sieht der bacchisch Tolle dem Leichenzuge der eigenen Tochter nach, «indem er herablassend gegen das Gefolge grüßt», hangt uns im Ohr die schrille Stimme der winzigen Greisin, ihr zitterndes Pathos: «Sehen Sie mich an; ich bin einst *sehr* schön gewesen!»

In solcher Höhenlage strafft sich Storms Stil. Seine Prosa gelangte freilich nie zu der Sicherheit Eduard Mörikes oder Otto Ludwigs. Dichterische Sätze gelingen: «Erst wenn die Orgel schwieg, klappte auch er sein Gesangbuch zu und stäubte sich mit seiner ausgespreizten Hand die Andacht aus den Rockaufschlägen», und: «Die Kerzen brannten knisternd weiter; nur mitunter, wo der Sarg mochte gestanden haben, lief ein Krachen über die Dielen, als drängte es sie, sich von der unheimlichen Last zu erholen, die sie hatten tragen müssen.» Darum stören bequeme Floskeln wie «Mädchenknospe» oder «Flut des goldenen Haares» und Diminutive um so mehr. «Psyche» ist ebenso verfehlt wie das der Gründerzeit würdige Bildwerk, das den Titel liefert. Selbst die Meeresszenerie verdirbt dem Verfasser, der sie sonst beherrscht, zur Ansichtspostkarte eines Badeortes. Das Happy-End schmälert eine so gute Erzählung wie «Die Söhne des Senators»: «Mit emporgehobenen Armen hielt die anmutige junge Frau Senatorin den Brüdern ihr eben erwachtes Kind entgegen, das mit großen Augen in die bunte Welt hinaussah.» In der Novelle «Schweigen» wird das Schlußgespräch «von niemand belauscht als von dem Buchfinken, der gleich danach über der Tür des Forsthauses in dem jungen Grün der Eichen seinen hellen Sang erhob». Innig-Sinnig-Minniges bedroht die fünf chronikalischen Erzählungen «Aquis submersus» – ihr warf Turgenjew mit Recht eine vermaledeite Idealisation der Wahrheit vor – «Renate», «Eekenhof», «Zur Chronik von Grieshuus» und vollends «Ein Fest auf Haderslevhuus». Anmutigen und bewegenden Szenen und dem entzückenden Beginn der erst- und viertgenannten Erzählung zum Trotz läßt unsere Auswahl sie fallen. Sie vermögen darzutun, welcher ursprünglichen Kraft es bedurfte, um gegen die zeitgenössische Goldschnittliteratur aus der Butzenscheibenromantik zur echten, währenden, den Dingen eingeborenen und zu einem dichterischen Naturalismus vorzustoßen. Seine erzählerische Meisterleistung vollzieht erst der Greis. Ihn zeichnet eine schwere Krankheit, deren Gefährlichkeit das Komplott der Freunde ihm wohltätig verhehlt. Er sammelt sich zum «Schimmelreiter». Der Erzähler berichtet nach einer Erzählung. Der im Engen weite Raum des Erzählten rechtfertigt diese Umständlichkeit. Es ist, als ob Storms Kunstverstand, wie Hauke Haien in der Wirklichkeit, einen Deich baue: durch diesen Deich braust unwiderstehlich das Meer. Landschaft und Mensch bilden eins. Die Atmosphäre des Spuks ist mit sicherem Griff eingefangen, die Sprache behutsam mundartlich getönt. Der kühlen und harten friesischen Luft ähnelt das Menschentum. Von den Liebenden heißt es: «Man mag wohl fragen, was mitunter ganz fremde Menschen aneinander bindet; vielleicht – sie waren beide geborene Rechner, und das Mädchen konnte ihren Kameraden in der groben Arbeit nicht verderben sehen.» Dieses Land und diese Leute sehen wir heute noch mit den Augen ihres Dichters.

In Storms Prosa begegnen wir Stellen, die sich zu einer lyrischen Grundempfindung verknoten. In den «Zerstreuten Kapiteln» heißt es: «Nun hörte ich es wieder, das Wiegenlied des Meeres; am Tage wanderte ich hinaus an seine Küste und ließ die Wellen zu meinen Füßen rauschen, des Nachts klang es hinüber in die schlafende Stadt, nur unterbrochen von dem tönenden Flug der Wandervögel, die in großen Zügen unsichtbar unter den Sternen dahinrauschten», und im «Waldwinkel»: «Wenn gar so schwül der Rosenduft auf ihrem Wege stand, ergriffen sie sich wohl an den Händen und erhoben schweigend die glänzenden Augen gegen einander. Sie atmeten die Luft der Wildnis, sie waren die einzigen Menschen, Mann und Weib, in dieser träumerischen Welt.» Solche Augenblicke streben der Gedichtbindung zu. Wo Realität und Phantasie Hochzeit feiern, liegt drängendes Naturempfinden zugrunde. Storm besitzt Gehör und Gesicht für das Naturweben und versteht das Summen der wühlenden Bienen als «Sommerharfenton». Lyrisches überwuchert zuweilen das Epische und muß, wie zum Beispiel im «Waldwinkel», aushelfen, wenn die Gestaltung der Menschen nicht reicht. Erst im «Schimmelreiter» wurde das Lyrische fast ganz vom Epischen aufgesogen.

Eine mehr als dreißigjährige Erfahrung führte Storm 1870 zu seinem «Hausbuch aus deutschen Dichtern seit Claudius», das in acht Jahren vier Auflagen erlebte. Hand, Ohr und Auge wollen hier keinen «pulslosen» Ausdruck einlassen. Das Gedicht erscheint ihm am vollendetsten, dessen Wirkung zunächst eine sinnliche ist, aus der sich dann die geistige von selbst ergibt. Eduard Mörike darf sich glücklich schätzen, wenn Storm von den beiden Absätzen des «Gesanges zu zweien in der Nacht»: «Wie süß der Nachtwind» und «Wie ein Gewebe zuckt» als «wunderbaren Versen» spricht, «worin der Dichter die Urform der Dinge zu offenbaren scheint». Über die Unsicherheit des Anfängers hinweg, wo es noch einen «Kelch der Minne» gibt, gelingen Storm ein paar Verse, von denen sich dasselbe sagen läßt. Vergleiche haben lediglich rhetorischen Wert, doch hilft es, seine lyrische Eigenart zu bestimmen, wenn man seine Verse *offener* als diejenigen Mörikes nennt; namentlich sind seine Liebesgedichte bis zur Qual offen; das Gefühl reißt hier auf, es will nicht heilen. Es verrät eine große Sehnsucht in Thomas Mann, wenn er Storms Lyrik überschwenglich preist. Doch gibt es bei Storm auch beruhigende Unruhe. In dem Gedicht «April» stellt die letzte Zeile mit der Eliminierung des Artikels den zerlassenen Zustand des Dichters dar. Dinge und Empfindungen gehen ineinander über in der «Sturmnacht»: «Der Eichschrank unter dem kleinen Troß / Steht da, ein finsterer Koloß. / Traumhaft regt er die Klauen an, / Ihm zuckt's in der verlorenen Krone. / Doch bricht er nicht den schweren Bann» – das nährt sich von demselben Einverständnis wie Mörikes «Der Erdenkräfte flüsterndes Gedränge». Klare

Farbe und schwebende Linie bestimmen Gedichte wie «Waldweg», «Abseits», «Die Stadt», «Meeresstrand» – die beiden ersten Zeilen unterschieden hier nicht scharf genug das Geräusch des Windes von dem des Meeres, kritisiert ihr hellhöriger Verfasser – «Im Walde», «Die Nachtigall». Ihre Einfachheit darf nicht meinen lassen, daß nicht eine kunstgeübte Hand sie schuf. Manche von ihnen drohen an ihrer Verbreitung zugrunde zu gehen. Der Lokalpatriotismus schadet ihnen aber so wenig wie der Chausseestaub den Wegblumen.

Der ihn verehrende Detlev von Liliencron hat uns Storm als sehr eitel geschildert. Der Sechsunddreißigjährige aber schrieb Mörike, er sei auf die Ausbildung seines kleinen Talents von besonderem Einfluß gewesen, und wenn der Neunundsechzigjährige den Anspruch erhebt, daß er als lyrische Totalerscheinung von denen, die im letzten Vierteljahrhundert in die Literatur eingetreten sind, als einziger in Betracht komme, so erläutert seine Bescheidenheit diesen Ruhm dahin, er sei nicht groß, denn es sei innerhalb dieses Zeitraumes nichts von irgendeiner Erheblichkeit da. Im Vorwort zur ersten Gesamtausgabe seiner Schriften 1868 wünschte und hoffte er, diese Zeugnisse seines Lebens möchten sich so lange behaupten, bis, was sie etwa Eigentümliches von Bedeutung enthielten, von Nachkommenden übertroffen oder in das Allgemeinleben der Nation aufgegangen sein würde.

Jeder Dichter sucht den ihm zugebildeten Leser. Auch im Falle Storms ist ein solcher derjenige, den keine eitel aufgestapelte Pseudobildung, einer physischen Erkältung gleich, verdumpft und wie diese der Fähigkeit beraubt zu schmecken und zu riechen und als ideologischer Nebel nicht mehr die Hand vor Augen sehen läßt. Tüchtige Sinne werden entscheiden, was von Theodor Storms Werk noch nicht in die große Kräftesymphonie, aus welcher es quoll, zurückgeströmt ist und als Kunst dauert.

Wilhelm Lehmann

Inhalt